W0289887

L'AFFAIRE D.
ou
le crime du faux vagabond

De Fruttero & Lucentini

AUX ÉDITIONS DU SEUIL

La Femme du dimanche, *1973*
coll. « Points Roman », n° 148

Je te trouve un peu pâle, *1982*

Place de Sienne, côté ombre, *1985*
coll. « Points Roman », n° 284

L'Amant sans domicile fixe, *1988*
coll. « Points Roman », n° 359

La Couleur du destin, *1990*

AUX ÉDITIONS GRASSET

La Nuit du grand boss, *1980*

AUX ÉDITIONS ARLEA

La Signification de l'existence, *1988*

La Prédominance du crétin, *1988*

La Sauvegarde du sourire, *1989*

DICKENS
FRUTTERO & LUCENTINI

L'AFFAIRE D.
ou
le crime du faux vagabond

TRADUIT DE L'ITALIEN
PAR SIMONE DARSES

ÉDITIONS DU SEUIL
27, rue Jacob, Paris VIe

La traduction du *Mystère d'Edwin Drood*
est de Charles-Bernard Derosne (1874),
revue et corrigée par Gérard Hug.

Titre original : *La verità sul caso D.*
Éditeur original : Giulio Einaudi editore, Torino, 1989
ISBN original : 88-06-11653-3

ISBN: 2-02-012338-X

PREMIÈRE PARTIE

Le numéro d'avril

I

Le monument en ruinc gît sous la pluie comme une grande orbite calcinée, l'œil éteint d'un témoin désormais inutile, réduit au rôle de brise-lames parmi les flots de la circulation. Arrêtés à une certaine distance, le parapluie noir et le parapluie gris le regardent, perplexes, depuis un bon moment déjà.

« Je ne sais pas, dit enfin le parapluie gris, c'est surtout l'anachronisme, peut-être, qui m'agace. Tout ces véhicules à moteur, cette intrusion mécanique… »

Un fourgon isolé jaune et vert accélère pour rejoindre la vague qui vient de passer, et devant eux l'asphalte reste quelques secondes vide et luisant.

« Ah ! mais où commence l'anachronisme, *mon cher*[1] ? sourit le parapluie noir. Des carrosses du XVIIe siècle, des fiacres ou des omnibus à chevaux vous sembleraient-ils moins incongrus ? moins… dégradants ?

– Vous avez raison. Après les biges, tout détonne ici.

– Y compris nos parapluies, évidemment. »

Deux petites autos d'humeur querelleuse jaillissent de la pluie presque côte à côte en se menaçant à coups de klaxon, avant-garde de la masse compacte qui palpite et frémit là-bas, au feu rouge.

« Excusez-moi, mais quels biges ? intervient avec vivacité un parapluie de passage. Les courses n'avaient pas lieu ici. Et d'autre part… »

1. En français dans le texte *(N.d. T.)*.

Le nouveau troupeau de voitures survient avec fracas, projetant de grandes éclaboussures et réduisant à une fine poussière la moindre goutte d'eau qu'il trouve sur son passage.

« Et d'autre part dans cette ville... », essaie encore le nouveau venu.

Puis il se résout à se taire et ne reprend que lorsque, le vacarme le plus proche ayant cessé, le sourd vrombissement qui tient lieu de silence dans ces parages se laisse entendre à nouveau et la pluie qui frappe les trois parapluies récupère une certaine indépendance sonore.

« Et d'autre part dans cette ville, si mes souvenirs de séminaire sont exacts, la Lex Julia Municipalis de 45 av. J.-C. interdisait la circulation de tout véhicule durant les heures diurnes. Ne faisaient exception que les chars des pompiers et du nettoyage urbain.

– Ah, dit le parapluie gris, vexé, mais cette loi était-elle respectée ? Parce que, selon mes souvenirs d'école, le poète Juvénal se plaignait que la circulation... »

Le parapluie noir a entre-temps reconnu le troisième parapluie (de couleur indéfinissable tant il est vieux et déteint) et le salue avec effusion.

« Quel plaisir de vous rencontrer, *mon Père*[1]! Je ne savais pas que vous étiez là, vous aussi.

– Nous y sommes presque tous, je crois. Mais je n'ai pas encore compris quand aura lieu, au juste, l'inauguration de ce fameux congrès. A trois heures ? A l'hôtel, ils étaient plutôt vagues, ce matin.

– A nous, ils nous ont recommandé d'être de retour pour trois heures et demie, dit le parapluie gris. C'est pourquoi nous avons gardé notre cab. Voulez-vous en profiter ? Avec cette pluie, il vous sera difficile d'en trouver un autre.

– *By all means* ! Mille mercis ! »

Tous trois montent dans le taxi qui attend là tout près,

1. En français dans le texte *(N.d. T.)*.

et très vite, derrière eux, la grande ruine s'estompe et s'évanouit dans un divisionnisme aqueux.

*

Quelle grande ruine ? D'après plusieurs indices, le lecteur perspicace aura déjà compris qu'il s'agit du Colisée. Quant aux trois parapluies, il aura aussi deviné qu'ils appartiennent à trois étrangers, spécialistes de quelque discipline encore indéterminée, venus à Rome pour l'un des innombrables congrès internationaux qui s'y tiennent. Ils sont arrivés tous les trois ce matin, probablement. L'averse printanière les a surpris alors qu'ils faisaient un tour dans la ville. Mais qui sont-ils ?

L'un est un prêtre anglais, mais catholique romain, à ce qu'il semble. Et les deux autres, à en juger par leurs parapluies, devraient être eux aussi anglais. On aura toutefois noté que le plus petit s'exprime à l'occasion en français. Pour le reste, à travers les vitres embuées, leur identité ne se laisse pas préciser davantage. Le lecteur devra donc attendre patiemment que le taxi les ait ramenés à leur hôtel.

Heureusement, l'hôtel en question n'est ni l'Excelsior, ni le Plaza, ni aucun de ceux que les encombrements du centre auraient rendus inaccessibles. Le taxi file en effet (bien que le verbe « filer » soit excessif ici aussi) le long de rues déjà périphériques, d'avenues interminables et de boulevards anonymes, mais qui finissent par nous rapprocher d'un indice architectonique très clair : une grandiose bâtisse cubique en marbre, avec six rangées d'arcades superposées.

Nous côtoyons donc la moderne cité de l'EUR, que nous laissons à droite pour nous engager au milieu des prés, des grues, des nombreux chantiers encore frais et sauvages de la Cecchignola. Et nous voici devant un parallélépipède presque aussi imposant que le cube de tout à l'heure : l'hôtel Urbis et Orbis, que la très haute enseigne abrège en U & O.

C'est un édifice en verre et acier, entouré d'un parc un peu exigu peut-être, mais riche en buissons, arbustes, bancs, petites allées de gravier. Et une banderole rouge tendue entre les piliers de l'entrée annonce…

Elle n'annonce rien. Ballottée par le vent, elle a fini par s'enrouler étroitement sur elle-même. Si bien qu'il faut entrer dans le hall pour apprendre par une pancarte sur chevalet quel est le congrès qui s'ouvrira ici aujourd'hui :

COMPLETENESS IS ALL
An International Forum on the Completion
of Unfinished or Fragmentary Works
in Music and Literature

Schubert : *Sinfonie n° 8*	Livy : *Ab Urbe condita*
Bach : *Die Kunst der Fuge*	Poe : *The Narrative of A. G. Pym*
Puccini : *Turandot*	Dickens : *The Mystery of E. Drood*

La pancarte en italien n'est pas prête, nous apprend-on à la réception, mais heureusement cet anglais-là se laisse facilement traduire : « DE L'IMPORTANCE DE COMPLÉTER : Colloque international sur l'achèvement d'œuvres incomplètes ou fragmentaires en musique et en littérature ». Quant aux six œuvres citées – à commencer par la *Symphonie n° 8 en si mineur* (« L'Inachevée ») de Schubert –, ce sont évidemment celles qu'il s'agit de compléter.

L'Art de la fugue, aussi bien que *Turandot* et *Le Mystère d'Edwin Drood* furent en effet interrompus par la mort de leurs auteurs ; tandis que Poe, peut-être effrayé par le fantôme géant qui se dresse à la fin du chapitre 23, coupa court lui-même aux troublantes *Aventures d'Arthur Gordon Pym de Nantucket*. Des six, en somme, seul Tite-Live porta heureusement à terme son œuvre monumentale, dont il ne nous reste toutefois que LXV livres sur CXLII. On comprend que les promoteurs du congrès aient voulu remédier à cette situation fâcheuse. Mais comment espèrent-ils y parvenir ?

Ou plutôt : comment espèrent-ils y parvenir mieux que leurs prédécesseurs ? Sauf dans le cas de Tite-Live, où l'on s'est contenté des résumés anciens, des tentatives d'achèvement ont déjà été faites pour toutes les œuvres inscrites au programme. Et, pour le déconcertant *Mystery* de Dickens en particulier, pas moins de deux cents solutions différentes ont été élaborées.

Mais c'est justement là la question. La discordance même des solutions (ou leur dissonance, dans le cas des œuvres musicales) prouve que les problèmes ont été affrontés pour ainsi dire artisanalement, sans moyens adéquats, sans vraie méthode, et surtout sans une forte organisation de soutien. Ici, les conditions sont bien différentes. Derrière le congrès, il y a des hommes ultra-méthodiques et ultra-organisés, de vrais maîtres dans l'art de projeter, de programmer et de réaliser n'importe quoi. Ce sont eux qui ont réservé pour une semaine l'Urbis et Orbis tout entier (quatre cents chambres, catégorie demi-luxe), et qui y ont attiré des spécialistes de tous les temps et de tous les pays grâce à d'irrésistibles jetons de présence. Ce sont eux qui paient. Ce sont eux les sponsors.

Ce mot anglais, dans le présent contexte, ne manquera pas d'attirer l'attention du lecteur le plus distrait. Oui, il s'agit bien de Japonais. Personne d'autre n'aurait pu concevoir un programme de « restaurations intégrales » si hardi et ambitieux. D'autre part, comme chacun sait, personne ne donne rien pour rien, et ce seront eux qui, cinquante ans durant, toucheront les royalties des œuvres complétées. Mais le bénéfice qu'ils comptent en tirer dans l'immédiat est sans doute d'« image », comme on dit, d'autant plus que les deux sociétés engagées dans l'audacieux joint-venture tendent par nature à l'intégralité : l'une domine en effet le marché mondial des pièces de rechange automobiles, l'autre produit sans trêve des composants électroniques.

*

Dans la foule cosmopolite qui s'entasse dans le hall de l'U & O, nous avons perdu de vue nos trois parapluies. Mais nous les retrouvons, fermés naturellement, tandis qu'ils suivent les flèches qui, d'arcade en pilastre, conduisent au bar de leur section. L'inauguration officielle du congrès est prévue d'ici à une demi-heure, et ils auront le temps de se restaurer avec un cappuccino après tant d'humidité.

Les voici donc entrés dans la pénombre de la salle où flotte une musique de fond feutrée et où, accoudés au bar ou assis aux tables, beaucoup d'autres experts de leur branche sont déjà installés. C'est la première fois qu'ils se trouvent ensemble, mais ils se connaissent tous, comme les connaît le lecteur passionné d'enquêtes policières.

Voyant que leurs collègues l'ont déjà fait, Parapluie noir et Parapluie gris épinglent au revers de leur veston leur insigne d'identité : « H. Poirot » et « Capt. Hastings », tandis que Parapluie déteint le pique sur sa soutane : « Father Brown ». Et les voilà qui absorbent leurs cappuccini quand un homme, grand, bien reconnaissable à son ample houppelande et surtout à sa casquette, vient examiner leurs insignes avec une grosse loupe.

« Vous permettez ? Holmes », dit-il, en présentant aussi son compagnon, dont le revers indique : « Dr Watson ».

*

Oui, lecteur ! La géniale et tenace industrie japonaise a réussi à les rassembler tous, ou presque, ces fameux spécialistes de l'enquête, ces mages de l'intuition et de la déduction, ces maîtres de la coïncidence étrange et de l'omission suspecte, ces déchiffreurs suprêmes d'énigmes !

Parmi les couples les plus fameux, en dehors des deux

que nous venons de reconnaître, voici, à la table du fond, Auguste Dupin, chef de file des *private eyes*, avec son inséparable et anonyme accompagnateur; dans l'encadrement de la fenêtre, voilà le Dr Thorndyke, avec son collègue Astley, et Nero Wolfe, avec son secrétaire Goodwin, tandis qu'au bar, double bourbon à la main, on reconnaît Philip Marlowe et Lew Archer. Quant aux détectives isolés et aux enquêteurs occasionnels comme le père Brown, ils sont trop nombreux pour les énumérer maintenant. Les représentants de la police officielle ne font pas non plus défaut, avec une nette domination de Scotland Yard, mais sans oublier ni la préfecture de police de Paris ni même, flatteusement, quelques préfectures italiennes.

Dans le cadre du congrès, tous ceux-ci (y compris, à ce qu'il semble, un colonel des CC[1] arrivé à l'instant) forment ce qu'on appelle le « groupe de travail Drood ». Il leur incombera de résoudre ce cas très obscur, de dévoiler l'énigme que Dickens, en mourant, a laissée sans réponse. Après quoi, ce sera un jeu d'enfant, pour les ordinateurs des sociétés promotrices, de fournir aux lecteurs du monde entier le roman complet.

*

A présent, une hôtesse souriante en tailleur lavande (prénommée Loredana) vient annoncer (en anglais basique) « une petite modification au programme ».

Le lecteur italien et, avec quelques secondes de retard, le lecteur étranger diront qu'il fallait s'y attendre. Choisir comme siège du congrès la capitale indiscutée des ruines et des restaurations était peut-être inévitable. Mais Rome est la capitale tout aussi indiscutée de la grève et des services publics inexistants, de la circulation inextricablement bloquée, du non-fonctionnement de l'aéroport, des crises perpétuelles du conseil municipal. Il n'y a donc

1. Abréviation de carabiniers *(N.d. T.)*.

rien d'étonnant à ce que le maire, pivot de l'inauguration solennelle, soit retenu au Capitole par une séance fleuve ; que le ministre de la Culture soit bloqué à Lamezia-Terme à cause de l'annulation du vol en provenance de Catane ; et que, pour des raisons analogues, l'avion de Tokyo, avec les sponsors à bord, ait été dérouté sur Pise.

L'aimable Loredana annonce tout cela sans cesser de renvoyer d'un côté ou de l'autre les longs cheveux châtains qui pleuvent sur son visage ; et à son ton désinvolte on devine qu'en matière de retards, contretemps, imprévus et méprises elle n'a plus rien à apprendre. L'Inauguration officielle (cheveux à droite) aura bien entendu lieu, mais seulement vers 19 heures. De ce fait, le Cocktail de Cordialité sera repoussé à 20 h 30, se transformant en conséquence en Dîner de Sociabilité. Les séances de travail pourront par contre commencer aussitôt, et elle-même (cheveux à gauche) conduira le groupe Drood à la salle qui lui est réservée.

Là-dessus, cheveux en arrière, l'efficace demoiselle descend à la tête de son groupe au sous-sol de l'U & O, vaste et complexe fourmilière pour congressistes, où les autres groupes, guidés par d'autres jeunes femmes souriantes ou à demi souriantes, se dirigent vers leurs salles respectives : Schubert Room, J.- S. Bach Room, etc.

La nôtre est la Dickens Room et, bien que moins vaste, naturellement, que les salles musicales ou que la Tite-Live Room, elle dispose néanmoins de plusieurs files d'élégants fauteuils noirs, munis de bras-tablettes pour les notes et de casques pour la traduction simultanée. Au fond, une estrade avec une longue table et quatre chaises, quatre microphones et autant de bouteilles d'eau minérale. A côté de la table, il y a un podium, également équipé d'un microphone, d'où Loredana annonce maintenant avec brio un autre « petit contretemps ». La traduction simultanée, dit-elle, est assurée, mais des raisons techniques ne la permettent actuellement qu'en latin, langue du reste (cheveux en avant) universelle.

L'annonce est accueillie avec hostilité par un certain

« H. Popeau », que personne d'ailleurs n'a l'air de connaître, mais elle reçoit l'éminente approbation de Porphyre Petrovitch, l'enquêteur humaniste qui eut l'intuition de la culpabilité de Raskolnikov et finit par lui faire avouer son crime.

« Roma caput mundi », latinise au premier rang le colonel des CC.

Puis tous applaudissent quand le premier trio de conférenciers (le *panel,* dit-on en langage de congrès) prend place à la table, en compagnie d'un homme en veste de tweed et à l'accent vaguement oxfordien que certains prennent pour Philo Vance.

Mais il ne s'agit pas du fameux spécialiste des délits « en chambre close ». Le Dr Wilmot – explique du podium notre hôtesse – est le directeur du *Dickensian*, la revue prestigieuse qui, depuis 1904, accueille les meilleures recherches et études sur Dickens. Ce sera lui, en tant que suprême autorité en la matière, le modérateur de ce débat où tous les présents, ayant au préalable levé la main, pourront intervenir avec des observations ou des questions.

La jeune femme recule de quelques pas, tandis que le modérateur ajuste son nœud papillon et éclaircit sa voix. Mais une main se lève déjà au sixième rang.

« Je vous en prie, dit le modérateur.

– Assiste-t-on, demande l'obscur congressiste Popeau, à ce genre de congrès où tout le monde est supposé déjà tout savoir ? »

Loredana revient d'urgence au micro du podium.

« Non, non, au contraire. Je m'excuse de ne pas l'avoir dit tout de suite : le texte du MED sera lu intégralement par...

– Le texte de quoi ? l'interrompt Popeau, dont les facultés déductives ne semblent pas des plus brillantes.

– Dans les études spécialisées, *Le Mystère d'Edwin Drood* est souvent désigné par ce sigle », explique le Dr Wilmot. Et pour éviter tout malentendu, il précise : « M = mystère, E = Edwin, D = Drood.

– Ah, voilà », approuve du premier rang le colonel des carabiniers.

*

« Donc, reprend Loredana, à qui un chasseur est venu entre-temps remettre un message, donc le texte intégral du roman… c'est-à-dire, bien entendu, dans les limites des chapitres que nous possédons… sera lu en entier au cours des différentes séances. Et donc les congressistes, aussi bien que le panel… c'est-à-dire, évidemment, les différents panels des différentes séances…

Mais on dirait que la jeune femme a perdu un peu de son assurance, qu'elle ne se sent plus parfaitement à la hauteur. Peut-être parce que c'est elle qui devra lire tout le MED ?

Non, le fait est, comme elle l'explique maintenant un peu gênée, que, pour rendre la lecture plus expressive, plus entraînante, les promoteurs… c'est-à-dire les deux sociétés promotrices… s'étaient assuré le concours d'une annonciatrice connue… diseuse et actrice de premier ordre… mais qui…

« … mais qui, à cause d'une indisposition et/ou d'engagements irrévocables, ne pourra pas être ici avant demain matin, complète le conférencier Auguste Dupin, en déduisant ces détails du format et de la couleur du papier.

– Élémentaire, mon cher Dupin ! » sourit Holmes, agacé en fait d'avoir été devancé.

Le troisième *panelist* est Maigret, qui, après avoir allumé sa pipe (SMOKING, signalent heureusement les rectangles lumineux de la Dickens Room), s'adresse à l'hôtesse sur un ton paternel.

« Pourquoi ne pas nous lire vous-même, mademoiselle, au moins le premier chapitre ? Je suis sûr que tous mes collègues… »

Des applaudissements vifs et unanimes, une véritable ovation de sympathie et d'encouragement, décident l'hésitante jeune fille à rester sur le podium, tandis que le Dr Wilmot en personne se lève pour lui apporter un vieux fascicule à la couverture illustrée (le roman, rappelle-t-il, commença à sortir en fascicules mensuels en avril 1870, et s'interrompit après le sixième numéro).

« Fascicule n° 1, lit Loredana. Chapitre 1. »

Chapitre 1. L'aube

La cathédrale d'une antique ville anglaise ? Comment cette cathédrale peut-elle se trouver là ? La célèbre tour carrée, grise et massive, de la vieille cathédrale ? Comment peut-elle se trouver là ? Dans la réalité, de quelque point qu'on la regarde, il n'y a aucune pointe de fer rouillé entre l'œil et cette tour. Qu'est-ce alors que cette pointe qui apparaît, et qui l'a plantée là ? Peut-être a-t-elle été plantée là, par ordre du sultan, pour y empaler un par un une horde de voleurs turcs. C'est bien cela, car les cymbales résonnent et le sultan en grand cortège se rend à son palais ; dix mille cimeterres brillent au soleil et trente mille danseuses suivent en jonchant la route de fleurs. Puis viennent les éléphants blancs, richement caparaçonnés, innombrables avec leurs innombrables esclaves. Cependant, la tour de la cathédrale se dresse toujours à l'arrière-plan, là où elle ne peut pas être, et il n'y a toujours aucune silhouette empalée sur la pointe sinistre. Un instant ! Ne serait-ce pas simplement la tringle rouillée surmontant la colonne d'un vieux lit tout de guingois ? Il faut bien consacrer un vague moment à rire, dans un demi-sommeil, de cette possibilité.

Tremblant de la tête aux pieds, l'homme qui, dans cette vision fantastique, a rassemblé les mille morceaux de sa conscience se redresse enfin, appuie son corps frissonnant sur ses deux coudes et regarde autour de lui. Quelle chambre sordide ! A travers les rideaux déchirés de la fenêtre se glissent les premières lueurs du jour venant d'une cour infecte.

L'homme s'est étendu, tout habillé, sur un vieux lit à demi effondré sous le poids qu'il porte. A côté de lui, également vêtus, sont couchés en travers un Chinois, un matelot indien et une femme aux yeux hagards. Les deux premiers sont en proie à un profond sommeil ou plutôt à un état de stupeur. La femme aspire de toutes ses forces le tuyau d'une pipe qu'elle cherche à rallumer. Elle tire de longues bouffées épaisses, tout en protégeant le fourneau de sa main décharnée, et la lueur rougeâtre qu'elle attise sert de lampe et permet à l'homme de distinguer ses traits dans la lumière de l'aube.

« Encore une ? demande la femme dans un murmure rauque et plaintif. Tu en veux encore une ? »

L'homme porte la main à son front et regarde autour de lui.

« Tu en as fumé cinq depuis que tu es arrivé ici, à minuit, continue la femme de sa voix dolente. Ma pauvre tête est bien malade, bien malade ! Puis les deux autres qui dorment là sont venus après toi. Malheureuse que je suis ! Les affaires vont mal... bien mal ! Il n'y a pas de Chinois dans les environs des docks, encore moins d'Indiens et, dit-on, pas un navire en route ! En voici encore une toute prête pour toi, mon chéri... Tu te rappelleras, car tu es une bonne âme, que l'opium est cher, très cher sur le marché. Trois shillings et six pence pour la contenance d'un dé à coudre !... Rien que cela !... Tu songeras aussi qu'il n'y a que moi (et Jack, le Chinois qui habite de l'autre côté de la cour, mais je fais mieux que lui) qui possède le véritable secret du mélange. Tu paieras en conséquence, mon chéri ? »

Tout en parlant ainsi, elle tire de nouvelles bouffées de la pipe et absorbe une partie du poison.

« Oh ! pauvre malheureuse que je suis ! Mes poumons sont bien faibles... Mes poumons sont bien malades ! Voici ta pipe toute prête, mon chéri. Ah ! Dieu ! Ma pauvre main tremble en te la présentant. Je t'ai vu revenir à toi tout à l'heure, et je me suis dit : “Il trouvera une autre pipe allumée. Il se souviendra du prix élevé de l'opium et il paiera bien.” Ma pauvre tête ! Je confectionne mes pipes avec une vieille bouteille d'encre d'un sou. Tu vois, mon chéri ? J'y ajoute un tuyau, puis je prends mon mélange dans ce dé avec une cuiller de corne et je remplis comme ça... Ah ! mes pauvres nerfs ! C'est que je me suis soûlée pendant seize ans avant d'en venir à ça. Car l'opium ne fait pas de mal. Au contraire, il chasse la faim aussi bien que les humeurs noires. »

Elle lui tend la pipe, maintenant à moitié vide ; puis elle retombe sur le lit, la face dans le matelas. L'homme descend de ce lit chancelant, dépose la pipe sur la pierre du foyer, écarte les rideaux en loques et contemple ses trois compagnons d'un air de dégoût inexprimable. Il remarque qu'à force de fumer l'opium la femme est arrivée à ressembler au Chinois. Mêmes joues proéminentes, mêmes yeux hagards, même teint plombé... Ledit Chinois lutte convulsivement avec l'un de ses nombreux dieux, ou démons peut-être, et grogne horriblement. L'Indien, lui, rit, l'écume à la bouche. L'hôtesse est immobile.

« Quelle vision peut-elle avoir ? » se dit l'homme, maintenant bien éveillé.

Il retourne de son côté le visage de la femme et le considère longuement.

« Rêve-t-elle des boucheries et des tavernes où l'on peut avoir crédit ou bien d'un accroissement de sa hideuse clientèle qui lui permettrait de remettre en état ce lit effondré et de tenir plus propre son affreuse cour puante ? Quelle que soit la quantité d'opium qu'elle absorbe, que peut-elle rêver de plus grandiose ! Quoi ? »

Il se penche sur elle, écoutant les mots inarticulés qui sortent de ses lèvres blêmes.

« Inintelligible ! », dit-il.

Il observe les mouvements désordonnés et les soubresauts nerveux qui contractent le visage de la femme, comme autant d'éclairs dans un ciel d'orage, et il sent que la contagion va encore le gagner, au point qu'il doit se laisser tomber dans un vieux fauteuil miteux près de la cheminée – placé sans doute là tout exprès pour ce genre de crises. Là, cramponné au bras du fauteuil, il tente de maîtriser cette emprise.

Tout à coup, il revient, se rue sur le Chinois, le saisit à la gorge et le retourne brutalement sur le lit. Le Chinois s'agrippe à ces mains agressives, se débat, halète et proteste.

« Que dis-tu ? »

Et il écoute avec attention.

« Inintelligible ! »

Relâchant lentement son étreinte tout en écoutant attentivement l'incohérent jargon, il se tourne du côté de l'Indien qu'il jette bel et bien à bas du lit. En tombant, l'Indien tente de se redresser, lance un regard féroce, agite ses bras en un geste menaçant et brandit un poignard imaginaire. La femme, par mesure de prudence, s'était emparée de cette arme. Et en effet, quand elle se redresse, elle aussi, pour le calmer et protester, le poignard apparaît caché dans ses vêtements. Ils retombent tous deux lourdement sur le lit, côte à côte.

Tous ces grognements et ces murmures n'ont eu aucun sens ; même les mots que l'on pouvait discerner n'avaient aucune signification ni aucune suite. Une fois encore, l'observateur répète « Inintelligible ! », et il hoche la tête d'un air soulagé, en esquissant un morne sourire. Puis il laisse quelques pièces d'argent sur la table, prend son chapeau, descend à tâtons l'escalier branlant, salue un portier à face de rat couché dans une niche noire au bas des escaliers et sort.

L'après-midi du même jour, la tour carrée, grise et massive d'une vieille cathédrale apparaît aux regards d'un voyageur épuisé. Les cloches sonnent pour le service du soir et l'homme est obligé, sans doute, d'y assister. On le dirait, au moins, à la hâte qu'il met à gagner le portail grand ouvert. Les choristes sont en train de revêtir leurs aubes d'une blancheur douteuse ; il se glisse parmi eux, il s'habille aussi d'une aube blanche et se joint à la procession qui se rend au chœur. Le sacristain ferme alors la grille qui sépare la nef de l'autel et tous les choristes, ayant pris place, baissent la tête, et l'hymne *Quand l'homme inique*, entonné en chœur, éveille les échos de la vieille cathédrale, qu'il remplit des piliers à la voûte, comme les sourds roulements de la foudre.

II

Voilà, le premier chapitre est terminé. Très court. Et Loredana, qui après quelques titubations initiales a peu à peu acquis une aisance honorable, semble vouloir passer directement au deuxième, tout comme l'aurait fait une demoiselle de 1870 ayant dans ses mains ce même fascicule et, autour d'elle, le cercle d'une famille victorienne pendue à ses lèvres roses. Enfin un nouveau Dickens! Depuis 1865, année où parut *Notre ami commun*, le grand romancier faisait attendre son immense public d'amateurs, à commencer par la reine...

Mais ici, personne ne songe à une simple écoute d'agrément. Ici – que le lecteur ne l'oublie pas –, nous avons affaire à des analystes scrupuleux, fanatiques même. Il faut les comprendre : d'abord, ils ne veulent pas faillir à leur devoir professionnel envers les sponsors nippons ; ensuite, gare à ne pas saisir dans l'œuf tous les mystères du MED ; et enfin, comme le lecteur le sait bien, certains d'entre eux ne manquent pas d'un brin d'exhibitionnisme.

Voici donc le modérateur, le Dr Wilmot, interrompant d'un geste le zèle de Loredana pour donner la parole à Holmes, qui a levé sa loupe.

« Il y a, dit l'expert en chiens fluorescents, un petit point que je voudrais tout de suite mettre sur un certain i. L'homme qui, vers le soir, arrive essoufflé à la cathédrale de X pour s'unir au chœur et entonner *Quand l'homme inique* est-il celui que nous avons vu sortir à l'aube de la fumerie ? Veuillez noter que l'auteur ne le dit pas explicitement. »

Le directeur du *Dickensian* soupire implicitement. Les travaux s'annoncent fatigants avec un ergoteur de ce calibre.

« Un doute intéressant, concède-t-il, courtois, que je préférerais pourtant ne pas discuter maintenant. Pour le moment, nous pouvons tenir pour certain que l'homme du chœur et l'opiomane sont le même personnage, dont Dickens ne nous révèle pas tout de suite le nom pour nous le présenter (magistralement, si je puis dire) sous un éclairage de mystérieuse ambiguïté ou, si l'on préfère, de duplicité évidente. Mais si nous avons la patience, ajoute-t-il avec un fin sourire, d'attendre le chapitre suivant, la duplicité du personnage apparaîtra de façon encore plus évidente.

– Merci, sourit à son tour Holmes. C'est bien ce que je craignais.

– Trop évidente, trop évidente ! » approuve du fond de la salle une voix rauque.

Cet avis obscur engendre un instant de perplexité, dont profite une dame sans insigne pour s'adresser directement au père Brown.

« En somme, veut-elle savoir, serait-ce lui, l'homme inique ? Je veux dire, l'opiomane ?

– L'allusion, dit le père Brown au micro que Loredana a couru lui tendre, me semble claire. Mais…

– Trop claire, trop claire ! manifeste à nouveau la voix rauque du fond.

– … mais, continue, séraphique, le prêtre, on ne peut pas la définir comme voulue, recherchée, artificieuse. Ce verset d'Ézéchiel (XVIII. 27) ouvre l'office du soir dans la liturgie anglicane, et Dickens en a profité tout naturellement. On remarquera d'ailleurs que le verset complet relance pour ainsi dire le jeu : “Quand l'homme inique se détourne des iniquités qu'il avait commises, et qu'il accomplit droit et justice, il obtient la vie.” Il y a donc un espoir de rachat pour lui aussi, malgré son abominable secret. »

La dame s'étonne.

« Pourquoi abominable ? Mon frère, qui est médecin-chef à Arezzo, me dit qu'à l'époque de Dickens la toxicomanie n'était pas l'objet d'une réprobation particulière. L'opium était prescrit normalement comme analgésique, et qui avait ce vice ne s'en cachait pas spécialement. »

Là, le tact s'impose. La dame n'a pas compris que le secret de l'opiomane n'est pas du tout l'opium. Et M. Popeau (qui saisit l'occasion pour se qualifier d'« ex-haut fonctionnaire de la police judiciaire parisienne, puis détective privé au service de Mrs. M. A. Belloc Lowndes ») semble y avoir compris encore moins.

« Mais si secret il y a[1], demande-t-il en effet, n'est-ce pas plutôt celui que l'opiomane cherche à saisir sur les lèvres de ses compagnons de fumerie ? »

Le modérateur toussote et s'adresse à Maigret, très occupé en apparence à rebourrer sa pipe :

« Peut-être l'interprétation de votre ex-collègue...

– Oui, certes. Mais il faut reconnaître que le texte, surtout si on l'écoute ... euh... en traduction latine, peut induire en erreur. Parce qu'il est vrai que l'opiomane en question écoute avec avidité ce que marmottent ses compagnons à moitié endormis ; et il est vrai aussi que, par un truc très habile de l'auteur, son premier "Inintelligible !" peut sembler de désappointement. Mais tout est dans ce "morne sourire" et dans ce hochement de tête qui marquent, à la fin, son "air soulagé". On doit en conclure que c'est lui qui a un secret terrible, et qu'il redoute de l'avoir révélé sous l'effet de l'opium.

– Secret de Polichinelle, secret de Polichinelle ! » intervient encore la voix rauque.

Le lecteur, à ce point, voudra connaître l'identité du perturbateur, même si son nom véritable n'est pas connu. De Quincey, dans son *De l'assassinat considéré comme un des beaux-arts*, se limite à l'appeler « Toad in the Hole », Crapaud dans le Trou (ce qui, dans la cuisine anglaise, est une espèce de pudding aux saucisses). Mais

1. En français dans le texte *(N.d. T.)*.

que ce sobriquet ne nous induise pas à le sous-estimer. Le Crapaud est en réalité un amateur très raffiné de délits, un vrai gourmet du mystère criminel, au point qu'à un moment donné il a démissionné et s'est retiré à la campagne, dégoûté du bas niveau des homicides londoniens au début du XIXe siècle. Un hypercritique, donc, un connaisseur des plus sévères et des plus exigeants, de la part duquel il faudra bien s'attendre à d'autres interruptions cinglantes.

Mais c'est Dupin, à présent, qui approche avec impatience ses lèvres du micro.

« Je ne nie pas l'intérêt des questions qui ont été soulevées et sur lesquelles on pourra revenir utilement plus avant. Mais je me permets de faire remarquer que personne, jusqu'ici, n'a posé le problème strictement technique des temps et des lieux. Où est cette fumerie ? Où est cette cathédrale ? Et à l'époque des événements, c'est-à-dire avec les moyens de transport d'alors, combien de temps fallait-il pour aller de la première à la seconde ? »

Un murmure approbateur s'élève de cette formidable bande de chercheurs spécialisés dans la consultation d'horaires et d'horloges, accoutumés à rechercher la vérité dans les moindres replis du temps. Et le directeur du *Dickensian* les satisfait sur-le-champ :

« La fumerie est à Londres. Grâce à plusieurs témoignages, nous savons que Dickens, quand il commença à se documenter pour son roman, en visita et prit pour modèle une identique, avec tenancière et habitués, située dans le quartier portuaire et mal famé de Shadwell et précisément au... Mais cela n'a rien à voir, et négligeant d'autres détails inutiles ici... »

Mais comment négligerions-nous, lecteur, de préciser que la fumerie était non seulement à Shadwell, mais au coin de la Ratcliff Highway, théâtre de ces *Assassinats de la rue Ratcliff* que De Quincey éleva à la « dignité d'événement national » et qui rendirent au Crapaud sa confiance dans le crime ? Et comment ne pas ajouter que

Dickens visita les lieux en compagnie d'un fonctionnaire de Scotland Yard qui, figurant dans *Bleak House* sous le nom de Bucket, est le premier *detective inspector* de toute la littérature anglaise ?

Enfin, comment passer sous silence qu'après la mort de l'écrivain un collectionneur de Baltimore eut l'heureuse idée de revenir à la fumerie, trouva le « lit à demi effondré » encore tel quel et, l'ayant acquis pour une livre sterling, l'emporta aux États-Unis où il se trouve toujours ?

« Quant à la petite ville où se dresse la cathédrale, explique pour sa part le Dr Wilmot, son nom fictif dans le roman sera Cloisterham. Mais, de l'avis unanime des spécialistes, il s'agit de Rochester, la ville où le grand écrivain passa son enfance, où il situa des scènes immortelles de *Pickwick*, et près d'où il mourut le 9 juin 1870. L'action du roman doit cependant se dérouler au début des années 40, quand la liaison ferroviaire avec Londres était encore partielle. Du MED même il résulte en effet que le trajet, de 55 kilomètres environ, s'effectuait partie en train, partie en diligence, et durait trois heures.

– Mais alors, observe le colonel des carabiniers, le prévenu ne doit pas être parti de Londres avant 13 heures, puisqu'il arrive à peine à temps à l'office. Où était-il jusqu'à cette heure-là ?

– Observation judicieuse, approuve Wilmot, mais destinée à rester sans réponse. C'est d'autant plus dommage que, dans le chapitre 22, le dernier que nous ayons, la situation va se répéter. De nouveau le... heu, pas encore exactement le prévenu, mais disons le fortement suspect... sortira de la fumerie à l'aube et de nouveau il ne reviendra à Cloisterham que très tard, par un train du soir. Mais rien ne nous sera dit de son emploi du temps dans l'intervalle. »

Le Dr Wilmot adresse à la salle un sourire courtois, mais son ton a la fermeté acérée d'une faux prête à couper tous les bras levés :

« Et, à propos d'intervalle, il me semble que le nôtre a

assez duré, et que le moment est venu de rendre la parole à la charmante lectrice. »

Loredana retombe un instant dans l'embarras, puis enchaîne avec entrain :

« Chapitre 2… »

Chapitre 2. Un doyen et... son chapitre

Quiconque a observé des corneilles, oiseaux à l'allure cléricale et compassée, aura sans doute remarqué que, le soir, lorsqu'elles retournent en troupe au gîte, cléricales et compassées, deux d'entre elles se détachent, reviennent un peu en arrière, puis planent et tournent sur place, donnant ainsi à l'humble spectateur l'impression qu'il est mystérieusement important pour la politique du groupe que ce couple rusé fasse semblant qu'il a rompu tout lien avec lui.

De même, l'office étant achevé dans la vieille cathédrale à la tour carrée, les chantres sortent en chahutant, et de vénérables personnages, semblables à des corneilles, se dispersent, mais deux d'entre eux reviennent sur leurs pas et se promènent ensemble dans l'enclos de la cathédrale bruissant d'échos.

Le jour et l'année s'achèvent. Le soleil brille encore, mais il est déjà sans force derrière les ruines du monastère, et la vigne vierge sur les murs de la cathédrale a laissé choir sur le sol la moitié de ses feuilles pourprées. Il a plu dans l'après-midi. Un vent glacé fait frissonner la surface des petites flaques d'eau entre les pavés inégaux et disjoints, et secoue les ormes géants qui laissent tomber une pluie de larmes. Partout, une épaisse couche de feuilles mortes : certaines tentent une timide incursion sous le porche voûté de la cathédrale ; mais les deux hommes, en sortant, les arrêtent et du pied les repoussent au-dehors. Puis l'un d'eux ferme la porte avec une grosse clef et l'autre s'éloigne, un recueil de musique sous le bras.

« C'était Mr. Jasper, Tope ?

– Oui, monsieur le Doyen.

– Il s'est attardé.

– Oui, monsieur le Doyen. Je suis resté avec lui. Il s'a senti pas très bien...

– Dites il *s'est* senti, Tope, quand vous parlez à monsieur le Doyen », intervient à voix basse la plus jeune corneille sur un ton de reproche semblant dire : « Vous pouvez massacrer la grammaire en parlant à des laïques ou au bas clergé, mais pas au doyen. »

Mr. Tope, bedeau en chef et guide de la cathédrale, habitué à mépriser les groupes de touristes, refuse avec un silence hautain de reconnaître qu'on lui a fait une quelconque remarque.

« Où et comment Mr. Jasper s'est-il... oui, car, comme vous le fait observer Mr. Crisparkle, il est préférable de dire s'est-il, s'est-il..., insiste le doyen.

– S'est-il, monsieur, murmure Tope avec déférence.

– S'est-il senti pas très bien, Tope ?

– Mr. Jasper était si tant oppressé...

– Je ne dirais pas *si tant,* Tope, interrompt de nouveau Mr. Crisparkle, du même ton que précédemment. Ce n'est pas correct, surtout quand on s'adresse au doyen.

– Si oppressé. Oui, le *si* suffit, dit le doyen, assez flatté intérieurement de cet hommage indirect.

– La respiration de Mr. Jasper était donc si courte quand il est arrivé, reprend Tope en s'observant désormais, qu'il avait grand-peine à sortir ses notes. C'est peut-être cet embarras qui lui a causé le petit accès dont il a été pris ensuite... C'est sans doute pour cela qu'il a eu, peu après, cette espèce de malaise. Sa mémoire s'est ÉTOURDIE. »

Mr. Tope lance ce mot en fixant du regard le révérend Crisparkle, comme pour le défier d'y trouver à redire quoi que ce soit.

« Une faiblesse ou un vertige s'est alors emparé de lui, continue-t-il. Je n'en avais jamais vu de si étranges. Quoi qu'il en soit, au bout de quelques minutes, et après avoir bu un verre d'eau, il est sorti de son ÉTOURDISSEMENT. »

Mr. Tope répète ces derniers mots avec la même emphase, comme pour dire : « Si ça a marché une fois, ça marchera bien encore. »

« Mais quand il est rentré chez lui, il allait bien ? demande le doyen.

– Oui, mon révérend, il allait tout à fait bien. Mais je suis heureux de voir qu'il a son feu allumé, car il fait frisquet après la pluie. Cet après-midi, dans la cathédrale, on sentait l'humidité, elle vous pénétrait, et Mr. Jasper frissonnait. »

Les trois hommes regardent vers l'ancienne porterie en pierre qui barre le cloître, mais en ménageant un passage voûté. A travers les fenêtres garnies de barreaux, dans le soir qui tombe, on aperçoit la lueur d'un feu vif qui projette des ombres sur la masse de lierre et de vigne vierge qui recouvre la façade. Lorsque la cloche de l'horloge sonne l'heure, une légère brise agite le feuillage, comme provoquée à distance par le son solennel qui se répercute de la crypte à la tour, des niches en ruine aux statues sans visage.

« Le neveu de Mr. Jasper est-il avec lui ? demande le doyen.

– Non, monsieur, répond le bedeau, mais on l'attend. On aperçoit une seule ombre, celle de Mr. Jasper, qui va de cette fenêtre vers celle qui donne sur la grand-rue.

– Très bien, dit le doyen sur un ton un peu sec, comme pour mettre fin à cette petite conférence. J'espère seulement que Mr. Jasper ne nourrit pas pour son neveu de sentiments exagérés. Dans ce monde transitoire, nous ne devons jamais nous abandonner à nos affections. Quelque louables qu'elles soient, nous devons les dominer, nous le devons. Mais la cloche me rappelle que mon dîner m'attend. Ce qui n'a rien de désagréable. Mr. Crisparkle, voudrez-vous bien, avant de rentrer chez vous, aller voir Mr. Jasper ?

– Certainement, monsieur le Doyen, et je lui dirai que vous avez la bonté de désirer savoir comment il se trouve à présent.

– Dites-le-lui... Dites-le-lui. Certainement, je désire savoir comment il va, je le désire. »

D'un air de bienveillante protection, le doyen fait mine de soulever son chapeau impeccable juste de ce peu qu'il faut pour montrer qu'il est de bonne humeur. Puis il dirige ses pas vers la salle à manger de la maison cossue en brique rouge où il réside actuellement avec Mme la doyenne, et Mlle sa fille.

Mr. Crisparkle, chanoine mineur[1], blond et rose, est toujours

1. Un chanoine mineur ne fait pas partie du chapitre et n'a donc pas les mêmes droits qu'un chanoine (N.d. T.).

prêt à plonger, tête la première, dans tous les cours d'eau des environs. Mr. Crisparkle se lève avec l'aurore, aime la musique et les classiques; il est gai, gentil, d'un caractère heureux, d'humeur facile, l'air juvénile. Mr. Crisparkle, chanoine mineur, est un brave homme naguère engagé sur les voies de la culture païenne, mais entré, grâce à l'intervention d'un protecteur qui lui a été reconnaissant de l'excellente formation qu'il avait donnée à son fils, dans la présente carrière chrétienne. Mr. Crisparkle, chanoine mineur, se dirige vers l'arche voûtée et entre dans la maison du choriste.

« Je regrette que vous vous soyez senti mal, Jasper. C'est Tope qui me l'a dit.

– Oh ! ce n'est rien... Ce n'est rien...

– Vous avez l'air un peu las.

– Vraiment ? Je ne pense pas. Je ne me sens pas du tout fatigué. Tope a dû exagérer. Il considère que c'est son rôle de donner de l'importance à tout ce qui concerne la cathédrale, vous le savez bien.

– Je puis dire au doyen, car je viens expressément de sa part, que vous êtes tout à fait remis ?

– Certainement, répond Jasper avec un léger sourire. Vous lui porterez aussi mes respects et mes remerciements.

– J'ai été heureux d'apprendre que vous attendiez le jeune Drood.

– J'attends ce cher garçon d'un moment à l'autre.

– Ah ! sa venue vous fera plus de bien que celle d'un docteur !

– Mieux qu'une douzaine de docteurs, car je l'aime tendrement, ce qui n'est pas le cas pour les médecins et leur saint-frusquin. »

Mr. Jasper est un homme brun, de vingt-six ans, aux cheveux noirs et épais, brillants, soigneusement coiffés, avec des favoris noirs. Il paraît plus vieux que son âge, comme c'est souvent le cas pour les bruns. Sa voix est grave et bien timbrée. Il est de haute taille avec un beau visage à l'air un peu sombre. Mais sa chambre est très sombre, elle aussi, et peut avoir influencé son comportement. Elle est presque toujours dans l'ombre. Le soleil, même à son zénith, n'effleure que rarement le piano à queue dans le coin, les partitions sur le pupitre, les étagères, au mur, ou le tableau inachevé accroché au-dessus de la cheminée, un portrait représentant une jeune collégienne pleine de santé. Ses cheveux châtains, souples, sont noués par un ruban bleu; sa beauté est remarquable, soulignée par un petit air taquin d'impertinence juvénile, presque enfantine, amusant justement parce que conscient. (Pas la moindre valeur artistique dans cette peinture que l'on pourrait même qualifier de « croûte ». Mais il est évident que le peintre s'est ingénié à rendre avec humour, presque avec malignité, les traits de son modèle.)

« Vous nous manquerez, Jasper, dit Mr. Crisparkle, ce soir, aux “mercredis musicaux”. Mais il vaut sans doute mieux que vous restiez chez vous. Bonne nuit. Que Dieu vous comble de ses bénédictions. »

« Di...i...tes-moi, bergers, di...i...tes-moi, avez-vous vu, avez-vous vu ma...a... Flora...a passer par ici ? » fredonne le révérend Septimus Crisparkle, le bon chanoine, en franchissant la porte, puis en descendant l'escalier.

Des exclamations et des salutations se font entendre au pied de l'escalier. Mr. Jasper prête l'oreille, bondit de son fauteuil et serre bientôt dans ses bras un jeune homme en s'écriant :

« Cher Edwin !

– Cher Jack ! Que je suis heureux de te voir !

– Quitte ton pardessus, cher garçon, et assieds-toi dans ton coin. Tu n'as pas les pieds humides ? Ote tes bottes, ôte-les.

– Cher Jack, je suis aussi sec qu'un os. Mais sois gentil, ne me couve pas comme ça. Il n'y a rien que j'aime moins que d'être couvé. »

Tout interdit d'être aussi peu aimablement coupé dans son élan d'affection, Mr. Jasper se tient coi et observe le jeune homme qui retire son pardessus, son chapeau et ses gants. Ce regard intense et attentif, ce regard qui exprime une affection avide et exigeante, soupçonneuse, mais aussi sans réserve, sera toujours le même dorénavant, chaque fois que Jasper le regardera. Et chaque fois qu'il le regardera, à cette occasion et en bien d'autres, il ne regardera rien d'autre. Son attention sera toujours d'une concentration totale.

« Je suis bien et je vais m'installer dans mon coin, Jack. Y a-t-il quelque chose à manger ? »

Mr. Jasper ouvre une porte au fond du salon qui découvre une petite pièce éclairée et agréablement décorée, où une femme avenante finit de mettre la table.

« Formidable, mon vieux Jack ! s'écrie le jeune homme en applaudissant. Écoute-moi, Jack, dis-moi. C'est l'anniversaire de quelqu'un ?

– Pas le tien, je le sais, répond Mr. Jasper.

– Pas le mien, c'est vrai. Ce n'est pas le mien. C'est celui de Pussy[1]. »

Le regard qui rencontre celui du jeune homme, bien que fixe, a l'étrange capacité d'embrasser aussi le portrait au-dessus de la cheminée.

« C'est l'anniversaire de Pussy, Jack. Il faut boire à sa santé et lui en souhaiter cent autres. Viens, mon oncle, accompagne à table ton neveu obéissant et affamé. »

Le jeune homme (car il n'est guère qu'un adolescent) pose une main sur l'épaule de Jasper, et Jasper, joyeusement, appuie avec affection une main sur l'épaule du jeune homme. C'est ainsi qu'ils font leur entrée dans la salle à manger.

« Ah ! Seigneur ! mais c'est Mrs. Tope ! s'écrie le jeune homme, plus belle que jamais !

– Ne vous occupez donc pas de moi, Mr. Edwin, répond la femme du bedeau.

– Vous êtes trop belle, c'est impossible ! Donnez-moi un baiser en l'honneur de l'anniversaire de Pussy !

– Je vous en donnerais des Pussy, jeune homme, si j'étais Pussy comme vous l'appelez ! fait Mrs. Tope en rougissant sous le baiser. Votre oncle est trop faible avec vous. Il s'est tellement monté la tête à votre sujet qu'il s'est convaincu qu'il suffit d'appeler des Pussy pour qu'elles arrivent par douzaines !

– Vous oubliez, Mrs. Tope, fait observer Jasper, tout en prenant sa place avec un air jovial, et toi aussi Ned, que les mots

1. Nom familier d'un petit chat ou d'une petite chatte *(N.d. T.)*.

Oncle et Neveu sont prohibés entre nous d'un commun accord. Que le saint nom du Seigneur soit béni pour la nourriture que nous allons prendre !

– Aussi bien que le doyen, foi d'Edwin Drood ! Découpe, Jack. Moi, je n'en suis pas capable. »

Cette plaisanterie ouvre le repas et, pendant tout celui-ci, aucune parole n'est échangée sur le sujet qui nous intéresse ou sur un autre. La table desservie, un plat de noix et un carafon de xérès d'une chaude couleur font leur apparition.

« Dis-moi sincèrement, Jack, demande tout à coup le jeune homme, est-ce que réellement tu as l'impression que nos liens de parenté peuvent être une barrière entre nous ? Je ne le crois pas, moi.

– En général, Ned, les oncles sont presque toujours beaucoup plus âgés que leurs neveux, répond Jack. C'est pourquoi j'ai cette impression.

– En règle générale, peut-être. Mais qu'est-ce qu'une différence d'une demi-douzaine d'années ? Dans les familles nombreuses, il y a même des oncles plus jeunes que leurs neveux. Par saint Georges, je voudrais que ce fût notre cas !

– Pourquoi ?

– Parce que, s'il en était ainsi, ce serait moi qui déciderais et je bannirais les soucis qui font blanchir les cheveux des jeunes gens et mourir les vieillards. Eh, Jack ! Ne bois pas !

– Pourquoi ?

– Tu le demandes ? Alors que c'est l'anniversaire de Pussy et qu'on n'a pas encore bu à sa santé. A Pussy, Jack, et beaucoup d'autres... Je veux dire beaucoup d'autres jours comme celui-ci. »

Jasper, amusé, presse affectueusement la main tendue du jeune homme comme si elle était tout à la fois sa tête folle et son cœur léger, et boit en silence.

« Hip, hip, hip, hourra ! Et maintenant, Jack, parlons un peu de Pussy. Il y a deux casse-noix, donne-m'en un et prends l'autre. » Crac ! « Comment va Pussy, Jack ?

– Pour sa musique ? Très bien.

– Tu es vraiment un type formidable, Jack, mais je le savais, et que Dieu te bénisse ! Mais n'est-elle pas aussi un peu distraite ?

– Elle pourrait tout apprendre si elle le voulait.

– *Si* elle le voulait ? Mais elle ne le veut pas ? »

On entend un crac ! du côté de Mr. Jasper.

« Physiquement, comment est-elle, Jack ? »

Le regard concentré de Mr. Jasper se porte de nouveau sur le portrait et il dit :

« Elle ressemble tout à fait à ton esquisse.

– J'en suis assez fier, fait le jeune homme en contemplant l'esquisse d'un air satisfait, fermant un œil et tenant à bout de bras le casse-noix en guise de repère. Ce n'est pas mal croqué pour avoir été fait de mémoire. Mais j'ai vu cette expression si souvent que je ne pouvais pas l'oublier. »

Crac ! du côté d'Edwin Drood.

Crac ! du côté de Mr. Jasper.

« En réalité, reprend le jeune homme après un moment de silence et tout en décortiquant ses noix d'un air piqué, je retrouve cette expression chaque fois que je la vois. Si son visage ne l'a pas à mon arrivée, je l'y laisse quand je la quitte. Tu le sais bien, mademoiselle la Dédaigneuse impertinente... Bouh ! »

Et il tend le casse-noix dans la direction du portrait.

Crac ! crac ! lentement, du côté de Mr. Jasper. Crac ! brusquement, du côté d'Edwin Drood. Puis un silence des deux côtés.

« Tu as perdu ta langue, Jack ?

– Tu as retrouvé la tienne, Ned !

– Non, mais, en somme, n'est-ce pas, tu comprends, en fin de compte... »

Mr. Jasper soulève ses noirs sourcils d'un air interrogateur.

« N'cst-cc pas désagréable de ne pas avoir le choix dans un cas comme celui-là ? Écoute, Jack ! Je t'assure ! Si je pouvais choisir, parmi toutes les plus belles filles du monde, je choisirais Pussy.

– Mais tu n'as pas le choix.

– C'est justement de cela que je me plains. Pourquoi mon défunt père et le défunt père de Pussy avaient-ils besoin de nous marier par anticipation ? Pourquoi diable ! allais-je dire, mais je ne veux pas manquer de respect à leur mémoire... Ne nous laissèrent-ils pas en paix ?

– Allons... Allons, mon garçon ! proteste Mr. Jasper sur un ton de doux reproche.

– Allons... Allons... Bien sûr, Jack, pour *toi*, tout va bien. *Toi*, tu peux prendre les choses d'un cœur léger. Ce n'est pas *ta* vie qui a été tracée avec un parcours marqué par des pointillés comme sur une carte d'état-major. Ce n'est pas *toi* qui as la désagréable impression d'être imposé à quelqu'un, pas plus que quelqu'un n'a l'impression désagréable de t'être imposé ou que tu lui es imposé. *Toi*, tu peux choisir librement. Pour *toi*, la vie est un fruit savoureux. Personne n'a pris soin de te l'affadir.

– Ne t'arrête pas, cher garçon, continue.

– Ai-je dit quelque chose qui t'ait blessé, Jack ?

– Comment pourrais-tu me blesser ?

– Tu ne sembles pas bien du tout, Jack. Il y a comme un voile sur tes yeux. »

Mr. Jasper, avec un sourire forcé, tend la main droite comme pour rassurer l'autre et gagner un peu de temps pour se remettre.

Après un moment de silence, il dit d'une voix affaiblie :

« J'ai pris de l'opium pour calmer une douleur atroce, à laquelle je suis sujet. Mais ce remède a des effets secondaires qui me prennent par surprise. C'est comme un nuage qui m'enveloppe. Mais ça va passer... ça passe. Ne me regarde pas, cela passera plus vite. »

Le jeune homme obéit, l'air épouvanté, et il fixe son regard sur les cendres du foyer. Jasper, sans détourner son propre regard du feu, mais au contraire en le fixant avec encore plus d'intensité, et en s'agrippant nerveusement aux bras du fauteuil, demeure quelques instants figé. Puis, le front perlé de sueur et la respiration un peu haletante, il reprend son état normal. Quand il se sent de nouveau bien, il pose avec douceur une main sur l'épaule de son neveu et, d'une voix moins troublée que ne le laisserait supposer le sens de ses paroles, au contraire, avec une pointe d'ironie, il dit :

« On prétend qu'il y a un squelette caché dans le placard de chaque maison, mais tu ne croyais pas qu'il y en avait dans la mienne, n'est-ce pas, Ned ?

– Sur ma vie, non, Jack, non, je ne le pensais pas. Toutefois, en y pensant, même dans le placard de Pussy... ou dans le mien... si nous en avions un...

– Mais tu allais dire, si je ne t'avais pas interrompu sans le vouloir, que ma vie est très tranquille. Pas de bruit, pas d'agitation, pas de soucis causés par le commerce ou les affaires, pas de déplacements, une totale adhésion à l'art que je cultive et qui est tout à la fois mon travail et mon plaisir.

– J'allais effectivement dire quelque chose de la sorte, Jack. Mais, vois-tu, quand tu parles de toi-même, tu laisses de côté bien des points que, moi, j'aurais fait ressortir. Par exemple : j'aurais mis au premier plan l'estime dont tu jouis en tant que chef des chœurs laïques – je ne sais quel titre on te donne dans cette cathédrale –, la satisfaction que tu éprouves en entendant louer les merveilles que tu fais avec tes choristes, ou la liberté de choisir tes amis, de garder ton indépendance dans cette vieille résidence, tes dons pour l'enseignement, pense donc que même Pussy, elle qui n'aime pas les professeurs, dit qu'elle n'a jamais eu de maître comme toi. Sans oublier tes relations...

– Oui, j'avais compris où tu voulais en venir, mais je hais tout cela.

– Tu le hais, Jack ? rétorque Edwin, stupéfait.

– L'étouffante monotonie de mon existence me ronge. Je la hais. Peu à peu, elle me brise. Comment trouves-tu nos offices ?

– Très beaux. Tout à fait célestes.

– A moi, ils me paraissent souvent diaboliques. J'en suis tellement las ! Il me semble que l'écho de ma voix renvoyé par la voûte se moque de mon labeur quotidien. Aucun des malheureux moines qui ont traîné leur morne vie avant moi dans ce lieu sinistre ne peut en avoir été las comme moi. Eux, du moins, ils pouvaient trouver un peu de réconfort, et c'est ce qu'ils faisaient, en sculptant des démons sur les stalles, sur leurs sièges et leurs pupitres... Que puis-je faire, moi ? Dois-je les sculpter dans mon cœur ?

– Et moi qui croyais que tu avais trouvé ta place exacte dans la vie, Jack, répond Edwin, étonné, en se penchant pour poser une main amicale sur le genou de Jasper et en le regardant avec une expression anxieuse.

– Je sais que tu le croyais. Tout le monde le croit.

– C'est certainement ce qu'ils pensent, dit Edwin en réfléchissant tout haut. C'est l'opinion de Pussy.

– Que t'a-t-elle dit ?

– La dernière fois que je suis venu, tu ne te rappelles pas ? il y a trois mois...

– Quelles furent exactement ses paroles ?

– Oh ! elle a seulement dit qu'elle était devenue ton élève et que tu étais fait pour cette vocation. »

Le plus jeune jette un regard sur le portrait. Le plus âgé en voit le reflet sur le visage de son compagnon.

« Quoi qu'il en soit, cher Ned, reprend Jasper en secouant la tête avec un sérieux badin, il faut que je me résigne, ce qui est plus ou moins la même chose, vu de l'extérieur... A présent, il est tard pour trouver autre chose. Que cela reste entre nous.

– Le secret sera jalousement gardé, Jack.

– Je t'ai confié cela parce que...

– Je sais pourquoi. Parce que nous sommes de vrais amis intimes, parce que tu m'aimes et que tu as confiance en moi comme je t'aime et comme j'ai confiance en toi. Tes mains, Jack. »

Ils se lèvent en se regardant dans les yeux et, tout en tenant serrées les mains de son neveu, l'oncle poursuit :

« Tu sais maintenant qu'un pauvre choriste, amateur de musique, même s'il semble avoir trouvé sa place dans la vie, peut être tourmenté par quelques velléités d'ambition, d'aspiration, d'inquiétude, d'insatisfaction, appelle ça comme tu veux...

– Oui, cher Jack.

– Et tu t'en souviendras ?

– Cher Jack, je te le demande, comment pourrais-je oublier une chose que tu m'as dite avec tant d'émotion ?

– Alors, prends cela comme un avertissement. »

Dégageant ses mains de l'étreinte, Edwin réfléchit un moment au sens de ces dernières paroles. Au bout d'un instant, il dit, l'air ému :

« J'ai bien peur de n'être qu'un pauvre garçon léger et superficiel, Jack, n'ayant guère de cervelle... Mais je suis jeune et peut-être ne deviendrai-je pas pire en vieillissant ? De toute façon, je crois avoir une certaine sensibilité qui a été touchée, extrêmement touchée par la manière généreuse dont tu t'es mis à nu devant moi pour me servir de leçon. »

Le visage et toute la personne de Jasper se sont figés. Sa respiration elle-même semble s'être arrêtée.

« Je n'ai pas pu ne pas m'apercevoir, Jack, que tu as fait un gros effort, que tu étais très différent de l'habitude. Je savais bien que tu as une grande affection pour moi, mais je ne m'attendais vraiment pas à un tel sacrifice, si je puis dire, pour mon bien. »

Mr. Jasper, qui respire de nouveau normalement, passant d'un extrême à l'autre sans aucune transition, hausse les épaules, rit et fait un geste de protestation.

« Non, ne plaisante pas, je t'en prie, Jack, je parle très sérieusement. Je ne doute pas que cet état d'âme un peu morbide que tu viens de décrire avec acuité n'entraîne de réelles souffrances dures à supporter. Mais laisse-moi te rassurer en ce qui me concerne. Je ne pense pas être sur cette pente. Dans moins d'une année, tu le sais, je retirerai Pussy de sa pension pour en faire Mrs. Edwin Drood. J'irai alors en Orient en tant qu'ingénieur, et elle me suivra. Même si actuellement nous nous disputons un peu, à cause d'un sentiment obligé de frustration engendré par une histoire d'amour organisée par avance, je suis certain que tout se passera bien quand tout sera fini et qu'il n'y aura plus à y revenir. En somme, Jack, comme le dit la vieille chanson que j'ai citée de mémoire pendant le dîner – et qui connaît mieux que toi les vieilles chansons ? –, "ma femme dansera et moi je chanterai, et la journée se passera gaiement". On ne peut nier que Pussy soit belle, et quand tu seras aussi bonne que belle, petite effrontée », et il s'adresse encore au tableau, « alors je brûlerai ton portrait caricatural et j'en peindrai un autre pour ton maître de musique. »

Mr. Jasper, le menton dans sa main, une expression de bienveillance rêveuse sur le visage, a observé attentivement les regards et les gestes qui ont accompagné les mots de son neveu. Quand le discours est terminé, il reste dans la même attitude comme sous l'influence de la fascination qu'exerce sur lui la vivacité d'esprit du jeune garçon tant aimé. Puis il dit calmement, avec un sourire :

« Alors, tu ne veux pas être averti ?

– Non, Jack.

– Alors, tu ne peux pas l'être ?

– Non, Jack. Du moins, pas par toi. D'abord, je ne me considère pas comme étant en danger et puis je n'aime pas te voir adopter une telle attitude.

– Si nous allions faire un tour au cimetière ?

– D'accord. Puis, si tu le veux bien, je ferai un saut à la maison des Nonnes pour y déposer un paquet. Des gants pour Pussy. Autant de paires de gants qu'elle compte d'années aujourd'hui. C'est poétique, n'est-ce pas, Jack ? »

Mr. Jasper, dont l'attitude n'a pas changé, murmure :

« C'est tout à fait charmant.

– Voici le paquet, il est dans la poche de mon pardessus. Il faut que je le remette aujourd'hui ou toute la poésie disparaît. Le règlement m'interdit de lui rendre visite le soir, mais pas de dire que j'ai laissé un paquet... Je suis prêt, Jack. »

Mr. Jasper abandonne son attitude contemplative et ils sortent ensemble.

III

Le chapitre 2 s'est donc achevé de façon ambiguë. Admirons de nouveau, lecteur, l'aimable jeu de mots du titre, revoyons la délicieuse scène ecclésiastique dont Dickens s'est servi pour tendre les premiers fils de son intrigue, et n'oublions jamais que c'est en cela que consiste avant tout l'art du romancier, d'autant plus accompli qu'il réussit mieux à « faire passer » des indications essentielles sans en avoir l'air, un peu à la manière des prestidigitateurs (Dickens lui-même était d'ailleurs un amateur passionné de ces jeux et ne perdait jamais une occasion de s'exhiber devant des parterres d'enfants ravis).

Mais nos spécialistes sont déjà en train de les discuter, ces indications essentielles du chapitre 2. Écoutons-les.

C'est-à-dire que non, pas encore, car juste en ce moment, Sherlock Holmes, après s'être entretenu à voix basse avec le modérateur, quitte l'estrade et va s'asseoir dans la salle. Pourquoi donc ? L'illustre détective, se borne à annoncer le Dr Wilmot, fera une déclaration à ce sujet à la fin du chapitre 3. En attendant, il est remplacé par Porphyre Petrovitch, le juge d'instruction qui vit clair dès le début dans le meurtre de *Crime et Châtiment*[1].

« Et vous, l'attaque aussitôt le Crapaud, que pensez-vous de ce grand secret de Jasper ? Vous ne me direz pas que vous le trouvez obscur ? L'oncle est mortellement

1. Porphyre Petrovitch, du Bureau des enquêtes criminelles de Saint-Pétersbourg, n'a pas de nom de famille dans le roman. Pour simplifier, nous le désignerons donc par son patronyme.

jaloux de son neveu et a décidé de s'en débarrasser : voilà tout. Un mystère de quatre sous, comme les fascicules mensuels dans lesquels il paraissait !

– En vérité, ils coûtaient un shilling », précise Loredana, en examinant la couverture.

Le magistrat tsariste sourit à la jeune fille, à travers la fumée de son éternelle cigarette, et s'adresse au Crapaud d'un ton sincèrement peiné :

« Non, non, cher monsieur. Pardonnez-moi, mais je ne suis pas d'accord. Dickens est un écrivain populaire, jamais négligé, grossier ou superficiel. Et à ce propos, je voudrais rappeler l'admiration, le véritable culte que notre Dostoïevski avait pour lui : au point que dans plusieurs de ses œuvres, et notamment dans *Humiliés et Offensés*, le Dr Wilmot me corrigera si je me trompe, des influences dickensiennes sont nettement perceptibles. »

Le Dr Wilmot ne le corrige pas, et l'enquêteur, après s'être excusé pour la digression, reprend :

« En somme, c'est cela que je voulais dire, le personnage de Jasper n'est pas du tout un hypocrite banal, un méchant de roman-feuilleton (bien que l'histoire de Raskolnikov soit sortie elle aussi en feuilleton, dans le *Russkij Jednik*), qui cache un ricanement derrière chaque sourire. C'est un homme complexe, tourmenté, partagé. Son affection pour Drood est sincère, spontanée, ses attentions pour son neveu n'ont rien de forcé. Sa conscience lutte désespérément contre... »

Oui, certes. Et aucun des congressistes n'osera interrompre cette belle défense de Jasper (de Jasper en tant que personnage, bien entendu, indépendamment de son crime réel ou présumé). Mais quant à nous, lecteur, retirons-nous un instant pour considérer les deux tendances, les deux écoles de pensée si l'on peut dire, qui commencent à se profiler au sein du groupe de travail avant même que Drood soit tué (s'il est tué).

La première, que l'on pourrait appeler « à la Porphyre Petrovitch », ou « des *porphyriens* », est celle qui voit dans le MED moins une *detective novel* qu'un thriller psychologique ou même psychiatrique, en raison de la drogue. Et l'autre, que nous appellerons « à la Christie », ou « des *agathistes* », considère que les ambitions policières du roman sont tout à fait claires et exigent par conséquent un dénouement à surprise.

Les phrases plus ou moins entrecoupées qui nous parviennent de la Dickens Room confirment du reste que les deux écoles sont déjà vivement aux prises :

«... chologique de l'assassin. C'est surtout cela, à mon modeste avis, que l'auteur...

– ... rien contre la psychologie, Dieu m'en garde, à condition pourtant...

– ... pable en tout cas devra être quelqu'un d'autre. Car, dans un vrai roman policier, le principal suspect ne peut absolument...

– ... sauf dans le cas de faux indices à sa charge agencés par lui-même : de sorte que, ceux-là venant à tomber...

– Mais c'est de Dickens qu'il est question, tout de même ! Pas d'un rafistoleur quelconque comme...

– Pas de remarques désobligeantes, s'il vous plaît ! Dickens est Dickens, personne n'en doute, mais si nous commençons à... »

La controverse se poursuit, aussi enflammée que peu concluante, jusqu'à ce que les rappels du modérateur rétablissent un certain ordre. Quand nous revenons dans la salle, Loredana est en train d'écrire une liste au tableau noir près de l'estrade, sous la dictée de Dupin :

L'OPIOMANE SANS NOM
LA TENANCIÈRE DE LA FUMERIE
DEUX AUTRES CLIENTS DE CELLE-CI
LE CHINOIS (tenancier d'une autre fumerie)
MR TOPE (bedeau de la cathédrale)
LES ENFANTS DU CHŒUR
LE DOYEN
LA FEMME DU DOYEN
LA FILLE (célibataire) DU DOYEN
LE RÉVÉREND CRISPARKLE
JOHN JASPER (maître du chœur et oncle de Drood ; ne ferait qu'un avec l'Opiomane du début et, peut-être, avec l'Inique d'Ezéchiel)
« PUSSY » (collégienne, fiancée de Drood ; pour le moment, nous n'en connaissons que le portrait)
EDWIN DROOD (jeune ingénieur, neveu de Jasper et fiancé de Pussy)
MRS. TOPE (femme du bedeau, faisant occasionnellement le ménage chez Jasper)

« Très bien, remercie Dupin. Nous avons ainsi, pour les deux premiers chapitres, une liste complète des personnages. Ou des suspects, si l'on préfère.

– Suspects, suspects, préfère, unanime, l'école des agathistes.

– Personnages », protestent les porphyriens, pour lesquels suspecter une collégienne ou, pis encore, le doyen et sa fille, nuirait au sérieux du débat.

Le modérateur donne la parole au surintendant Battle, de Scotland Yard, qui, bien qu'intime de Poirot, n'a jamais fait partie d'aucune école. C'est un homme solide, positif, pour qui une seule chose compte et a toujours compté dans les enquêtes : le résultat.

« Je me souviens, dit-il avec flegme, qu'il y a bien des années, en discutant avec l'un de mes inspecteurs du cas Waynflate…

– Le cas Waynflate, *parfaitement*[1], approuve Poirot. J'avais donné comme exemples de personnes non pas suspectes mais *soupçonnables* : une écolière modèle, une demoiselle des plus vertueuses et un haut dignitaire de l'Église anglicane.

– Mais, demande le modérateur, faisiez-vous quelque allusion implicite à nos personnages ?

– Non, non. Je me référais explicitement au fait que *quiconque* peut être un criminel. »

Sur ce principe irréfutable, tout le monde est d'accord, et le directeur du *Dickensian*, qui connaît la littérature sur l'affaire Drood comme sa poche, est invité au tableau noir.

« En théorie, dit Maigret en lui tendant la craie, tous ces braves gens sont "soupçonnables" dans l'affaire que nous avons à examiner. Mais pour nous simplifier la vie, voudriez-vous effacer ceux qu'aucun de nos prédécesseurs n'a jamais suspectés ? »

Wilmot commence par effacer le doyen, sa femme et sa fille. Il efface aussi le révérend Crisparkle, les « deux

1. En français dans le texte *(N.d. T.)*.

autres clients de la fumerie » et, après une hésitation, Drood. Puis il s'arrête.

« Naturellement, dit-il, il faut tenir compte du fait que les "reconstructions" tentées jusqu'à ce jour n'ont pas toutes la même valeur. Beaucoup sont même...

– Naturellement.

– Et alors il ne reste que l'Opiomane à effacer, puisque, comme je vous l'ai dit, personne n'a jamais douté que lui et Jasper étaient... la même personne.

– Mais vous, vous ne l'avez pas effacé, dit Maigret en contemplant sa pipe. Pourquoi ?

– Ah ! dit Wilmot, vous me mettez dans une situation bien difficile, commissaire. »

*

Les lecteurs qui préféreraient se représenter le Dr Wilmot assis en face de Maigret dans le bureau de ce dernier, tandis que les inspecteurs Janvier et Lucas le harcèlent eux aussi de questions, peuvent bien sûr le faire. Mais qu'ils ne s'attendent pas à le trouver plus accommodant ni disposé à tout dire. Son attitude reste circonspecte, réticente, évasive. Lui (répète-t-il) ne refuse pas de fournir tout renseignement utile sur les recherches déjà faites, sur les indices déjà recueillis. Du reste, il est là justement pour cela. Mais (insiste-t-il) il estime que certaines hypothèses « peut-être trop audacieuses » ne doivent pas être avancées, du moins pas pour le moment, « afin de ne pas troubler le cours normal de l'enquête ». Et cela (réaffirme-t-il) « dans l'intérêt même de la justice, si je peux m'exprimer ainsi ».

En somme, tout ce qu'ils arrivent à tirer de lui au Quai des Orfèvres, c'est le conseil de « surveiller les transformations inattendues de Jasper » : qui (peut-être à cause de l'opium qu'il prendrait comme médicament ?) semble tantôt « en soi », tantôt « hors de soi », et parfois, comme le lui fait remarquer Drood à un moment donné, « très différent de l'habitude ».

Maigret prend acte. Mais, dans la discussion entre l'oncle et le neveu, objecte-t-il, la chose la plus étrange ne lui semble pas tant le « transformisme » du premier que la naïveté du second. Est-il possible que le jeune homme prenne pour « une marque d'affection » les menaces à peine voilées de Jasper ? Et qu'il ne voie rien de sinistre dans l'invitation finale à « faire un tour au cimetière » ?

Le modérateur lève les bras.

« Effectivement, le quotient d'intelligence de Drood ne semble pas très élevé. Attendons. En tout cas, nous en reparlerons, ajoute-t-il avec un signe à l'hôtesse, après le troisième chapitre. »

Chapitre 3. La maison des Nonnes

Pour des raisons que la suite de ce récit fera comprendre, nous donnerons un nom fictif à la ville de la vieille cathédrale : celui de Cloisterham, par exemple. Il est possible que les druides l'aient connue sous une autre dénomination ; ce qu'il y a de certain, c'est qu'elle portait un autre nom sous les Romains ; un autre encore sous les Saxons ; un autre, enfin, sous les Normands. Qu'importe, au cours de tant de siècles, qu'un nom de plus ou de moins soit cité dans les chroniques poussiéreuses ?

C'est une ancienne ville que Cloisterham, et ce n'est pas le séjour idéal pour ceux qui aiment le bruit du monde. C'est une ville silencieuse et monotone, imprégnée d'une odeur de terre qui vient de la crypte de sa cathédrale. Les vestiges des tombes monastiques y sont si nombreux que les enfants de Cloisterham y font pousser de petites salades dans la poussière des abbés et des abbesses et font des pâtés de sable avec les nonnes et les frères. Quant au laboureur, dans les champs voisins, il a pour les lords trésoriers, les archevêques, évêques et autres jadis si puissants les mêmes attentions que l'ogre de la fable avait pour son indésirable visiteur : il broie leurs os pour faire son pain.

C'est une ville endormie que Cloisterham. Les habitants semblent croire, avec une inconscience plus qu'étrange et rare, que tous les changements qui devaient s'accomplir se sont produits dans les siècles passés et qu'il ne doit plus y en avoir à l'avenir. Curieuse conviction, fondée sur la mémoire du passé, mais plus ancienne que toute mémoire du passé. Les rues de Cloisterham sont tellement silencieuses (bien que promptes à faire écho à la moindre rumeur) que, les jours d'été, les stores de ses boutiques osent à peine claquer au vent du sud. Tandis que les vagabonds, cuits par le soleil, qui passent en regardant autour d'eux, clopinent plus vite pour échapper au plus tôt à cette respectabilité oppressante. Ils le peuvent sans peine, car la ville de Cloisterham n'a, pour ainsi dire, qu'une seule rue étroite par laquelle on entre et on sort. Le reste est surtout constitué de cours sans intérêt avec une fontaine au milieu et fermées à la circulation. Seuls font exception l'enclos de la cathédrale et le quartier pavé, édifié par les quakers, dans un coin ombragé, dont la forme générale et la couleur évoquent assez bien le bonnet d'une quakeresse.

En un mot, Cloisterham est une ville d'autres temps, de temps lointains, avec le son rauque de ses cloches, ses rauques corneilles qui tournent autour de la tour de la cathédrale, et ces autres corneilles, plus rauques et plus confuses, dans les stalles en bas. Des fragments du vieux mur d'enceinte, de la chapelle, des salles capitulaires, du couvent et du monastère ont été incorporés – de façon incongrue ou simplement pour boucher des trous – dans de nombreux jardins ou maisons de la ville. Et un méli-mélo d'idées tout aussi vieillottes s'est emparé de l'esprit de beaucoup de ses concitoyens. Tout, ici, appartient au passé. Même l'unique prêteur sur gages ne prête plus d'argent depuis longtemps et offre vainement les objets non retirés, parmi lesquels ceux de plus grande valeur sont de vieilles montres ternies et noircies, des pinces à sucre rouillées, oxydées, inutilisables, des volumes dépareillés d'ennuyeux ouvrages littéraires. Les signes les plus riches et agréables d'une vie florissante à Cloisterham sont ceux de la vie végétale dans ses nombreux jardins et potagers. Même le petit théâtre, déchu et languissant, a un petit bout de jardin qui accueille l'esprit malin quand il quitte la scène pour s'enfoncer dans les régions infernales, au milieu des haricots écarlates ou des coquilles d'huître, selon la saison.

Au centre de Cloisterham s'élève la maison des Nonnes, vénérable édifice de brique, qui tire probablement son nom de la légende qui en fait un ancien couvent. Sur la jolie grille qui ferme sa vieille cour est fixée une plaque de cuivre bien astiquée portant l'inscription : « Pensionnat de jeunes filles. Miss Twinkleton ». La façade de la maison est si vieille et délabrée et la plaque de cuivre si brillante qu'un tel contraste attire le regard de tout étranger doué de quelque imagination et évoque pour lui l'image d'un vieux beau décrépit portant un splendide monocle glissé devant son œil aveugle.

Les nonnes du temps jadis, pauvres créatures rompues à l'humilité chrétienne, courbaient-elles la tête pour éviter les poutres des plafonds bas, dans les nombreuses pièces de leur maison ? S'asseyaient-elles derrière les étroites fenêtres, basses elles aussi, pour égrener leur chapelet dans un dessein de mortification sans penser à s'en faire des colliers ? Pour achever d'extirper en elles l'irrésistible ferment par lequel l'infatigable mère Nature depuis toujours maintient ce monde en vie, les a-t-on emmurées vivantes dans quelque coin de l'épaisse muraille ou dans un pignon en saillie ? Ce sont là des questions capables d'intéresser les fantômes qui hantent la maison, s'il y a des fantômes, mais dont il n'est pas fait mention dans les bulletins semestriels de miss Twinkleton, pas plus dans la nomenclature des articles compris dans le prix ordinaire de la pension que dans celle des extras. La dame chargée des cours de poésie au pensionnat n'a porté dans sa liste d'œuvres en vers rien qui concerne des sujets aussi futiles.

Dans certains cas d'ivresse ou d'hypnotisme, il existe deux états de conscience qui n'interfèrent jamais et dont chacun poursuit son cours normal comme s'il continuait sans interruption (par exemple, si je cache une montre étant ivre, il faut que je m'enivre à nouveau pour me souvenir où je l'ai cachée). De même, il y a deux phases d'existence différentes chez miss Twinkleton. Chaque soir, dès que les demoiselles se sont retirées pour la nuit, miss Twinkleton arrange un peu les boucles de ses cheveux, ses yeux se font brillants, et elle devient une miss Twinkleton plus alerte, que les élèves n'ont jamais vue. Chaque soir, à la même heure, miss Twinkleton reprend la conversation de la veille, y compris les petits scandales amoureux de Cloisterham dont le jour elle ignore tout ; elle se remémore une certaine saison aux eaux de Tunbridge (que, dans cet état de conscience, miss Twinkleton appelle avec désinvolture

« les eaux »), c'est-à-dire ces vacances où un parfait gentleman (que, dans cet état de conscience, miss Twinkleton appelle ce « fou de Mr. Porters ») lui avait offert l'hommage de son cœur. Ce fut un grand événement. Mais miss Twinkleton en est aussi ignorante, durant son existence scolaire, que peut l'être une colonne de granit. La compagne de miss Twinkleton, dans les deux phases de son existence, sachant se conformer à l'une comme à l'autre, est une certaine Mrs. Tisher.

C'est une veuve remplie de déférence, le dos voûté, affligée d'une toux chronique et d'un filet de voix. Elle veille sur la garde-robe des jeunes pensionnaires et ne laisse passer aucune occasion de donner à entendre qu'elle a connu des jours meilleurs. Peut-être est-ce la raison pour laquelle on croit, et c'est un article de foi parmi les servantes, un article transmis par la tradition, que le défunt Mr. Tisher était coiffeur.

L'élève favorite de la maison des Nonnes est miss Rosa Bud[1], nom qui lui vaut, naturellement, le surnom de Bouton-de-Rose; jeune fille merveilleusement belle, merveilleusement enfantine, merveilleusement fantasque. Un intérêt embarrassé, parce que romanesque, s'attache à miss Bud dans l'esprit des jeunes pensionnaires du fait qu'un mari lui a été choisi et assigné par testament et que son tuteur est tenu à l'unir à son mari dès qu'elle sera majeure.

Miss Twinkleton, dans l'état pédagogique de son existence, n'a jamais cessé de combattre les idées romanesques qui s'attachent à la destinée de Rosa; d'ordinaire, elle secoue la tête, derrière les épaules à fossettes de miss Bud, tout en déplorant le sort malheureux de la pauvre victime condamnée au sacrifice. Mais tout ce qu'elle obtient (peut-être parce que l'influence cachée de ce fou de Mr. Porters rend moins efficace son attitude), ce sont des cris unanimes dans les chambres : « Mais qui croit-elle abuser, cette vieille miss Twinkleton ? »

La maison des Nonnes n'est jamais dans un plus grand état d'agitation que quand ce mari imposé vient rendre visite à la petite Bouton-de-Rose. Aucune des jeunes pensionnaires

1. *Bud* signifie bouton. Le surnom anglais de Rosa est *Rosebud*.

n'hésite à croire qu'il est légalement investi de ce privilège et que, si miss Twinkleton voulait contester son droit, elle serait immédiatement arrêtée et déportée.

Donc, quand le futur mari est attendu et qu'il sonne à la grille, toutes celles qui, sous un prétexte quelconque, peuvent s'approcher de la fenêtre y courent et regardent de tous leurs yeux. Celles qui répètent au piano jouent faux ; la classe de français est démoralisée, et les mauvaises notes pleuvent plus vite qu'une bouteille passe de main en main lors d'un banquet du siècle dernier.

Le lendemain du dîner des deux hommes à la porterie, dans l'après-midi, la cloche retentit et provoque l'agitation habituelle.

« Mr. Edwin Drood demande à voir miss Rosa. »

Ainsi s'exprime la première femme de chambre préposée au service du parloir.

Miss Twinkleton, avec un air parfait de mélancolie, se tourne vers la victime et dit :

« Vous pouvez descendre, ma chère. »

Miss Bud sort, suivie par tous les yeux.

Mr. Edwin Drood attend dans le salon de miss Twinkleton, une pièce agréable où rien ne rappelle l'école, hormis la présence de deux globes : l'un céleste, l'autre terrestre. Ces globes sont là pour faire comprendre aux parents et aux tuteurs que miss Twinkleton, même lorsqu'elle se retire dans ses appartements privés, est encore et à tout moment pleine du sentiment du devoir et disposée soit à parcourir la terre comme le Juif errant, soit à prendre son essor vers les cieux, toujours ardente à la recherche des connaissances qu'elle doit transmettre à ses élèves.

La nouvelle servante, qui n'a jamais vu le jeune homme auquel Rosa est fiancée, fait sa connaissance sur le seuil de la porte laissée grande ouverte pour la circonstance et descend précipitamment l'escalier de la cuisine, comme une personne prise en faute, au moment où une charmante petite apparition, le visage caché par un tablier de soie jeté sur la tête, se glisse dans le salon.

« Oh ! que c'est ridicule ! s'écrie l'apparition en s'arrêtant et en faisant un pas en arrière. Non, Eddy !

– Que veut dire ce “non”, Rosa ?

– N'approche pas, s'il te plaît. C'est tellement absurde !

– Qu'est-ce qui est absurde, Rosa ?

– Tout cela. C'est tellement absurde d'être orpheline, fiancée, et c'est tellement absurde que les filles et les servantes trottent dans tous les sens comme des souris dans les boiseries. Et il est tellement absurde d'être ainsi appelée... »

L'apparition semble avoir égrené ses récriminations.

« Tu me fais là une bien affectueuse réception, Pussy, je puis le dire.

– Tu l'auras dans une minute, Eddy, mais à présent j'en suis incapable. Comment vas-tu ? dit-elle très sèchement.

– Je ne puis en vérité te dire que je vais bien quand je te vois, Pussy, car je ne te vois pas. »

Cette seconde remontrance provoque l'apparition d'un œil noir, brillant et boudeur, dans un coin du tablier, mais il disparaît très vite tandis que l'apparition s'écrie :

« Oh ! Bonté divine ! Tu t'es fait couper la moitié des cheveux !

– J'aurais mieux fait de me faire couper la tête, je crois, dit Edwin en se passant brusquement la main dans les cheveux tout en jetant un regard furibond vers le miroir. » Puis, frappant du pied avec impatience : « Faut-il que je m'en aille ?

– Non, pas encore, Eddy, les filles me demanderaient pourquoi tu es parti.

– Une fois pour toutes, Rosa, veux-tu découvrir cette petite tête ridicule et me souhaiter le bonjour ? »

Le tablier est retiré et découvre une tête enfantine, tandis que celle qui le porte répond :

« Sois le bienvenu, Eddy... Voilà... Je suis sûre que c'est gentil. Serrons-nous la main. Non, je ne peux pas t'embrasser, j'ai un bonbon acidulé dans la bouche.

– Es-tu au moins contente de me voir, Pussy ?

– Oh ! oui, terriblement heureuse... Assieds-toi... Miss Twinkleton. »

Il entrait dans les habitudes de cette excellente dame, chaque fois que ces visites avaient lieu, d'apparaître toutes les trois minutes, soit en personne, soit par procuration, en la personne de Mrs. Tisher. C'était un moyen de sauvegarder les convenances tout en ayant l'air de venir chercher un objet oublié. En cette occasion, miss Twinkleton entre donc et sort gracieusement.

« Comment se porte Mr. Drood ? dit-elle en passant. Enchantée d'avoir le plaisir de vous voir. Excusez-moi, je vous prie… Ma pince à épiler… Merci.

– J'ai reçu les gants hier soir, Eddy, et ils me plaisent beaucoup. Ils sont magnifiques.

– Eh bien, c'est toujours quelque chose, répond le fiancé d'un air boudeur. Le moindre encouragement que tu me donnes doit être accueilli avec reconnaissance. Et comment s'est passé ton anniversaire, Pussy ?

– Délicieusement ! Chacun m'a fait un cadeau. Nous avons eu un festin et un bal le soir.

– Un festin… un bal… Il me semble que cela s'est très bien passé sans moi, Pussy ?

– Délicieusement, s'exclame Rosa, tout à fait spontanée et sans aucune réserve.

– Ah ! Et en quoi consistait le festin ?

– En tartes, en oranges, en gelées et en crevettes.

– Pas de cavaliers au bal ?

– Nous avons dansé entre nous, comme de raison. Mais quelques jeunes filles ont joué à être leurs frères. C'était si drôle !

– Et aucune n'a eu l'idée de jouer à être…

– A être toi ? Oh ! si fait, cher Eddy ! s'écrie Rosa en riant de tout son cœur. C'est la première chose à quoi l'on a pensé.

– J'espère qu'elle s'en est bien tirée, dit Edwin, sceptique.

– Oh ! d'une manière parfaite. Je n'aurais pas voulu danser avec toi, Edwin, tu le sais bien. »

La chose ne semble pas évidente à Edwin, qui sollicite la permission de demander pourquoi.

« Parce que j'étais si lasse de toi », répond Rosa, mais elle se hâte d'ajouter sur un ton suppliant en voyant la figure d'Edwin s'assombrir :

« Cher Edwin, toi aussi tu étais las de moi, tu le sais bien.

– Ai-je jamais rien dit de semblable, Rosa ?

– Toi ? Oh ! non... Seulement tu l'as laissé voir. Oh ! comme elle a bien joué son rôle ! s'écrie Rosa avec un soudain enthousiasme pour le talent de la pensionnaire qui a joué le rôle d'Edwin.

– Ce qui me frappe, c'est que cette fille doit être une petite impudente, dit Edwin Drood. Pussy, c'est le dernier anniversaire que tu passes dans cette maison.

– Ah ! oui. »

Rosa joint les mains, baisse les yeux, soupire et secoue la tête.

« Je suis désolée à cause de cette pauvre vieille maison... Je sais combien elle me manquera quand je serai partie, si loin... et si jeune...

– Peut-être ferions-nous mieux de couper court, Rosa ? »

Elle relève le front, lui jette un rapide regard brillant, puis de nouveau secoue la tête, soupire et baisse les yeux.

« Cela veut dire, n'est-ce pas, Pussy, que nous sommes tous deux résignés ? »

Elle fait de la tête un signe d'assentiment et, après un court moment de silence, elle dit bizarrement :

« Tu sais que nous devons être mariés quand je sortirai d'ici, sinon les pauvres filles seraient si affreusement désappointées ! »

Sur le moment, le visage du fiancé exprime plus de compassion pour elle et pour lui-même que d'amour. Puis il se reprend et demande :

« Si nous allions faire une promenade, chère Rosa ? »

La chère Rosa semble n'avoir point d'idée bien arrêtée sur la question, mais, tout à coup, son visage, qui avait une expression comique d'incertitude, s'éclaire.

« Oh ! oui, Eddy, allons faire un tour ! Et sais-tu ce que nous allons faire ? Nous ferons semblant, toi, d'être fiancé à quelqu'un d'autre et, moi, d'être libre, comme ça, nous ne nous querellerons pas.

– Tu crois que cela évitera de nous disputer ?

– J'en suis sûre. Chut ! Fais semblant de regarder par la fenêtre. Voici Mrs. Tisher. »

A la suite d'un concours fortuit de circonstances, l'imposante Mrs. Tisher fait son apparition et traverse la chambre avec le même bruissement que devait faire une douairière en robe de soie de jadis.

« J'espère que la santé de Mr. Drood est bonne… Du reste, ce n'est pas la peine de poser la question si j'en juge par sa mine. Je ne voudrais pas vous déranger, mais il doit y avoir un coupe-papier… Oh ! merci. »

Elle disparaît avec l'objet.

« Eddy, dit Rosa, fais-moi encore cette faveur : dès que nous serons dehors, laisse-moi marcher au bord du trottoir et toi reste près de la maison, le plus près possible du mur.

– Bien sûr, Rosa, si tu le désires. Mais puis-je te demander pourquoi ?

– Oh ! parce que je ne veux pas que les filles te voient.

– Il fait beau, mais si tu le désires, je peux ouvrir mon parapluie.

– Ne sois pas stupide ! Tes bottes ne sont pas très propres, ajoute-t-elle en faisant une petite moue et un mouvement d'épaules.

– Peut-être ce détail échapperait-il à ces demoiselles, même si elles me voyaient, fait observer Edwin, non sans jeter un coup d'œil dégoûté à ses bottes.

– Rien n'échappe à leur attention, monsieur. Et puis, je sais bien ce qui arriverait. Quelques-unes ne manqueraient pas de dire devant moi (car elles sont libres de choisir, *elles*) que jamais, au grand jamais elles ne se fianceraient à un amoureux qui n'aurait pas des bottes bien cirées. Silence ! Miss Twinkleton ! Je vais lui demander la permission de sortir. »

On entend, en effet, cette dame si discrète demander avant d'entrer, sur le ton de la plus aimable des conversations, à une personne imaginaire : « Ah ! en vérité, êtes-vous bien sûre que ma broche en nacre soit sur la table à ouvrage de ma chambre ? »

La permission de sortir est demandée et gracieusement accordée. L'instant d'après, le jeune couple sort de la maison des Nonnes avec toutes les précautions possibles pour qu'on ne découvre pas l'état défectueux des bottes de Mr. Edwin

Drood, précautions suffisantes, espérons-le, pour assurer la tranquillité de la future Mrs. Edwin Drood.

« Où irons-nous, Rosa ?

– Je voudrais aller à la boutique des loukoums.

– Où ça ?

– Ce sont des friandises turques. Tu ne comprends donc rien ? Tu te qualifies d'ingénieur et tu ne connais pas cela ?

– Comment les connaîtrais-je ?

– Parce que j'en suis folle. Oh ! j'oubliais que tu devais paraître épris d'une autre ! Tu n'as rien à voir avec ces bonbons. N'y pense plus. »

L'air sombre, il se laisse emmener à la boutique des loukoums, où Rosa fait ses achats. Après en avoir offert à Edwin, qui refuse avec une certaine indignation, puis ôté et roulé une paire de petits gants semblables à des pétales de rose, elle commence à puiser dans son sachet avec avidité. Elle porte de temps à autre ses doigts roses à ses lèvres vermeilles pour y essuyer la délicieuse poudre laissée par les loukoums.

« Maintenant sois gentil, Eddy, et joue le jeu. Ainsi, tu es fiancé ?

– Ainsi, je suis fiancé.

– Est-elle jolie ?

– Charmante.

– Grande ?

– Immensément grande. »

Rosa est fort petite.

« Elle doit manquer de grâce, constate-t-elle calmement.

– Je te demande pardon. Pas du tout. »

L'esprit de contradiction s'éveille chez Edwin Drood.

« Elle est ce qu'on appelle une belle femme, une splendide créature.

– Elle a sûrement un grand nez.

– Certes, ce n'est pas un petit nez, réplique vivement le jeune homme. »

Le nez de Rosa est petit.

« Un long nez pâle avec un bouton rouge au milieu. Oh ! je connais ce genre de nez, dit Rosa avec un petit mouvement de tête suffisant et tout en savourant tranquillement ses loukoums.

– Tu ne connais pas du tout ce genre de nez, réplique Edwin avec chaleur, car il n'est pas du tout comme ça.

– Il n'est pas comme ça ?

– Non, répond le jeune homme, déterminé à ne pas céder.

– C'est un nez rouge, alors ? Oh ! je n'aime pas les nez rouges. Mais elle a toujours la possibilité de le poudrer.

– Elle aurait honte de le faire, dit Edwin, qui s'échauffe.

– Vraiment !... Quelle créature stupide ce doit être !... Est-elle si stupide en toutes choses ?

– Elle ne l'est en rien. »

Après une pause, pendant laquelle Rosa ne cesse de regarder le jeune homme avec un air malicieux, elle reprend :

« Et cette très raisonnable créature se complaît à l'idée d'être emmenée en Égypte, n'est-ce pas, Eddy ?

– Oui. Elle prend un sensible intérêt aux succès remportés par les ingénieurs, spécialement quand ils peuvent transformer la vie d'un pays sous-développé.

– Juste ciel ! s'écrie Rosa, en haussant les épaules avec un petit rire d'étonnement.

– Trouves-tu quelque chose à redire à cela ? demande Edwin en abaissant son regard sur le visage de la jeune fille avec une certaine majesté. Trouves-tu à redire, Rosa, à ce qu'elle s'intéresse à ces travaux ?

– Y trouver à redire, mon cher Eddy ! Mais réellement ne hait-elle pas ces chaudières et tout le reste ?

– Je peux te répondre qu'elle n'est pas assez stupide pour haïr les chaudières, réplique le jeune homme sur un ton furibond. Mais je ne saurais dire quelle est exactement sa manière de voir le "reste", car je ne comprends pas réellement ce que tu entends par là.

– Mais elle ne hait pas les Arabes, les Turcs, les fellahs, et tous ces gens ?

– Certainement pas, répond-il avec fermeté.

– Au moins, elle doit haïr les pyramides ? N'est-ce pas, Eddy ?

– Pourquoi serait-elle une petite oie… non, je veux dire, une grande oie pour haïr les pyramides ?

– Tu devrais entendre miss Twinkleton, fait-elle en hochant

la tête et en dégustant ses loukoums, quand elle nous assomme avec toutes ces choses-là, et alors tu ne me le demanderais pas. Ce sont d'ennuyeux vieux tombeaux. Isis, Ibis, Chéops et les pharaons ! Qui s'y intéresse ? Sans parler de Belzoni, ou un nom comme ça, qu'on a sorti par les jambes à demi étouffé par la poussière et les chauves-souris. Toutes les filles disent que c'est bien fait pour lui. Elles espèrent que ça l'aura marqué et elles auraient souhaité qu'il fût vraiment étouffé. »

Les deux jeunes gens continuent à marcher côte à côte, mais sans se donner le bras, de mauvaise humeur, dans le vieil enclos. Ils s'arrêtent de temps en temps, laissant l'empreinte profonde de leurs pas dans la couche de feuilles mortes qui jonchent la terre.

« Eh bien ! dit Edwin après un long silence. C'est comme d'habitude. On ne peut pas continuer ainsi, Rosa. »

Rosa hoche la tête et déclare qu'elle ne tient pas à continuer.

« C'est un joli sentiment, Rosa, quand on considère…

– Quand on considère quoi ?

– Si je le dis, tu vas encore te fâcher.

– C'est toi qui vas te fâcher, tu veux dire… Ne sois pas mesquin.

– Mesquin ! C'est la meilleure !

– Eh bien ! oui. Moi, je n'aime pas ça et je te le dis tout net, s'écrie Rosa en faisant la moue.

– Écoute, Rosa. Je te demande qui a dénigré ma profession et ma destinée.

– Tu ne vas pas t'enterrer dans les pyramides, j'espère, interrompt-elle en fronçant ses sourcils délicats. Si c'est ça, pourquoi ne m'en avoir jamais parlé ? Je ne peux tout de même pas deviner tes projets !

– Allons, Rosa, tu sais très bien ce que je veux dire…

– C'est toi qui as commencé avec cette odieuse géante au nez rouge et elle devrait..., elle devrait..., elle DEVRAIT… le poudrer ! hurle Rosa avec un petit accès de fureur tout à fait comique.

– De quelque manière que je m'y prenne, je n'aurai jamais raison dans une discussion avec toi, dit Edwin, résigné.

– Comment serait-il possible que tu aies raison puisque tu

as toujours tort ! Quant à Belzoni, il est mort, je le suppose et je l'espère. En quoi ses jambes et ses étouffements te tiennent-ils à cœur ?

– Il est bientôt l'heure de rentrer, Rosa. Nous n'avons pas fait une promenade bien agréable, n'est-ce pas ?

– Agréable ! Dis une très désagréable promenade. Si je monte dans ma chambre dès que je serai rentrée et si je pleure au point de ne pas pouvoir prendre ma leçon de danse, ce sera toi le responsable.

– Soyons bons amis, Rosa.

– Ah ! s'écrie la jeune fille en secouant la tête et en éclatant réellement en larmes, je le voudrais tant ! C'est parce que nous ne pouvons rester bons amis que nous nous faisons souffrir l'un l'autre. Je suis bien jeune, Eddy, pour avoir de si vieilles peines de cœur, mais réellement j'en ai quelquefois. Ne te fâche pas. Je sais que tu en as toi aussi et trop souvent. Nous nous serions mieux entendus l'un et l'autre si l'on avait laissé les choses suivre leur cours. Je parle tout à fait sérieusement à présent et je ne cherche pas à te taquiner. Soyons indulgents l'un pour l'autre, cette fois, et envers les autres. »

Désarmé par cet éclair de féminité chez cette enfant gâtée, même s'il a été presque offensé de voir qu'elle a de plus en plus de mal à le supporter, Edwin la regarde pleurer et sangloter comme une enfant, pressant son mouchoir à deux mains sur les yeux. Puis elle commence à se calmer et, avec l'inconstance de son jeune âge, elle se met à se moquer d'elle-même pour s'être laissée aller à cette émotion ridicule. Edwin la fait asseoir sur un banc, sous les ormes.

« Un mot de franche explication, chère Pussy, dit-il. Je ne suis pas très malin en dehors de ma profession, et, si j'y pense, je ne sais si je le suis même là. Mais je veux bien agir. N'y aurait-il pas..., nc pourrait-il pas y avoir réellement..., je ne sais pas trop comment dire cela, et pourtant je dois le dire avant que nous ne nous séparions. N'y aurait-il pas un autre jeune…

– Oh ! non, Eddy, c'est généreux à toi de demander cela, mais non..., non..., non ! »

Ils sont arrivés très près des fenêtres de la cathédrale et, en cet instant, s'élève la musique sublime de l'orgue et des chœurs. Tandis qu'ils sont assis, écoutant l'hymne, la confidence qu'il a reçue la veille au soir revient à la mémoire d'Edwin Drood, et le jeune homme pense au contraste entre cette musique et l'état d'esprit de son oncle.

« Il me semble reconnaître la voix de Jack, dit-il à voix basse en suivant le cours de ses pensées.

– Ramène-moi vite à la pension, s'il te plaît, dit sa fiancée en posant sa petite main sur son poignet. Ils vont sortir de l'église dans un instant, allons-nous-en, Edwin. Oh ! la belle harmonie ! Mais ne nous arrêtons pas à écouter. Partons. »

Son impatience de s'éloigner cesse dès qu'ils sont hors de l'enclos. Ils marchent alors en se donnant le bras, graves, dans la grand-rue en direction de la maison des Nonnes. Arrivés à la grille, la rue étant déserte, Edwin penche son visage vers celui de Bouton-de-Rose. Elle se défend en riant, redevenant une petite écolière.

« Non, Eddy ! J'ai le visage tout plein de sucre, ne m'embrasse pas, mais donne ta main et j'y soufflerai un baiser. »

Il obéit et celle-ci y souffle légèrement. Puis il garde la main et la regarde :

« Maintenant, dis-moi, qu'y vois-tu ?

– Ce que j'y vois, Rosa ?

– Je croyais que vous autres, enfants de l'Égypte, vous saviez lire dans la main et y voir toutes sortes d'images. Vois-tu un heureux avenir ? »

Ni l'un ni l'autre, certainement, ne voient rien d'heureux, tandis que la grille s'ouvre et se referme, chacun allant de son côté.

IV

Si, au lieu de simples enquêteurs, il y avait ici des critiques et des historiens de la littérature (à qui le flair du *private eye* ne nuirait d'ailleurs aucunement), soyons sûrs que personne, après un chapitre comme le précédent, ne pourrait nous éviter une docte intervention sur les rapports entre Dickens et Alessandro Manzoni.

Par bonheur, seul le colonel des carabiniers hasarde une référence patriotique au grand Milanais. Après tout, Edwin et Rosa ne sont-ils pas des fiancés ? Et ne perçoit-on pas comme un lointain écho de Monza[1] dans cet ex-couvent où l'auteur évoque les fantômes des religieuses rebelles, emmurées vives à cause de leurs indomptables ... euh ... instincts naturels ?

Un colonel des carabiniers mérite toujours le respect, et le Dr Wilmot le remercie comme il se doit pour sa stimulante suggestion.

Mais l'allusion aux aspects troubles et carcéraux de la vie conventuelle fut très probablement inspirée à l'anticlérical Dickens par des réminiscences de Diderot et de Voltaire, et non du pieux Manzoni ; quant aux *Fiancés*, la situation d'Eddy et Rosebud est assez différente de celle de Renzo et Lucia, pour ne pas dire ... euh ... inverse.

D'autre part, continue le directeur du *Dickensian*, nous

1. Dans un chapitre célèbre de son roman *Les Fiancés*, Manzoni retrace l'histoire vraie d'une religieuse de Monza qui, au XVIIe siècle, séduite par un scélérat, se fit complice d'un meurtre pour cacher sa faute *(N.d. T.)*.

savons que ce fut là justement la toute première idée du roman. Nous sommes en avril 1869. Exténué par une longue tournée de conférences aux États-Unis, contraint au repos par son médecin, Dickens s'est retiré dans sa belle maison de campagne à Gadshill et reste souvent assis près de la fenêtre de son bureau qui encadre, dans le lointain, la tour de la cathédrale de Rochester/Cloisterham. Il est physiquement fatigué, c'est certain, et son état circulatoire inquiète sérieusement ses proches. Mais son extraordinaire énergie créative n'est pas diminuée, et il lui tarde de s'atteler à un nouveau roman. Ce qui le pousse, c'est peut-être aussi une sorte de jalousie professionnelle à l'égard de son ami Wilkie Collins – un peu moins ami depuis le succès retentissant de *La Pierre de lune*, best-seller de 1868.

Dans le calme et la verdure du Kent, Dickens commence donc à chercher une intrigue, et la première histoire qui lui vient à l'esprit est celle de deux adolescents qui non seulement s'aiment (ou croient s'aimer), mais devraient même, par le désir exprès de leurs parents défunts, se marier dès qu'ils en auront l'âge. Retournement peu banal de la situation traditionnelle, car ici l'obstacle réside justement dans le fait que l'amour et l'heureux dénouement ont été si bien programmés. Quelques semaines plus tard, Dickens change radicalement l'intrigue, mais sans renoncer à son couple de jeunes fiancés plus ou moins forcés.

Épargnons au lecteur les commentaires sur les fiancés en question que Philip Marlowe et Lew Archer échangent à voix basse. Sarcasmes faciles de « durs », énervés de surcroît par l'absence de tout réconfort alcoolisé, et dont les pensées sont désormais dirigées vers l'inauguration officielle et le somptueux cocktail qui, c'est à espérer, fera suite.

Heureusement, d'autres ont su cueillir, derrière les prises de bec et les minauderies du chapitre, des indices peut-être importants. Quant à Poirot, il se tait, mais rumine un détail en apparence très marginal. « Gadshill... Gadshill... », continue-t-il à se répéter. Pourquoi ce nom l'a-t-il frappé ? Où l'a-t-il déjà entendu ? Comme tout étranger anglicisé, il a eu soin de lire de fond en comble, sonnets compris, l'œuvre du barde national ; et maintenant sa diligence est récompensée. Gadshill : mais évidemment, c'est dans *Henry IV* ! C'est précisément là que Falstaff, venu pour l'une de ses rodomontades, est ignominieusement rossé par deux « hommes en bougran » (une sorte de gabardine) qui, dans son propre récit des événements, deviendront quatre, puis sept, puis neuf et enfin onze... Depuis lors, « hommes en bougran » veut dire proverbialement « hommes imaginaires », et dans l'esprit de Poirot flotte un instant, tel un mol effleurement de plantes aquatiques, un lien entre ces agresseurs fantômes et les « vagabonds cuits par le soleil » qui traversent Cloisterham en hâtant le pas. Une simple note de couleur pour souligner le provincialisme revêche de la ville ? Ou ne devons-nous pas plutôt nous attendre à ce que le criminel (si crime il y a) cherche à orienter l'enquête vers le classique « malfaiteur de passage » ?

L'enquêteur de Saint-Pétersbourg, pour sa part, s'est déjà lancé depuis un moment dans l'examen psychologique de la future victime (toujours à condition qu'il y en ait une) et de sa compagne.

P. PETROVITCH (*avec fougue*) : Oui, deux caractères infantiles, deux âmes ingénues. Mais avec une différence sensible. Edwin avoue candidement qu'il se sait « pas très malin en dehors de sa profession », et il se montre en effet très gauche, tout à fait désemparé devant les caprices et les humeurs de la jeune fille. Celle-ci, en revanche, fait bien voir qu'elle n'est pas une simple écervelée de comédie. Quand elle entend la voix de Jasper qui chante dans la cathédrale, elle a peur, s'agite, implore aussitôt Edwin de l'emmener loin de là. Et, à l'extrême opposé, elle tombe « en extase » au souvenir de la fête où elle a dansé avec une camarade de collège travestie en garçon. Serait-il exagéré de voir dans ces manifestations des troubles érotiques encore informes, inconscients si l'on veut, mais caractéristiques de cet âge ?

P. BROWN *(affligé)* : Sexe, sexe, sexe... Pauvre Dickens !

ARCHER *(entre ses dents)* : Non mais, de qui se moque-t-on ? Malgré tout son conformisme victorien, Dickens était bien loin d'être un saint ! En quête de plaisirs défendus, il demandait au libertin Wilkie Collins de lui servir de guide à Paris. Il entretenait secrètement une actrice, Ellen Lawless Ternan, de trente ans plus jeune que lui. Et apparemment il aurait eu aussi une histoire avec sa belle-sœur.

P. BROWN *(sec)* : Ça, c'est une pure calomnie.

WILMOT *(conciliant)* : D'autre part, on ne peut guère imaginer qu'un écrivain aussi vigoureux, au tempérament aussi sanguin n'ait pas eu une expérience personnelle de certains ... euh ... faits de la vie.

Mais DUPIN coupe court à la querelle d'un geste impatient : Messieurs, messieurs, tenons-nous-en au texte et ne perdons pas de vue le principal indice glissé dans ce chapitre. Miss Twinkleton ! Un écrivain comme Dickens sait que tout effet romanesque sera d'autant plus plausible, plus acceptable qu'il aura été soigneusement préparé à l'avance, subtilement annoncé dans un contexte différent. Et quand nous apprenons que miss Twinkleton, bien qu'il s'agisse d'un personnage secondaire et typiquement comique, vit une sorte de double vie, il nous faut dresser l'oreille. Il y a *deux* miss Twinkleton, nous dit l'auteur, séparées et distinctes au point qu'elles n'ont aucune conscience l'une de l'autre. Et il donne à ce propos un exemple curieux : celui de quelqu'un qui, ayant caché un objet un jour où il était ivre, ne peut le retrouver qu'en se replongeant dans le même état. Il s'agit en somme d'un vrai cas de dédoublement de la personnalité, et si Dickens nous le présente si vite, et dans un contexte « léger », je ne doute guère qu'il reviendra tôt ou tard dans un contexte dramatique, sinon même dans la solution finale.

LE CRAPAUD *(enroué, mais catégorique)* : Et ce serait un beau plagiat !

Le mot est grave, lecteur. Le Crapaud jouit d'un prestige considérable dans ce milieu, mais pas au point de pouvoir accuser impunément de plagiat l'un des romanciers les plus imaginatifs, les plus riches d'invention qui aient jamais existé. Le blasphémateur est contesté, insulté, invité à quitter la salle, surtout par cette minorité – toujours présente dans les congrès – qui n'est là que pour passer le temps, avec des invitations obtenues on ne sait comment, et qui s'ennuie s'il n'y a pas un peu d'agitation.

Quand un vieil avocat, une directrice d'école primaire et un jeune homme ayant le culte de la participation se mettent à vociférer dans un débat, le lecteur sait qu'est arrivé le moment où l'on n'y comprend plus rien. En vain le Dr Wilmot rappelle-t-il qu'il s'agit d'un colloque déterminé sur un roman déterminé ; en vain répète-t-il que les plagiats de D'Annunzio, l'hypocrisie victorienne, les débuts de l'industrialisation et le signe zodiacal de Dickens n'ont rien à voir avec le sujet.

Il est sauvé (pouvait-on en douter ?) par la chronosensible Loredana, qui rappelle aux participants une grande vérité : le temps vole, il ne reste plus qu'une demi-heure avant l'inauguration officielle. Mais qu'on se rassure. Chaque congressiste, en remontant dans sa chambre pour se faire beau, trouvera une surprise dans sa corbeille de fruits-hommage : un rouleau enrubanné de soie jaune avec le texte des deux derniers chapitres, le quatrième et le cinquième, du premier fascicule du MED. Les organisateurs en ont en effet tiré un nombre suffisant d'exemplaires sur papier japon, numérotés et signés en fac-similé par l'auteur, afin qu'au cours de la soirée tous les membres du groupe Drood puissent les lire, les méditer, et même les discuter, au cas où ils ne seraient pas attirés par le grand orchestre turco-brésilien qui jouera sur la terrasse panoramique au dernier étage de l'hôtel, après le grand cocktail dînatoire.

Archer et Marlowe se lèvent ensemble, passent une main sur leurs joues hirsutes et, renonçant à un nouveau rasage, partent instantanément à la recherche de la grande salle des cérémonies ou, plus précisément, de ce local annexe où, dans tout congrès, une file de serveurs se tient prête à faire tinter les verres et glouglouter les bouteilles.

Les autres se dispersent vers leurs chambres sans que personne, dans la hâte, ne se souvienne de Sherlock Holmes et de la déclaration qu'il avait promise.

*

« De l'importance de compléter », répètent les banderoles tendues tout autour de la grande salle. D'ailleurs, il faut le reconnaître, l'inauguration de ce congrès est en elle-même le triomphe de la complétude. Au grand complet, les autorités, en complets bleus ou gris fer ; et rien de plus complet, de plus achevé que les toilettes de ces dames, belles et nerveuses, qui se sourient l'une l'autre d'un air soulagé : oui, disent leurs regards comparatifs, nos laques et nos rouges, nos fonds de teint, nos bijoux et autres accessoires, sans parler de nos robes, sont bien à la hauteur de cette belle cérémonie.

Mais, lecteur, ce sont nos talents de chroniqueurs qui ne le sont pas. Comment rapporter, par exemple, le salut de la Ville éternelle adressé aux congressistes non par le maire (qui n'a finalement pas réussi à se libérer), mais par son adjoint, qui appartient à un autre parti mais lui ressemble à 78 %? C'est un discours complet, où rien ne manque, des remerciements aux sponsors à l'éloge des illustres participants, des citations classiques aux références à la coopération internationale, à la paix dans le monde et à la fraternité universelle.

Tout aussi achevés, bien que presque inachevables, sont les discours des orateurs suivants qui décomposent et recomposent avec des subtilités inouïes le concept d'achèvement, chacun y allant de ses citations, références, analogies, arguments théoriques. Platon et Dante,

Périclès et la Renaissance, Leibniz et les encyclopédistes, tout y passe, y compris bien entendu la théorie des ensembles, l'astrophysique, le mariage, l'écologie, l'Unesco, l'aide aux pays en voie de développement...

Tous ces discours sont ronds, prononcés rondement. Mais, lecteur, pourquoi les écouter quand le génie satirique de Dickens nous offre la quintessence même de la pomposité avec Mr. Sapsea ? Pourquoi ne pas imiter le groupe de travail Drood qui, en tapinois, sans bruit, commence à dérouler ses rouleaux et s'apprête à lire les deux derniers chapitres du premier fascicule ? Déroulons donc nous aussi.

Chapitre 4. Mr. Sapsea

Si l'on considère, suivant l'opinion généralement répandue, l'âne comme le type même de la stupidité contente de soi-même, ce qui est peut-être beaucoup plus conventionnel que juste, alors le plus grand âne de Cloisterham est Mr. Thomas Sapsea, le commissaire-priseur.

Mr. Sapsea s'habille comme le doyen ; il est quelquefois salué par des gens qui le prennent pour le doyen ; il lui est même arrivé de s'entendre donner du Monseigneur par des individus se figurant qu'il était l'évêque arrivé à l'improviste et sans son chapelain. Mr. Sapsea est très fier de cela, comme il est très fier de sa voix et de son style. Un jour qu'il effectuait la vente d'une propriété foncière, il a même tenté l'expérience de moduler sa voix pour mieux ressembler à celui qu'il considère comme le plus pur modèle de l'ecclésiastique. C'est ainsi qu'à la fin de ses ventes publiques Mr. Sapsea a l'air de donner sa bénédiction aux courtiers assemblés dans un style qui surclasse celui du doyen, un digne homme trop modeste.

Mr. Sapsea a beaucoup d'admirateurs : l'opinion exprimée sur lui par le plus grand nombre, et même par ceux qui n'ont pas foi en sa sagesse, est qu'il fait honneur à Cloisterham. Il possède deux grandes qualités : il est pompeux et borné, il parle et marche avec solennité, avec une certaine façon d'agiter les mains, onctueuse et majestueuse, comme s'il voulait confirmer ce qu'il dit aux gens.

Plus près de soixante ans que de cinquante, avec son estomac proéminent qui fait plisser son gilet ; passant pour riche, votant strictement dans le sens des intérêts respectables ; intimement convaincu que lui seul a grandi depuis le temps où il était enfant, comment cette tête fêlée de Mr. Sapsea ne feraitelle pas honneur à Cloisterham et à la société ?

La demeure de Mr. Sapsea est située dans la grand-rue, vis-à-vis de la maison des Nonnes. Elle date à peu près de la même époque, sauf quelques travaux irrégulièrement exécutés pour la moderniser au fur et à mesure des générations. Au-dessus de la porte, une effigie en bois représente en demi-grandeur le père de Mr. Sapsea, avec sa perruque et sa toge, en train de procéder à une vente. La simplicité de l'idée, l'exécution si naturelle du petit doigt, du marteau et du pupitre ont toujours été fort admirées.

Mr. Sapsea est assis dans son triste salon, au rez-de-chaussée, donnant directement sur une cour pavée et, au-delà, sur un jardin clos. Mr. Sapsea a devant lui une bouteille de porto, posée sur une table près du feu : le feu est un luxe un peu prématuré, mais non sans agrément, par cette fraîche soirée d'automne. Parmi les objets qui l'entourent, quelques-uns sont vraiment caractéristiques ; par exemple, son portrait, sa pendule, qu'il remonte tous les huit jours, et son baromètre. Nous disons qu'ils sont caractéristiques parce qu'il se croit au-dessus de tout le genre humain, comme son baromètre pour le temps et sa pendule pour l'heure.

Auprès de lui, sur la table, il y a une écritoire et tout le nécessaire pour écrire. Mr. Sapsea lit d'une voix emphatique un feuillet manuscrit. Puis, se promenant à pas lents dans la chambre, les pouces engagés dans les entournures de son gilet, il en redit les termes de mémoire, si bas d'ailleurs, quoique avec beaucoup de noblesse, que le mot « Ethelinda » est le seul qu'on peut entendre sortir de sa bouche.

Sur la table, il y a un plateau avec trois verres propres. La servante entre et annonce :

« Mr. Jasper est arrivé, monsieur. »

Mr. Sapsea fait un geste de la main qui signifie « Faites-le entrer » et prend sur le plateau deux verres.

« Je suis heureux de vous voir, monsieur. Je me félicite d'avoir l'honneur de vous recevoir ici pour la première fois. »

C'est ainsi que Mr. Sapsea fait les honneurs de sa maison.

« Vous êtes bien bon. L'honneur est pour moi, et c'est à moi de m'en féliciter.

– Cela vous plaît à dire, monsieur ; mais je vous assure que c'est pour moi une bien grande satisfaction de vous recevoir dans mon humble demeure. Et je ne dis pas cela à tout le monde. »

Mr. Sapsea met une solennelle majesté dans la manière dont il profère ces mots, comme pour dire : « Vous devez avoir du mal à croire que votre compagnie puisse être agréable à un homme tel que moi, et pourtant cela est. »

« Depuis longtemps, j'avais le désir de vous connaître, Mr. Sapsea.

– Et moi, monsieur, il y a longtemps que je connais votre réputation d'homme de goût. Permettez-moi de remplir votre verre et de vous dire », ajoute-t-il en remplissant le sien :

Quand les Français viendront
Puissions-nous les rencontrer à Douvres !

C'est un toast patriotique contemporain de l'enfance de Mr. Sapsea, et il est encore convaincu que ce toast convient à toutes les époques.

« Vous ne pouvez dissimuler, Mr. Sapsea, fait observer Jasper en examinant le commissaire-priseur avec un sourire, tandis que celui-ci étend ses jambes devant le feu, que vous connaissez le monde.

– Ah ! monsieur, dit Mr. Sapsea en émettant un petit rire, je pense le connaître un peu... quelque peu.

– La réputation que vous avez de posséder cette connaissance m'a toujours intéressé et surpris. C'est ce qui m'a donné le désir de vous connaître ; car Cloisterham est une petite ville... Claquemuré comme je le suis, je ne sais rien du reste du monde et je pense quand même que Cloisterham est une très petite ville.

– Si je n'ai pas visité les pays étrangers, jeune homme... », commence à dire Mr. Sapsea. Mais il s'arrête. « Vous m'excuserez de vous appeler jeune homme, Mr. Jasper ?... mais vous êtes beaucoup plus jeune que moi.

– J'en conviens.

– Si je n'ai pas visité les pays étrangers, jeune homme, les pays étrangers sont venus à moi. Ils sont venus à moi par la voie des affaires et j'ai profité de ces occasions. Supposez que je fasse un inventaire ou que je prépare un catalogue; je vois une pendule française... Je n'en ai jamais vu auparavant... Mais, à l'instant, je mets le doigt dessus et je dis: Paris. Je vois des tasses et des soucoupes chinoises, qui me sont également inconnues, je mets le doigt dessus et je dis: Pékin, Nankin, Canton. Il en est de même pour le Japon et l'Égypte, pour le bambou et le bois de santal des Indes. Je mets le doigt sur tout. Récemment, j'ai mis le doigt sur le pôle Nord et j'ai dit: "Voici une lance fabriquée par les Esquimaux pour une demi-pinte de xérès blanc."

– Vraiment!... Oh! voilà un remarquable moyen d'acquérir la connaissance des hommes et des choses, Mr. Sapsea.

– Je mentionne cela, monsieur, reprend Mr. Sapsea avec une indicible complaisance, parce que, selon moi, il ne suffit pas de se vanter de ce qu'on est, il faut encore montrer comment on est arrivé à cela, et alors on prouve quelque chose.

– Très intéressant. Mais nous devions parler de la défunte Mrs. Sapsea. »

Mr. Sapsea remplit les deux verres et met la carafe en sûreté.

« En effet. Avant de vous demander votre opinion comme homme de goût sur cette bagatelle, dit-il en prenant le feuillet, car ce n'est qu'une bagatelle, quoiqu'elle ait exigé, monsieur, quelque réflexion et une certaine concentration, je devrais peut-être vous décrire le caractère de Mrs. Sapsea, dont la mort remonte maintenant à neuf mois. »

Mr. Jasper, qui dissimule un bâillement derrière son verre, s'efforce de paraître attentif; mais il n'y réussit qu'imparfaitement, car il doit encore étouffer un nouveau bâillement qui amène des larmes dans ses yeux.

« Il y a donc une douzaine d'années environ, reprend Mr. Sapsea, quand j'eus élargi mon esprit, je ne dirai pas jusqu'au point où il est arrivé aujourd'hui, ce qui serait trop dire, mais jusqu'à ce point où l'esprit éprouve le besoin de rencontrer un autre esprit, je me mis en tête de chercher une compagne. Car, comme je le dis toujours, l'homme n'est pas fait pour vivre seul. »

Mr. Jasper semble vouloir inscrire dans sa mémoire cette pensée originale.

« Miss Brobity dirigeait à cette époque un établissement, je ne dirais pas rival de celui de la maison des Nonnes qui est en face, mais une institution parallèle dans le centre de la ville. On disait qu'elle avait un intérêt extraordinaire à suivre mes ventes lorsqu'elles avaient lieu les jours de congé ou pendant les vacances. On répétait qu'elle admirait mon style. On avait même remarqué qu'avec le temps on retrouvait des traces de mon style dans les dictées faites par miss Brobity à ses élèves. Croiriez-vous, jeune homme, que l'obscure malignité ait été jusqu'à faire circuler je ne sais quels bruits à ce sujet, et l'on m'assure qu'un père d'élève, ignorant et sot, un certain Mr. Churl, s'était permis de protester à ce sujet. Est-il vraisemblable qu'un homme doué de bon sens s'expose ainsi ouvertement à se faire montrer du doigt avec mépris ? »

Mr. Jasper hoche la tête :

« Non, ce n'est pas le moins du monde vraisemblable. »

Mr. Sapsea, tout au sujet qu'il traite avec une si pompeuse éloquence, semble vouloir remplir le verre de son visiteur, qui est resté plein, et remplit réellement le sien, qui est vide.

« Tout l'être de miss Brobity était profondément imprégné du respect de l'esprit. Elle révérait surtout l'esprit tendu, ou, comme elle le disait toujours, projeté vers une vaste connaissance du monde. Lorsque je lui fis ma demande, elle me fit l'honneur d'être bouleversée par une sorte d'effroi respectueux au point de ne pouvoir articuler que ces deux mots : “Oh ! vous !” Ses yeux, d'un bleu limpide, étaient fixés sur moi ; ses mains diaphanes étaient jointes ; la pâleur se répandait sur son visage aquilin. Bien qu'encouragée par moi à continuer, elle dit qu'elle ne pouvait pas ajouter un mot. Je vendis le pensionnat par contrat privé, et nous ne fîmes plus qu'un autant qu'il était possible dans de telles circonstances. Mais jamais elle n'a pu trouver une formule satisfaisante, pour exprimer son opinion, trop favorable peut-être, sur mon intelligence et, jusqu'au dernier moment (elle est morte d'une insuffisance hépatique), elle n'a jamais pu finir ses phrases en me parlant. »

Mr. Jasper a fermé les yeux, tandis que la voix du commissaire-priseur devient plus grave. Tout à coup, il les rouvre, et se mettant à l'unisson du discoureur :

« Ah ! »

Puis il s'arrête. Il était sur le point d'ajouter : « Les hommes ! »

« Depuis lors, reprend Mr. Sapsea, les jambes allongées et savourant solennellement les joies que donnent un vieux vin et un bon feu, j'ai toujours été ce que vous voyez : un homme seul avec son deuil, qui gaspille les trésors de sa conversation le soir. Je ne dis pas que je me suis adressé des reproches, mais je me suis parfois demandé : Que serait-il arrivé si elle avait épousé quelqu'un plus à son niveau ? Si elle n'avait pas dû regarder si haut, peut-être son foie aurait-il été en meilleur état.

– Peut-être bien, dit Mr. Jasper de l'air d'un homme plongé dans une profonde réflexion.

– Nous ne pouvons que le supposer, monsieur, admet Mr. Sapsea. Comme je le dis toujours, l'homme propose et Dieu dispose. On peut ou non exprimer la même idée sous une autre forme, mais voilà comment je l'exprime. »

Mr. Jasper fait entendre un soupir d'acquiescement.

« Et maintenant, Mr. Jasper, continue le commissaire-priseur, le monument funéraire de Mrs. Sapsea est terminé ; la maçonnerie est sèche. Permettez-moi donc de demander votre opinion d'homme de goût sur l'épigraphe que j'ai composée, comme j'ai déjà eu l'avantage de vous le dire, non sans un certain effort cérébral. Prenez-la en main. Il faut suivre des yeux la disposition des lignes pendant que l'esprit en pèse les termes. »

Mr. Jasper, résigné, regarde et lit ce qui suit :

ETHELINDA
épouse respectueuse de
MR. THOMAS SAPSEA
COMMISSAIRE-PRISEUR, EXPERT, AGENT IMMOBILIER ETC,
de cette ville,
Dont la connaissance du monde
Quoique très étendue

Jamais ne lui avait fait rencontrer
UN ESPRIT
plus apte à s'élever jusqu'à lui
ÉTRANGER, ARRÊTE-TOI
et te pose cette question :
POURRAIS-TU EN FAIRE AUTANT ?
Sinon,
RETIRE-TOI, LA ROUGEUR AU FRONT

Mr. Sapsea s'est levé et se tient debout, le dos au feu, pour suivre l'effet de ces lignes sur le visage d'un homme de goût. Il est donc face à la porte quand la servante reparaît, annonçant :

« Durdles est arrivé, monsieur. »

Mr. Sapsea se ressaisit et prend rapidement le troisième verre, l'heure de celui-ci étant arrivée, et dit :

« Faites entrer Durdles.

– Admirable ! s'écrie Jasper en lui tendant le feuillet.

– Vous approuvez, monsieur ?

– Impossible de ne pas approuver... C'est frappant, original et complet !... »

Le commissaire-priseur incline la tête comme un homme qui accepte son dû, puis il invite Durdles, qui entre, à prendre un verre pour se réchauffer.

Durdles est un tailleur de pierre ayant pour spécialité les pierres tombales et les monuments funéraires dont il a pris la couleur. Personne n'est plus connu que lui à Cloisterham. C'est le libertin patenté de l'endroit. La renommée le proclame excellent ouvrier (ce qu'il peut bien être pour autant que l'on sache, car il ne travaille jamais) et fieffé sot, ce que chacun sait. Il connaît la crypte de la cathédrale mieux que quiconque parmi les vivants et même parmi les morts. On raconte que cette intime connaissance de ce lieu secret lui est surtout venue de l'habitude qu'il a de s'y réfugier pour échapper aux polissons de Cloisterham et y cuver son vin. Il a en effet libre accès à la cathédrale, puisqu'il y est chargé des réparations sommaires. Quoi qu'il en soit, il la connaît très bien et, en démolissant des fragments de murailles, des contreforts, des dallages, il a souvent vu d'étranges choses. Il parle souvent de lui à la troisième personne ; peut-être parce que ses idées sont un peu confuses quant à son identité ; peut-être aussi adopte-t-il d'instinct, sans s'en rendre compte, la manière dont on parle à Cloisterham d'une personnalité aussi importante.

C'est ainsi que, parlant de ces étranges découvertes, il dira, par exemple : « Durdles est tombé sur le vieil homme (en faisant allusion à un haut personnage de l'ancien temps enseveli là) en frappant avec sa pioche sur le cercueil. Le vieux bonhomme a regardé Durdles comme pour lui dire : "Ne vous appelez-vous pas Durdles ? Pourquoi, mon brave homme, avez-vous tardé si longtemps ? Puis il est tombé en poussière." »

Une règle de deux pieds toujours dans sa poche et un marteau de tailleur de pierre presque toujours à la main, Durdles est sans cesse occupé à sonder et à taper partout dans la cathédrale, et chaque fois qu'il dit à Tope : « Tope, il y a là encore un autre vieux ! », Tope va annoncer la chose au doyen, comme une découverte certaine.

Vêtu d'un costume en grossière flanelle à boutons de corne, le cou serré dans une écharpe jaune dont les bouts sont en loques, un vieux chapeau noir tout roussi et des bottines lacées toujours couvertes de la poussière des tombes, Durdles mène une vie paresseuse et vagabonde, portant son dîner avec lui dans un petit paquet et s'asseyant sur la première pierre tombale qu'il rencontre pour y prendre son repas.

Le dîner de Durdles est devenu légendaire à Cloisterham : il l'accompagne toujours en public et, dans certaines occasions célèbres, il a même suivi Durdles jusqu'en prison (arrêté pour ivresse et reconnu incapable de se conduire) et a été traduit devant la cour, dans la grande salle de justice. Ces aventures ont toutefois été assez rares et ne lui sont arrivées qu'épisodiquement, car Durdles est aussi rarement ivre que totalement sobre. Pour le reste, c'est un vieux garçon qui habite une tanière aménagée dans une vieille maison inachevée qu'on suppose avoir été bâtie jusqu'au point où elle l'est avec des pierres volées au mur d'enceinte de la ville. Devant cette pauvre demeure s'étend une sorte de cour, où les pieds s'enfoncent dans une couche épaisse de pierres brisées. Au milieu s'élève un fouillis de vieux marbres, d'urnes, de draperies et de colonnes tronquées à tous les stades de fabrication. On dirait un petit bois pétrifié. Là, deux ouvriers à la journée taillent sans arrêt la pierre ; deux autres, face à face, scient sans trêve, sortant de leurs guérites, puis y rentrant avec un mouvement aussi régulier que des pantins mécaniques, symboles du Temps et de la Mort.

Dès que Durdles a ingurgité son verre de porto, Mr. Sapsea lui confie le précieux ouvrage de sa muse. Durdles, aussitôt, tire avec indifférence de sa poche sa règle de deux pieds et mesure tranquillement les lignes de l'épitaphe, tout en souillant le feuillet de poussière de pierre.

« C'est pour le monument, n'est-ce pas, Mr. Sapsea ?

– C'est l'inscription, oui. »

Mr. Sapsea en épie l'effet sur un esprit du commun.

« Cela fera l'affaire avec des lettres d'un huitième de pouce, dit Durdles. Mes respects, Mr. Jasper ; votre santé est bonne, je l'espère ?

– Et vous, comment allez-vous, Durdles ?

– J'ai gagné un peu de tombalisme, Mr. Jasper, mais je devais bien m'y attendre.

– Vous voulez dire de rhumatisme », dit Mr. Sapsea d'un ton sec.

Il est blessé de voir sa belle composition reçue avec tant d'indifférence.

« Non, Mr. Sapsea. C'est bien tombalisme que je veux dire. Le tombalisme est une espèce particulière de rhumatisme. Mr. Jasper sait ce que Durdles entend par là. Promenez-vous au milieu des tombes avant le jour par une matinée d'hiver, continuez à vous y promener, comme dit le catéchisme, tous les jours de votre vie et vous comprendrez ce que Durdles veut dire.

– C'est un lieu terriblement humide et froid, dit Mr. Jasper en frissonnant avec horreur.

– Et s'il fait terriblement froid pour vous qui êtes en haut dans le chœur, au milieu de la vapeur produite par la respiration d'êtres vivants, qu'est-ce que cela doit être pour Durdles qui est en bas dans la crypte au milieu des émanations humides de la terre et du souffle des morts ? C'est ce que Durdles vous laisse à juger. Faut-il se mettre à l'ouvrage tout de suite, Mr. Sapsea ? »

C'est avec l'empressement d'un auteur impatient de voir son œuvre publiée que Mr. Sapsea répond qu'elle ne sera jamais prête assez tôt.

« Vous ferez bien alors de me remettre la clef, dit Durdles.

– Mais l'inscription ne doit pas être mise à l'intérieur du monument.

– Durdles sait où elle doit être mise. Personne ne sait mieux que Durdles. Demandez au premier venu à Cloisterham si Durdles connaît son métier. »

Mr. Sapsea se lève, prend une clef dans un tiroir, ouvre un coffre-fort de fer scellé dans la muraille pour y prendre une autre clef.

« Quand Durdles doit mettre la dernière main à un ouvrage, que le travail à faire soit à l'extérieur ou à l'intérieur, Durdles aime à passer une inspection générale et à s'assurer que son œuvre lui fait honneur », explique Durdles, opiniâtre.

La clef que lui tend le veuf inconsolable étant de grande taille, il glisse sa règle dans une poche de son pantalon de flanelle, disposée pour cet usage ; puis il déboutonne sa veste, entrouvre une large poche intérieure et dépose la clef dans ce réceptacle.

« En vérité, Durdles, s'écrie Jasper, amusé, vous êtes criblé de poches !

– Et j'y mets pas mal de poids, soupesez celles-ci, dit-il en lui tendant deux autres clefs.

– Donnez-moi aussi celle de Mr. Sapsea ; c'est sûrement la plus lourde des trois.

– Vous trouvez qu'il y en a trop, dit Durdles ; mais toutes appartiennent aux monuments qui sont l'œuvre de Durdles. Durdles porte toujours les clefs sur lui. Ce qui ne prouve pas qu'on s'en serve bien souvent.

– A propos, s'écrie Jasper tout en s'amusant à examiner les clefs, il y a longtemps que je veux vous demander quelque chose, mais j'oublie toujours. Vous savez qu'on vous appelle quelquefois Stony, n'est-ce pas ?

– Tout Cloisterham me connaît sous le nom de Durdles, Mr. Jasper.

– Je le sais, mais, parfois, les enfants...

– Oh ! si vous vous occupez de ces jeunes garnements... interrompt Durdles avec humeur.

– Je ne m'inquiète pas plus d'eux que vous-même. Mais il s'est élevé l'autre jour une discussion à la chorale pour savoir si Stony doit être pris pour Tony. » (Il frappe, en parlant, les clefs les unes contre les autres. « Prenez garde de fausser les dentures, Mr. Jasper. ») « Ou si Stony signifie Stephen. » (Mr. Jasper continue à frapper les clefs, mais du côté de l'anneau. « Vous n'arriverez pas à en faire un instrument de musique, Mr. Jasper. ») « Ou si Stony n'est pas un surnom dérivé de votre profession. »

Mr. Jasper soupèse les trois clefs dans sa main et, relevant sa tête nonchalamment penchée vers le feu, il remet les clefs à Durdles avec un regard innocent et amical.

Mais Stony Durdles est d'humeur maussade. Ses idées étant toujours un peu confuses et, d'un autre côté, la conscience de sa dignité étant toujours en éveil, il est prompt à s'offenser. Il remet les deux clefs l'une après l'autre dans la poche de sa veste, qu'il boutonne, prend le paquet du dîner, qu'il avait accroché au dossier d'une chaise en entrant, équilibre le poids qu'il porte en y glissant la troisième clef comme si, semblable à l'autruche, il aimait à dîner de fer froid, et sort de la pièce sans daigner répondre.

Alors Mr. Sapsea propose une partie de trictrac qui, assaisonnée par sa brillante conversation, et terminée par un souper composé de rôti de bœuf froid et de salade, prolonge fort tard cette magnifique soirée. La manière dont Mr. Sapsea transmet sa sagesse aux profanes étant assez diffuse, celle-ci est encore bien loin d'être épuisée, mais son visiteur déclare qu'il reviendra pour profiter d'une si précieuse occasion de s'instruire. Mr. Sapsea le laisse donc se retirer afin de lui donner la liberté de réfléchir sur tout ce qu'il a recueilli durant cette première visite.

Chapitre 5. Mr. Durdles & C.

John Jasper, en traversant l'enclos pour rentrer chez lui, s'arrête net à la vue de Stony Durdles, qui, avec son paquet repas et tout son bagage habituel, se tient appuyé contre la grille de fer séparant le cimetière du vieux cloître. Un hideux gamin en guenilles jette des pierres sur cette cible idéale sous le clair de lune. Quelquefois, les pierres l'atteignent ; d'autres fois, elles ne font que siffler à ses oreilles, mais Durdles semble aussi indifférent dans un cas que dans l'autre. Le gamin, au contraire, toutes les fois qu'il touche Durdles, lance un sifflement de triomphe à travers une fente, qui semble faite exprès, sur le devant de sa bouche, où la moitié des dents manque. Quand il ne l'atteint pas, il dit :

« Encore loupé ! »

Et aussitôt il cherche à réparer son échec en visant mieux.

« Que fais-tu à cet homme ? dit Jasper, sortant de l'ombre et avançant dans le clair de lune.

– Je le prends pour cible, répond l'odieux garnement.

– Donne-moi les pierres que tu as dans la main.

– Oui, je vais vous les enfoncer dans la gorge si vous ne me lâchez pas, dit le gamin en se dégageant et en prenant le large. Je vous crève les yeux si vous ne regardez pas d'un autre côté.

– Petit démon que tu es, que t'a fait cet homme ?

– Il ne veut pas rentrer chez lui.

– Et en quoi cela te regarde-t-il ?

– Il me donne un demi-penny pour le faire rentrer chez lui si je le trouve dehors tard », dit l'enfant.

Puis il se met à chanter comme un petit sauvage en dansant et en trébuchant sur ses chiffons et les lacets de ses chaussures éculées :

Gare ! gare ! gare !
Je t'y prends ;
Il est plus de dix heures,

Si tu ne rentres pas,
Je te jetterai des pierres,
Gare ! gare ! gare !
C'est le chant du coq,
Il s'éveille, il s'éveille !
Gare ! gare ! gare !

Et, en appuyant sur le dernier mot, il lance une nouvelle pierre à Durdles.

Cette composition poétique est évidemment un signal convenu pour avertir Durdles de se mettre à l'abri, s'il le peut, ou de rentrer chez lui.

John Jasper, d'un signe de tête, invite l'enfant à le suivre, jugeant peut-être également inutile d'employer la force ou la persuasion, et il s'avance vers la grille contre laquelle Stony, le lapidé, s'appuie, plongé dans ses pensées.

« Connaissez-vous cette chose..., je veux dire cet enfant ? lui demande Jasper, embarrassé pour trouver un terme applicable à cette malfaisante petite créature.

– C'est Deputy, répond Durdles en hochant la tête.

– Est-ce là son nom ?

– Deputy, oui, répète Durdles.

– Je suis domestique à l'auberge des Deux-Sous, près de l'usine à gaz, explique la chose. Tous les domestiques y sont appelés Deputy. Quand l'auberge est pleine et que les voyageurs sont au lit, je sors et me promène pour ma santé. »

Puis, revenant sur la route, il vise sa cible et reprend :

Gare ! gare ! gare !
Je t'y prends ;
Il est plus de dix heures,

« Arrête ! lui crie Jasper ; et ne lance pas de pierres à cet homme lorsque je suis près de lui ou je t'étrangle ! Allons, Durdles, laissez-moi vous reconduire chez vous. Voulez-vous que je porte votre paquet ?

– Sous aucun prétexte, réplique Durdles en s'en saisissant. Durdles réfléchissait, Mr. Jasper, lorsque vous êtes arrivé. Il méditait sur ses œuvres, comme un auteur célèbre. Voici votre beau-frère. »

Il montre un tombeau au-delà de la grille dont la pierre blanche est éclairée par la lune.

« Là, c'est Mrs. Sapsea. »

Il indique le monument de cette épouse dévouée. Puis, désignant la colonne brisée d'un révérend personnage :

« Le défunt inspecteur des impôts. »

Il pointe du doigt vers une urne avec une draperie posée sur un socle qui ressemble à un pain de savon :

« Enfin, voilà le pâtissier, premier confectionneur de muffins, très respecté. Tous sont là, bien en sûreté dans des tombes construites par Durdles. Quant aux individus du commun qui sont enfouis sous la terre, au milieu des ronces, moins on en parle, mieux cela vaut. Ce sont de pauvres gens vite oubliés.

– Cette créature, ce Deputy, est derrière nous, dit Jasper en se retournant, est-ce qu'il va nous suivre ? »

Les relations entre Durdles et Deputy sont d'une nature capricieuse. Lorsque Durdles se retourne avec la grave lenteur d'un individu imbibé de bière, Deputy fait un large crochet et s'arrête, sur la défensive.

« Deputy, tu n'as pas crié "Gare !" avant de me jeter les pierres, ce soir, dit Durdles, se rappelant tout à coup cette offense.

– Vous mentez ! J'ai crié ! réplique Deputy, qui ne connaît pas de forme de dénégation plus polie.

– J'avoue mon tort, dit Durdles, aussi prompt à oublier l'injure qu'il l'avait été à l'imaginer. C'est le frère tout craché de Pierrot le Sauvage. Je lui ai donné un but dans la vie.

– Un but qu'il vise avec plaisir, insinue Mr. Jasper.

– C'est vrai, monsieur, répond Durdles, se rendant pleinement à la justesse de l'observation, un but dont il profite. Je l'ai pris un jour en main et je lui ai donné un but. Qu'était-il auparavant ? Un destructeur. Quelle œuvre accomplissait-il ? Une œuvre de destruction. Qu'y gagnait-il ? Quelques courts séjours dans la geôle de Cloisterham. Pas une personne, pas une chose, pas une fenêtre, pas un cheval, un chien, un chat, un oiseau, une poule qu'il ne lapidât, faute d'avoir un but élevé. Ce but, je le lui ai offert, et maintenant il peut gagner honnêtement son demi-penny et réaliser ses trois pence par semaine.

– Je m'étonne qu'il n'ait pas de concurrents.

– Il n'en manque pas, mais il les chasse à coups de pierre. Maintenant, je ne sais pas ce qu'on doit penser de mon idée, poursuit Durdles en retombant dans ses réflexions confuses. Je ne sais comment on peut la qualifier. N'est-ce pas quelque chose comme une sorte de plan d'éducation nationale ?

– Je ne pense pas, répond Jasper.

– Moi non plus, fait Durdles. Alors n'essayons pas de lui donner un nom.

– Deputy est toujours derrière nous, dit Jasper en se retournant.

– Nous ne pouvons faire autrement que de passer devant l'auberge des Deux-Sous si nous prenons le chemin le plus court pour rentrer chez moi, fait observer Durdles. Quand nous y serons, nous y laisserons le petit sauvage. »

Ils continuent donc leur route. Deputy forme l'arrière-garde et trouble le silence de la nuit par le sifflement des pierres qu'il lance contre chaque mur, chaque poteau, chaque pilier, contre chaque objet inanimé qui s'offre sur la route déserte.

« Y a-t-il quelque chose de nouveau, en bas, dans la crypte ? demande John Jasper.

– Quelque chose de vieux, voulez-vous dire, grommelle Durdles. Ce n'est pas là qu'il faut chercher du nouveau.

– Je voulais dire : N'y a-t-il aucune nouvelle découverte faite par vous ?

– Si, il y a un vieux personnage sous le septième pilier à gauche, quand vous descendez les marches brisées de la petite chapelle souterraine. J'ai découvert, si je puis dire que la découverte soit faite, que ce devait être l'un de ces vieux à crosse. Si l'on en juge par l'étroitesse des passages dans les murs, des escaliers et des portes qu'ils empruntaient, ces crosses devaient terriblement les gêner ; et si deux d'entre eux se rencontraient à l'improviste, ils devaient heurter leurs mitres l'une contre l'autre. »

Sans relever ce que cette observation peut avoir de prosaïque, Mr. Jasper considère son compagnon, couvert de la tête aux pieds de chaux, de plâtre et de sable, comme s'il se sentait lui, Jasper, pris d'un intérêt romantique pour cette vie étrange.

« Votre existence est curieuse », dit-il.

Sans laisser voir s'il prend cette remarque pour un compliment ou pour une offense, Durdles réplique d'un ton rauque :

« La vôtre l'est aussi !

– Ma destinée, comme la vôtre, me condamne à vivre dans ce même lieu antique, immuable et glacé, sentant la terre, certes. Mais il y a plus de mystère et d'intérêt dans vos rapports avec la vieille cathédrale que dans les miens. Il me vient parfois l'idée de vous demander de me prendre comme élève, comme une espèce d'apprenti volontaire. J'irais quelquefois avec vous examiner ces vieux et étranges recoins où vous passez vos journées. »

Stony répond vaguement :

« D'accord. Tout le monde sait où trouver Durdles quand on a besoin de ses services. »

Ce n'est pas la stricte vérité, mais c'est proche, en ce sens qu'on est toujours sûr de trouver Durdles en train de vagabonder quelque part.

« Ce qui éveille surtout mon intérêt, dit Jasper, toujours poussé par son romantisme, c'est la rare précision avec laquelle vous découvrez la place où un corps a été enterré. Eh bien, qu'arrive-t-il ? Est-ce que votre paquet vous gêne ? Laissez-moi donc m'en charger. »

Durdles s'est arrêté et recule de quelques pas. Deputy, qui suit tous ses mouvements, fait immédiatement un crochet sur la route. Durdles cherche du regard quelque coin pour y déposer son paquet. Quand il en est débarrassé :

« Passez-moi seulement mon marteau, dit-il, et je vous montrerai. » Bruit de ferraille, et le marteau lui est donné. « Maintenant, regardez. Vous prenez le *la* avant de chanter, n'est-ce pas, Mr. Jasper ?

– Oui.

– Moi aussi. Je prends mon marteau et je tape. »

Il frappe sur le pavé, et Deputy, toujours sur le qui-vive, s'éloigne un peu plus loin comme s'il avait peur pour sa tête.

« Je tape... Je tape... Je tape... C'est solide. Je continue à taper. Solide encore. Je tape toujours. Et voilà le creux. Je tape toujours sans m'arrêter. Une partie du creux se trouve là. Je tape... Je tape... pour être sûr de mon fait. Et dans le creux un solide et, dans le solide, un autre creux. Le voilà ! C'est un vieux tout effrité dans un cercueil de pierre, sous une voûte.

– Étonnant !

– Je fais aussi ceci », dit Durdles en tirant de sa poche sa règle de deux pieds.

Deputy se rapproche alors, comme s'il pensait qu'on allait découvrir un trésor qui le rendrait riche et lui ouvrirait l'agréable perspective de faire condamner les découvreurs, sur son témoignage, à être pendus par le cou jusqu'à ce que mort s'ensuive.

« Supposons que ce marteau soit un mur fait par moi. Deux et deux font... Quatre et deux font... six, poursuit Durdles en mesurant le pavé. Six pieds à l'intérieur de ce mur, il y a Mrs. Sapsea.

– Pas réellement Mrs. Sapsea.

– Disons Mrs. Sapsea. »

Durdles tape sur le mur représenté par le marteau et dit, après avoir sondé :

« Il y a là quelque chose entre nous. Il est certain que quelques gravats ont été laissés dans cet espace de six pieds par les hommes de Durdles. »

Jasper affirme qu'une telle précision est un don.

« Ce n'est certainement pas un don, réplique Durdles, qui prend mal l'observation. J'ai beaucoup travaillé pour arriver où j'en suis. Durdles a acquis ses connaissances en fouillant le sol profondément et en allant jusqu'aux entrailles de la terre quand cela était utile. Holà, Deputy !

– Gare ! crie Deputy d'une voix perçante en se tenant au large.

– Attrape ce demi-penny et que je ne te voie plus de cette nuit quand nous serons arrivés devant l'auberge des Deux-Sous.

– Gare ! » réplique Deputy, en attrapant le demi-penny, comme s'il voulait exprimer par ce mot énigmatique qu'il souscrivait à l'arrangement.

Ils n'ont plus qu'à traverser ce qui fut la vigne de l'ancien monastère pour arriver à l'étroite ruelle dans laquelle s'élève une maison de bois délabrée, à deux étages fort bas, connue sous le nom d'auberge des Deux-Sous. Une maison déjetée, déformée comme la moralité des voyageurs qu'elle reçoit, avec les vestiges d'un porche, un treillage au-dessus de la porte d'entrée et une palissade devant le jardin à l'abandon. C'est sans doute parce que les voyageurs tiennent à cette maison et y sont attachés par un tendre sentiment (ou parce qu'ils aiment à pouvoir allumer du feu sur leur route dans le courant de la journée) que jamais, soit par la persuasion, soit par la menace, on ne peut les empêcher de partir sans arracher et emporter avec eux un fragment de cette palissade, comme d'autres emporteraient une fleur.

On a essayé de donner à ce lieu misérable l'apparence d'une auberge en accrochant aux fenêtres des morceaux de traditionnels rideaux rouges. Mais ces lambeaux sont devenus presque transparents et laissent apparaître, le soir, à la faible lumière des chandelles qui brûlent dans la nuit, l'atmosphère viciée du logis. En approchant, Durdles et Jasper voient une lanterne en papier accrochée au-dessus de la porte avec une inscription indiquant la destination de la maison. Un groupe formé d'une demi-douzaine d'odieux garnements les accueille. Sont-ce des hôtes à deux sous, leurs domestiques ou des parasites de ceux-ci ? Sans doute attirés par l'odeur de charogne que Deputy répand dans l'air, ils prennent leur essor au clair de lune comme des vautours dans le désert. Aussitôt, ils se jettent des pierres les uns aux autres.

« Arrêtez, jeunes brutes ! s'écrie Jasper, irrité, et laissez-nous passer. »

Cette injonction est accueillie par des cris et des jets de pierres selon une coutume entrée ces dernières années dans les règlements de police de nos communautés anglaises où partout les chrétiens sont lapidés, comme si l'époque de saint Étienne était revenue. Durdles fait observer que, si ces jeunes sauvages en usent ainsi, c'est faute d'avoir trouvé un but, et il poursuit sa route dans la ruelle.

Arrivé au coin, Jasper, exaspéré, arrête son compagnon et regarde derrière lui. Tout est silencieux. Mais, une seconde après, une pierre effleure son chapeau. On entend au loin le fameux cri : « Gare ! gare ! gare ! le coq s'éveille ! » suivi par un cocorico semblable à celui de quelque horrible Chanteclerc issu des Enfers qui l'eût informé de qui il s'agissait. Jasper tourne le coin de la ruelle pour se mettre à l'abri et ramène Durdles chez lui. Durdles trébuche sur les pierres de son jardin rocailleux comme s'il allait se jeter la tête la première contre l'une des tombes inachevées.

John Jasper regagne sa demeure par un autre chemin. Il entre sans bruit et retrouve un feu qui brûle encore. Il prend dans un placard soigneusement fermé à clef une pipe d'aspect insolite, qu'il remplit, mais pas avec du tabac. Il en tasse le fourneau à l'aide d'un petit instrument, puis monte un escalier intérieur composé de quelques marches qui mène à deux chambres, la sienne et celle de son neveu. Dans chacune d'elles brûle une lampe.

Son neveu est couché et dort d'un sommeil tranquille. John Jasper, debout près de lui, sa pipe non allumée à la main, demeure quelque temps à le contempler fixement et avec une extrême attention. Puis, étouffant le bruit de ses pas, il gagne sa chambre, allume sa pipe et s'abandonne aux spectres qu'on invoque à minuit.

V

Un applaudissement plus nourri que les précédents, presque une ovation, salue la fin du dernier discours ; et les membres du groupe Drood, qui viennent de terminer leur lecture, ont un instant l'impression que le nombreux public s'écorche les mains pour Dickens. Il en était sans doute ainsi quand le grand écrivain ramassait, de théâtre en théâtre, des sommes considérables en lisant avec toute la fougue de son exceptionnel talent d'acteur les passages les plus dramatiques de ses romans.

Mais ici, nous ne sommes pas au théâtre, il ne s'agit que d'un congrès, et aucun de ceux qui s'empressent maintenant vers le buffet n'a payé son entrée. Vaut-il la peine de s'attarder devant les longues tables, parmi la foule qui se dispute les gourmandises exhibées ? Le lecteur connaît assurément les poussées, coups de coude, renversements de sauces et de boissons auxquels on s'expose dans ces banquets belliqueux. Laissons donc le groupe se débrouiller tout seul et rejoignons-le alors qu'il est de nouveau réuni, à un ou deux détectives près, dans une sorte d'antichambre à l'écart.

Les assiettes remplies hâtivement et au hasard, comme de coutume en pareilles occasions, présentent pas mal d'énigmes, et les premières phrases que nous entendons sont à peu près de ce genre :

« Une datte et dedans… une crevette ! *Ça alors*[1] !

1. En français dans le texte *(N.d. T.)*.

– Que peut-il bien y avoir sous cette sauce verte ?

– Sauf erreur mon pigeon est un pigeon, mais tenez-vous bien, il est farci de mangues.

– Crème caramel sur rondelle de saucisson ? *Well, did you ever*?

– Toutefois l'intention est bonne, remarque le DR WILMOT, en séparant une banane frite de sa garniture de choucroute. C'est l'intégralité culinaire qu'on doit avoir visée, ici. Il y a vraiment de tout dans ce *dinner*.

– La cuisine, proclame NERO WOLFE (qui, pour éviter les surprises, s'est limité à une branche de céleri cru), ne se fait pas avec des combinaisons chaotiques. L'art de la cuisine est calcul, préméditation minutieuse, dosage, comme l'art du roman. Voyez Dickens, messieurs. Regardez ce qu'il fait avec Giovanni Battista Belzoni (1778-1823), un archéologue italien qui faillit mourir encastré dans une galerie de la deuxième pyramide de Gizeh. Il le fait nommer, dans le chapitre 3, par Rosa, qui en rappelle incidemment la dangereuse aventure. Mais il prépare ainsi la crédibilité de Durdles, qui, à sa façon, dans un contexte comique et strictement anglais, est lui aussi archéologue et se sert des mêmes méthodes pour ainsi dire “échographiques”. Et celles-ci anticipent probablement à leur tour tant le *modus operandi* de l'assassin que la découverte finale de l'assassiné. C'est avec cette finesse que l'on travaille dans la haute cuisine !

DUPIN : Sans parler de l'histoire des clefs. L'idée de faire frapper par un musicologue trois clefs semblables l'une contre l'autre, pour pouvoir, le moment venu, reconnaître la bonne grâce au son, me semble en effet d'une finesse exceptionnelle. Je n'en dirais pas autant de ce jambonneau à la crème de menthe.

LE CRAPAUD : Finesses ? Mais où les voyez-vous donc ?... Ce n'est qu'une lourde accumulation d'indices contre Jasper, comme cette demi-livre de poivrons qu'ils m'ont versée sur une seule malheureuse grenouille ! Jasper qui imagine le prétexte tout à fait transparent de l'inscription funéraire pour se rendre chez Sapsea, y rencontrer Durdles et repérer la clef de la sépulture où il a d'ores et déjà décidé de cacher le futur cadavre ! Et puis, toujours dans le même style, la rencontre nocturne et “fortuite” avec Durdles justement devant le cimetière !

WILMOT *(piquant de sa fourchette les petits dés de langouste malencontreusement sortis de sa crêpe à la confiture)* : Je dois préciser que cette dernière coïncidence n'est pas imputable à quelque maladresse ou négligence, fautes dont on accuse parfois Dickens. L'auteur y a été obligé du fait que le roman sortait en livraisons mensuelles. Il avait terminé le premier numéro, c'est-à-dire celui d'avril, avec le chapitre 4, et était déjà très avancé dans celui de mai, où la rencontre nocturne avec Durdles occupait le chapitre 8. Mais, au dernier moment, l'imprimeur s'aperçut que le fascicule serait trop court : il manquait 6 pages aux 32 annoncées. D'où la transformation de l'ex-chapitre 8 en chapitre 5 et son incorporation dans le numéro d'avril.

WOLFE : Encore de la haute cuisine ! Seul un grand chef sait tirer profit des contretemps. Car il est vrai que la “coïncidence” déplorée se justifie mal, et il est vrai aussi qu'en revenant de chez Sapsea, qui habite dans High Street, juste devant la maison des Nonnes, Jasper n'avait aucun besoin de passer devant le cimetière...

Du cercle de bouches pleines sortent de discrets murmures d'approbation pour cet exploit de haute pédanterie.

WOLFE : Toutefois, à mon avis, la fin du numéro d'avril y gagne nettement : elle donne plus de consistance au personnage de Durdles et introduit en même temps celui de Deputy, figure un peu trop londonienne peut-être, un peu criarde dans le voisinage de l'antique cathédrale, mais qui arrive au bon moment pour corriger l'impression de respectabilité provinciale que nous donnait Cloisterham. Grâce à lui, nous savons qu'il existe quand même dans cette petite ville paisible un milieu sinon proprement criminel, du moins plus porté à la transgression.

LE CRAPAUD : Peut-être. Mais, en attendant, les indices

à charge de Jasper se font plus transparents que jamais. Le louche individu en arrive à se faire engager par Durdles comme assistant pour se familiariser avec les tombes et les sépultures. Et, quand il rentre chez lui, nous le voyons observer longuement – et sa concentration est significative – son neveu endormi, puis se livrer aux « spectres qu'on invoque à minuit ». Quels spectres, sinon ceux de son prochain crime ? Non, c'est trop facile, trop ouvertement suggéré.

HOLMES, qui, ayant estimé le dîner tout à fait immangeable, ne tient dans sa main qu'un verre d'eau non gazeuse, a un frisson et pâlit au mot « spectres ». Et c'est d'un ton sourd, presque apeuré, qu'il s'adresse au Crapaud : Trop facile, dites-vous ? Pour vous le coupable est patent, l'affaire est close ? Oui, c'est ce qu'il semblerait... Et pourtant, Conan Doyle, l'homme pour qui j'ai longtemps travaillé, n'était pas de cet avis. Au point que, croyant fermement au spiritisme (il était président de la Société britannique de recherches spirites), il décida en 1927 de consacrer une séance au cas qui nous occupe, pour interroger à ce propos l'esprit de Charles Dickens.

POIROT : Vous voulez dire qu'il demanda directement à Dickens qui était l'assassin ?

HOLMES : Oui. Il évoqua l'esprit de « Boz », surnom que Dickens avait adopté dans ses premières années de journalisme.

POIROT : Et Boz vint, répondit ?

HOLMES : Oui, cher ami. Il vint. Et répondit.

TOUS : Et peut-on savoir quoi ?

Mais à ce moment une voix quelque peu altérée roule jusqu'à eux du fond de l'antichambre.

« Enfin je vous trouve ! »

C'est Loredana, qui avance sur des jambes pas très sûres.

TOUS : Pour l'amour de Dieu, Holmes !

HOLMES *(à voix basse)* : Boz dit que sous le mystère d'Edwin Drood il y avait quelque chose que lui préférait désormais laisser dans l'ombre. Et moi-même, à un moment de ce débat, j'ai eu... j'ai encore... l'impression qu'il vaudrait mieux abandonner, ne plus s'en occuper.

POIROT : Au moins pour aujourd'hui, en tout cas.

Et tous sortent sur la terrasse, où Loredana est déjà installée depuis un bon moment (et cela se voit !) en compagnie d'Archer et de Marlowe, à boire et à danser sur des rythmes turco-brésiliens.

DEUXIÈME PARTIE

Les numéros de mai et de juin

VI

Quiconque est encore là, après six ou sept heures d'attente, à se demander si le vol AZ 437 pour Francfort finira par partir un jour sait que les retards pour « raisons techniques » ne se discutent pas. De par leur nature même, ces raisons ne peuvent et même ne doivent pas être expliquées au voyageur commun, pour qui toute précision serait inutile, voire carrément dommageable. D'autre part, pour tromper l'attente, il y a toujours (à moins qu'il ne soit fermé) le kiosque à journaux : et, avec un peu de chance, on pourra y trouver quelque chose de moins déprimant que l'hebdomadaire habituel.

Voici en effet le n° 2 du *Mystère d'Edwin Drood*, daté de mai 1870 mais déjà sorti depuis hier, le 30 avril. Quelle occasion meilleure d'en lire deux ou trois chapitres ? D'autant que nous, ce n'est pas un avion que nous attendons, mais la reprise – retardée pour des raisons techniques, justement – des travaux du groupe Drood dans la Dickens Room.

Chapitre 6. Philanthropie dans le Coin du chanoine

Le révérend Septimus Crisparkle (nommé Septimus parce que six petits frères dudit Crisparkle avaient passé de vie à trépas, un par un, avant sa naissance, comme six petits lumignons aussitôt éteints qu'allumés), après avoir brisé la mince couche de glace du matin de son aimable tête, près du barrage de Cloisterham, pour le plus grand bien de sa vigueur physique, s'escrimait à favoriser la circulation de son sang en s'exerçant à la boxe devant une glace avec autant de science que d'habileté.

C'était bien l'image d'un homme plein de fraîcheur et de santé que celle, reflétée par le miroir, du révérend déployant ses feintes, ses esquives, avec un art consommé, puis décochant des directs vigoureux, l'épaule en avant, tandis que son visage radieux respirait l'innocence et que la bonté de son cœur émanait de ses gants de boxe.

Ce n'était pas encore l'heure du petit déjeuner, car Mrs. Crisparkle, la mère et non l'épouse du révérend, venait seulement de descendre et attendait l'arrivée de la théière. Le révérend Septimus suspendit à l'instant sa gymnastique pour saisir, dès son entrée, le visage de la charmante vieille dame entre ses gants et l'embrasser. Cela fut fait avec un franc élan de tendresse ; puis il se remit à parer de la gauche et à porter des coups de la droite avec un notable redoublement de vigueur.

« Je me dis tous les matins que cela finira par t'arriver, Sept, commenta la vieille dame en le regardant, et tu verras que cela t'arrivera.

– Qu'est-ce qui m'arrivera, chère maman ?

– De briser le miroir ou de te rompre un vaisseau.

– Ni l'un ni l'autre de ces deux malheurs, plaise à Dieu, chère maman ! Tiens, regarde, ça déplace de l'air, et c'est tout. »

Et le révérend Septimus, dans un dernier round d'une grande intensité, porta et para toute une série de coups et conclut en bloquant la coiffe de la vieille dame par une « cravate » (selon le terme technique employé dans les cercles scientifiques des initiés du Noble Art). Ce tour d'adresse fut exécuté avec une légèreté de touche telle que c'est à peine si les rubans lavande et cerise du bonnet en furent effleurés. Après avoir généreusement accordé sa grâce à la vaincue, le révérend jeta ses gants de boxe dans un tiroir et fit semblant de regarder par la fenêtre, l'air songeur, lorsque la servante entra, portant la théière.

Quand tout fut prêt pour le petit déjeuner et qu'ils furent de nouveau seuls, c'eût été un plaisir pour un observateur que de voir la vieille dame debout récitant à haute voix la prière du Seigneur, et son fils, tout chanoine mineur qu'il était, l'écoutant debout, la tête baissée ; il avait pourtant quarante-cinq ans, mais il écoutait cette même prière récitée par les mêmes lèvres avec autant de dévotion filiale qu'autrefois, lorsqu'il n'avait encore que quatre ans.

Qu'y a-t-il de plus charmant qu'une vieille dame (si ce n'est une jeune) quand ses yeux sont brillants, son corps alerte et bien proportionné, son visage calme et joyeux, et que son costume ressemble à celui d'une bergère de porcelaine, si bien choisi avec ses couleurs si délicates et sa coupe lui moulant si parfaitement la taille ? Rien de plus joli, pensait souvent le bon chanoine, en prenant place en face de sa mère, veuve depuis longtemps. Quant à elle, ses pensées auraient pu se résumer dans ces deux mots qui revenaient si souvent dans ses conversations : mon Septimus !

Oui, tous deux étaient beaux à voir assis ensemble à déjeuner dans la petite maison, connue à Cloisterham sous la dénomination de Coin du chanoine mineur, car c'était une demeure tranquille, à l'ombre de la cathédrale ; et le croassement des corbeaux, l'écho des pas des rares passants, le son des cloches et le ronflement des orgues de la cathédrale la faisaient paraître encore plus tranquille, d'un silence absolu. Pendant des siècles, des hommes arrogants et batailleurs avaient mené joyeuse vie dans le Coin du chanoine; pendant des siècles, des serfs opprimés avaient passé là leur vie de misère et ils y étaient morts; pendant des siècles, des moines puissants y avaient exercé leur pouvoir, tantôt bienfaisant et tantôt nuisible; toutes ces figures diverses avaient disparu l'une après l'autre du Coin du chanoine, et c'était tant mieux. Le plus grand bienfait du passage de tant d'êtres humains si différents en ce lieu était peut-être d'avoir laissé derrière eux cet air de calme profond, cette sérénité romantique de l'esprit qui dispose à la pitié et à l'indulgence et qui naît des histoires tristes racontées jusqu'au bout et des drames pathétiques quand le rideau tombe sur le dernier acte.

Des murs d'un rouge brique que le temps avait harmonieusement estompé, du lierre vigoureux, des fenêtres à treillis, des chambres lambrissées avec de grosses poutres de chêne dans de petites pièces et des jardins ceints de murs de pierre où chaque année mûrissait une petite récolte de fruits sur des arbres que les moines avaient plantés jadis : tel était le décor qui entourait la charmante vieille Mrs. Crisparkle et le révérend Septimus pendant qu'ils déjeunaient.

« Que dit, chère maman, demanda le jeune chanoine, après avoir donné la preuve d'un sain et vigoureux appétit, que dit la lettre ? »

La charmante vieille dame, après avoir lu la lettre, l'avait déposée sur la table. Elle la tendit à son fils.

La vieille dame était très fière de ses yeux brillants qui lui permettaient de lire sans lunettes. Son fils n'en était pas moins fier et, pour lui permettre d'en tirer le maximum de satisfaction, il prétendait que lui-même ne pouvait lire sans lunettes. En conséquence, il en chaussa une grosse paire du plus prodigieux modèle, qui non seulement lui blessait le nez et l'empêchait de déjeuner, mais lui interdisait absolument de lire la lettre. Il faut dire que, laissés à eux-mêmes, ses yeux réunissaient les qualités combinées d'un microscope et d'un télescope.

« Elle est de Mr. Honeythunder, comme de raison, dit la vieille dame en croisant les bras.

– Comme de raison », répéta son fils.

Et il lut avec des difficultés inouïes : « *Havre de Philanthropie, Services de la présidence, Londres, mercredi. Chère Madame, Je vous écris dans*... Dans quoi écrit-il ? Dans quoi peut-il écrire ?

– Dans son fauteuil », dit la vieille dame.

Le révérend Septimus avait ôté ses lunettes pour examiner la physionomie de sa mère et il s'écria :

« Pourquoi ? D'où pourrait-il écrire ?

– Par tous les saints, Septimus ! reprit la vieille dame. Rends-moi la lettre, mon cher. »

Heureux de se débarrasser de ses lunettes, qui le faisaient toujours pleurer, le révérend s'empressa d'obéir, en murmurant que ses yeux devenaient de jour en jour plus mauvais.

« *J'écris,* reprit la mère de façon claire et précise, *de ce fauteuil dans lequel je vais devoir probablement rester plusieurs heures.* »

Septimus regarda les chaises rangées contre le mur, avec une expression tout à la fois de supplication et de protestation.

« *Nous avons,* continua la vieille dame avec une certaine emphase, *une réunion du Comité Directeur Élargi de la Centrale et des Sections de Philanthropie à notre Havre ci-dessus nommé, et le désir unanimement exprimé a été que je prisse place au fauteuil...* »

Septimus respira plus librement et murmura :

« Ah ! si c'était pour en venir là, d'accord.

– *Pour ne pas manquer la levée de ce jour, je profite de la lecture d'un assez long rapport dénonçant un fieffé mécréant...*

– C'est une chose bien extraordinaire, interrompit le doux chanoine en déposant son couteau et sa fourchette sur la table pour se frotter l'oreille d'un air irrité, que ces philanthropes aient toujours à dénoncer quelqu'un. Et une autre chose également fort extraordinaire, c'est qu'ils voient toujours et partout un si grand nombre de mécréants...

– *Dénonçant un fieffé mécréant public,* poursuivit la vieille dame, *pour régler notre petite affaire. J'ai parlé à mes deux pupilles, Neville et Helena Landless, de l'insuffisance de leur éducation et ils ont donné leur approbation au plan proposé, que d'ailleurs j'aurais bien su leur faire adopter, qu'il leur plût ou non.*

– C'est encore une chose bien extraordinaire, fit observer le chanoine sur le même ton, que ces philanthropes soient si enclins à prendre, comme on dit, leurs semblables par la peau du cou et à les lancer de vive force sur le chemin du salut. Je te demande pardon, maman, de mes interruptions.

– *En conséquence, chère Madame, veuillez préparer votre fils, le révérend Mr. Septimus, à recevoir Neville en qualité d'élève et de pensionnaire lundi prochain. Le même jour, Helena l'accompagnera à Cloisterham pour s'installer à la maison des Nonnes, établissement recommandé par vous et par Monsieur votre fils. Veuillez, je vous prie, tout disposer pour son admission et son éducation dans cette maison. Les conditions pour l'une comme pour l'autre restent exactement celles qui m'ont été communiquées dans la lettre que vous m'avez écrite lorsque j'ai entamé avec vous une correspondance à ce sujet, après avoir eu l'honneur de vous être présenté chez votre sœur de Londres. Avec mes compliments pour le révérend Mr. Septimus, je suis, chère Madame, votre affectueux frère (en philanthropie).* LUKE HONEYTHUNDER.

– Eh bien, maman, dit Septimus, en se grattant l'oreille un peu plus fort, nous devons tenter l'aventure. Il est certain que nous avons suffisamment de place ici pour y recevoir un pensionnaire. J'ai du temps à lui consacrer, et je suis tout disposé à lui donner mes soins. Je dois te confesser pourtant une chose. Je me sens heureux, oui, très heureux que ce pensionnaire ne soit pas Mr. Honeythunder lui-même. C'est peut-être une prévention de ma part, car je ne l'ai jamais vu... Est-ce un gros homme, maman ?

– On peut dire de lui qu'il est gros, mon cher enfant, répondit la vieille dame après un moment d'hésitation, mais sa voix est encore bien plus grosse que lui.

– Plus grosse que lui ?

– Plus grosse que n'importe qui.

– Ah ! » dit Septimus.

Et il finit de déjeuner comme s'il trouvait moins de parfum au thé familial Souchong supérieur et moins de saveur au jambon, aux œufs et aux toasts.

La sœur de Mrs. Crisparkle, autre figurine de porcelaine de Saxe, était si parfaitement semblable à cette dernière qu'elles auraient pu faire deux pendants pour orner une cheminée. Elle était la femme sans enfants d'un ecclésiastique placé à la tête d'une corporation de la ville de Londres. Mr. Honeythunder, en sa qualité de professeur de philanthropie, avait rencontré Mrs. Crisparkle la dernière fois que les deux figurines de porcelaine s'étaient vues, après une réunion publique de philanthropie, où les orphelins d'âge tendre avaient été gavés de gâteaux aux prunes et de paroles lénifiantes.

« Je suis certain que tu seras d'accord avec moi sur ce point, maman, dit le jeune chanoine après un moment de réflexion, que la première chose à faire, c'est de mettre ces jeunes gens aussi à leur aise que possible. Le neveu de Jasper est ici en ce moment, et qui se ressemble s'assemble ; la jeunesse aime la jeunesse. C'est un sympathique jeune homme, invitons-le à dîner avec le frère et la sœur. Cela fait trois. Nous ne pouvons penser à l'inviter sans inviter aussi Jasper, cela fait quatre. Ajoutons miss Twinkleton, et la jolie fiancée d'Edwin Drood, cela fait six. Avec nous deux, cela fait huit. Huit personnes à dîner, cela ne te paraît pas trop, maman ?

– Neuf, oui, Septimus, répondit la vieille dame, visiblement nerveuse.

– Chère maman, j'ai précisé le chiffre huit.

– C'est tout juste le nombre qu'il faut pour la table de la salle à manger. »

Les choses furent donc ainsi réglées, et quand Mr. Crisparkle, accompagné de sa mère, se rendit à la maison des Nonnes pour régler les détails d'admission de miss Helena Landless dans cet établissement, les deux invitations furent faites et acceptées. Miss Twinkleton jeta bien un coup d'œil sur les deux globes, comme si elle regrettait qu'ils ne fussent pas compris dans cette invitation courtoise, mais elle eut bien vite pris son parti sur la nécessité de les laisser à la maison.

On dépêcha des instructions au philanthrope pour qu'il fît partir Mr. Neville et miss Helena de façon qu'ils arrivassent à temps pour le dîner ; et une bonne odeur de bouillon se répandit dans le Coin du chanoine.

En ce temps-là, il n'y avait point de chemin de fer qui desservait Cloisterham, et Mr. Sapsea prétendait qu'il n'y en aurait jamais. Mr. Sapsea allait même plus loin, affirmant qu'il ne devait jamais y en avoir.

Et pourtant, chose incroyable, de nos jours, les trains express, jugeant Cloisterham indigne d'un arrêt, la traversent en sifflant, sans s'arrêter, dans leur course vers des villes plus importantes. Ils y laissent la poussière qu'ils soulèvent sur leur route, comme un impertinent témoignage de son insignifiance.

Mais il y avait à quelque distance un embranchement de la ligne principale, conduisant ailleurs, qui devait ruiner la Bourse si l'entreprise échouait, ou l'Église et l'État si elle réussissait et, dans les deux cas, naturellement, la Constitution ; mais même ce modeste moyen de transport avait tellement bouleversé la circulation à Cloisterham que le trafic désertait la route nationale, s'insinuait dans la ville par une route secondaire en terre battue, signalée pendant plusieurs années par un écriteau : « Attention, chien méchant ».

C'est donc dans cette ruelle infâme que Mr. Crisparkle se rendit pour attendre l'arrivée d'un petit omnibus trapu, chargé sur son toit d'un monceau de bagages (qui le faisait ressembler à un petit éléphant portant une tour trop grosse pour sa taille), qui assurait la liaison quotidienne entre Cloisterham et le reste de l'humanité. Quand ce véhicule apparut en cahotant, Mr. Crisparkle n'aperçut d'abord qu'un gros voyageur installé sur le siège avant, les coudes écartés, les mains posées sur ses genoux, écrasant le cocher réduit à un espace plus qu'étroit et tournant vers lui son visage aux traits accusés.

« Est-ce Cloisterham ? demanda-t-il d'une voix tonnante.

– Oui, répondit le cocher qui frottait son corps endolori et jetait les guides au garçon d'écurie, et je n'ai jamais été aussi heureux d'y arriver.

– Alors, dites à votre maître de faire élargir le siège, répliqua le voyageur. Votre maître est moralement tenu et doit être contraint, sous peine d'une forte amende, de songer aux aises de ses semblables. »

Le cocher effectua avec les paumes de ses mains un examen superficiel de son squelette qui, de toute évidence, le préoccupait.

« Me serais-je assis sur vous ? demanda le passager.

– Oui, répondit le cocher d'un air mécontent.

– Prenez cette carte, mon ami.

– Je ne voudrais pas vous en priver, répliqua le cocher après y avoir jeté les yeux sans la prendre. A quoi peut-elle me servir ?

– A devenir membre de notre société.

– Qu'y gagnerais-je ?

– Des frères, répliqua le voyageur d'une voix terrible.

– Merci, dit le cocher d'un ton décidé en mettant pied à terre, ma mère s'est contentée de moi, et moi aussi ; je n'ai pas besoin de frères.

– Mais il faut que vous en ayez, reprit le voyageur en descendant à son tour, que vous le vouliez ou non, je suis votre frère.

– Eh ! dites donc, s'écria le cocher qui commençait à s'échauffer, n'allez pas trop loin ! Je n'ai pas gardé les cochons avec vous... »

Mais, à ce moment, Mr. Crisparkle s'interposa et le réprimanda sur un ton amical :

« Joe... Joe.. Joe ! Ne vous oubliez pas, Joe, mon ami ! »

Joe se calma et porta silencieusement la main à son chapeau.

Le chanoine accosta alors le voyageur avec ces mots :

« Mr. Honeythunder ?

– C'est mon nom, monsieur.

– Le mien est Crisparkle.

– Le révérend Mr. Septimus ? reprit le voyageur. Enchanté de vous voir. Neville et Helena sont à l'intérieur. Ayant été un peu accablé, ces derniers temps, sous le poids des fatigues de ma vie publique, j'ai pensé que je pouvais me permettre de respirer un peu d'air frais et j'ai amené les enfants moi-même ; je repartirai ce soir. Ainsi, vous êtes le révérend Mr. Septimus ? »

Après l'avoir examiné avec un certain désappointement et en entortillant le cordon de son lorgnon autour de son doigt, il ajouta :

« Ah ! je pensais que vous étiez plus âgé, monsieur.

– J'espère que cela viendra, répondit le chanoine d'un ton de bonne humeur.

– Vous dites ?

– Une simple plaisanterie qui ne mérite pas d'être répétée.

– Une plaisanterie... ah ! je ne comprends jamais les plaisanteries, répliqua Mr. Honeythunder en fronçant le sourcil. C'est perdre son temps que de plaisanter devant moi. Où sont-ils ?... Helena, Neville, venez ! Le révérend Mr. Crisparkle est venu vous accueillir. »

Le jeune homme et la jeune fille, tous deux élancés et d'une beauté peu commune, se ressemblaient beaucoup. L'un et l'autre bruns, basanés ; elle presque du type gitan ; quelque chose d'indomptable chez tous deux, un air de chasseur et de chasseresse, et, en même temps, quelque chose qui les apparentait plus au gibier qu'aux poursuivants. Minces, souples, le regard et les gestes vifs, à la fois timides et audacieux, le maintien fier et parfois une sorte d'indécision. On ne pouvait savoir s'ils allaient ramper ou bondir. Voilà les observations sommaires qui traversèrent l'esprit de Mr. Crisparkle pendant les quelques minutes qu'il venait de consacrer à les examiner.

Il invita Mr. Honeythunder à dîner, l'esprit quelque peu troublé (à cause du désappointement qu'allait éprouver la chère vieille bergère de porcelaine), et il offrit son bras à Helena Landless.

Elle et son frère admirèrent la cathédrale et les ruines du monastère qu'il leur montra tandis qu'ils parcouraient les vieilles rues de Cloisterham. Ils s'en étonnaient, pensa encore Mr. Crisparkle, comme de beaux barbares captifs amenés de quelque colonie des tropiques. Mr. Honeythunder marchait au milieu de la chaussée en se frayant un passage parmi les gens du pays à coups d'épaule tout en exposant à haute voix un plan qu'il avait conçu pour débarrasser le Royaume-Uni de tous les gens sans emploi. Ce plan consistait à les jeter en prison et à les obliger, sous peine de mort, à se faire philanthropes.

Mrs. Crisparkle eut besoin de toute la philanthropie qu'elle avait elle-même en partage quand elle vit cet immense et bruyant appendice de chair se joindre à sa réunion. Mr. Honeythunder, que l'on pouvait habituellement comparer à une pustule sur le visage de la société, grossit dans la maison du chanoine jusqu'à devenir un bubon enflammé. Sa philanthropie avait une telle odeur de poudre que l'on ne voyait pas très bien en quoi elle différait de l'agressivité. Il fallait abolir l'armée, mais d'abord il fallait passer tous les officiers supérieurs qui avaient fait leur devoir devant une cour martiale et les faire fusiller. Il fallait abolir la guerre, mais il fallait faire de nouveaux adeptes en leur faisant la guerre et en les accusant d'aimer celle-ci comme la prunelle de leurs yeux. Il fallait faire disparaître la peine capitale, mais auparavant balayer de la face de la terre tous les législateurs, les juristes et les magistrats qui soutenaient une opinion contraire. Il fallait établir la concorde universelle en exterminant tous ceux qui ne voulaient pas ou qui, en conscience, ne pouvaient pas être d'accord avec les autres. Il fallait aimer son prochain comme soi-même après l'avoir accablé d'injures (comme si on le haïssait !). Surtout, il ne fallait rien faire seul et de son propre chef, mais se rendre aux bureaux du Havre de Philanthropie et s'inscrire comme membre philanthrope actif. Puis il fallait payer sa cotisation, prendre sa carte de sociétaire, recevoir le ruban et la médaille, et, dès lors, sur une estrade, répéter toujours ce que disait Mr. Honeythunder, ce que disait le trésorier, ce que disait le trésorier adjoint, ce que disait le comité, ce que disait le sous-comité, ce que disait le secrétaire et ce que disait le secrétaire adjoint.

Tout cela figurait d'ailleurs dans une résolution votée à l'unanimité, signée et scellée, qui se résumait en ceci : « Le Corps entier des Philanthropes actifs voit avec indignation, mépris, et non sans une irréductible haine et une grande répugnance... », pour couper court : la bassesse de tous ceux qui n'appartiennent pas à l'association et se font un devoir d'élever toutes les accusations imaginables contre eux sans se croire obligés le moins du monde à en prouver la vérité.

Le dîner fut un désastre. Le philanthrope rompit la symétrie de la table, s'assit de façon à gêner le service et bloqua le passage. Il réduisit Mr. Tope, qui aidait la servante, à un état voisin du désespoir, en le forçant à passer les assiettes et les plats par-dessus sa tête. Personne ne put parler à personne, car il s'adressait à tout le monde à la fois, comme si les convives n'avaient pas eu d'existence individuelle et avaient constitué une espèce d'assemblée. Il accapara le révérend Mr. Septimus, lui faisant jouer le rôle de personnage officiel auquel il s'adressait, ou celui d'une sorte de patère vivante à laquelle il accrochait le chapeau de sa rhétorique, et, tombant dans le travers familier aux orateurs de son genre, il l'apostropha comme un méchant et faible adversaire, lui demandant, par exemple :

« Et maintenant, monsieur, serez-vous assez sot pour me contredire ? »

Et autres aménités de cette sorte, alors que le brave homme n'avait pas ouvert la bouche et n'avait même pas l'intention de le faire.

Ou bien encore :

« Voyez, monsieur, à quoi vous êtes réduit. Je ne vous laisserai pas échapper. Après avoir épuisé toutes les ressources de la fraude et du mensonge pendant de nombreuses années, après avoir eu recours à de mesquines intrigues où la lâcheté se combinait avec une audace présomptueuse, comme le monde en a rarement vu, vous avez maintenant l'hypocrisie de plier le genou devant le plus vil des êtres humains et de le supplier avec des pleurs et des gémissements pour qu'il vous fasse grâce ! »

Le malheureux chanoine le regardait avec des yeux où se peignaient l'indignation et la perplexité, tandis que sa digne mère faisait des efforts héroïques pour se contenir, avec des larmes dans les yeux, et que le reste des convives tombait dans un état comateux, hébété, n'offrant plus aucune résistance.

Mais le flot de philanthropie qui se déversa sur Mr. Honeythunder quand le moment de son départ approcha eut de quoi satisfaire cet homme remarquable. Son café lui fut servi, grâce à l'activité débordante de Mr. Tope, une heure avant que cela ne fût nécessaire. Pendant ce temps, Mr. Crisparkle tenait sa montre à la main, dans la crainte que Mr. Honeythunder ne se mît en retard. Les quatre jeunes gens, d'une voix unanime, affirmèrent que l'horloge de la cathédrale avait trois quarts d'heure de retard. Miss Twinkleton jugea qu'il fallait vingt-cinq minutes pour aller à l'autobus alors qu'il n'en fallait, en réalité, que cinq. Ce fut avec un cordial empressement que toute la compagnie lui tendit son pardessus et qu'on le conduisit dehors à la clarté de la lune, comme s'il eût été un fugitif que tous voulaient aider.

Mr. Crisparkle et son nouvel élève l'accompagnèrent jusqu'à l'omnibus et, de peur qu'il ne prît froid, le firent immédiatement monter en voiture et refermèrent la portière sur lui. Puis ils le laissèrent là avec une bonne demi-heure encore à attendre.

Chapitre 7. Plus d'une confidence

« Je connais fort peu ce monsieur, dit Neville au chanoine en retournant à la maison.

– Vous connaissez peu votre tuteur ? s'écria le chanoine.

– Presque pas.

– Comment cela est-il possible ?

– Qu'il soit devenu mon tuteur ?... Je vais vous le dire, monsieur. Vous savez, je suppose, que ma sœur et moi nous arrivons de Ceylan ?

– En vérité, non.

– Cela m'étonne. Nous vivions là-bas avec un beau-père. Notre mère y était morte lorsque nous n'étions que de tout petits enfants. Nous avons eu une misérable existence. Elle avait institué son mari notre tuteur ; c'était un horrible avare qui nous donnait à contrecœur notre nourriture et les vêtements que nous portions. En mourant, il nous a confiés à Mr. Honeythunder, seulement parce que celui-ci était son parent ou ami et que son nom, constamment cité dans les journaux, avait attiré son attention.

– Ces choses sont récentes, je suppose !

– Très récentes. Notre beau-père était une brute cruelle et despotique. Heureusement qu'il est mort, car j'aurais pu le tuer ! »

Mr. Crisparkle s'arrêta court sous le clair de lune et regarda son élève avec consternation.

« Je vous étonne, monsieur, dit le jeune homme en changeant immédiatement de ton et en prenant un air soumis.

– Vos paroles m'ont choqué plus que je ne puis le dire. »

Le jeune homme baissa la tête un moment tandis qu'ils recommençaient à marcher.

« Vous n'avez jamais vu battre votre sœur, dit-il. J'ai vu, moi, cet homme battre la mienne, et pas seulement une fois ou deux. Je ne l'ai jamais oublié !

– Ce n'est pas une raison », dit Mr. Crisparkle.

Il devenait moins sévère, malgré lui, à mesure que son indignation croissait.

« Rien, entendez-vous, ne saurait justifier les paroles que vous venez de prononcer, pas même les larmes d'une sœur belle et très chère.

– Je regrette de les avoir employées, surtout en m'adressant à vous, monsieur, et je les retire. Mais permettez-moi de préciser un point. Vous avez parlé des larmes de ma sœur. Elle se serait laissé mettre en pièces par notre beau-père plutôt que de lui laisser croire qu'il avait le pouvoir de la faire pleurer. »

Mr. Crisparkle se rappela ses réflexions et ne fut nullement surpris de ce qu'il entendait ni disposé à le mettre en doute.

« Peut-être trouverez-vous étrange, monsieur, reprit le jeune homme d'une voix hésitante, que je vous demande si vite la permission de vous faire mes confidences. Cependant, si vous aviez la bonté d'écouter un mot ou deux pour ma défense...

– Votre défense ? répéta Mr. Crisparkle, vous n'avez pas à vous défendre, Mr. Neville.

– Je pense le contraire, monsieur. Du moins, je sais que je devrais le faire ; si vous connaissiez mieux mon caractère...

– Bon, Mr. Neville, reprit le chanoine, est-ce que vous ne me laisserez pas le soin de le découvrir ?

– Puisque tel est votre désir, monsieur, répondit le jeune

homme, déçu, l'air maussade, puisqu'il vous plaît de stopper mon élan, je dois me soumettre. »

Il y avait dans le ton de cette courte phrase quelque chose qui émut la conscience de celui à qui elle était adressée. Il songea que peut-être, sans le vouloir, il avait rejeté une confiance qui pouvait être bénéfique pour ce jeune esprit mal formé et, sans doute aussi, pour le guider et l'améliorer. On voyait déjà les fenêtres éclairées de la maison quand il s'arrêta.

« Retournons et faisons encore quelques pas, Mr. Neville, sinon vous n'aurez pas le temps de terminer ce que vous aviez l'intention de me dire. Vous avez été trop prompt à penser que je voulais repousser vos confidences. Au contraire, je vous y encourage.

– Vous m'y avez encouragé sans le savoir dès mon arrivée. Je dis “dès mon arrivée” comme s'il y avait déjà une semaine que j'étais ici. La vérité est que nous étions venus, ma sœur et moi, bien décidés à vous chercher querelle, à vous offenser et à nous enfuir après.

– Vraiment ? dit Mr. Crisparkle, incapable de dire autre chose.

– Vous comprenez que nous ne pouvions savoir comment vous étiez, n'est-ce pas ?

– Bien sûr que non, dit Mr. Crisparkle.

– Et, n'ayant jamais aimé aucun de ceux avec lesquels nous nous sommes trouvés en rapport, nous avions décidé de ne pas vous aimer.

– Vraiment ? répéta Mr. Crisparkle.

– Mais nous vous aimons, monsieur. Nous avons vu tout de suite une si grande différence entre votre maison et la réception que nous y avons reçue et tout ce que nous avons connu jusqu'à présent ! Puis le calme et la tranquillité qui nous entourent depuis le départ de Mr. Honeythunder, la vieille ville de Cloisterham, si belle au clair de lune, toutes ces choses réunies m'ont poussé à vous ouvrir mon cœur.

– Je comprends parfaitement ; il est salutaire de céder à de si bonnes influences.

– En vous révélant mes imperfections, monsieur, je dois vous prier de ne pas supposer que je vous avoue en même temps celles de ma sœur. Elle a échappé beaucoup mieux que moi aux inconvénients de notre misérable existence. Elle est aussi au-dessus de moi que la tour de cette cathédrale est au-dessus des cheminées qui l'entourent. »

Mr. Crisparkle n'en était pas très sûr au fond de lui-même.

« Si loin que remontent mes souvenirs, j'ai toujours dû réfréner en moi une haine farouche et mortelle. C'est ce qui m'a rendu dissimulé et vindicatif. Une main de fer tyrannique m'a toujours fait ployer. Ce qui m'a amené à être, unique ressource à ma faiblesse, faux et mesquin. J'ai été privé d'éducation, de liberté, d'argent, de vêtements, des premières nécessités de la vie, des simples plaisirs de l'enfance, des joies les plus ordinaires de la jeunesse. Et il en est résulté chez moi une absence d'émotions, de souvenirs ou de bons instincts (même les mots me manquent pour les définir) dont vous avez pu vous servir chez les autres jeunes gens dont vous vous êtes occupé. »

« Tout cela est évidemment vrai, mais peu encourageant », pensa Mr. Crisparkle, alors qu'ils revenaient sur leurs pas.

« Pour en finir, monsieur, j'ai été élevé au milieu de domestiques abjects et serviles, appartenant à une classe inférieure, et peut-être ai-je acquis trop facilement certaines affinités avec eux. Parfois, je ne sais pas, mais il me semble qu'il pourrait bien y avoir dans mes veines une goutte de ce sang de tigre qui coule dans les leurs... »

« C'est tout à fait dans la ligne de la remarque prononcée tout à l'heure », pensa Mr. Crisparkle.

« Un dernier mot relativement à ma sœur, monsieur. Nous sommes jumeaux. Il faut que vous sachiez, ce qui est tout à son honneur, que rien n'a jamais pu la faire plier, même ce qui m'intimidait, moi. Quand nous nous sommes enfuis de la maison (quatre fois en six ans, sans autre succès que d'y être bientôt ramenés et cruellement punis), nos projets de fuite ont toujours été conçus par elle et exécutés sous sa direction. Chaque fois, elle s'habillait en garçon et elle montrait l'audace d'un homme. Nous devions avoir sept ans la première fois, et je me rappelle avec quelle énergie, alors que j'avais perdu le canif qui devait servir à lui couper les cheveux, elle essaya de les arracher ou de les couper avec ses dents. Je n'ai rien de plus à vous dire, monsieur, si ce n'est que j'espère que vous aurez de la patience et que vous serez indulgent avec moi.

– Quant à cela, vous pouvez en être sûr, répondit le chanoine. J'évite de faire des sermons et je ne répondrai pas à votre confiance par un prêche. Mais je vous supplie de vous mettre solidement et durablement en tête que, si je dois vous faire quelque bien, cela ne peut être qu'avec votre aide et que tout cela ne sera possible qu'en implorant l'aide du ciel.

– J'essaierai de tenir mon rôle, monsieur.

– Et moi le mien. Serrez-moi la main. Dieu bénisse nos efforts. »

Ils s'étaient arrêtés devant la porte de la maison, et ils purent entendre le bruit joyeux des voix et des éclats de rire qui s'y élevaient.

« Faisons encore un dernier tour avant de rentrer, dit Mr. Crisparkle, car j'ai une question à vous poser. Quand vous avez dit que vos dispositions à mon égard avaient changé, vous n'avez pas seulement parlé pour vous, mais aussi pour votre sœur.

– Bien sûr, monsieur.

– Excusez-moi, Mr. Nevillle, mais il me semble que vous n'avez pas eu l'occasion de communiquer avec votre sœur depuis que je suis avec vous. Mr. Honeythunder a été très éloquent, mais je peux bien ajouter, sans méchanceté, qu'il a plutôt monopolisé la conversation. Ne répondez-vous donc pas pour votre sœur sans garantie ?... »

Neville secoua la tête en souriant avec fierté.

« Vous ne savez pas encore, monsieur, quelle entente complète peut exister entre ma sœur et moi sans un mot, ni peut-être même un regard échangé. Non seulement elle a éprouvé les sentiments que je vous ai exprimés, mais elle sait fort bien que je profite de l'occasion présente pour vous parler en son nom et au mien. »

Mr. Crisparkle regarda le jeune homme avec une certaine incrédulité, mais le visage de Neville respirait une conviction si absolue et si ferme que le chanoine baissa la tête. Il resta plongé dans ses réflexions jusqu'au moment où ils se retrouvèrent devant la porte.

« Cette fois, c'est moi qui vous demande de faire encore un tour, dit le jeune homme dont le visage s'animait. Sans l'éloquence de Mr. Honeythunder... Je crois que vous avez dit éloquence, monsieur... ajouta-t-il avec un peu de malice.

– Moi, oui, j'ai dit éloquence, répondit Mr. Crisparkle.

– Sans l'éloquence de Mr. Honeythunder, je n'aurais pas à vous poser la question suivante. Ce monsieur Edwin Drood... C'est bien son nom ?

– Parfaitement, dit Mr. Crisparkle, D... r... deux o... d.

– Étudie-t-il ou a-t-il étudié avec vous ?

– Jamais, Mr. Neville ; il vient ici pour voir son parent, Mr. Jasper.

– Miss Bud est-elle aussi sa parente ? »

« Pourquoi me pose-t-il cette question ? » pensa Mr. Crisparkle.

Puis il l'informa de ce qu'il savait de leurs fiançailles.

« Oh ! c'est cela ! dit le jeune homme. Je comprends maintenant ses airs de propriétaire. »

Ces derniers mots, il les avait laissés échapper en se parlant à lui-même, et cette réflexion semblait si peu s'adresser à Mr. Crisparkle que ce dernier se tut. Il sentit instinctivement que les relever serait aussi indiscret que de faire allusion au passage d'une lettre lue par-dessus l'épaule de la personne qui l'écrirait. Un moment après, ils rentrèrent à la maison. Quand ils pénétrèrent dans le salon, Mr. Jasper était au piano ; il accompagnait miss Rosebud qui chantait. Comme il jouait de mémoire et que la jeune fille était un petit être étourdi et très susceptible de commettre des erreurs, il suivait attentivement ses lèvres des yeux et, de temps en temps, il lui redonnait doucement le ton exact. Debout à côté d'elle, un bras autour de son épaule, mais occupée surtout à observer le visage de Mr. Jasper, se tenait Helena, qui échangea avec son frère un regard d'intelligence dans lequel Mr. Crisparkle vit, ou crut voir, la preuve de cette entente secrète dont le jeune homme venait de lui parler. Puis Mr. Neville alla prendre sa place d'admirateur appuyé au piano, en face de la chanteuse ; Mr. Crisparkle s'assit à côté de la bergère de porcelaine ; Edwin Drood ouvrait et refermait galamment l'éventail de miss Twinkleton. Cette dernière s'attribuait implicitement, à l'égard du spectacle, cette espèce de droit de propriété qui, chaque jour, remplissait d'aise Tope, le bedeau, au cours des offices dans la cathédrale.

Le chant continuait. C'était une triste romance d'adieux, et la voix jeune et fraîche se faisait tendre et plaintive. Jasper continuait de suivre les jolies lèvres de la chanteuse et de donner souvent le ton comme une sorte de suggestion murmurée, lorsque, tout à coup, la voix devint moins sûre et la chanteuse fondit en larmes et s'écria, en se couvrant les yeux avec les mains :

« Je ne puis supporter cela !... J'ai peur !... Emmenez-moi !... »

Tournant sur elle-même rapidement et avec souplesse, comme si elle ne l'avait même pas effleurée, Helena déposa la jeune beauté sur le sofa et, agenouillée à côté d'elle, un doigt posé sur ses lèvres roses et d'un geste de la main arrêtant tout le monde, elle dit :

« Ce n'est rien !... C'est fini !... Ne lui parlez pas pour l'instant... Elle sera tout à fait bien... »

Au même instant, Jasper avait soulevé ses mains du clavier et il les gardait suspendues, prêt à se remettre à jouer. Il resta dans cette attitude sans même regarder autour de lui. Les autres avaient quitté leur place et se rassuraient mutuellement.

« Pussy n'est pas habituée à chanter en public, voilà tout, dit Edwin Drood. Elle s'est énervée et elle n'a pas su se maîtriser. Et puis, Jack, tu es un professeur si consciencieux, si exigeant, que je crois que tu lui fais peur... Cela n'a rien d'étonnant.

– Non, cela n'a rien d'étonnant, répéta Helena.

– Tu vois, Jack ! Vous auriez peur de lui dans ces circonstances, n'est-ce pas, miss Landless ?

– En aucune circonstance », répliqua Helena.

Jasper laissa retomber ses mains, regarda par-dessus son épaule et remercia miss Landless de lui avoir rendu justice. Puis il se mit à frapper en silence les touches, sans appuyer, tandis que l'on conduisait sa jeune élève près d'une fenêtre pour y prendre l'air. On la choyait, on la consolait, et, quand elle revint, la place de Jasper était vide.

« Jack est parti, Pussy, lui dit Edwin. J'ai bien peur qu'il n'ait pas aimé avoir été présenté comme le monstre qui t'a effrayée. »

Rosa ne répondit pas et frissonna comme si elle avait pris froid.

Miss Twinkleton prit alors la parole pour dire à Mrs. Crisparkle qu'en vérité il était bien tard pour être encore hors des murs de la maison des Nonnes : « Nous qui avons entrepris de former les femmes et les mères futures d'Angleterre... »

Ces dernières paroles furent prononcées à voix basse, comme si elles ne pouvaient l'être que sur un ton confidentiel.

« Nous sommes tenues... »

La voix s'éleva de nouveau.

« ... A donner le bon exemple et à ne pas prendre des habitudes de dissipation. »

Sur quoi on réquisitionna les châles et les manteaux, et les deux jeunes cavaliers s'offrirent pour reconduire les dames. La distance n'était pas bien longue, et la grille de la maison des Nonnes se referma bientôt sur elles.

Les pensionnaires étaient couchées et Mrs. Tisher veillait seule pour attendre la nouvelle venue. Comme Helena partageait la chambre de Rosa, il ne fallut pas beaucoup de préparatifs ni d'explications avant de la confier à sa nouvelle amie.

« Je me sens soulagée, ma chérie, dit Helena ; j'ai redouté toute la journée l'instant de mon entrée dans cette maison.

– Nous y sommes peu nombreuses, répondit Rosa, et nous sommes toutes de bonnes filles ; du moins les autres le sont ; je puis me porter garante pour elles.

– Moi, je réponds de toi ! s'écria Helena en riant, pendant que ses ardents yeux noirs scrutaient le joli petit visage et promenaient un regard caressant sur toute sa mignonne personne. Tu seras mon amie, veux-tu ?

– Je l'espère. Mais l'idée d'être ton amie me semble tellement absurde !

– Pourquoi ?

– Oh ! je ne suis qu'une pauvre petite chose, et tu es déjà tellement femme et si belle ! Tu sembles avoir assez de résolution et de force pour m'écraser... Je me sens réduite à rien en ta présence.

– Je suis quelqu'un d'oublié, ma chérie, une espèce de sauvage ; j'ai conscience d'avoir tout à apprendre et je suis profondément honteuse de mon ignorance.

– Et pourtant tu me dis tout, dit Rosa.

– Mon trésor, puis-je faire autrement ?... Tu as tant de charme !

– Non, non, fit Rosa qui se rembrunit, mi par jeu, mi-sérieuse. C'est dommage qu'Eddy n'en soit pas plus conscient ! »

Naturellement, la nature de ses relations avec le jeune homme avait été évoquée chez le chanoine.

« Mais, certainement, il t'aime et de tout son cœur ! s'écria Helena avec un sérieux où l'on devinait des intentions menaçantes envers Edwin Drood pour le cas où il n'en aurait pas été ainsi.

– Je suppose qu'il m'aime, dit Rosa avec une petite moue ; il est certain qu'il ne m'a pas donné le droit de dire qu'il ne m'aime pas. Peut-être est-ce ma faute. Peut-être ne suis-je pas aussi gentille avec lui que je devrais l'être. Je veux bien le croire. Mais c'est tellement ridicule ! »

Les yeux d'Helena demandèrent ce qui était ridicule.

« C'est nous, dit Rosa comme si la question lui eût été posée. Nous sommes un couple tellement ridicule et nous nous disputons sans cesse.

– Pourquoi ?

– Parce que nous avons tous les deux le sens du ridicule. »

Rosa fit cette réponse comme s'il n'y en avait pas de meilleure au monde. Le regard dominateur d'Helena se posa quelques instants sur sa compagne, puis, impulsivement, elle lui tendit les deux mains.

« Veux-tu être mon amie et m'aider ?

– Naturellement, ma chérie, je le veux bien, répliqua Rosa sur un ton d'enfantine tendresse qui alla droit au cœur d'Helena. Je serai pour toi une aussi bonne amie que peut l'être un petit être comme moi envers une noble créature comme toi. Toi aussi, sois une amie pour moi, je t'en prie ; je ne me comprends pas bien moi-même, et, en vérité, j'ai grand besoin d'une amie qui me comprenne. »

Helena Landless l'embrassa, et retenant ses deux mains dans les siennes, elle dit :

« Qui est Mr. Jasper ? »

Rosa détourna la tête.

« C'est l'oncle d'Eddy et mon professeur de musique.

– Tu ne l'aimes pas ?

– Ah ! ciel ! »

Elle se couvrit le visage de ses mains et frissonna d'horreur et d'effroi.

« Tu sais qu'il t'aime ?

– Oh ! ne dis pas cela !... Ne le dis pas... Ne le dis pas ! s'écria Rosa en se laissant tomber à genoux et en se cramponnant à sa protectrice. Ne parle pas ainsi. Il me terrifie. Il hante mes pensées comme un épouvantable spectre. J'ai toujours l'impression de ne jamais pouvoir lui échapper. Il me semble toujours qu'il va passer à travers le mur quand on prononce son nom. »

Elle regarda avec effroi autour d'elle comme si elle craignait de le voir debout dans l'ombre, derrière elle.

« Fais un effort pour me parler davantage de lui, ma chérie.

– Oui, oui, je veux t'en parler parce que tu es forte ; mais tiens-moi bien pendant que j'en parlerai et reste près de moi quand j'aurai fini.

– Mon enfant ! tu parles de cet homme comme s'il te menaçait de quelque façon ténébreuse...

– Il ne m'a jamais dit un mot... Jamais.

– Qu'a-t-il fait ?

– Il m'a fait son esclave par un seul regard ; il m'a forcée à le comprendre sans me dire un mot ; il m'a forcée à garder le silence, sans proférer une menace. Quand je joue du piano, ses yeux ne quittent pas mes mains. Quand je chante, ses yeux ne quittent pas mes lèvres. Quand il me reprend et qu'il joue une note, un accord ou tout un passage, il est lui-même dans les sons, et c'est comme s'il me disait tout bas que c'est en amant qu'il me poursuit et il m'ordonne de garder son secret. J'évite ses yeux, mais il me force à les voir sans même les regarder.

Quand un voile les couvre, ce qui arrive quelquefois, et qu'il semble plongé dans une sorte de rêve effrayant, ce qui le rend encore plus menaçant, il m'oblige à le savoir, à le sentir à mes côtés.

– Et quelle est cette menace imaginaire, ma mignonne ? De quoi te crois-tu menacée ?

– Je ne sais pas... Je n'ai jamais osé y penser ni me le demander.

– Et c'est tout ce qui est arrivé ce soir ?

– Oui, c'est tout ; mais, ce soir, tandis qu'il épiait mes lèvres si attentivement pendant que je chantais, je me sentais plus honteuse et plus cruellement blessée. Il me semblait qu'il m'embrassait... Je n'ai pu le supporter, et j'ai pleuré. Tu ne souffleras mot de cela à personne. Eddy lui est très attaché. Mais tu as dit ce soir qu'en aucune circonstance tu n'aurais peur de lui, et cela m'a donné, à moi qui en ai si peur, le courage de confier ce secret, mais rien qu'à toi. Tiens-moi fort contre toi... Reste près de moi... J'ai trop peur de rester seule. »

Helena pencha son beau visage de gitane sur les deux bras qui l'étreignaient et sur la poitrine qui se pressait contre la sienne. Ses longs cheveux noirs, en se dénouant, tombèrent comme un rideau protecteur sur la silhouette enfantine de la jeune fille. Dans ses yeux sombres et ardents encore voilés de tendresse et d'admiration s'était allumé un noir éclair de haine. A qui s'adresse cette haine ? Celui qui en serait le principal objet fera bien de se tenir sur ses gardes.

VII

La fin menaçante et prémonitoire du chapitre 7 nous a laissés perplexes. Helena Landless semble haïr férocement quelqu'un.

Et cette personne devra donc faire très attention. Mais qui est-ce ? Il devrait logiquement s'agir de Jasper. Et pourtant, nous avons l'impression que ce sera surtout au lecteur de bien prendre garde.

Certes, l'auteur en personne nous dit que l'objet (et même « le principal objet ») de la haine que nous voyons s'allumer dans les yeux d'Helena pourrait être n'importe qui. Mais il semble le dire en plaisantant ou par simple artifice littéraire, sans y croire le moins du monde.

« Mais bien sûr que c'est Jasper ! a-t-il l'air de nous confier, avec le sourire franc de celui qui joue cartes sur table. Qui d'autre voulez-vous que ce soit ?

– Drood », finissons-nous par répondre, ne nous fiant nullement au sourire et à la franchise de Dickens.

Mais nous avons dit Drood juste pour dire un nom, n'importe lequel. En attendant que les travaux reprennent, revoyons plutôt un moment la liste des personnages. Où en sommes-nous avec la « soupçonnabilité » de chacun ?

Au milieu du deuxième fascicule, John Jasper est plus que jamais le suspect numéro un. Les indices à sa charge, déjà lourds, deviennent de plus en plus écrasants, et son comportement de plus en plus sinistre à chaque page. Le révérend Crisparkle, en revanche, est à mettre absolument hors de cause : et non parce que personne ne l'a jamais soupçonné (Helena non plus n'a jamais été soupçonnée), mais parce que, à l'opposé du « philanthrope » Honeythunder, il incarne les idées de liberté et de tolérance les plus chères à l'auteur. Comment pourrait-il incarner en même temps un cynique assassin ? Pour la même raison, nous dégagerons de tout soupçon le notaire Grewgious, autre ineffable créature dickensienne qui entrera bientôt en scène. Et pour des raisons inverses, nous exclurons (sinon pour des solutions du genre paradoxal, burlesque) des personnages comiques tels que Durdles, les époux Tope, miss Twinkleton, ou caricaturaux comme le doyen et Mr. Sapsea. Honeythunder lui-même, pour odieux qu'il soit, est trop grotesque pour être soupçonné d'autre chose que d'escroquerie et d'abus de confiance aux dépens de ses protégés. Si bien qu'à part Rosa (que nous laisserons à l'appréciation du surintendant Battles), il ne nous reste que les Landless à opposer à Jasper comme assassins éventuels.

Mais le peu d'éléments à charge des Landless, contrairement à ceux qui ont été accumulés contre Jasper, sont plus voyants que persuasifs. Quelle valeur attribuer à des « indices » aussi grossiers, aussi factices que l'origine orientale et l'éventuel « sang mêlé » des deux jumeaux, leur « sauvagerie », l'engouement soudain de Neville pour Rosa ?

Et, d'autre part, comment exclure qu'il pouvait s'agir d'indices vrais, mais délibérément agencés et présentés de manière à paraître faux ? Dickens ne connaissait pas Agatha Christie, d'accord. Mais il connaissait Wilkie Collins et sa *Pierre de lune*, célébrée par T. S. Eliot comme le « premier, le plus long, le plus parfait des romans policiers ».

Dans le MED, nous nous garderons donc de négliger les indices « trop évidents » ; ou d'en laisser échapper d'autres que l'auteur, en revanche, pourrait avoir dissimulés entre les lignes ou cherché à faire passer pour des singularités marginales, de simples notes de couleur sans aucun rapport avec le crime.

Au nombre de ces singularités, il y a l'hypnotisme et la télépathie.

Dickens ne croyait pas au spiritisme et, dans ses histoires de fantômes, il ne fait que le tourner en plaisanterie. Il s'intéressait beaucoup, par contre, à la psychologie paranormale. Il pratiquait lui-même le « mesmérisme » et, bien qu'il n'ait jamais réussi à hypnotiser, ni de loin ni de près, sa fille Kate, il ne doutait pas que le « magnétisme animal » pût s'exercer même à distance, télépathiquement. Voilà pourquoi Rosa, sensitive comme elle l'est, a peur que Jasper puisse la rejoindre magnétiquement « à travers les murs ». Et voilà pourquoi Helena affirme au contraire ne pas le craindre : magnétique et mesmérique elle-même, elle a d'emblée reconnu le « confrère » (il suffit de voir comment elle le regarde, chez Crisparkle, pendant qu'il hypnotise Rosa à la dérobée), mais elle s'estime probablement plus forte que lui. Ce n'est pas pour rien que ses yeux sont « sombres et ardents » et que son expression a « quelque chose de gitan ». Ce n'est pas pour rien qu'elle est originaire de Ceylan.

Quant aux communications télépathiques, elles semblent courantes entre les deux jumeaux. Le frère et la sœur n'ont pas besoin de parler pour se comprendre, a déjà remarqué Crisparkle. Et plus tard, en assistant Neville dans ses études, il aura l'impression d'enseigner « non à une personne, mais à deux ».

Si bien qu'en relisant la fin du chapitre 7, on est tenté de se demander : où et avec qui est Neville pendant qu'Helena est avec Rosa ? Le titre du chapitre 8 nous laisse supposer qu'il en est déjà à couteaux tirés avec Drood, et un coup d'œil au texte nous le confirme : le bouillant jeune homme, mortellement offensé par son rival, en arrive presque à le tuer en présence de Jasper. Mais pas seulement de Jasper. La sœur est là aussi, si elle est en communication télépathique avec son frère. Et, en ce cas, contre qui serait dirigé le « noir éclair de haine » que nous voyons s'allumer dans ses yeux, sinon contre Drood ?

Notre hypothèse n'était donc pas si mal fondée. Et notre conseil à Drood, si nous pouvions lui en donner un, serait de se méfier avant tout d'Helena.

*

Nous revoilà dans la Dickens Room, et la séance va enfin commencer. Il nous faut reconnaître que les raisons techniques étaient techniques pour de bon. Afin de gagner un temps précieux, et las d'attendre la célèbre annonciatrice, les sponsors ont en effet mis en place un nouveau système d'écoute, non seulement simultané, mais subliminal. Des techniciens en blouse blanche ont à peine terminé l'installation.

Chacun, donc, comme l'explique notre hôtesse, avec gestes appropriés, coiffera à présent son casque et se concentrera sur l'écoute d'un bourdonnement de quelques secondes (mais composé en réalité de milliards d'impulsions subliminales) qui lui imprimera dans la tête tout le second fascicule du MED. Attention.

« Zzz... zzz... » et voilà les chapitres 6 et 7 (que nous connaissions d'ailleurs déjà). « Zzz... zzz... », et voici les chapitres 8 et 9.

Chapitre 8. A couteaux tirés

Les deux jeunes gens, après avoir vu les demoiselles qu'ils avaient raccompagnées entrer dans la cour de la maison des Nonnes, se sentent froidement observés par la plaque de cuivre, comme si le vieux beau décrépit les bravait avec insolence de son monocle. Ils se regardent l'un l'autre, puis sondent la rue éclairée par la lune et s'éloignent lentement, côte à côte.

« Devez-vous faire un long séjour ici, Mr. Drood? dit Neville.

– Non, pas cette fois, répond-il négligemment. Je repars pour Londres demain. Mais je reviendrai de loin en loin, jusqu'au milieu de l'été, et alors je dirai adieu à Cloisterham ainsi qu'à l'Angleterre pour longtemps, j'espère.

– Un voyage à l'étranger?

– Je vais secouer un peu l'Égypte, daigne-t-il répondre.

– Allez-vous étudier?

– Étudier? non, réplique Drood avec une espèce de dédain. Non, j'agis, je travaille : je suis ingénieur; mon modeste patrimoine a été placé dans la maison où je travaille et dont mon père était actionnaire; je suis payé avec les intérêts jusqu'à ma majorité, puis j'entrerai en possession de la partie qui me revient. Jack, que vous avez vu au dîner, est mon tuteur et administrateur.

– J'ai entendu parler par Mr. Crisparkle de votre autre bonne fortune.

– Qu'entendez-vous par cette autre bonne fortune? »

Neville a fait cette remarque avec une audace calculée, mais aussi, d'une certaine façon, timide et furtive, qui confirme bien sa nature, déjà soulignée, de chasseur et de proie tout à la fois. Edwin a répliqué d'un ton brusque à peine poli. Ils s'arrêtent et échangent des regards presque haineux.

« J'espère, dit Neville, que vous ne voyez pas d'offense dans l'innocente allusion que j'ai faite à vos fiançailles.

– Sapristi ! s'écrie Edwin en se remettant à marcher d'un pas plus vif, tout le monde fait allusion à notre histoire dans cette vieille ville cancanière. Je m'étonne qu'on n'y ait pas encore ouvert un pub avec, pour enseigne, *A la tête du fiancé,* et mon portrait ou celui de Pussy.

– Ce n'est pas ma faute si Mr. Crisparkle m'en a parlé ouvertement..., commence Neville.

– Non, c'est vrai, vous n'en êtes pas responsable, reconnaît Edwin Drood.

– Mais, reprend Neville, je suis responsable d'y avoir fait allusion devant vous. Si je l'ai fait, c'est parce que je supposais que vous ne pouviez qu'être très fier de vos liens. »

Notons en passant que ce dialogue prend sa source dans deux curieuses particularités de la nature humaine. Neville Landless a déjà été si impressionné par la petite Bouton de Rose qu'il s'indigne qu'Edwin Drood (tellement inférieur à elle) prenne sa chance avec tant de désinvolture. Edwin Drood a été si impressionné par Helena qu'il s'indigne que le frère de la jeune fille (tellement inférieur à elle) puisse disposer de lui si froidement et le mettre hors des rangs de ceux qui peuvent songer à la belle Indienne.

Quoi qu'il en soit, il faut répondre aux dernières paroles dites. Edwin intervient :

« Je ne sais pas, Mr. Neville », dit-il (et il emprunte cette façon de l'appeler à Mr. Crisparkle), « si les gens ont coutume de parler beaucoup de ce dont ils sont le plus fiers. Je ne sais pas non plus s'ils aiment beaucoup à en entendre parler par d'autres. Ma vie est trop occupée. Je dis cela, sauf à être repris par vous autres savants qui devriez le connaître et certainement le savez. »

L'un et l'autre se sont échauffés : Neville ouvertement, Edwin Drood dissimulant encore, mais bien mal. Il se met à fredonner un air populaire et, de temps en temps, il s'arrête comme pour admirer les effets pittoresques du clair de lune.

« Il ne me semble pas très courtois de votre part, remarque finalement Neville, de faire ces réflexions piquantes sur un étranger qui n'a pas eu les avantages dont vous avez joui et qui arrive ici pour s'efforcer de rattraper le temps perdu. Certes, je n'ai pas mené une vie très occupée, et mes idées sur la politesse se sont formées au milieu des sauvages.

– La meilleure forme de politesse, réplique Edwin Drood, quels que soient les gens parmi lesquels on a été élevé, consiste peut-être à s'occuper de ses affaires. Si vous m'en donnez l'exemple, je vous promets de le suivre.

– Savez-vous que vous le prenez sur un ton beaucoup trop haut, riposte Neville, furieux, et que, dans le pays d'où je viens, il pourrait vous en être demandé raison ?

– Par qui donc ? » demande Edwin Drood en s'arrêtant tout court et en toisant son interlocuteur, l'air dédaigneux.

Mais, à ce moment, une main se pose sur l'épaule d'Edwin et Jasper se dresse entre eux. Il semblerait que, lui aussi, ait fait une petite promenade jusqu'à la maison des Nonnes et qu'il soit revenu derrière eux, du côté de la rue plongé dans l'ombre.

« Ned... Ned... Ned..., dit-il, cela suffit... Je n'aime pas cela. J'ai entendu des mots vifs échangés entre vous. Rappelle-toi, mon cher garçon, que tu te trouves ce soir presque dans la position d'un hôte. Tu es presque d'ici, et, comme tel, tu représentes cet endroit auprès des étrangers. Mr. Neville est un étranger, et tu dois pratiquer envers lui les devoirs de l'hospitalité. Et, ajoute Jasper en posant sa main gauche sur l'épaule de Neville et en marchant entre eux, Mr. Neville me pardonnera si je le prie de dominer sa colère. Bon ! Maintenant, qu'est-ce qui ne va pas ? Mais pourquoi le demander ? Décidons qu'il n'y a rien eu, et ma question devient inutile. Nous sommes d'accord tous les trois, n'est-ce pas ? »

Après un silencieux combat entre les deux jeunes gens à qui sera le dernier à parler, Edwin Drood finit par dire :

« En ce qui me concerne, Jack, je n'ai pas de rancœur.

– Ni moi non plus, dit Neville Landless, quoique avec moins de franchise, ou plutôt moins d'insouciance. Mais si

Mr. Drood connaissait mieux les épreuves par lesquelles je suis passé loin d'ici, il pourrait plus aisément comprendre combien ses mots tranchants sont faits pour me blesser.

– Peut-être, dit Jasper d'un ton conciliant, ferions-nous mieux de ne pas chercher à expliquer notre bon accord. Il vaut mieux ne rien dire qui ressemble à une récrimination ou à une condition, ce qui serait peu généreux. Franchement et loyalement, vous le voyez, il n'y a pas de rancune dans le cœur de Ned. Franchement et loyalement, vous n'en gardez pas non plus, Mr. Neville ?

– Aucune, répond celui-ci d'un ton qui marque toujours un peu moins de franchise ou de spontanéité, ou peut-être, répétons-le, moins d'insouciance.

– Tout est fini ! Ma demeure de célibataire est à quelques pas d'ici, le feu est allumé, le vin et les verres sont sur la table, et le tout n'est qu'à un jet de pierre de la maison du chanoine. Ned, tu pars demain matin ; faisons entrer Mr. Neville avec nous pour boire le coup de l'étrier.

– De tout mon cœur, Jack.

– Et de tout mon cœur aussi, Mr. Jasper », dit Neville, sentant qu'il lui est impossible d'en dire moins.

Mais il préférerait ne pas accepter l'invitation ; il sent intérieurement qu'il a perdu son empire sur lui-même ; le calme d'Edwin Drood, loin d'être contagieux, l'exaspère.

Mr. Jasper continue d'avancer, une main sur l'épaule de chacun des deux jeunes gens, et, tout en fredonnant d'une façon merveilleuse le refrain d'une chanson à boire, il les fait entrer chez lui. La première chose qui s'offre à leurs regards, quand la clarté d'une lampe s'ajoute à celle du feu, est le portrait au-dessus de la cheminée. Ce n'est pas là un objet de nature à consolider l'accord des deux jeunes gens, mais bien plutôt à raviver leur querelle. Tous deux s'en rendent compte, y jettent un coup d'œil, mais ne disent mot. Jasper, cependant, qui, si l'on en juge par sa conduite, semble n'être qu'imparfaitement édifié sur le sujet de la querelle, attire tout de suite leur attention sur le portrait.

« Vous reconnaissez ce portrait, Mr. Neville ? dit-il en faisant un réflecteur de sa main pour projeter la lumière de la lampe sur la peinture.

– Oui, je le reconnais, dit Neville, il est loin d'être flatteur pour l'original.

– Oh ! vous êtes sévère. Il a été peint par Ned, qui m'en a fait présent.

– Je regrette mes paroles, Mr. Drood, dit Neville, du ton de quelqu'un qui a l'intention réelle de s'excuser. Si j'avais su que j'étais en présence de l'artiste...

– Oh ! c'est une plaisanterie, une simple plaisanterie, Mr. Neville, dit Edwin en étouffant un bâillement provocateur. Je la peindrai sérieusement l'un de ces jours, si elle est sage. »

L'air d'indolence protectrice et d'indifférence avec lequel cela a été dit par Edwin, qui s'est jeté dans un fauteuil, les mains jointes derrière sa tête, a quelque chose de décidément exaspérant pour l'irritable et irrité Neville. Jasper les observe du regard l'un après l'autre, esquisse un sourire et leur tourne le dos pour préparer un bol de vin chaud devant le feu, opération qui paraît exiger un mélange et un dosage subtils.

« Je suppose, Mr. Neville », dit Edwin, prompt à relever la protestation indignée qui s'est peinte sur le visage du jeune Landless, aussi visible que le tableau, le feu ou la lampe, « je suppose que si vous peigniez le portrait de la dame de vos pensées...

– Je ne sais pas peindre, interrompt vivement le jeune homme.

– C'est un malheur pour vous, mais qui ne peut vous être imputé à crime. Enfin, si vous saviez peindre, vous le feriez, et j'imagine qu'alors vous feriez d'elle, en dépit même de la réalité, une Junon, une Minerve, une Diane et une Vénus tout à la fois, n'est-ce pas ?

– Je ne saurais le dire, je n'ai pas de dame de mes pensées.

– Quant à moi, dit Edwin, emporté par un accès de vanité fanfaronne, si je m'essayais à peindre le portrait de miss Landless... Sérieusement, croyez-moi, très sérieusement, vous verriez ce dont je suis capable !

– Il faudrait d'abord que ma sœur consente à poser, et comme elle n'y consentira pas, j'ai bien peur de ne jamais avoir le plaisir d'admirer ce dont vous êtes capable... C'est un malheur auquel il faudra que je me résigne. »

Jasper quitte la cheminée, remplit un grand verre pour Neville, un autre grand verre pour Edwin, tend à chacun le sien, puis en remplit un troisième pour lui-même en disant :

« Allons, Mr. Neville, nous allons boire à mon neveu, Ned. Comme il a le pied à l'étrier, je parle par métaphore, c'est en son honneur que nous devons boire le coup de l'étrier. A toi donc, Ned, mon garçon, avec toute mon affection. »

Jasper prêche d'exemple en vidant presque tout son verre d'un trait, et Neville l'imite.

Edwin Drood dit :

« Je vous remercie bien tous les deux. »

Et il suit leur exemple.

« Regardez-le », s'écrie Jasper en étendant la main vers lui avec une tendresse admirative, quoique mêlée d'une pointe de raillerie, « voyez comme il se complaît dans son indolence ! Le monde s'offre à lui, il n'a qu'à choisir ! Une vie active et pleine d'intérêt, une vie de voyages et de distractions, ou bien une vie domestique remplie de bonheur et d'amour ! Regardez-le ! »

Le visage d'Edwin Drood s'est vivement coloré avec une extraordinaire rapidité, sous l'influence du vin. Le même effet s'est produit sur le visage de Neville Landless. Edwin est toujours renversé dans son fauteuil, la tête reposant sur ses mains jointes derrière sa nuque.

« Voyez comme il s'inquiète peu de tout cela, reprend Jasper en veine de moquerie. On dirait qu'il regarde comme indigne de lui de prendre la peine de cueillir le fruit doré qui a mûri sur l'arbre tout exprès pour lui. Pourtant, jugez du contraste, Neville ! Vous et moi, nous n'avons pas la perspective d'une vie active et pleine d'intérêt, d'une vie de voyages et de distractions, d'une vie de bonheur domestique et d'amour. Vous et moi n'avons d'autre perspective, à moins que vous n'ayez plus de chance que moi, ce qui n'est pas difficile, que de mener une vie ennuyeuse et monotone dans cette triste ville.

– Sur mon âme, Jack, dit Edwin avec suffisance, je me sens presque obligé de m'excuser d'avoir la vie facile que tu dis, surtout devant toi, mais tu sais ce que je sais, Jack, et cette vie n'est peut-être pas aussi facile qu'elle le semble, après tout, n'est-ce pas, Pussy ? »

Il dit cela à l'adresse du portrait en faisant claquer ses doigts.

« Nous n'avons pas encore atteint le but, n'est-il pas vrai, Pussy ? Tu sais ce que je veux dire, Jack ? »

Sa voix est devenue pâteuse et ses paroles confuses. Jasper, calme et maître de lui, regarde Neville comme s'il attendait sa réponse ou son commentaire. Lorsque Neville parle, sa voix est, elle aussi, pâteuse et ses paroles sont confuses.

« Il aurait peut-être mieux valu pour Mr. Drood d'avoir quelque peu connu les difficultés de la vie, dit-il d'un ton agressif.

– Dites-nous, je vous prie, réplique Edwin en se contentant de tourner les yeux dans la direction du jeune homme, pourquoi il aurait mieux valu pour Mr. Drood qu'il connût un peu les difficultés de la vie ?

– Oui, approuve Jasper d'un air intéressé, dites-nous cela.

– Parce qu'elles lui auraient fait mieux comprendre, dit Neville, une bonne fortune qui n'est pas nécessairement l'effet de son mérite personnel. »

Le regard de Mr. Jasper se tourne vivement vers son neveu dont il attend la réplique.

« Puis-je vous demander si vous les avez connues, ces difficultés de l'existence ? dit Edwin Drood en se levant.

– Je les ai connues.

– Et que vous ont-elles fait comprendre ? »

Les yeux de Mr. Jasper continuent à se porter alternativement sur chacun des protagonistes jusqu'à la fin du dialogue.

« Je vous l'ai déjà dit une fois, ce soir.

– Vous ne m'avez rien dit de semblable.

– Si fait, je vous ai fait remarquer que vous le preniez sur un ton beaucoup trop haut.

– Vous avez même ajouté quelque chose, si ma mémoire est fidèle.

– Oui, j'ai, en effet, dit autre chose.

– Répétez vos paroles.

– J'ai dit que, dans le pays d'où je viens, on vous en demanderait raison.

– Seulement là-bas..., s'écrie Edwin Drood avec un rire méprisant. Ce pays est fort loin d'ici, je pense ! Oui, je comprends... Cette partie du monde est à une distance qui m'assure une entière sécurité.

– Disons donc ici, réplique l'autre en se levant avec fureur, disons n'importe où. Votre vanité est odieuse, votre suffisance n'est pas supportable ; vous parlez comme si vous étiez une perle rare et précieuse, alors que vous n'êtes qu'un vulgaire vantard... Oui, ma foi, vous êtes un garçon fort ordinaire et un vantard de la plus commune espèce.

– Peuh !... peuh !... fait Edwin tout aussi furieux, mais plus maître de lui. Qu'en pouvez-vous savoir ? Vous pouvez reconnaître un vulgaire Noir ou un vulgaire vantard Noir, quand vous en rencontrez (je ne doute pas que vous n'ayez de grandes connaissances dans ce domaine), mais quand il s'agit de Blancs, êtes-vous bon juge ? »

Cette insultante allusion à son teint foncé met l'emportement de Neville à son comble : il jette ce qui reste au fond de son verre à la figure d'Edwin Drood ; et le verre suivrait le même chemin si Jasper ne saisissait de justesse le bras du jeune homme.

« Ned, mon cher garçon ! Je te supplie, je t'ordonne de rester calme. »

Tous trois se précipitent au milieu des verres brisés, des chaises renversées.

« Mr. Neville, quelle honte !... Donnez-moi ce verre, crie Jasper. Ouvrez votre main, je veux la voir... »

Mais Neville se dégage et s'immobilise un moment, au paroxysme de la colère, le verre dans sa main levée. Puis il le lance si violemment contre la grille du foyer que les éclats s'en répandent de tous côtés. Et il sort de la maison.

Lorsqu'il se retrouve en plein air, dans la nuit, tout tourne autour de lui ; rien de ce qui l'entoure ne lui semble connu, il sait seulement qu'il y a un tourbillon rouge sang devant ses yeux, qu'il s'attend à être attaqué et qu'il est prêt à se battre jusqu'à la mort.

Mais rien ne survenant et la lune le regardant comme s'il était mort d'un accès de colère, il comprime entre ses mains sa tête et son cœur qui bat avec violence et s'éloigne en chancelant. Puis il se rend vaguement compte qu'on a fermé et verrouillé la porte derrière lui, comme pour un animal dangereux, et il se demande ce qu'il doit faire.

Dans l'état d'exaspération où il est, il songe à la rivière, mais cette tentation cède au charme du clair de lune sur la cathédrale et sur les tombeaux, au souvenir de sa sœur et à la pensée de ce qu'il doit à l'excellent homme qui, ce jour même, a gagné sa confiance et lui a offert son aide. Il retourne donc chez le chanoine et frappe doucement à la porte.

Il entre dans les habitudes de Mr. Crisparkle de rester le dernier debout dans sa maison, où tout le monde se couche de bonne heure; il joue alors du piano en sourdine, étudiant ses morceaux de musique vocale. Le vent du sud, quand il souffle dans la direction du Coin du chanoine, au milieu du silence de la nuit, ne murmure pas plus doucement que Mr. Crisparkle à cette heure avancée, toujours attentif à ne pas troubler le sommeil de la bergère de porcelaine.

Au coup de marteau, Mr. Crisparkle vient ouvrir la porte, une chandelle à la main; mais l'expression joyeuse de son visage disparaît aussitôt pour faire place à la stupeur et à la déception.

« Mr. Neville !... Dans cet état !... Où êtes-vous allé ?

– Chez Mr. Jasper, monsieur, avec son neveu.

– Entrez ! »

Le chanoine le prend par le coude d'une main ferme (avec une technique digne de ses exercices matinaux) et le fait entrer dans la petite bibliothèque dont il referme la porte.

« J'ai mal commencé, monsieur. J'ai commencé affreusement mal.

– Ce n'est que trop vrai. Vous n'êtes pas sobre, Mr. Neville.

– J'ai bien peur que non, monsieur, quoique je sois en mesure de vous prouver que j'ai fort peu bu. L'état dans lequel je suis m'a surpris de la façon la plus soudaine et la plus étrange.

– Mr. Neville... Mr. Neville..., dit le chanoine en secouant la tête d'un air triste, j'ai déjà entendu cette excuse.

– Je crois que j'ai l'esprit fort troublé, mais je crois qu'on peut en dire autant du neveu de Mr. Jasper.

– Très probablement, répond Mr. Crisparkle d'un ton sec.

– Nous nous sommes querellés, monsieur. Il m'a grossièrement insulté... Il a échauffé le sang de tigre que j'ai dans les veines, comme je vous le disais ce matin.

– Mr. Neville, réplique le chanoine avec douceur, mais avec fermeté, je vous invite à ne pas me parler en serrant ainsi la main droite... Ouvrez votre main, s'il vous plaît.

– Il m'a provoqué, monsieur, continue le jeune homme en obéissant à l'instant, outrepassant les bornes de ma patience. Je ne sais s'il en avait d'abord l'intention; mais il l'a fait, et, en dernier lieu, l'intention y était bien. En somme, monsieur, ajoute-t-il en s'abandonnant à sa fureur, dans l'état où il m'avait mis, je l'aurais massacré si j'avais pu, et j'ai essayé de le faire.

– Vous avez encore serré la main, fait calmement observer Mr. Crisparkle.

– Je vous demande pardon, monsieur.

– Vous connaissez votre chambre, car je vous l'ai montrée avant le dîner, mais je vais tout de même vous y conduire. Votre bras, s'il vous plaît; doucement, tout le monde repose dans la maison. »

Il saisit alors son coude, avec la même adresse technique dont il s'est servi auparavant, de manière à soutenir le jeune homme grâce à la force inerte de son bras, aussi habilement que le policier le plus expert et avec une apparente tranquillité tout à fait étrangère à un novice, et conduit son élève à la chambre vieillotte, agréable et ordonnée, qui a été préparée pour lui. Aussitôt entré, le jeune homme se laisse tomber sur une chaise, pose ses bras sur la table et y appuie sa tête, accablé par les reproches qu'il s'adresse à lui-même.

Le bon chanoine a eu l'idée de se retirer sans rien dire, mais, sur le seuil, il voit ce désespoir muet et revient sur ses pas. Il pose amicalement la main sur l'épaule du jeune homme.

« Bonne nuit! » dit-il.

L'unique réponse est un sanglot. Il aurait pu en recevoir de bien pires ; mais sans doute peu de meilleures.

Un nouveau coup discret frappé à la porte extérieure attire son attention tandis qu'il descend l'escalier. Il ouvre à Mr. Jasper, qui tient à la main le chapeau de Neville.

« Nous avons eu une effroyable scène avec lui, dit Jasper à voix basse.

– Ce fut si grave que cela ?

– Meurtrier !

– Non... non... non..., proteste Mr. Crisparkle, n'employez pas des expressions si fortes.

– Il aurait étendu mon cher enfant mort à mes pieds. S'il ne l'a pas fait, ce n'est pas sa faute. Il faut en remercier la miséricorde de Dieu qui m'a donné l'agilité et la force de l'en empêcher. Il l'aurait massacré chez moi. »

La phrase frappe droit au but.

« Ah ! pense Mr. Crisparkle, ce sont ses propres paroles ! »

« Après avoir vu ce que j'ai vu ce soir et entendu ce que j'ai entendu, ajoute Mr. Jasper d'un ton très sérieux, je ne serai jamais tranquille tant qu'une rencontre entre eux sera possible et qu'il n'y aura personne pour s'interposer. C'était horrible ! Il y a du sang de tigre dans ses veines. »

« Ah ! pense encore Mr. Crisparkle, c'est ce qu'il a dit lui-même. »

« Mon cher monsieur, poursuit Jasper en lui prenant la main, vous avez accepté là une mission dangereuse.

– Ne redoutez rien pour moi, Jasper, réplique Mr. Crisparkle, avec un sourire tranquille, je n'ai aucune crainte pour moi personnellement.

– Je ne crains rien non plus pour moi-même, reprend Mr. Jasper en appuyant sur le pronom personnel. Je ne suis pas l'objet de son hostilité et il n'y a pas de raison pour que je le devienne. Vous pourriez l'être et mon cher garçon l'a été. Bonne nuit ! »

Mr. Crisparkle, tenant à la main le chapeau qui a acquis si aisément et quasi imperceptiblement le droit d'être accroché dans son vestibule, l'y suspend et, pensif, va se mettre au lit.

Chapitre 9. Mieux vaut tenir que...

Rosa, n'ayant plus au monde aucun parent qu'elle connût, n'avait pas eu, depuis l'âge de sept ans, d'autre demeure que la maison des Nonnes, d'autre mère que miss Twinkleton. Le seul souvenir qu'elle conservât de sa mère était celui d'une jolie petite créature qui lui ressemblait et qui ne devait pas être beaucoup plus âgée qu'elle lorsque, un jour, son père l'avait rapportée, noyée, dans ses bras. Ce fatal accident était arrivé au cours d'une fête. Les moindres détails de la jolie toilette d'été de sa pauvre mère, ses longs cheveux mouillés auxquels adhéraient encore des pétales de fleurs effeuillées, ce corps inanimé étendu sur le lit dans sa triste beauté, tout cela était resté gravé d'une manière ineffaçable dans le souvenir de Rosa. Il en était de même du désespoir farouche, puis de la douleur muette de son pauvre jeune père, mort de chagrin au premier anniversaire de ce cruel événement.

Les fiançailles de Rosa avaient été la conséquence des consolations que lui avait prodiguées, pendant cette fatale année, son ami et ancien camarade de collège Drood, comme lui resté veuf à la fleur de l'âge. Mais Mr. Drood, lui aussi, suivit la route silencieuse où aboutit, tôt ou tard, notre pèlerinage sur cette terre, et les deux orphelins se trouvèrent dans la situation où ils étaient.

L'atmosphère de pitié qui avait entouré la petite orpheline à son arrivée à Cloisterham, loin de se dissiper, s'était enrichie de nuances plus douces au fur et à mesure que l'enfant grandissait et devenait plus rieuse et plus jolie. Sa destinée avait pris des tons dorés, des tons de rose et d'azur, mais Rosa devait toujours son plus grand charme au doux éclat qui lui était propre. Le désir de chacun de la consoler et de lui prodiguer des caresses avait eu pour résultat qu'on la traita, au début, comme une enfant plus jeune que son âge, et l'habitude de la cajoler avait persisté alors qu'elle n'était plus une enfant. C'était à qui serait sa meilleure amie; à qui serait la première à lui faire tel ou tel petit cadeau ou à lui rendre tel petit service; c'était à qui l'emmènerait dans sa famille pour les vacances; à qui lui écrirait le plus souvent pendant les périodes de séparation; qui elle paraîtrait le plus heureuse de revoir au retour. Toutes ces gracieuses rivalités n'étaient pas sans susciter de petites querelles dans la maison des Nonnes. Heureuses, les pauvres religieuses d'autrefois, si elles n'avaient pas eu de plus rudes combats à soutenir sous leurs voiles et leurs rosaires !

C'est ainsi que Rosa avait grandi et qu'elle était devenue cette aimable petite créature, étourdie, volontaire et sympathique; gâtée parce qu'elle comptait sur l'indulgence de tous ceux qui l'entouraient, mais non en ce sens qu'elle fût capable de payer cette indulgence d'ingratitude. Elle avait, au contraire, dans le cœur une source inépuisable d'affection dont les eaux jaillissantes avaient rafraîchi la maison des Nonnes et en avaient fait la joie pendant bien des années et jamais n'avaient été troublées. Qu'arriverait-il si le trouble se produisait ? Quels changements allaient s'opérer dans cette tête sans soucis et dans ce cœur léger ?

Comment le bruit qu'une querelle avait eu lieu à une heure fort avancée de la nuit entre les deux jeunes gens et qu'elle avait été suivie d'une espèce d'agression de Neville contre Edwin Drood parvint-il dans l'établissement de miss Twinkleton avant le déjeuner ? On ne sait. Avait-il été apporté par les oiseaux voltigeant dans l'air ou bien s'était-il introduit avec l'air lui-même lorsqu'on avait ouvert les croisées ? Le boulanger l'avait-il pétri dans son pain ou le laitier mis dans son lait pour le mouiller ? Les servantes, en battant la poussière de leurs paillassons contre la porte, l'avaient-elles reçu en échange de cette poussière dans les effluves qui venaient de la ville ? Ce qu'il y a de certain, c'est qu'il se répandit dans toute la maison avant que miss Twinkleton ne descendît de sa chambre, avant même que le fait lui eût été communiqué par Mrs. Tisher, tandis qu'elle s'habillait ou, pour se servir de la phrase que miss Twinkleton eût employée elle-même (en parlant à un père ou à un tuteur selon une tournure mythologique), avant qu'elle eût sacrifié aux Grâces.

Le frère de miss Landless avait jeté une bouteille à la tête de Mr. Edwin Drood.

Le frère de miss Landless avait lancé un couteau contre Mr. Edwin Drood.

Le couteau devait amener la fourchette. Le frère de miss Landless avait donc jeté une fourchette à la tête de Mr. Edwin Drood.

Comme dans le cas fameux du chasseur sachant chasser sans son chien de chasse où l'on voulut, avant tout, avoir la preuve de l'existence du chien ; de même, dans le cas présent, il parut psychologiquement important d'établir pourquoi le frère de miss Landless avait jeté une bouteille, ou un couteau, ou une fourchette... ou une bouteille, et un couteau, et une fourchette (la cuisinière avait donné à entendre que ces trois choses avaient été lancées successivement) contre Mr. Edwin Drood.

Or donc, le frère de miss Landless avait dit qu'il admirait fort miss Bud ; Mr. Edwin Drood avait alors répliqué que le frère de miss Landless n'avait nul besoin d'admirer miss Bud ; le frère de miss Landless avait alors saisi le couteau (c'étaient les propres termes de la cuisinière), la fourchette, la bouteille et la carafe (la carafe avait surgi inopinément au milieu des projectiles) et il les avait tous lancés à la tête de Mr. Edwin Drood.

La pauvre petite Rosa se fourra les doigts dans les oreilles dès que ces bruits commencèrent à circuler. Elle se retira même dans un coin, en suppliant qu'on ne lui en parlât plus. Mais miss Landless, ayant demandé à miss Twinkleton la permission d'aller voir son frère, non sans avoir laissé clairement comprendre qu'elle se passerait de la permission si elle ne lui était pas accordée, sortit avec l'intention arrêtée de se rendre chez Mr. Crisparkle afin d'être fidèlement renseignée.

A son retour (après avoir été préalablement prise à part par miss Twinkleton, désireuse de passer au crible les nouvelles qu'elle rapportait et de s'assurer qu'elles ne contenaient rien d'inconvenant), miss Landless fit connaître à Rosa ce qui était réellement arrivé. Elle insista, le rouge aux joues, sur la grossière provocation faite à son frère, mais en atténuant pourtant un peu la gravité de l'offense, en la présentant comme venue à la suite d'autres mots échangés entre les deux jeunes gens, mots sans intérêt pour sa nouvelle amie, et elle se garda surtout de dire que ces mots avaient eu pour cause la façon par trop légère dont le fiancé de Rosa parlait d'elle. Enfin elle se fit l'interprète, près de sa nouvelle amie, de la supplique de son frère qui la conjurait de lui pardonner. Elle s'acquitta de cette mission avec une chaleur toute fraternelle et mit fin à l'entretien.

Il était réservé à miss Twinkleton de calmer les esprits dans la maison des Nonnes. En conséquence, cette dame fit une entrée majestueuse dans ce que les plébéiens appelleraient une classe, mais qui, dans le langage patricien adopté par la directrice de l'établissement, était qualifié, non sans affectation, pour ne pas dire amphigouriquement, de « salle destinée aux études ».

Miss Twinkleton dit d'un ton déclamatoire :

« Mesdemoiselles !... »

Et toutes se levèrent. Au même moment, Mrs. Tisher alla se ranger derrière sa supérieure, comme pour représenter la première dame d'honneur historique qui accompagnait la reine Elisabeth à Tilbury Fort. Et miss Twinkleton continua :

« La Rumeur, mesdemoiselles, a été représentée par le barde d'Avon. Il est inutile ici de prononcer le nom de l'immortel Shakespeare, également appelé le Cygne de sa rivière natale, par une allusion probable à l'ancienne superstition qui prétendait que cet oiseau, d'un si gracieux plumage (miss Jennings, tenez-vous tranquille, s'il vous plaît), chantait délicieusement à l'approche de la mort ; mais ce fait ne nous est pas garanti par les autorités en ornithologie. La Rumeur, donc, mesdemoiselles, a été représentée par ce barde... Hem ! Hem !... “qui a peint le juif célèbre”... comme doté de nombreuses langues. La Rumeur, à Cloisterham (Miss Ferdinand, voulez-vous m'honorer de votre attention ?), ne fait pas exception au portrait qu'en a tracé le grand peintre. Une légère dispute survenue la nuit dernière entre deux jeunes gentlemen dans ces murs paisibles (miss Ferdinand, vous êtes incorrigible ! Ayez la bonté de me copier pour ce soir, dans la langue originale, les quatre premières fables de notre spirituel voisin M. de La Fontaine) a été grossièrement exagérée par la voix de la Rumeur. Dans un premier moment d'inquiétude et d'anxiété causées par notre sympathie pour une douce jeune amie que notre pensée ne peut séparer d'un des gladiateurs qui ont paru sur cette arène heureusement non ensanglantée (l'inconvenance de miss Reynolds, qui fait le geste de se poignarder avec une épingle, est trop évidente et indigne d'elle pour qu'on la remarque), nous sommes descendues de notre piédestal virginal pour parler de ce sujet détestable. Une enquête approfondie nous a amenées à être sûres qu'il ne s'agissait ici que de l'un de ces "riens éthérés", selon l'expression du poète (dont miss Giggles nous dira le nom et la date de naissance avant une demi-heure). Nous pouvons donc abandonner ce sujet et concentrer notre esprit sur les bienfaisants travaux du jour. »

Ce sujet occupa néanmoins les élèves toute la journée, à tel point que miss Ferdinand s'attira de nouveaux ennuis en se collant à la dérobée des moustaches en papier et en faisant le simulacre de jeter une carafe d'eau à la tête de miss Giggles, qui prit sa cuiller pour se défendre.

Quant à Rosa, elle pensa beaucoup à cette malheureuse querelle. Elle avait le désagréable sentiment d'y être mêlée comme cause, conséquence, ou pour toute autre raison, du fait de ses fiançailles. Toujours mal à l'aise quand elle se trouvait avec son futur époux, il était improbable qu'elle ne le soit pas quand ils étaient séparés. Ce jour-là, en outre, elle fut obligée de se replier sur elle-même, privée de la consolation de causer librement avec sa nouvelle amie. La querelle ayant eu lieu entre Edwin Drood et le frère d'Helena, celle-ci évitait un sujet de conversation aussi délicat que difficile pour toutes les deux. En ce moment, critique entre tous, on annonça le tuteur de Rosa.

Mr. Grewgious avait été parfaitement choisi pour la mission qu'il avait à remplir, car c'était un homme d'une intégrité incorruptible, mais, à première vue, il n'avait aucune autre qualité particulière. Qu'on imagine un homme aride et sec, qui, s'il avait été pressé dans un moule, aurait produit une poudre aussi fine que du tabac à priser. Mr. Grewgious avait sur la tête de rares cheveux, qui présentaient la consistance et la couleur de la filasse ; cela ressemblait si peu à une chevelure humaine qu'on aurait plutôt cru que c'était une perruque ; mais comment supposer que quelqu'un pût volontairement se faire une pareille tête ! Les traits de son visage peu expressif semblaient n'avoir été que grossièrement ébauchés ; certaine entaille sur son front faisait penser que la Nature, au moment de mettre sur cette figure une touche de sensibilité et de raffinement, de colère avait jeté le ciseau en disant : « Véritablement, je ne me donnerai pas la peine d'achever cet homme ; qu'il reste comme il est. »

En haut, le cou de Mr. Grewgious était trop long ; en bas, ses chevilles et ses talons étaient trop osseux ; il avait, des pieds à la tête, un air gauche et embarrassé, une démarche contrainte, et avec cela la vue si courte qu'il était incapable de voir lui-même le contraste déplaisant que ses longs bas blancs formaient avec ses vêtements noirs. Et pourtant, Mr. Grewgious avait en lui je ne sais quel étrange privilège qui faisait que l'ensemble de sa personne produisait presque une agréable impression.

Mr. Grewgious, lorsque sa pupille le rejoignit, se montra tout déconcerté d'être en compagnie de miss Twinkleton, dans le salon sacré de celle-ci. Il avait la vague appréhension d'être interrogé sur quelque chose et de ne pas bien s'en tirer. Le pauvre homme se sentait fort oppressé.

« Comment vas-tu, ma chérie ?... Je suis heureux de te voir... Comme tu as embelli, ma chérie !... Permets-moi de t'offrir un siège, ma chérie... »

Miss Twinkleton se leva de son petit secrétaire en disant, avec la grâce en usage dans le monde poli :

« Me permettez-vous de me retirer ?

– Certainement non ; pas à cause de moi. Je vous supplie de ne pas bouger.

– Je dois donc vous demander la permission de bouger, fit miss Twinkleton en répétant ce mot avec une amabilité charmante. Cependant, je ne sortirai pas d'ici puisque vous êtes si obligeant. Si je transportais mon bureau dans l'embrasure de la fenêtre, cela ne vous gênerait pas ?

– Oh ! me gêner...

– Vous êtes trop bon. Rosa, ma chérie, vous ne serez pas gênée par ma présence, j'en suis sûre. »

Mr. Grewgious, demeuré avec Rosa près du feu, lui dit encore :

« Comment vas-tu, ma chérie ? Enchanté de te voir, ma chérie. »

Et après avoir attendu qu'elle se fût assise, il s'assit à son tour.

« Mes visites, dit Mr. Grewgious, sont comme celles des anges... Non pas que je me compare à un ange.

– Non, monsieur, dit Rosa.

– Non, bien certainement, confirma Mr. Grewgious. Je veux simplement dire que mes visites sont rares et se produisent à de longs intervalles. Les anges, nous le savons très bien, sont au-dessus de nous. »

Miss Twinkleton lança autour d'elle un regard qui avait quelque chose de hargneux.

« Je fais allusion, ma chérie », dit Mr. Grewgious en posant sa main sur celle de Rosa pour bien montrer qu'il s'adressait à elle (car l'idée lui était venue qu'autrement on aurait pu croire qu'il avait l'effroyable liberté d'appeler miss Twinkleton ma chérie), « je fais allusion aux autres jeunes demoiselles. »

Miss Twinkleton se remit à écrire.

Mr. Grewgious, qui avait conscience de n'avoir pas entamé l'entretien avec toute la netteté désirable, se frotta la tête de la nuque au front, comme un homme qui vient de faire un plongeon et qui s'éponge. Ce geste, d'ailleurs tout à fait inutile, entrait dans ses habitudes. Il prit ensuite un agenda et un bout de crayon dans la poche de son gilet.

« J'ai rédigé un mémorandum, par précaution, dit-il en tournant des feuillets, pour faciliter la conversation. Avec ta permission, ma chérie, je le consulterai donc. “En bonne santé et heureuse”... c'est cela. Tu es en bonne santé et heureuse. Tu en as l'air du moins.

– En effet, monsieur, répondit Rosa.

– Pour cela, dit Mr. Grewgious en inclinant la tête dans la direction de la croisée, nous devons nos remerciements les plus chaleureux, et je paie cette dette avec empressement, à la gentillesse maternelle et aux soins constants et dévoués de la dame que j'ai l'honneur de voir en ce moment devant moi. »

Ce n'était encore qu'un point de départ assez boiteux : le compliment de Mr. Grewgious n'arriva pas à son adresse. Miss Twinkleton, comprenant que la politesse exigeait qu'elle ne parût pas être à la conversation, mordillait sa plume ou regardait en l'air comme si elle attendait qu'une idée descendît du ciel, envoyée par celle des neuf muses qui en aurait une de trop.

Mr. Grewgious lissa de nouveau son crâne parfaitement lisse et consulta encore son agenda. Tout d'abord, il effaça « En bonne santé et heureuse », comme un article épuisé.

« "Livres, shillings et pence" ; voici ma deuxième note. Un sujet aride pour une jeune demoiselle, mais qui a son importance. La vie est une question de livres, de shillings et de pence. La mort aussi... »

La pensée soudaine de la mort du père et de la mère de Rosa l'arrêta court, et il dit d'un ton plus bas en introduisant une négation qui traduisait nettement un changement d'avis :

« Non, la mort n'est pas une question de livres, de shillings et de pence. »

La voix de Mr. Grewgious était aussi dure et aussi sèche que lui-même, et un moulin imaginaire aurait pu la réduire, elle aussi, en une poudre aussi fine que du tabac à priser. Pourtant, quelque limités que fussent ses moyens d'expression, il respirait la bonté. Si seulement la nature avait achevé ce visage, la tendresse du cœur s'y serait lue en ce moment. Mais que pouvait faire le pauvre homme si les rides de son front demeuraient et si son visage était incapable d'exprimer un sentiment ?

« "Livres, shillings et pence". Tu trouves toujours ton allocation suffisante pour tes besoins, ma chérie ? »

Rosa n'avait besoin de rien, par conséquent l'allocation était amplement suffisante.

« Et tu n'as pas de dettes ? »

Rosa se mit à rire à la pensée d'avoir des dettes : cela lui semblait, dans son inexpérience, une vue de l'esprit comique. Mr. Grewgious concentra sur elle toute la puissance de sa vue de myope pour bien s'assurer que c'était là le fond de sa pensée.

« Ah ! dit-il en forme de commentaire et tout en lançant un regard furtif du côté de miss Twinkleton et en tirant un trait au crayon sur les mots "Livres, shillings et pence" ; je disais tout à l'heure que j'étais venu parmi les anges ! C'était bien la vérité ! »

Rosa pressentit quel allait être le prochain article du mémorandum ; elle rougit et redressa d'une main maladroite un faux pli de sa robe, longtemps avant que Mr. Grewgious n'eût parlé.

« "Mariage". Hem !... »

Mr. Grewgious poursuivit le geste de lisser ses cheveux au-delà de ses yeux et de son nez jusqu'à son menton avant de rapprocher sa chaise de celle de Rosa et de parler d'un ton plus confidentiel.

« Je touche maintenant, ma chérie, dit-il, au point délicat qui m'a décidé à venir vous ennuyer avec ma visite. Sans cela, et comme je suis un homme particulièrement Anguleux, tu ne m'aurais pas vu ici. Je suis l'individu le moins porté à m'introduire dans une sphère pour laquelle je suis si peu fait. Dans cette maison, je me fais l'effet d'un ours paralysé par une crampe au milieu d'un bal de jeunes gens. »

Sa gaucherie le faisait tellement ressembler à cet animal que Rosa ne put s'empêcher de rire de bon cœur.

« Tu me vois sous le même jour que je me vois moi-même, dit Mr. Grewgious avec un calme parfait, c'est juste ! Pour en revenir à mon mémorandum, Mr. Edwin Drood est venu ici de temps à autre, ainsi que cela avait été convenu. Tu m'as parlé de ces visites dans tes lettres trimestrielles, et tu l'aimes et il t'aime.

– Je l'aime *bien*, monsieur, répondit Rosa.

– C'est ce que j'ai dit », reprit le tuteur, pour les oreilles duquel la timide emphase de la jeune fille était trop fine. « Bien ! Et vous correspondez ?

– Nous nous écrivons, dit Rosa, qui fit la moue au souvenir de leurs querelles épistolaires.

– C'est en effet le sens que j'attache à ce verbe : correspondre, ma chérie, dit Mr. Grewgious. Bon. Tout va bien. Le temps passe. Aux prochaines fêtes de Noël, il deviendra nécessaire, pour une question de forme, de prévenir la dame exemplaire qui est dans l'embrasure de la fenêtre et envers laquelle nous avons tant d'obligations que ton départ aura lieu à la fin du semestre suivant. Tes rapports avec cette dame sont loin d'être de simples rapports d'affaires, mais il n'en reste pas moins tout un aspect économique. Je suis un homme particulièrement Anguleux, reprit-il, comme s'il avait tout à coup éprouvé le besoin de le redire, et je n'ai jamais conduit personne à l'autel. Aussi, si quelqu'un d'autorisé voulait t'y conduire à ma place, la chose me serait fort agréable. »

Rosa fit entendre, les yeux baissés, que probablement on trouverait quelqu'un sans peine pour remplacer Mr. Grewgious si cela était nécessaire.

« Certainement... certainement..., s'écria Mr. Grewgious. Par exemple, le gentleman qui est ici professeur de danse s'acquitterait de ce soin avec convenance et élégance. Il saurait avancer et se retirer à la satisfaction de l'officiant et de toi-même, du jeune époux et de toutes les personnes intéressées. Je suis... je suis un homme tout ce qu'il y a de plus Anguleux », répéta Mr. Grewgious, comme s'il avait finalement décidé de le dire une fois pour toutes, « et je ne ferais que des bévues. »

Rosa demeurait immobile et silencieuse ; peut-être son esprit n'avait-il pu se transporter encore en idée jusqu'au moment de la cérémonie et s'attardait-il encore en route.

– Mémorandum... "Testament". Maintenant, ma chérie », dit Mr. Grewgious après s'être reporté à ses notes, avoir barré le mot « Mariage » et pris un papier dans sa poche, « bien que je t'aie depuis longtemps informée des termes du testament de ton père, je pense que le moment est venu de déposer une copie conforme entre tes mains. Et quoique Mr. Edwin Drood en connaisse également le contenu, je crois aussi qu'il est convenable de déposer une autre copie conforme dans les mains de Mr. Jasper.

– Pourquoi pas dans celles d'Eddy ? La copie ne peut-elle pas lui être remise ?

– Si, naturellement ; si tu y tiens particulièrement. Je parlais de Mr. Jasper parce que c'est son tuteur.

– J'y tiens tout particulièrement ; si toutefois vous le voulez bien, dit Rosa vivement et pourtant d'un ton sérieux. Je n'aime pas que Mr. Jasper s'interpose d'aucune façon entre nous.

– Il est tout naturel, je suppose, dit Mr. Grewgious, que ton jeune époux s'occupe personnellement de ces choses. Le fait est que je suis un homme particulièrement peu naturel et que je ne sais rien de tout cela par ma propre expérience. »

Rosa le regarda avec quelque surprise.

« Je veux dire, reprit-il, que les goûts de la jeunesse n'ont jamais été les miens. J'ai été l'unique enfant de parents fort avancés en âge et je suis tenté de croire que je suis venu au monde déjà vieux. Sans aucune allusion au nom que tu portes et dont tu vas prochainement changer, je remarque que, alors que toutes les créatures arrivent au monde à l'état de bouton de fleur, j'y suis arrivé à l'état d'écorce sèche. Oui, j'étais déjà sec comme une vieille écorce quand j'ai commencé à avoir conscience de mon existence. En ce qui concerne la seconde copie conforme du testament, il sera fait selon ton désir. En ce qui concerne ton héritage, tu sais tout, je pense. Il s'agit d'une rente annuelle de deux cent cinquante livres, des économies faites sur cette rente et d'autres sommes portées à ton crédit. Le tout a été dûment comptabilisé avec les justificatifs. Tu te trouves donc à la tête d'une jolie somme excédant dix-sept cents livres. Je suis autorisé à prélever sur ce capital l'argent nécessaire pour les préparatifs de ton mariage. Maintenant, tout est dit.

– Voudriez-vous bien m'apprendre, fit observer Rosa en prenant la copie du testament, mais sans l'ouvrir, et en fronçant avec grâce les sourcils, si j'ai raison. Je comprends bien mieux vos explications que tout ce que je lis dans les actes judiciaires. Mon pauvre papa et le père d'Eddy se sont mis d'accord, étant amis intimes, dévoués et sûrs, pour que nous devenions des amis intimes, dévoués et sûrs.

– Parfaitement.

– ... Dans notre intérêt à tous deux et pour nous assurer un bonheur durable...

– Parfaitement.

– ... Pour que nous soyons l'un pour l'autre encore plus que ce qu'ils avaient été eux-mêmes...

– Parfaitement.

– Il n'est stipulé ni contre Eddy ni contre moi aucune pénalité dans le cas où...

– Ne t'agite pas ainsi, ma chérie. Dans le cas qui remplit de larmes tes yeux, à la seule idée que tu t'en fais, au cas enfin où vous ne vous marieriez pas, il n'y a aucune pénalité stipulée dans les deux testaments, ni contre l'un ni contre l'autre. Tu resterais sous ma tutelle jusqu'à ta majorité. Rien de pis ne t'arriverait. Mais le mal serait déjà assez grand sans doute.

– Et Eddy ?

– Il recueillerait la part d'associé à laquelle il a droit du chef de son père, avec les arriérés qui peuvent exister à son crédit, et cela à sa majorité. Tout comme maintenant. »

Rosa, l'air soucieux et les sourcils froncés, mordillait le coin de sa copie conforme, puis elle inclina légèrement sa tête et fixa le parquet qu'elle frottait doucement du bout de son petit pied.

« En résumé, dit Mr. Grewgious, ces fiançailles sont un désir, un projet amicalement conçu et tendrement exprimé des deux côtés. Qu'il ait été formé très sérieusement, avec le vif espoir qu'il se réaliserait un jour, cela ne fait aucun doute. Quand vous étiez tous deux enfants, on essayait déjà de vous y accoutumer, et les choses ont bien tourné ! Mais les circonstances peuvent changer et je suis venu te rendre visite aujourd'hui, en partie et principalement pour m'acquitter d'un devoir envers toi, ma chérie. Je devais te dire que deux jeunes gens ne peuvent être engagés dans les liens du mariage (excepté dans les unions de convenance qui sont une dérision et un malheur) que de leur propre et libre volonté, lorsqu'ils y sont portés par un attachement mutuel et qu'ils ont l'un et l'autre l'assurance (qui peut être erronée, mais il faut courir le risque) qu'ils sont faits l'un pour l'autre et qu'ils se rendront heureux. Est-il pensable, dans votre cas, que, si le père d'un de vous vivait encore en ce moment et avait un doute à ce sujet, ses idées ne se fussent point modifiées en voyant que les choses ont changé entre vous avec les années ? Qu'il se crût engagé par une promesse aussi ancienne ? C'est impensable, déraisonnable, illogique, absurde. »

Mr. Grewgious avait dit tout cela comme s'il faisait une lecture à haute voix, ou plutôt comme s'il révisait une leçon. Son visage était, comme toujours, dépourvu d'expression et ses manières de spontanéité.

« A présent, ma chérie, ajouta-t-il après avoir rayé le mot "Testament" avec son crayon, j'ai accompli ce qui, dans ce cas particulier, était de pure conscience, mais néanmoins un devoir. Mon mémorandum porte le mot "Désirs". As-tu, ma chérie, quelque désir que je puisse satisfaire ? »

Rosa secoua la tête, l'air hésitant et malheureux comme si elle cherchait une aide.

« As-tu quelque instruction à me donner concernant tes affaires ?

– Je... Je préférerais... si vous y consentez... tout arranger d'abord avec Eddy, dit Rosa en tortillant l'ourlet de sa robe.

– Certainement... certainement..., répondit Mr. Grewgious. Vous devez tous les deux être d'accord sur tout. Ce jeune gentleman doit revenir prochainement ici ?

– Il est parti seulement ce matin. Il reviendra pour Noël.

– Tout est pour le mieux. A son retour, pour Noël, tu arrangeras tout avec lui, puis tu m'écriras. Alors je m'acquitterai... oh ! simplement sur un plan économique, de mes dettes envers la dame distinguée qui est là, près de la croisée. Elles auront augmenté alors. »

D'un autre coup de crayon, Mr. Grewgious raya « Désirs ».

« Voyons. Le mémorandum porte le mot "Congé". Oui, maintenant, ma chérie, je dois prendre congé.

– Oserai-je, dit Rosa, tandis qu'il s'extrayait de son siège avec sa maladresse habituelle, oserai-je vous demander d'avoir l'extrême bonté de venir pour Noël pour le cas où j'aurais alors quelque chose de particulier à vous communiquer ?

– Mais certainement... certainement », répliqua-t-il, en apparence flatté (si toutefois ce mot peut être employé en parlant d'un homme dont la physionomie impassible ne s'éclairait pas plus qu'elle ne s'assombrissait jamais). « En ma qualité d'homme Anguleux, je suis mal à l'aise en société; je n'ai d'autre engagement pour les fêtes de Noël que celui de partager, le 25, une dinde bouillie à la sauce au céleri avec un clerc aussi Anguleux que moi-même et que j'ai la chance d'avoir à mon étude. Son père, fermier dans le comté de Norfolk, me l'envoie (la dinde) en cadeau d'un petit pays des environs de Norwich. Je suis très flatté si tu désires me voir, ma chérie. Ma profession de percepteur des loyers fait que peu de personnes ont le désir de me voir, et cette nouveauté est pour moi pleine de charme. »

Pour le remercier de sa complaisance, Rosa, reconnaissante, posa les mains sur ses épaules, se dressa sur la pointe des pieds et l'embrassa.

« Bénédiction du ciel, s'écria Mr. Grewgious. Merci, ma chérie, l'honneur égale presque le plaisir. Miss Twinkleton... madame... j'ai eu la conversation la plus plaisante avec ma pupille et il ne me reste plus qu'à vous délivrer du désagrément de ma présence.

– Monsieur... monsieur..., répliqua miss Twinkleton en se levant avec une gracieuse condescendance, ne dites pas désagrément... Ne dites pas cela... Je ne puis vous permettre d'employer des expressions....

– Merci, madame. J'ai lu dans les journaux, dit Mr. Grewgious en bégayant un peu, que lorsqu'un visiteur distingué (non pas que j'en sois un, bien loin de là) va dans une école (non pas que cet établissement ne soit qu'une école, il s'en faut de beaucoup), il demande un jour de congé ou quelque autre grâce pour les élèves. La journée étant déjà avancée, dans... l'institution... que vous dirigez d'une façon si éminente, les jeunes demoiselles n'auraient rien à gagner à avoir la libre disposition du reste de l'après-midi. Mais si quelque jeune personne était soumise à quelque punition, pourrais-je solliciter ?...

– Ah ! Mr. Grewgious... Mr. Grewgious ! s'écria miss Twinkleton en le menaçant, en plaisantant, du doigt. Oh ! les hommes !... les hommes !... Ne devriez-vous pas avoir honte de vous montrer si durs pour nous autres pauvres et méconnues éducatrices de notre sexe pour votre bien ! Mais, puisque miss

Ferdinand a un pensum, les *Fables* de M. de La Fontaine à copier, va la trouver, ma chère Rosa, et dis-lui que sa punition est levée grâce à l'intervention de ton tuteur, Mr. Grewgious. »

Miss Twinkleton fit alors une révérence, une véritable merveille accomplie par ses respectables jambes, qu'elle termina noblement à trois pas de son point de départ.

Mr. Grewgious, considérant qu'il était décent de rendre visite à Mr. Jasper avant de quitter Cloisterham, se rendit à la Porterie et monta l'escalier de derrière. La porte était fermée et un morceau de papier y était fixé avec cette inscription : « Cathédrale ». Mr. Grewgious se rappela que c'était l'heure de l'office. En conséquence, il redescendit l'escalier, traversa l'enclos et s'arrêta devant la grande porte ouest de la cathédrale, dont les deux battants restaient toujours ouverts pendant les belles après-midi, afin de donner de l'air au saint édifice.

« Miséricorde ! s'écria Mr. Grewgious en jetant un coup d'œil à l'intérieur, c'est comme si l'on plongeait dans le gouffre du Passé ! »

Ce Passé exhalait une odeur de moisi, de tombes, d'arches et de voûtes. Des ombres s'étalaient, épaisses, dans les coins obscurs ; l'humidité commençait à suinter sur les taches verdâtres de la pierre. Derrière la grille du chœur, en haut des marches menant aux grandes orgues, le soleil couchant répandait sur le pavement de la nef toutes les couleurs que filtraient les vitraux. Derrière la grille du chœur, on entrevoyait des aubes blanches et l'on entendait de temps en temps une voix qui s'élevait, puis redescendait en un murmure lointain. Au dehors, à l'air libre, la rivière, les verts pâturages, les terres labourées, les collines et les vallées s'étaient empourprés sous les rayons du soleil couchant. A l'horizon, les fenêtres des moulins et des fermes étincelaient comme des plaques d'or. Dans la cathédrale, tout devenait gris, sombre et sépulcral, et la faible voix de l'officiant continuait sa psalmodie monotone, puis l'orgue et les choristes explosèrent et la noyèrent dans des flots de musique. Ces flots s'apaisèrent, et la voix mourante fit un dernier effort ; mais des flots d'harmonie jaillirent de nouveau et l'engloutirent, s'élevant jusqu'à la voûte, se gonflant sous les arches, gagnant les hauteurs de la grande tour carrée, puis tout redevint tranquille.

Mr. Grewgious s'était alors avancé jusqu'aux marches du chœur où il se heurta à la foule des gens qui sortaient.

« Il n'est rien arrivé ? lui dit avec une certaine vivacité Mr. Jasper en l'abordant. On ne vous a pas envoyé à ma recherche ?

– Pas du tout... Pas du tout. Je viens de ma propre initiative. Je suis allé voir ma gracieuse pupille, et je me dispose à retourner chez moi.

– Vous l'avez trouvée fraîche et en bonne santé ?

– Très florissante, en vérité, tout à fait florissante. J'étais venu uniquement pour lui expliquer ce que sont des fiançailles arrangées par des parents morts.

– Et qu'est-ce donc, à votre avis ? »

Mr. Grewgious remarqua la pâleur des lèvres de Mr. Jasper tandis que celui-ci posait cette question et il l'attribua à l'humidité glacée de la cathédrale.

« Je suis simplement venu dire à ma pupille que les désirs de ses parents ne la liaient absolument pas et que, si elle avait des raisons, elle pouvait rompre ces fiançailles. Par exemple, un manque d'affection ou de bonne volonté à réaliser le vœu des testateurs.

– Puis-je vous demander si vous aviez une raison particulière de lui dire cela ? »

Mr. Grewgious répliqua avec un ton un peu brusque :

« Sans raison particulière, si ce n'est de faire mon devoir, monsieur. » Puis il ajouta : « Allons, Mr. Jasper, je connais votre affection pour votre neveu, je sais comme vous êtes prompt à prendre son parti. Je vous assure que mes paroles n'impliquent pas la moindre défiance, pas le moindre léger manque d'égards pour votre neveu.

– Vous ne pouviez pas mieux dire », répondit Jasper en prenant amicalement le bras de Mr. Grewgious, à côté duquel il marchait.

Mr. Grewgious ôta son chapeau pour se lisser le crâne ; cela fait, il s'inclina en signe de satisfaction et remit son chapeau.

« Je parierais », dit Jasper avec un sourire (ses lèvres étaient encore si pâles qu'il en eut conscience et qu'il les humecta et les mordilla tout en parlant), « je parierais que Rosa n'a pas exprimé le plus petit désir de rompre avec Ned.

– Vous gagneriez votre pari, répliqua Mr. Grewgious. Cependant, je pense que nous devrions être indulgents pour la timidité et la sensibilité d'une jeune fille qui n'a plus sa mère dans de semblables circonstances. Mais ces choses-là ne sont guère de ma compétence... Qu'en pensez-vous ?

– Tout cela ne fait pas l'ombre d'un doute.

– Je suis heureux de vous l'entendre dire », dit Mr. Grewgious qui avait manœuvré avec adresse, se souvenant fort bien de ce que Rosa lui avait dit à propos de Mr. Jasper. « Par une sorte de délicatesse instinctive, elle a voulu que tous les arrangements préliminaires fussent pris directement entre elle et Edwin Drood, comprenez-vous ? Elle n'a pas besoin de nous, n'est-ce pas ? »

Jasper se frappa la poitrine et dit d'une voix à peine audible :

« Vous voulez dire qu'elle n'a pas besoin de moi ? »

Mr. Grewgious se frappa lui aussi la poitrine et dit :

« Non, j'ai voulu dire qu'elle n'avait pas besoin de nous. En conséquence, laissons-les s'arranger ensemble quand Mr. Edwin Drood reviendra pour Noël. Nous interviendrons ensuite pour mettre le point final à l'affaire.

– Ainsi, vous avez arrangé avec elle que vous reviendriez pour Noël ? fit observer Jasper. Vous voyez, Mr. Grewgious, il existe, comme vous le disiez fort bien tout à l'heure, un attachement si rare entre mon neveu et moi que je suis plus sensible à tout ce qui touche ce cher, cet heureux, ce fortuné garçon qu'à tout ce qui me touche moi-même. Cependant, c'est justice que l'on ait égard aux désirs de la jeune fille, comme vous me l'avez fait remarquer, et je me conformerai à vos indications. Si j'ai bien compris, à Noël, les jeunes gens feront leurs arrangements pour le mois de mai et prendront eux-mêmes une décision définitive au sujet de ce mariage. Il ne nous restera plus qu'à prendre nous-mêmes nos dispositions et à nous tenir prêts à rendre nos comptes de tutelle pour le jour de l'anniversaire d'Edwin Drood.

– C'est ainsi que je l'entends, dit Mr. Grewgious, en pressant la main de Jasper au moment de le quitter. Que Dieu les bénisse tous les deux.

– Que Dieu les protège ! s'écria Jasper.

– J'ai dit qu'il les bénisse, fit observer le premier en regardant par-dessus son épaule.

– J'ai dit qu'il les protège, reprit le second. Voyez-vous à cela quelque différence ? »

VIII

Après la fulgurante audition subliminale, un silence prolongé se fait dans la salle. Avec des gestes lents de somnambules, les congressistes enlèvent leur casque, puis restent là comme ahuris, les yeux mi-clos, la bouche serrée. Le Dr Wilmot, le seul à ne pas avoir profité de la singulière émission, puisque, comme nous le savons, il connaît le MED par cœur, regarde surpris cette assemblée devenue tout à coup si peu loquace.

En sévère lettré qu'il est, étranger à la vie pratique et indifférent surtout aux problèmes créés par les nouvelles technologies, le directeur du *Dickensian* est loin d'imaginer que si les présents se taisent, c'est parce qu'ils sont en train de communiquer par l'esprit. Mais le fait est peut-être connu du lecteur : après un bombardement subliminal intense, il arrive parfois que se crée entre les sujets, surtout s'ils en sont à leur première expérience, une sorte de liaison ou *network* télépathique, ne serait-ce que de courte durée. De plus, dans notre cas, le texte même peut avoir contribué à l'intensité du phénomène, avec ses allusions répétées aux facultés paranormales dont seraient dotés Jasper et les deux jumeaux.

Mais ces échanges purement mentaux ont leurs inconvénients. Plus encore que dans un débat ordinaire, les pensées des interlocuteurs finissent en effet par se chevaucher et s'enchevêtrer à tel point que l'on ne comprend plus qui les pense. Voici, par exemple, comment a débuté (dans la transcription verbale fournie ensuite par les techniciens) la séance de ce matin :

CETTE ROSA, ELLE NE ME PLAÎT DÉCIDÉMENT PAS ET JE NE SERAIS PAS SURPRIS SI / MAIS QU'EST-CE QUE JASPER A PU LUI METTRE DANS SON VIN ? L'OPIUM NE PRODUIT PAS DU TOUT CET EFFET-LÀ / D'AUTRE PART HELENA / D'AUTRE PART ROSA / POINT DE VUE TEMPS CELA CORRESPOND, EN EFFET, ET DANS CETTE SOMBRE LUEUR / MAIS VOYONS ! DICKENS NE PEUT PAS PRÉTENDRE QUE / ENTRE HELENA ET ROSA MOI JE PRÉFÈRE LOREDANA / MAIS LUI IL Y CROYAIT POUR DE BON, À LA TÉLÉPATHIE, ET AUSSI AUX PRÉMONITIONS ET AUX PHÉNOMÈNES DE / MON DIEU ! / DE VOYANCE / MON DIEU JE VOIS TOUT ! JE COMPRENDS TOUT ! VOILÀ POURQUOI LES CHIENS N'ONT PAS / CES DEUX-LÀ VIENNENT DE CEYLAN PAR-DESSUS LE MARCHÉ / MOI CETTE LOREDANA / JE N'AI PAS FERMÉ L'ŒIL À CAUSE DU MATELAS / JE VOIS TOUT, VOUS DIS-JE ! LE FAUX VAGABOND ! LA CARAFE PRÈS DE LA FENÊTRE ! LA MAIN QUI / MOI CETTE LOREDANA JE / MAIS CEYLAN N'EST PAS / DU POINT DE VUE LITTÉRAIRE D'AILLEURS / ASSASSIN ! ASSASSIN ! VOILÀ COMMENT IL A / L'INDE EST TOUJOURS L'INDE : LES SIKHS, LES THUGS, DIEU SAIT QUOI ENCORE / COME YOU BACK, YOU BRITISH SOLDIER COME YOU BACK TO MANDALAY / CERTES QUE SOUS CE TAILLEUR LAVANDE / MAIS EN SOMME ! / VOILÀ COMMENT IL A FAIT, L'ASSASSIN ! PARCE QU'UN JOUR MON FRÈRE M'A EXPLIQUÉ QUE / ET CE COUTEAU TRÈS AFFILÉ AVEC LEQUEL IL LUI COUPAIT LES CHEVEUX ? / MOI CE MAUDIT PÂTÉ QU'ILS NOUS ONT DONNÉ HIER SOIR / UN KRISS MALAIS PEUT-ÊTRE / MAUDIT ASSASSIN ! ASSASSINER UN / PARCE QUE DU POINT DE VUE LITTÉRAIRE, DISAIS-JE / ET EN VITESSE ! MÊME SUR LE LIT DE LA FUMERIE / MAIS EN SOMME, ALLEZ-VOUS EN FINIR AVEC CES PENSÉES PORNOS / L'ADMIRABLE PERSONNAGE DE GREWGIOUS, QUI A NOTAMMENT INSPIRÉ À STEVENSON / ALLONS, NE T'FÂCHE PAS SUGAR BABY / LA CATHÉDRALE AU / JE VOIS TOUT ! DE NOUVEAU JE VOIS TOUT ! LES CHIENS, LA FENÊTRE, LE / LA CATHÉDRALE AU CRÉPUSCULE.

Un fatras inextricable, c'est évident, non seulement

Un fatras inextricable, c'est évident, non seulement parce que les différentes interventions se superposent, mais aussi à cause de l'intrusion de contenus mentaux tout à fait étrangers au débat outre que discutables en eux-mêmes. Et que dire des allusions répétées et incompréhensibles à certains chiens, à une certaine carafe au bord d'une fenêtre et à un certain « faux vagabond » qui serait en fait le véritable assassin ? Il semble s'agir d'une vision à caractère onirique, hallucinatoire, qui peut avoir été suscitée chez l'un des participants[1] par l'allusion aux phénomènes dits de voyance. Le sujet prétend en effet qu'il « voit tout ». Mais on ne comprend pas ce qu'il peut voir, fût-ce par hallucination. Parce que si, à Cloisterham, les vagabonds ne manquent pas, comme nous le savons, il n'y a par contre pas le moindre chien dans le MED ni aucune allusion à une carafe placée près d'une fenêtre.

Heureusement, la transcription verbale n'est pas partout si chaotique. Çà et là, les interférences se raréfient, certaines « voix » sont reconnaissables, et l'on peut plus ou moins suivre le fil de la discussion. Mais il est clair que nous devons nous limiter, pour notre part, à une remise en ordre sommaire et approximative, sans prétendre à des « attributions » trop rigoureuses. Voici donc comment peuvent se résumer, une fois épurées des détails superflus et classées au mieux, les opinions du groupe Drood après *l'imprinting* du deuxième numéro.

SOUS-GROUPE DES PORPHYRIENS : Admiration sans bornes pour le personnage de Grewgious, qui inspirera notamment à Stevenson la figure immortelle de Mr. Utterson dans *L'Étrange Cas du Dr. Jekyll et de Mr. Hyde*. Dickens donne ici le meilleur absolu de lui-même, note le juge Petrovitch ; et le raffiné Wolfe indique d'autres passages mémorables : la description,

1. Sans doute s'agit-il de la dame dont le frère est médecin-chef à Arezzo. Cette hypothèse est corroborée par la cessation du phénomène au moment même de l'abandon de la salle par la dame en question, qui paraissait très agitée et que l'on n'a, en outre, jamais plus revue à l'U & O.

d'une virtuosité sans pareille, de la cathédrale « en double perspective » au coucher du soleil, ou l'intervention de miss Twinkleton pour dédramatiser aux yeux de ses élèves la dispute entre Drood et Neville.

P. BROWN : L'auteur n'était donc pas tellement fatigué, il n'était pas « en crise », comme certains l'ont prétendu. Et ceux qui considéraient et considèrent que le MED est un roman non seulement incomplet, mais de qualité inférieure ne savent pas de quoi ils parlent. Quant à Wilkie Collins, qui le jugea, en privé, « le laborieux et pitoyable effort d'un cerveau désormais usé », il faut tenir compte des rapports très peu cordiaux que les deux écrivains avaient entretenus dans les derniers temps.

SOUS-GROUPE DES AGATHISTES : La qualité littéraire n'est pas en discussion, mais l'intrigue policière, si. Et, de son point de vue, Collins pouvait avoir raison : car si vraiment l'intention de Dickens était de faire coïncider l'identité de l'assassin et celle de Jasper, c'est-à-dire du principal suspect, alors, disons-le franchement, le prétendu *mystery*... (Et ici les opinions divergent, ce qui provoque la division ultérieure de ce sous-groupe en pessimistes et optimistes.)

PESSIMISTES : Le numéro de mai ne laisse pas d'alternative à la culpabilité de Jasper. L'arrivée des deux jumeaux ne fait même que la confirmer. Jusque-là, en effet, on pouvait encore penser que le délit de l'oncle en resterait au stade de dessein platonique, de rêverie libératoire parmi les fumées de l'opium. Mais, à présent, ce n'est plus possible. Car il est évident que Neville, avec ou sans Helena, n'est qu'un simple figurant, introduit dans le seul dessein de fournir « à l'Inique » un innocent sur qui faire dévier les soupçons. Et, en effet, Jasper se met à l'œuvre sans perdre une seconde : 1) il devine diaboliquement que son neveu et le nouvel arrivé ne se sont pas plu à première vue ; 2) il les suit furtivement dans l'ombre et, quand il les entend se disputer, il intervient, apparemment pour les mettre d'accord, mais 3) comme il découvre que l'objet de la dispute est Rosa, il a un sourire méphistophélique et s'empresse de préparer le vin drogué qui mettra à bout les deux adversaires et les portera pratiquement aux voies de fait; 4) après quoi, il se précipite chez Crisparkle pour l'informer de la querelle et le mettre en garde contre le tempérament sanguinaire de ce jeune garçon « de sang foncé »; 5) il est désormais certain que son crime sera un crime parfait, au point de se laisser aller avec Grewgious à un jeu de mots menaçant entre « bénir » et « protéger ». Mais 6) un crime de ce genre, pour aussi parfait qu'il ait pu sembler à son auteur, ne pourra être que décevant pour nous !

HOLMES : Mieux vaut une déception que... Je ne sais pas, mais je suis de plus en plus convaincu qu'il vaudrait mieux en rester là, ne pas creuser trop profond... Certaines choses que quelqu'un a déjà pu imaginer ne me plaisent pas du tout[1].

OPTIMISTES : Il n'est pas dit que le coupable soit Jasper; quant aux deux jumeaux, ce ne sont pas du tout des figurants. Dickens n'a pas manqué de les doter d'un remarquable relief ... euh ... figuratif, ainsi que d'un potentiel notable de culpabilité. Tous deux ont un obscur passé de souffrances, d'humiliations et de rébellions. Le frère circulait, et circule peut-être encore, armé d'un couteau, et, de son propre aveu, il est capable de tuer si on le provoque. Il est sombre, hypervulnérable et tourmenté par un complexe d'infériorité raciale et sociale. Sa sœur fait peur. Une jeune fille qui, pour se travestir en homme, n'hésite pas à s'arracher les cheveux par poignées ne s'arrête devant rien, et elle-même déclare ne craindre personne. Comme coupables « en réserve », ils sont parfaitement fiables.

MAIGRET : A moi, ils me semblent surtout fiables, si je puis dire, en tant que pourvoyeurs de *coups de théâtre* du type (pouf, pouf)[2] classique. Leur arrivée de Ceylan en

1. Nous attribuons ce passage à Holmes du fait de sa déclaration d'hier soir. Mais le sens de la dernière phrase nous échappe.

2. Il est intéressant de noter que Maigret, dans ses pensées, ne cesse pas de tirer *mentalement* sur sa pipe.

est déjà un. Leur passé en fait pressentir d'autres. Ils sont orphelins, mais on ne dit rien de leurs parents. Et leur perfide parrain (pouf, pouf) ne reparaîtra-t-il pas, tôt ou tard ? Ne devons-nous pas nous attendre à quelque révélation bouleversante sur leur origine ? N'auraient-ils pas des liens familiaux cachés avec d'autres personnages du roman ? Et leur teint foncé laisse la porte ouverte à des développements hautement exotiques, en rapport avec les secrets, les sectes, les rites (pouf, pouf) de l'Extrême-Orient.

DUPIN : Mais le vrai coup de théâtre pourrait venir de la télépathie, si l'on découvrait que les deux jumeaux, à distance mais au même instant, se sont enflammés d'une haine implacable contre Edwin et, toujours d'un commun accord télépathique, ont projeté et exécuté le crime. Comme contrepied final, ce serait excellent, et le lecteur remercierait Dickens de l'avoir fourvoyé avec tant d'indices à la charge du pauvre Jasper.

LE CRAPAUD : Ah ! mais fourvoyer est une chose et tricher en est une autre, chers messieurs. Car, par exemple, laissons de côté la télépathie et prenons le laitier. Vous aurez remarqué que, dans le chapitre 9, il y a un laitier. Rien de plus simple que de lui trouver un quelconque mobile (il était fou de Rosa lui aussi, ou bien Edwin, l'ayant surpris alors qu'il mouillait le lait, le faisait chanter), et un *modus operandi* non moins quelconque, lié par exemple à sa carriole et à ses bouteilles. Moi, d'une solution finale de ce genre, je m'en contenterais parfaitement. Mais à condition que l'auteur m'explique également en détail les raisons pour lesquelles Jasper s'est comporté aussi étrangement qu'il l'a fait se comporter. Parce que, j'insiste, fourvoyer est une chose et tricher…

P. BROWN et/ou PETROVITCH : Dickens n'a jamais cherché à tromper personne dans ses romans. Mais il est vrai que ses intrigues sont parfois si compliquées qu'on a bien de la peine à s'y retrouver. C'est pourquoi le coupable pourrait bien être Neville, malgré tout. Quant à

Helena, son implication serait vraiment tirée par les cheveux. Le mobile de la haine partagée par télépathie ne tient pas debout.

MARLOWE (ou ARCHER) : Ces bigots ne voudront jamais comprendre que la jumelle, homosexuelle outre que télépathe, s'est elle-même éprise de la mièvre Rosa, et qu'il y a donc là un splendide mobile supplémentaire. C'est un thème que l'auteur, toujours soucieux de ne pas effaroucher son public victorien, ne pouvait certes pas mettre noir sur blanc.

ARCHER (ou MARLOWE) : Mais les clins d'œil sont évidents ! Ce ne sont qu'embrassements, étreintes, et tu m'ensorcèles par-ci, et tu me donnes du courage par là, serre-moi fort, reste avec moi. Effusions innocentes de jeunes filles ? Mais l'une est dure, autoritaire, d'allure et d'aspect carrément masculins ; l'autre ne renonce pas un instant à ses minauderies de jeune chatte en quête de protection et de câlineries. Non, il les connaissait bien, le vieux Boz, les côtés un peu comme ça de la vie ! Et de plus, il savait pertinemment que, dans son public de moralistes hypocrites, qui voulait comprendre comprendrait.

HASTINGS : Je suis peut-être moi aussi un moraliste hypocrite, mais là, il me semble que vous allez un peu loin ! Et vous, Poirot, qu'en dites-vous ?

POIROT : ... ...[1]

HASTINGS : Poirot ?

LOREDANA *(à voix haute, en se passant une main sur le front)* : Comment... Où est-ce que.... Quelle heure est-il ?

WILMOT *(qui continue à n'y rien comprendre)* : Il est exactement onze heures et neuf minutes. Mais...

Trois minutes à peine ont donc passé, lecteur, depuis le

1. Poirot ne s'est pas fait entendre jusqu'à présent, et la question de Hastings reste également sans réponse. On pourrait en conclure que l'affaire Drood a cessé de l'intéresser. Ou, au contraire, que le travail de ses « cellules grises » est si intense qu'il ne peut être enregistré, même aux fréquences très hautes des psycho-récepteurs japonais.

début de cette séance singulière, et les membres du groupe Drood n'ont pratiquement plus rien à se dire. ARCHER et MARLOWE se lèvent en chantonnant, convaincus qu'étant donné les circonstances une pause café est largement méritée. Mais WATSON, à qui le désarroi du directeur du *Dickensian* n'a pas échappé, se rend compte que le distingué spécialiste est resté en dehors du circuit télépathique et s'empresse de le mettre au courant de la situation. Entre-temps, LOREDANA est allée au bureau technique et revient avec la transcription du débat.

WILMOT *(après avoir parcouru les feuillets)* : Bon... et alors on pourrait passer au troisième fascicule, c'est-à-dire au numéro de juin.

Mais la proposition est accueillie par un tollé général, car l'idée du *coffee break* a évidemment contaminé tout le monde. Et c'est un *break* qui se prolonge jusqu'à l'apéritif et inclut le lunch, pour s'égailler ensuite dans les allées du jardin ou les fauteuils du hall. Parmi nos congressistes, quelques adeptes de la coutume romaine de la sieste regagnent même leurs chambres.

*

Les techniciens profitent de cette pause pour apporter certaines modifications à l'installation, afin d'éviter que l'audition subliminale ne provoque les effets collatéraux de ce matin. La fréquence des impulsions est réduite, le temps de transmission allongé. Ainsi, quand les travaux reprennent l'après-midi, l'*imprinting* du troisième numéro – c'est-à-dire des chapitres 10, 11 et 12 – dure une bonne minute.

Chapitre 10. La voie s'aplanit

On a souvent remarqué que les femmes ont une curieuse aptitude à deviner le caractère des hommes ; aptitude purement instinctive, car elles jugent sans ce patient enchaînement de preuves et de motifs qui peut seul donner une garantie satisfaisante d'un bon jugement ; d'ordinaire, elles se prononcent même avec la plus excessive confiance en elles-mêmes et, si quelques objections leur sont présentées par l'autre sexe, elles les repoussent fièrement.

Cette faculté de divination (faillible comme toutes les facultés humaines) est la plupart du temps absolument incapable de se contrôler elle-même, et, lorsqu'une femme a exprimé une opinion défavorable, toutes les lumières humaines essaieraient ensuite de lui démontrer que cette opinion est mal fondée qu'elle n'en resterait pas moins inébranlable dans sa manière de voir, inflexible dans sa détermination de ne pas revenir sur sa première idée.

Bien plus, la seule possibilité de la plus faible contradiction, de la réfutation la plus timide engendre, neuf fois sur dix, dans les jugements féminins, cette sorte d'acharnement qui entache les témoignages intéressés, tant une belle devineresse s'attache fortement à son erreur et passionnément à ses propres finesses.

« Ne penses-tu pas, chère maman, dit un jour le chanoine à sa mère qui était assise et tricotait dans la petite bibliothèque, que tu es un peu trop sévère pour Mr. Neville ?

– Je ne le pense pas, Septimus, répondit la vieille dame.

– Discutons-en, maman.

– Je n'ai pas d'objection à discuter, Septimus. J'ai toujours été ouverte à la discussion. »

A ce moment, le bonnet de la vieille dame se mit à trembler comme si elle voulait dire intérieurement : « Je voudrais bien savoir si jamais une discussion me fera changer d'opinion. »

« Eh bien, maman, reprit son fils, toujours conciliant, rien n'est préférable à une discussion libre.

– Je n'espère pas grand-chose de celle-ci, mon cher enfant, fit la vieille dame, évidemment décidée à ne faire aucune concession.

– Bien ! dit le chanoine, je disais donc que Mr. Neville, dans cette malheureuse circonstance, avait agi à la suite d'une provocation.

– Et du vin chaud, ajouta la vieille dame.

– J'admets aussi l'influence du vin tout en pensant que les deux jeunes gens étaient dans les mêmes conditions.

– Et moi, je ne le crois pas, dit la vieille dame.

– Pourquoi cela, maman ?

– Parce que je ne le crois pas. Cependant, j'accepte la discussion, comme toujours.

– Mais, ma chère maman, je ne vois pas comment nous pourrons discuter si tu adoptes cette position.

– Si tu as des reproches à faire, fais-les à Mr. Neville, mais pas à moi, fit la vieille dame avec une imposante sévérité.

– Chère maman, pourquoi Mr. Neville ?

– Eh ! fit Mrs. Crisparkle en se retranchant derrière ses premiers principes, il a jeté le déshonneur sur cette maison et fait preuve d'un grave manque de respect pour notre famille.

– On ne peut le nier, maman, mais il s'en est montré tout de suite très chagrin, et il l'est encore aujourd'hui.

– Bien, mais sans la courtoisie de Mr. Jasper, qui est un homme bien élevé et qui, après l'office, encore en aube, est venu me trouver dans la nef pour exprimer l'espoir que je n'avais pas été trop alarmée et que mon sommeil n'avait pas été troublé brutalement, je n'aurais sans doute jamais entendu parler de cette désagréable affaire, dit la vieille dame.

– Pour être franc, maman, je crois que je ne t'en aurais rien dit ; cependant, je n'avais pas d'idée arrêtée sur ce point. Je me préparais à suivre Jasper pour en causer avec lui et décider ensemble s'il ne valait pas mieux pour tous les deux garder le silence à l'égard de tout le monde, quand je l'ai trouvé qui causait avec toi. Il était trop tard.

– Trop tard, en effet. Mr. Jasper était encore pâle comme un mort à cause de la scène qui avait eu lieu chez lui dans la soirée.

– Si je t'en avais fait un mystère, maman, tu peux être sûre que c'eût été par respect pour ta tranquillité, dans l'intérêt des jeunes gens et pour mieux remplir mon devoir, tel, du moins, que je le comprends. »

La vieille dame se leva, traversa la chambre et vint l'embrasser.

« Il va sans dire, mon cher Septimus, que j'en suis parfaitement sûre.

– Quoi qu'il en soit, c'est devenu la fable de toute la ville », dit Mr. Crisparkle en se grattant l'oreille, pendant que la vieille dame regagnait son siège et reprenait son tricot, « et je n'ai rien pu y faire.

– C'est pourquoi j'ai dit alors, reprit la vieille dame, que j'ai mauvaise opinion de Mr. Neville, et maintenant je le répète sans détour : j'espère que Mr. Neville pourra revenir au bien, mais je ne le crois pas. »

Et son bonnet se remit à trembler intensément.

« Je regrette de t'entendre parler ainsi, maman.

– Je regrette de devoir parler ainsi, mon cher enfant, interrompit la vieille dame en tricotant d'une main ferme, mais je ne puis l'éviter.

– Car, poursuivit le chanoine, il est indéniable que Mr. Neville est travailleur et attentif, qu'il s'améliore rapidement et qu'il a... j'espère pouvoir le dire... de l'attachement pour moi.

– Il n'a aucun mérite à cela, mon cher enfant, dit la vieille dame d'un ton vif. Il aurait tort de s'en vanter et, s'il l'a fait, je n'en conçois qu'une plus mauvaise opinion de lui.

– Mais, chère maman, il n'a jamais rien dit de semblable.

– C'est possible, répliqua la vieille dame. Mais, s'il ne l'a point dit, je ne vois pas ce que cela prouve. »

Il n'y avait pas d'impatience dans le regard que le chanoine arrêta sur la figure de porcelaine qui tricotait près de lui ; on y lisait seulement une réflexion amusée.

« Et ce n'est pas tout, Septimus. Demande-toi ce que serait ce jeune homme sans sa sœur. Tu sais quelle influence elle a sur lui ; tu connais ses dons et tu sais que tout ce qu'il apprend avec toi, il le répète avec elle. Fais à cette jeune fille la part d'éloges qui lui revient et vois ce qu'il reste pour lui. »

Ces derniers mots firent tomber Mr. Crisparkle dans une légère rêverie ; sa pensée se portait sur des sujets divers. Il songea d'abord aux nombreuses fois où il avait vu le frère et la sœur discuter ensemble à propos de livres de classe ; parfois, c'était lors de ces matinées brumeuses où il faisait de vivifiants pèlerinages au barrage ; parfois, lors de sombres soirées où il affrontait le vent, au coucher du soleil, après avoir grimpé à son observatoire favori, au sommet des ruines branlantes du monastère et qu'il voyait au-dessous de lui les silhouettes studieuses en bas, au bord de la rivière, dans laquelle les feux et les lumières de la ville commençaient déjà à se refléter, ce qui rendait le paysage encore plus désolé. Mr. Crisparkle songea encore à la façon dont lui était venue l'idée qu'en instruisant l'un il instruisait l'autre. Il avait donc adapté peu à peu ses explications à ces deux intelligences, celle avec laquelle il était quotidiennement en contact et celle avec laquelle il ne communiquait que par intermédiaire. Il songea aux rumeurs qui lui étaient parvenues de la maison des Nonnes d'où il ressortait qu'Helena, qu'il avait d'abord jugée si fière et si farouche, s'était soumise à l'influence de la fiancée magique (comme il l'appelait) et que la jeune fille apprenait de sa compagne tout ce qu'elle savait. Il sourit de cette pittoresque association entre deux créatures extérieurement si dissemblables. Surtout, il se demanda comment il était possible que toutes ces choses, dont l'existence ne datait que de quelques semaines, fussent devenues partie intégrante de sa vie.

Chaque fois que le révérend Septimus devenait rêveur, sa bonne mère en concluait aussitôt qu'il avait besoin d'être « reconstitué ». La florissante vieille dame se dirigea donc en toute hâte vers le buffet de la salle à manger, d'où elle tira un reconstituant sous la forme d'un verre de vin de Constance et de quelques biscuits faits à la maison. C'était un buffet digne de Cloisterham et du Coin du chanoine. Au-dessus, un portrait de Haendel, sous son abondante perruque, souriant aux spectateurs avec l'air de connaître tous les trésors que renfermait ce meuble précieux. On aurait dit que le grand musicien s'occupait à en combiner dans une fugue toutes les harmonies délectables. Oh ! ce n'était pas un buffet quelconque avec une vulgaire porte tournant sur ses gonds et s'ouvrant seule sans laisser découvrir petit à petit ses trésors. Ce buffet avait une serrure à mi-hauteur, juste à l'endroit où deux panneaux coulissant, l'un vers le haut, l'autre vers le bas, se rejoignaient. Le panneau supérieur, en se levant (redoublant le mystère caché par celui du bas), dévoilait de profondes étagères garnies de bocaux de condiments, de pots de confiture, de boîtes à thé, de boîtes à épices et de ces plaisantes poteries exotiques bleu et blanc renfermant des conserves de tamarin et de gingembre. Chacun des bienheureux habitants de ces retraites portait son nom inscrit sur son ventre. Les pickles, dont l'uniforme était constitué par un pardessus croisé d'un beau brun vif avec des pantalons jaunes, dévoilaient leurs formes opulentes. Des lettres majuscules annonçaient des noix, des cornichons, des oignons, des choux-fleurs, sans oublier les autres membres de cette intéressante famille. Les confitures, de tempérament moins viril, portaient des papillottes et se présentaient, à l'aide d'une délicate calligraphie féminine, comme framboises, groseilles, abricots, prunes de Damas, pommes et pêches... Quand le rideau de scène tombait sur ces charmes et que le panneau inférieur s'abaissait, il laissait apparaître des oranges auprès d'une grande boîte à sucre pour en tempérer l'acidité si elles n'étaient pas bien mûres. Des biscuits faits à la maison servaient à la cour de ces puissants, à côté d'un reste de gâteau aux prunes et d'une pile de langues de chat, minces et effilées, destinées à être trempées dans le vin doux avant d'être dégustées. Tout en bas, un compartiment doublé de plomb gardait jalousement les vins doux et les cordiaux. Il s'en exhalait des parfums d'orange amère, de citron, d'amande et de cumin. Un air glorieux semblait flotter sur ce buffet des buffets, comme si, bercées pendant des siècles par le bourdonnement des cloches et des orgues de la cathédrale, de vénérables abeilles eussent transformé tout ce qui y était entreposé en un miel sublime. On avait toujours constaté que ceux qui plongeaient au milieu de ces étagères (si profondes, comme il a déjà été dit, que la tête et les épaules et les coudes y disparaissaient) en émergeaient le visage adouci, comme confit dans du sucre.

Victime consentante de cet illustre buffet, le révérend Septimus se résignait à l'être également du nauséabond placard aux plantes médicinales, lui aussi sous la houlette de la bergère de porcelaine. A quelles invraisemblables infusions de gentiane, de menthe poivrée, de giroflée, de sauge, de thym, de rue, de pissenlit et de persil avait-il dû soumettre son courageux estomac ! Dans quels incroyables enveloppements de feuilles séchées avait-il dû enfouir son visage rose dès que sa mère craignait un mal de dents ! Quels emplâtres d'herbes s'était-il laissé joyeusement appliquer sur la joue et sur le front quand la chère vieille dame le persuadait qu'elle voyait un imperceptible bouton ! Cette herboristerie pénitentiaire, située sur le palier de l'étage supérieur, consistait en une cellule basse et étroite aux murs blanchis à la chaux. Des bouquets de plantes séchées étaient suspendus au plafond par des crochets rouillés ou étalés sur des étagères en compagnie de prodigieuses bouteilles. Le révérend Septimus s'y laissait conduire sans résistance, semblable au fameux agneau qui, depuis toujours, s'est laissé docilement conduire à l'abattoir ; mais, à la différence de cet animal, il ne se plaignait pas. Impassible, pour plaire à la vieille dame, il avalait tranquillement ce qu'on lui présentait.

A peine se permettait-il, comme dédommagement, de plonger ses mains et son visage dans de grandes coupes qui contenaient des pétales de roses ou de la lavande, puis il s'en allait, aussi confiant dans les vertus purificatrices du barrage de Cloisterham et d'un esprit sain, que lady Macbeth l'était peu dans celles de toutes les mers du globe.

Dans le cas présent, le bon chanoine prit donc son verre de vin de Constance de la meilleure grâce du monde et, ainsi reconstitué, à la satisfaction de sa mère, il se consacra aux autres tâches de la journée. Il le fit ponctuellement et au moment voulu jusqu'à l'heure des vêpres et du coucher du soleil. La cathédrale étant très froide, il marcha d'un bon pas après l'office jusqu'à ses ruines favorites qu'il escalada sans s'arrêter pour souffler.

Il accomplit cette prouesse d'une façon tout à fait magistrale et il n'était même pas essoufflé quand, debout sur le faîte, il contempla la rivière qui coulait à ses pieds. La rivière de Cloisterham est si près de la mer qu'on y voit fréquemment surnager des algues. Or, ce jour-là, une quantité plus considérable que de coutume de ces plantes marines avait été apportée par la dernière marée. Les remous de l'eau, le ricanement des mouettes qui plongeaient, la couleur plombée du ciel vers la mer ainsi que les voiles brunes des barques, tout faisait présager une nuit de tempête. Le chanoine méditait sur le contraste qu'offrait cette mer sauvage et déchaînée avec le Coin du chanoine, qui était un port si tranquille, quand Helena et Neville passèrent au-dessous de lui. Il avait pensé à eux toute la journée. Il descendit aussitôt de son observatoire pour leur parler. La descente était difficile dans la clarté mourante du soir ; heureusement, Mr. Crisparkle était un bon alpiniste ; peu d'hommes auraient pu rivaliser avec lui dans ce genre d'exercice. Il arriva auprès des jeunes gens quand tout autre, à sa place, n'aurait encore été qu'à la moitié de la descente.

« Vilaine soirée, miss Landless. Ne trouvez-vous pas qu'il fasse trop froid et qu'il y ait trop de vent à cette époque de l'année pour faire votre promenade habituelle avec votre frère ? Surtout lorsque le soleil est couché et que le vent vient de la mer. »

Helena ne le pensait pas ; leur promenade favorite était de venir dans ces lieux retirés.

« Très retirés, en effet, dit Mr. Crisparkle, qui saisit l'occasion et se mit à marcher avec eux. Point d'endroit mieux choisi quand on veut causer avec quelqu'un sans craindre d'être interrompu, ce qui est mon intention. Mr. Neville, vous dites, je crois, à votre sœur tout ce qui se passe entre nous ?

– Tout, monsieur.

– Par conséquent, dit Mr. Crisparkle, votre sœur sait que je vous ai souvent pressé de vous excuser d'une manière ou d'une autre au sujet du malheureux incident qui a eu lieu le soir de votre arrivée ? »

En disant cela, c'était elle et non lui qu'il regardait.

Aussi ce fut elle et non lui qui répondit :

« Oui, monsieur.

– Je qualifie cet incident de malheureux, miss Helena, reprit le chanoine, parce qu'il a certainement donné naissance à des préventions contre votre frère. On le considère comme un garçon dangereusement passionné, incapable de maîtriser ses emportements, et c'est pourquoi on l'évite.

– Je le sais bien, pauvre garçon, dit Helena en jetant sur son frère un regard d'orgueilleuse compassion dans lequel se lisait la conviction qu'il était victime d'une injustice. J'en serais persuadée rien que parce que vous le dites, mais le fait m'est confirmé par des allusions et des sous-entendus que j'entends tous les jours.

– Alors, reprit Mr. Crisparkle avec une douce mais ferme insistance, suffit-il de regretter ce qui est arrivé et ne pas chercher à réparer le mal accompli ? Le séjour de Mr. Neville à Cloisterham ne date pas de bien longtemps, et je ne doute pas qu'il triomphera des préventions dont je vous parle et prouvera qu'il a été mal jugé. Mais il serait bien plus sage d'agir tout de suite plutôt que de compter sur les effets incertains du temps. Ce serait une bonne politique et ce serait plus juste, car il n'y a pas de doute que Neville ait été en tort.

– Il a été provoqué, fit observer Helena.

– Il a été l'assaillant », répliqua le chanoine.

Ils continuèrent à marcher jusqu'au moment où Helena leva les yeux vers le visage du chanoine et dit d'un ton où perçait comme un reproche :

« Oh ! Mr. Crisparkle, voudriez-vous que Neville se jette aux pieds de Mr. Drood ou à ceux de Mr. Jasper, qui dit du mal de lui chaque jour ? Au fond du cœur, vous ne pouvez pas le vouloir ; ce que vous lui conseillez, vous ne le feriez pas si vous étiez à sa place.

– Helena, j'ai dit à Mr. Crisparkle, dit Neville en adressant un regard plein de déférence à son précepteur, que, si je pouvais le faire avec sincérité, je le ferais. Mais je ne peux pas, l'hypocrisie me révolte. Quoi qu'il en soit, tu oublies que, en priant Mr. Crisparkle de se mettre à ma place, c'est supposer qu'il aurait pu agir comme je l'ai fait.

– Je lui en demande pardon, dit Helena.

– Vous voyez », fit observer Mr. Crisparkle en saisissant cette nouvelle occasion, mais avec modération et délicatesse, « vous reconnaissez implicitement tous les deux que Neville a eu tort. Pourquoi s'arrêter en si bon chemin et ne pas aller jusqu'au bout ?

– N'y a-t-il pas de différence, demanda Helena avec un léger tremblement dans la voix, entre la soumission à un esprit généreux et la soumission à un esprit bas et vulgaire ? »

Avant que le digne chanoine eût trouvé un argument pour répondre à cette habile distinction, Neville intervint :

« Aide-moi donc à me justifier devant Mr. Crisparkle, Helena, dit-il. Aide-moi à le convaincre que je ne puis être le premier à faire des concessions sans tomber dans l'hypocrisie et le mensonge. Il faudrait que ma nature change pour que j'agisse ainsi, mais il n'en est rien. J'ai le sentiment d'avoir reçu un très grave affront, aggravé ensuite dans l'intention bien arrêtée de m'offenser. La pure vérité, c'est que, en repensant à cette nuit-là, je suis encore aussi furieux qu'alors.

– Neville, répliqua Mr. Crisparkle, l'air sévère, voilà de nouveau cette contraction de vos mains qui me déplaît si fort.

– Je le regrette, monsieur, c'était involontaire. J'ai avoué que j'étais furieux.

– Et j'avoue, moi, dit Mr. Crisparkle, que j'espérais mieux de vous.

– Je regrette de vous décevoir, monsieur, mais ce serait pire de vous tromper en vous laissant croire que vous avez changé ma manière de sentir à cet égard. Le temps et votre puissante influence pourront peut-être obtenir cela d'un élève dont vous connaissez les antécédents, mais ce n'est pas encore le moment. C'est ainsi, en dépit des efforts que je fais sur moi-même, n'est-ce pas, Helena ? »

Celle-ci, dont les yeux noirs suivaient l'impression produite par les paroles de son frère sur le visage du chanoine, répondit à Mr. Crisparkle et non à Neville :

« C'est vrai. »

Puis, au bout d'un court instant, elle répondit au regard interrogateur presque imperceptible de son frère par une légère inclination de tête tout aussi imperceptible, et Neville continua :

« Je n'ai pas encore eu le courage de vous dire, monsieur, ce qu'en toute franchise j'aurais dû vous dire la première fois que nous nous sommes entretenus à ce sujet. Ce n'est pas facile à dire, et, jusqu'à présent, j'ai été retenu par la crainte de paraître ridicule, crainte qui est très forte en moi-même en ce moment et qui, sans la présence de ma sœur, m'empêcherait peut-être encore d'être totalement sincère avec vous. J'admire miss Bud ; je l'admire si fort que je ne supporte pas de la voir traiter avec morgue ou indifférence, et même si je ne me sentais pas personnellement offensé par le jeune Drood, je me sentirais offensé à cause d'elle. »

Mr. Crisparkle, au comble de l'étonnement, regarda Helena en quête d'une confirmation, qu'il trouva sur son visage expressif ainsi que l'attente d'un avis.

« La jeune personne dont vous parlez doit, vous le savez, Mr. Neville, se marier prochainement, dit Mr. Crisparkle avec beaucoup de gravité. Votre admiration, si elle est de la nature que vous semblez indiquer, est donc outrageusement déplacée. En outre, il est monstrueux de vous poser en champion de cette jeune fille contre son futur mari. Vous ne les avez vus tous les deux qu'une seule fois. La jeune personne est devenue l'amie de votre sœur, et je m'étonne que, dans l'intérêt de son amie, Helena n'ait pas cherché à étouffer en vous cette folle et coupable attirance.

– Elle a essayé, monsieur, mais en vain. Qu'il soit son mari ou non, ce jeune homme est incapable d'éprouver les sentiments que m'inspire cette jeune et belle créature qu'il traite comme une poupée. Je dis qu'il est tout à fait indigne d'elle. C'est la sacrifier que de la lui donner. J'avoue que je l'aime et que, lui, je le méprise et je le hais. »

Cela avait été dit avec un visage si enflammé et accompagné d'un geste si violent qu'Helena s'approcha de lui et lui saisit le bras en s'écriant d'un ton réprobateur :

« Neville ! Neville ! »

Ramené à la conscience de lui-même, il s'aperçut aussitôt qu'il avait perdu le contrôle de son ardente passion, et il se couvrit le visage de ses mains, repentant et misérable.

Mr. Crisparkle, après l'avoir observé attentivement, tout en réfléchissant au parti qu'il devait prendre, fit quelques pas en silence. Puis il dit :

« Mr. Neville, je suis douloureusement affligé de voir encore en vous des traces d'un caractère aussi sombre, colérique et tourmenté que la nuit qui se prépare. Ce sont des signes trop préoccupants pour considérer l'engouement dont vous m'avez fait part comme sans importance. Cette inimitié entre vous et le jeune Drood ne doit pas persister. Je ne puis permettre qu'elle dure plus longtemps, sachant ce que je sais et alors que vous habitez sous mon toit. Quelles que soient les préventions que vous inspire une colère aveugle et envieuse contre lui, Edwin Drood a un caractère franc et généreux, je puis vous l'affirmer. Maintenant, je vous prie, prenez bien garde à ce que je vais vous dire. Après réflexion, et en tenant compte des observations de votre sœur, je suis disposé à admettre que, pour faire la paix avec lui, vous avez droit à ce que chacun fasse la moitié du chemin. Je vous promets qu'on vous aidera et même que les premières avances seront faites par le jeune Drood. Cette condition remplie, vous me donnerez votre parole de chrétien que la querelle sera terminée de votre côté. Les sentiments que vous pourrez avoir quand vous lui donnerez la main ne seront connus que du ciel ; mais rien de bon ne peut résulter pour vous d'une arrière-pensée déloyale. Assez sur ce sujet. Nous parlerons maintenant de ce que je persiste à appeler votre engouement. Il me semble que le secret que vous m'avez confié n'est connu de personne, sauf de moi-même et de votre sœur. Suis-je dans le vrai ? »

Helena répondit à voix basse :

« Il n'est connu que de nous trois ici présents.

– La jeune personne, votre amie, n'en a nul soupçon ?

– Non, sur mon âme !

– Je vous somme donc de prendre un engagement solennel envers moi, Mr. Neville. Vous allez promettre que cet amour restera caché et que vous ferez en sorte, et cela très sérieusement, de l'arracher de votre cœur. Je ne vous dirai point qu'il passera bien vite ; je ne vous dirai point que c'est une fantaisie momentanée ; je ne vous dirai point que de tels caprices naissent et meurent dans les esprits jeunes et ardents comme le vôtre à toutes les heures de la journée. Je vous laisserai croire qu'il n'existe pas de sentiment comparable au vôtre, qu'il vivra longtemps dans votre cœur et qu'il sera très difficile de le vaincre. Ainsi j'attacherai le plus grand prix à l'engagement que je vous demande de prendre et qui sera pris par vous sans réserve. »

Le jeune homme essaya deux ou trois fois de parler, sans y réussir.

« A présent, je vous laisse avec votre sœur qu'il est temps de reconduire à la pension, dit Mr. Crisparkle. Vous me trouverez seul, dans ma chambre, quand vous rentrerez.

– Je vous en supplie, ne nous quittez pas encore, fit Helena d'une voix suppliante. Accordez-nous encore une minute.

– Je ne songerais pas, dit Neville en passant la main sur son front, à vous demander encore un instant si vous aviez été moins patient avec moi, Mr. Crisparkle, si vous m'aviez montré moins d'intérêt, moins de bonté et moins de franchise. Oh ! que n'ai-je eu dans ma jeunesse un pareil guide !

– Suis ton guide maintenant, Neville, murmura Helena, et suis-le jusqu'au ciel. »

Il y eut, dans le ton dont elle prononça ces derniers mots, quelque chose qui laissa sans voix le bon chanoine ; sans quoi il aurait réfréné cette exaltation de ses mérites ; mais, dans l'état d'esprit où il était, il se contenta de porter un doigt à ses lèvres, et son regard se tourna vers Neville.

« Dire que je prends du fond du cœur les deux engagements que vous me demandez et qu'en le faisant je ne garde pas d'arrière-pensée déloyale, ce n'est pas assez, s'écria Neville, très ému. J'implore votre pardon pour avoir cédé de nouveau à un accès de colère.

– Pas mon pardon à moi, Neville ; vous connaissez Celui qui a vraiment la puissance de pardonner. C'est le plus beau des attributs de Dieu. Miss Helena, vous et votre frère, vous êtes jumeaux ; vous êtes venus au monde avec les mêmes penchants, et vos jeunes années se sont passées au milieu des mêmes peines. Ce que vous avez réussi à vaincre chez vous-même, ne pouvez-vous le vaincre chez Neville ? Vous voyez l'écueil qui se dresse sur sa route. Qui mieux que vous peut le lui faire éviter ?

– Qui mieux que vous, monsieur ? répliqua Helena. Que sont, comparées aux vôtres, mon influence et ma médiocre sagesse ?

– Vous avez la sagesse de l'amour, reprit le chanoine, et il n'existe pas de sagesse supérieure à celle-ci sur cette terre. Quant à la mienne, moins nous en parlerons, mieux cela vaudra. Bonne nuit ! »

Elle prit la main qu'il lui tendait et, dans un mouvement de reconnaissance, presque de vénération, elle la porta à ses lèvres.

« Allons ! Allons ! dit doucement le chanoine, je suis comblé. »

Et il s'éloigna.

Tout en revenant vers l'enclos de la cathédrale, dans l'obscurité, le chanoine réfléchissait au meilleur moyen de réaliser ce qu'il avait promis et qui devait être fait de toute manière.

« On me demandera probablement de marier Edwin et miss Bud, songea-t-il, et je voudrais qu'ils fussent déjà mariés et partis. Mais occupons-nous d'abord du plus pressé. »

Il se demandait surtout s'il écrirait au jeune Drood, ou s'il en parlerait à Jasper. La conscience de sa popularité auprès des gens en place à la cathédrale le faisait incliner vers ce dernier parti, et la vue de la Porterie éclairée le détermina.

« Il faut battre le fer tant qu'il est chaud, dit-il, et lui parler maintenant. »

Jasper était endormi sur un divan devant la cheminée.

Ayant monté l'escalier de derrière et donné un coup léger sans recevoir de réponse, Mr. Crisparkle tourna doucement la poignée et regarda à l'intérieur.

Longtemps après, il devait être frappé par le souvenir de la façon dont Jasper avait bondi du divan dans un état d'égarement entre le sommeil et l'éveil. Il avait crié :

« Qui est-ce ? Qui est-ce qui ?...

– Ce n'est que moi, Jasper. Je regrette d'avoir troublé votre repos. »

Le feu qui brillait dans ses yeux s'éteignit dès qu'il eut reconnu le visiteur, et il déplaça une chaise ou deux pour permettre de rester près du foyer.

« Je rêvais et je suis heureux d'être arraché à un sommeil qui ne peut que troubler la digestion de mon dîner, sans compter que vous êtes toujours le bienvenu chez moi.

– Merci. Je ne suis pas certain, répondit Mr. Crisparkle quand il eut pris place dans le fauteuil qu'on venait de lui offrir, que le sujet qui m'amène doive être ici aussi bien reçu que moi-même ; mais je suis un ministre de paix et je suis venu dans l'intérêt de celle-ci. En un mot, Jasper, je veux rétablir la concorde entre ces deux jeunes gens. »

Une expression d'embarras se peignit sur le visage de Jasper, expression si difficile à définir que Mr. Crisparkle ne sut que penser.

« Comment ? demanda Jasper d'une voix lente et basse après un moment de silence.

– C'est justement pour cela que je suis venu. Je voudrais vous demander la grande faveur d'intervenir auprès de votre neveu (comme moi je l'ai fait auprès de Mr. Neville) pour obtenir qu'il vous écrive un court billet, dans le style vivant qui est le sien, dans lequel il dirait qu'il est disposé à se réconcilier avec Mr. Neville. Je sais que c'est un garçon généreux sur lequel vous avez une grande influence. Sans le moins du monde défendre Mr. Neville, nous devons reconnaître qu'il a été cruellement blessé. »

Jasper jeta un regard perplexe vers le feu.

Mr. Crisparkle, qui continuait à l'observer, se trouva plus embarrassé que jamais, car ce regard dénotait (chose incroyable) quelque sombre calcul.

« Je sais que vous n'êtes pas bien disposé à l'égard de Mr. Neville », poursuivit le chanoine, mais Jasper l'arrêta.

« Vous avez raison, je ne le suis pas.

– Indubitablement, je déplore la violence de son caractère mais j'espère qu'à nous deux, lui et moi, nous parviendrons à en triompher. J'ai obtenu de lui la promesse solennelle de bien se conduire avec votre neveu à l'avenir, et, si vous avez la bonté d'intervenir, je suis sûr qu'il la tiendra.

– Vous avez le sens des responsabilités et vous êtes digne de confiance, Mr. Crisparkle, mais êtes-vous réellement certain de pouvoir répondre de ce jeune homme avec autant d'assurance ?

– Certes. »

L'air embarrassé et embarrassant s'évanouit.

« Alors, vous soulagez mon esprit d'une grande crainte et d'un grand poids, reprit Jasper. Je ferai ce que vous me demandez. »

Mr. Crisparkle, enchanté de ce succès rapide et complet, exprima sa reconnaissance dans les termes les plus chaleureux.

« Je ferai ce que vous me demandez, répéta Jasper, uniquement parce que j'ai désormais votre garantie contre certaines frayeurs vagues et mal fondées... Sans doute... Mais... Ne riez pas... Tenez-vous un journal ?

– Une ligne par jour, pas plus.

– Une ligne par jour serait bien suffisante pour une vie auss dépourvue d'événements que la mienne, fit Jasper en prenant un livre dans son bureau, mais c'est que mon journal est aussi celui de la vie de Ned. Voyez cette annotation qui vous semblera plaisante. Vous devinerez quand elle a été écrite.

Minuit passé. Après ce que je viens de voir, j'éprouve intérieurement une crainte mortelle des horribles conséquences qui pourraient s'ensuivre pour mon cher garçon ; c'est une appréhension que je ne puis raisonner et dont je ne peux me défendre. Tous mes efforts sont vains. La passion infernale de ce jeune Landless, la violence de sa colère et sa fureur sauvage à détruire ce qui en est l'objet m'épouvantent. Si profonde est l'impression que j'en ai ressentie que, deux fois, je suis entré dans la chambre de mon cher garçon afin de m'assurer qu'il dormait apaisé et qu'il ne gisait pas mort, baignant dans son sang.

Voici ce que j'ai inscrit le lendemain matin :

Ned s'est levé et est parti, le cœur aussi léger et aussi peu soupçonneux que jamais. Il n'a fait que rire quand je l'ai mis en garde, et il m'a dit qu'il était aussi fort que Neville Landless et qu'il était prêt à le lui montrer. Je lui ai répondu que c'était possible, mais qu'il n'était pas aussi méchant. Il a continué à prendre tout cela à la légère, mais je l'ai accompagné le plus loin possible, et je l'ai quitté à contrecœur. Je suis incapable de chasser ces sombres et vagues pressentiments, si des impressions appuyées sur des faits aussi évidents peuvent être ainsi qualifiées.

« Ce n'est pas tout, dit Jasper en feuilletant son journal, avant de le remettre en place. Je suis retombé plusieurs fois dans cet état d'esprit, ainsi que le démontrent d'autres notes. Mais j'ai maintenant l'assurance que vous me donnez, et je l'inscrirai dans mon livre comme antidote à mes humeurs noires.

– Et l'antidote sera tel, je l'espère, répliqua Mr. Crisparkle, qu'il vous amènera à chasser vos humeurs noires. Je devrais être le dernier à vous faire des reproches ce soir, alors que vous venez d'accéder à mes désirs avec autant de générosité, mais je dois dire, Jasper, que votre attachement à votre neveu vous a amené à bien exagérer les choses.

– Vous avez été témoin, dit Jasper, de l'état d'esprit dans lequel je me trouvais ce soir-là, avant de consigner mes impressions dans ce journal, et de la façon dont je les ai exprimées. Vous rappelez-vous avoir protesté à propos d'un mot employé par moi et que vous trouviez trop fort ? Il était plus fort, en effet, que tous ceux dont je me suis servi dans ce journal.

– Bien... Bien... Essayez de mon antidote, répliqua Mr. Crisparkle, et souhaitons qu'il vous fasse voir les choses plus clairement et plus objectivement. N'en parlons plus. Je vous remercie sincèrement pour tout.

– Vous verrez, dit Jasper en lui serrant la main, je ne fais pas les choses à moitié. Je veillerai à ce que Ned, s'il doit céder, cède complètement. »

Trois jours après cette conversation, il alla rendre visite à Mr. Crisparkle, porteur de la lettre suivante :

Mon cher Jack,

Je suis touché de la relation que tu m'as faite de ton entretien avec Mr. Crisparkle, que je respecte et que j'estime. Je m'empresse de déclarer qu'en cette occasion je me suis oublié tout autant que Mr. Landless et que je désire que ce qui s'est passé ente nous soit oublié.

Écoute, mon vieil ami. Invite Mr. Landless à dîner pour la veille de Noël (bon jour, bonne œuvre). Ne soyons que nous trois, serrons-nous la main à tour de rôle et qu'il ne soit plus question de rien.

Mon cher Jack, ton très affectionné,

Edwin Drood.

P.-S. : Toute mon affection à miss Bud lors de ta prochaine leçon de musique.

« Vous attendez donc Mr. Neville ? dit Mr. Crisparkle.

– Je compte sur lui », répondit Mr. Jasper.

Chapitre 11. Un portrait et une bague

Derrière la plus ancienne partie de Holborn, à Londres, où certaines maisons à pignon vieilles de plusieurs siècles regardent encore la rue comme si elles cherchaient, inconsolées, le cours du vieux Bourne depuis longtemps à sec, il existe un petit coin composé de deux quadrilatères irréguliers qui porte le nom de Staple Inn. C'est l'un de ces endroits où le piéton, lorsqu'il y arrive au sortir des rues bruyantes, éprouve, soulagé, l'impression d'avoir mis du coton dans ses oreilles et des semelles de velours à ses chaussures. L'un de ces endroits où quelques moineaux enfumés, sur des arbres enfumés, pépient, comme s'ils jouaient à être à la campagne, et où quelques pieds de terre végétale, quelques mètres de gravier leur permettent de faire cette douce violence à leur minuscule intelligence. Et c'est, en outre, l'un de ces endroits qui portent la marque de la loi ; on y voit un petit bâtiment officiel avec une petite lanterne sur son toit. Quel rôle répressif avait-il bien pu jouer et aux frais de qui ? Le récit ne le dit pas.

A l'époque où Cloisterham se jugeait agressée par la présence du chemin de fer à quelque distance, ce qui lui paraissait être une menace pour sa Constitution, apanage que nous autres Britanniques avons (une institution sacrée qui a la curieuse destinée de susciter, à parts égales, critiques, plaintes et éloges, quoi qu'il arrive en quelque lieu du monde que ce soit), à cette époque, donc, aucun édifice de grandes proportions n'avait encore été élevé qui puisse projeter son ombre sur Staple Inn. Le soleil couchant y répandait ses brillants rayons et le vent du sud y soufflait sans obstacle.

Cependant, une après-midi de décembre, vers six heures, il n'y avait ni vent ni soleil pour égayer Staple Inn, enveloppé d'un épais brouillard. Les chandelles éclairaient de leur lumière faible et mouvante les fenêtres des logements, alors tous occupés, et notamment d'un logement dans une maison d'angle du plus petit quadrilatère, qui portait au-dessus de son vulgaire portail cette mystérieuse inscription, en noir et blanc :

P
J T
1747

Dans l'une de ces pièces, assis devant le feu, Mr. Grewgious écrivait. Il ne s'était jamais creusé la cervelle au sujet de cette inscription, si ce n'est à ses moments perdus, quand elle lui tombait sous les yeux, pour se demander ce qu'elle pouvait signifier : peut-être John Thomas ou Pour Joe Tyler.

Qui aurait pu dire, en voyant Mr. Grewgious, s'il avait jamais eu de l'ambition ou connu des déceptions ? Il avait fait ses études pour être avocat, mais il avait abandonné cette profession pour devenir agent d'affaires. Il dressait des actes, rédigeait des contrats, mais sa Profession et lui avaient fait, au demeurant, un mariage si indifférent qu'ils se séparèrent bientôt, par consentement mutuel, si toutefois on peut dire qu'il y a séparation lorsqu'il n'y a jamais eu d'union.

Non. Cette fière Profession ne voulut pas se décider à venir à Mr. Grewgious ; il lui fit la cour ; il ne put faire sa conquête ; et chacun tira de son côté. Cependant, un Arbitrage fut soufflé vers lui par un vent bizarre et, grâce à l'ardeur infatigable qu'il mit à rechercher la justice, en agissant toujours conformément au droit, il gagna un crédit considérable. Après quoi, un profitable emploi de Percepteur des Rentes fut poussé vers lui par un vent dont il était plus facile, cette fois, de déceler la source. C'est ainsi que le hasard lui fit trouver sa niche. Il était actuellement Agent et Administrateur de deux riches domaines, dont il remettait les affaires juridiques, moyennant une importante remise, à l'étude des avoués qui habitaient l'étage inférieur. Mr. Grewgious avait alors soufflé son ambition, en supposant que la chandelle eût été jamais allumée, il s'était mis en veilleuse pour le reste de son existence sous la vigne et le figuier desséchés que P. J. T. avait plantés en 1747.

De nombreux livres de comptes, des factures, des liasses de correspondances, de solides et sévères casiers garnissaient le cabinet de Mr. Grewgious. On n'aurait pu dire qu'ils l'encombraient, tant était méticuleux et précis l'ordre qui présidait à leur arrangement. La crainte de mourir subitement, en laissant une note, un chiffre incomplets ou incompréhensibles, aurait suffi à faire tomber raide Mr. Grewgious. Jamais homme n'accomplit plus consciencieusement les missions qui lui étaient confiées ; la fidélité était dans son sang. Il y a des sangs qui circulent plus vite et plus gaiement dans d'autres veines, mais jamais sang plus honnête ne fit battre le cœur d'un Anglais.

Il n'y avait pas trace de luxe dans son cabinet. Le confort lui-même se limitait au fait qu'il était sec et chaud et pourvu d'un coin de cheminée douillet, bien que vétuste. Ce qu'on pouvait appeler la vie privée de Mr. Grewgious était limité à son foyer, à son fauteuil et à une vieille table ronde qu'on plaçait sur le tapis devant l'âtre après les heures de travail et qu'on retirait le matin pour la traîner dans un coin, relevée comme un brillant bouclier d'acajou devant un buffet qui contenait habituellement quelque chose d'agréable à boire. La pièce à côté était celle de l'employé. La chambre à coucher de Mr. Grewgious se trouvait de l'autre côté de l'escalier commun et, au pied de cet escalier, il y avait une cave qui était loin d'être vide. Trois cents jours par an, au moins, Mr. Grewgious traversait la rue pour aller dîner à l'hôtel Furnival et, après son dîner, la retraversait pour goûter les joies simples de son intérieur, jusqu'à ce qu'un nouveau jour de travail se levât, avec P. J. T., 1747.

Tandis que Mr. Grewgious écrivait assis près de son feu, son employé écrivait, assis près du sien. C'était un homme d'une trentaine d'années, au visage pâle et bouffi, avec des cheveux bruns, des yeux noirs, inexpressifs, de pâte à pain mal cuite qui semble demander qu'on la renvoie au four. C'était un être mystérieux, doué d'un étrange pouvoir sur Mr. Grewgious. Tel un génie familier, appelé à la vie par une formule magique qui n'aurait pas fonctionné au moment de le faire disparaître, il ne quittait pas d'une semelle Mr. Grewgious, bien qu'il fût évident que le confort et le bien-être de Mr. Grewgious eussent tiré avantage de son absence. Un individu terne aux cheveux en broussaille qui avait l'air d'avoir été élevé à l'ombre de cet arbre sinistre de l'île de Java, lequel a abrité plus de mensonges à lui seul que tout le reste du règne végétal. Néanmoins, Mr. Grewgious le traitait avec une inexplicable considération.

« Eh bien ! Bazzard », dit, à son employé qui entrait, Mr. Grewgious, levant les yeux de dessus les papiers qu'il était en train de préparer pour la nuit, « que nous apporte le vent, outre le brouillard, ce soir ?

– Mr. Drood, dit Bazzard.

– Quelles nouvelles de lui ?

– Il est venu.

– Vous auriez dû le faire entrer.

– C'est ce que je fais », dit Bazzard.

Et le visiteur en effet apparut sur le seuil.

« Mon Dieu ! s'écria Mr. Grewgious en jetant un regard pardessus les deux chandelles de son bureau. Je pensais que vous aviez seulement laissé votre nom et que vous étiez reparti. Comment allez-vous, Mr. Edwin ? Ah ! mon Dieu, vous haletez !

– C'est le brouillard, répondit Edwin. Il me brûle les yeux comme du poivre de Cayenne.

– A ce point-là ? Je vous en prie, ôtez votre pardessus. Heureusement, j'ai un bon feu. Mr. Bazzard a pris soin de moi.

– Non, je n'ai rien fait du tout, dit Mr. Bazzard près de la porte.

– Alors il faut donc que ce soit moi qui aie pris soin de moi-même sans y faire attention, dit Mr. Grewgious. Je vous en prie, asseyez-vous dans mon fauteuil... Non... J'insiste. En sortant d'une pareille atmosphère, un bon fauteuil est agréable. »

Edwin prit place dans le fauteuil, au coin de la cheminée. Le brouillard qu'il avait apporté avec lui et celui dont il s'était débarrassé en quittant son pardessus et l'écharpe s'évaporèrent bientôt sous l'action du feu vif.

« J'ai l'air, dit Edwin en souriant, de m'installer.

– Eh bien ! s'écria Mr. Grewgious, excusez-moi si je vous interromps, mais restez donc ! Le brouillard sera peut-être dissipé dans une heure ou deux. Nous pouvons commander à dîner juste en face. Il vaut mieux que vous preniez votre poivre de Cayenne ici plutôt que dehors. Je vous en prie, acceptez à dîner.

– C'est très aimable à vous, dit Edwin en regardant autour de lui, comme séduit par cette proposition d'un repas de bohème.

– Pas du tout, dit Mr. Grewgious, c'est vous qui êtes aimable de vous joindre à un vieux garçon et de manger à la fortune du pot dans son bureau !... J'inviterai, ajouta Mr. Grewgious en baissant la voix et en clignant de l'œil comme s'il avait eu une idée lumineuse, j'inviterai aussi Bazzard. Sans quoi, il pourrait se froisser. Bazzard ! »

Bazzard apparut de nouveau.

« Vous dînez avec Mr. Drood et moi.

– Si je reçois l'ordre de dîner, naturellement je m'y conformerai, monsieur, répondit l'employé d'un air sombre.

– Quel homme ! s'écria Mr. Grewgious. Mais ce n'est pas un ordre, Bazzard, c'est une invitation.

– Merci, monsieur, dit Bazzard. Dans ce cas, je le veux bien.

– C'est d'accord. Et peut-être ne verrez-vous pas d'objection, dit Mr. Grewgious, à traverser la rue pour demander à l'hôtel Furnival d'envoyer ce qu'il faut pour mettre le couvert. Pour dîner, je voudrais un potage, le plus chaud et le plus épais possible, le meilleur plat du jour, un morceau de viande (quelque chose comme un gigot) ; ensuite une oie ou une dinde, ou toute autre petite pièce de ce genre, qui figurera au menu ; en un mot, ce qu'on pourra nous donner de mieux. »

Ces généreuses directives, Mr. Grewgious les débita de son ton habituel avec l'air de lire un inventaire ou de réciter une leçon, ou de faire quelque chose par routine. Bazzard, après avoir tiré la table ronde de son coin, sortit pour exécuter ces ordres.

« J'ai mis des gants, avez-vous remarqué ? » dit Mr. Grewgious à voix basse, après la sortie de son employé, « pour lui demander de s'occuper des approvisionnements et de l'intendance. Autrement, cela aurait pu ne pas lui plaire.

– Il me semble qu'il en prend à son aise, monsieur, fit observer Edwin.

– A son aise ? répliqua Mr. Grewgious. Ciel ! non. Le pauvre garçon, vous vous trompez complètement sur son compte. S'il en prenait à son aise, il ne serait pas ici. »

« Je me demande où il voudrait être ? » pensa Edwin. Mais il ne fit que le penser, car Mr. Grewgious était allé se placer de l'autre côté de l'âtre, l'épaule appuyée contre la cheminée, et réunissait les basques de son habit pour se préparer à la conversation.

« J'imagine, sans prétendre au don de prophétie, que vous m'avez fait la faveur de me rendre visite pour m'apprendre que vous allez vous rendre là-bas, où je peux vous dire que vous êtes attendu, et pour m'offrir de vous charger de petites commissions pour ma charmante pupille ; peut-être aussi pour me presser un peu au sujet de certaines affaires... N'est-il pas vrai, Mr. Edwin ?

– Je suis venu vous voir avant de partir, monsieur, par courtoisie.

– Courtoisie..., dit Mr. Grewgious. Ah ! Ah ! vraiment... sans aucune impatience ?

– De l'impatience, monsieur ? »

Mr. Grewgious avait eu l'intention d'être malicieux (sans toutefois que son expression trahisse le moins du monde cette intention) et il s'était approché à la limite supportable du feu comme s'il avait voulu graver en lui l'image parfaite de sa malice, comme on grave de fins dessins au feu dans les métaux résistants. Mais sa malice fondit devant le visage et l'attitude sérieuse de son visiteur. L'effet du feu seul restant, il s'était brusquement mis à frotter les parties qu'il sentait brûlantes.

« J'ai fait tout récemment un voyage là-bas, dit Mr. Grewgious en arrangeant de nouveau les basques de son habit, et c'est à quoi je faisais allusion, lorsque je disais tout à l'heure que vous étiez attendu.

– En vérité, monsieur ? Oui, je sais que Pussy m'attend.

– Vous avez un chat, là-bas ? » demanda Mr. Grewgious.

Edwin rougit un peu.

« J'appelle Rosa Pussy, dit-il.

– Oh ! dit Mr. Grewgious, en lissant son crâne, c'est très gentil ! »

Edwin regarda son visage pour voir si, oui ou non, il trouvait une objection sérieuse à l'emploi de ce surnom ; mais Edwin aurait pu tout aussi bien regarder le cadran d'une horloge.

« C'est un petit nom d'amitié, monsieur, expliqua-t-il.

– Hum ! dit Mr. Grewgious, en faisant un signe de tête qui était un si extraordinaire compromis entre un vague accord et un désaccord formel que son hôte fut complètement déconcerté.

– Est-ce que P... Rosa... ? fit Edwin cherchant à se remettre.

– Prosa, répéta Mr. Grewgious.

– Oui, j'allais dire Pussy et j'ai changé d'idée. Est-ce qu'elle vous a dit quelque chose au sujet des Landless ?

– Non, répondit Mr. Grewgious. Qu'est-ce que les Landless ? Un domaine... une villa... une ferme ?

– Un frère et une sœur. La sœur est à la maison des Nonnes et est devenue une grande amie de P...

– De Prosa, acheva Mr. Grewgious, le visage impassible.

– C'est une jeune fille d'une beauté remarquable, et je pensais qu'on avait dû vous la décrire ou vous la présenter même.

– Ni l'un ni l'autre, dit Mr. Grewgious. Mais voici Bazzard. »

Bazzard revenait, en effet, accompagné de deux serveurs, l'un statique, l'autre volant. Tous trois firent entrer avec eux assez de brouillard pour faire de nouveau rugir le feu. Le serveur volant, qui avait tout apporté sur ses épaules, mit la nappe avec une rapidité et une dextérité surprenantes, pendant que le serveur statique, qui n'avait rien apporté, le gourmandait. Le premier essuya à la perfection les verres qu'il avait apportés, et l'autre regarda au travers. Puis le serveur volant reprit son vol de l'autre côté de la rue pour rapporter le potage ; il reprit son vol de nouveau pour aller chercher le plat du jour ; et ainsi de suite pour le gigot et la volaille, sans compter les vols supplémentaires qu'il fut obligé d'effectuer au fur et à mesure que l'on s'apercevait qu'il manquait quelque chose. Mais quelque rapidité que le serveur volant mît à fendre l'air, il recevait toujours de nouvelles critiques du serveur statique qui lui reprochait de rapporter du brouillard ou d'être essoufflé. A la fin du repas, le serveur statique enleva la nappe, qu'il mit sous son bras d'un air majestueux, et, après avoir jeté un regard sévère, pour ne pas dire indigné, sur le serveur volant qui disposait des verres propres sur la table, il adressa un regard d'adieu à Mr. Grewgious comme pour lui dire : « Qu'il soit bien entendu entre nous que le pourboire est pour moi seul, et que cet esclave n'a droit à rien. »

Et il poussa devant lui le serveur volant.

Le brouillard, qui avait été la cause première de ce repas somptueux, en fut également le principal assaisonnement. Entendre au-dehors les employés souffler et battre la semelle sur le gravier était un piment bien supérieur à celui du Dr Kitchener. Ordonner en frissonnant au malheureux serveur volant de fermer la porte avant même qu'il ne l'eût ouverte était un condiment plus savoureux que du Harvey. Et il est bon de noter ici, sous forme de parenthèse, que la jambe de ce jeune homme, quand elle manœuvrait la porte, témoignait au plus haut degré de son sens du toucher, car elle les précédait toujours de quelques secondes, lui et son plateau, comme la ligne précède le pêcheur, et s'attardait après qu'il eut disparu avec son plateau, tout comme la jambe de Macbeth qui le suit avec répugnance quand il sort de scène pour aller assassiner Duncan.

Le maître de maison était descendu à la cave et en avait remonté des bouteilles pleines de breuvages rubis, paille ou or fabriqués avec des raisins qui avaient mûri dans des pays où l'on ne connaît pas le brouillard; puis avaient dormi à l'ombre. Pétillants et moussants après un si long sommeil, ils poussaient le bouchon d'eux-mêmes pour venir en aide au tire-bouchon (comme des prisonniers qui aideraient des révoltés pour briser les portes de leurs prisons) et s'échappaient gaiement par le goulot. Si P. J. T. en 1747, ou à toute autre époque de son existence, buvait de pareils vins, alors P. J. T. signifiait certainement : Plutôt Joyeux Trinqueur.

Extérieurement, Mr. Grewgious ne donnait pas du tout l'impression d'avoir été adouci par ces crus glorieux. Même si, au lieu d'être bus, on avait utilisé ces vins pour arroser Mr. Grewgious réduit en poudre de tabac à priser, ils auraient été tout autant gaspillés, car ils ne faisaient danser ni ombre ni lumière sur son visage. Ses manières n'en étaient pas changées. Toujours avec ses façons d'homme de bois, il observait attentivement Edwin, et lorsque, à la fin du dîner, il l'invita à reprendre sa place dans son fauteuil au coin du feu et que celui-ci s'y laissa tomber avec volupté, non sans avoir protesté quelque peu, Mr. Grewgious plaça également son siège devant le feu, lissa son crâne, et l'on aurait pu le surprendre en train d'examiner le jeune homme entre ses doigts écartés.

« Bazzard ! dit Mr. Grewgious, en se tournant tout à coup vers lui.

– Je vous suis, monsieur ? répliqua Bazzard qui, en travailleur consciencieux, avait exécuté sa tâche de bonne grâce, mais le plus souvent en silence.

– Bazzard, dit Mr. Grewgious, je bois à votre santé ; Mr. Edwin, aux succès de Mr. Bazzard.

– Aux succès de Mr. Bazzard ! » répéta Edwin, avec un enthousiasme apparent absolument non fondé, en ajoutant intérieurement : « Je me demande en quoi... »

« Et puisse, poursuivit Mr. Grewgious, je n'ai pas la liberté d'être explicite,... puisse... mes moyens de conversation sont si limités que je ne sais comment sortir de là... puisse... il faudrait de l'imagination, mais je n'en ai point... puisse... l'épine de l'anxiété est ce qui se rapproche le plus de l'idée que je voudrais rendre... puisse-t-elle sortir ! »

Mr. Bazzard, en regardant le feu avec un sourire maussade, passa sa main dans ses cheveux en désordre, comme si l'épine de l'anxiété s'y était fixée, puis la fourra dans son gilet et dans les poches de son habit, toujours à la recherche de l'épine. Les yeux d'Edwin suivaient tous ses mouvements, comme s'il s'attendait à la voir apparaître : mais en vain, et Bazzard se contenta de dire :

« Je vous suis, monsieur, et je vous remercie.

– Je voulais », dit Mr. Grewgious en faisant résonner son verre sur la table d'une main, tandis qu'il mettait l'autre devant sa bouche et murmurait à l'oreille d'Edwin, « je voulais porter un toast à ma pupille. Mais j'ai commencé par Bazzard, autrement il aurait pu être vexé. »

Ces derniers mots avaient été accompagnés d'un clin d'œil qui voulait être mystérieux, mais qui n'était pas même un clignement ; les paupières de Grewgious étaient trop lentes. Edwin cligna de l'œil à son tour, d'un air entendu, sans avoir la moindre idée de ce dont il s'agissait.

« Et maintenant, dit Mr. Grewgious, je propose un toast à la belle et séduisante miss Rosa. Bazzard, à la belle et séduisante miss Rosa !

– Je vous suis, monsieur, dit Bazzard, et je trinque avec vous.

– Et moi également, dit Edwin.

– Que Dieu me pardonne ! » s'écria Mr. Grewgious, en rompant le silence pesant qui avait inévitablement suivi ce toast. (Pourquoi ces silences sont-ils inévitables, chaque fois que nous nous sommes conformés à ce petit rite social qui, après tout, n'est point de nature à éveiller nos réflexions ou à provoquer en nous le moindre accablement d'esprit ? Pourquoi ?) « Je suis un homme particulièrement Anguleux, et pourtant j'imagine (si je puis me servir de ce terme, n'ayant pas un atome d'imagination) que je serais capable ce soir de peindre l'état d'esprit d'un véritable amoureux.

– Nous vous suivons, dit Bazzard, et attendons le portrait.

– Mr. Edwin corrigera les passages inexacts, reprit Mr. Grewgious, et, par quelques touches habiles, il saura donner de la vie à mon tableau. Je suppose que de nombreux détails seront erronés et qu'il faudra de nombreuses retouches de vie vécue, car, moi, je suis né sous forme d'écorce sèche et je n'ai aucune expérience de tendres rapports. Bon ! Je hasarde cette conjecture que l'esprit d'un amoureux sincère est complètement pénétré par l'objet de ses affections ; il doit chérir jusqu'à son nom, il ne peut l'entendre prononcer, ce nom précieux, ni le répéter sans émotion. Si l'amoureux a pour désigner celle qu'il aime quelque dénomination particulière et tendre, il la réserve pour elle seule et ne la profère pas devant des étrangers. Un diminutif qu'il a le privilège de donner à sa bien-aimée, quand il est en tête-à-tête avec elle, il ne prendra point la liberté de le faire connaître aux profanes. Ce serait donner une preuve de froideur et d'insensibilité équivalant presque à un manque de foi. »

C'était une chose extraordinaire que de voir Mr. Grewgious assis, le corps raide, les mains sur ses genoux, débitant d'une traite son discours comme un enfant doué d'une très bonne mémoire réciterait son catéchisme. Tout cela sans esquisser la moindre émotion, si ce n'est, à de rares instants, par un petit tremblement de l'extrémité du nez.

« Mon tableau (bien entendu soumis à vos retouches, Mr. Edwin), continua Mr. Grewgious, tend encore à représenter le véritable amoureux toujours impatient de se trouver en présence de l'objet aimé, se souciant fort peu de toute autre compagnie. Si je disais qu'il cherche l'aimée comme l'oiseau cherche son nid, je me rendrais ridicule, car j'aurais l'air de vouloir faire de la poésie et je n'y entends rien. J'ai été, en tout temps, éloigné de la poésie ; entre elle et moi il y a plus de dix mille lieues. D'ailleurs, je suis complètement ignorant des mœurs des oiseaux, sauf de celles des moineaux de Staple Inn, qui font leur nid dans les corniches, les gouttières et les tuyaux de cheminée. Tous ces abris n'ont pourtant pas été construits pour eux par la main bienfaisante de la Nature. Je vous prie donc de considérer comme abandonnée l'idée des nids d'oiseaux. Mon portrait se borne à représenter le véritable amoureux comme ne pouvant avoir aucune existence séparée de celle de l'objet aimé, et qui mène en même temps une vie double et tranchée de moitié. Si je n'exprime pas plus clairement ce que je veux dire, c'est sans doute que, n'ayant aucune facilité de conversation, je ne puis exprimer ce que je veux dire, ou bien c'est que, ne voulant rien dire, je ne veux pas dire ce que je ne réussis pas à exprimer. Mais je suis absolument convaincu qu'il ne s'agit pas de ce dernier cas. »

Edwin avait rougi, puis pâli à certains passages de ce portrait. Il demeurait assis, les yeux fixés sur le feu, en se mordant les lèvres.

« Les spéculations d'un homme Anguleux comme moi, reprit Mr. Grewgious en restant assis et en parlant exactement sur le même ton que précédemment, sont probablement erronées sur un sujet aussi nébuleux. Mais j'imagine (toujours à condition que Mr. Edwin ne me contredise pas) qu'il ne peut exister ni froideur, ni lassitude, ni doute, ni indifférence, ni indécision dans l'esprit d'un véritable amoureux. Dites-moi, je vous prie, mon portrait est-il assez juste ? »

Aussi brusque dans sa conclusion qu'il l'avait été dans son exorde et dans l'exposition de ses idées, il lança cette interpellation à Edwin et s'arrêta court, au moment où l'on aurait pu supposer qu'il n'était encore qu'au milieu de son discours.

« Je répondrais, monsieur, balbutia Edwin, puisque vous me posez la question...

– Oui, dit Mr. Grewgious, je m'adresse à vous comme à une autorité en la matière.

– Je dirais donc, monsieur, continua Edwin avec embarras, que le portrait esquissé par vous est, dans ses grandes lignes, assez exact ; mais je ferai observer que, peut-être, vous avez été un peu dur pour le pauvre amoureux.

– C'est probable, reconnut Mr. Grewgious, c'est probable... Je suis un homme rude par nature.

– Il peut ne pas montrer tout ce qu'il sent, dit Edwin, ou peut-être ne peut-il pas... »

Là, il s'arrêta si longtemps pour chercher à terminer sa phrase que Mr. Grewgious augmenta son embarras en intervenant de façon inattendue.

« Non, bien sûr, il ne *peut* pas ! »

Sur quoi, tous gardèrent le silence. Le mutisme de Mr. Bazzard avait d'ailleurs pour cause un profond sommeil.

« Néanmoins, sa responsabilité est très grande », dit enfin Mr. Grewgious, regardant toujours le foyer.

Edwin fit un signe d'assentiment, ses yeux fixés sur le feu.

« Il doit s'assurer, dit Mr. Grewgious, qu'il ne se moque de personne, ni de lui-même ni des autres. »

Edwin se mordit encore les lèvres, et continua à regarder le feu.

« Il ne doit pas faire son jouet d'un cœur qui est un trésor. Malheur à lui s'il faisait cela ! Qu'il y prenne garde ! » dit Mr. Grewgious.

Quoiqu'il eût débité cela avec de courtes phrases, exactement comme l'élève dont nous venons de parler aurait récité les versets du livre des Proverbes, il y avait quelque chose de rêveur (pour un homme aussi prosaïque), surtout dans le geste final qui marqua la fin de son homélie ; il secoua son index droit devant les charbons ardents et retomba de nouveau dans le silence.

Mais ce ne fut pas pour longtemps. Il se tenait toujours assis, droit et raide sur sa chaise, quand, tout à coup, il frappa sur ses genoux. On eût dit la statue de bois sculpté de quelque magot sortant de sa rêverie séculaire.

« Il faut finir cette bouteille, Mr. Edwin, dit-il, permettez-moi de vous servir ; je servirai aussi Bazzard, bien qu'il soit endormi. Autrement, il peut se vexer. »

Il les servit tous les deux, se servit lui-même, vida son verre et le posa sur la table en le retournant, comme s'il venait d'y attraper une mouche bleue.

« Et maintenant, Mr. Edwin, reprit-il en s'essuyant la bouche et les mains avec son mouchoir, occupons-nous d'une petite affaire... Vous avez reçu de moi l'autre jour une copie conforme du testament du père de miss Rosa... Vous en connaissiez déjà le contenu : je ne vous l'ai pas moins envoyée. Question de régularité en affaires. Je l'aurais envoyée à Mr. Jasper, si miss Rosa ne m'avait pas exprimé le désir qu'elle vous fût remise directement. L'avez-vous reçue ?

– Parfaitement, monsieur.

– Vous auriez dû m'en accuser réception alors, dit Mr. Grewgious, car les affaires sont les affaires. Néanmoins, vous n'en avez rien fait.

– J'avais l'intention de vous dire que je l'avais reçue quand je suis venu ce soir vous rendre visite, monsieur.

– Quoi qu'il en soit, ce n'aurait pas été un accusé de réception en affaires, répliqua Mr. Grewgious, mais n'insistons pas sur le sujet. Dans ce document, vous avez dû remarquer qu'il est fait aimablement allusion à une mission qui m'a été verbalement confiée et dont je devais m'acquitter quand je jugerais le moment favorable.

– Oui, monsieur.

– Mr. Edwin, il m'est venu à l'esprit, pendant que je regardais le feu, que je ne trouverais jamais une meilleure occasion qu'aujourd'hui de remplir cette mission de confiance : accordez-moi la faveur de toute votre attention pendant une demi-minute. »

Il prit un trousseau de clefs dans sa poche, choisit à la clarté de la chandelle celle dont il avait besoin, puis, un chandelier à la main, s'approcha d'un secrétaire, l'ouvrit, fit jouer le ressort d'un tiroir secret, et en tira un écrin banal destiné à contenir une seule bague. Cet écrin à la main, il revint à son siège. Quand il le tendit pour le faire voir au jeune homme, sa main tremblait.

« Mr. Edwin, cette petite rose formée de diamants et de rubis, enchâssés délicatement dans cette monture d'or, est une bague qui a appartenu à la mère de miss Rosa. Elle a été retirée de la main de la morte, en ma présence, avec un tel transport de douleur que j'espère n'avoir plus jamais sous les yeux un pareil spectacle. Je suis un homme dur, très dur, mais pas encore assez, croyez-moi... Voyez l'éclat de ces pierres ! continua-t-il, en ouvrant l'écrin. Et pourtant, les yeux bien plus brillants encore qui les ont contemplées si souvent avec joie et fierté ne sont plus, depuis des années, que cendres parmi les cendres, poussière parmi la poussière ! Si j'avais quelque imagination (il est inutile de préciser que j'en suis privé), je pourrais imaginer que la durable beauté de ces pierres est presque cruelle. »

Tout en parlant, il referma l'écrin.

« Cette bague fut offerte par son mari à la jeune dame qui s'est noyée à l'aube de sa belle et joyeuse carrière, lorsqu'ils se promirent pour la première fois une mutuelle fidélité. C'est lui qui la retira de sa main inerte, et c'est lui qui, lorsqu'il sentit l'approche de la mort, la mit dans la mienne. La mission qu'il me confia fut de vous la remettre pour que vous la passiez au doigt de miss Rosa lorsque vous seriez devenus adultes et que votre union serait prête à s'accomplir. Si cette conclusion souhaitée ne se réalisait pas, la bague devrait demeurer en ma possession. »

Le visage du jeune homme accusait un certain trouble, et il y eut une hésitation dans le mouvement de sa main quand Mr. Grewgious lui tendit la bague tout en le regardant fixement.

« Le fait de la lui enfiler au doigt, dit Mr. Grewgious, scellera solennellement votre engagement d'être fidèle aussi bien à la vivante qu'à la morte. Vous allez vous rendre auprès de votre fiancée pour achever les derniers et irrévocables préparatifs de votre mariage. Emportez donc cette bague. »

Le jeune homme prit le petit écrin et le mit dans la poche intérieure de sa veste.

« S'il survenait quelque désaccord, même léger, entre vous... Si vous aviez secrètement conscience que vous vous décidez à franchir ce pas redoutable sans autre raison plus sérieuse qu'une longue habitude de considérer qu'il en doit être ainsi parce que c'est réglé à l'avance... je vous adjure encore, au nom de la vivante et de la morte, de me rapporter cette bague ! »

En cet instant, Bazzard fut réveillé par le bruit qu'il faisait lui-même en ronflant. Comme il arrive habituellement en pareil cas, tout congestionné, il se mit à fixer le vide comme pour défier celui-ci de l'accuser de s'être endormi.

« Bazzard ! dit Mr. Grewgious d'une voix plus rude que jamais.

– Je vous suis, monsieur, dit Bazzard, et je n'ai pas cessé de vous suivre.

– En exécution d'une mission qui m'avait été confiée jadis, j'ai remis à Mr. Edwin Drood une bague enrichie de diamants et de rubis, vous la voyez ? »

Edwin tira le petit écrin de sa poche et l'ouvrit. Bazzard en vérifia le contenu.

« Je vous suis bien, monsieur, répondit Bazzard. Je suis témoin de la transaction. »

Évidemment impatient de se retirer et de se trouver seul, Edwin Drood reprit son pardessus et son cache-nez en marmottant quelques mots à propos de l'heure et d'un rendez-vous. Le brouillard ne s'était pas levé (s'il fallait en croire le rapport du serveur volant qui était venu demander si l'on voulait du café), mais Edwin sortit quand même, et Bazzard, à sa manière, le « suivit ».

Resté seul, Mr. Grewgious se promena lentement de long en large pendant une heure. Il semblait, ce soir-là, tour à tour agité et abattu.

« Il fallait lui rappeler ses responsabilités. J'espère avoir bien agi. Ce fut dur de me séparer de la bague, mais, quoi qu'il en soit, elle m'aurait été enlevée tôt ou tard. »

Il repoussa le tiroir vide, en soupirant, referma le secrétaire et revint prendre sa place à son foyer solitaire.

« Sa bague, continua-t-il, me reviendra-t-elle ?... Mon esprit est tenaillé par cette bague d'une manière étrange, ce soir... Mais cela s'explique... Je l'ai eue si longtemps et j'y attachais tant de prix... Je me demande... »

Il était d'humeur aussi méditative qu'inquiète ; malgré les efforts qu'il faisait pour se calmer, après une nouvelle promenade dans la chambre, quand il revint s'asseoir au coin du feu, il retomba de nouveau dans ses réflexions anxieuses.

« Je me demande (pour la dix millième fois, mais à quoi bon

maintenant ?) s'il m'a confié sa fille parce qu'il savait... Grand Dieu ! comme en grandissant elle est devenue le portrait vivant de sa mère !... Je me demande s'il a jamais été jusqu'à soupçonner qu'un autre l'adorât, sans espoir et en silence, quand il s'est présenté et s'est fait aimer d'elle... Je me demande s'il lui est venu à l'idée qui ce quelqu'un pouvait être !... Je me demande si je pourrai dormir cette nuit. Dans tous les cas, je vais m'isoler du monde entre mes draps et essayer. »

Mr. Grewgious traversa le palier pour gagner sa chambre froide et imprégnée de brouillard ; il fut bientôt prêt à se mettre au lit. Apercevant le faible reflet de son visage dans la glace d'un miroir terni, il en approcha la chandelle et se regarda de plus près pendant un moment.

« Joli museau pour avoir la chance d'occuper la pensée d'une femme ! s'écria-t-il. Allons, allons ! va au lit, pauvre homme, et cesse de jacasser ! »

Sur ce il éteignit la lumière, se fourra entre les draps et, après un nouveau soupir, il s'isola du monde. Et cependant il y a tant de recoins romantiques inexplorés chez les êtres qui en paraissent le plus dénués que même le vieux P. J. T. tout desséché Probablement Jacassait Tout-aussi-bien, au temps jadis, aux environs de l'an dix-sept cent quarante-sept.

Chapitre 12. Une nuit avec Durdles

Quand Mr. Sapsea n'a rien de mieux à faire, le soir, et qu'il trouve que la contemplation de sa profonde intelligence devient quelque peu monotone, en dépit de l'ampleur du sujet, il prend souvent l'air dans l'enclos de la cathédrale et aux alentours. Il aime à passer dans le cimetière, de l'air important d'un propriétaire, et à encourager dans son esprit la pensée qu'il a d'avoir agi en bon et gracieux seigneur envers une locataire méritante, Mrs. Sapsea, à laquelle il a donné publiquement le prix de vertu. Il aime à voir un ou deux visages égarés regarder entre les barreaux de la grille et lire peut-être son épitaphe. S'il rencontre un étranger sortant du cimetière d'un pas rapide, il demeure moralement convaincu que cet étranger s'éloigne la « rougeur au front », comme le monument l'y invite.

L'importance de Mr. Sapsea s'est accrue, car il est devenu maire de Cloisterham. Sans les maires, on ne disconviendra pas que la charpente de l'édifice social s'écroulerait. (Mr. Sapsea est convaincu d'avoir inventé cette figure de rhétorique.) Des maires ont été anoblis pour s'être « distingués » par leurs harangues, bien que, le plus souvent, elles criblent de traits perfides la malheureuse Grammaire Anglaise. Mr. Sapsea peut se « distinguer » par une harangue. Montez donc sur le pavois, Sir Thomas Sapsea ! Vous êtes de ceux qui honorent cette terre !

Mr. Sapsea a fait plus ample connaissance avec Mr. Jasper depuis cette première rencontre où ils se sont régalés de porto, d'épitaphe, de trictrac, de bœuf et de salade. Mr. Sapsea a été reçu à la Porterie avec une aimable hospitalité. A cette occasion, Mr. Jasper s'est mis au piano ; il a chanté pour le maire et chatouillé ses oreilles assez longues (cela soit dit au figuré) pour offrir une surface considérable au chatouillement. Ce que Mr. Sapsea aime en ce jeune homme, c'est qu'il est toujours prêt à profiter de la sagesse de ses aînés et qu'il est sensé. La preuve, c'est que, ce soir-là, il a chanté à Mr. Sapsea non pas l'une de ces chansons profanes goûtées de nos ennemis nationaux, mais d'authentiques chants patriotiques de l'époque de George III, invitant celui-ci à réduire en poudre toutes les autres îles que l'Angleterre, tous les continents, les péninsules, les isthmes, les promontoires, etc. En résumé, cette chanson établit clairement que la Providence a commis une erreur évidente en créant, aussi petite, une nation de cœurs de chêne et tant d'autres peuples qui ne sont que vermine.

Mr. Sapsea se promène donc lentement, par cette soirée humide, près du cimetière, les mains derrière le dos, à la recherche de quelque étranger qui se retirât la « rougeur au front ». Il se trouve, au détour d'une allée, en présence du florissant doyen qui converse avec le bedeau et Mr. Jasper. Mr. Sapsea présente ses respects, et, à l'instant, ses manières prennent un air bien plus ecclésiastique que n'ont jamais eu les archevêques de York ou de Canterbury.

« Vous avez évidemment l'intention d'écrire un livre sur nous, Mr. Jasper, dit le doyen. Écrire un livre sur nous, très bien ! Nous sommes très anciens, et nous devrions inspirer un bon livre. Nous ne sommes pas aussi bien dotés sous le rapport des biens que sous celui des années ; mais peut-être consignerez-vous *cela* dans votre livre, entre autres choses, et attirerez-vous l'attention sur les torts que nous subissons. »

Mr. Tope, en esclave de son devoir, s'amuse beaucoup de cette remarque.

« Je n'ai, en réalité, aucune intention, monsieur, réplique Jasper, de me faire auteur ou archéologue. C'est un caprice de ma part. Et même, à ce caprice, Mr. Sapsea a plus de part que moi-même.

– Comment cela, monsieur le Maire ? dit le doyen en faisant un aimable signe de tête à son double. Expliquez-nous cela, monsieur le Maire.

– J'ignore, observe Mr. Sapsea, en regardant autour de lui comme pour demander à être mis au courant d'une chose qu'en effet il n'aurait point sue, j'ignore à quel sujet le Très Révérend Doyen me fait l'honneur d'en référer à moi. »

Puis il se consacre à étudier son original dans les moindres détails.

« Durdles ! continue Mr. Tope.

– Oui, répète le doyen. Durdles !... Durdles !...

– La vérité est, reprit Mr. Jasper, que ma curiosité à l'égard de cet homme a été réellement stimulée par Mr. Sapsea. La connaissance du genre humain que possède Mr. Sapsea et la faculté qu'il a de pénétrer tout ce qui peut exister de mystérieux ou d'étrange autour de lui m'ont poussé à m'occuper plus sérieusement de ce personnage que j'avais l'occasion dc rencontrer constamment sur mon chemin. Vous ne seriez pas surpris, monsieur le Doyen, si vous aviez vu, comme moi, Mr. Sapsea parler avec lui, dans son salon.

– Oh ! s'écrie Mr. Sapsea, saisissant la balle au bond avec une ineffable et pompeuse complaisance. Oui... Oui... c'est à cela que faisait allusion le Très Révérend Doyen ? Oui, il m'est arrivé de réunir chez moi Durdles et Mr. Jasper. Je regarde Durdles comme un personnage.

– Un personnage, monsieur, dont vous faites ce que vous voulez avec beaucoup de doigté, dit Jasper.

– Non, pas précisément, réplique le lourd commissaire-priseur. Je puis avoir une certaine influence sur lui et peut-être ainsi un petit aperçu de sa vraie nature. Le Très Révérend Doyen voudra bien se rappeler que j'ai quelque peu vu le monde. »

Sur ce, Mr. Sapsea se place un peu en arrière du doyen, pour inspecter les boutons de son habit.

« Eh bien ! dit le doyen en regardant autour de lui pour voir ce qu'était devenu son double, j'espère que monsieur le Maire voudra bien se servir de ses études et de la connaissance de Durdles pour exhorter ce compagnon à ne pas faire rompre le cou à notre digne et respecté maître de chorale. Nous ne pourrions réparer un tel dommage ; sa tête et sa voix sont trop précieuses pour nous. »

Mr. Tope, de nouveau amusé, se laisse aller à un éclat de rire respectueux, qu'il sait réduire aussitôt aux proportions d'un murmure plein de déférence pour donner à entendre que, certainement, quiconque se trouverait heureux et honoré de se rompre le cou en échange d'un pareil compliment, sortant d'une telle bouche.

« Je prendrai sur moi, monsieur, dit Sapsea avec importance, de répondre du cou de Mr. Jasper. Je dirai à Durdles d'en avoir le plus grand soin ; il tiendra compte de ce que je lui dirai... Mais comment Mr. Jasper se trouverait-il en danger en ce moment ? reprend Mr. Sapsea en regardant autour de lui d'un air magnifiquement protecteur.

– Uniquement à cause d'une expédition au clair de lune que je dois faire avec Durdles au milieu des tombes, des caveaux, des tours et des ruines. Vous rappelez-vous avoir exprimé l'idée, lorsque nous nous sommes rencontrés, qu'une semblable excursion était digne de tenter un amoureux du pittoresque comme moi ?

– Je me le rappelle », répond le commissaire-priseur.

Et cet idiot solennel croit se le rappeler vraiment.

« Profitant de votre conseil, poursuit Jasper, j'ai fait plusieurs promenades pendant le jour avec cet homme extraordinaire, et nous avons projeté une plus ample exploration, au clair de lune, pour cette nuit.

– Voici Durdles qui arrive », dit le doyen.

Durdles, tenant à la main le balluchon qui contient son dîner, s'avance en effet vers eux en vacillant. Quand il aperçoit le doyen, il se découvre et s'apprête à s'éloigner, son chapeau sous le bras, quand Mr. Sapsea l'arrête.

« Songez à prendre soin de mon ami. »

Telle est l'injonction que Mr. Sapsea lui adresse.

« Lequel de vos amis est mort ? demande Durdles. Durdles n'a reçu aucune instruction concernant l'un de vos amis.

– Je veux parler de mon ami vivant, ici présent.

– Oh ! lui ? Il peut bien prendre soin de lui-même.

– Mais ce soin vous regarde également, entendez-vous bien », dit Mr. Sapsea.

Durdles, en s'entendant commander sur ce ton, le toise des pieds à la tête, d'un air courroucé.

« Avec tout le respect que je dois au Révérend Doyen, si vous vouliez vous occuper de vos affaires, Mr. Sapsea, Durdles s'occuperait des siennes.

– Vous vous énervez, réplique Mr. Sapsea en faisant un clin d'œil à la compagnie pour appeler son attention sur la façon dont il réussira à retourner l'homme. Mes amis m'intéressent, et Mr. Jasper est mon ami. Vous aussi, d'ailleurs, vous êtes mon ami.

– Ne vous laissez pas aller à votre mauvaise habitude de vous vanter toujours ! réplique Durdles en l'avertissant d'un regard sévère, elle fait encore des progrès, c'est Durdles qui vous en avertit.

– Vous vous énervez, répète Mr. Sapsea, qui rougit, tout en adressant un nouveau clin d'œil à la compagnie.

– Je l'avoue, réplique Durdles, je n'aime pas les libertés qu'on prend avec moi. »

Mr. Sapsea cligne de l'œil une troisième fois à l'intention des personnes présentes, comme s'il voulait dire : « Je pense que vous conviendrez avec moi que j'ai bien réglé cette affaire. » Et il s'éloigne pour couper court à la discussion.

Durdles alors souhaite le bonsoir au doyen et ajoute en remettant son chapeau :

« Vous me trouverez chez moi, Mr. Jasper, comme convenu, quand vous le voudrez. Je rentre me faire propre. »

Puis il s'éloigne. Cette idée d'aller chez lui se faire propre est l'un des incompréhensibles compromis de l'individu avec les faits inexorables ; car ni lui, ni son chapeau, ni ses chaussures, ni ses vêtements ne présentent jamais la moindre trace de nettoyage, mais sont constamment couverts de poussière et de sable.

L'allumeur de réverbères commence à tacheter de points de lumière le tranquille enclos, montant et descendant à toute allure sa petite échelle portable (tout Cloisterham serait horrifié à l'idée d'abolir cet instrument à l'ombre duquel tant de générations ont grandi).

Le doyen s'en va vers son dîner, Mr. Tope vers son thé et Mr. Jasper vers son piano. Là, sans autre lumière que celle du feu, ce dernier chante de sa belle voix grave de la musique d'église pendant deux ou trois heures, jusqu'à ce que la nuit soit tombée depuis un moment et que la lune commence à se montrer.

Alors, sans bruit, Jasper ferme son piano, change son habit pour une vareuse, dans la poche de laquelle il place une grande gourde recouverte d'osier, met sur sa tête un chapeau à fond plat et à grands bords, et, sans bruit toujours, il sort de sa demeure. Pourquoi toutes ces précautions ce soir-là ? Il semble n'avoir aucune raison de se cacher. Médite-t-il quelque démarche étrange et inavouable ?

Il se dirige vers la maison inachevée de Durdles, ou plutôt vers le trou dans le mur de la ville, et, y apercevant de la lumière, Jasper s'aventure au milieu des pierres tombales, des monuments et des fragments de marbre qui encombrent la cour et que la lune commence à éclairer çà et là. Les deux journaliers ont laissé leurs deux grandes scies enfoncées dans leurs blocs de pierre. Et peut-être que deux squelettes de journaliers, échappés à la danse macabre, pourraient se glisser en grimaçant dans leurs deux guérites et tailler avec des outils fantastiques les pierres tombales des deux prochains morts de Cloisterham. Il est peu probable que ces deux citoyens pensent à la mort, étant vivants, et peut-être mènent-ils joyeuse vie. Ce serait curieux d'essayer de deviner qui ils sont... ou, disons, qui est l'un d'eux !

« Holà ! Durdles !... », fait Jasper.

La lumière se met en mouvement, et Durdles apparaît à la porte. Il était rentré chez lui pour se faire propre ; ce devait être à l'aide d'une bouteille, d'un cruchon et d'un verre, car aucun autre objet qui puisse être employé pour la toilette ne se voit. Les briques sont à nu, les poutres sont apparentes et rien n'est crépi.

« Etes-vous prêt ?

– Prêt, Mr. Jasper. Que les vieux se montrent, s'ils l'osent, quand nous passerons entre leurs tombes. J'ai ma protection spirituelle.

– Spirituelle ou spiritueuse ?

– L'une et l'autre, répond Durdles. Je parle des deux. »

Il prend une lanterne accrochée à un clou, met quelques allumettes dans sa poche, pour les allumer si nécessaire, et ils sortent ensemble, sans oublier le balluchon du repas et le reste.

A coup sûr, c'est là une singulière expédition ! Que Durdles, toujours rôdant au milieu des tombes et des ruines comme une goule, sorte sans bruit de chez lui pour grimper, descendre et se promener sans but, cela n'a rien d'extraordinaire. Mais que le maître de la chorale, ou n'importe qui d'autre, estime que cela vaut la peine de se joindre à lui et d'étudier les effets de lune, en pareille compagnie, est une autre affaire. A coup sûr, c'est une expédition inexplicable.

« Prenez garde à ce monticule près de la porte de la cour, Mr. Jasper.

– Je le vois. Qu'est-ce ?

– De la chaux. »

Mr. Jasper s'arrête et attend que l'autre, qui s'est attardé, l'ait rejoint.

« C'est ce que vous appelez de la chaux vive ? dit-il.

– Oui, fit Durdles, assez vive pour avaler vos bottines, et en la remuant comme il faut, assez vive pour avaler vos os. »

Ils poursuivent leur route, passent devant les rideaux rouges de l'auberge à Deux-Sous, et traversent au clair de lune la vigne des Moines. Après quoi, ils arrivent au Coin du chanoine dont la plus grande partie demeure dans l'ombre, la lune n'étant pas encore assez élevée pour l'éclairer en plein.

Le bruit d'une porte qui se ferme parvient à leurs oreilles, et deux hommes sortent du logis. Ce sont Mr. Crisparkle et Neville. Jasper a soudain un étrange sourire et pose sa main sur la poitrine de Durdles, pour l'empêcher d'avancer.

Là où ils sont, l'ombre est profonde; il y a aussi un vieux mur, à hauteur d'appui, vestige de la clôture d'un ancien jardin, qui maintenant est une voie publique. Si Jasper et Durdles avaient fait un pas de plus, ils auraient dépassé ce mur; mais, en s'arrêtant, ils demeurent à l'abri.

« Ces deux-là sortent faire un tour, murmure Jasper, ils vont bientôt se trouver dans la partie éclairée par la lune. Restons tranquillement où nous sommes, autrement ils nous retiendraient ou voudraient se joindre à nous, ou qui sait quoi encore. »

Durdles fait un signe d'assentiment et se met à grignoter quelques morceaux tirés de son balluchon. Jasper croise ses bras sur le mur, y appuie le menton et observe. Toutefois, il ne prête aucune attention au chanoine; son regard est fixé sur Neville, comme si, l'œil sur la détente d'un fusil chargé, il le visait et se préparait à tirer. Il y a sur le visage de Jasper une telle puissance de destruction que Durdles lui-même cesse de mastiquer et de broyer, la joue enflée par ce qu'il n'a pas encore avalé.

Pendant ce temps, Mr. Crisparkle et Neville vont et viennent tranquillement tout en causant. On ne peut entendre tout ce qu'ils disent, mais Mr. Jasper a déjà distingué son nom qui a été prononcé plusieurs fois. Puis, comme ils reviennent, il entend distinctement Mr. Crisparkle dire :

« Nous sommes le premier jour de la semaine, et le dernier jour sera la veille de Noël.

– Vous pouvez compter sur moi, monsieur. »

L'écho est favorable à cet endroit-là : puis leurs paroles redeviennent confuses, alors qu'ils se rapprochent. Mr. Crisparkle prononce le mot « confiance », qui, brisé par l'écho, peut toutefois être reconstitué. Il saisit encore ce fragment de réponse, les deux promeneurs se rapprochant :

« Pas encore méritée, mais qui le sera, monsieur ? »

Lorsqu'ils reviennent de nouveau sur leurs pas, Jasper reconnaît encore son nom associé à ces mots de Mr. Crisparkle :

« Rappelez-vous que je lui ai dit que je réponds entièrement de vous. »

Puis leurs voix redeviennent confuses. Ils s'arrêtent un instant, et Neville parle avec animation. Quand ils se remettent à marcher, on voit Mr. Crisparkle regarder le ciel et désigner quelque chose devant lui. Ils disparaissent ensuite après avoir traversé la partie éclairée par la lune à l'extrémité opposée au Coin du chanoine.

Tant qu'ils sont visibles, Mr. Jasper ne bouge pas. Puis il se tourne vers Durdles et éclate de rire. Durdles, qui a toujours quelque chose dans la bouche et qui ne voit aucun sujet d'hilarité, regarde fixement Mr. Jasper, jusqu'au moment où celui-ci enfouit son visage dans ses bras pour étouffer cette singulière envie de rire. Alors Durdles avale sa bouchée, avec l'air désespéré de quelqu'un résigné à avoir une indigestion.

Dans ces endroits retirés de la ville, il y a très peu de bruit et de mouvement dès qu'il fait sombre. Il n'y en a déjà pas beaucoup dans la journée, mais, le soir, c'est pratiquement nul. En plus du fait que la grand-rue, avec sa joyeuse animation, est presque parallèle à cet endroit, dont elle est séparée par la vieille cathédrale, une espèce de silence si effrayant s'établit autour du vieil édifice, des cloîtres et du cimetière, dès que le jour est tombé, que peu de personnes osent affronter ce désert. Demandez aux cent premiers citoyens de Cloisterham que vous rencontrerez par hasard dans la rue, à midi, s'ils croient aux revenants, ils vous répondront que non ; mais offrez-leur, lorsqu'il fait nuit, le choix entre ces lieux inquiétants et la rue principale avec ses boutiques, quatre-vingt-dix-neuf sur cent préféreront faire le double de chemin et prendre la route la plus fréquentée. Il ne faut chercher la cause de cette préférence dans aucune superstition locale se rattachant à l'endroit de la cathédrale (bien qu'une dame mystérieuse, avec un enfant dans les bras et une corde attachée autour de son cou, ait été vue rôder dans ces parages par plusieurs témoins aussi insaisissables qu'elle), mais c'est une répugnance innée que la poussière animée par le souffle de la vie a pour la poussière inanimée. Et puis chacun fait confusément la réflexion suivante : « Si les morts peuvent devenir visibles dans certaines conditions, se manifester aux vivants, de pareils lieux sont très probablement ceux qu'ils doivent choisir, et c'est une raison pour moi qui suis vivant de m'en éloigner aussi vite que possible. »

Aussi, quand Mr. Jasper et Durdles s'arrêtent pour regarder autour d'eux, avant de descendre dans la crypte par une petite porte latérale dont ce dernier a la clef, tout l'espace éclairé par la lune qui s'offre à leurs regards est complètement désert. On pourrait imaginer que la limite du séjour des vivants est marquée par la Porterie de Mr. Jasper, car on entend le murmure de cette marée qui, toutefois, ne franchit pas l'arcade au-dessus de laquelle la lampe du maître de chapelle jette une lueur rouge derrière les rideaux, comme au sommet d'un phare.

Ils entrent, referment la porte sur eux, descendent un escalier en ruine et arrivent dans la crypte. La lanterne n'est pas nécessaire, car la lune frappe directement sur les fenêtres sans vitraux, dont les châssis vides projettent leur ombre sur le sol. Les lourds piliers qui supportent la voûte produisent des masses d'ombres épaisses, entres lesquelles s'allongent des sentiers de lumière. Ils suivent quelque temps ces sentiers, tandis que Durdles discourt sur ces « vieux » qu'il compte déterrer. Il tape sur un mur, il tape sur un autre derrière lequel il pense avoir trouvé une « famille entière », dont il parle comme s'il était un intime de cette famille. La taciturnité de Durdles est alors bien dissipée par la gourde d'osier de Mr. Jasper, qui circule librement, en ce sens que son contenu entre librement dans la circulation sanguine de Mr. Durdles, tandis que Mr. Jasper, lui, ne fait que se rincer la bouche avant de recracher le liquide.

Ils s'apprêtent à monter à la grande tour. Sur les marches qui les mènent à la cathédrale, Durdles s'arrête pour respirer. L'escalier est très sombre, mais, au-delà, ils aperçoivent les sentiers lumineux qu'ils viennent de suivre. Durdles s'assied sur une marche, Mr. Jasper sur une autre. L'odeur de la gourde d'osier (qui est passée on ne sait comment sous la garde de Durdles) indique aussitôt que le bouchon vient d'en être enlevé : mais ce n'est pas à l'aide de la vue que Jasper peut s'en assurer, car aucun des deux ne peut distinguer l'autre. Pourtant, quand ils se parlent, ils se tournent instinctivement l'un vers l'autre, comme si leurs visages pouvaient se voir.

« C'est de la bonne marchandise, Mr. Jasper.

– Excellente, j'espère. Je l'ai achetée dans cette intention.

– Ils ne se montrent pas, vous le voyez, Mr. Jasper. Ces vieux ne veulent pas se montrer.

– Il y aurait plus de confusion encore en ce monde qu'il n'y en a si les morts se faisaient voir.

– En effet, cela créerait un drôle de méli-mélo », approuve Durdles après un moment de réflexion, comme si l'idée des revenants ne s'était pas encore présentée à lui, sur un plan négatif, d'un point de vue aussi bien domestique que chronologique.

« Mais croyez-vous qu'il puisse exister des fantômes d'autre chose, qui ne soient ni des hommes ni des femmes ?

– Quelles choses ? Des parterres de fleurs et des arrosoirs ? Des chevaux et des harnais ?

– Non, des sons.

– Quels sons ?

– Des cris.

– Quels cris ? Des chaises qui craquent ?

– Non, des hurlements. Je vais vous raconter, Mr. Jasper ; mais attendez un instant que je pose la gourde. »

Il est évident que le bouchon a été retiré de nouveau, puis remis.

« Là, reprend-il. Tout est en ordre *maintenant*. L'année dernière, à cette même époque de l'année, quelques jours plus tard seulement, alors que je faisais ce qu'il est convenable de faire en cette saison, c'est-à-dire fêter le retour de Noël, eh bien ! les enfants du village s'acharnèrent après moi. A la fin, j'ai réussi à leur échapper et à m'enfermer ici. Et là, je suis tombé dans un profond sommeil. Savez-vous ce qui m'a réveillé ? Le fantôme d'un cri. Le fantôme d'un cri terrible, suivi par le fantôme d'un hurlement de chien. Un long hurlement lugubre, semblable à ceux que poussent ces animaux quand une personne est morte. Voilà comment s'est passée *ma* dernière veille de Noël.

– Que voulez-vous dire ? s'écrie Jasper d'un ton brusque, presque violent.

– Je veux dire que j'ai demandé partout, et que nulle autre oreille vivante que la mienne n'a entendu ce cri et ce hurlement. C'est pourquoi je dis que c'étaient deux fantômes, bien que je n'aie pas compris pourquoi ces fantômes se sont manifestés à moi.

– Je pensais que vous étiez une tout autre espèce d'homme, lui dit Jasper d'un ton méprisant.

– Je le pensais aussi, répond Durdles avec son calme habituel, mais c'est moi qu'ils ont choisi. »

Jasper s'est levé brusquement quand il lui a demandé ce qu'il voulait dire, et maintenant il ajoute :

« Allons, nous allons geler, montrez-moi le chemin. »

Durdles obéit, pas très solide sur ses jambes. Il ouvre la porte en haut de l'escalier avec la clef dont il s'est déjà servi, et ils arrivent au niveau de la cathédrale, dans un passage qui longe le chœur. Là, la clarté de la lune est si vive que les couleurs du vitrail le plus proche sont projetées sur leurs visages. L'aspect de l'ignare Durdles tenant la porte ouverte pour son compagnon qui le rejoint comme s'il sortait d'une tombe est tout à fait spectral, avec une bande pourpre qui barre son visage et une tache jaune qui lui danse sur le front. Mais il soutient avec une indifférence et une insensibilité parfaites le regard scrutateur que Jasper ne détourne pas même quand il fouille dans ses poches pour chercher une clef, qui lui a été confiée, et pour ouvrir la grille de fer donnant accès à l'escalier de la grande tour.

« Cette clef et la gourde sont déjà un poids suffisant pour vous, dit-il en remettant la clef à Durdles. Donnez-moi votre balluchon. Je suis plus jeune et j'ai plus de souffle que vous. »

Durdles hésite un moment entre le balluchon et la gourde ; mais il donne la préférence à cette dernière, de plus agréable compagnie, et il confie les provisions solides à son compagnon d'exploration.

Ils se mettent alors à monter l'escalier en colimaçon de la vieille tour, péniblement, parce qu'il faut tourner, tourner sans cesse, en baissant la tête, pour éviter de se heurter aux marches supérieures ou aux saillies du pivot de pierre autour duquel l'escalier s'enroule. Durdles a allumé sa lanterne en tirant de la muraille froide et dure une étincelle de ce feu mystérieux qui se cache en toutes choses, et, guidés par la lumière, ils montent à travers la poussière et les toiles d'araignée. Leur chemin les mène en des lieux étranges. Deux ou trois fois, ils débouchent dans de petites galeries aux arcades basses, d'où ils peuvent regarder la nef, éclairée par la lune. Durdles, en promenant sa lanterne, éclaire fugitivement les têtes des anges qui ornent l'encorbellement de la voûte et qui ont l'air d'épier leur marche. Plus loin, ils joignent des escaliers plus étroits et plus raides ; l'air de la nuit souffle sur leurs têtes ; le cri d'un choucas surpris ou de quelque corneille effrayée retentit, suivi d'un lourd battement d'ailes ; puis une pluie de paille et de poussière tombe sur leurs têtes. Enfin, après avoir déposé leur lanterne à l'abri d'une marche, car le vent souffle très fort là-haut, ils contemplent Cloisterham. La ville est belle au clair de lune ; avec ses monuments en ruine et les sanctuaires de la mort à leurs pieds, et les toits de tuiles rouges couverts de mousse et les maisons de briques, rouges elles aussi, des vivants groupées un peu plus loin. Enfin, la rivière qui surgit en serpentant des brumes de l'horizon, où elle semble prendre sa source et s'agite déjà aux approches de la mer.

Encore une fois, quelle singulière expédition ! Jasper (qui se déplace toujours sans bruit et sans raison apparente) contemple la scène et surtout la partie la plus tranquille qu'enveloppe l'ombre projetée par la cathédrale. Mais il observe Durdles avec une certaine curiosité, et Durdles, par moments, a conscience de ces regards scrutateurs.

Seulement par moments, car Durdles commence à devenir somnolent. De même que les aéronautes jettent du lest quand ils veulent remonter, de même Durdles a allégé la gourde d'osier au fur et à mesure qu'il montait. Le sommeil l'assaille et lui coupe la parole. Un léger accès de délire s'empare même de lui ; il se figure que le sol tout en bas est de niveau avec la plate-forme de la tour, et il quitterait bien celle-ci en marchant dans les airs. Il est dans cet état quand ils entreprennent la descente. Tout comme les aéronautes s'alourdissent quand ils veulent descendre, Durdles s'alourdit avec une nouvelle quantité de liquide empruntée à la gourde pour descendre plus facilement.

Ils atteignent la grille de fer qu'ils referment, non sans que Durdles ne soit tombé deux fois. La seconde fois, il se fend un sourcil. Ils redescendent dans la crypte, avec l'intention d'en sortir comme ils sont entrés. Mais, quand ils arrivent aux sentiers lumineux, Durdles devient si incertain dans sa marche et dans ses discours qu'il se laisse à moitié volontairement tomber au pied de l'un des lourds piliers, à peine plus lourds que lui-même, et il demande à son compagnon, d'une voix indistincte, de lui permettre de fermer l'œil quelques minutes.

« Si vous le voulez vraiment ou ne pouvez vous en dispenser, faites !... réplique Jasper, je ne vous laisserai pas seul ici... Dormez donc, je me promènerai. »

Durdles s'endort à l'instant et, pendant son sommeil, il fait un rêve.

Ce n'est pas un rêve extraordinaire, si l'on considère la vaste étendue du pays des songes et ses productions variées et merveilleuses ; celui-ci n'est remarquable que parce qu'il est plus agité et plus près du réel que ne le sont ordinairement les rêves. Durdles songe qu'il est couché là... qu'il dort, et que, pourtant, il compte les pas de son compagnon qui se promène. Il rêve que les pas s'éloignent dans l'espace et dans le temps et s'évanouissent et que quelque chose le touche et que quelque chose tombe de sa main. Puis quelque chose tinte : on cherche à tâtons, et il rêve qu'il demeure seul pendant si longtemps que les sentiers lumineux changent de direction, à mesure que la lune avance dans sa course. Puis il se sent anéanti, brisé ; il rêve qu'il éprouve un malaise causé par le froid et il s'éveille péniblement. Les sentiers lumineux ont changé de direction. Il aperçoit Jasper qui se promène en se frottant les mains et en tapant du pied sur le sol.

« Holà ! s'écrie Durdles, alarmé sans savoir pourquoi.

– Êtes-vous enfin éveillé ? dit Jasper. Savez-vous que vos minutes sont devenues des heures ?

– Non ?

– Je vous assure que si.

– Quelle heure est-il ?

– Chut ! L'horloge de la tour va sonner. »

L'horloge sonne les quatre quarts, puis la grosse cloche s'ébranle.

« Deux heures ! s'écrie Durdles en se mettant avec peine sur son séant. Pourquoi n'avez-vous pas essayé de me réveiller, Mr. Jasper ?

– Je l'ai fait, mais avec autant de succès que si j'avais secoué un mort... toute votre famille de morts là-bas, dans le coin.

– M'avez-vous touché ?

– Si je vous ai touché ? Oui, puisque je vous ai secoué. »

Durdles se rappelle, en effet, avoir été touché dans son rêve. Il regarde par terre et voit la clef de la porte de la crypte près de l'endroit où lui-même est assis.

« Je t'ai laissée tomber, n'est-ce pas ? » dit-il en la ramassant et en se rappelant une partie de son rêve.

Il fait de grands efforts pour se lever et se tenir droit, ou du moins aussi droit que la chose lui est possible ; mais il sent de nouveau que son compagnon l'observe attentivement.

« Eh bien ? dit Jasper en souriant. Êtes-vous tout à fait prêt ? Je vous en prie, ne vous pressez pas.

– Laissez-moi arranger mon balluchon, Mr. Jasper, et je suis à vous. »

Pendant qu'il refait les nœuds de son balluchon, il se sent encore une fois observé attentivement.

« De quoi me soupçonnez-vous, Mr. Jasper ? demande-t-il avec le mécontentement grognon des ivrognes. Que ceux qui ont un soupçon sur Durdles s'expliquent !

– Je n'ai aucun soupçon sur vous, mon bon Mr. Durdles ; mais j'ai le soupçon que ma gourde était pleine de quelque chose de plus fort que nous ne le supposions. Puis, ajoute Jasper en ramassant la gourde et en la renversant, j'ai le soupçon qu'elle est vide. »

Durdles daigne rire de cette plaisanterie, ce qui ne l'empêche pas de ricaner intérieurement comme s'il voulait se reprocher ses dons de buveur. Il titube jusqu'à la porte, qu'il ouvre avec la clef. Ils sortent tous deux ; Durdles referme la porte et remet la clef dans sa poche.

« Mille remerciements pour cette curieuse et intéressante nuit, dit Jasper en lui tendant la main. Pourrez-vous retrouver votre chemin pour rentrer chez vous ?

– Bien sûr ! répond Durdles. Si vous faisiez à Durdles l'affront de le reconduire chez lui, Durdles ne consentirait pas à rentrer.

Durdles ne rentrerait pas avant le matin ;
Et alors, il ne voudrait plus rentrer du tout.

Durdles ne rentrerait pas. »

Ces mots avaient été dits d'un ton méfiant.

« Bonne nuit, donc !...

– Bonne nuit, Mr. Jasper ! »

Chacun d'eux se dispose à reprendre le chemin de sa demeure quand un coup de sifflet aigu déchire le silence et qu'une voix éraillée lance :

Gare ! gare ! gare !
Je t'y prends ;
Il est plus de dix heures
Si tu ne rentres pas,
Je te jetterai des pierres,
Gare ! gare ! gare !
C'est le chant du coq,
Il s'éveille, il s'éveille,
Gare ! gare ! gare !

Aussitôt après, une volée de pierres s'abat sur le mur de la cathédrale, et l'odieux garnement apparaît devant eux, dansant au clair de lune.

« Quoi ! ce démon d'enfant nous épie encore ! » s'écrie Jasper, transporté par une fureur si prompte et si violente qu'il semble être lui-même un démon plus âgé. « Je vais lui faire cracher le sang à ce maudit vaurien. Je sens que je vais le faire. »

Sans tenir compte des projectiles dont plus d'un l'atteint, il se précipite sur Deputy, le saisit au collet et veut l'entraîner. Mais Deputy n'est pas disposé à se laisser faire. Devinant avec une diabolique malice quelle est sa force, dès que l'autre le prend au collet, il recroqueville ses jambes, pesant ainsi de tout son poids. En même temps, il râle et se tortille comme s'il sentait déjà les premières angoisses de l'étranglement. Jasper le laisse retomber. Immédiatement Deputy revient à lui et, se réfugiant derrière Durdles, il se met à crier à son assaillant, sa large bouche tordue de rage et de malice :

« Je vous aveuglerai, je le jure, je vous crèverai les yeux à coups de pierre ! Si je ne le fais pas, que le diable m'emporte ! »

Et, en même temps, se balançant derrière Durdles, il se prépare, si son ennemi fond sur lui, à s'enfuir en décrivant tous les détours possibles pour lui échapper, quitte, s'il se voyait pris, à se rouler dans la poussière en criant :

« C'est ça ! Frappez-moi quand je suis par terre !

– Ne faites pas de mal à cet enfant, Mr. Jasper, dit Durdles en s'interposant. Calmez-vous.

– Il nous a suivis toute la soirée, depuis que nous sommes arrivés.

– Vous mentez !... Je ne vous ai pas suivis, réplique Deputy, employant sa forme de dénégation la plus polie.

– Il n'a cessé de rôder autour de nous.

– Ce n'est pas vrai !... Menteur, je venais juste de sortir pour prendre l'air, pour ma santé, quand je vous ai vus sortir de la cathédrale. Si... Il est plus de dix heures. »

Et il reprend sa mélopée et sa danse habituelles, tout en s'abritant toujours derrière Durdles.

« Ce n'est pas *ma* faute, non ?

– Alors ramène-le chez lui, réplique Jasper avec fureur, tout en faisant un violent effort pour se contenir, et débarrasse-moi de ta présence. »

Deputy, après avoir fait entendre un nouveau coup de sifflet pour exprimer sa satisfaction, laisse passer Durdles devant lui et se met à chasser ce respectable personnage à coups de pierre, dans la direction de sa demeure, comme il aurait fait pour un bœuf récalcitrant. Mr. Jasper regagne la Porterie, absorbé dans ses réflexions. Et puisque tout a une fin, l'étrange expédition est finie aussi... pour le moment.

IX

A la fin de l'*imprinting,* quand le numéro de juin est bien dans la tête de chacun, le Dr Wilmot décroise les mains, qui, avec une vague nonchalance oxfordienne, soutenaient son menton.

« L'audition subliminale est certes une belle invention, mais s'il vous plaît, Loredana, dit-il en se tournant vers l'hôtesse et en lui tendant le fascicule original, voudriez-vous nous relire la dernière phrase ? »

Flattée d'avoir été appelée familièrement Loredana par le Dr Wilmot, la jeune fille lit avec le maximum de vivacité et d'expression :

« "Et puisque tout a une fin, l'étrange expédition est finie aussi... pour le moment." »

WILMOT : Parfait, merci. Nous sommes donc à la fin du numéro et de l'expédition aussi... pour le moment. *Mais quel est ce moment*? Je crois qu'il convient de le préciser tant en dedans qu'en dehors du roman.

TOUS *(bien que n'ayant pas très bien compris)* : Bien.

WILMOT : En ce qui concerne les événements racontés, quand Jasper rentre chez lui, il doit être deux heures et demie du matin, à quelques minutes près. Et la nuit est celle du dimanche 18 au lundi 19 décembre.

LOREDANA *(toussotant, incertaine)* : Euh...

WILMOT *(fronçant les sourcils)* : Qu'y a-t-il, mademoiselle ?

LOREDANA *(intimidée, déçue de n'avoir pas été appelée Loredana, mais se lançant quand même)* : La nuit devrait être celle du lundi au mardi ! Parce qu'au début de l'expédition nous avons entendu le révérend Crisparkle dire à Neville : « Nous sommes le premier jour de la semaine, et le dernier sera la veille de Noël. »

Un murmure compact de « c'est vrai », « en effet », « le premier jour, c'est le lundi », etc., s'élève du public (mais non du père Brown), et le directeur du *Dickensian* attend qu'il ait cessé pour répondre.

« Vous êtes une lectrice attentive et une assistante précieuse, Loredana. Mais, ajoute-t-il en indiquant l'étagère de la salle, je vois là les deux volumes du *Shorter Oxford Dictionary* de la langue anglaise. Voulez-vous regarder ce qu'il dit au mot *monday* ? »

Un vif suspense s'empare des congressistes, tandis que la jeune fille, pâle d'anxiété, feuillette en avant en arrière les pages de la lettre M sans réussir à trouver le mot. Quand enfin elle y parvient, nous la voyons rougir jusqu'aux oreilles.

« Monday : second day of the week », balbutie-t-elle, écrasée de honte.

Le modérateur la réconforte comme il peut tandis que le père Brown, venu lui aussi la consoler, explique directement du podium les raisons de l'erreur.

« Ce n'est pas la faute de cette chère enfant, dit-il, si, à l'époque moderne du week-end, le jour du Seigneur a fini par devenir le dernier. Pour l'Église, il a toujours été le premier, il l'est encore aujourd'hui dans nos principaux dictionnaires, et il l'était sans aucun doute pour Dickens : surtout quand il fait parler un ecclésiastique. Il est donc évident que la première expédition a eu lieu dans la nuit du dimanche au lundi. »

*

Voilà l'avantage des congrès, lecteur. Combien d'entre nous, en lisant le MED pour leur propre compte, n'auraient-ils pas fait la même erreur que Loredana ? Si bien que la nuit de Noël (quand aura lieu, probablement, la « seconde expédition »), ils l'auraient située entre un dimanche et un lundi, et non entre un samedi et un dimanche. Détail négligeable ? Ah ! mais rien n'est négligeable dans l'histoire d'un crime.

WILMOT : Surtout dans une histoire comme la nôtre, publiée en livraisons mensuelles et destinée à s'interrompre tragiquement avant la fin. C'est pourquoi je disais qu'en dehors de ses « temps internes » il nous faut considérer sa chronologie externe. Voulez-vous reprendre un moment le fascicule, mademoiselle ?

Tout à fait remise maintenant, Loredana le reprend avec zèle et le modérateur continue :

« A la dernière ligne, nous sommes le 19 décembre. L'année pourrait être 1842. Noël est dans six jours. Mais en quel mois, en quelle année sommes-nous à la première ligne ? »

La jeune fille ouvre le fascicule à la première page. Puis le referme, jette un regard interrogatif au Dr Wilmot, qui fait signe que oui, et finit par fixer un point en haut de la page de couverture

« Juin 1870 », lit-elle. Et, après un instant d'ébahissement, elle commente elle-même : « On est à huit jours de la mort de Dickens ! »

WILMOT : Exactement. Le troisième fascicule est le dernier publié du vivant de l'auteur. Les trois autres sortiront encore régulièrement, mais ils seront posthumes. C'est une différence dont il vaudrait mieux tenir compte.

Le mystérieux Popeau, qui a réussi cet après-midi à se glisser dans le panel entre Gideon Fell et le Dr Thorndyke, intervient avec son acrimonie habituelle :

« Je ne vois pas quelle différence cela peut faire. Je dirais plutôt de ne pas perdre davantage de temps, et de voir un peu à quel point nous en sommes avec les indices.

– Mais la différence ne regarde-t-elle pas le poids ou, pour mieux dire, la stabilité des indices ? demande Poirot de sa place. N'est-ce pas de cela que vous avez voulu nous avertir, monsieur Wilmot ?

WILMOT : Si. Dans le sens que le bilan des indices, tel qu'il se présente le lundi 19 décembre 1842 dans le roman, et le mercredi 1er juin dans la réalité, était désormais...

POPEAU : Objection, monsieur ! En vous appuyant sur des considérations ferroviaires, vous nous aviez dit précédemment que dans le roman nous « pourrions » être en 1842. Maintenant nous y voilà carrément. Qu'est-ce que cela veut dire ?

POIROT : J'imagine que le Dr Wilmot, entre-temps, a consulté comme moi son calendrier grégorien perpétuel et s'est assuré que le 19 décembre, en 1842, tombait justement un lundi.

WILMOT : En effet. Mais revenons à notre bilan, les indices des trois premiers numéros (déjà sortis et vendus à raison de presque cent mille exemplaires chacun) ne pouvaient être bien entendu ni modifiés ni supprimés. Pour les autres numéros, il en va autrement : le quatrième et le cinquième étaient entre les mains de l'éditeur, et l'auteur en avait déjà corrigé les épreuves, mais il aurait pu les corriger ultérieurement ; quant au sixième, il restait en grande partie à écrire. Or nous savons par plusieurs témoignages que, le 1er juin (jour où, de Londres, il revint à Gadshill), Dickens se trouvait en sérieuse difficulté quant aux développements de son histoire. « Je ne vois pas bien comment je réussirai à m'en sortir », confiait-il en particulier à William Wills. Il se peut donc qu'il ait eu l'intention de changer certains indices trop précis, trop « contraignants », pour être plus libre dans la conduite de son intrigue et pour mieux préparer la surprise finale.

POPEAU : Objection ! Qui nous dit que la fin devait être à surprise ?

LE CRAPAUD : J'adhère. Je suis de plus en plus convaincu que tout se serait réduit à une grande tirade sur les tourments et les déchirements de conscience de Jasper, dont pour ma part je me fiche éperdument.

WILMOT : Ce point-là, nous en avons déjà discuté. Il y a ceux qui croient, comme le croyait sa fille Kate, que l'écrivain entendait « mettre l'accent sur certains secrets tragiques du cœur humain, plutôt que sur la découverte du coupable »; et ceux qui croient ou désirent le contraire. Mais, dans une lettre à son éditeur américain, James T. Field, Dickens lui-même déclarait qu'à partir du cinquième ou sixième numéro il voulait « tenir le lecteur en suspens jusqu'à la fin ». Et qui parle de suspens jusqu'à la fin parle bien, me semble-t-il, de surprise finale.

*

De vifs applaudissements saluent la réplique calme et impartiale du modérateur. Porphyre Petrovitch, le colonel des CC et même le Crapaud viennent lui serrer la main. Et Loredana continue de lui lancer des regards plus longs et plus appuyés qu'il ne conviendrait peut-être à une hôtesse modèle. Mais déjà les orateurs Thorndyke et Fell, spécialisés en problèmes de police scientifique, sont aux prises avec les indices « irrévocables » du troisième fascicule.

Perceptions extrasensorielles : Quand il donne ses leçons à Neville, le révérend Crisparkle a l'étrange sensation qu'Helena l'écoute aussi. Celle-ci, à son tour, semble exercer une influence magnétique sur son esprit : si bien que, après l'avoir jugée aussi dangereuse que son frère, le révérend finit par la considérer comme une espèce de sainte. Mais, d'après le Dr Fell, les facultés paranormales n'entrent pas nécessairement en ligne de compte. En fait, Helena use de tous les moyens pour se concilier le jeune ecclésiastique, le mettant même dans l'embarras avec ses minauderies dévotes et ses élans mystiques, qui, pour un caractère comme le sien, ne manquent pas de surprendre. Reste à voir quelles sont ses intentions.

Mains de Neville : « Voilà de nouveau cette contraction de vos mains qui me déplaît si fort », déplore Crisparkle quand son élève, dans sa haine pour Drood, recommence à serrer et à desserrer ses mains avec fureur. Et on notera – observe Thorndyke – que l'auteur dit bien mains et non poings, comme il serait normal en parlant d'une agressivité moins spécifique. Cet indice aura donc son importance si d'une (éventuelle) autopsie il ressort que Drood, avant d'être (éventuellement) jeté de la tour, a été étranglé. Oui, mais en ce cas – anticipe l'impartial Dr Wilmot –, il faudra établir aussi *comment* il a été étranglé : c'est-à-dire avec les mains ou avec une certaine écharpe que nous verrons au cou de Jasper dans le prochain numéro.

Herbes médicinales : A l'inverse du buffet aux friandises jalousement surveillé et fermé à clef, le « nauséabond placard aux plantes médicinales » de Mrs. Crisparkle est accessible à tous, et renferme aussi des « remèdes contre le mal de dents » (lire : *laudanum*). Pourquoi l'auteur emploie-t-il plus de deux pages pour introduire (et masquer) cet indice ? Probablement – de l'avis de deux orateurs – pour établir dès maintenant que Neville pouvait également disposer de drogues.

Cri ambigu : « Qui est-ce ? Qui est-ce qui... ? » crie Jasper en s'éveillant en sursaut d'un cauchemar qu'il attribue, en parlant avec Crisparkle, à une digestion difficile. En réalité, il a dû s'agir de ses habituelles « visions » d'opiomane. Mais le « Qui est-ce qui... » impliquerait la crainte qu'une certaine action ait été commise, plutôt que l'intention de la commettre. A moins que Jasper ne tienne tellement à tuer lui-même son neveu qu'il serait fâché si quelqu'un d'autre s'en chargeait ?

Bague : Pourrait-elle éventuellement servir de moyen d'identification ? Pour répondre au père Brown, inexpert en chimie, qui se demandait si une bague comme celle qui a été décrite résisterait à l'action de la chaux vive, le Dr Thorndyke cite divers cas de cadavres à demi détruits par le CaO (oxyde de calcium), dont les bagues étaient intactes. Gideon Fell ajoute que, en l'absence de bagues ou d'autres bijoux, des restes humains retrouvés dans la chaux vive ont pu être identifiés grâce aux clous de leurs souliers.

Pouvoirs du maire : A la demande du panel, ces pouvoirs sont illustrés par le modérateur, qui en profite pour citer de mémoire les pages immortelles des *Aventures de Mr. Pickwick* sur G. Nupkins Esq., maire d'Ipswich. Dans de petites villes comme Ipswich ou Rochester, en effet, le maire était aussi chef de la police. Ce qui explique que Jasper flatte à ce point Sapsea et qu'il cherche à l'exciter dès maintenant contre ce « métis » de Neville. Mais il n'est pas dit – observe impartialement l'orateur – qu'il le fasse pour éloigner de lui de futurs soupçons. Au contraire. Il pourrait le faire en supputant que, dans l'altercation dont lui-même « aplanit la voie », Neville aura le dessous et ce sera Drood qui se trouvera en difficulté avec la justice.

Le dépôt de chaux : Autre indice à double tranchant. Car, s'il est vrai que Jasper montre un certain intérêt pour la chaux en question, il est vrai aussi que le même Jasper dispose déjà, pour faire disparaître l'éventuel cadavre, de la tombe de Mrs. Sapsea. D'autre part, comme l'auteur a soin de le préciser, le dépôt n'est pas loin de la maison de Crisparkle. Il est donc bien possible que Neville l'ait vu et retenu.

Œil et détente : L'œil de Jasper se charge d'une haine immédiate, mortelle, en apercevant de loin le jumeau d'Helena. Mais une telle haine s'explique mal avec la jalousie pour un rival tout à fait accessoire, et on ne comprend pas pourquoi l'auteur insiste tant. A moins – se demande à mi-voix Loredana, qui n'a pas le courage d'intervenir de nouveau dans le débat – que ce ne soit une façon de suggérer que l'oncle est malgré tout du côté de son neveu ? Le colonel des CC, pour sa part, embarrasse le Dr Wilmot avec une question technique : « Peut-être à l'époque du roman, demande-t-il, tirait-on avec l'œil sur la détente plutôt que sur le cran de mire ? Ou s'agit-il d'une erreur de Dickens[1] ? »

Cri fantomatique : Les orateurs refusent de se prononcer de quelque façon que ce soit sur la nature et la signification possible de ce cri. Ils prennent cependant acte de la date, *la nuit de Noël*, à laquelle le cri aurait été entendu par Durdles l'année précédente.

La tour et les clefs : Quel peut avoir été le but de l'étrange expédition ? De l'avis de tous, sauf de l'ironique Crapaud (selon qui Jasper songe vraiment à écrire un gros *Guide de Cloisterham,* qui lui rapporterait honneurs et argent, mais n'a pas le courage de l'avouer), il est incontestable que le maître du chœur a voulu : 1) inspecter les passages et les escaliers périlleux qui conduisent au sommet de la tour ; 2) une fois là-haut, étudier au clair de lune l'endroit le plus opportun pour jeter quelqu'un en bas ; 3) soustraire à Durdles, endormi à l'aide d'un narcotique, les clefs de la sépulture Sapsea. Ces trois buts semblent atteints, mais quelque incertitude subsiste au sujet de la clef. Ou mieux des clefs, car...

LOREDANA *(que personne ne peut plus retenir)* : Mais pour remonter sur la tour avec sa victime, si telle est vraiment son intention, Jasper n'aurait-il pas dû se procurer aussi les clefs de la crypte et de ladite tour ?

1. Dans le texte (p. 200), Jasper regarde en effet Neville comme si, « l'œil sur la détente [*trigger*] d'un fusil chargé », il le visait et se préparait à tirer.

POPEAU *(méprisant)* : *Mais voyons, ma pauvre fille*[1] ! Jasper comme maître de chœur a libre accès à la sacristie et pourra prendre les clefs de Tope. En revanche, ce que l'on ne comprend pas, c'est comment fera Durdles pour ne pas s'apercevoir que l'autre lui a volé la clef de la sépulture.

POIROT : Il pourrait ne la lui avoir volée que pour quelques instants. Le temps de...

POPEAU *(sarcastique)* : ... d'aller dès maintenant ouvrir la sépulture ? Et avec l'espoir que Durdles ne s'en apercevra pas jusqu'à Noël ? *Mais voyons, mon pauvre monsieur*[1] !

POIROT *(mielleux)* : Je parlais du temps nécessaire à Jasper pour prendre l'empreinte de la clef avec la cire qu'il devrait avoir sur lui. Mais ce n'est là qu'une simple hypothèse d'Hercule Poirot, qui ose à peine la soumettre au grand Hercule Popeau ! *(Sensation et rumeurs prolongées dans la salle.)* Sur le registre de l'hôtel, j'ai vu en effet que non seulement votre nom de famille ressemble étonnamment au mien, mais que vous vous prénommez Hercule comme moi. Et, très curieusement, nos origines elles-mêmes seraient analogues : vous, ex-fonctionnaire de la police française, à ce qu'il semble, et moi, de la police belge. J'avoue que toutes ces coïncidences me paraissent suspectes. Comment les expliquez-vous ?

POPEAU *(furibond)* : C'est vous qui me paraissez suspect !... C'est moi qui vous demande des explications !

WILMOT *(jetant un coup d'œil diplomatique à sa montre)* : Il est déjà tard. Je crois que, dickensiennement, nous ferions mieux de laisser la suite aux numéros de juillet et d'août.

1. En français dans le texte *(N.d. T.)*.

TROISIÈME PARTIE

Les numéros de juillet et d'août

X

Il est rare, lecteur, que l'atmosphère d'un congrès soit euphorique (et encore moins « vibrante ») au matin du troisième jour. On a trop parlé de choses sérieuses ou frivoles. On a trop fumé, activement ou passivement. Les congressistes ne se sont pas tous habitués, ou résignés, aux matelas et à la cuisine de l'hôtel, et certains commencent à éprouver à l'égard de certains autres une impatience subtile, un sentiment secret et inexplicable, vaguement apparenté à la fureur homicide. D'autres encore (une minorité, par bonheur) se laissent surprendre, tandis qu'ils fixent une poignée de fenêtre ou un coin de table, avec l'œil vitreux de qui ne réussit plus à refouler la question fatale : « Mais moi, qu'est-ce que je suis venu faire ici ? »

De plus, hier soir, personne n'a pu quitter l'U & O. Le programme prévoyait pour les six groupes un dîner à la bonne franquette dans des trattorias typiques de Rome, puis un spectacle folklorique au Colle Oppio. Mais, au moment de sortir les... comment les appeler ? complétants ? complétifs ? complétateurs ? se sont trouvés face à une foule hostile qui avait envahi le jardin et bloquait l'entrée de l'hôtel.

Qui étaient ces factieux tenus difficilement en respect par quelques agents de police perplexes et désemparés ? Les journaux de ce matin parlent de byroniens irréductibles et de fanatiques d'Europe centrale qui manifestaient avec haut-parleurs, tracts, banderoles et quelques feux de camp contre l'exclusion de leurs œuvres préférées. « COMPLÉTEZ PLUTÔT *DON JUAN* ! » exhortaient les slogans les plus modérés ; « COMMENT SE TERMINE *L'HOMME SANS QUALITÉS* ? » ; « *AMERIKA* JUSQU'AU BOUT!»

Il n'y a pas eu de violences, bien qu'un groupe d'extrémistes kafkaïens aient tenté sans succès de pénétrer dans l'U & O par une porte de service. Notre colonel des CC, sorti pour parlementer, a fini par négocier un compromis: les manifestants resteraient dehors, les congressistes dedans. «Mais comment? s'est-on récrié de plusieurs côtés. Vous appelez ça un compromis, vous?» Et un historien de Fribourg n'a pas manqué d'évoquer le siège du château Saint-Ange décrit par Cellini, tandis que l'excitation des dissidents externes, gagnant une partie des congressistes, provoquait des défections et des volte-face retentissantes au sein même des groupes de travail.

«Moi j'en ai jusque-là, de ce Puccini!» proclamait un musicologue danois au milieu de l'effarement général. Mais les disputes, la confusion, les cris atteignirent leur comble quand un latiniste de Halle (ex-Allemagne de l'Est) proposa de compléter le *Satyricon* ou de reconstituer les comédies perdues de Plaute « au lieu de cette insipide *Histoire romaine* de Tite-Live, déjà trop longue comme ça ».

Ces désacralisations plus tapageuses que convaincantes (des forcenés, lecteur, ont été jusqu'à mettre dans le même sac Puccini et Leoncavallo, l'*Inachevée* et *O sole mio*!) ont eu dans la presse un écho excessif. Mais, en déviant l'attention du groupe Drood, elles ont aussi évité que chroniqueurs et photographes avides de potins et de scandales, bien plus que d'achèvement, ne s'emparent d'une affaire autrement savoureuse pour leurs médias.

Après la séance, en effet, bien que le Dr Wilmot eût demandé l'ajournement de l'affaire, Poirot et le soi-disant Hercule Popeau ont été assaillis de questions. Et leur confrontation a révélé la plus embarrassante des vérités : le soi-disant Popeau n'est pas du tout soi-disant ; c'est au contraire Poirot qui, peut-être par distraction (ou malice ?) de sa créatrice, en a usurpé les coordonnées avec de légères modifications[1].

Mais n'étant pas au service des médias, lecteur, nous ne nous attarderons pas à décrire la confusion de l'illustre plagiaire et le triomphe de l'humble plagié. Résumons plutôt la discussion qui s'est ensuivie, et que le modérateur, avec son tact habituel, a réussi à faire glisser du cas particulier au concept de plagiat en général.

WILMOT : Il existe d'ailleurs un genre de plagiat tout à fait inconscient : un nom, une idée, une situation, le point de départ d'une intrigue qu'un écrivain oublie avoir assimilé chez un autre auteur et que, en toute bonne foi, il réutilise parfois des années plus tard, comme un bien personnel.

LE LATINISTE DE JUAN-LES-PINS *(qui, écœuré par l'attitude de son confrère de Halle, a rejoint le groupe Drood)* : Chez les Anciens, le problème ne se posait pratiquement pas puisqu'il n'existait ni droits d'auteur ni un marché du livre comparable au nôtre. Le mot même de « plagiat » n'avait pas de correspondant en latin, où le terme *plagiarius* (du grec *plaghios* : « oblique », « fourbe ») s'appliquait au receleur d'esclaves fugitifs ou à qui réduisait un homme libre à l'esclavage.

WOLFE : Mais aujourd'hui, les droits d'auteur font partie des Droits de l'Homme ! Toute violation de copyright se traduit en royalties perdues, volées, empochées par un autre écrivain.

HOLMES : Il s'agit en tout cas de disputes mesquines,

1. Né presque vingt ans avant Poirot de la plume de Mrs. Marie Adelaide Belloc Lowndes (1868-1948), Hercule Popeau accéda à un grade élevé dans la police française, et à partir de 1918, après une parenthèse dans le contre-espionnage, il reparut comme détective privé et anglicisé dans toute une série d'histoires mélodramatiques de la même romancière (sœur du plus renommé Hilaire Belloc, mais elle aussi très connue à son époque : de son roman *The Lodger*, de 1913, Hitchcok tira un film célèbre). Hercule Poirot, déjà pourvu de sa retraite, de ses moustaches et de ses infaillibles cellules grises, ne naît lui qu'en 1920, dans cette *Mystérieuse Affaire de Styles (The Mysterious Affair at Styles)*, le premier roman d'Agatha Christie.

indignes d'un gentleman. Les prêts, les échanges, les rebondissements de sujets et de personnages d'un auteur à l'autre ont toujours fait partie du jeu littéraire.

WILMOT : Grewgious en est lui-même la preuve, cet ineffable *solicitor* que Stevenson reprendra et développera dans *Jekyll & Hyde*, mais qui, à son tour, dérive du *Tristram Shandy* de Sterne.

LOREDANA *(avec ardeur)* : Vous en savez des choses, Dr Wilmot !

MARLOWE et ARCHER (*à voix basse*) : Nous pourrions t'en apprendre bien davantage, sugar baby...

LOREDANA *(à part)* : Ils se croient supérieurs, mais ils sont seulement vulgaires et envieux.

WILMOT *(stimulé par l'admiration de la jeune fille)* : Et ce n'est pas tout. Le même Stevenson, dans un autre roman, reprend l'idée de l'oncle scélérat qui médite de tuer son neveu en le faisant précipiter du haut d'une vieille tour, une nuit de tempête.

MARLOWE et ARCHER *(à voix basse)* : Il en sait des choses, notre docteur !

LOREDANA *(entre les dents)* : Ce que vous pouvez être bêtes !

P. PETROVITCH : Mais à mon avis, dans *L'Étrange Cas du Dr. Jekyll et de Mr. Hyde*, Stevenson reprend du MED bien plus qu'un personnage isolé ou qu'une série de circonstances externes. C'est le thème fondamental du roman qu'il adopte ! C'est-à-dire le cas d'un homme comme nous tous, fait de bien et de mal, chez qui la drogue provoque un dédoublement radical, de sorte que les deux moitiés, la bonne et la mauvaise, agissent non seulement indépendamment, mais *à l'insu* l'une de l'autre. A cet égard, le MED pourrait très bien s'intituler *L'Étrange Cas de Mr. Jasper et de l'Inique.*

MAIGRET : J'imagine que cette explication a déjà été proposée par l'un de nos prédécesseurs?

WILMOT : Par plusieurs, bien qu'avec des variantes. Et c'est pour cela que vos questions d'hier m'ont embarrassé, commissaire. Je ne pouvais pas préciser comment

Jasper et l'Opiomane, alias l'Inique, pouvaient être et en même temps *ne pas être* la même personne, sans anticiper la brillante solution que le juge Petrovitch a maintenant trouvée tout seul.

LE CRAPAUD : Et vous m'appelez ça une brillante solution ? Après toutes les promesses d'un dénouement à surprise ? Non, si c'est comme ça, j'abandonne, moi aussi je vais manifester là dehors !

LOREDANA : Ce ne serait pas là acte de gentleman, Mr. Toad. Si vous avez une meilleure idée, vous n'avez qu'à l'exposer, je suis sûre que le Dr Wilmot *(regard si intense au Dr Wilmot qu'il en laisse le Crapaud muet)* ne manquera pas de la prendre en considération.

WILMOT : Mais demain, éventuellement. Pour le moment, je tiendrais à faire remarquer que parmi les solutions « à la Jekyll », il en est d'assez surprenantes, de passablement spectaculaires.

P. BROWN : Vous ne nous direz pas que le Jasper mauvais finira par se retrouver, comme Hyde, de trente centimètres plus petit que le bon ?

WILMOT : Non, les développements restent toujours sur un plan psychologique. Mais, par exemple, dans la plus récente des solutions dont je parlais [1], la surprise consiste en ce que, dans la scène finale, la mémoire des faits lui revenant à travers les fumées de l'opium, Jasper décrit le meurtre dans ses moindres détails, mais sans du tout soupçonner que c'est lui le coupable.

LE CRAPAUD *(d'un calme relatif sous l'œil sévère de Loredana)* : En ce cas, comme je l'ai déjà fait remarquer, il y aurait la circonstance aggravante du plagiat. Et du plagiat aux dépens d'un ami. Car le mécanisme serait identique à celui qu'utilisa Wilkie Collins dans *La Pierre de lune*, bien qu'il s'agisse là du vol d'un diamant et non d'un homicide par jalousie.

WILMOT *(il toussote)* : Effectivement. Mais un autre

1. Charles Forsyte, *The Decoding of Edwin Drood*, Londres, 1980.

« jekyllien », l'Américain Edmund Wilson[1], a trouvé le moyen de tourner la difficulté. Jasper n'aurait pas prémédité et commis son crime sous l'influence de l'opium, mais en état d'hypnose. Et la mémoire lui serait revenue sous l'influence téléhypnotique d'Helena.

P. BROWN *(il toussote à son tour)* : Ce n'est pas que cela fasse une grande différence. Je me demande même si le plagiat direct n'aurait pas été mieux qu'une imitation détournée. « Les artistes mineurs imitent, les plus grands volent », dit encore T. S. Eliot.

POIROT *(ragaillardi sous l'influence de la citation)* : Parfaitement !

L'HOMME EN NOIR[2] : Jusqu'à un certain point, Poirot, jusqu'à un certain point. Et vous, qu'en pensez-vous, monsieur le juge Porphyre ?

P. PETROVITCH : Comme magistrat tsariste, mon devoir est de condamner toute atteinte à la propriété, propriété littéraire comprise. Il est vrai que l'artiste, comme le disait Molière, « prend son bien où il le trouve ». Mais il y a des limites.

POPEAU : J'espère bien !

P. PETROVITCH : Même dans l'antiquité classique, extrêmement tolérante à cet égard, un certain Éphore, élève d'Isocrate, fut livré à la réprobation publique quand on découvrit dans ses œuvres pas moins de trois mille lignes copiées mot pour mot chez d'autres auteurs.

WILMOT : Mais ne mettons pas la charrue avant les bœufs : n'accusons pas Dickens de plagiat avant d'avoir formulé et discuté d'autres hypothèses. Le dédoublement

1. E. Wilson, « The Two Scrooges » (in *The Wound and the Bow*, 1939). Autre « jekyllien » prestigieux : J. B. Priestley dans sa biographie de Dickens (1961).

2. Il s'agit d'un congressiste très maigre et vêtu justement de noir, qui, pendant les séances de travail, est toujours resté au dernier rang, sans jamais intervenir dans les débats. Même en dehors des travaux, il s'est toujours tenu à l'écart, se promenant d'un air mélancolique dans le jardin et s'arrêtant parfois pour regarder d'un œil réprobateur les buissons de roses (plutôt mal tenus, en vérité).

de Jasper sous l'influence de l'opium ou de l'hypnotisme n'est en effet qu'une des *deux* solutions les plus plausibles envisagées jusqu'à présent pour l'affaire Drood. Pour la seconde solution, opium et hypnotisme restent des éléments tout à fait secondaires, puisque le coupable n'est pas Jasper.

LE CRAPAUD *(s'accrochant à ce dernier espoir)* : Vous me rendez la vie, Dr Wilmot ! Dites-nous tout de suite quelle serait cette...

WILMOT *(levant la main)* : Comme je l'ai déjà dit, cher ami, je ne veux pas influencer le cours de l'enquête. De plus il est assez tard, l'hôtel est toujours assiégé, et je préfère aller me coucher.

LOREDANA *(d'un ton enjoué)* : C'est ça, au dodo, au dodo ! Chaque congressiste dans sa grande et belle chambre *(à voix très basse, de façon à n'être entendue que du directeur du* Dickensian, *du moins l'espère-t-elle, car rien n'échappe à la fine oreille de Poirot)*, et moi dans ma chambrette, n° 011, à l'entresol, deuxième couloir au fond, à droite.

*

Voilà lecteur, ce qui s'est plus ou moins passé hier soir à l'U & O. Voilà sur quoi les membres de notre groupe – sauf deux éventuellement – ont pu durant la nuit réfléchir, ruminer, rêver peut-être. Et voici dans quel état d'esprit ils vont attaquer la nouvelle journée et la discussion des deux premiers chapitres du numéro de juillet.

Chapitre 13. Tous deux au mieux

L'établissement de miss Twinkleton allait bientôt tomber dans un silence serein. Les vacances de Noël étaient proches. Le lendemain s'achèverait sur ce que jadis, et il n'y avait pas si longtemps que cela, l'érudite miss Twinkleton elle-même appelait la « session », mais qui était à présent devenu de façon plus prosaïque le semestre. Un notable relâchement de la discipline s'était glissé dans la maison des Nonnes depuis quelques jours. Des soupers privés avaient eu lieu dans les chambres, et une langue parée avait été découpée avec des ciseaux et servie à la ronde à l'aide d'un fer à friser; des portions de confiture avaient également été distribuées sur des assiettes confectionnées avec du papier à papillotes, et on avait bu du vin de Primevère dans le verre gradué qui servait à la petite Rickitts (une enfant de faible constitution) à prendre chaque jour les gouttes de son fortifiant. Les servantes avaient été gagnées à l'aide de vieux rubans, de bottines plus ou moins éculées, pour qu'elles ne parlent pas des miettes qu'elles trouvaient dans les lits. On s'était montré dans les tenues les plus extravagantes pour célébrer ces petites fêtes, et l'audacieuse miss Ferdinand avait même surpris la compagnie en exécutant un brillant solo avec un peigne et du papier à papillotes, jusqu'au moment où elle avait été étouffée, sous son oreiller, par deux exécuteurs aux cheveux flottants.

Ces folies n'étaient pas là les seuls signes qui annonçaient une séparation prochaine. Des boîtes apparurent dans les chambres à coucher (où elles étaient interdites habituellement) et d'extraordinaires opérations eurent lieu, tout à fait disproportionnées avec les objets à emballer.

On fit de nouvelles largesses aux servantes, sous forme de pots de *cold cream* plus ou moins vides, de pommade, et d'épingles à cheveux. Sous le sceau du secret le plus inviolable, ces demoiselles avaient échangé des confidences sur certains membres de la jeunesse dorée d'Angleterre qui viendraient les voir chez elles à la première occasion. Miss Giggles (totalement dénuée de sentiment) déclara que, pour sa part, elle accueillerait tous les hommages par une grimace ; mais la manière de penser de cette jeune personne fut réprouvée à une immense majorité.

Le dernier soir avant les vacances, on se faisait toujours un point d'honneur de prendre la résolution de ne pas se coucher et d'encourager les revenants par tous les moyens possibles. Il faut ajouter que cet engagement était invariablement rompu, car les jeunes filles gagnaient leurs lits très tôt et s'endormaient. Elles s'éveillaient le lendemain matin de bonne heure.

La cérémonie de clôture eut lieu à midi, le jour du départ. Miss Twinkleton, épaulée par Mrs. Tisher, offrit un rafraîchissement dans son propre salon (les globes étaient déjà recouverts de toiles écrues) où des verres de vin blanc et des gâteaux coupés en tranches étaient disposés sur la table. Miss Twinkleton dit alors :

« Mesdemoiselles, le cycle de l'année nous amène une fois encore à cette époque de fête où les plus purs sentiments de notre nature s'éveillent dans nos... »

Chaque année, miss Twinkleton était sur le point d'ajouter : « poitrines » ; et, tous les ans, elle s'arrêtait au moment de prononcer un pareil mot, et elle lui substituait celui de « cœurs ».

« Hum !... Le cycle de l'année nous a ramenées à une interruption de nos études. Espérons que ces études ont été bonnes... Comme le marin dans sa barque, le guerrier sous sa tente, le captif dans sa prison et le voyageur dans ses différents moyens de transport, nous aspirons à rentrer chez nous. Citons peut-être, en cette occasion, les beaux vers qui ouvrent la saisissante tragédie d'Addison :

> L'aube est sombre, le matin menaçant,
> Et sous de lourds nuages approche le jour,
> Le grand, le mémorable jour.

Non, ils ne conviennent pas !... De l'horizon au zénith, tout est couleur de rose, car tout nous parle de nos parents et de nos amis. Puissions-*nous les* trouver en aussi bonne santé que *nous* l'espérons ; puissent-*ils nous* trouver en aussi bonne forme qu'*ils* l'espèrent. A présent, mesdemoiselles, il ne nous reste plus, avec tout l'amour que nous avons les unes pour les autres, qu'à nous dire adieu. Au bonheur de nous revoir... Et quand le moment sera venu de reprendre nos travaux... » (ici, un sentiment général de mélancolie se manifeste à la ronde), « ces travaux qui... ces travaux que... rappelons-nous toujours ce qui a été dit par ce général spartiate, dans des termes trop connus pour être répétés, à cette bataille, qu'il est inutile de désigner... »

Les servantes de l'établissement, coiffées de leurs plus beaux bonnets, firent circuler les plateaux. Les jeunes filles sirotèrent et grignotèrent, et les voitures louées commencèrent à obstruer la rue. Le moment de la séparation n'était plus éloigné... Miss Twinkleton, en déposant un baiser sur la joue de chaque jeune fille, lui confia une fort jolie lettre, adressée à son plus proche parent, « avec les compliments de miss Twinkleton » écrits dans un coin. Elle tendait cette missive d'un air qui écartait toute idée qu'elle pût avoir trait à la note à payer, comme s'il s'agissait de quelque délicate et agréable surprise.

Rosa avait assisté déjà à bien des scènes semblables ; elle connaissait si peu d'autres demeures qu'elle était presque contente de demeurer là, plus contente même que les autres années, sa nouvelle amie devant rester auprès d'elle. Pourtant, dans cette nouvelle amitié, une chose manquait, à quoi elle ne pouvait s'empêcher d'être très sensible. Helena Landless, ayant été présente lors des révélations de son frère au sujet de Rosa et s'étant engagée à garder le silence conseillé par Mr. Crisparkle, évitait toute allusion au nom d'Edwin Drood. Pourquoi agissait-elle ainsi ? C'était un mystère pour Rosa, mais celle-ci constatait le fait. Sans cela, elle aurait pu soulager son petit cœur perplexe en confiant à Helena une partie de ses doutes et de ses hésitations. Malheureusement, c'était impossible, et elle ne pouvait que réfléchir à ses propres difficultés et se demander inutilement, de plus en plus souvent, pourquoi Helena persistait à éviter de prononcer le nom d'Edwin, maintenant surtout qu'elle savait, Helena le lui ayant dit, que les deux jeunes gens allaient se réconcilier dès qu'Edwin Drood reviendrait...

Ah ! c'était un charmant tableau que de voir toutes ces jolies et gracieuses jeunes filles embrassant Rosa sous le porche glacé de la maison des Nonnes et ce petit être épanoui se pencher (ignorante des monstres sculptés sur les corniches et des gargouilles qui la regardaient) et agiter ses mains en signe d'adieu vers les voitures qui s'éloignaient. Elle semblait incarner l'esprit de la fraîche jeunesse qui demeurait en ce lieu pour lui conserver chaleur et lumière pendant cette période d'abandon.

L'austère grand-rue s'anima à la musique de toutes ces voix cristallines qui criaient : « Au revoir, Bouton-de-Rose, au revoir ma chérie. »

L'effigie du père de Mr. Sapsea, au-dessus de la porte en face, semblait dire au genre humain : « Messieurs, faites-moi la faveur de regarder avec attention ce dernier et charmant petit lot qui reste là et faites une offre digne de l'occasion ! » Puis la vieille rue si réservée qui, pendant quelques courts instants, avait été pleine d'éclat, de fraîcheur et de jeunesse retrouva sa sécheresse, et Cloisterham redevint elle-même.

Si Rosa, dans son boudoir, attendait la venue d'Edwin Drood avec une certaine inquiétude, Edwin, de son côté, était inquiet, lui aussi. Doué de moins de fermeté que l'enfantine beauté proclamée par acclamation la reine de l'établissement de miss Twinkleton, il avait pourtant conscience d'avoir été touché au vif par Mr. Grewgious. Les fermes convictions de ce gentleman sur ce qui était bien ou mal dans une position telle que la sienne ne devaient être ni dédaignées ni tournées en dérision. On ne pouvait les écarter. Sans le dîner à Staple Inn et sans la bague qu'il portait dans la poche intérieure de son habit, il serait arrivé tout doucement au jour des noces sans avoir vraiment réfléchi, en espérant négligemment que, finalement, les choses iraient bien. Mais, placé brusquement par

Mr. Grewgious en face de ce qu'il devait « à la morte et à la vivante », il commençait à se troubler. Il devait donner la bague à Rosa ou la rendre. Face à cette alternative aussi rigoureuse, il commença par considérer les droits de Rosa sur lui avec moins d'égoïsme ; il était moins sûr de lui qu'autrefois aux jours de facile insouciance.

« Je me laisserai guider par ce qu'elle dira, et par nos rapports. » Telle fut sa décision tandis qu'il se rendait de la Porterie à la maison des Nonnes.

« Quoi qu'il arrive, je garderai le souvenir des paroles de Mr. Grewgious et je m'efforcerai de remplir mon devoir envers la vivante et la morte. »

Rosa était habillée pour sortir. Elle l'attendait. C'était une journée froide et ensoleillée, et miss Twinkleton avait déjà autorisé gracieusement une promenade au grand air. Ils sortirent donc ensemble, sans même fournir l'occasion à miss Twinkleton ou à la grande prêtresse, Mrs. Tisher, de faire déposer l'une de leurs offrandes habituelles sur l'autel des convenances.

« Mon cher Eddy, fit Rosa, quand ils eurent tourné le coin de la grand-rue et qu'ils s'engagèrent dans les tranquilles allées autour de la cathédrale et le long de la rivière, j'ai quelque chose de très sérieux à te dire. J'y pense depuis longtemps, très longtemps.

– J'éprouve aussi le besoin de causer sérieusement avec toi, ma chère Rosa. J'ai l'intention d'être sérieux, et sincère.

– Merci, Eddy ! Et tu ne trouveras pas que je manque de gentillesse si c'est moi qui commence, n'est-ce pas ? Tu ne penseras pas que je ne pense qu'à moi, parce que je parle la première ? Ce ne serait pas généreux, n'est-il pas vrai ?... Et je te sais généreux !

– J'espère, dit-il, ne jamais manquer de générosité envers toi, Rosa. »

Il ne l'appelait plus Pussy, et il ne devait plus jamais lui donner ce nom.

« Il n'y a pas à craindre, poursuivit Rosa, que nous nous querellions, n'est-ce pas ? Nous avons tant de bonnes raisons, Eddy », elle serra fort son bras, « pour nous montrer indulgents l'un envers l'autre.

– Et nous serons indulgents, Rosa.

– Tu es un bon garçon ! Eddy, soyons courageux ; devenons frère et sœur, à partir de ce jour.

– Jamais mari et femme ?

– Jamais ! »

Ni l'un ni l'autre ne parla pendant quelques instants. Mais, après ce moment de silence, Edwin dit avec quelque difficulté :

« En vérité, je sais que nous y pensions tous les deux, Rosa, et je me crois obligé de t'avouer franchement que ça ne vient pas de toi.

– Non, et de toi non plus, mon ami, répliqua Rosa avec un accent sérieux et pathétique. Elle est venue de nous deux. Tu n'es pas véritablement heureux de nos fiançailles. Je n'en suis pas réellement heureuse non plus. Oh ! je le regrette tellement, tellement ! »

Et elle fondit en larmes.

« Rosa, je regrette vraiment. Je regrette vraiment pour toi.

– Et moi pour toi, mon pauvre ami, et moi pour toi ! »

Ce sentiment de pure tendresse, de douce indulgence et de compréhension que les jeunes gens éprouvèrent l'un pour l'autre portait en soi sa récompense, car il semblait qu'à présent une lumière apaisante éclairait leur situation. Les relations entre eux n'avaient plus rien d'artificiel, de capricieux, elles ne conduisaient plus à l'échec, elles devenaient plus honorables, plus affectueuses, plus désintéressées.

« Si nous avions su plus tôt ! dit Rosa en essuyant ses yeux. Et nous le savions depuis bien longtemps que nous n'étions pas faits pour ce type de relations que nous n'avions pas choisies. A présent, nous n'avons rien de mieux à faire que de les changer. Il est naturel pourtant que nous en éprouvions du chagrin, et tu vois combien nous sommes tristes tous les deux, mais il vaut mieux être tristes maintenant que...

– Quand, Rosa... ?

– Quand il sera trop tard. Car alors, nous serions furieux en plus. »

Le silence retomba entre eux.

« Et tu sais, reprit Rosa avec innocence, tu ne pourrais plus m'aimer alors, tandis que tu peux toujours m'aimer à présent que je ne suis plus une entrave ou un souci pour toi. Et toi aussi, maintenant, je t'aimerai toujours, ta sœur ne te taquinera plus et ne se fera plus un jeu de te tourmenter comme je le faisais quand je n'étais pas ta sœur, et je t'en demande pardon.

– Ne poussons pas les choses jusque-là, Rosa, ou j'aurai plus besoin de pardon que je ne voudrais l'admettre.

– Non, en vérité, Eddy. Tu es trop sévère avec toi-même, mon généreux ami. Asseyons-nous sur ces ruines, frère, et laisse-moi te dire ce qui nous est arrivé. Je crois le savoir, car j'y ai beaucoup réfléchi, depuis la dernière fois que nous nous sommes vus. Je te plaisais, n'est-ce pas ?... Tu pensais que j'étais une jolie petite chose ?

– Tout le monde est de cet avis, Rosa.

– Est-ce bien vrai ? »

Elle fronça les sourcils un moment, pensive, puis s'épanouit de nouveau lorsqu'elle se livra au petit raisonnement suivant :

« Eh bien ! admettons qu'il en soit ainsi... Mais certainement, reprit-elle, il ne suffisait pas que tu penses de moi ce que les autres en pensent, n'est-ce pas ? » C'était un point important qui devait être approfondi. « C'est justement ce à quoi j'ai réfléchi. C'est précisément ce qui nous est arrivé. Tu m'aimais bien, tu t'étais habitué à moi et à l'idée que nous devions nous marier. Tu avais accepté la situation comme quelque chose d'inévitable, n'est-il pas vrai ? Cela devait être, pensais-tu, et alors pourquoi discuter ou contester ? »

C'était une chose étrange et nouvelle pour lui que de se voir présenté si clairement à lui-même dans le miroir que la jeune fille tenait devant lui. Il s'était toujours donné un air protecteur à son égard, avec de la condescendance, une conscience de sa supériorité sur cette intelligence féminine. N'était-ce pas là une autre preuve qu'il y avait quelque chose de radicalement erroné dans les conditions où ils allaient s'engager pour la vie ?

« Tout ce que je dis de toi est aussi vrai pour moi, Eddy. S'il n'en était pas ainsi, je n'aurais pas la hardiesse de le dire. La seule différence entre nous, c'est que, petit à petit, j'ai pris l'habitude de réfléchir à ce sujet au lieu de l'écarter. Ma vie n'est pas aussi active que la tienne, vois-tu, et je n'ai pas toutes les choses qui te concernent à penser. C'est pourquoi j'ai longuement réfléchi et j'ai versé bien des larmes (quoique ce ne fût pas ta faute, mon pauvre ami) quand, à l'improviste, mon tuteur est arrivé ici pour me préparer à quitter la maison des Nonnes. J'ai essayé de lui donner à entendre que mes idées n'étaient pas bien arrêtées, mais j'hésitais, je n'eus pas le courage de m'expliquer plus clairement, et il ne me comprit pas bien. Mais c'est un homme très bon ; il m'a expliqué, très gentiment et pourtant avec force, à quelles réflexions sérieuses nous devions nous livrer, dans notre position, tous les deux, si bien que j'ai pris la résolution de te parler la première fois que nous nous trouverions seuls et dans une disposition d'esprit à causer sans amertume d'un pareil sujet. Si j'ai semblé, tout à l'heure, aborder si facilement la question, et si je me suis expliquée tout de suite, ne pense pas que cela m'était réellement facile. C'était au contraire bien... bien dur pour moi, et je suis bien affligée. »

Le cœur trop plein, elle éclata en sanglots une nouvelle fois. Edwin passa son bras autour de sa taille, et ils marchèrent au bord de la rivière.

« Ton tuteur m'a parlé également, chère Rosa. Je l'ai vu avant de quitter Londres. »

En disant cela, il avait plongé sa main droite dans la poche intérieure pour y prendre la bague, mais cette pensée l'arrêta : « Si je dois la rendre, pourquoi lui en parler ? »

« Et c'est cela qui t'a fait réfléchir sérieusement, n'est-ce pas, Eddy ? Si je ne t'avais pas parlé comme je l'ai fait, c'est toi qui l'aurais fait ? J'espère que tu vas me dire oui. Je n'aime pas à penser que tout soit de mon fait, même si c'est mieux ainsi pour nous.

– Oui, je t'aurais parlé ; j'aurais essayé de tout éclaircir ; je suis venu dans cette intention, mais je n'aurais pas su parler comme tu l'as fait, Rosa.

– Ne dis pas que je t'ai parlé avec froideur ou méchanceté, je t'en prie, Eddy.

– Je veux dire simplement que je n'aurais pas parlé avec autant de sensibilité et de délicatesse, avec autant de sagesse et d'affection.

– Tu es mon frère chéri. » Et elle embrassa sa main avec élan. « Les chères filles vont être bien déçues, ajouta Rosa en riant au milieu des gouttes de rosée qui scintillaient dans ses beaux yeux. Il y a si longtemps qu'elles attendent l'événement, les pauvres chéries !

– Je crains que cela soit une bien plus grande déception pour Jack, dit Edwin Drood en tressaillant. Je n'avais pas pensé à Jack. »

Le regard rapide et intense qu'elle lui lança lorsqu'il prononça ces paroles n'aurait pu être retenu, tout comme on ne peut retenir l'éclair, même si elle l'avait voulu, car elle baissa les yeux, confuse, la respiration un peu rapide.

« Ne crois-tu pas que ce sera un coup rude pour Jack, Rosa ? »

Elle répondit très vite, évasive, qu'elle n'en voyait pas la raison. Qu'elle n'y avait pas pensé. Que, selon elle, cela ne devait pas le concerner, ou si peu !

« Ma chère enfant, peux-tu supposer que quelqu'un aussi coiffé d'une personne (le mot est de Mrs. Tope) que Jack l'est de moi puisse ne pas être bouleversé par le changement soudain et complet qui survient dans ma vie ? Je dis soudain, car ce changement le sera pour *lui*, tu comprends ? »

Elle hocha deux ou trois fois la tête, ses lèvres s'ouvrirent comme pour approuver, mais aucun son n'en put sortir, et sa respiration ne s'apaisa pas.

« Comment vais-je lui annoncer cela ? » dit Edwin. S'il eût été moins absorbé par cette pensée, il se serait aperçu de l'étrange émotion de Rosa. « Je n'avais pas pensé à Jack. Il faudra le mettre au courant avant que ne le proclame le crieur public. Je dîne avec ce bon ami demain et après-demain, la veille de Noël et le jour de Noël, mais il ne faut pas lui gâter ces jours de fête. Il est toujours inquiet et tourmenté à mon sujet et il donne de l'importance à de simples bagatelles. Cette nouvelle l'accablera, c'est certain ; comment diable vais-je le mettre au courant ?

– Il faut l'avertir, je suppose, dit Rosa.

– Ma chère Rosa, qui pourrions-nous mettre dans la confidence si ce n'est Jack ?

– Mon tuteur m'a promis de venir, si je le lui demandais. Je vais lui écrire. Veux-tu qu'il le fasse ?

– Magnifique idée ! s'écria Edwin. L'autre exécuteur testamentaire, rien de plus naturel. Il vient ici, il va voir Jack, il lui apprend ce que nous avons décidé, et il arrange tout pour le mieux et, en tout cas, mieux que nous ne pourrions le faire nous-mêmes. Il t'a déjà parlé avec une grande délicatesse de sentiment, il m'a parlé de même, et il exposera toute l'affaire à Jack avec tous les ménagements nécessaires. C'est cela ! Je ne suis pas un lâche, Rosa, mais je vais te confier un secret, Jack me fait un peu peur.

– Non... non !... Tu n'as pas peur de lui ? s'écria Rosa en pâlissant et en joignant les mains.

– Mais sœur Rosa !... sœur Rosa !... Ne vois-tu rien venir ? dit Edwin en se moquant. Chère enfant.

– Tu m'as effrayée.

– C'est bien sans le vouloir, mais j'en suis néanmoins navré. As-tu pu croire un seul instant, parce que j'ai parlé sans réfléchir, que j'avais peur réellement de ce cher et tendre ami ? Ce que je voulais dire, c'est qu'il est sujet à des espèces d'attaques ou de crises de nerfs, je l'ai vu une fois dans cet état, et je ne sais si une si grande surprise lui venant directement de moi, pour qui il a une si grande affection, ne provoquerait pas une nouvelle attaque. Voilà le secret que je voulais te confier et une raison de plus pour que ton tuteur, Mr. Grewgious, vienne. Il est si calme, si précis, si exact qu'à l'instant il mettra de l'ordre dans les pensées de Jack ; tandis que, avec moi, Jack est toujours impulsif et irréfléchi, je pourrais presque dire féminin. »

Rosa sembla convaincue. Peut-être de son point de vue, tellement différent, concernant Jack, se sentait-elle soutenue et protégée par l'idée que Mr. Grewgious serait entre lui et elle.

A ce moment, la main droite d'Edwin Drood se referma de nouveau sur la bague enfermée dans son écrin, et il fut de nouveau arrêté par cette réflexion :

« Il est certain maintenant que je devrai la rendre... à Mr. Grewgious. Alors, pourquoi en parler à Rosa ? »

Cette charmante et sympathique créature se montrait si affligée pour lui de la ruine de leurs espérances de bonheur mutuel, et elle supportait si tranquillement de se trouver seule, dans un nouveau monde, pour y tresser les nouvelles couronnes de fleurs qu'elle pouvait être appelée à porter, les fleurs de son ancien monde étant fanées, qu'il était tout à fait inutile de l'affecter douloureusement par la vue de ce triste bijou. Pourquoi lui montrer ce qui n'était plus que le signe représentatif de joies brisées et de vains projets ? Par sa beauté même (comme l'avait dit l'homme dont on l'attendait le moins), elle était une cruelle satire des amours, des espérances et des projets de tous les êtres humains, qui ne peuvent rien prévoir et ne sont que fragilité. « Qu'elle reste où elle est. » Il la rendrait à son tuteur quand celui-ci viendrait, et celui-ci la remettrait dans le tiroir d'où il l'avait tirée avec tant de répugnance, et elle resterait là comme de vieilles lettres d'amour, de vieux serments ou d'autres souvenirs, d'anciennes aspirations réduites à néant, oubliée jusqu'au moment où l'on se rappellerait sa valeur réelle, et elle serait vendue et remise en circulation pour recommencer un nouveau cycle.

« Qu'elle reste où elle est, qu'elle reste dans ma poche, et qu'on n'en parle pas. » Telles étaient les pensées distinctes ou indistinctes qui l'avaient amené à cette conclusion : qu'elle reste où elle est. Dans cet imposant magasin où gisent les merveilleuses chaînes forgées sans trêve dans la grande forge du temps et du hasard, une chaîne fut forgée à l'instant où Edwin arriva à cette simple conclusion, une chaîne rivée aux fondements du ciel et de la terre et dotée d'une force invisible pour tirer ou retenir.

Ils continuèrent à se promener le long de la rivière. Ils commencèrent à parler chacun de leurs projets. Edwin hâterait son départ d'Angleterre, Rosa resterait où elle était, tout au moins tant qu'Helena Landless y séjournerait. On préparerait doucement les pauvres chères filles au désappointement qui les attendait. Pour commencer, Rosa se confierait à miss Twinkleton, avant même la venue de Mr. Grewgious. Il fallait que, pour tous, elle et Edwin soient les meilleurs amis du monde. En effet, jamais il n'avait existé un plus complet accord entre eux depuis qu'ils avaient été fiancés l'un à l'autre. Pourtant, de part et d'autre, il y avait une réserve. De son côté, Rosa méditait, avec l'aide de son tuteur, d'interrompre immédiatement ses leçons de musique; quant à Edwin, il était déjà pris par l'idée vague qu'il pourrait peut-être approfondir sa connaissance de miss Landless.

Tandis qu'ils se promenaient en parlant, le jour froid et lumineux déclinait. Le soleil se couchait derrière eux dans la rivière, et la vieille ville devant eux s'empourpra. L'eau bruissante apporta à leurs pieds des algues sombres alors qu'ils s'éloignaient de la rive au milieu des cris rauques des corneilles qui voltigeaient autour d'eux.

« Je préparerai Jack à mon départ anticipé, dit Edwin à voix basse. Je verrai ton tuteur dès son arrivée, et je partirai avant qu'ils se soient parlé. Il vaudra mieux que je ne sois plus ici... Ne penses-tu pas ?

– Si fait.

– Nous avons conscience d'avoir bien agi, n'est-ce pas, Rosa ?

– Oui.

– Nous savons que, pour nous, c'est mieux ainsi, même à présent !

– Et ce n'en sera que mieux encore par la suite. »

Cependant, il y avait un reste de tendresse dans leurs cœurs pour le rôle qu'ils allaient abandonner, et c'est ce qui leur faisait retarder le moment de la séparation. Quand ils arrivèrent sous les ormes près de la cathédrale, à l'endroit où ils s'étaient assis la dernière fois, ils s'arrêtèrent comme d'un commun accord, et Rosa leva son visage vers lui comme elle ne l'avait jamais fait par le passé, car c'était déjà le passé.

« Dieu te bénisse, cher Eddy !... Au revoir !...

– Dieu te bénisse, chère Rosa ! Au revoir ! »

Et ils s'embrassèrent tous deux avec effusion.

« Maintenant, je te prie, ramène-moi à la maison, Eddy, et laisse-moi seule.

– Ne te retourne pas, Rosa, lui dit-il, tandis qu'il la prenait par le bras pour l'emmener. N'as-tu pas vu Jack ?

– Non !... Où ?...

– Sous les arbres. Il nous a vus quand nous nous sommes

fait nos adieux. Pauvre garçon, il est loin de penser que c'est une séparation. Cela sera un rude coup pour lui, je le crains. »

Elle pressa le pas jusqu'à ce qu'ils eussent franchi la porte de l'enclos. Une fois dans la rue, elle lui demanda :

« Nous a-t-il suivis ?... Tu peux regarder sans en avoir l'air... Est-il derrière nous ?...

– Non... oui... il est là... Il vient de passer sous la porte, le cher et sympathique garçon aime à ne pas nous perdre de vue. Je crains bien qu'il ne soit cruellement désappointé. »

Elle tira vivement la corde de la vieille cloche fêlée, et la grille s'ouvrit aussitôt. Mais, avant d'entrer, elle lança à Edwin un dernier regard étonné comme si elle l'implorait et qui signifiait : « Oh ! ne comprends-tu donc pas ? »

C'est ainsi qu'il disparut à ses yeux.

Chapitre 14. Quand se retrouveront-ils tous les trois ?

Veille de Noël à Cloisterham. Dans les rues, quelques visages nouveaux et d'autres, inconnus et pourtant familiers. Ce sont ceux d'anciens habitants de Cloisterham ; de femmes et d'enfants qui reviennent, à intervalles éloignés, et qui trouvent leur ville étonnamment rétrécie, comme si elle avait été lavée sans les précautions d'usage. Pour eux, le son des cloches de la cathédrale et le croassement des corneilles de la tour sont des voix de l'enfance, familières. D'autres, comme eux, à l'heure de la mort en des terres lointaines, se sont imaginés voir tomber autour de leur lit, sur le sol de leur chambre, les feuilles des grands ormes qui se dressent dans l'enclos de la cathédrale. Ainsi revivaient-ils les premières impressions de leur enfance au moment où le cercle de leur vie allait se refermer, le début et la fin se rejoindre.

Partout des signes de cette période de fête. Des baies rouges brillent çà et là aux treillages du Coin du chanoine, Mr. et Mrs. Tope s'occupent à glisser délicatement des branches de houx dans les sculptures et les chandeliers des stalles de la cathédrale : ils y mettent le même soin pieux que s'ils ornaient la boutonnière du doyen et des membres du chapitre. Quelle somptueuse profusion dans les boutiques ! Surtout des raisins de Corinthe, des épices, des écorces d'orange confites, de la cassonade. Partout une atmosphère inhabituelle de joie et de luxe concrétisée par une énorme touffe de gui suspendue au-dessus de la porte du fruitier, et chez le pâtissier une pauvre petite galette des rois (mais si pauvre et petite qu'au lieu de galette des rois on aurait pu l'appeler galette des pauvres) est mise en tombola pour un shilling le billet. Une grande revue-féerie comique de Noël doit être représentée au théâtre, annoncée par le portrait du Signor Jacksonini, le clown, disant : « Eh ! comment vas-tu, demain ? », presque aussi grand que l'original et au moins aussi misérable. En somme, tout Cloisterham est debout et en mouvement, à l'exception toutefois du collège et du pensionnat de miss Twinkleton. Les élèves du premier sont dans leurs familles, chacun d'eux étant amoureux de l'une des jeunes filles de miss Twinkleton (qui ignore tout) et seules les servantes se montrent parfois aux fenêtres du deuxième. Il est à remarquer, à ce propos, que les jeunes filles deviennent plus exigeantes en matière de décorum quand elles restent seules, chargées de représenter leur sexe, que lorsqu'elles partagent ce rôle avec les demoiselles de miss Twinkleton.

Trois personnes doivent se rencontrer ce soir-là à la Porterie. Comment chacune d'elles passe-t-elle la journée ?

Neville Landless, quoique dispensé de tout travail par Mr. Crisparkle, dont la nature simple n'est nullement insensible aux charmes d'un jour de fête, lit et écrit dans sa petite chambre, tranquille et concentré, jusqu'à deux heures de l'après-midi. Puis il débarrasse sa table, range ses livres, déchire et brûle ses papiers inutiles. Il fait place nette de tout le désordre qui s'est accumulé, il met de l'ordre dans ses tiroirs, détruit les notes ou morceaux de papier, à l'exception de ceux qui ont trait à ses études. Cela fait, il ouvre l'armoire et choisit quelques vêtements d'usage courant, notamment une paire de gros souliers et des chaussettes pour la marche, puis il met le tout dans un sac à dos. Celui-ci est neuf ; il l'a acheté la veille dans la grand-rue. Il a aussi fait l'emplette, le même jour et au même lieu, d'une lourde canne de montagne à bout ferré. Il l'essaie, fait des moulinets, s'y appuie et la pose à côté du sac dans l'embrasure d'une fenêtre. A ce moment, ses préparatifs sont achevés.

Il s'habille pour sortir et se dispose à partir ; sur le palier, il rencontre le chanoine, dont la chambre est au même étage ; il décide de revenir prendre sa canne pour l'étrenner. Mr. Crisparkle, qui est resté sur le palier, la voit dans la main du jeune homme, la lui prend et lui demande avec un sourire selon quels critères il a choisi cette canne.

« Oh ! répond Neville, je ne peux pas dire que je m'y connaisse beaucoup, j'ai choisi celle-ci pour son poids.

– Elle est trop lourde, Neville, *beaucoup* trop lourde.

– Pour s'y appuyer pendant une longue marche, monsieur ?

– S'appuyer dessus ? répète Mr. Crisparkle en prenant la pose du marcheur, vous ne devez pas vous appuyer dessus, vous la faites simplement balancer.

– L'habitude me viendra avec la pratique, monsieur. Je n'ai pas vécu dans un pays où l'on marche, vous savez.

– C'est vrai, dit Mr. Crisparkle. Entraînez-vous un peu, puis nous ferons quelques miles ensemble. Il faut que je vous quitte pour le moment. Rentrerez-vous avant le dîner ?

– Je ne le pense pas, car nous dînons de bonne heure. »

Mr. Crisparkle le salue d'un signe joyeux exprimant, non sans intention, une confiance absolue et une tranquillité parfaite.

Neville se rend à la maison des Nonnes et demande qu'on avertisse miss Helena que son frère est là, ainsi qu'il a été convenu. Il attend à la grille, sans même en franchir le seuil, fidèle à la parole qu'il a donnée de ne pas chercher à se trouver sur le passage de Rosa.

Sa sœur n'est pas moins attentive qu'il peut l'être à se conformer à l'engagement qu'ils ont pris tous deux, et elle ne perd pas un moment pour venir le rejoindre. Ils se disent bonjour affectueusement, en évitant de prolonger leur séjour dans ces parages, et ils se dirigent immédiatement vers la campagne.

« Je ne voudrais pas m'engager sur un terrain défendu, Helena, dit Neville quand ils sont arrivés à une certaine distance et qu'ils s'apprêtent à revenir, mais tu comprendras dans un moment que je ne peux m'empêcher de faire allusion à... comment dirais-je ?... à mon engouement...

– Ne ferais-tu pas mieux d'éviter cela, Neville ?... Tu sais que je ne veux rien entendre ?

– Tu peux entendre, ma chère, ce qu'a entendu Mr. Crisparkle, en y donnant son approbation.

– Oui, je puis aller jusque-là.

– Eh bien ! voici ce dont il s'agit : non seulement je suis inquiet et malheureux moi-même, mais j'ai conscience que je suis un sujet d'inquiétude et de gêne pour d'autres. Je sais parfaitement que, sans ma malheureuse présence, toi et le reste de ceux qui composaient notre première réunion, notre sympathique tuteur excepté, pourriez dîner demain joyeusement chez le chanoine. En vérité, il est fort probable qu'il en serait ainsi. Il ne m'est que trop aisé de voir que la vieille dame n'a pas une haute opinion de moi, et il ne m'est pas difficile de comprendre quel fâcheux obstacle je dois représenter pour son sens de l'hospitalité, surtout à cette époque de l'année. Je dois être tenu éloigné de telle personne que tu sais, et il y a des raisons pour que je ne sois pas mis en contact avec telle autre. La réputation défavorable qu'on m'a faite prévient encore contre moi une tierce personne. J'ai délicatement exposé tout cela à Mr. Crisparkle. Tu connais son abnégation et sa nature généreuse. Le point sur lequel j'ai surtout insisté, c'est que je suis engagé dans un pénible combat avec moi-même, et qu'un petit voyage, une petite absence pourraient m'aider à le gagner plus facilement. Ainsi, le temps étant beau et sec, je me dispose à entreprendre cette excursion pédestre, et j'ai l'intention de me tenir isolé de tout le monde et de moi-même, je l'espère, en partant demain matin.

– Quand reviens-tu ?

– Dans une quinzaine.

– Et tu pars tout seul ?

– C'est mieux pour moi, même si quelqu'un était disposé à me tenir compagnie, à part toi, ma chérie.

– Tu dis que Mr. Crisparkle est entièrement d'accord ?

– Totalement. Je ne suis pas sûr que d'abord il n'ait pensé que c'était une lubie ne pouvant produire qu'un mauvais effet sur un esprit chagrin. Mais nous avons fait une promenade lundi soir, au clair de lune, pour traiter ce sujet à loisir, et je lui ai fait voir les choses sous une autre face. Je lui ai démontré que j'avais besoin de me vaincre moi-même et qu'une fois cette soirée passée et bien passée, il vaudrait certainement mieux que je sois partout ailleurs qu'ici. Je ne pourrais pas éviter de rencontrer certaines personnes se promenant ensemble ; cela ne me ferait aucun bien et, assurément, ce ne serait pas le moyen d'oublier. Dans une quinzaine de jours probablement, ces rencontres n'auront plus lieu, et quand l'occasion se représentera pour la dernière fois, je pourrai repartir encore. De plus, j'espère réellement que l'exercice physique et une saine fatigue me feront du bien. Tu sais que Mr. Crisparkle prête une grande influence aux exercices de ce genre. Il croit leur devoir d'avoir conservé un esprit sain dans un corps sain, et il est trop équitable pour avoir deux lois et deux règles, l'une à son usage et l'autre au mien. Il s'est rangé à ma manière de voir quand il a été convaincu qu'elle était honnête et sérieuse. C'est donc avec son plein accord que je pars demain, à une heure assez matinale non seulement pour n'être plus dans les rues, mais pour n'être plus à portée des cloches lorsque les fidèles se rendront à l'église. »

Helena réfléchit à ce projet et le trouve bon. Mr. Crisparkle l'approuvant, elle ne peut que l'approuver aussi ; mais c'est aussi sa conviction personnelle, car c'est un sage dessein, dénotant un effort sincère du jeune homme pour arriver à se corriger. Elle aurait bien envie de le plaindre, le pauvre garçon, de partir tout seul pour les fêtes de Noël, mais elle comprend qu'il vaut mieux l'encourager, et elle l'encourage. Lui écrira-t-il ? Tous les deux jours, pour lui raconter ses aventures.

« As-tu envoyé des vêtements à l'avance ?

– Non, chère Helena, c'est un voyage de pèlerin, avec la besace et le bâton ; ma besace... ou plutôt mon sac à dos est prêt, il n'y a plus qu'à le boucler, et voici mon bâton. »

Il lui tend sa canne et, comme Mr. Crisparkle, elle remarque qu'elle est très lourde et elle la lui rend en lui demandant de quel bois elle est faite.

« En bois de fer », dit-il.

Jusqu'alors, Neville a été d'excellente humeur. Peut-être l'idée d'avoir à exposer son projet à sa sœur, et, par conséquent, à le lui présenter sous son meilleur aspect, a-t-il suscité son enthousiasme. Peut-être la chose étant faite, avec succès, éprouve-t-il à présent une réaction inverse. Tandis que le jour décline et que les lumières de la ville commencent à s'allumer, il semble accablé.

« Je voudrais ne pas devoir y aller, Helena, à ce dîner.

– Mais, cher Neville, pourquoi tant te préoccuper ? Pense comme ce sera vite fait et terminé.

– Ce sera vite fait et terminé, répond Neville, sarcastique. Mais la chose ne me plaît pas.

– Il pourra y avoir un moment difficile, mais ce ne sera que l'affaire d'un instant. Je sais que tu es sûr de toi.

– Je voudrais être aussi sûr de tout le reste, poursuit-il, sombre.

– Tu parles d'une manière étrange, Neville. Que veux-tu dire par là ?

– Je ne sais pas. Je sais seulement que ce dîner ne me plaît pas, et que l'air, ce soir, est étrangement pesant et comme mort. »

Elle lui montre les nuages cuivrés qui s'amoncellent au-delà de la rivière et lui dit que le vent va se lever. C'est à peine s'il prononce un mot jusqu'au moment où il prend congé d'elle, à la porte de la maison des Nonnes. Elle n'entre pas immédiatement après son départ et reste à le regarder s'éloigner dans la rue. Deux fois, il passe devant la Porterie, comme s'il hésitait à y entrer. A la fin, quand l'horloge de la cathédrale sonne le quart, Neville tourne rapidement sur lui-même et entre précipitamment. C'est ainsi que *lui* gravit l'escalier de derrière.

Edwin Drood a passé une journée solitaire. Quelque chose de plus important qu'il ne le croyait s'est détaché de sa vie, et, dans le silence de sa chambre, la nuit précédente, il a pleuré. Quoique l'image de miss Landless continue à hanter les tréfonds de son esprit, la jolie créature si affectueuse, qu'il a trouvée plus ferme et plus sage qu'il ne l'aurait supposé, occupe encore une grande place dans son cœur. C'est avec la crainte de n'avoir pas été digne qu'il pense à elle et qu'il éprouve le regret de ce qu'ils auraient pu être l'un pour l'autre, s'il avait été plus sérieux, ces derniers temps, s'il l'avait appréciée à sa juste valeur, si, au lieu d'accepter négligemment ce qui lui était échu, comme un héritage naturel, il s'était efforcé de la connaître et de l'apprécier. Pourtant, malgré une véritable peine de cœur, la vanité et l'inconstance qui sont le propre de la jeunesse maintiennent toujours la belle image de miss Landless dans les tréfonds de son esprit.

C'était un étrange regard que lui avait lancé Rosa au moment de leur séparation à la grille de la maison des Nonnes. Avait-elle voulu lui faire sentir qu'elle voyait au-delà de la surface de ses pensées, qu'elle pénétrait dans les replis intimes de son être ? C'était difficile à admettre. C'était plutôt un regard à la fois étonné et interrogateur. En conclusion, impossible à comprendre, tout expressif qu'il eût été.

Comme il n'attend plus que l'arrivée de Mr. Grewgious et qu'il partira aussitôt après l'avoir vu, il sort pour prendre congé de la vieille ville et de ses environs. Il se rappelle le temps où Rosa et lui se promenaient ici et là, quand ils n'étaient encore que des enfants, tout pleins de la dignité que leur donnaient leurs fiançailles.

« Pauvres enfants ! pauvres enfants ! » pense-t-il avec une tristesse pleine de compassion.

S'apercevant que sa montre est arrêtée, il entre dans la boutique d'un bijoutier pour la faire remonter et régler. Le bijoutier lui propose de lui montrer un bracelet, sans raison particulière.

« Ce bracelet conviendrait à la perfection, fait observer le marchand, à une jeune mariée, surtout si elle est belle et menue. »

Remarquant que le bracelet est regardé froidement, il attire l'attention sur un assortiment de bagues pour hommes.

« Voici un style de bague, dit-il, une chevalière très simple. C'est ce qu'aime acheter un gentleman quand il change d'état.

Elles ont une belle apparence, et la date du mariage est gravée à l'intérieur. Beaucoup de messieurs les préfèrent à tout autre souvenir. »

Edwin regarde les bagues tout aussi froidement que les bracelets et dit au tentateur qu'il ne porte pas de bijoux en dehors de sa montre et de sa chaîne, qui lui viennent de son père, et de son épingle de cravate.

« Je le sais, réplique le bijoutier, car Mr. Jasper est venu ici l'autre jour faire remettre, lui aussi, un verre à sa montre, et, pour être franc, je lui ai montré ces articles en lui faisant remarquer que, s'il voulait faire un cadeau à un jeune parent, dans des circonstances particulières... Mais il m'a répondu en souriant qu'il avait en mémoire un inventaire complet de tous les bijoux que portait habituellement son jeune parent : montre et chaîne, et épingle de cravate. Toutefois, ce qui est vrai pour le présent peut ne pas être une règle pour l'avenir. Je mets votre montre à deux heures vingt minutes, Mr. Drood ; permettez-moi de vous recommander de ne pas oublier de la remonter. »

Edwin prend sa montre, la met dans son gousset et sort en disant : « Cher vieux Jack ! Si je faisais un pli de plus à ma cravate, il s'en apercevrait aussitôt. »

Il continue à flâner en attendant l'heure du dîner. Il lui semble qu'aujourd'hui Cloisterham a l'air fâché contre lui, qu'elle a quelque chose à lui reprocher, comme s'il l'avait maltraitée. Mais qu'elle est plus triste qu'en colère. Son insouciance habituelle a disparu. Il jette un regard attentif sur tous ces vieux monuments, même sur les vieilles bornes de la rue.

« Je serai bientôt loin d'ici, pense-t-il, et peut-être ne les reverrai-je jamais plus. »

Pauvre jeune homme !... pauvre jeune homme !...

Lorsque le jour commence à décliner, il arpente la vigne des Moines. Il flâne depuis une bonne heure si l'on en croit le carillon de la cathédrale et l'obscurité qui s'est épaissie quand il s'aperçoit de la présence d'une femme accroupie par terre dans un coin, près de la grille. Celle-ci donne sur une allée latérale, peu fréquentée le soir, et cette femme pourrait bien être là depuis le début de sa promenade, même s'il ne l'a pas remarquée.

Il s'engage dans cette allée et marche jusqu'à la grille. A la clarté d'une lanterne placée près de là, il voit que la femme a l'air hagard, qu'elle est ridée et émaciée, qu'elle a appuyé son menton ratatiné sur ses mains et que ses yeux ouverts, aux paupières immobiles, regardent devant elle avec la fixité d'une aveugle. Toujours aimable, mais enclin ce soir-là à l'être encore plus, Edwin s'est déjà plusieurs fois arrêté pour adresser des mots gentils aux enfants et aux vieillards qu'il a rencontrés ; il se penche vers cette femme.

« Êtes-vous malade ? lui demande-t-il.

– Non, mon petit chéri, répond-elle sans le regarder et sans rien changer à la fixité de son regard.

– Êtes-vous aveugle ?

– Non, mon petit chéri.

– Êtes-vous perdue, sans foyer, vous êtes-vous trouvée mal ? Pourquoi rester si longtemps immobile et exposée au froid ? »

Avec un lent et pénible effort, la femme arrive enfin à concentrer son regard et à le poser sur lui ; soudain, une espèce de voile descend sur ses yeux et elle se met à trembler. Il se redresse, recule d'un pas, et la considère avec un sentiment de surprise et d'effroi, car il lui semble reconnaître cet état. « Grand Dieu ! se dit-il, c'est ainsi que Jack était l'autre soir. »

Il abaisse son regard sur celle qui lève les yeux vers lui et gémit :

« Mes poumons sont faibles... mes poumons sont bien malades... Pauvre de moi... ma toux est horriblement sèche !... »

Et, comme pour confirmer ses paroles, elle se met à tousser affreusement.

« D'où venez-vous ?

– Je viens de Londres, mon petit chéri. »

La toux déchire de nouveau sa poitrine.

« Où allez-vous ?

– Je retourne à Londres, mon petit chéri. Je suis venue ici chercher une aiguille dans une botte de foin, et je ne l'ai pas trouvée. Écoutez-moi bien, mon petit chéri... Donnez-moi trois shillings et six pence et ne vous effrayez pas à mon sujet. Je retournerai à Londres et je ne causerai de tracas à personne. J'ai un petit business... Pauvre de moi !... Les affaires vont mal... bien mal... et les temps sont très durs !... Je trouve pourtant le moyen de survivre.

– Est-ce que vous mangez de l'opium ?

– J'en fume, répond-elle avec difficulté après un nouvel accès de toux. Donnez-moi trois shillings six pence et je me tirerai très bien d'affaire ; je retournerai à Londres. Si vous ne me donnez pas trois shillings six pence, ne me donnez même pas un liard. Si vous me donnez trois shillings six pence, je vous raconterai quelque chose. »

Il compte la monnaie qu'il a dans sa poche et la lui met dans la main. Elle referme la main sur l'argent, se dresse sur ses pieds et fait entendre un rire de satisfaction discordant.

« Que Dieu vous bénisse ! Écoutez-moi bien, cher monsieur, quel est votre nom de baptême ?

– Edwin.

– Edwin... Edwin... Edwin... », répète-t-elle en traînant sur les mots comme une personne étourdie par le sommeil, puis elle lui demande tout à coup : « Le diminutif de ce nom n'est pas Eddy ?

– On m'appelle quelquefois ainsi, répond-il en rougissant.

– Vos petites amies ne vous appellent pas comme ça ? demande-t-elle en ayant l'air de réfléchir.

– Que voulez-vous dire ?

– N'avez-vous pas une petite amie ? Jurez-le.

– Aucune. »

Elle fait un mouvement pour s'éloigner, après un nouveau : « Dieu vous bénisse, mon petit chéri ! », mais il ajoute :

« Vous deviez me dire quelque chose. Dites-le-moi alors.

– C'est vrai... c'est vrai... Eh bien, donc, murmure-t-elle, remerciez le ciel de ne pas vous appeler Ned. »

Il attache sur elle un regard attentif et lui demande :

« Pourquoi ?

– Parce que c'est un mauvais nom pour le moment.

– Comment, un mauvais nom ?

– Un nom menacé... un nom dangereux.

– Le proverbe dit que les hommes menacés vivent longtemps, réplique-t-il d'un ton léger.

– Alors Ned, menacé comme il l'est, en quelque lieu qu'il se trouve, pendant que je suis là et que je vous parle, mon petit chéri, Ned doit vivre une éternité ! » réplique la femme.

Elle s'est penchée en avant pour lui dire ces mots à l'oreille, en brandissant son index devant les yeux, puis elle se ramasse sur elle-même et, après un nouveau : « Dieu vous bénisse et merci ! », elle s'éloigne en direction de l'auberge des Deux-Sous.

« Ce n'est pas une fin encourageante pour cette journée maussade », pense-t-il. Seul, dans un lieu désert, au milieu des ruines et des vestiges du temps passé, il y a de quoi frissonner. Edwin se dirige vers les rues mieux éclairées, et, tout en marchant, il décide de ne rien dire ce soir-là, mais de raconter l'aventure à Jack (le seul qui l'appelle Ned) le lendemain, comme une étrange coïncidence. Naturellement, rien qui ne mérite qu'on s'en souvienne. Pourtant, cet incident le préoccupe plus que d'autres choses qui l'auraient mérité davantage. Il fait encore un mile ou deux, pour attendre l'heure du dîner. Lorsqu'il traverse le pont et arrive sur le bord de la rivière, les paroles de la femme lui reviennent à l'esprit. Avec le vent qui se lève, le ciel menaçant, l'eau trouble et les lumières tremblotantes de la ville, il en retrouve l'écho dans le carillon de la cathédrale, dans les notes qui le font sursauter au moment où il entre sous la voûte de la Porterie. C'est ainsi que *lui* gravit l'escalier de derrière.

John Jasper passe une journée bien plus agréable et sereine que l'un et l'autre de ses hôtes. N'ayant pas de leçon de musique à donner, en raison des vacances, tout son temps lui appartient, en dehors des offices de la cathédrale. Très tôt, il a fait ses courses dans les boutiques pour y commander les petites gâteries qu'aime son neveu.

« Edwin ne restera pas bien longtemps avec moi, explique-t-il aux fournisseurs, il faut donc le gâter et le traiter avec tous les égards. » Une fois achevés ces préparatifs conviviaux, il passe chez Mr. Sapsea et lui annonce que son cher Ned et cette inflammable allumette d'élève de Mr. Crisparkle dîneront chez lui pour faire la paix. Mr. Sapsea est dans des dispositions rien moins qu'amicales pour l'inflammable allumette en question. Il trouve que son teint n'a « rien d'anglais » et, quand Mr. Sapsea déclare qu'une chose n'a « rien d'anglais », il considère que cette chose est à jamais enfouie dans un puits sans fond.

John Jasper paraît sincèrement affligé d'entendre Mr. Sapsea parler ainsi, car il sait très bien que Mr. Sapsea ne parle jamais sans intention et que, grâce à sa subtilité d'esprit, il a toujours raison. Mr. Sapsea (par une extraordinaire coïncidence) est exactement du même avis.

Aujourd'hui, Mr. Jasper a une voix magnifique. Dans la pathétique prière qu'il adresse à Dieu pour disposer son cœur à rester toujours fidèle à la loi divine, il stupéfie presque ses compagnons par sa puissance mélodieuse. Il n'a jamais chanté un morceau si difficile avec autant d'habileté et d'harmonie que le psaume de ce soir. Son tempérament nerveux le pousse trop souvent à presser un peu le mouvement dans les passages difficiles ; aujourd'hui, le tempo est parfait.

Ces beaux effets sont probablement dus à un grand calme d'esprit. Quant au mécanisme de son gosier, il doit être un peu délicat, car Mr. Jasper porte toujours, aussi bien avec son aube de choriste qu'avec ses vêtements habituels, une large écharpe de soie noire, négligemment enroulée autour de son cou. Mais sa maîtrise est remarquable, et Mr. Crisparkle, quand ils sortent ensemble après les vêpres, dit :

« Je dois vous remercier, Jasper, pour le plaisir que j'ai éprouvé à vous entendre aujourd'hui. C'était beau ! C'était délicieux ! Vous ne vous seriez pas ainsi surpassé, si vous ne vous portiez admirablement bien.

– Je *suis*, en effet, admirablement bien portant.

– Rien d'inégal, dit le chanoine avec un mouvement souple de la main, rien d'hésitant, rien de forcé, rien d'escamoté, tout a été rendu d'une façon magistrale et avec une parfaite maîtrise de soi.

– Merci. J'espère qu'il en a été ainsi, si ce n'est pas trop présomptueux de ma part.

– On dirait, Jasper, que vous avez trouvé un nouveau remède contre vos indispositions épisodiques.

– Non, vraiment ? Voilà qui est bien observé ; je l'ai en effet trouvé.

– Eh bien ! tenez-vous-y, mon ami, dit Mr. Crisparkle en lui frappant amicalement l'épaule, tenez-vous-y.

– C'est mon intention.

– Je vous félicite, reprend encore Mr. Crisparkle au moment où ils sortent de la cathédrale, je vous félicite pour tout.

– Merci encore... Je vous accompagne jusqu'à votre demeure, si cela ne vous ennuie point. J'ai du temps devant moi, avant que mes invités n'arrivent, et j'ai quelque chose à vous dire que vous serez bien aise d'apprendre.

– De quoi s'agit-il ?

– Eh bien ! nous parlions l'autre jour de mes humeurs noires. »

Le visage de Mr. Crisparkle s'assombrit et il secoue la tête d'un air compatissant.

« Je vous ai dit que vos conseils seraient pour moi un antidote à ces humeurs noires, et vous m'avez répondu que vous espériez que je jetterais aux flammes certaines notes qui les entretiennent.

– Et je l'espère encore, Jasper.

– Vous avez raison. Je compte brûler mon journal à la fin de l'année.

– Parce que vous vous sentez mieux ? dit Mr. Crisparkle, dont le visage s'éclaire.

– Vous me devancez. Je me rends compte que je n'étais pas dans mon assiette, j'étais devenu triste, bilieux, dépressif, appelez ça comme vous voulez. Vous m'avez dit que j'exagérais. Mais c'était bien vrai. » Le visage de Mr. Crisparkle s'éclaire encore plus. « Je pouvais bien ne pas m'en apercevoir alors, parce que je n'étais pas dans mon état naturel ; mais maintenant ma santé est bien meilleure, et je reconnais avec un vrai plaisir que j'ai fait une montagne de peu de chose. Voilà la vérité.

– Cela me fait plaisir, s'écrie Mr. Crisparkle, de vous entendre parler ainsi.

– Un homme qui mène une existence monotone, continue Jasper, et dont les nerfs et l'estomac ne sont pas dans un état normal, rumine une idée jusqu'à en perdre tout jugement. C'était mon cas pour l'idée dont il s'agit. Aussi je brûlerai les preuves de ce qui m'est arrivé quand le livre sera plein, et je commencerai un nouveau volume avec une vue plus claire des choses.

– A la bonne heure ! dit Mr. Crisparkle en s'arrêtant devant sa porte pour serrer la main de Jasper, cela finit mieux que je ne l'aurais espéré.

– Bon, réplique Jasper, vous ne pouviez guère espérer que je devienne semblable à vous. Vous vous entraînez toujours à maintenir votre esprit et votre corps purs comme le cristal ; c'est votre état habituel, et vous n'en changerez jamais. Moi, je suis une mauvaise herbe, fangeuse, solitaire et languissante. Pourtant, j'ai triomphé de cette torpeur... J'attendrai ici pendant que vous demanderez si Mr. Neville est déjà parti pour aller chez moi. Sinon, nous ferons route ensemble.

– Je pense, dit Mr. Crisparkle en introduisant la clef dans la serrure, qu'il est sorti depuis quelque temps. Tout au moins, je sais qu'il a quitté la maison et je ne pense pas qu'il soit de retour. Mais je vais m'en informer. Ne voulez-vous pas entrer ?

– Mes invités m'attendent », dit Jasper avec un sourire.

Le chanoine disparaît et revient au bout d'un moment. Comme il le pensait, Neville n'est pas rentré. De fait, il se rappelle alors qu'il lui a annoncé son intention de se rendre directement à la Porterie :

« Belle conduite pour un hôte ! dit Jasper. Mes invités seront arrivés avant moi ! Voulez-vous parier que je vais les trouver dans les bras l'un de l'autre ?

– Je parie ou plutôt je parierais, s'il entrait dans mes habitudes de parier, réplique Mr. Crisparkle, que vos invités passeront une joyeuse soirée. »

Jasper hoche la tête et, en riant, il lui souhaite une bonne nuit. Il revient sur ses pas jusqu'à la cathédrale et la dépasse en direction de la Porterie. Il chante à mi-voix, avec beaucoup d'expression, tout en marchant. Il semble vraiment que, ce soir-là, il lui soit impossible de faire une fausse note, que rien ne puisse perturber son chant parfait. Arrivé sous l'arcade de sa maison, il s'arrête un instant pour se débarrasser de sa grande écharpe noire et l'enrouler autour de son bras. Durant un court instant, son visage se contracte et prend une expression sévère. Puis, aussitôt après, son front s'éclaire de nouveau, et il recommence à fredonner tout en poursuivant son chemin.

C'est ainsi que *lui* gravit l'escalier de derrière.

La lumière rouge brille toute la soirée dans la maison qui est comme un phare à la limite de la vie active. Des sons étouffés et le bourdonnement de la circulation atteignent ou franchissent par moments l'enclos. Mais on n'entend guère autre chose, sauf de violentes rafales de vent. Une tempête se prépare.

L'enclos de la cathédrale n'est jamais bien éclairé; mais, ce soir-là, les coups de vent ont éteint plusieurs lanternes; quelques-unes ont même été brisées et jonchent le sol de morceaux de verre. C'est pourquoi, ce soir-là, il fait sombre de façon inhabituelle. Des tourbillons de poussière s'élèvent, mêlés à des débris de nids de corneille venus des sommets de la tour. Les arbres eux-mêmes oscillent et craquent tellement au milieu de ces rafales que leurs racines semblent sur le point d'être arrachées. De temps en temps, le bruit d'un craquement et d'une chute annonce qu'une maîtresse branche a cédé à la tempête.

On a rarement vu, par une nuit d'hiver, le vent souffler avec une telle violence. Les cheminées sont emportées; les gens qui sont dehors sont obligés de s'accrocher aux réverbères et aux coins des maisons, ou encore les uns aux autres pour ne pas tomber. Les rafales violentes, loin de diminuer, deviennent plus furieuses encore. Quand les rues sont désertes, à minuit, la tempête s'y rue avec un fracas étourdissant secouant les serrures des portes et arrachant les volets, comme pour avertir les habitants de se lever et de fuir devant l'orage, s'ils ne veulent pas que les toits de leurs maisons s'écroulent sur leurs têtes.

La lumière rouge brille toujours, immobile. Rien n'est immobile, sauf la lumière rouge.

Le vent souffle tout le reste de la nuit et ne se calme pas.

Mais, de grand matin, quand les premières lueurs du jour font pâlir les étoiles, la tempête commence à se calmer. Dès lors, sauf quelques attaques sporadiques furibondes, comme d'un monstre blessé à mort, elle tombe et se calme. Quand le jour brille, elle est totalement apaisée.

On voit alors que les aiguilles de l'horloge de la cathédrale ont été arrachées ; des plaques de plomb du toit ont été déchirées, tordues et précipitées dans l'enclos, et quelques grosses pierres ont été déplacées au sommet de la grande tour. Bien qu'on soit au matin de Noël, il paraît nécessaire d'envoyer des ouvriers pour s'assurer de l'importance des dommages. Sous la conduite de Durdles, les ouvriers montent à la tour, tandis que Mr. et Mrs. Tope et un groupe de curieux matinaux s'assemblent près du Coin du chanoine et, une main en visière, regardent vers le sommet pour guetter l'apparition des ouvriers. Tout à coup, ce groupe est bousculé et dispersé par Mr. Jasper. Tous les yeux levés sont rappelés ici-bas par la demande qu'il adresse à haute voix à Mr. Crisparkle, accoudé à une fenêtre ouverte.

« Où est mon neveu ?

– Il n'est pas venu ici. Il n'est pas avec vous ?

– Non. Il est sorti hier soir pour faire un tour jusqu'à la rivière avec Mr. Neville, et il n'est pas revenu. Appelez Mr. Neville.

– Il est parti ce matin, de très bonne heure.

– Il est parti de très bonne heure ? Laissez-moi entrer. Laissez-moi entrer. »

Plus personne ne regarde la tour. Tous les regards sont tournés vers Mr. Jasper, pâle, à demi vêtu, haletant, qui s'appuie à la balustrade devant la maison du chanoine.

XI

L'homme mélancolique et très maigre, entièrement vêtu de noir, qui, hier, avait déjà éveillé notre curiosité, est aujourd'hui à la table des orateurs en compagnie du surintendant Battle et de l'inspecteur râblé Bucket[1], tous deux de Scotland Yard. Qui peut-il être ? Sa distraction ou sa manie du noir (qui contraste étrangement avec celle des roses) lui a fait épingler sous le revers de son veston sa plaquette d'identité. De sorte que nous ne sommes pas encore en mesure de fournir au lecteur ses coordonnées.

La plupart des congressistes s'intéressent du reste moins à lui qu'au tailleur classique de tweed beige porté par Loredana, qui a ce matin un air très british, et même très Oxford, avec son joli camée et ses cheveux coiffés en chignon sur la nuque.

De son côté, le Dr Wilmot exhibe une petite écharpe jaune pâle en cachemire, et son nœud papillon est moins de travers que d'habitude.

« Au milieu du quatrième numéro, commence-t-il, naît donc ce suspens que l'auteur avait projeté de maintenir jusqu'à la fin, c'est-à-dire jusqu'au moment où l'on aurait

1. Le lecteur se rappellera que Bucket figure dans *Bleak House* (1853) et qu'il est le premier *detective inspector* du roman anglais. Dickens l'a créé en prenant en partie pour modèle son ami, l'inspecteur Charles F. Field, le même qui, en 1869, l'accompagna visiter la fumerie d'opium que nous connaissons. L'un des traits typiques de Bucket est de pointer son index sur les suspects et de le porter ensuite à son oreille comme pour en écouter les suggestions.

appris non seulement par qui, mais avant tout *si* l'ex-fiancé de Rosa avait été tué. »

L'HOMME EN NOIR : Je vous demande pardon, mais ce suspens ne devait-il pas commencer à partir du cinquième ou du sixième numéro ? L'auteur l'aurait donc introduit plus tôt ?

WILMOT : Pas nécessairement. Le plus probable est que Dickens ait entendu par « début du suspens » l'entrée en scène d'un nouveau et mystérieux personnage, un certain Datchery, qui, à partir du cinquième numéro, mènera son enquête personnelle sur l'affaire. En tout cas, selon la majorité des commentateurs, le problème de l'auteur à ce moment-là n'était pas d'accélérer le rythme du roman, mais plutôt de le ralentir. C'est en ce sens qu'il aurait avoué se trouver en difficulté avec l'intrigue : il en avait mal calculé la distribution et, ayant trop chargé les six premiers fascicules, ne savait plus comment remplir les six autres.

L'HOMME EN NOIR : Excusez-moi encore, mais cela me semble absurde. Pour un écrivain comme Dickens, aussi exubérant et, si je puis me permettre, même trop enclin aux digressions, le fait d'avoir à remplir un ou deux fascicules de plus ne devait pas poser de problèmes. Ce qui à mon avis veut dire... Mais vous, qu'en dites-vous, surintendant ?

BATTLE : Je ne sais rien du mystérieux personnage qu'on attend, mais je crois que l'intrigue, en effet, devait être beaucoup, beaucoup plus compliquée qu'il ne semble à en juger de la première partie.

L'HOMME EN NOIR: Inspecteur Bucket ?

BUCKET : Je le crois aussi. Parce que, bon, d'accord, il y a l'histoire de l'opium, il y a la double et peut-être triple personnalité du meurtrier présumé, il y a un *modus operandi* très complexe... mais ce sont là des choses déjà expliquées, même *trop* expliquées, et le mobile de la jalousie, nous le connaissons également. Où serait donc le problème ? Si l'assassin était Jasper, il suffirait d'un policier tant soit peu dégourdi pour arriver en moins de deux à sa découverte, à son aveu et à sa pendaison bien méritée.

L'HOMME EN NOIR : Exact. Par conséquent, si l'auteur, au sixième numéro, se trouvait encore « en sérieuse difficulté » avec l'intrigue, il faudrait en déduire que le coupable n'est pas Jasper.

LE CRAPAUD : *Hear ! Hear*[1] !

L'HOMME EN NOIR : A moins que Jasper, comme je n'oserais l'exclure tout à fait, ne soit de quelque façon d'accord *avec les deux jumeaux.*

WILMOT *(interrompant les commentaires et les exclamations du public)* : Cette hypothèse-là n'avait jamais été avancée par personne, jusqu'à aujourd'hui. Mais, venant de Richard Cuff, il faudra la prendre sérieusement en considération. *(A l'Homme en noir)*: Merci, sergent Cuff.

LOREDANA *(vivement impressionnée, bien qu'à « Oxbridge » l'impassibilité soit de rigueur)* : Sergent Cuff ! C'est donc vous !

*

Même ceux qui ne connaissent pas à fond *La Pierre de lune* (à la différence de Loredana, qui l'a vue deux fois à la télévision) savent que son inextricable mystère fut éclairci par un sergent de Scotland Yard. Mais il faut préciser que à l'*Old* Scotland Yard (avant sa transformation en *Great* Scotland Yard et son transfert successif, sous le nom de *New* Scotland Yard, sur le Thames Embankment et plus tard dans Victoria Street) un *« sergeant »* de la Detective Force était un enquêteur de grade élevé. Wilmot n'a pas choisi au hasard son panel du jour. A l'occasion du quatrième numéro (ou « numéro du mystère », comme le définit l'auteur en personne), on peut dire que Scotland Yard fait une descente en force à Cloisterham, pour un contrôle sur place des plus rigoureux.

1. Littéralement : « Entendez ! Entendez ! »; mais, dans les congrès en langue anglaise, cette interjection correspond à nos « Bien ! », « Bravo ! », etc.

Suivons donc les trois fonctionnaires tandis qu'ils parcourent, attentifs et invisibles, les rues de la petite ville.

C'est le 23 décembre après-midi. Au collège de miss Twinkleton, il ne reste plus qu'Helena et Rosa, les autres jeunes filles étant parties pour les vacances. Rosa, déjà habillée pour sortir, est toute seule dans son *boudoir* et attend Drood, qui, arrivé de Londres, doit venir la chercher. Le voici. Voici la promenade habituelle vers la cathédrale. Et voici la scène d'explication qui se déroule comme prévu entre les deux jeunes gens et n'apprend rien aux enquêteurs qu'ils ne sachent déjà.

Suit alors, après l'allusion du neveu aux « attaques » inquiétantes de son oncle, la découverte que l'oncle en question est en train de les épier, caché derrière les arbres. Puis, en fin de chapitre, la scène de l'adieu devant la grille : avec Jasper toujours aux aguets, cet obtus de Drood qui continue à ne voir là qu'un signe d'intérêt affectueux, et Rosa qui, tandis que son fiancé s'éloigne, le suit d'un long regard qui semble dire, ou plutôt, pour éviter au lecteur toute équivoque, dit en toutes lettres : « Oh ! ne comprends-tu donc pas ? »

« Trop stupide pour ne pas mourir », commente cyniquement Bucket, qui, dans les vingt fascicules (dont deux doubles) de *Bleak House,* s'est endurci au spectacle quotidien et terrifiant de la lutte pour survivre dans les bas-fonds de Londres.

En gros, Battle est d'accord :

« Oui, c'est le classique personnage "bon mais vraiment trop naïf" des romans et films à suspens, dont le public est toujours bien content de se voir débarrassé. Mais, au sujet de l'oncle épiant tous ses mouvements, il se pourrait tout de même qu'il ait raison et que la jalousie n'ait rien à voir là-dedans. »

Cuff approuve mais continue à observer, derrière la grille refermée, les fenêtres du collège.

« Je me demande, dit-il, pourquoi Rosa était là toute seule, avant l'arrivée de Drood. Helena, où était-elle donc ? Puisque toutes les autres pensionnaires étaient parties, on s'attendait à ce que deux amies aussi intimes soient là en train de bavarder et d'échanger des confidences. Mais il n'en est rien. Et alors... je ne sais pas, mais je doute fort qu'on les revoie encore ensemble. »

*

« Veille de Noël à Cloisterham. Dans les rues, quelques visages nouveaux et d'autres... », etc.

Le lecteur pressé n'aura vu dans ce début de chapitre qu'une petite note de couleur locale. Mais Bucket, qui connaît comme peu d'autres le *modus operandi* de Dickens, a tout de suite compris que l'allusion aux visages nouveaux n'était pas fortuite. Et en effet, en regardant autour de lui, il ne tarde pas à découvrir l'une de ses (et l'une de nos) vieilles connaissances.

« Lascar Sal est là, murmure-t-il en l'indiquant à ses collègues. Je la suis. Nous nous retrouverons plus tard. »

Les deux autres se séparent aussi pour s'occuper respectivement de Neville et de Drood (quant à Jasper, qu'ils ont déjà vu passer avec sa nouvelle écharpe noire, ils savent qu'il sera occupé à la cathédrale tout l'après-midi).

Mais, en se dirigeant vers le Coin du chanoine, Cuff s'arrête un instant devant le théâtre de la petite ville pour regarder les affiches colorées qui annoncent pour le soir un spectacle ultra-comique du célèbre Signor Jacksonini : EH ! COMMENT VAS-TU, DEMAIN ? Ça aussi, c'est une allusion, évidemment, et particulièrement macabre, cachée comme elle l'est dans une blague de clown. Le crâne de Yorick n'est pas loin. Ni l'ombre de Banquo, à en juger par le titre du chapitre.

Seulement voilà : devant cette finesse, que dire de la scène qui se déroule peu après au Coin du chanoine ? Elle est si ouvertement tendancieuse qu'elle joue de nouveau en faveur plutôt qu'à la défaveur de Neville. Le jeune homme vindicatif (bien que transformé) qui va armé d'un lourd bâton de pèlerin au rendez-vous avec son rival et mortel offenseur ! Et Crisparkle qui, par délicatesse (mais il est devenu idiot, ou quoi ?), ne dit rien ! Et le même Neville, qui, ayant eu soin dans l'après-midi de détruire « tous ses papiers » (quels papiers ? qu'est-ce que ses papiers viennent faire là-dedans ?), annonce qu'il lui tarde de changer d'air et qu'il partira le lendemain matin de très bonne heure ! Quel lecteur tant soit peu déluré prendrait-il au sérieux de pareils « indices » ?

En sifflotant *La Dernière Rose de l'été*[1], le sergent Cuff note pourtant sans ciller dans son carnet : « Lourd bâton de pèlerin – Destruction tous papiers sauf scolaires – Prétendue "excursion" projetée sans doute pour éviter interrogatoire immédiat et voir un peu comment choses tourneront. »

Mais que le lecteur déluré ne sourie pas. Qu'il suive plutôt Cuff, qui suit les deux jumeaux durant leur promenade au crépuscule, et qu'il réentende avec lui leur conversation. Celle-ci porte sur des choses que nous connaissons déjà et, à première vue, elle nous avait semblé tout à fait « normale » : pas de sous-entendus, rien qui fasse dresser l'oreille au chasseur de *clues*[2]. Mais elle provoque un effet bien étrange quand on la réécoute en play-back.

Pourquoi Neville, s'il a vraiment décidé de partir pour s'éloigner de Rosa, hésite-t-il tant à le dire à sa sœur ? Et pourquoi cette dernière, qui déplore l'engouement de son frère, et devrait donc approuver tout à fait ce départ, s'en inquiète-t-elle au contraire ? Neville semble soulagé et même euphorique quand son énigmatique jumelle, après s'être assurée de l'accord de Crisparkle, se déclare d'accord elle aussi. Mais, un instant après, il suffit d'une remarque sur la lourdeur de son bâton pour l'angoisser et

1. L'un des tics de Cuff, dans le roman de Collins, est de siffloter *La Dernière Rose de l'été* dans ses moments de plus forte concentration.

2. Nous employons le terme anglais, lecteur, pour ne pas répéter sans cesse « indice », et parce que *clue* (de l'ancien *cliwe* apparenté au latin *glomus*, « pelote ») est peut-être plus expressif, avec son sens originaire de « fil » et donc de « guide » qui peut conduire hors d'un labyrinthe ou à la solution d'un mystère.

le rendre taciturne pendant le reste de la promenade. « Je voudrais ne pas devoir y aller, Helena, à ce dîner », finit-il par dire quand ils approchent de nouveau de la grille du collège.

Or, comme nous le savons, la raison de ce dîner devrait être la réconciliation avec Drood. C'est cela qui tient tout le monde en alerte depuis deux semaines. C'est à ce propos qu'Helena, l'autre jour encore, a fait à son frère une grande scène devant Crisparkle, avec exhortation à la vertu et pieuses invocations au Ciel. S'il y avait donc une chose dont ils auraient dû parler pendant leur promenade, c'était bien celle-là. Au contraire, ils n'y font allusion qu'à la fin, pendant moins d'une demi-minute, et en termes tels que l'on peut se demander de quoi il est vraiment question. Réécoutons.

NEVILLE *(déprimé)* : Je voudrais ne pas devoir y aller, Helena, à ce dîner.

HELENA *(avec désinvolture)* : Mais, cher Neville, pourquoi tant te préoccuper ? Pense comme ce sera vite fait et terminé.

NEVILLE *(sarcastique)* : Ce sera vite fait et terminé. Mais la chose ne me plaît pas.

HELENA *(encourageante)* : Il pourra y avoir un moment difficile, mais ce ne sera que l'affaire d'un instant. Je sais que tu es sûr de toi.

NEVILLE *(sombre)* : Je voudrais être aussi sûr de tout le reste.

HELENA *(haussant les sourcils)* : Tu parles d'une manière étrange, Neville. Que veux-tu dire par là ?

NEVILLE *(plus sombre que jamais)* : Je ne sais pas. Je sais seulement que ce dîner ne me plaît pas, et que l'air, ce soir, est étrangement pesant et comme mort.

Pas un mot dans ce dialogue, note Cuff, qui puisse s'appliquer, sinon de manière forcée et très approximative, à la réconciliation avec Drood. Et pas un seul, en revanche, qui ne s'appliquerait parfaitement *à son assassinat*, si les deux « Anglo-Cinghalais » (ou quelle que soit leur nationalité) étaient venus de Ceylan exprès pour cela.

Comme expert en affaires criminelles sur fond de décor oriental, Cuff sait que la chose est tout à fait possible[1]. Mais il sait aussi que le meurtre en ce cas devrait être rituel, et donc par strangulation ou suffocation, sans effusion de sang. La scène entre les deux jumeaux serait alors à interpréter comme suit : Neville, comme convenu déjà depuis un certain temps, devrait étrangler la victime à mains nues, ou avec un lacet à la manière des thugs indiens. Mais au dernier moment, il a peur de ne pas y arriver, et c'est pour cela qu'il s'est muni d'un bâton, une arme qui, pour des raisons rituelles, ne plaît pas du tout à sa sœur. D'autre part, il est évident que c'est elle le cerveau directeur, et que son plan (comprenant ou non la destruction du cadavre dans la chaux vive) ne prévoyait aucunement le départ de son frère aussitôt après le crime. Lui ne se sent toutefois pas le courage de rester là, et il faut qu'elle fasse bon visage ; le brusque départ apparaîtra moins suspect du fait que Crisparkle l'a approuvé et même encouragé. Mais le plus grave, c'est que Neville semble avoir perdu la foi fanatique, absolue, qui anime au contraire sa sœur. C'est non seulement l'assassinat de Drood, mais « tout le reste » (qui sait dans quel enchaînement de vengeances ou d'actions terroristes il s'est laissé entraîner) qui ne lui plaît plus. Voilà pourquoi Helena l'accuse de parler « d'une manière étrange » et voilà aussi l'explication du long regard sceptique qu'elle lui lance tandis qu'il s'éloigne.

*

« Pauvre de moi ! Pauvre de moi ! »

La femme de la fumerie de Shadwell, connue de la police comme « Lascar Sal » ou « Sally la mangeuse d'opium », n'était pas différente dans la vie de ce qu'elle est dans le roman. Tremblante et émaciée, enrouée,

1. Les trois brahmanes qui tueront Ablewhite, dans *La Pierre de lune*, viennent tout droit de Seringapatam.

secouée par une toux perpétuelle, elle paraissait, quand Dickens la connut, soixante ou soixante-dix ans. En réalité, elle en avait vingt-six, la malheureuse[1].

« Mes poumons sont faibles... mes poumons sont bien malades... Pauvre de moi... », rabâche-t-elle de sa voix rauque entre deux quintes.

Mais elle ne s'apitoie pas sur elle-même ni ne tente d'apitoyer Drood (et d'autant moins les deux policiers invisibles derrière lui). C'est plutôt une espèce de bilan résigné, de livre de comptes misérable, mais minutieux, qu'elle met à jour dans ses moments les moins obnubilés, pour voir un peu où elle en est dans sa vie.

A présent, par exemple, il lui manque trois shillings six pence pour la drogue, et si ce gentil garçon les lui donne, tant mieux. Sinon, tant pis. Parce que, de toute façon, elle s'en est toujours tirée toute seule : elle n'est pas du genre à aller quémander une aide et à ennuyer les gens. A Londres du reste, comme elle tient à le préciser, elle a un petit business à elle qui lui permet de survivre, bien que les temps soient difficiles et que les affaires aillent toujours plus mal.

« Mal, mal, pauvre de moi ! »

Et ce dernier reste de dignité, d'indépendance obstinée, même Bucket doit le lui reconnaître, tandis qu'il la regarde s'éloigner avec ses trois shillings et six pence vers ce refuge de pécheurs qu'est l'auberge des Deux-Sous.

De son côté, Battle regarde s'éloigner Drood (puisque, dans les chapitres 13 et 14, à ce qu'il semble, personne ne peut s'éloigner sans que quelqu'un le suive du regard).

« Pauvre jeune homme ! Pauvre jeune homme ! » répète-t-il avec l'auteur.

Il est honnête et sympathique, dans le fond. Dommage qu'on ne puisse pas rester ici pour le sauver.

« Dommage surtout qu'on ne voie pas qui lui fera son

1. Étant donné qu'elle n'a pas de nom dans le roman, bien des commentateurs peu attentifs s'en tirent en l'appelant « la vieille de la fumerie ». Mais Dickens ne spécifie pas son âge et n'emploie jamais le mot « vieille » à son sujet.

affaire ! » dit cyniquement Bucket en s'adressant aussi à Cuff qui survient à ce moment.

Il est temps en effet pour les trois policiers de regagner la Dickens Room, où l'on attend les résultats de leur descente sur les lieux. Mais, entre-temps, les plus impatients des congressistes, comme le Crapaud, ont déjà commencé à discuter entre eux les chapitres 15 et 16 ! Il nous faut donc les lire, lecteur, vite et attentivement nous aussi.

Chapitre 15. Accusé

Neville Landless était parti de si bonne heure et avait marché d'un si bon pas que, lorsque les cloches de Cloisterham sonnèrent pour l'office du matin, il en était déjà à plus de huit miles. Comme il se sentait le besoin de déjeuner, n'ayant pris qu'un croûton de pain avant de partir, il s'arrêta pour se restaurer à la première taverne qu'il rencontra sur sa route.

Les clients en quête d'un petit déjeuner (à part les chevaux ou les bestiaux, espèces de pensionnaires pour lesquels tout était prêt sous forme de foin et d'eau) étaient si rares à l'enseigne du Chariot bâché qu'il fallut pas mal de temps pour remettre le chariot sur le chemin du thé, des toasts et du bacon. Neville, pendant ce temps, assis dans une salle sablée, se demandait combien de temps il faudrait après son départ pour que le chétif feu de fagots humides allumé à son intention commençât à donner quelque chaleur.

En vérité, l'auberge du Chariot bâché était une baraque glacée au sommet d'une colline. Le sol, devant la porte, était un mélange de boue et de paille piétiné par les sabots des bêtes. Derrière le comptoir, une hôtesse acariâtre donnait la fessée à un enfant moite (qui avait une chaussette rouge à un pied et l'autre nu). Le fromage avait échoué sur une étagère, en compagnie d'une nappe moisie et d'un couteau à manche vert, dans une espèce de canoë en fonte. Le pain, sans couleur, pleurait des miettes sur son propre naufrage dans un autre canoë. Le linge de la famille, à moitié lavé, à moitié séché, participait à la vie publique en traînant un peu partout. Pour boire, rien que des gobelets, qui, comme toute chose en ce lieu, rimaient avec la crasse. En somme, on ne pouvait pas dire que le Chariot bâché tînt les promesses de son enseigne qui annonçait un bon gîte pour les hommes et pour les bêtes. Mais notre homme n'était pas porté à la critique ; il prit ce qu'on lui donna et se remit en route après s'être reposé plus longtemps qu'il n'était nécessaire.

Il s'arrêta à environ un quart de mile de l'auberge, se demandant s'il suivrait la route ou s'il prendrait un sentier qui montait entre de hautes haies à travers une bruyère balayée par le vent et qui devait certainement rejoindre la route plus loin. Il se décida pour ce dernier chemin et le suivit avec quelque fatigue, car la montée était rude et le sol défoncé avec de profondes ornières.

Il montait péniblement quand il s'aperçut que d'autres marcheurs le suivaient. Comme ils avançaient d'un pas plus rapide que le sien, il s'écarta contre un haut talus pour les laisser passer. Mais leur comportement fut étrange.

Quatre d'entre eux seulement le dépassèrent, quatre autres ralentirent le pas et, comme s'ils avaient l'intention de suivre Neville, gardèrent leurs distances. Le reste de la troupe – une demi-douzaine de personnes environ – retourna sur ses pas et s'éloigna rapidement.

Neville regarda les quatre hommes qui étaient devant lui, puis les quatre qui étaient derrière, et tous lui rendirent son regard. Il se remit à marcher. Ceux qui étaient devant l'imitèrent en regardant sans cesse derrière eux. Les quatre de l'arrière-garde se rapprochèrent de plus en plus.

Lorsqu'ils débouchèrent tous de l'étroit sentier sur le versant ouvert de la colline, ils maintinrent le même ordre de marche ; Neville s'aperçut que, de quelque côté qu'il dirigeât ses pas, ils y allaient avec lui. Il était sans nul doute encerclé par ces individus. Il s'arrêta, pour s'en assurer une dernière fois ; tous s'arrêtèrent.

« Pourquoi vous attachez-vous ainsi à mes pas ? demanda-t-il à la bande. Êtes-vous des voleurs ?

– Ne lui répondez pas, dit l'un des hommes, qu'il ne put identifier. Il vaut mieux rester tranquilles.

– Il vaut mieux rester tranquilles ? répéta Neville. Qui a dit cela ? »

Personne ne répondit.

« C'est un bon conseil, quel que soit celui qui l'a donné », reprit-il ; puis il continua avec colère : « Je n'entends pas rester ainsi prisonnier entre quatre hommes devant et quatre hommes derrière. Je veux passer et j'entends le faire. »

Il leva sa lourde canne et, accélérant le pas, avança d'un air décidé vers les quatre hommes devant lui. Le plus grand et le plus fort d'entre eux se déplaça rapidement de côté et le ceintura avec dextérité. Tous deux roulèrent par terre, mais pas avant que la canne n'eût frappé l'autre lourdement.

« Laissez-le, dit aux autres cet homme d'une voix étouffée pendant qu'ils luttaient sur l'herbe. C'est un combat loyal. Il est bâti comme une fille par rapport à moi et, de plus, il a un poids sur le dos. Je me charge de lui. »

Ils roulèrent l'un sur l'autre en se portant des coups qui leur ensanglantaient le visage ; puis l'homme retira son genou qui écrasait la poitrine de Neville et se leva en disant :

« Voilà ! Maintenant que deux d'entre vous le prennent chacun par un bras. »

Ce qui fut fait immédiatement.

« Quant à savoir si nous sommes une bande de voleurs, Mr. Landless, dit l'homme en crachant un peu de sang et en essuyant celui qui couvrait son visage, vous en saurez plus à midi. Nous ne vous aurions pas touché si vous ne nous y aviez pas forcés. Nous allons vous ramener sur la grand-route, où vous trouverez assistance contre les brigands si vous le souhaitez. Que quelqu'un lui essuie le visage. Voyez comme le sang lui coule. »

Lorsque son visage eut été essuyé, Neville reconnut dans celui qui parlait Joe, le conducteur de l'omnibus de Cloisterham, qu'il n'avait vu qu'une seule fois, le jour de son arrivée. « Ce que je vous recommande pour le moment, Mr. Landless, c'est de ne pas parler. Vous trouverez un ami qui vous attend sur la grand-route. Il est parti en avant par l'autre chemin quand nous nous sommes séparés en deux groupes, et vous ferez bien de ne rien dire avant de l'avoir rejoint. Que quelqu'un ramasse cette canne et mettons-nous en route. »

Absolument confondu, Neville regarda autour de lui sans

dire un mot. Marchant entre ses deux mentors qui lui donnaient le bras, il avançait comme dans un rêve. Arrivé sur la grand-route, il se trouva au milieu d'un petit groupe d'individus, ceux-là mêmes qui étaient retournés sur leurs pas. Au centre se trouvaient Mr. Jasper et Mr. Crisparkle. Les mentors de Neville le menèrent devant le chanoine et lui rendirent sa liberté par déférence pour ce dernier.

« Que signifie tout cela, monsieur ? s'écria le jeune homme. De quoi s'agit-il ? Il me semble que j'ai perdu la raison. »

Le cercle s'était fermé autour de lui.

« Où est mon neveu ? demanda Mr. Jasper d'une voix frénétique.

– Où est votre neveu ? répéta Neville. Pourquoi me le demandez-vous ?

– Je vous le demande, répliqua Jasper, parce que vous êtes la dernière personne vue en sa compagnie et qu'on ne le retrouve plus.

– On ne le retrouve plus ? s'écria Neville, épouvanté.

– Calmez-vous... Calmez-vous !... dit Mr. Crisparkle. Permettez-moi, Mr. Jasper. Mr. Neville, vous êtes troublé, rassemblez vos idées ; il est d'une grande importance que vous rassembliez vos idées. Prêtez-moi toute votre attention.

– J'essayerai, monsieur, mais j'ai l'impression d'être fou.

– Vous avez quitté hier soir la maison de Mr. Jasper avec Edwin Drood ?

– Oui.

– A quelle heure ?

– Environ minuit, répondit Neville en portant la main à sa tête et en s'adressant du regard à Jasper.

– C'est bien cela, dit Mr. Crisparkle. C'est l'heure déjà indiquée par Mr. Jasper. Vous êtes descendus ensemble vers la rivière ?

– C'est exact. Pour y voir les effets du vent.

– Combien de temps êtes-vous restés là ?

– Dix minutes environ, pas plus. Puis nous sommes revenus jusqu'à votre maison, et il a pris congé de moi à votre porte.

– A-t-il dit qu'il avait l'intention de retourner à la rivière ?

– Non, il m'a dit qu'il rentrait directement chez lui. »

Les assistants se regardaient les uns les autres, puis regardaient Mr. Crisparkle, auquel Mr. Jasper, qui avait attentivement observé Neville, dit à voix basse et d'un ton soupçonneux :

« Qu'est-ce que ces taches sur ses vêtements ? »

Tous les yeux se fixèrent sur le sang qui souillait ses habits.

« Et tenez, les mêmes taches sur cette canne, dit Jasper en la prenant des mains de l'homme qui la tenait. Je sais que cette canne lui appartient. Il l'avait hier soir avec lui. Qu'est-ce que cela signifie ?

– Au nom du ciel, qu'est-ce que cela signifie, Neville ? s'écria Mr. Crisparkle.

– Cet homme et moi, dit Neville en montrant son adversaire précédent, nous nous sommes battus tout à l'heure. Au sujet de cette canne, vous pouvez en trouver les marques sur lui comme sur moi, monsieur. Que pouvais-je supposer en me voyant attaqué par huit individus ? Pouvais-je entrevoir la véritable raison de leur conduite quand ils se refusaient même à me parler ? »

Les hommes reconnurent qu'ils avaient en effet jugé préférable de garder le silence et que ce combat avait eu lieu. Pourtant, ces mêmes hommes qui y avaient assisté regardaient d'un air sombre les taches de sang que le froid vif avait déjà séchées.

« Nous devons retourner à Cloisterham, Neville, dit Mr. Crisparkle. Naturellement, vous serez bien aise de revenir pour vous justifier.

– Oui, c'est vrai, monsieur.

– Mr. Landless fera la route avec moi, dit le chanoine en regardant autour de lui. Venez, Neville. »

Ils prirent le chemin du retour, et les autres, à l'exception d'un seul, les suivirent de loin. Jasper marchait de l'autre côté de Neville et ne quitta jamais cette position. Il gardait le silence tandis que Mr. Crisparkle revenait à plusieurs reprises sur ses premières questions auxquelles Neville faisait les mêmes réponses, et que tous deux hasardaient quelques explications possibles. Il y avait de l'obstination dans le silence de Jasper, car Mr. Crisparkle l'avait plusieurs fois invité directement à prendre part à la discussion sans réussir à changer jamais l'expression de son visage fermé. Quand ils approchèrent de la ville, le chanoine proposa de se rendre directement chez le maire. Jasper consentit d'un mouvement brusque de la tête, mais il ne dit pas un mot avant de se trouver dans le salon de Mr. Sapsea.

Quand Mr. Sapsea eut été informé par Mr. Crisparkle des circonstances à la suite desquelles ils désiraient faire devant lui une déposition volontaire, Mr. Jasper rompit le silence pour déclarer qu'il avait la plus entière confiance, humainement parlant, dans la pénétration de Mr. Sapsea, qu'il n'y avait aucune raison admissible pour que son neveu se fût enfui soudainement, à moins que Mr. Sapsea n'en démêlât une, et que, dans ce cas, il s'y rendrait. Il ajouta qu'il n'y avait aucune probabilité qu'Edwin fût retourné à la rivière et qu'il se fût noyé accidentellement dans la nuit, à moins toujours que la chose ne parût probable à Mr. Sapsea, auquel cas il déférerait encore à son opinion. Personnellement, il entendait bien ne point s'abandonner à d'horribles soupçons, à moins qu'au jugement de Mr. Sapsea un semblable soupçon ne dût s'attacher au dernier compagnon de son neveu avant sa disparition (avec lequel il n'était pas en bons termes auparavant). Là encore, il s'en remettrait à lui. Jasper assura d'ailleurs que son esprit, troublé par des doutes et sous le coup de funestes appréhensions, ne pouvait être naturellement dans le même état de sérénité judicieuse que celui de Mr. Sapsea.

Mr. Sapsea exprima l'opinion que l'affaire se présentait sous un jour sombre; en somme (et ses yeux fixèrent le visage de Neville), un aspect bien peu anglais. Après avoir précisé ce point essentiel, Mr. Sapsea s'égara dans un labyrinthe d'absurdités affreusement embrouillées où on ne se serait pas attendu à voir errer un maire, et il en sortit en faisant cette brillante découverte que prendre la vie à son semblable, c'est prendre quelque chose qui ne vous appartient pas. Il déclara hésiter sur la question de savoir si, oui ou non, il signerait immédiatement un mandat d'arrêt contre Neville sur qui pesaient de lourdes présomptions. Il aurait certainement poussé les choses jusque-là sans les protestations indignées du chanoine qui se fit confier le jeune homme en s'engageant à le garder chez lui et à l'accompagner lui-même chaque fois qu'on ordonnerait à celui-ci de se présenter. Mr. Jasper dit alors que, s'il avait bien compris, Mr. Sapsea se proposait de faire draguer la rivière et minutieusement explorer ses bords, d'envoyer un rapport circonstancié sur la disparition d'Edwin dans les villes environnantes et à Londres, et de diffuser des affiches et des annonces dans les journaux, où l'on supplierait Edwin Drood, si des raisons inconnues l'avaient décidé à quitter la maison et la compagnie de son oncle, d'avoir pitié de l'inquiétude et de la détresse de son affectionné parent et de lui faire savoir d'une manière quelconque qu'il était encore vivant. Mr. Sapsea répondit qu'il avait été parfaitement compris et que c'était précisément ce qu'il avait voulu dire (quoiqu'il n'en eût pas dit un mot), et des mesures furent prises immédiatement à cet égard.

Il eût été difficile de décider qui, de Neville Landless ou de John Jasper, était le plus frappé d'horreur et d'étonnement. En dehors du fait que Jasper était contraint, de par sa position, à être actif et que Neville était obligé de rester passif, il n'y avait aucune différence entre eux. Chacun était brisé et anéanti.

Aux premières lueurs du jour, le lendemain matin, des hommes étaient déjà à l'œuvre dans la rivière, et d'autres, pour la plupart des volontaires, en exploraient les bords. Tout au long du jour, les recherches continuèrent, dans la rivière, avec des barques et des perches, des dragues et des filets, sur les bords marécageux, avec des bottes de pêche, des haches, des bêches, des cordes, des chiens… La nuit tombée, la rivière apparaissait encore couverte de lanternes et de feux. Les criques les plus éloignées, baignées par la marée montante, avaient leurs groupes de chercheurs, attentifs à écouter le bruit de l'eau et à s'assurer qu'elle n'entraînait pas quelque fardeau. Les digues près de la mer et tous leurs environs étaient également explorés par des porteurs de falots et par des silhouettes emmitouflées quand l'aube du lendemain se leva ; mais nulle trace d'Edwin Drood à la lumière du soleil.

Durant toute cette seconde journée, les recherches continuèrent. Tantôt en chaland, tantôt en barque, tantôt sur la rive, parmi les joncs, en avançant péniblement dans la boue, entre les pieux et les pierres glissantes, sur les berges basses où se dressaient çà et là comme des spectres les échelles de niveau d'eau et d'autres signaux aux formes étranges, John Jasper travailla sans épargner sa peine, mais sans résultat, car on ne vit toujours aucune trace d'Edwin Drood sous le soleil.

Ayant établi le tour de garde pour la nuit suivante, John Jasper rentra chez lui, épuisé, les cheveux en désordre, débraillé, tout souillé de boue desséchée, les vêtements en lambeaux. Il venait de se laisser tomber dans son fauteuil quand Mr. Grewgious se présenta devant lui.

« Voilà d'étranges nouvelles, dit Mr. Grewgious.

– Étranges et effroyables ! »

Jasper s'était contenté, en disant cela, de soulever ses paupières alourdies, puis il les rabaissa et s'affaissa, épuisé, sur un des bras de son fauteuil.

Mr. Grewgious lissa son crâne et son visage et resta debout, les yeux fixés sur le feu.

« Comment va votre pupille ? demanda Jasper au bout d'un moment, d'une voix presque éteinte.

– Pauvre petite ! Vous pouvez facilement imaginer son état.

– Avez-vous vu *sa* sœur ? demanda Jasper sur le même ton.

– La sœur de qui ?... »

La sécheresse de cette question et la manière lente et glaciale avec laquelle Mr. Grewgious, en la posant, avait détaché son regard du feu pour le diriger vers le visage de son interlocuteur auraient eu, en tout autre moment, le don de l'exaspérer. Mais, dans l'accablement où il était, Jasper se contenta d'ouvrir les yeux et de dire :

« Du jeune homme soupçonné.

– Le soupçonnez-vous vraiment ? demanda Mr. Grewgious.

– Je ne sais que penser... Je n'ai pas les idées claires.

– Moi non plus, dit Mr. Grewgious. Mais comme vous parlez de lui en disant le "jeune homme soupçonné", je pensais que vous aviez les idées claires. Je quitte à l'instant miss Landless.

– Dans quel état est-elle ?

– Elle rejette tout soupçon et a une confiance sans bornes en son frère.

– Pauvre fille !

– Quoi qu'il en soit, poursuivit Mr. Grewgious, ce n'est pas pour vous parler d'elle que je suis venu. Mais de ma pupille. J'ai une communication à vous faire qui vous surprendra. Du moins, elle m'a surpris. »

Jasper, en poussant un soupir qui était presque un gémissement, se retourna péniblement sur son siège.

« Voulez-vous que nous en parlions demain ? dit Mr. Grewgious. Réfléchissez, je vous avertis, vous allez être surpris. »

Une expression d'attention et de curiosité anima les yeux de John Jasper lorsqu'il vit Mr. Grewgious se lisser les cheveux et regarder de nouveau fixement le feu, mais en serrant les lèvres d'un air déterminé.

« De quoi s'agit-il donc ? demanda Jasper en se redressant sur son siège.

– Il est sûr, dit Mr. Grewgious avec une lenteur provocante, comme s'il se parlait à lui-même et en fixant toujours le feu, que j'aurais pu le deviner plus tôt ; Rosa me l'avait laissé entendre. Mais je suis un homme si Anguleux que jamais cette idée ne m'était venue. Je pensais que tout était réglé.

– Mais de quoi s'agit-il ? » répéta Jasper.

Mr. Grewgious, ouvrant et fermant alternativement chacune de ses mains, comme s'il les chauffait au feu, le regardait de côté, sans rien changer à son attitude jusqu'à la fin du dialogue.

« Ce jeune couple… Le jeune homme disparu et Rosa, ma pupille, bien que depuis si longtemps fiancés et paraissant depuis si longtemps accepter l'engagement qui les liait, à la veille d'être mariés… »

Mr. Grewgious vit devant lui un visage blême, deux lèvres blanches et tremblantes et deux mains couvertes de boue, crispées sur les accoudoirs. N'était-ce les mains, il aurait cru n'avoir jamais vu ce visage.

« Ce jeune couple, reprit-il, a progressivement découvert (et je pense qu'ils ont fait cette découverte en même temps) qu'ils seraient meilleurs et plus heureux, tant maintenant que dans l'avenir, en vivant comme de bons amis, ou plutôt comme frère et sœur, que comme mari et femme. »

Mr. Grewgious vit dans le fauteuil un visage plombé sur lequel se formaient d'horribles gouttes, ou pustules, comme de fer fondu.

« Ce jeune couple, continua-t-il, a pris enfin la saine résolution de se communiquer ses impressions, franchement, raisonnablement, et tendrement. Ils se sont rencontrés à cette occasion et, après s'être parlé calmement et généreusement, ils sont tombés d'accord pour rompre les liens qui existaient entre eux, et cela définitivement et pour toujours. »

Mr. Grewgious vit alors une sorte d'horrible forme humaine se lever du fauteuil, la bouche béante, et porter ses mains ouvertes à hauteur de sa tête.

« Un des deux, c'est-à-dire votre neveu, craignant qu'à cause de la tendresse de votre affection pour lui vous ne soyez cruellement désappointé par un si grand changement dans son existence, avait décidé de garder le silence durant quelques jours. Il entendait me laisser le soin de vous le révéler, quand je serais arrivé et qu'il serait lui-même parti. Je suis venu vous parler et il est parti. »

Mr. Grewgious vit l'horrible forme humaine renverser la tête, saisir ses cheveux à pleines mains et tourner sur elle-même en se contorsionnant.

« Je vous ai maintenant dit tout ce que j'avais à vous dire, sauf que les deux jeunes gens se sont séparés avec fermeté, mais non sans verser beaucoup de larmes, le soir même où vous les avez vus ensemble pour la dernière fois. »

Mr. Grewgious entendit un cri terrible et ne vit plus l'horrible forme humaine ni debout ni assise ; il ne vit qu'un tas de vêtements boueux et déchirés gisant sur le plancher.

Sans rien changer à ses manières, il ouvrit et ferma ses mains, comme s'il les chauffait, et il regarda ce tas par terre.

Chapitre 16. Engagé

Quand John Jasper revint à lui, après cette crise ou cet évanouissement, il se trouva entouré des soins de Mr. et Mrs. Tope, que son visiteur avait appelés à cet effet. Ce visiteur lui-même, impassible, était toujours assis, le corps raide et les mains sur ses genoux, observant son rétablissement.

« Là, vous reprenez vos esprits, vous allez bien maintenant, monsieur, dit la compatissante Mrs. Tope tout en larmes. Vous étiez à bout de forces, mais ce n'est pas étonnant.

– Un homme, dit Mr. Grewgious, comme s'il débitait une leçon apprise par cœur, ne peut se priver de sommeil, avoir l'esprit cruellement tourmenté et le corps écrasé de fatigue, sans être à bout de forces.

– Je crains de vous avoir alarmé, dit Jasper d'une voix affaiblie, lorsqu'on l'eut aidé à s'installer dans son fauteuil.

– Pas du tout, je vous remercie, dit Mr. Grewgious.

– Vous êtes trop aimable.

– Pas du tout, je vous remercie, répondit de nouveau Mr. Grewgious.

– Vous devriez prendre un peu de vin, monsieur, dit Mrs. Tope, et la gelée que j'avais préparée pour vous et à laquelle vous n'avez pas voulu toucher à midi. Je vous avais averti de ce qui arriverait, vous le savez ; mais vous avez refusé de déjeuner. Je pourrais vous donner encore une aile de cette volaille rôtie que vous m'avez fait remporter plutôt vingt fois qu'une. Tout sera sur la table dans cinq minutes, et ce bon monsieur voudra bien rester et assister à votre repas. »

Le bon monsieur répondit avec un grognement qui pouvait vouloir dire oui ou non, tout ou rien, et que Mrs. Tope aurait trouvé déconcertant si elle n'avait été tout occupée à mettre la table.

« Vous prendrez quelque chose avec moi ? dit Jasper lorsque la nappe fut mise.

– Je ne pourrais avaler une bouchée ; je vous remercie », répondit Mr. Grewgious.

Jasper mangea et but avec voracité. La précipitation avec laquelle il se livrait à ces opérations, jointe à l'évidente indifférence de son palais pour ce qu'on lui servait, donnait à penser qu'il buvait et mangeait pour prendre des forces contre une nouvelle défaillance et non pas pour flatter ses papilles. Pendant ce temps, Mr. Grewgious demeurait assis, droit, le visage inexpressif, mais avec un air sévère de protestation, imperturbable et poli comme si, interrogé, il avait répondu : « Vous comprenez qu'il me serait impossible de trouver une observation à faire ou un mot à placer sur un sujet quelconque, merci. »

« Savez-vous, dit Jasper, qui venait de repousser son assiette et son verre après avoir médité quelques minutes, savez-vous que je trouve quelques parcelles de réconfort dans la communication que vous m'avez faite et qui m'a si fort surpris ?

– Vraiment ! » répliqua Mr. Grewgious en ajoutant assez clairement, mais sans le dire : « Moi pas, je vous remercie.

– Revenu du choc que j'ai éprouvé en apprenant, sur mon cher garçon, une nouvelle aussi inattendue et qui détruisait tous les châteaux en Espagne que j'avais bâtis pour lui, et après avoir pris le temps d'y réfléchir, oui, je vous dis oui. Peut-on ou non espérer (si je me trompe, dites-le moi tout de suite afin d'abréger mes peines), peut-on ou non espérer que, se trouvant dans cette nouvelle situation et se rendant compte du nombre d'explications embarrassantes qu'il allait devoir donner partout et à tous, il ait décidé d'y échapper en disparaissant ?

– Cela se pourrait, dit Mr. Grewgious, songeur.

– Cela se peut. J'ai lu que des gens, plutôt que d'affronter et de devoir donner des explications à des curieux, à des impertinents, sont partis, et l'on n'a plus rien su d'eux pendant un bon bout de temps.

– Je pense que de telles choses ont dû arriver, répondit Mr. Grewgious, toujours pensif.

– Quand je n'avais et ne pouvais avoir aucun soupçon de

tout cela, poursuivit Jasper, lancé sur cette nouvelle piste, quand j'ignorais que le cher garçon perdu m'avait caché quelque chose, et surtout une chose aussi capitale, quelle lumière pouvait se faire dans ce ciel si sombre ? Quand je supposais sa future femme et son mariage tout proches, comment pouvais-je admettre la possibilité qu'il quittât volontairement ce lieu dans des conditions si inexplicables, si capricieuses et si cruelles ? Mais maintenant que je sais ce que vous m'avez dit, il se produit une petite ouverture à travers laquelle le jour pénètre. En supposant Edwin parti de sa propre volonté, sa disparition ne devient-elle pas plus explicable et aussi moins cruelle ? Le fait d'avoir rompu récemment avec votre pupille est en lui-même une sorte de raison pour qu'il se soit éloigné. Cela ne rend pas son mystérieux départ moins affligeant pour moi ; mais cela en diminue la cruauté envers elle. »

Mr. Grewgious ne put que donner son assentiment.

« Et même, en ce qui me concerne, continua Jasper poursuivant la piste avec une ardeur tout animée d'espérance, j'y songe ! Il savait que vous deviez venir me voir et ce que vous étiez chargé de me dire. Si, en vous acquittant de ce soin, vous avez fait naître un nouvel ordre d'idées dans mon esprit, il découle raisonnablement de ces prémices qu'Edwin a pu prévoir les conséquences que j'en tirerais moi-même ; sûrement il les a prévues et alors il n'a pas mal agi envers moi... Que suis-je après tout, moi, John Jasper ? Un maître de musique ! »

Une fois encore, Mr. Grewgious ne pouvait que donner son assentiment.

« J'ai eu des soupçons, d'horribles soupçons, dit Jasper, mais votre révélation, tout accablante qu'elle soit (en m'apprenant que mon cher garçon avait un secret pour moi, moi qui l'aime tant), rallume l'espérance en mon cœur. Vous ne l'éteignez pas, au contraire ! Vous admettez que cet espoir est raisonnable. Je commence à croire *(ici, il joignit les mains)* qu'il a volontairement disparu et qu'il peut être vivant et bien portant ! »

En ce moment entra Mr. Crisparkle, auquel Jasper répéta :

« Je commence à croire possible qu'Edwin a volontairement disparu et qu'il est vivant et se porte bien. »

Mr. Crisparkle, ayant pris un siège, dit :

« Pourquoi en serait-il ainsi ? »

Mr. Jasper répéta les arguments qu'il venait de développer. Eussent-ils été moins plausibles que l'esprit du bon chanoine aurait encore été on ne peut mieux préparé à les accepter, car ils disculpaient son malheureux élève. Il déclara attacher une grande importance au fait que le jeune homme s'était trouvé, immédiatement avant sa disparition, placé dans une position embarrassante à l'égard de tous ceux qui connaissaient ses projets et ses affaires. Et il lui parut que la nouvelle éclairait d'un jour nouveau l'événement.

« J'ai déclaré à Mr. Sapsea, quand nous sommes allés le voir », dit Jasper (et il l'avait déclaré en effet), « qu'il n'y avait pas eu de querelle ou de différend entre les deux jeunes gens, lors de leur dernière rencontre. Nous savons tous que leur première rencontre avait malheureusement été loin d'être amicale, mais tout s'est fort tranquillement passé la dernière fois qu'ils se sont trouvés ensemble chez moi. Mon cher garçon n'était pas dans son état d'esprit habituel ; il était déprimé... je l'ai remarqué... et je suis obligé d'insister davantage sur cette circonstance, maintenant que je sais qu'il y avait une raison particulière à son abattement, la même raison qui peut l'avoir amené à s'éloigner !

– Plaise au ciel qu'il en soit ainsi ! s'écria Mr. Crisparkle.

– Plaise au ciel qu'il en soit ainsi ! répéta Jasper. Vous savez bien, et je souhaite que Mr. Grewgious le sache lui aussi, que j'avais conçu contre Mr. Neville Landless une forte prévention, provoquée par la violence de sa conduite, lors d'une première rencontre. Vous savez que je me suis rendu chez vous, très effrayé, pour mon cher garçon, de cette violence de Mr. Neville. Vous savez que j'ai même écrit dans mon journal, je vous ai montré le passage, que j'avais de sombres pressentiments à ce sujet. Mr. Grewgious doit être mis au courant de toute l'affaire, il ne doit pas, par une omission de ma part, en connaître seulement une partie et rester dans l'ignorance sur d'autres points. Je désire qu'il soit assez bon pour bien me comprendre et je répète que la communication qu'il m'a faite a eu une heureuse influence sur mon esprit, en dépit des préventions qui m'avaient auparavant si profondément indisposé contre le jeune Landless. »

Cette loyauté troubla beaucoup le chanoine ; il sentait qu'il n'avait pas agi lui-même avec autant de franchise. Il se reprocha d'avoir gardé le silence sur deux points : sur un second accès de colère de Neville contre Edwin Drood et sur la jalousie qui, à sa connaissance, s'était allumée dans le cœur du jeune homme à l'égard de son rival. Il était convaincu de l'innocence de Neville, en ce sens qu'il était persuadé que son élève n'avait aucune part dans l'affreuse disparition d'Edwin, mais bien des petites circonstances jouaient malheureusement contre l'accusé et il craignait d'en augmenter le poids. Le chanoine était le plus loyal des hommes, mais il se demandait avec angoisse si, en communiquant spontanément ces deux fragments de vérité à un tel moment, il ne favoriserait pas l'établissement d'un mensonge au détriment d'une vérité.

Cependant, il avait un exemple devant les yeux. Il n'hésita donc pas plus longtemps et s'adressa directement à Mr. Grewgious comme à une personne revêtue d'une sorte d'autorité par la révélation qu'il avait été chargé de faire à Jasper. Mr. Grewgious, déjà si Anguleux, le devint encore davantage. Mr. Crisparkle rendit ensuite hommage au sentiment de justice de Mr. Jasper, et après avoir exprimé sa confiance absolue dans l'innocence de son élève, qui, tôt ou tard, devait sortir lavé de tout soupçon, il avoua que sa confiance en ce jeune homme s'était formée, en dépit de la connaissance personnelle qu'il avait de son caractère bouillant et irritable et de son agressivité à l'égard du neveu de Mr. Jasper, à cause des sentiments romantiques que Rosa lui avait inspirés. La réaction sanguine qui se produisit sur le visage de Mr. Jasper montra que cette déclaration était inopportune. Il pâlit, mais répéta qu'il voulait s'accrocher à l'espoir qu'avait fait naître Mr. Grewgious et que, si l'on ne trouvait nulle trace de son cher garçon et nul indice dont on pût induire qu'un crime l'avait fait disparaître, il continuerait à caresser jusqu'aux dernières limites du possible l'idée qu'Edwin s'était éloigné de sa propre volonté.

Mr. Crisparkle sortit de cette réunion l'esprit encore troublé et très inquiet au sujet du jeune homme qu'il gardait chez lui comme une espèce de prisonnier, et il fit une promenade nocturne mémorable.

Il marcha jusqu'au barrage de Cloisterham.

Il faisait fréquemment cette promenade, et ses pas avaient donc pris naturellement cette direction plutôt qu'une autre. Mais ses préoccupations étaient si fortes qu'il ne fit aucune attention aux lieux qu'il traversait et qu'il n'eut conscience qu'il était près du barrage qu'en entendant le bruit de la chute de l'eau.

« Comment suis-je arrivé jusqu'ici ? » fut sa première pensée quand il s'arrêta. « Pourquoi suis-je venu ici ? »

Puis il s'arrêta pour écouter attentivement le bruit de l'eau. Un passage familier de ses lectures, sur les langues éthérées qui profèrent des noms d'hommes, résonna si spontanément à ses oreilles qu'il l'éloigna d'un geste, comme s'il s'agissait d'une réalité tangible.

Les étoiles brillaient. Le barrage était à plus de deux miles en amont de l'endroit où les deux jeunes gens étaient allés observer la tempête. Aucune recherche n'avait été poussée jusque-là, car le courant de la marée y était fort. A cette heure, la nuit de Noël, le flux avait créé un courant de marée extrêmement violent. Si un accident fatal s'était produit alors en cet endroit, il était logique de penser qu'on ne pouvait retrouver le corps qu'entre ce point et la mer, même après plusieurs marées. L'eau passait par-dessus le barrage qu'on distinguait à peine, avec son fracas habituel, par cette nuit froide et constellée, et on y voyait à peine. Pourtant, Mr. Crisparkle avait l'étrange sensation qu'il y avait quelque chose d'insolite alentour.

Il se mit à raisonner : « Qui y a-t-il et où ? Faisons l'expérience. Auquel de mes sens s'adresse cet avertissement ? »

Aucun de ses sens ne lui révélait quelque chose d'inusité. Il écouta, et son oreille ne perçut encore que la chute de l'eau par-dessus le barrage avec le bruit qu'elle faisait toujours par les nuits froides et étoilées.

Il savait très bien que le mystère qui occupait son esprit pouvait rendre cet endroit hanté. Il écarquilla ses yeux de lynx pour compenser le manque de lumière. Il se rapprocha du barrage et observa attentivement les pieux et les poutres qu'il connaissait bien. Rien d'insolite. Cependant, il prit la résolution de revenir le lendemain matin.

Toute la nuit, l'eau du barrage se déversa dans son sommeil agité, et, le lendemain, il était sur place dès le lever du soleil. C'était une matinée claire et glaciale. A l'endroit même où il s'était arrêté la veille au soir, les moindres détails du lieu étaient visibles. Il examina attentivement la scène quelques minutes et allait détourner son regard quand celui-ci fut attiré irrésistiblement par un point bien précis.

Il tourna le dos au barrage et regarda au loin le ciel, puis la terre, puis il regarda de nouveau ce point. La même chose attira son regard, qu'il concentra au maximum sur elle. Il n'y avait plus de danger qu'elle lui échappât désormais, même si ce n'était qu'un point dans l'étendue du paysage. Son regard était fasciné. Il commença rapidement à déboutonner son pardessus. Il venait de se rendre compte qu'à cet endroit – au bout du barrage – quelque chose brillait, et ce quelque chose ne bougeait pas et ne se déplaçait pas avec les gouttes d'eau brillantes, mais demeurait immobile.

Il s'en assura une dernière fois, ôta ses vêtements, plongea dans l'eau glacée et nagea vers ce point. Escaladant alors les pieux, il en retira une montre en or accrochée par sa chaîne entre les interstices des pièces de la charpente. Cette montre portait gravées les initiales E. D.

Il rapporta la montre sur la berge, nagea de nouveau vers le barrage, l'escalada encore une fois et plongea. Il connaissait chaque trou, chaque recoin du fond et il continua à plonger et à replonger jusqu'au moment où il ne put plus supporter le froid. Il espérait trouver le corps, il ne trouva qu'une épingle de cravate enfoncée dans la vase.

Muni de ses découvertes, il retourna à Cloisterham, prit avec lui Neville Landless et se rendit directement chez le maire. On envoya chercher Mr. Jasper, qui reconnut la montre et l'épingle. Neville fut arrêté. La rumeur sauvage et malveillante se déchaîna. Il était, disait-on, d'une nature si vindicative et si violente que, sans sa pauvre sœur, qui seule avait de l'influence sur lui et pouvait le contrôler, il aurait commis un meurtre par jour. Avant de venir en Angleterre, il avait fait fouetter jusqu'à la mort plusieurs « indigènes », des nomades qui campaient tantôt en Asie, tantôt en Afrique, tantôt aux Antilles et tantôt au pôle Nord, qui, dans l'imagination un peu vague des gens de Cloisterham, étaient tous des Noirs, bons et vertueux, qui s'appelaient eux-mêmes Moi et appelaient tous les autres Massa ou Missié (selon les sexes), et qui lisaient toujours les opuscules des missionnaires, obscurs dans leur jargon d'anglais, mais parfaitement clairs dans leur pure langue maternelle. Il avait presque fait mourir de chagrin Mrs. Crisparkle et juré de faire descendre « ses cheveux blancs dans la tombe » (cette expression originale était de Mr. Sapsea). Il avait plusieurs fois répété qu'il ôterait la vie à Mr. Crisparkle. Il avait dit maintes fois qu'il tuerait tout le monde afin de demeurer le seul homme vivant sur la terre. Il avait été amené de Londres à Cloisterham par un éminent philanthrope, et pourquoi ? Parce que ce philanthrope avait expressément déclaré : « J'ai le devoir envers mon prochain de faire en sorte qu'il se trouve, selon les mots de Bentham, dans un lieu où il représente le plus grand danger pour le plus petit nombre de personnes. »

Ces grossières calomnies ne pouvaient toucher Neville en des points vitaux. Mais il avait également à supporter le tir ajusté d'armes plus précises. Il était de notoriété publique qu'il avait menacé le jeune disparu, et, d'après la déclaration de son fidèle ami et précepteur, qui se donnait tant de mal pour lui, il avait une cause de vive animosité contre ce malheureux Edwin Drood. Il s'était muni d'une arme meurtrière lors de la fatale soirée, et il était parti de grand matin après avoir tout préparé pour son départ. On avait trouvé sur lui des taches de sang qui pouvaient avoir pour origine la cause qu'il avait indiquée, mais qui pouvaient aussi en avoir une autre. La perquisition opérée dans sa chambre, en vertu du mandat délivré à cet effet, avait fait découvrir qu'il avait brûlé tous ses papiers et mis en ordre tout ce qui lui appartenait dans l'après-midi du jour qui avait précédé sa disparition. La montre trouvée à l'écluse avait été reconnue par le bijoutier comme étant celle qu'il avait remontée et réglée pour Mr. Edwin Drood, à deux heures vingt minutes de la même après-midi. Elle s'était arrêtée avant d'être jetée à l'eau, le bijoutier était convaincu qu'elle n'avait jamais été remontée. Cela justifiait l'hypothèse selon laquelle cette montre avait été prise à Edwin peu de temps après qu'il avait quitté la maison de Mr. Jasper, à minuit, avec la dernière personne vue en sa compagnie. Pourquoi avait-elle été jetée là ? Si le jeune homme avait été assassiné et assez habilement défiguré ou caché, ou les deux, de façon à rendre toute identification impossible, sinon grâce aux objets qu'il portait sur lui, l'assassin aurait eu soin de faire disparaître les objets les plus durables et les plus connus, et les plus faciles à reconnaître, c'est-à-dire la montre et l'épingle de cravate. Quant aux occasions qu'il pouvait avoir trouvées de les jeter dans la rivière, si les soupçons s'arrêtaient sur lui, elles avaient été nombreuses. En effet, plusieurs personnes l'avaient vu se promener de ce côté de la ville (en réalité partout), l'air sinistre et égaré. Quant au choix de l'endroit, il valait mieux que des objets d'une nature aussi compromettante fussent trouvés partout ailleurs que sur lui. En ce qui concernait la réconciliation advenue lors de l'ultime entrevue entre les deux jeunes gens, il y avait peu de conclusions à en tirer en faveur du jeune Landless, car il apparaissait clairement que l'idée de cette rencontre ne venait pas de lui, mais de Mr. Crisparkle, et que le jeune homme avait cédé aux instances de son maître. Et qui sait avec quelle répugnance et dans quelles mauvaises dispositions d'esprit Neville, cédant à la contrainte, s'y était rendu ! Plus on examinait sa position, plus elle paraissait mauvaise sur tous les points. L'idée même que le jeune disparu s'était peut-être volontairement caché était devenue plus improbable par la déposition de la jeune fille dont il s'était si récemment séparé. Car elle avait dit, lorsqu'on l'avait interrogée, avec le plus grand sérieux et la plus grande tristesse, qu'il avait décidé avec elle, expressément et avec enthousiasme, d'attendre l'arrivée de son tuteur, Mr. Grewgious. Pourtant Edwin avait disparu avant sa venue.

Sous le coup de ces soupçons si nettement formulés et argumentés, Neville fut arrêté, et les recherches furent activées de tous côtés. Mr. Jasper s'y consacrait nuit et jour. Mais on ne découvrit rien. Aucun indice n'apparut tendant à prouver qu'Edwin était mort, et il fallut bien relâcher le meurtrier présumé. Neville fut mis en liberté. Il s'ensuivit une conséquence que Mr. Crisparkle n'avait que trop bien prévue : Neville dut quitter la ville, car les habitants l'évitaient et le rejetaient. Même s'il n'en avait pas été ainsi, la chère vieille bergère de porcelaine aurait été mortellement inquiète et aurait craint pour son fils, sans parler de l'agitation générale qu'aurait provoquée la présence d'un tel hôte. Même s'il n'en avait pas été ainsi, l'autorité à laquelle le chanoine devait officiellement déférer, en cette circonstance, aurait réglé la question.

« Mr. Crisparkle, lui dit le doyen, la justice humaine peut se tromper, mais il faut agir d'après ses lumières. L'époque du droit d'asile est révolue. Ce jeune homme ne peut pas en jouir chez vous.

– Vous voulez me faire comprendre qu'il doit quitter ma maison, monsieur ?

– Mr. Crisparkle, répliqua le prudent doyen, je ne prétends exercer aucune autorité dans votre maison. Je confère simplement avec vous sur la pénible nécessité où vous vous trouvez de priver ce jeune homme des grands avantages qu'il avait tirés de vos conseils et de vos leçons.

– C'est vraiment regrettable, monsieur, murmura Mr. Crisparkle.

– Regrettable, répéta le doyen.

– Mais s'il y a nécessité, balbutia Mr. Crisparkle.

– Malheureusement, vous le reconnaissez vous-même. »

Mr. Crisparkle baissa la tête, résigné :

« On ne peut condamner sans preuve, mais je comprends que…

– Précisément… parfaitement… comme vous le dites, Mr. Crisparkle, l'interrompit le doyen en remuant doucement la tête. Il n'y a pas d'autre solution. Votre bon sens vous l'a bien fait découvrir.

– Néanmoins, je suis entièrement convaincu de sa parfaite innocence, monsieur.

– Bon… bon…, dit le doyen d'un ton plus confidentiel, tout en regardant autour de lui à la dérobée. Je ne voudrais pas être tout aussi affirmatif. Non, pas tout aussi affirmatif. Assez de soupçons pèsent sur lui. Non, je pense que je ne voudrais pas être aussi affirmatif. »

Mr. Crisparkle baissa de nouveau la tête.

« Il ne nous appartient pas, poursuivit le doyen, de prendre parti. Non, nous ne devons pas prendre parti. Nous autres ecclésiastiques, nous devons garder nos cœurs chauds et nos têtes froides. Judicieusement il nous est commandé de rester dans un juste milieu...

– J'espère, monsieur, que vous ne me reprocherez pas d'avoir déclaré, avec une certaine chaleur et en public, qu'il reviendrait ici, si quelque nouveau soupçon venait à naître ou de nouvelles circonstances à se produire au sujet de cette ténébreuse affaire.

– Non, pas du tout... et pourtant, vous savez, je ne pense pas, répondit le doyen, en appuyant sur ces mots, *je ne pense pas* que j'aurais fait, moi, cette déclaration, du moins avec autant de chaleur que vous. J'aurais constaté tout cela, oui ! mais avec chaleur, non ! En toute occasion, Mr. Crisparkle, gardons nos cœurs chauds et nos têtes froides ; nous autres ecclésiastiques, nous ne devons rien faire avec chaleur. » Ainsi donc, le Coin du chanoine ne vit plus Neville Landless. Il s'en alla, où il lui plut d'aller, avec une flétrissure imprimée sur son nom et sur sa réputation.

Alors John Jasper reprit en silence sa place dans le chœur. Hagard, les yeux rouges, il était évident que ses espérances l'avaient abandonné ; l'optimisme était parti, et ses pires pressentiments étaient revenus. Un jour ou deux plus tard, au moment où il quittait son aube, il tira de la poche de son veston son journal, en feuilleta les pages, et avec un regard expressif, mais sans dire un mot, il donna le passage à lire à Mr. Crisparkle :

Mon cher garçon a été assassiné. La découverte de sa montre et de son épingle me convainc qu'il a été assassiné cette nuit-là et que ses bijoux lui ont été enlevés de peur qu'ils ne pussent servir à l'identifier. Toutes les trompeuses espérances que j'avais fondées sur sa rupture avec celle qui devait être sa femme, je les jette aux vents : elles s'évanouissent devant cette fatale découverte. Je jure aujourd'hui, et je consigne ce serment sur ces pages, que je ne discuterai jamais plus ce mystère avec aucune créature humaine avant d'en détenir la clef. Que je ne me départirai jamais de mon silence et de mes recherches. Que j'imputerai le meurtre de mon cher garçon à son meurtrier ! Et que je me voue à sa perte !

XII

Entre les rapports des trois détectives revenus de Cloisterham, les hypothèses des impatients qui ont déjà fini le chapitre 15 et les protestations de ceux qui ont pris du retard dans la lecture, on ne peut pas dire que le débat sur le « fascicule du mystère » se déroule dans le meilleur ordre possible. Et pas davantage – selon le juge PORPHYRE – avec toute la glasnost souhaitable. Nous assistons en somme à ce qu'en langage sportif on appellerait une « action confuse » : et si confuse que l'arbitre WILMOT lui-même a de la peine à s'y retrouver.

Voici en effet BUCKET qui, ayant intercepté le coup franc de Sally, intervenue pour sauver Ned après avoir soutiré le secret à Jasper, voudrait procéder à l'arrestation ou tout au moins à la garde à vue de ce dernier. Mais il est contre-attaqué par LE CRAPAUD, qui prétend que la femme de la fumerie a mal compris : en fait Ned, c'est-à-dire le jeune homme dont elle a à plusieurs reprises lu le nom sur les lèvres de son client, ne serait pas l'ennemi que ledit client, à savoir Jasper, rêvait d'étrangler et de jeter du haut de la tour. Au contraire ! C'est pour protéger le susdit jeune homme que Jasper rêvait de détruire ledit ennemi !

L'idée est reprise par ARCHER, mais repoussée avec mépris par POPEAU, qui s'écrie : Ah, oui ? et alors expliquez-moi pourquoi, cher monsieur, Jasper dans son délire aurait toujours prononcé le nom du neveu et jamais celui de son adversaire fantomatique !

Peut-être parce qu'il ne le connaissait pas, intervient

MAIGRET, et peut-être ne le connaît-il pas encore aujourd'hui. Car si Neville...

Pouah ! l'interrompt irrégulièrement POPEAU, en s'attirant une sévère réprimande de l'arbitre. DUPIN, épaulé par CUFF, en profite pour renvoyer en arrière et plus précisément à l'acte II, scène 1, de *Macbeth,* où l'on pourrait, à son avis, relever une concordance significative avec...

Avec le titre du chapitre 14 ! crie de la banquette LOREDANA, désireuse de se faire remarquer par l'arbitre, mais oubliant que la question de la sorcière (« Quand nous retrouverons-nous, nous trois ? ») ouvre le premier acte et non le deuxième. D'autre part, comme le lui rappelle WILMOT, l'origine « macbéthienne » du titre a déjà été remarquée par tous les commentateurs, sans qu'aucun, du reste, ait jamais pu en tirer le moindre indice intéressant.

L'intervention de la demoiselle a cependant été très opportune, déclare galamment POIROT, car nous sommes ici en effet pour chercher des indices qui auraient pu échapper à nos prédécesseurs. Et d'ailleurs, j'imagine que mon collègue DUPIN...

Il est vrai, dit DUPIN, récupérant le ballon, pardon, la parole, que Dickens a mis en exergue à ce que lui-même appelait le « numéro du mystère » le premier vers de *Macbeth.* Cependant, plutôt que sur ce vers isolé, moi, je réfléchirais au fait que, dans cette tragédie, il est question d'un meurtre dont *l'exécuteur matériel, mais rétif, se trouve être un mari agissant à l'instigation et sur les instructions précises de sa femme.* D'autre part, le sergent CUFF, qui a écouté sur place la conversation entre les deux Landless, est d'avis...

A mon avis, intervient CUFF au vol, le dialogue en question peut parfaitement s'interpréter comme le prélude à un assassinat dont *l'exécuteur matériel, mais rétif, est un frère qui agit à l'instigation et sur les instructions précises de sa sœur.* Mais je laisse à l'ami DUPIN le soin de préciser les...

Mais cette nouvelle passe est interceptée par LE

COLONEL DES CC qui renvoie pour ainsi dire au gardien de but en faisant observer que Neville, en tant qu'étranger, devrait être muni d'un passeport. A moins qu'il ne l'ait détruit en même temps que ses autres papiers, vrai ou faux qu'il fût ?

La question est tournée en ridicule par POPEAU, mais non par WILMOT, qui en voit bien la raison : que sait-on de l'identité des deux jumeaux, à part la vague histoire racontée par Honeythunder et les précisions qu'ils ont données eux-mêmes ? On ignore même s'ils sont vraiment frère et sœur puisqu'il ne s'agit pas de jumeaux utérins.

Mais une descente de P. PETROVITCH, qui cite le cas inverse d'Alexeï et Nelly dans *Humiliés et Offensés*, soulève d'autres réactions en chaîne (MARLOWE : Qui est vraiment le bedeau ? que savons-nous de la femme du doyen ? WOLFE : Qui nous dit que Jasper et Drood sont réellement oncle et neveu ?), et la discussion sort en touche.

La remise en jeu est effectuée par P. BROWN, qui passe à CUFF, qui renvoie à DUPIN, qui revient sur la question des « concordances » entre l'affaire Drood et l'histoire de Macbeth. Ce dernier en effet, après avoir tenté et retenté de se dérober, se laisse également persuader par sa compagne (qui, au préalable, a demandé aux esprits de la « désexuer »[1]) d'expédier « la grande affaire de cette nuit » ; et, dans l'horreur du crime qu'il est sur le point de commettre, Macbeth observe que « la Nature semble morte ». De même dans le MED, quand Helena convainc finalement son frère d'expédier l'« affaire de cette nuit », Neville note que l'air « est étrangement pesant et comme mort »[2]. Et dans la nuit, shoote DUPIN, éclate dans les

1.*« Unsex me here ! »* crie lady Macbeth pour se libérer de tout sentiment de miséricorde féminine ; et DUPIN profite de la présente note pour rappeler les efforts d'émancipation d'HELENA qui s'arrache les cheveux par touffes pour se masculiniser.

2. *Macbeth*, II, 1 : *« Now o'er the one half-world/Nature seems dead »* ; MED, XIV: *« What a strange dead weight is in the air ! »*

deux cas une tempête si violente qu'elle fait tomber les cheminées dans les rues[1].

But !... Nous avons gagné !... hurle frénétiquement LE CRAPAUD, pour qui la conclusion de DUPIN, préparée par l'action de CUFF, marque le point décisif en faveur de l'innocence de Jasper. Mais évidemment, tout le monde n'est pas de cet avis, à commencer par l'arbitre, et la mêlée qui s'ensuit...

(Bruits de bagarre suivis de brouillage et brusque coupure de la retransmission.)

*

Nous avons interrompu le reportage en direct, lecteur, pour mieux suivre la fin du match et vous en fournir à présent un compte rendu plus ordonné, bien que télégraphique.

WILMOT : Concordances avec *Macbeth* certes suggestives, mais simple coïncidence toujours possible. MED fourmille en effet allusions et dérivations shakespeariennes en tout genre : par exemple, scène violente où Jasper déclare à Rosa son amour malheureux, curieusement analogue à *Hamlet*, acte III, scène 1, où pâle prince Danemark rétracte déclarations amour pour simuler folie. Faut-il en déduire Jasper poursuit but similaire ?

MAIGRET : N'en savons rien. Peut-être prédécesseur a-t-il déjà déduit ?

WILMOT *(hésitant)* : Euh... oui. Selon éminent innocentiste jaspérien mentionné hier, oncle soupçonnerait que... Cependant, pour ne pas influencer cours recherches, préférerais ne...

LE CRAPAUD : Mais pourrait-on au moins savoir si éminent innocentiste plaide culpabilité jumeaux ou présumés tels ?

WILMOT : Non, non, comme déjà dit et redit, personne avant sergent CUFF n'avait suspecté jumeaux.

1. *Macbeth*, II, 111 : « *Our chimneys were blown down* »; MED, 14 : « *Chimneys topple in the streets.* »

LE CRAPAUD *(shakespearien)* : *Hail, good sergeant*[1] !

POIROT : Particulièrement intéressante, à mon avis, observation Cuff sur soudaine répugnance auteur nous faire revoir Helena avec Rosa.

CUFF : Et avec Neville ! Absence toute conversation entre jumeaux ou pseudo-jumeaux après nuit fatale non moins remarquable, en effet, qu'interruption tout rapport visible entre Helena et Rosa.

POPEAU : Peut-être ne se parlent pas cause embarras suite dispute ?

POIROT : Peut-être ne se parlent pas cause embarras *auteur* à les faire parler sans découvrir propre jeu !

CUFF : Exactement. Malgré habileté diabolique auteur, dialogue avant crime paraît déjà assez forcé et tiré par cheveux. Mais comment les faire dialoguer *après* crime, si eux coupables ? Relations Helena-Rosa non moins ardues pour auteur, car Rosa et lecteurs pas idiots au point pas demander : comment jumelle peut, après appréhensions et angoisses, être soudain si sûre innocence jumeau ? Bien plus simple pour Dickens glisser dans scène Grewgious/Jasper affirmation que « attitude miss Landless est rejet tout soupçon et confiance sans bornes en frère ».

LOREDANA *(très impressionnée par arguments Cuff)* : C'est vrai !... Comment possible éminent innocentiste pas remarqué tout ça, Dr Wilmot ?

WILMOT : Comme déjà expliqué, mademoiselle, préférerais ne...

CUFF: Mon idée personnelle est en tout cas que même dans fascicules restants ne s'entendront plus conversations directes Helena/Rosa ou Helena/Neville.

WILMOT : Idée erronée dans certain sens, mais pas dans autre. Préfère toutefois pas préciser pour moment afin éviter influencer orientation recherches.

LOREDANA *(perdant patience)* : Mais Fred !

1. *Macbeth*, acte I, scène 11.

MAJORITÉ CONGRESSISTES *(s'empresse toussoter ou se moucher comme si rien n'était).* MINORITÉ *(ricane ouvertement).* WILMOT *(redresse nœud papillon avec aplomb oxbridgien).*

P. PETROVITCH *(avec clin d'œil débonnaire à confuse jeune fille)* : Fait que Jasper réduit à « tas de loques » par annonce rupture fiançailles me semble permettre unique explication : coupable anéanti par inutilité crime. Pour éviter me creuser tête vainement, et tout en comprenant opposition modérateur anticiper quoi que ce soit, aimerais savoir : innocentiste en question trouvé autre explication plus ou moins plausible ?

WILMOT *(pour éviter autres interventions Loredana)* : *Yes.* Innocentiste explique aussi, assez plausiblement, pourquoi oncle effondré dit avoir conçu *trompeuses espérances* à partir rupture fiançailles.

P. BROWN : Mais je défie quiconque, innocentiste ou non, expliquer incongruités et invraisemblances telles que : 1) oncle bien qu'anxieux savoir neveu sain et sauf, attend aube pour partir à sa recherche ; 2) Crisparkle qui lui aussi va tranquillement dormir sans attendre retour protégé, de sorte que jour suivant ignore même quelle heure Neville rentré ; 3) premier interrogatoire Neville expédié en moins de deux, après quoi révérend ayant retrouvé (par « mesmérisme » ?) montre dans barrage et *épingle cravate* au fond rivière (!!!) amène lui-même Neville chez maire pour nouvel interrogatoire (auquel Dickens se garde bien nous faire assister), mais continue de se dire « absolument convaincu de sa parfaite innocence » ; 4) Helena, Rosa, révérend, tous en somme y compris Grewgious (qui a vu un instant jumelle mais jamais vu jumeau, même de loin), innocentistes farouches sans que l'on sache pourquoi. Non à la fin ! Affaire trop étrange et auteur trop désinvolte, trop porté à faire fi vraisemblance. A se demander, pour tout dire, si lui-même capable imaginer solution quelconque.

LE CRAPAUD *(découragé)* : Aïe !

HOLMES *(fantomatique)* : Imagina vivant, mais mort préféra se taire.

P. BROWN *(ignorant interruption)* : Avec votre permission, Dr Wilmot, je voudrais citer opinion exprimée à ce sujet par mon … euh… créateur terrestre.

WILMOT *(toujours pour éviter nouvelles interventions Loredana)* : Citez ! Citez à votre aise, mon père !

P. BROWN : En tant que juge au procès fictif à charge Jasper[1], G. K. Chesterton déclara impossible déduire du texte dickensien culpabilité ou innocence de quiconque, ni même si Drood vivant ou mort, cause incohérences et contradictions dont texte regorge. J'ajouterai que G. B. Shaw en personne, président du jury au susdit procès, n'hésita pas disqualifier MED même sur plan purement littéraire, définissant « geste à peine esquissé d'un homme aux trois quarts mort ».

P. PETROVITCH : Je proteste ! Repousse définition indigne et nie toute autorité à Mr. Shaw, qui, intéressé uniquement côté « social » œuvre Dickens, et déçu absence dudit côté dans dernier roman, ne pouvait rien comprendre point de vue artistique.

LE COLONEL DES CC : Très juste.

P. PETROVITCH : Merci. Point de vue artistique, qu'il me soit permis citer plutôt opinion poète H. W. Longfellow (1807-1882), selon qui MED, bien qu'inachevé, est un des plus grands romans Dickens. Geste à peine esquissé ? Homme aux trois quarts mort ? Mais suffit considérer personnages tels Durdles, Twinkleton, Grewgious, Bazzard, femme fumerie, pour reconnaître « griffe » majeur génie roman anglais ! Suffit même description « Chariot bâché » avec son « hôtesse acariâtre donnant fessée à bébé moite pourvu unique chaussette rouge » !

1. *The Trial of John Jasper*, compte rendu sténographique publié par la Dickens Fellowship, Londres, 1914.

*

Cris « Bien ! », « Bravo ! » accueillent péroraison. Beaucoup entourent P. PETROVITCH pour le féliciter et P. BROWN vient aussi exprimer assentiment inconditionnel : « Ai cité opinion Shaw par souci impartialité, affirme-t-il, mais sans du tout la partager ! »

Petits, ronds et drôlement fagotés l'un et l'autre, mais, outre que profondément religieux, vifs et très agiles malgré courtes gambettes, P. P. et P. B. se serrent chaleureusement main sous regard intrigué POIROT. Celui-ci commence douter (comme HOLMES et DUPIN déduisent sans peine de son expression) que ressemblance si poussée soit fortuite. Chesterton, se demande en effet détective belge, n'aurait-il pas délibérément donné à célèbre enquêteur catholique traits juge instruction dostoïevskien ?

Mais qu'aimable lecteur décide lui-même, POIROT étant déjà absorbé par considérations suivantes : a) admettons Dickens avoir délibérément calqué MED sur best-seller Collins ; b) son but, selon témoignage Foster, aurait été prouver lecteurs sa capacité « faire mieux » ; mais en réalité c) Dickens dépourvu expérience et sans doute disposition pour véritables intrigues policières ; d'où d) projet ambitieux se serait retourné contre lui entraînant incohérences structurales relevées par père Père Brown[1] mais e) clef mystère resterait en tout cas opium et solution « jekyllienne » continuerait s'imposer, tandis que f) preuves pourtant suggestives recueillies par Scotland Yard contre jumeaux demeureraient inacceptables n'étant fondées que sur considérations purement théoriques. Bref, on continue à tourner en rond, comme semblent l'estimer aussi MAIGRET, WOLFE, THORNDYKE et même le LATINISTE DE JUAN-LES-PINS. Quant à MARLOWE et ARCHER, ils se désintéressent ouvertement et affichent supériorité

1. A savoir Chesterton, père putatif du personnage.

renard/raisin égard LOREDANA, absorbée contemplation son Fred. Lequel propose suspension travaux, cause lunch, mais recommande retour 15 heures précises pour *imprinting* et discussion numéro août.

Cependant, comme chacun sait ou devrait savoir, homme propose, techniciens disposent. Voilà donc techniciens survenir et annoncer que, raisons techniques empêchant *imprinting* heure fixée, numéro août sera imprimé dès maintenant dans têtes congressistes si ces derniers d'accord. Ces derniers pas tous d'accord, car beaucoup préféreraient s'ôter MED de tête pour au moins deux heures. D'autre part, numéro juillet déjà longuement discuté et, devant problème toujours plus problématique, temps presse. Vote à main levée suggéré par WILMOT résulte favorable *imprinting* immédiat, d'où voici nouveau numéro.

Chapitre 17. Philanthropie : professionnels et autres

La moitié de l'année s'était écoulée, et Mr. Crisparkle était assis dans la salle d'attente des bureaux londoniens du Havre de la Philanthropie. Il attendait une audience de Mr. Honeythunder.

Mr. Crisparkle avait connu des professeurs du Noble Art du coup de poing lors de ses activités sportives à l'université et il avait assisté à deux ou trois de leurs réunions gantées. Une chose le frappait maintenant : la conformation phrénologique de la nuque des Philanthropes professionnels ressemblait étonnamment à celle des Pugilistes. En ce qui concerne le développement de tous les organes qui constituent ou indiquent une propension à attaquer son semblable, les Philanthropes étaient en effet remarquablement bien lotis. Plusieurs professeurs entraient ou sortaient, avec un air terriblement agressif, comme s'ils étaient prêts à se mesurer avec le premier novice qui leur tomberait sous la main, et Mr. Crisparkle se souvenait d'avoir vu les mêmes airs dans les salles de boxe. Les préparatifs étaient en cours pour l'organisation d'un petit combat moral quelque part dans le secteur rural, et d'autres Professeurs soutenaient l'habileté particulière de tel ou tel poids lourd pour assener les meilleurs coups oratoires : ils ressemblaient tellement à des sportifs de bistrot que les ordres du jour proposés sonnaient comme des rounds. En la personne d'un des organisateurs officiels de ces manifestations, acclamé pour sa tactique de la tribune, Mr. Crisparkle reconnut (en habit noir) la réplique d'un défunt bienfaiteur de l'espèce humaine, un éminent personnage public, célèbre jadis sous le nom de

Fogo Face de Pierre et qui, à cette époque, organisait les rencontres dans le cercle magique des cordes et des piquets. Seuls trois éléments manquaient à la parfaite ressemblance entre les uns et les autres. Premièrement, les Philanthropes étaient moins bien entraînés que les Boxeurs ; ils avaient trop de chair, leur visage et leur corps présentaient une surabondance de ce que les experts pugilistes appellent des boudins de graisse. Deuxièmement, les Philanthropes n'avaient pas le bon caractère des Boxeurs et ils étaient plus grossiers en paroles. Troisièmement, leur code de combat avait grand besoin d'être révisé, les Philanthropes se permettant non seulement de pousser leur adversaire dans les cordes, mais aux limites du désespoir, de les frapper à terre, de les frapper n'importe où, de les piétiner, de leur donner des coups de pied, de les défigurer et de les frapper par-derrière sans pitié. De ce point de vue-là, les professeurs du Noble Art étaient beaucoup plus nobles que les professeurs de Philanthropie.

Mr. Crisparkle était tellement absorbé dans ses réflexions sur ces ressemblances et ces dissemblances, et par l'attention qu'il portait à tous ceux qui passaient et repassaient devant lui, toujours en quête, à ce qu'il lui semblait, d'arracher quelque chose à quelqu'un sans rien donner à personne, qu'on appela son nom à deux reprises sans qu'il l'entendît. Quand il y eut enfin répondu, un Philanthrope à gages, mal vêtu et mal payé, qui aurait certainement trouvé plus d'avantage à servir chez un ennemi déclaré de la race humaine, l'introduisit dans le cabinet de Mr. Honeythunder.

« Monsieur », dit celui-ci de sa voix terrible, comme un maître d'école intimant un ordre à un écolier dont il est mécontent, « asseyez-vous. »

Mr. Crisparkle s'assit.

Mr. Honeythunder apposa quelques douzaines de signatures au bas de ce qui lui restait des milliers d'exemplaires d'une circulaire invitant autant de familles à se présenter, à verser leur cotisation et à devenir Philanthropes ou à aller au diable. Puis un autre Philanthrope à gages, aussi misérablement vêtu que le premier, les recueillit dans une corbeille, qu'il emporta.

« Donc, Mr. Crisparkle », dit Mr. Honeythunder en tournant

sa chaise vers le chanoine pour lui faire face et en appuyant ses mains sur ses genoux, les bras rigides, les sourcils froncés comme pour dire : « J'en aurais bientôt fini avec celui-ci. »

« Donc, Mr. Crisparkle, nous n'avons pas la même manière de voir tous les deux le caractère sacré de la vie humaine.

– Le croyez-vous ? dit le chanoine.

– Je le crois, monsieur.

– Puis-je vous demander quelle est, sur ce sujet, votre manière de voir… à vous ?

– Je pense que la vie humaine est une chose qui doit être tenue pour sacrée, monsieur.

– Puis-je vous demander, continua le chanoine, si vous me supposez des idées différentes ?

– Par saint Georges ! monsieur, répliqua le Philanthrope en raidissant davantage ses bras et en regardant le chanoine d'un air farouche, vous vous connaissez mieux que je ne vous connais sans doute.

– J'en conviens volontiers. Mais vous avez commencé par dire que nous avions des points de vue différents. Vous devez donc m'attribuer une opinion bien déterminée pour parler ainsi. Je vous serais obligé de vous expliquer plus clairement.

– Voici un homme, un jeune homme, reprit Mr. Honeythunder, comme si la chose aggravait la situation, et comme s'il eût pris plus aisément son parti de la perte d'un vieillard, un jeune homme qui est balayé de la face de la terre par un acte de violence. Cet acte, comment l'appelez-vous ?

– Un assassinat, dit le chanoine.

– Et comment appelez-vous celui qui a commis cet acte ?

– Un assassin, dit le chanoine.

– Je suis heureux que vous l'admettiez, répliqua Mr. Honeythunder de son air le plus agressif. Je vous avoue franchement que je ne m'y attendais pas. »

Et de nouveau son regard se fixa, menaçant, sur Mr. Crisparkle.

« Soyez assez bon, reprit le chanoine, pour m'expliquer ce que vous entendez dire par ces expressions injustifiables.

– Je ne suis pas ici, monsieur, répliqua le Philanthrope en

élevant la voix presque jusqu'au rugissement, pour me laisser intimider.

– En tant que seule autre personne présente, personne ne le sait mieux que moi, dit le chanoine tranquillement. Continuez votre explication, je vous prie.

– Meurtre ! » dit Mr. Honeythunder, plongé dans une rêverie tonitruante, les bras croisés comme s'il se croyait à la tribune et hochant la tête pour exprimer horreur et dégoût après l'effet traumatisant des mots.

« Sang versé !... Abel !... Caïn !... Je ne fais pas d'alliance avec Caïn... Je repousse en frissonnant une main souillée de sang. »

Les membres de la confrérie, dans une réunion publique, auraient alors sauté sur leur chaise pour applaudir un si beau début oratoire ; Mr. Crisparkle se contenta de croiser calmement ses jambes dans l'autre sens et dit avec douceur :

« Je ne veux pas interrompre vos explications... quand elles commenceront.

– Les Commandements disent : "Pas de meurtre." Pas de meurtre, monsieur ! » répéta Mr. Honeythunder, après un silence, comme pour rappeler à l'ordre Mr. Crisparkle qui aurait explicitement affirmé que les Commandements disent : « Tu pourras commettre un petit meurtre, mais ensuite tu ne recommenceras plus. »

« Les Commandements disent aussi : "Tu ne porteras pas de faux témoignage...", fit observer Mr. Crisparkle.

– Assez ! tonna Mr. Honeythunder, avec une solennité et une sévérité qui auraient fait crouler une salle sous les applaudissements, assez ! Mes pupilles étant maintenant majeurs, je me trouve dégagé de fonctions auxquelles je ne peux penser sans frissonner d'horreur. Voici donc les comptes que vous vous êtes chargé d'accepter dans leur intérêt ; voici le bilan en leur faveur que vous vous êtes chargé de recevoir et que vous ne sauriez recevoir trop tôt. Maintenant, permettez-moi de vous dire, monsieur, comme homme et comme chanoine, je souhaiterais vous voir remplir un autre rôle... », et il hocha la tête, « un autre rôle... », nouveau hochement de tête, « un autre rôle... », cette fois avec un triple hochement de tête, « une autre *mission.* »

Mr. Crisparkle se leva, le visage un peu animé, mais parfaitement maître de lui.

« Mr. Honeythunder, dit-il en ramassant les papiers auxquels il avait été fait allusion, le fait que je joue un bon ou un vilain rôle est une affaire de goût et d'appréciation. Peut-être trouveriez-vous ma conduite plus conforme à vos principes si je m'enrôlais parmi les membres de votre société ?

– Certes, monsieur, répliqua Mr. Honeythunder en recommençant à secouer la tête d'un air menaçant, et il eût mieux valu pour vous l'avoir fait depuis longtemps !

– Ce n'est pas mon opinion.

– Et, dit Mr. Honeythunder, je trouverais digne d'un homme de votre profession la résolution de se consacrer à la découverte et à la punition du coupable, au lieu de laisser ce soin à un laïc.

– Je ne puis envisager ma profession sous ce point de vue, dit Mr. Crisparkle. Elle m'enseigne que le premier de mes devoirs est de me consacrer à ceux qui sont dans la détresse ou dans la peine, qui sont malheureux ou opprimés. Quoi qu'il en soit, comme je suis parfaitement sûr qu'il n'entre pas dans les devoirs de ma profession de faire des professions de foi, je n'en dirai pas davantage à ce sujet. Mais je dois à Mr. Neville, à sa sœur (et, à un moindre degré, à moi-même) de vous apprendre que je connaissais et comprenais parfaitement dans quelles dispositions d'esprit et de cœur se trouvait Mr. Neville au moment des événements auxquels vous faites allusion. Sans chercher le moins du monde à embellir ou à dissimuler ce qu'il y avait de déplorable dans son caractère et ce qui demandait à être corrigé, j'ai la certitude que la version qu'il a donnée est la vraie. C'est pourquoi je lui prête encore l'appui de mon amitié. Aussi longtemps que durera pour moi la certitude dont je vous parle, je ne l'abandonnerai point. Et si quelque considération humaine ou mondaine pouvait ébranler ma résolution, je serais honteux de moi-même et de ma bassesse. Sachez bien que la bonne opinion du monde entier, que je pourrais gagner en agissant ainsi, ne saurait compenser la perte de ma propre estime. »

Le brave homme ! Si humain et si modeste ! Il n'y avait pas plus de présomption vaniteuse chez le chanoine que chez l'enfant qui, jadis, défendait une porte au cricket. Il était simplement et fermement fidèle à son devoir dans les grandes comme dans les petites choses. N'est-ce pas le fait des grands cœurs ? Il n'y a pas de petite chose pour un cœur. Rien n'est petit pour un grand esprit.

« Qui donc, selon vous, a commis ce forfait ? s'écria Mr. Honeythunder.

– Dieu me garde, dit Mr. Crisparkle, dans le désir de justifier l'un de mes semblables, d'en incriminer un autre ! Je n'accuse personne.

– Pouah !... » s'écria Mr. Honeythunder avec une grande affectation de dégoût, car ce n'étaient pas là les principes en vertu desquels se conduisaient les Philanthropes de sa confrérie. « D'ailleurs, monsieur, vous n'êtes pas un témoin désintéressé, mettez-vous bien cela dans l'esprit.

– Et quel serait mon intérêt ? demanda Mr. Crisparkle en souriant avec candeur, incapable d'en imaginer un.

– Une certaine somme qui vous était allouée pour vos soins à votre élève peut bien avoir obscurci votre jugement, répliqua brutalement Mr. Honeythunder.

– Et cette somme, j'espère continuer à la recevoir, répliqua Mr. Crisparkle, qui commençait à comprendre. N'est-ce pas ce que vous voulez dire ?

– Eh bien, monsieur, reprit le Philanthrope professionnel, en se levant et en enfonçant ses deux mains dans les poches de son pantalon, je ne cherche pas à plaire aux gens, mais si l'une de mes remarques leur convient, qu'ils la fassent leur. C'est leur affaire et non la mienne. »

Mr. Crisparkle le regarda avec une juste indignation et le prit directement à partie :

« Mr. Honeythunder, dit-il, je pensais en venant ici n'avoir pas à me défendre contre les façons et les manœuvres de votre secte. Vous oubliez les formes tolérantes que doit toujours avoir une conversation privée. Vous m'avez fourni un si bel échantillon de votre philanthropie que je mériterais ce qui m'arrive si je gardais le silence. Et quant à vos manœuvres, savez-vous qu'elles sont détestables ?

– C'est-à-dire, monsieur, qu'elles ne sont pas de *votre* goût.

– Elles sont détestables, reprit Mr. Crisparkle, sans tenir compte de l'interruption. Elles violent le sentiment de justice qui convient à des chrétiens, et la réserve qui doit exister entre des gens comme il faut. Vous osez déclarer que, un grand crime ayant été commis, j'en connais l'auteur et suis au courant de toutes les circonstances du crime. J'ai de nombreuses et puissantes raisons pour croire positivement Mr. Neville innocent. Eh bien ! Parce que je ne partage pas votre opinion sur ce point essentiel, quelle est la ressource oratoire à laquelle vous avez recours ? Vous vous retournez contre moi, vous m'accusez de ne pas sentir l'énormité du crime et de m'en faire le défenseur et le complice. Une autre fois – en supposant que je représente vos adversaires dans d'autres cas –, vous entraînez artificiellement la crédulité publique dans une profession de foi inspirée, appuyée et approuvée à l'unanimité, envers quelque superstition ridicule ou quelque malveillante imposture. Je refuse d'y croire, et vous proclamez publiquement que je ne crois à rien ; parce que je ne veux pas plier le genou devant un faux dieu de votre invention, vous prétendez que je nie le vrai Dieu ! Une autre fois, vous découvrez soudain que la guerre est une calamité et proposez de l'abolir à l'aide d'un enchaînement de résolutions tarabiscotées que vous agitez en l'air comme la queue d'un cerf-volant. Je refuse d'admettre que vous ayez été le premier à découvrir cette calamité, et je n'ai pas le plus petit brin de confiance dans vos remèdes. Aussitôt, vous me représentez publiquement comme un démon incarné prenant plaisir aux horreurs des champs de bataille. Une autre fois, lors d'une autre de vos agressions publiques inconsidérées, vous voulez punir les gens sobres pour les ivrognes. Je demande que l'on tienne compte du confort, des aises et de la soif des premiers. Vous proclamez publiquement que je nourris un désir dépravé de transformer les créatures du Bon Dieu en cochons et en fauves. Dans tous les cas, vos inspirateurs, vos adjoints et vos partisans, vos professeurs diplômés de tous les degrés se déchaînent contre le prochain comme autant de Malais affolés ; ils se font une joie d'attribuer à leurs adversaires les façons de penser les plus basses et les plus indignes sans la moindre discrimination. (Permettez-moi d'attirer votre attention sur un récent exemple qui vous est arrivé et dont vous devriez avoir honte.) Ils citent des chiffres qui sont, vous le savez pertinemment, volontairement partiaux, comme s'il s'agissait d'un bilan compliqué, où tous les postes figureraient dans la colonne "crédit" et aucun dans la colonne "débit", ou inversement. C'est pourquoi, Mr. Honeythunder, je considère vos procédés de réunions publiques comme un bien mauvais exemple et comme la pire école pour la vie publique ; mais tenez pour certain que, si vous transportez vos procédés oratoires dans la vie privée, ils deviennent tout à fait abominables.

– Voilà de graves paroles, monsieur ! dit le philanthrope.

– Je l'entends bien ainsi, monsieur ! dit Mr. Crisparkle. Bonsoir. »

Il sortit du Havre de Philanthropie à grands pas, mais, bientôt, il reprit son allure souple et régulière, et, très vite, un sourire reparut sur son visage, lorsqu'il pensa à ce qu'aurait dit la bergère de porcelaine si elle avait vu la manière dont il avait traité Mr. Honeythunder dans cette dernière escarmouche. Car Mr. Crisparkle avait juste assez d'innocente vanité pour croire que son adversaire ne s'en relèverait point et pour se réjouir d'avoir si bien secoué le Philanthrope.

Il se rendit à Staple Inn, mais non dans la maison qui portait les lettres P. J. T. et où demeurait Mr. Grewgious. Il gravit les nombreuses marches d'un escalier qui craquait sous ses pas et atteignit un petit appartement sous les combles. Là, il tourna la poignée d'une porte qui n'était pas verrouillée et il se trouva devant la table de Neville Landless.

Un air de retraite et de solitude régnait dans ces pièces, ainsi que sur la physionomie de celui qui les habitait. Neville paraissait aussi fatigué que l'appartement lui-même. Les plafonds mansardés, les énormes serrures rouillées, les grosses poutres qui se désagrégeaient lentement donnaient à ce logis l'air d'une prison. Celui qui l'occupait avait bien le visage hagard d'un prisonnier. Pourtant, le soleil pénétrait dans ce vilain grenier par la modeste fenêtre qui donnait sur les tuiles du toit et, plus bas, sur le parapet délabré et noirci par la fumée, quelques pauvres moineaux sautillaient péniblement comme des invalides emplumés qui auraient laissé leurs béquilles dans leurs nids. On entendait aussi tout près de là un bruit de feuilles qui produisait comme une vague, oh ! bien vague, musique champêtre.

Les meubles étaient plus que modestes, mais il y avait une bonne collection de livres ; c'était bien la demeure d'un pauvre étudiant. Les livres avaient été choisis, prêtés ou donnés par Mr. Crisparkle ; on le vit bien au coup d'œil amical qu'il leur lança furtivement en entrant.

« Comment allez-vous, Neville ?

– Je suis d'humeur sereine, Mr. Crisparkle, et je travaille beaucoup.

– Je voudrais que vos yeux soient un peu moins grands et un peu moins brillants, dit le chanoine en lâchant assez lentement la main qu'il avait prise dans la sienne.

– Ils brillent à votre vue, répliqua Neville. Si vous deviez m'abandonner, ils auraient bientôt perdu leur éclat.

– Reprenez le dessus, oubliez le passé, fit le chanoine d'un ton encourageant. Vous devez lutter, Neville !

– Si j'étais mourant, je sens qu'un mot de vous me rappellerait à la vie ; si mon cœur avait cessé de battre, je pense qu'il suffirait que vous le touchiez pour qu'il se remette à battre, dit Neville. Mais j'ai repris le dessus, monsieur, et je vais très bien. »

Mr. Crisparkle mit son visage en pleine lumière et dit :

« Tenez ! *(en montrant ses joues brillantes de santé),* je voudrais vous voir meilleure mine. Vous auriez besoin d'un peu plus de soleil. »

Un abattement subit se manifesta chez Neville, qui répondit à voix basse :

« Je ne suis pas encore assez fort pour ça. Cela viendra ; mais je n'ai pas à présent la force nécessaire. Si vous aviez traversé comme moi les rues de Cloisterham et si vous aviez vu ces yeux qui se détournaient, et les meilleures gens me laisser en silence trop de place pour passer de peur que je ne les touche ou ne les approche, vous ne penseriez pas qu'il est tellement déraisonnable de ne pas me promener pendant le jour.

– Mon pauvre garçon ! dit le chanoine, avec un accent si compréhensif que le jeune homme lui saisit la main. Je n'ai jamais dit que cela fût déraisonnable et je ne l'ai même jamais pensé. Mais j'aimerais que vous le fassiez.

– Le désir que vous exprimez est la meilleure raison pour moi de le faire, mais je ne le puis pas encore. Je ne peux pas me persuader que les yeux mêmes des étrangers qui circulent dans cette grande ville ne se fixent pas sur moi avec un air de soupçon. Je me sens comme marqué du sceau de la réprobation générale. Aussi quand je sors, c'est seulement à la nuit. L'obscurité me couvre et je me sens plus fort. »

Mr. Crisparkle avait posé une main sur son épaule et le regardait debout.

« Si j'avais pu changer de nom, dit Neville, je l'aurais déjà fait. Mais, comme vous me l'avez sagement fait observer, ce serait me donner l'air d'un coupable. S'il m'avait été possible de m'enfuir dans quelque pays lointain, j'aurais pu y trouver du soulagement ; mais il n'y faut pas penser pour la même raison. Me cacher ou m'enfuir, ce serait prêter à la même interprétation. Il me paraît un peu dur d'être ainsi attaché au pilori, quand je suis innocent, mais je ne dois pas me plaindre.

– Et il ne faut pas attendre qu'un miracle vous secoure, Neville, dit Mr. Crisparkle avec compassion.

– Non, monsieur, je sais que je ne peux me fier qu'à l'écoulement du temps et aux circonstances.

– A la fin, justice vous sera rendue, Neville.

– Je le crois et j'espère vivre assez pour voir ce grand jour. »

S'apercevant que l'accablement dans lequel il était tombé jetait une ombre sur le visage du chanoine et, peut-être aussi, sentant que la large main qui s'appuyait sur son épaule n'était plus aussi ferme, il secoua sa tristesse et dit :

« Excellentes circonstances pour se livrer à l'étude, dans tous les cas ! Et vous savez, Mr. Crisparkle, combien j'ai besoin d'étudier. Vous m'avez conseillé d'entreprendre plus spécialement les difficiles études de droit : je me suis laissé guider par les avis d'un ami et d'un protecteur tel que vous. Un si bon ami et un si tendre protecteur. »

Il prit la main qui était sur son épaule et la baisa. Mr. Crisparkle regarda les poutres du plafond; son œil n'était plus aussi brillant que lorsqu'il était entré.

« Je conclus de votre silence sur mon tuteur que celui-là aussi m'est hostile, Mr. Crisparkle », dit Neville.

Le chanoine répondit :

« Votre ex-tuteur est quelqu'un de tout à fait déraisonnable et il n'apporte absolument rien aux yeux de toute personne sensée, que vous l'ayez pour vous ou contre vous.

– Il est heureux que j'aie suffisamment d'économies pour vivre, reprit Neville avec un mélange de mélancolie et de gaieté, jusqu'à ce que mon éducation soit complète et l'heure de la justice arrivée ! Sans cela j'aurais pu fournir une nouvelle preuve de la vérité du proverbe : En attendant que l'herbe pousse, le cheval meurt de faim ! »

Il avait ouvert un livre en disant cela et il s'était replongé dans sa lecture. Il s'attachait surtout aux passages annotés sur des pages blanches intercalées entre les feuilles du texte. Mr. Crisparkle, assis auprès de lui, se mit à lui exposer ses avis et ses corrections. Les fonctions que le chanoine avait à remplir à la cathédrale rendaient ses visites difficiles, et souvent séparées par des intervalles de plusieurs semaines, mais elles étaient aussi profitables que précieuses pour Neville Landless. Quand ils eurent terminé ensemble le travail qu'ils s'étaient imposé, ils vinrent s'accouder sur le bord de la fenêtre; de là ils avaient vue sur un coin du jardin.

« La semaine prochaine, dit Mr. Crisparkle, vous cesserez d'être seul, vous aurez une compagne dévouée.

– Pourtant, répliqua Neville, ce lieu me semble bien peu indiqué pour y amener ma sœur.

– Je ne suis pas de cet avis. Il y a un devoir à remplir ici. Les sentiments affectueux, la raison et le courage d'une femme sont nécessaires dans cette maison.

– Je voulais dire, répliqua Neville, que le quartier est bien triste et qu'Helena n'y trouvera ni amis ni société.

– Vous n'avez qu'à vous rappeler, dit Mr. Crisparkle, que

vous y êtes vous-même et que c'est Helena qui vous décidera enfin à sortir et à goûter un peu de soleil. »

Tous deux gardèrent le silence pendant un instant, puis Mr. Crisparkle reprit la parole.

« Quand nous avons causé pour la première fois ensemble, Neville, vous m'avez dit que votre sœur s'était élevée au-dessus des circonstances défavorables de votre vie passée. Vous avez même ajouté qu'elle s'était montrée aussi supérieure à vous que la tour de la cathédrale de Cloisterham l'est par rapport aux cheminées du Coin du chanoine. Vous le rappelez-vous ?

– Parfaitement.

– J'attribuais alors ces paroles à un élan d'enthousiasme fraternel, et peu importe ce que j'en pense à présent. Ce que je voulais faire ressortir, c'est que, sur le plan de la fierté, votre sœur vous donne un grand et utile exemple.

– Sur tous les points qui constituent une noble personnalité, elle est un modèle pour moi.

– Bien ! mais pour ce qui est de la fierté, imitez-la. Votre sœur a appris à maîtriser ce qu'il y a d'orgueilleux dans sa nature. Elle peut la surmonter, même quand elle est blessée dans l'affection qu'elle a pour vous. Nul doute qu'elle n'eût souffert dans ces mêmes rues où vous avez si profondément souffert vous-même ; nul doute que sa vie n'ait été assombrie par le nuage qui a obscurci la vôtre, mais elle a forcé son orgueil à demeurer calme. Elle est soutenue par sa confiance en vous et dans la vérité ; elle passe son chemin la tête haute et inspire autant de respect que n'importe lequel des passants. Chaque jour, à chaque heure de sa vie, depuis la disparition d'Edwin Drood, elle a affronté la malignité et la sottise déchaînées contre vous, comme pouvait seule le faire une nature courageuse et capable de se dominer. Et c'est ainsi qu'elle se conduira jusqu'au bout. Une autre sorte d'orgueil plus faible et moins vaillant aurait pu succomber à la douleur, mais votre sœur sait éviter de se laisser dominer et de fléchir. »

Les joues pâles du jeune homme se colorèrent.

« Je ferai tout pour imiter Helena, dit-il.

– Faites-le, et soyez un homme courageux comme elle est

une femme courageuse, répondit énergiquement Mr. Crisparkle. Il se fait tard. Voulez-vous venir m'accompagner, quand la nuit sera tout à fait sombre ? Notez bien que ce n'est pas moi qui désire attendre l'obscurité. »

Neville répliqua qu'il était prêt à l'accompagner à l'instant. Mais Mr. Crisparkle se rappela qu'il avait une courte visite à faire à Mr. Grewgious, auquel il devait une politesse ; il promit de ne faire qu'un saut chez l'homme de loi et de rejoindre Neville sur le pas de la porte.

Mr. Grewgious, aussi empesé que d'habitude, buvait son vin dans l'obscurité, près de sa fenêtre ouverte. Le verre et la carafe étaient à sa portée ; il avait les jambes allongées sur le rebord de la fenêtre ; tout son corps avait la rigidité d'un tire-botte.

« Comment allez-vous, mon révérend ? » dit Mr. Grewgious qui offrit au chanoine de se rafraîchir, offre déclinée aussi cordialement qu'elle avait été faite. « Et comment se trouve votre élève dans le logis que j'ai eu le plaisir de vous recommander comme étant vacant par bonheur et tout à fait acceptable ? »

Mr. Crisparkle fit à ces questions les réponses qui convenaient.

« Je suis bien heureux que ce logement vous plaise, dit Mr. Grewgious, j'éprouve une sorte de plaisir à avoir ce jeune homme, là, sous les yeux. »

Comme il eût fallu à Mr. Grewgious des yeux merveilleusement perçants pour apercevoir les fenêtres de Neville, le chanoine pensa que la phrase devait être prise au figuré et n'y répondit que par un sourire.

« Et comment avez-vous laissé Mr. Jasper, mon révérend ? » dit Mr. Grewgious.

Mr. Crisparkle avait laissé Mr. Jasper parfaitement bien portant.

« Et où avez-vous quitté Mr. Jasper, mon révérend ? »

Mr. Crisparkle l'avait quitté à Cloisterham.

« Et quand l'avez-vous quitté, mon révérend ?

– Ce matin.

– Hum ! fit Mr. Grewgious, il ne vous a pas dit qu'il comptait partir ?

– Partir ?… Pour aller où ?…

– Pour une destination quelconque, apparemment, dit Mr. Grewgious.

– Non, il ne me l'a pas dit.

– C'est qu'il est ici », fit Mr. Grewgious, qui, tout en posant ces diverses questions, n'avait pas cessé de tenir son regard dirigé hors de la fenêtre. « Et il n'a pas un air bien agréable, n'est-ce pas ? Voyez plutôt. »

Mr. Crisparkle allait se jeter à la fenêtre quand Mr. Grewgious ajouta :

« Si vous êtes assez bon pour vous placer derrière moi, dans l'obscurité, et pour regarder à la croisée du second étage, vous y verrez l'individu dont je vous parle, c'est-à-dire votre ami et concitoyen ; vous verrez aussi qu'il se cache.

– Vous avez raison ! s'écria Mr. Crisparkle.

– Hum ! fit de nouveau Mr. Grewgious, en se retournant si brusquement que son visage toucha presque celui de Mr. Crisparkle. Que croyez-vous qu'il fasse ici, notre ami et concitoyen ? »

Le dernier passage du journal que Jasper lui avait lu revint à l'esprit de Mr. Crisparkle, qui ressentit une vive impression ; il demanda à Mr. Grewgious s'il était possible que Neville fût exposé à se voir l'objet d'un fâcheux espionnage.

« Je le pense, répliqua Mr. Grewgious d'un air renfrogné. Oui !

– Un espionnage qui non seulement serait le tourment de sa vie, continua Mr. Crisparkle avec chaleur, mais qui l'exposerait à la torture des soupçons quoi qu'il fasse et dans quelque lieu qu'il se réfugie.

– Oui ! dit Mr. Grewgious, toujours pensif. Mais n'est-ce pas Mr. Neville que je vois en bas et qui vous attend ?

– Ce doit être lui.

– Alors ayez la bonté de m'excuser si je suis impatient de vous voir sortir pour aller le rejoindre. Suivez le chemin que vous vouliez suivre et n'ayez pas l'air de remarquer notre ami de Cloisterham. Je suis bien aise de l'avoir sous les yeux ce soir, savez-vous ? »

Mr. Crisparkle, avec, pour toute réponse, un signe d'assentiment significatif, se conforma au conseil de Mr. Grewgious ; il rejoignit Neville, et ils s'éloignèrent tous les deux. Ils dînèrent ensemble et se séparèrent à la gare du chemin de fer : Mr. Crisparkle, pour retourner chez lui, et Neville pour se promener dans les rues, traverser les ponts, faire une longue course à travers la ville, au milieu d'une obscurité favorable, jusqu'à ce qu'il se sentît épuisé de fatigue.

Il était minuit lorsqu'il rentra de son expédition solitaire et gravit l'escalier, dont les fenêtres étaient ouvertes, car la nuit était chaude. En arrivant au dernier étage, il tressaillit de surprise (son logement étant le seul de cet étage) à la vue d'un étranger assis sur le rebord de la fenêtre. Hardi comme un vitrier, cet individu semblait n'avoir guère le souci de ne pas se rompre le cou ; la position de son corps, placé à l'extérieur de la fenêtre, donnait d'ailleurs à penser qu'il était plutôt arrivé par les gouttières que par l'escalier.

L'étranger ne dit rien jusqu'au moment où Neville eut mis la clef dans la serrure de sa porte, puis, se croyant sûr alors de l'identité du jeune homme, il prit la parole :

« Je vous demande pardon, monsieur, dit-il en sautant au bas de la fenêtre et en s'avançant d'un air cordial, les haricots. »

Neville resta complètement interdit.

« Les haricots grimpants, dit l'étranger, les plantes à fleurs écarlates. La porte voisine, derrière.

– Oh ! répondit Neville. Le réséda et la giroflée ?

– C'est ça, dit le visiteur.

– Entrez, je vous en prie.

– Merci. »

Neville alluma sa bougie et fit asseoir son visiteur : un beau garçon au visage cuivré et jeune, mais dont le corps robuste et les larges épaules accusaient un âge plus mûr. Il avait entre vingt-huit et trente ans, au maximum ; le contraste entre son visage brun, fortement hâlé par le soleil, et son front blanc, protégé par les bords de son chapeau, et son cou demeuré blanc aussi sous le foulard, pouvait bien prêter à rire, mais la largeur de ce beau front, de ces grands yeux bleus pleins de feu et de ces belles dents le rendait tout à fait aimable à voir.

« J'ai remarqué…, dit-il. Mon nom est Tartar. »

Neville inclina la tête.

« J'ai remarqué... excusez-moi... que vous vivez très renfermé et que vous semblez aimer mon jardin aérien. S'il vous plaisait d'en jouir davantage, je pourrais tendre quelques fils qui uniraient mes fenêtres aux vôtres et sur lesquelles les plantes grimpantes aimeraient courir. J'ai encore quelques pots de réséda et de giroflée que je pourrais pousser le long de la gouttière à l'aide d'une gaffe... Je suis marin... Je pourrais également les retirer quand elles auraient besoin d'être arrosées ou taillées, et vous les ramènerais une fois entretenues, de manière que vous n'en éprouviez aucun dérangement. Cependant, je n'ai pas voulu prendre cette liberté sans vous en demander la permission. Je vous le réitère : mon nom est Tartar, même étage, porte à côté.

– Vous êtes bien bon.

– Pas du tout ; je vous dois des excuses pour me présenter à vous si tard. Mais ayant remarqué, veuillez encore m'excuser, que vous allez ordinairement vous promener le soir, j'ai pensé que je vous causerais moins de dérangement en attendant votre retour. Je suis toujours effrayé de déranger les gens occupés, n'étant moi-même qu'un paresseux.

– Je ne l'aurais pas pensé.

– Vraiment ! Eh ! Je prends cela pour un compliment. J'ai été élevé dans la marine royale, et j'étais premier lieutenant quand je l'ai quittée. Mais un oncle à moi, qui avait eu des déceptions au service, m'ayant laissé sa fortune à la condition de quitter la marine, j'ai accepté l'héritage et donné ma démission.

– Tout récemment, je suppose ?

– Pendant douze ou quinze ans, j'ai roulé ma bosse un peu partout. Je suis venu ici environ neuf mois avant vous. J'ai vu une floraison avant votre arrivée. J'ai choisi le lieu que j'habite, parce que, ayant servi en dernier lieu sur une petite corvette, j'ai pensé que je me sentirais bien plus chez moi si j'avais l'occasion constante de me cogner la tête contre le plafond. En outre, cela ne vaudra jamais rien, pour un homme qui a été à bord d'un navire depuis son enfance, de passer tout d'un coup à une vie de luxe ; d'ailleurs, ayant été longtemps accoutumé à ne disposer que de peu d'espace, il valait mieux que je me prépare à administrer un domaine en commençant par la culture en pots. »

Tout plaisamment que cela fût dit, ces paroles avaient un fond de sérieux qui leur donnait un rare cachet d'originalité.

« J'ai suffisamment parlé de moi, reprit le lieutenant, ce n'est pas mon habitude, du moins je l'espère, et je ne l'ai fait que pour mieux me présenter à vous. Si vous voulez me permettre de prendre la liberté que je vous ai demandée, ce sera vraiment une œuvre de charité. J'aurai ainsi quelque chose de plus à faire. Et ne supposez pas que je veuille établir entre nous des rapports indiscrets qui pourraient vous déranger ou vous interrompre dans votre travail, car c'est bien loin de mon intention. »

Neville lui répondit qu'il lui était grandement obligé et qu'il acceptait avec reconnaissance son aimable proposition.

« Je suis très heureux de prendre vos fenêtres à la remorque, dit le lieutenant. D'après ce que j'ai vu de vous, pendant que je jardinais à ma fenêtre et que vous regardiez à la vôtre, j'ai pensé... excusez-moi toujours... que vous étiez peut-être un peu trop studieux. Vous avez l'air si délicat ! Puis-je vous demander si vous êtes en mauvaise santé ?

– J'ai eu à supporter une grande douleur morale, dit Neville un peu confus. Il s'en est fallu de peu, en effet, que je ne fusse malade.

– Pardonnez-moi », dit Mr. Tartar.

Avec la plus grande délicatesse, il ramena la conversation sur les fenêtres et demanda s'il pouvait en regarder une. Dès que Neville la lui eut ouverte, il sauta par-dessus la barre d'appui comme s'il allait faire une reconnaissance sur le toit.

« Pour l'amour du ciel ! s'écria Neville, où allez-vous, Mr. Tartar ? Vous allez vous rompre les os !

– Tout va bien ! dit le lieutenant en regardant calmement autour de lui, sur le toit de la maison. Tout est facile à arrimer. Les fils et les supports seront installés avant que vous ayez sauté à bas du lit demain matin. Puis-je prendre ce chemin, ce sera le plus court pour rentrer chez moi... Bonne nuit !

– Mr. Tartar ! répétait Neville, je vous en prie... vous me donnez le vertige. »

Mais Mr. Tartar, après lui avoir envoyé un adieu de la main, s'était avancé avec l'agilité d'un chat ; il passa au travers de ses plantes grimpantes, sans déranger une feuille, et arriva chez lui.

Mr. Grewgious venait d'entrouvrir le volet de sa chambre à coucher et se trouvait avoir justement les yeux fixés sur l'appartement de Neville, pour la dernière fois de la soirée. Heureusement, il regardait alors le devant de la maison et non le derrière, sans quoi cette apparition et cette disparition mystérieuses l'auraient empêché de dormir ; il n'aurait pu s'expliquer ce phénomène. Mais Mr. Grewgious, ne voyant pas de lumière aux fenêtres de Neville, laissa ses regards errer des croisées aux étoiles ; il semblait chercher à y lire quelque chose qui lui était encore caché. Beaucoup d'entre nous voudraient bien lire dans les étoiles, mais nul ne comprend la langue des astres en ce monde. Et il est peu probable que nous y arrivions. Comment pourrions-nous lire une langue dont nous n'avons pas appris l'alphabet ?

Chapitre 18. Un nouveau résident à Cloisterham

Vers cette époque, un étranger apparut à Cloisterham. C'était un personnage à cheveux blancs, avec des sourcils noirs ; il portait une grande redingote boutonnée jusqu'en haut, un gilet de cuir et un pantalon gris qui lui donnait vaguement une allure militaire. Mais il s'annonça à l'hôtel Crozier (l'hôtel de bon ton dans lequel il descendit avec sa malle) comme un oisif vivant de ses rentes et ayant l'intention de résider un mois ou deux dans cette vieille et pittoresque cité, quitte à s'y fixer définitivement plus tard, si le lieu devenait tout à fait de son goût. Ces déclarations avaient été faites au bar de l'hôtel, à tous ceux que cela pouvait intéresser ou ne pas intéresser, par l'étranger, tandis qu'il attendait sa sole frite, sa côtelette de veau et sa pinte de sherry, debout, le dos appuyé à l'âtre éteint.

Et le serveur, les affaires étant fort peu animées à l'hôtel Crozier, représentait à lui seul tous ceux que cela pouvait intéresser ou ne pas intéresser et avait seul profité de ces informations.

La tête chenue de cet homme était d'une grosseur peu commune, et sa tignasse blanche était exceptionnellement épaisse et fournie.

« Je suppose, garçon », dit-il en secouant cette chevelure énorme comme aurait pu le faire un fox-terrier, avant de s'asseoir pour dîner, « qu'un bon logement pour un vieux célibataire peut se trouver dans ce quartier ? »

Le garçon n'en doutait pas.

« Quelque chose de vieux, dit l'homme. Prenez mon chapeau qui est accroché à cette patère, voulez-vous ? Non, je n'ai pas besoin que vous me le donniez, regardez à l'intérieur. Qu'y lisez-vous ? »

Le garçon lut : « Datchery. »

« Maintenant, vous savez mon nom, dit-il. Dick Datchery. Raccrochez donc mon chapeau. Je disais que je préférerais quelque chose de vieux, quelque chose d'étrange et sortant du commun, quelque chose de vénérable, d'architectural et d'inconfortable.

– Nous avons un grand choix de logements inconfortables ici, monsieur, répondit le garçon avec une confiance modeste dans les ressources de la ville. Certainement, je ne doute pas que vous trouverez ce qui vous conviendra, quelque difficile que vous puissiez être. Mais un logement architectural !... »

Cela semblait embarrasser le garçon, et il secoua la tête.

« Quelque chose dans le style de la cathédrale, suggéra Mr. Datchery.

– Mr. Tope, fit le garçon dont le visage s'éclaira et qui se frotta le menton, Mr. Tope est certainement le mieux placé pour vous renseigner à cet égard.

– Et qui est Mr. Tope ? » demanda Dick Datchery.

Le garçon expliqua que c'était le bedeau de la cathédrale et que Mrs. Tope elle-même avait jadis loué des chambres ou du moins offert d'en louer, mais que, personne ne s'étant présenté, l'écriteau, qui avait pris rang parmi les vieilles institutions de Cloisterham, avait disparu ; il était probablement tombé un beau jour, et personne ne l'avait raccroché.

« J'irai rendre visite à Mrs. Tope après le dîner », dit Mr. Datchery.

Quand il eut fini son repas, il se fit renseigner sur la route qu'il devait suivre et se mit en marche. Mais la position de l'hôtel étant fort retirée, et les indications du garçon ayant été si dangereusement imprécises, il se trouva bientôt désorienté, allant de-ci, de-là dans les environs de la tour de la cathédrale, qu'il put contempler sous tous ses angles, avec la vague impression que la demeure de Mrs. Tope ne pouvait être loin et que, comme dans les jeux de son enfance, il brûlait quand il voyait la tour et devenait froid quand il ne pouvait plus l'apercevoir.

Mr. Datchery devenait de plus en plus froid, quand il arriva en vue d'un coin du cimetière abandonné où broutait un malheureux mouton. Malheureux, parce qu'un hideux jeune garçon qui le lapidait à travers la clôture l'avait déjà rendu boiteux d'une patte et semblait animé de la bienveillante intention de poursuivre ses exploits, en brisant les trois autres pattes de la pauvre bête.

« Touché ! s'écria l'enfant, tandis que l'animal sautait. Ma pierre a fait une marque dans la laine.

– Laisse cette bête tranquille ! dit Mr. Datchery. Ne vois-tu pas que tu l'as déjà rendu boiteuse ?

– Menteur ! répliqua l'enfant. Il s'est blessé lui-même, je l'ai vu, et c'est un avertissement que je lui donne pour qu'il n'abîme pas davantage le mouton de son maître.

– Viens ici.

– Je ne veux pas.... Je viendrai si vous m'attrapez.

– Reste où tu es alors et montre-moi où est la demeure de Mrs. Tope.

– Comment puis-je rester où je suis et vous montrer la demeure des Tope quand leur maison est de l'autre côté de la cathédrale, au-delà du carrefour et derrière tout un tas de coins ? Imbécile ! Ah ! ah ! ah !

– Montre-moi le chemin et je te donnerai quelque chose.

– Venez alors ! »

Cet énergique marché étant conclu, l'enfant se mit en marche et, peu après, s'arrêta à quelque distance d'une arcade voûtée et la montra du doigt :

« Regardez là-bas, dit-il, vous voyez cette sorte de fenêtre et cette porte ?

– C'est là qu'habite Tope ?

– Menteur ! Ce n'est pas là. Ça, c'est la maison de Jasper.

– Vraiment ? » dit Mr. Datchery.

Et il la regarda de nouveau avec un intérêt évident.

« Oui, et je n'irai pas plus près, c'est moi qui vous le dis.

– Pourquoi ?

– Parce que je n'ai pas envie de me faire soulever de terre, prendre à la gorge, et étrangler, et sûrement pas par lui. Attendez voir. Un de ces jours, une bonne pierre atteindra le derrière de sa belle tête ! Maintenant, regardez de l'autre côté de l'arcade, pas du côté où est la porte de Jasper, de l'autre.

– Bon !

– Un peu plus avant, il y a une porte basse à laquelle on arrive en descendant deux marches. C'est là qu'habitent les Tope ; leur nom est gravé sur une plaque ovale.

– Bien. Toi, regarde par ici, dit Mr. Datchery en montrant un shilling, tu me dois la moitié de ceci.

– Menteur ! Je ne vous dois rien. Je ne vous ai jamais vu.

– Je te dis que tu me dois la moitié de ceci, parce que je n'ai pas six pence dans ma poche. Ainsi donc, la prochaine fois que nous nous rencontrerons, tu feras quelque chose pour moi, afin de me payer.

– Très bien, donnez, vieux.

– Quel est ton nom et où demeures-tu ?

– Deputy, à l'auberge des Deux-Sous, de l'autre côté de la pelouse. »

L'enfant s'enfuit à l'instant avec le shilling, dans la crainte que Mr. Datchery ne se repentît de sa générosité. Mais il s'arrêta quand il fut à une distance suffisante pour n'avoir plus d'inquiétude, et il se mit à exécuter une danse satanique afin de faire comprendre à l'étranger que son geste était irrévocable.

Mr. Datchery ôta son chapeau pour secouer son épaisse chevelure blanche et, semblant tout à fait résigné à être plus généreux qu'il ne l'aurait voulu, il se dirigea vers la porte des Tope.

L'habitation officielle de Mr. Tope, qui communiquait par un escalier avec celle de Mr. Jasper (ce qui explique que Mrs. Tope était au service de ce gentleman), était de proportions très modestes et ressemblait à un donjon glacial. Les vieilles murailles en étaient massives, et les chambres semblaient avoir été creusées sans aucun plan préalable. La porte principale s'ouvrait directement sur une pièce de forme invraisemblable, avec un haut plafond en ogive ; suivait une autre pièce également bizarre et toujours au plafond en ogive ; les fenêtres étaient petites et enfoncées dans l'épaisseur des murs. Ces deux chambres, à l'atmosphère renfermée et sombrement éclairées par la lumière naturelle, composaient l'appartement que Mrs. Tope avait si longtemps offert aux locataires de la ville, qui n'avaient pas su l'apprécier. Mr. Datchery se montra plus juste appréciateur. Il trouva qu'en laissant la porte d'entrée ouverte il jouirait de la société de tous ceux qui passaient et repassaient sous l'arcade et qu'il obtiendrait ainsi assez de lumière. Et puisque Mr. et Mrs. Tope, qui vivaient à l'étage supérieur, se servaient pour entrer et pour sortir d'un petit escalier latéral qui donnait directement dans l'enclos par une petite porte ouvrant sur l'extérieur – causant surprise et embarras aux rares piétons qui empruntaient cet étroit passage –, lui pourrait être seul, comme dans une résidence séparée. Il trouva le prix du loyer modéré et toutes les dispositions intérieures aussi étrangement inconfortables qu'il les avait désirées. Il décida donc de prendre l'appartement sur-le-champ, de payer comptant à partir du lendemain soir à la seule condition qu'il pourrait en référer à Mr. Jasper, lequel occupait la Porterie, dont le trou habité par le bedeau n'était après tout qu'une dépendance.

« Le pauvre cher monsieur est bien solitaire et bien triste », dit Mrs. Tope.

Mais elle ne doutait pas qu'il parlerait en sa faveur.

« Peut-être monsieur a-t-il entendu parler de ce qui est arrivé l'hiver dernier ? »

Mr. Datchery, en essayant de se souvenir de l'événement, montra qu'il n'en avait qu'une connaissance confuse. Il s'en excusa auprès de Mrs. Tope, qui se fit un devoir de corriger sa reconstitution des faits jusque dans les moindres détails, et il lui fit observer qu'il n'était qu'un célibataire endurci vivant de ses rentes aussi paresseusement qu'il le pouvait, et tant de gens se débarrassaient constamment de tant d'autres qu'il était difficile pour un homme d'humeur peu compliquée de garder fidèlement dans sa mémoire toutes les histoires qu'on lui racontait.

Mr. Jasper s'étant, en effet, montré disposé à parler favorablement de Mrs. Tope, Mr. Datchery, qui lui avait fait passer sa carte, fut invité à monter l'escalier de derrière.

« Le maire est avec lui, dit Mrs. Tope. Mais il ne faut pas le considérer comme un visiteur, car lui et Mr. Jasper sont de grands amis.

– Mille excuses, dit Mr. Datchery en s'inclinant, son chapeau sous le bras, et en s'adressant aux deux hommes. Je prends ici une précaution égoïste et qui n'est intéressante que pour moi-même. Mais je suis un vieux bonze vivant de ses rentes, ayant l'intention de se fixer dans cette charmante ville, agréable et tranquille pour y passer le reste de sa vie, et j'ose vous demander si la famille Tope est tout à fait respectable. »

Mr. Jasper pouvait en répondre sans la moindre hésitation.

« Cela me suffit, monsieur, dit Mr. Datchery.

– Mon ami, le maire de la ville », ajouta Mr. Jasper, en présentant Mr. Datchery d'un geste de la main à cette autorité, « dont la recommandation, en ces circonstances, sera beaucoup plus importante que celle d'un pauvre personnage obscur tel que moi, témoignera certainement en faveur de ces bonnes gens.

– L'honorable monsieur le Maire, dit Mr. Datchery en saluant très bas, m'oblige infiniment.

– Très braves gens, monsieur, que les Tope, déclara Mr. Sapsea avec condescendance. Très bonnes opinions... se conduisant très bien, très respectueux... très estimés du doyen et du chapitre.

– L'honorable monsieur le Maire leur donne, en ce moment, un certificat dont ils devront être fiers, dit Mr. Datchery. Je désirerais aussi prendre la liberté de demander à Son Honneur s'il n'y a pas bien des choses dignes d'intérêt dans la cité qui a l'avantage d'être placée sous son autorité ?

– Nous sommes, monsieur, répondit Mr. Sapsea, une ancienne cité et une ville ecclésiastique. Nous sommes une ville constitutionnelle, comme il convient que soit pareille ville, et nous soutenons et maintenons nos glorieux privilèges.

– Votre Honneur, dit Mr. Datchery en s'inclinant, m'inspire le désir de connaître mieux cette ville et me confirme dans l'inclination que j'ai d'y finir mes jours.

– Vous avez servi dans l'armée, monsieur ? insinua Mr. Sapsea.

– Monsieur le Maire me fait trop d'honneur, répliqua Mr. Datchery.

– Dans la marine, alors ?

– Trop d'honneur encore, monsieur le Maire.

– La diplomatie est une belle profession, reprit Mr. Sapsea sous forme d'observation générale.

– Là, je le confesse, monsieur le Maire, Votre Honneur est beaucoup trop fort pour moi », fit Mr. Datchery en s'inclinant avec un aimable sourire, « un oiseau diplomatique ne pourrait échapper à un pareil fusil. »

Tout cela était très flatteur. Mr. Sapsea flairait un gentleman d'une grande, d'une éclatante habileté, vraiment accoutumé au rang et à la dignité, et donnant un bel exemple des façons respectueuses qui conviennent à l'égard d'un maire. Il y avait surtout dans la manière de Mr. Datchery de parler à la troisième personne quelque chose que Mr. Sapsea considérait comme un délicat et juste hommage rendu à sa position et à ses mérites.

« Mais j'en demande humblement pardon, dit Mr. Datchery, Votre Honneur monsieur le Maire voudra bien m'excuser si j'ai été assez indiscret pour abuser de son temps. J'ai en même temps oublié les humbles intérêts personnels qui doivent me rappeler à mon hôtel, le Crozier.

– Vous n'avez pas du tout à vous excuser, dit Mr. Sapsea. Je retourne aussi chez moi et, s'il vous est agréable de visiter l'extérieur de la cathédrale, qui se trouve sur votre chemin, je serai heureux de vous y conduire.

– Votre Honneur monsieur le Maire est trop aimable, trop serviable. »

Comme Mr. Datchery, après avoir pris congé de Mr. Jasper, ne voulut jamais consentir à passer devant l'honorable maire, l'honorable maire lui montra le chemin. Mr. Datchery le suivit, son chapeau toujours sous le bras, exposant son épaisse chevelure blanche à la brise du soir.

« Puis-je demander à Votre Honneur, dit-il, si le monsieur que nous venons de quitter est celui dont j'ai entendu parler dans le voisinage, et qu'on dit fort affligé par la perte de son neveu. On dit aussi qu'il a voué sa vie à le venger.

– C'est lui-même, c'est Mr. John Jasper, monsieur.

– Votre Honneur voudrait-elle bien me permettre de lui demander s'il y a de forts soupçons contre quelqu'un ?

– Plus que des soupçons, monsieur, répliqua Mr. Sapsea. Rien de moins que des certitudes.

– Étrange à penser ! s'écria Mr. Datchery.

– Mais les preuves ! Monsieur, les preuves doivent être construites pierre à pierre, reprit le maire. La fin doit couronner l'œuvre. Il ne suffit pas à la justice d'une certitude morale, il faut qu'elle soit sûre *im*moralement… Je voudrais dire légalement.

– Votre Honneur, dit Mr. Datchery, me rappelle la vraie nature de la loi… immorale est bien le mot. Comme cela est vrai !

– Comme je le dis toujours, continua pompeusement le maire. La loi a le bras long et fort. C'est ainsi que je la définis, un bras long et fort.

– Expression belle et énergique ! Et vraie !… Et vraie !… murmura Mr. Datchery.

– Sans trahir ce que j'appelle les secrets de la prison, reprit Mr. Sapsea, les secrets de la prison, c'est le terme en usage devant la justice.

– Et de quels autres termes Votre Honneur pourrait-elle se servir, dit Mr. Datchery, puisque Votre Honneur est l'un des représentants de la loi ?

– Sans trahir, dis-je, les secrets de la prison, je vous prédis, connaissant la volonté de fer du gentleman que nous venons de quitter (je prends la liberté de qualifier sa volonté de fer), que le bras long atteindra le coupable, que le bras fort le frappera… Voici notre cathédrale, monsieur. Les juges les plus exigeants se plaisent à l'admirer, et nos meilleurs concitoyens en sont quelque peu orgueilleux. »

Pendant tout ce temps, Mr. Datchery s'était promené avec son chapeau sous le bras, et ses cheveux blancs au vent. Il donna un moment la curieuse impression de l'avoir oublié quand Mr. Sapsea le toucha ; et il passa une main sur sa tête comme s'il s'attendait à y trouver un second chapeau.

« Je vous en prie, couvrez-vous, monsieur », insista le maire, comme s'il ajoutait implicitement : « Je ne m'en formaliserai pas, je vous l'assure. »

« Votre Honneur est vraiment trop bon, mais je jouissais de la fraîcheur », dit Mr. Datchery.

Puis Mr. Datchery se mit à admirer la cathédrale, et Mr. Sapsea la lui fit voir avec autant de complaisance que si c'eût été lui qui en eût fait les plans et qui l'eût bâtie. Il y avait bien quelques détails qu'il n'approuvait pas, mais il glissait dessus, comme si les ouvriers eussent fait quelques erreurs en son absence. L'inspection de la cathédrale terminée, il dirigea la promenade du côté du cimetière et s'arrêta pour s'extasier sur la beauté de la soirée. Cette halte poétique eut lieu, par un effet du hasard, justement dans le voisinage immédiat de l'épitaphe de Mrs. Sapsea.

« Et à propos », dit Mr. Sapsea, semblant descendre de ses hauteurs ordinaires, rappelé sur la terre par un souvenir subit, tel Apollon descendant de l'Olympe pour ramasser sa lyre oubliée, « voici l'une de nos petites curiosités. Le parti pris des gens de notre ville en a décidé ainsi, et l'on a vu des étrangers parfois en prendre copie. Je ne puis être juge d'une petite œuvre qui est mienne, mais il n'a pas été facile de tourner la chose, et je puis dire, de la tourner avec élégance. »

Mr. Datchery tomba en extase devant la composition de Mr. Sapsea. En dépit de son intention de finir ses jours à Cloisterham, ce qui devait lui donner tout le temps de la copier, il l'aurait à l'instant transcrite sur son agenda, sans l'intervention du constructeur du monument, Durdles, que Mr. Sapsea appela. Mr. Sapsea n'était point fâché de fournir à Durdles, en la personne de Mr. Datchery, un brillant exemple de conduite à l'égard des supérieurs.

« Ah ! Durdles, c'est le tailleur de pierre, monsieur, l'un de nos dignes habitants de Cloisterham ; tout le monde ici connaît Durdles. Mr. Datchery, Durdles, un gentleman qui vient s'établir ici.

– Je n'en ferais rien si j'étais à sa place, grommela Durdles. Nous sommes des gens difficiles.

– Bien certainement, vous ne parlez pas pour vous-même, Mr. Durdles, répondit Mr. Datchery, pas plus que pour Son Honneur.

– Qui est Son Honneur ? demanda Durdles.

– Son Honneur monsieur le Maire.

– Je n'ai jamais comparu devant lui », dit Durdles, avec un regard qui n'était en rien celui d'un loyal sujet de la mairie, « et j'aurai tout le temps de l'honorer quand cela adviendra. Jusque-là :

> Mr. Sapsea est son nom,
> L'Angleterre est sa patrie,
> Cloisterham est le lieu de sa résidence,
> Commissaire-priseur est sa fonction.

En cet instant, Deputy (précédé par le vol d'une coquille d'huître) parut en scène et réclama la somme de trois pence que Mr. Durdles était prié de lui allonger sur-le-champ. Il avait vainement cherché son débiteur de tous les côtés pour lui demander le paiement de ses gages légitimes. Tandis que celui-ci, son balluchon sous le bras, cherchait lentement et comptait l'argent, Mr. Sapsea renseigna le nouvel habitant sur les habitudes de Durdles, sa profession, son domicile et sa renommée.

« Je suppose qu'un étranger curieux pourrait venir vous voir, vous et vos œuvres, Mr. Durdles, dit Mr. Datchery.

– Tout gentleman peut venir me voir le soir s'il apporte avec lui de la boisson pour deux », répondit Durdles tenant un penny entre ses dents et quelques pièces d'un demi-penny dans ses mains. « Et s'il lui plaît de doubler la ration, il sera doublement le bienvenu.

– Je viendrai. Maître Deputy, que me dois-tu ?

– Une corvée.

– Songe à me payer honnêtement cette corvée en me conduisant à la demeure de Mr. Durdles, quand il me plaira d'y aller. »

Deputy, avec un sifflement strident entre ses dents absentes comme paiement de ses dettes, s'évapora.

Le Respectable et le Respectueux continuèrent leur route ensemble et, quand ils se séparèrent, après beaucoup de cérémonies, à la porte du maire, le Respectueux portait encore son chapeau sous le bras et exposait sa chevelure blanche à la brise du soir.

Mr. Datchery se dit à lui-même ce soir-là, en examinant sa tête blanche à la lueur d'un bec de gaz, dans le miroir qui se dressait au-dessus de la cheminée, dans la salle à manger du Crozier, et tout en secouant bien ses cheveux :

« Pour un célibataire endurci d'humeur tranquille et vivant paresseusement de ses rentes, j'ai eu, ce me semble, une après-midi passablement occupée. »

Chapitre 19. Une ombre sur le cadran solaire

Une fois encore, miss Twinkleton a prononcé son allocution d'adieu, avec accompagnement de vin blanc et de pâtisseries ; une fois encore, les jeunes pensionnaires sont parties pour aller passer leurs vacances dans leurs familles. Helena Landless a quitté la maison des Nonnes pour partager le sort de son frère, et la jolie petite Rosa est restée seule.

Cloisterham est si brillante et si ensoleillée dans ces beaux jours d'été que les murailles gigantesques de la cathédrale et les ruines du monastère en paraissent comme transparentes. La douce lumière qui les éclaire semble plutôt venir de l'intérieur que du dehors, tant elles ont de douceur au-dessus des champs de blé rongés de soleil et des routes poussiéreuses qui sinuent entre eux. Les jardins de Cloisterham regorgent de fruits mûrs. Jadis, des pèlerins couverts de poussière à cause du voyage traversaient en groupes bruyants la ville, profitant de son ombre. Aujourd'hui, ce sont des ouvriers des champs menant une vie nomade entre le temps de la fenaison et celui de la moisson ; on dirait bien qu'ils sont faits de la poussière de la terre, ils en sont tout blancs. Ils s'installent à l'ombre sur le pas des portes et essaient de raccommoder leurs chaussures irréparables, avant de les abandonner aux chiens, tout espoir perdu, et d'en chercher d'autres dans leur balluchon, au milieu des faucilles encore inutilisées, enveloppées dans de la paille. A toutes les fontaines publiques on voit ces troupes de Bédouins rafraîchir leurs pieds nus, boire dans leurs mains, se gargariser avec entrain en faisant jaillir de l'eau de toute part. Cependant, la police de Cloisterham prend des airs soupçonneux et manifeste son impatience de voir ces intrus sortir de l'enceinte de la ville, dussent-ils aller se rôtir au soleil sur les routes brûlantes.

Dans l'après-midi de l'une de ces journées, quand le dernier office est achevé à la cathédrale et que le côté de la grand-rue, où est située la maison des Nonnes, commence d'être plongé dans une ombre agréable, sauf son vieux jardin étrange où le soleil pénètre encore à travers les arbres, une servante vient informer Rosa, à sa grande terreur, que Mr. Jasper désire la voir.

Il ne pouvait mieux choisir son moment pour la trouver sans défense. Helena Landless est partie, Mrs. Tisher est en congé, miss Twinkleton (dans la phase non professionnelle de son existence) a contribué de sa gracieuse personne et par l'apport d'un pâté de veau à un pique-nique.

« Oh ! pourquoi... pourquoi avez-vous dit que j'étais à la maison ? », s'écrie Rosa, épouvantée.

La servante répond que Mr. Jasper n'a pas posé la question. Il a dit simplement qu'elle était là et a prié qu'on l'avertît qu'il voulait la voir.

« Que dois-je faire... que dois-je faire ?... », se dit Rosa en se tordant les mains.

Prise d'une sorte de désespoir, elle répond pourtant presque aussitôt qu'elle va descendre et rejoindre Mr. Jasper au jardin. Elle tressaille à l'idée d'être enfermée, seule avec lui dans la maison, mais elle pense que nombre de fenêtres ont vue sur le jardin, que là elle pourra appeler, crier et se faire entendre. Telles sont les folles idées qui lui traversent l'esprit.

Elle ne l'a pas vu depuis la nuit fatale, sauf le jour où elle a été interrogée devant le maire. Là, il affichait sa sombre vigilance, représentant son neveu qu'il brûlait de venger. Rosa prend son chapeau de paille et sort. Dès qu'elle aperçoit Jasper, du porche de la maison, appuyé comme il l'est sur le cadran solaire, elle éprouve de nouveau l'horrible sentiment d'être à sa merci. Elle veut retourner en arrière, mais sent que déjà il la fascine et l'attire vers lui. Elle ne peut résister et s'assoit, la tête penchée, sur un siège rustique, près du cadran. Elle n'a pas regardé Jasper à cause de l'horreur qu'il lui inspire, mais, pourtant, elle a vu qu'il est habillé en grand deuil. Elle aussi porte le deuil : elle ne l'a pas pris tout d'abord, mais l'absence d'Edwin Drood se prolongeant, elle a perdu tout espoir, et elle le pleure comme n'étant plus de ce monde...

Jasper veut tout d'abord lui prendre la main, mais elle prévient son intention et la retire. Il la regarde alors avec intensité, elle en est consciente, bien que ses yeux demeurent baissés.

« Vraiment, commence-t-il, j'ai attendu quelque temps d'être appelé pour reprendre mon rôle auprès de vous. »

Les lèvres de Rosa se contractent ; elle sait que le regard de Jasper est toujours fixé sur elle ; elle cherche une réponse et n'en trouve pas ; elle finit pas dire :

« Votre rôle, monsieur ?...

– Mon rôle de professeur, d'être pour vous un fidèle maître de musique.

– J'ai renoncé à cette étude.

– Vous n'y avez pas renoncé, je pense, vous l'avez interrompue. Votre tuteur m'a dit que vous interrompiez momentanément nos leçons, sous le coup qui vous avait frappée si douloureusement. Quand les reprendrons-nous ?

– Jamais, monsieur.

– Jamais ?... Vous agiriez autrement, si vous aviez aimé mon pauvre cher garçon.

– Je l'aimais ! s'écrie Rosa avec un élan de colère.

– Oui, mais pas tout à fait... pas tout à fait de la bonne façon. Pas de la façon prévue, pas comme on s'y attendait. Mon cher enfant aussi, malheureusement, était trop poseur et trop satisfait de lui (je ne veux pas établir de parallèle entre vous et lui à ce propos) pour vous aimer comme il aurait dû vous aimer, comme tout autre à sa place vous aurait aimée, aurait dû vous aimer, Rosa... »

La jeune fille demeure assise dans la même attitude ; seulement elle se replie un peu plus sur elle-même.

« Ainsi donc, lorsque vous me dites que vous interrompez vos leçons, c'est une manière polie de m'apprendre que vous les abandonnez complètement ? reprend Jasper.

– Oui, dit Rosa, avec un courage subit. La formule est de mon tuteur et non pas de moi. Je lui ai dit que j'étais décidée à cesser complètement et bien déterminée à maintenir ma résolution.

– Et vous y êtes encore résolue ?

– Oui, monsieur, et je vous prie de ne plus m'interroger sur ce sujet. Dans tous les cas, je ne vous répondrai plus, puisque cela, du moins, est en mon pouvoir. »

Malheureusement, Rosa a tellement conscience qu'il contemple avec une avide admiration sa colère et le feu qu'elle produit sur ses joues qu'au moment même où le courage lui revient elle se sent de nouveau défaillir. Elle recommence à lutter avec le même sentiment de honte et de frayeur que le soir où elle chantait et où il était au piano...

« Je ne vous interrogerai pas davantage, puisque vous vous en défendez si fort. Je vous ferai un aveu.

– Je ne veux pas vous écouter, monsieur », s'écrie Rosa en se levant.

Cette fois, il lui touche l'épaule de sa main tendue ; elle recule et retombe sur son siège.

« Il nous faut quelquefois agir en opposition avec nos désirs, lui dit-il à voix basse. C'est ce que vous devez faire en ce moment, car si vous essayiez de faire autrement, vous feriez du tort à d'autres...

– Quel tort ? dit-elle. Et de quels autres parlez-vous ?

– Tout à l'heure... Tout à l'heure. Vous m'interrogez à votre tour, vous le voyez, et ce n'est pas de bonne guerre, alors que vous me défendez toute question. Cependant je vous répondrai tout à l'heure, chère Rosa !... charmante Rosa !... »

De nouveau elle bondit.

Cette fois, il ne la touche pas. Mais, sur son visage, il y a une expression si fiévreuse et si menaçante, alors que, toujours appuyé sur le cadran solaire, il jette pour ainsi dire une ombre noire sur la clarté même du jour, que sa fuite est arrêtée par la terreur qui s'empare d'elle quand elle le regarde.

« Je n'oublie pas les fenêtres qui nous regardent, dit-il avec un regard dans leur direction. Je ne vous toucherai point, je ne ferai plus un seul pas vers vous. Asseyez-vous donc. Personne ne s'étonnera de voir votre maître de musique causer avec vous. Il est arrivé tant de choses qui nous intéressent et nous affligent tous les deux. Asseyez-vous, ma bien-aimée. »

Elle veut encore fuir, elle fait encore un mouvement pour s'en aller, mais, encore une fois, ce visage où elle lit la sombre menace de ce qui arriverait si elle s'en allait l'arrête et, glacée par l'épouvante, elle reprend sa place.

« Rosa, même au temps où mon cher garçon vous était fiancé, je vous aimais follement, dit-il. Même alors, quand je pensais que vous seriez sa femme, que son bonheur était certain, je vous aimais follement ; je m'efforçais de lui inspirer pour vous une adoration ardente et je vous aimais follement. Rappelez-vous cette peinture de votre joli visage qu'il me donna : je la tenais sans cesse devant mes yeux et je lui disais que c'était par amitié pour lui, mais je l'ai adorée pendant des années, cette peinture charmante, en proie à mille tourments, et je vous aimais follement. Parmi mes odieux travaux du jour, durant mes nuits sans sommeil, enfermé dans la réalité sordide ou m'égarant dans les visions du paradis ou de l'enfer, je la voyais toujours, cette image, je la serrais dans mes bras, je vous aimais follement… »

Si quelque chose peut rendre ces paroles plus répugnantes à Rosa qu'elles ne le sont en soi, c'est le contraste entre les flammes du regard de Jasper, entre l'énergie avec laquelle il s'exprime et le calme affecté de son attitude.

« J'ai tout enduré en silence, reprend-il, tant que vous avez été à lui, ou tant que j'ai supposé que vous deviez être à lui ; j'ai loyalement caché mon secret. Cela n'est-il pas vrai, Rosa ? »

Ce mensonge si grossier, dit impudemment et d'un pareil ton, dépasse ce que Rosa peut supporter ; elle répond avec une indignation brûlante :

« Monsieur, vous avez été aussi faux et aussi menteur à cette époque que vous l'êtes à présent. Vous avez été traître envers Edwin, chaque jour, chaque heure. Vous savez très bien que vous m'avez persécutée et rendue malheureuse. Vous saviez que j'avais peur de lui ouvrir les yeux, lui, si généreux, et que j'étais bien forcée, par prudence, de lui cacher la vérité. Que serait-il arrivé si je lui avais dit que vous étiez un si misérable et méchant homme ! »

Tout en gardant cette attitude nonchalante, qui rendait diaboliques l'expression passionnée de ses traits et l'agitation convulsive de ses mains, il répond dans un paroxysme de furieuse admiration :

« Que vous êtes belle ! Vous êtes plus belle encore dans la colère. Je ne vous demande pas votre amour… donnez-vous à moi avec votre haine, donnez-vous à moi avec cette charmante colère, donnez-vous à moi avec ce merveilleux mépris ; ce sera suffisant pour moi. »

Des larmes de révolte montent aux yeux de la tremblante Rosa, et son visage s'empourpre. Mais, lorsqu'elle se lève pour le quitter, avec un redoublement d'indignation, et pour se réfugier dans la maison, il étend le bras vers le porche comme pour l'inviter à entrer.

« Je vous ai dit, charmante et douce fille, qu'il faut rester et m'écouter ; ou être la cause de plus de tort que vous ne pourriez jamais en réparer, dit-il. Vous m'avez demandé quel tort vous pouviez causer. Restez et je vais vous le dire. Partez et je le ferai ! »

Une fois encore, Rosa fléchit devant ce visage menaçant, quoique impénétrable ; elle reste. Sa respiration haletante l'oppresse comme si elle allait étouffer, mais elle comprime sa poitrine de ses deux mains, et elle reste.

« J'ai avoué que mon amour était insensé. Insensé, il l'est au point que, si les liens qui m'unissaient à mon cher garçon disparu avaient été moins forts, j'aurais été capable de vous l'arracher quand vous lui accordiez vos faveurs. »

Un brouillard passe sur les yeux de la jeune fille, comme si elle allait s'évanouir.

« Même lui ! ... répète-t-il. Oui, même lui ! Je l'aurais anéanti... Rosa, vous me voyez et vous m'entendez. Jugez par vous-même si quelque autre admirateur pourrait vous aimer et continuer à vivre...

– Que voulez-vous dire, monsieur ?

– Je veux vous montrer que ma passion est folle. Il est ressorti de l'interrogatoire auquel a été dernièrement soumis Mr. Crisparkle que le jeune Landless, d'après son aveu même, était le rival de mon pauvre enfant perdu. Cela est à mes yeux une offense qui ne peut s'expier. Mr. Crisparkle sait, sous la foi d'un écrit de ma main, que j'ai voué ma vie à la découverte et à la destruction du meurtrier, quel qu'il soit ! Je suis déterminé à ne parler de ce mystère avec personne avant d'avoir trouvé un indice qui me permette d'enfermer l'assassin comme dans un filet. J'ai travaillé depuis patiemment pour tendre ce filet, et l'œuvre se poursuit au moment où je vous parle.

– Votre croyance à la culpabilité de Mr. Landless n'est pas partagée par Mr. Crisparkle, dit Rosa. C'est un honnête et digne homme.

– J'ai ma conviction, et je m'y tiens, ma bien-aimée. Les circonstances peuvent se liguer si fortement, *même contre un innocent,* que, bien dirigées, bien exploitées, bien mises en relief, elles peuvent entraîner sa perte ; un nouvel anneau dans un enchaînement de preuves, si la persévérance le fait découvrir, peut établir le crime d'un homme, quelque faibles que fussent contre lui les preuves antérieures. Je vous le dis, le jeune Landless est dans un péril mortel.

– Si vous supposez réellement, le supplie Rosa en devenant plus pâle, que j'ai encouragé le jeune Landless, ou qu'il se soit déclaré à moi de quelque manière que ce soit, vous vous trompez. »

Il accueille ces paroles avec un geste de dédain, la lèvre plissée et frémissante.

« Je voulais vous montrer combien je vous aime follement, plus follement aujourd'hui que jamais ! Je suis prêt à renoncer à ce but que j'avais donné à ma vie et à n'avoir plus désormais d'autre pensée que vous. Miss Landless est devenue votre amie intime... Vous avez souci de sa tranquillité.

– Je l'aime tendrement.

– Vous avez également souci de l'honneur de son nom !

– Je vous l'ai dit, monsieur, je l'aime comme une sœur.

– Sans le vouloir », dit-il, en s'accoudant sur le cadran solaire et en appuyant son menton sur sa main, de façon que cette conversation, vue des fenêtres (où, de temps à autre, des visages apparaissaient), paraisse futile et mondaine, « sans le vouloir je vous offense en vous interrogeant encore ; je me bornerai donc à exposer les faits, sans poser de questions. Vous avez souci de l'honneur du nom de votre amie intime. Vous avez souci de sa tranquillité... Alors, éloignez d'elle l'ombre que projette l'échafaud, chère adorée.

– Vous osez me proposer de...

– Ma chérie, j'ose vous proposer... le mariage. Si c'est être méchant que de vous idolâtrer, je suis le pire des hommes, si c'est être bon, je suis le meilleur. Mon amour pour vous est au-dessus de toute autre puissance au monde, et il n'y a ni sentiment ni devoir qui puisse le combattre. Laissez-moi l'ombre d'un espoir, accordez-moi vos faveurs et j'abjurerai pour vous. »

Rosa porte machinalement ses mains à son front et fixe sur lui des yeux égarés et pleins d'horreur, comme si elle s'efforçait de bien comprendre toute l'étendue des projets que Jasper forme sur elle.

« Ne songez à rien pour le moment, cher ange, dit-il en souriant, qu'au sacrifice que je dépose à ces chers petits pieds, devant lesquels je voudrais me prosterner dans la poussière et que je veux couvrir de baisers. Je vous fais hommage de ma fidélité à mon pauvre enfant après sa mort. Tout mon cœur est à vous. Foulez-le aux pieds. » Il a un grand geste de la main comme s'il jetait par terre quelque chose de précieux. « Et voici toutes mes peines depuis six mois péniblement employées à poursuivre une juste vengeance, anéantissez-les ! » Il répète le geste. « Voici tout le passé, tout le présent de ma vie inutilement perdus. Faites-vous un jeu de mon cœur et de mon âme désolés, de mon repos, de mon désespoir même. Foulez tout cela dans la poussière, pourvu que vous soyez à moi, dussiez-vous me vouer en même temps une haine mortelle. »

L'effrayante véhémence de cet homme remplit tellement de terreur Rosa que le charme magique qui la retenait en est rompu. Elle se dirige vivement vers le porche, mais Jasper la suit ; il est à ses côtés, lui parlant à l'oreille.

« Rosa, je suis encore maître de moi. Voyez ! Je marche tranquillement auprès de vous. J'attendrai quelque encouragement et quelque espoir. Je ne me presserai pas trop de frapper... Faites un signe qui m'indique que vous m'écoutez attentivement. »

Obéissant à la contrainte, elle fait un léger mouvement de la main.

« Pas un mot de tout cela, à qui que ce soit, ou vous provoquerez le coup que je veux porter, aussi certainement que la nuit succède au jour. Faites encore un signe qui prouve que vous m'écoutez. »

Une seconde fois, la main de Rosa se lève.

« Je vous aime !... Je vous aime !... Vous pouvez me repousser. Jamais vous ne serez délivrée de moi... Jamais personne ne sera assez fort pour se placer entre nous. Je vous poursuivrai jusqu'à la mort !... »

Quand la servante s'avance pour ouvrir la grille, il salue d'un air tranquille en ôtant son chapeau, et s'éloigne sans trahir plus d'émotion que l'effigie du père de Mr. Sapsea de l'autre côté de la rue. Rosa s'évanouit en montant l'escalier.

On s'empresse de la porter dans sa chambre et de la déposer sur son lit.

« C'est l'orage, disent les servantes, la chaleur l'a écrasée, la pauvre enfant. Cela n'est pas étonnant. »

Toute la journée, les servantes ont elles-mêmes senti trembler leurs genoux.

Chapitre 20. Plusieurs fuites

Rosa ne fut pas plus tôt revenue à elle que tous les menaçants détails de son entrevue avec Jasper se présentèrent à son esprit. Il lui semblait qu'ils l'avaient poursuivie jusque dans son évanouissement et qu'elle n'avait pas un moment perdu la conscience de ce qu'il lui avait dit. Terrorisée, elle ne savait que faire. La seule pensée claire qu'elle eût dans l'esprit, c'est qu'elle devait fuir cet homme terrifiant !

Mais où chercher un refuge et comment sortir de la maison ? Elle n'avait jamais laissé échapper un mot de la crainte que Jasper lui inspirait, sauf une confidence faite à Helena. Si elle se rendait près de celle-ci, si elle lui disait ce qui s'était passé, cette seule démarche pouvait amener le tort irréparable dont Jasper l'avait menacée ; il prétendait avoir le pouvoir de le faire ; elle savait que la volonté ne lui manquerait pas. Plus sa méchanceté lui paraissait effrayante, plus sa propre responsabilité lui causait d'alarmes : elle comprenait que la plus légère imprudence de sa part, soit qu'elle agît, soit qu'elle différât d'agir, allait déchaîner la rage de Jasper sur le frère d'Helena.

L'esprit de Rosa, pendant les six derniers mois, avait été livré à une orageuse confusion. Un soupçon, à demi formé, l'agitait. Tantôt il montait presque jusqu'à ses lèvres qui s'entrouvraient ; elle aurait alors voulu parler ; tantôt elle le rejetait au plus profond de son âme ; il prenait par instants presque une forme invisible, presque un corps qui s'évanouissait l'instant d'après. L'affection de Jasper pour son neveu, quand celui-ci était vivant, et ses efforts pour découvrir comment il avait trouvé la mort, s'il était vraiment mort, étaient autant de choses connues, unanimement acceptées dans la ville. Qui donc aurait voulu accueillir la possibilité d'un crime commis par celui-ci ? Elle se disait : « Mon esprit est-il donc assez pervers pour concevoir une perversité que les autres ne peuvent pas même imaginer ? »

Puis elle s'était mise à réfléchir : le soupçon conçu par elle n'avait-il pas sa source dans l'horreur qu'elle éprouvait pour Jasper ? S'il en était ainsi, n'était-ce pas la preuve de sa vanité et de son injustice ? Puis encore : « En l'accusant, quel mobile puis-je lui attribuer ? » Elle rougissait en se répondant à elle-même : « Son mobile ? *Me* conquérir. » Et elle se couvrait le visage des mains comme si la plus petite ombre de cette idée, qui consistait à asseoir un meurtre sur une vanité aussi futile, était en soi un crime presque aussi grand.

Elle repassa dans son esprit tout ce qu'il avait dit près du cadran solaire, dans le jardin. Il avait persisté à attribuer la disparition d'Edwin à un assassinat, conséquent en cela avec toute la ligne de conduite publiquement suivie par lui, depuis la découverte de la montre et de l'épingle. S'il avait sujet de craindre que le mystère du crime ne fût mis au jour, n'aurait-il pas dû plutôt encourager l'idée d'une disparition volontaire ? Il avait osé lui déclarer que, si les liens qui l'unissaient à son neveu n'avaient pas été si forts, il aurait pu arracher « même lui » à Rosa. Était-il probable qu'il eût dit cela, si seulement réellement il l'avait fait ? Il avait parlé de déposer à ses pieds le travail de six mois qu'il venait de consacrer à la recherche d'une juste vengeance. Aurait-il fait cette déclaration, et avec cette violence, si ce n'était qu'une pure allégation mensongère ? Lui aurait-il énuméré en même temps sa vie perdue, son cœur et son âme désolés, son repos et son désespoir ? La première chose qu'il avait affirmé vouloir sacrifier pour elle, n'était-ce pas sa fidélité à son cher garçon disparu ? Certes, tout cela s'élevait avec une grande force contre l'abominable supposition que Rosa osait à peine formuler tout bas. Et pourtant, c'était un homme si terrible ! En somme, la pauvre fille (car quelle connaissance pouvait-elle avoir d'une nature criminelle, quand même les spécialistes en la matière se trompent sans cesse, parce qu'ils essaient de la comparer à l'intelligence normale, de gens normaux, au lieu de la considérer comme une horrible et monstrueuse exception?), la pauvre fille, disions-nous, ne pouvait arriver à d'autre conclusion que celle-ci : « Jasper est un homme terrible, et je dois le fuir. »

Rosa avait été pendant tout ce temps l'appui et la consolation d'Helena; elle l'avait constamment assurée de sa foi entière en l'innocence de son frère et de sa sympathie pour Neville dans son malheur. Mais elle n'avait pas vu Neville depuis la disparition d'Edwin Drood, et jamais Helena ne lui avait dit un mot des aveux du jeune homme à Mr. Crisparkle au sujet de Rosa, quoique le fait fût connu de tous, étant donné l'importance qu'il avait dans l'affaire. C'était pour elle le frère infortuné d'Helena, et rien de plus. La déclaration qu'elle avait faite à son odieux adorateur était donc rigoureusement vraie, même s'il eût mieux valu, elle se le disait à présent, ne pas lui donner cette satisfaction. La peur qu'avait de lui cette charmante et délicate créature faisait un monstre à ses yeux de tout ce qui venait de Jasper, mais son esprit se révoltait à la pensée qu'il avait appris de ses propres lèvres ce qu'il savait.

Mais où aller? N'importe où, pourvu qu'elle fût à l'abri de ses poursuites. Cependant, il fallait bien qu'elle choisît un but déterminé. Elle se décida à aller chez son tuteur et même à s'y rendre immédiatement. Le sentiment dont elle avait fait part à Helena, lors de leur premier entretien, agissait puissamment sur elle. Il lui semblait que les solides murailles du vieux couvent n'avaient plus la puissance de la protéger contre les obsessions de son persécuteur, et qu'aucun raisonnement ne pouvait arriver à calmer ses terreurs tant qu'elle serait à Cloisterham. La fascination répulsive qu'elle subissait depuis si longtemps était arrivée à son comble et elle sentait que Jasper avait le pouvoir de la courber sous sa volonté; c'était un charme satanique. Elle regarda par la fenêtre au moment où elle se leva pour s'habiller, et la seule vue du cadran solaire sur lequel Jasper s'était appuyé, tandis qu'il lui faisait sa déclaration, la glaça d'effroi et la fit reculer au fond de sa chambre comme si le cadran avait été contaminé par quelque affreuse influence.

Elle écrivit un bref billet à miss Twinkleton, lui annonçant qu'elle avait une raison soudaine pour désirer voir promptement son tuteur, qu'elle était partie pour se rendre auprès de lui, et insistait pour que la bonne dame ne s'inquiétât pas à son sujet, car il ne pouvait rien lui arriver de fâcheux. Elle enferma à la hâte quelques vêtements et quelques objets de toilette dans un sac de voyage, plaça son billet dans un endroit bien apparent de la chambre, sortit, et referma doucement la grille derrière elle.

C'était la première fois qu'elle se trouvait seule dans la grand-rue de Cloisterham, mais, connaissant fort bien le chemin, elle se dirigea rapidement vers le lieu d'où partait l'omnibus. Elle arriva juste au moment où le cocher fouettait ses chevaux.

« Arrêtez et prenez-moi, s'il vous plaît, Joe, dit-elle. Je dois me rendre à Londres. »

Moins d'une minute après, elle était en route pour le chemin de fer sous la protection de Joe. Joe veilla sur elle quand elle descendit ; il l'installa dans un wagon et lui porta son petit sac de nuit, comme si c'eût été une énorme malle trop lourde pour ses mains délicates.

« Pourrez-vous, quand vous serez de retour, aller dire à miss Twinkleton que vous m'avez vue partir saine et sauve, Joe ?

– Cela sera fait, Miss.

– Présentez-lui mes amitiés, s'il vous plaît, Joe.

– Oui, Miss… Et je voudrais bien en avoir ma part ! »

Mais cela ne fut pas dit, Joe se contenta de le penser. Désormais emportée vers Londres, Rosa eut le loisir de reprendre le cours des pensées que la précipitation de son départ avait interrompu. Son indignation, après la déclaration d'amour qu'elle avait reçue, était toujours aussi vive : il lui semblait que celle-ci l'avait souillée et qu'elle ne pouvait se laver de cette tache impure qu'en faisant appel à un homme honnête et sincère. Cette persuasion la soutint d'abord contre ses terreurs et la confirma dans la résolution qu'elle avait prise avec tant de hâte. Mais quand le jour baissa et que la grande cité fut plus proche, bien des doutes commencèrent à la troubler. N'était-ce pas, après tout, une démarche insensée ? Comment Mr. Grewgious la prendrait-il ? Le trouverait-elle chez lui après cette journée de voyage ? Que ferait-elle s'il était absent, que deviendrait-elle seule, dans une ville étrangère et si peuplée ? N'aurait-elle pas mieux fait d'attendre et de demander d'abord conseil ? Si elle pouvait encore revenir sur ses pas, ne le ferait-elle pas volontiers ? Toutes ces réflexions inquiètes s'accumulèrent, la troublant de plus en plus. Enfin, le train arriva à Londres. La voie courait au niveau des toits ; au-dessous d'elle se succédaient les rues poussiéreuses, et les lampes commençaient à s'allumer à peine par cette chaude et claire soirée d'été.

« Hiram Grewgious, Esquire, Staple Inn, à Londres. » C'était tout ce que Rosa savait de sa destination. Mais cela lui suffit pour se faire conduire dans un cab, à travers ce dédale de rues poussiéreuses où des gens se pressaient au coin des ruelles et des impasses pour respirer un peu d'air, où beaucoup d'autres personnes se promenaient, traînant les pieds avec un bruit monotone sur les pavés brûlants, et où tous les êtres et tout ce qui les entourait avaient un aspect misérable et sale.

Çà et là on entendait de la musique, mais cela n'égayait point la situation. L'orgue de Barbarie, le tambour de basque n'ont pas toujours le privilège de chasser les soucis ; comme les cloches des chapelles, ces sons n'éveillaient d'échos que dans les vieilles briques de ces pauvres demeures et secouaient la poussière. Quant aux instruments à vent, ils semblaient avoir brisé leur cœur et leur âme en rêvant avec langueur à la campagne.

Le bruyant véhicule qui portait la jeune fille s'arrêta enfin devant une porte bien fermée ; on reconnaissait le logis d'un homme qui se met au lit de très bonne heure et qui a peur des voleurs. Rosa, après avoir renvoyé sa voiture, frappa timidement à cette porte et fut introduite dans la cour, elle et son mince bagage, par un gardien.

« Est-ce ici que demeure Mr. Grewgious ?

– Mr. Grewgious habite ici, Miss », dit le gardien en indiquant l'un des corps de logis.

Rosa s'avança et, au moment où l'horloge sonnait dix heures, elle se trouva au bas du perron de P. J. T. en se demandant ce que P. J. T. avait fait de sa porte d'entrée.

Guidée par le nom de Mr. Grewgious peint au bas de l'escalier, elle monta à l'étage supérieur et frappa doucement et plusieurs fois à la porte. Mais personne ne répondant, et la poignée cédant sous l'effort de sa main, elle entra et vit son tuteur assis dans l'embrasure d'une fenêtre ouverte, une lampe à abat-jour brûlant posée sur une table, fort loin de lui.

Rosa s'approcha dans la demi-obscurité de la chambre ; il la reconnut et dit à demi-voix :

« Juste ciel ! »

Rosa se jeta dans ses bras, en fondant en larmes, et il dit après lui avoir rendu son embrassement :

« Mon enfant !... Mon enfant !... J'avais cru voir ta mère ! Mais, ajouta-t-il avec bonté, qu'est-il donc arrivé ?... Qu'est-ce qui t'amène ici ?... Au fait, qui t'accompagnait ?...

– Personne, je suis venue seule.

– Juste ciel ! répéta Mr. Grewgious. Venir seule ! Pourquoi ne m'as-tu pas écrit d'aller te chercher ?

– Je n'en avais pas le temps. J'ai pris tout à coup cette résolution. Pauvre... pauvre Eddy !...

– Ah ! oui, pauvre garçon !...

– Son oncle m'a fait une déclaration d'amour. Je ne pouvais supporter cela, s'écria-t-elle, en versant de nouvelles larmes et en frappant le plancher de son petit pied. Cet homme me fait frissonner d'horreur, et je suis venue auprès de vous pour que vous me protégiez, moi, et nous tous contre lui, si vous le voulez bien.

– Certes que je le veux, s'écria Mr. Grewgious avec un brusque et extraordinaire élan d'énergie. Que le diable l'emporte !

Qu'il dérange ses projets
Et déjoue ses mauvais tours.
Oser porter sur toi ses espérances !
Que le diable l'emporte !

Après cette sortie des plus extraordinaires, Mr. Grewgious, tout à fait hors de lui, se mit à arpenter la chambre. Était-il dans un accès de loyal enthousiasme ou seulement sous l'empire de ses instincts ordinaires de combativité ? Il s'arrêta et dit, après s'être passé une main sur le visage :

« Je te demande pardon, ma chère, mais tu seras heureuse d'apprendre que je me sens mieux... Ne m'en dis pas davantage pour le moment ; cette crise pourrait me reprendre. Tu as besoin de te refaire et de te reprendre un peu. Qu'as-tu pris avant de partir ? As-tu déjeuné... lunché... dîné... soupé ? Le repas que tu vas prendre devra-t-il être le déjeuner, le lunch, le dîner, le souper et le thé ? »

La respectueuse tendresse avec laquelle, agenouillé devant elle, il aida la jeune fille à retirer son chapeau et à le dégager de ses cheveux qui s'y accrochaient était d'un aspect vraiment chevaleresque. Qui donc, ne connaissant Mr. Grewgious qu'extérieurement, se serait attendu à trouver de la chevalerie, et une chevalerie de bon aloi, point frelatée, dans ce singulier personnage ?

« Il faut songer à ton repos, continua-t-il, et tu auras la plus jolie chambre du Furnival. Il faut pourvoir à ta toilette, et tu auras tout ce que pourra te fournir la première femme de chambre de l'hôtel, qui recevra des pouvoirs illimités... Par cette expression, j'entends qu'elle ne sera pas restreinte sur la dépense... Est-ce un sac de voyage, ceci ? »

Il regardait devant lui avec une grande attention, et il faut convenir qu'il en fallait pour apercevoir le sac au fond de la chambre plongée dans ces demi-ténèbres.

« Oui, monsieur, je l'ai apporté avec moi.

– Ce n'est pas un bien gros sac, fit observer Mr. Grewgious avec candeur, il a de délicates proportions et il est bien capable de contenir les provisions quotidiennes d'un canari. Peut-être as-tu apporté un canari ? »

Rosa sourit et fit de la tête un signe négatif.

« Si tu en avais apporté un, il eût été le bienvenu, dit Mr. Grewgious, et je pense qu'il eût été content d'être installé dans une cage attachée dehors à un clou ; il aurait pu rivaliser dans le chant avec nos moineaux de Staple Inn, qui, il faut l'admettre, ont plus de prétentions que de qualités. Ce qui est d'ailleurs le cas de pas mal d'entre nous. Mais tu ne m'as pas dit quel repas tu voulais accepter. Que dirais-tu d'un petit mélange participant de tous les repas du jour ? »

Rosa le remercia et répondit qu'elle ne prendrait qu'une tasse de thé. Mr. Grewgious, après être sorti, rentré, sorti et rentré de nouveau pour suggérer divers articles supplémentaires sous forme de marmelades, d'œufs, de cresson, de poisson salé et de jambon fumé, se rendit sans chapeau à l'hôtel Furnival, où il donna ses ordres. Bientôt après, ils furent exécutés, et la table fut mise.

« Bénédiction du ciel ! s'écria Mr. Grewgious, en déposant la lampe sur la table et en prenant un siège en face de Rosa. Quelle sensation nouvelle pour un pauvre vieux Anguleux comme moi ! »

Une contraction expressive des sourcils chez Rosa lui demanda ce qu'il voulait dire.

« Quelle sensation ! Eh ! vraiment, la présence d'une douce et jeune créature qui fait resplendir les plafonds et étinceler les murailles ; tout, ici, a déjà pris un éclat glorieux ! dit Mr. Grewgious. Ah ! pauvre de moi !... Pauvre de moi !... »

Il y avait quelque chose de si triste dans son soupir que Rosa, en lui tendant sa tasse de thé, l'effleura du bout de ses petits doigts.

« Merci, ma chère, dit Grewgious. Maintenant, causons.

– Vous vivez toujours ici, monsieur ? demanda Rosa.

– Oui, ma chère.

– Et toujours seul ?

– Toujours seul : sauf que, dans la journée, j'ai la compagnie d'un monsieur du nom de Bazzard, qui est mon clerc.

– *Il* n'habite pas ici ?

– Non, il s'en va à l'heure où ferme l'étude. D'ailleurs, il n'est pas en fonctions pour le moment, et une autre étude placée à l'étage au-dessus me fournit temporairement quelqu'un pour le remplacer. Mais il serait excessivement difficile de remplacer définitivement Mr. Bazzard.

– Il doit être très attaché à vous, dit Rosa.

– Si cela est, il cache ses sentiments avec une fermeté exemplaire, répondit Mr. Grewgious, après avoir un peu réfléchi. Mais je doute qu'il m'aime à ce point. Non! voyez-vous, il n'est pas content de son sort, le pauvre garçon!

– Pourquoi n'est-il pas content?

– Il n'est pas à sa place », reprit Mr. Grewgious, d'un air de grand mystère.

Les sourcils de Rosa reprirent leur expression de perplexité interrogative.

« Si peu à sa place, continua Mr. Grewgious, que je me sens constamment disposé à m'excuser envers lui, et il est d'avis (quoiqu'il ne le dise pas) que cela est juste, très juste. »

Mr. Grewgious, en ce moment, était devenu si ténébreux et si énigmatique que Rosa ne savait plus que penser. Pendant qu'elle réfléchissait et cherchait à comprendre, Mr. Grewgious, pour la seconde fois, perdit tout à coup le contrôle de lui-même :

« Causons. Nous parlions de Mr. Bazzard. C'est un secret et, de plus, le secret de Mr. Bazzard; mais la seule présence de celle qui est assise à ma table me rend si exceptionnellement expansif que je me sens entraîné à te faire part de ce secret sous le sceau d'une inviolable discrétion. Que penses-tu qu'ait fait Mr. Bazzard?

– Oh! cher monsieur », s'écria Rosa en rapprochant sa chaise de celle de son tuteur, car sa pensée venait d'être ramenée sur Jasper, « rien d'abominable, je suppose?

– Il a écrit une pièce de théâtre, dit Mr. Grewgious à voix basse et d'un ton solennel, une tragédie. »

Rosa sembla soulagée.

« Et personne, poursuivit Mr. Grewgious du même ton, n'a voulu l'entendre, ou la faire représenter. »

Rosa semblait pensive et secouait lentement la tête, comme pour dire : « Il se passe de pareilles choses en ce monde!... On se demande pourquoi! ... »

« Maintenant, tu le sais, dit Mr. Grewgious, je ne serais pas capable, *moi*, de composer une pièce de théâtre.

– Pas même une mauvaise, monsieur? demanda ingénument Rosa.

– Je ne le crois pas. Si j'étais sous le coup d'une sentence de mort, au moment d'être décapité, et qu'un exprès arrivât avec la grâce du condamné Grewgious, à la condition qu'il écrivît une pièce de théâtre, je pense que je préférerais redemander le billot et prier l'exécuteur d'en finir, c'est-à-dire de me raccourcir de ce côté-là. »

Mr. Grewgious se passa la main sous le menton.

Rosa semblait réfléchir à ce qu'elle ferait elle-même, si elle se trouvait dans la même situation.

« En conséquence, dit Mr. Grewgious, Mr. Bazzard aurait en toutes circonstances le sentiment de mon infériorité par rapport à lui. Pourtant, vous comprenez... comme c'est moi qui suis son patron, le cas s'aggrave singulièrement. »

Mr. Grewgious secoua la tête d'un air soucieux, comme s'il sentait profondément ce qu'il venait de dire.

« Comment êtes-vous devenu son patron, monsieur? demanda Rosa.

– C'est une question qui devait venir naturellement, fit Mr. Grewgious. Causons. Le père de Mr. Bazzard, un fermier du comté de Norfolk, aurait chassé son fils à coups de fléau, de fourche, ou de tout autre instrument aratoire pouvant servir d'arme offensive, s'il eût eu seulement le moindre soupçon que celui-ci avait écrit une pièce de théâtre... Le fils, en m'apportant un jour les loyers du père, loyers que je suis chargé de recevoir, me fit part de son secret et me déclara qu'il était déterminé à donner carrière à son génie, ce qui le mettrait en péril de mourir de faim. Or, avait-il été créé pour cela? Il ne le pensait pas.

– Pour donner carrière à son génie, monsieur?...

– Non, ma chère, dit Mr. Grewgious, pour mourir de faim. Il était impossible de contester cette dernière proposition; Mr. Bazzard me donna à entendre que je pouvais intervenir entre lui et une destinée si opposée au but de sa création. C'est de cette façon que Mr. Bazzard devint mon clerc, et il en a gardé un sentiment très profond...

– Je suis heureuse qu'il vous soit reconnaissant, monsieur.

– Ce n'est pas tout à fait cela que j'ai voulu dire, ma chère. Je veux dire qu'il a gardé le sentiment profond de sa dégradation. Il y a d'autres génies, avec lesquels Mr. Bazzard a noué des relations, qui ont également écrit des tragédies et qui n'ont trouvé que lui pour en écouter la lecture ou les faire présenter. Ces esprits d'élite se dédient leurs pièces les uns aux autres dans les termes les plus flatteurs. Mr. Bazzard a été l'objet de l'une de ces dédicaces. Jusqu'à présent, tu le comprends, personne n'a jamais eu l'idée de me dédier une pièce de théâtre... *à moi.* »

Rosa lui jeta un regard qui semblait exprimer combien elle eût aimé le voir l'objet de mille de ces dédicaces.

« Et je ne sais pourquoi Mr. Bazzard est irrité aussi qu'on ne me dédie rien, poursuivit Mr. Grewgious. Il est très sec avec moi, parfois ; alors je comprends qu'il se dit tout bas : "Cet imbécile est mon patron !" Un être qui ne pourrait pas écrire une tragédie, même s'il s'agissait pour lui de sauver sa tête ; un être qui n'a jamais reçu la dédicace d'un seul ouvrage, avec les plus flatteuses félicitations sur la haute position qu'il ne manquera point de conquérir aux yeux de la postérité ! C'est agaçant, très agaçant, très agaçant ! Aussi, quand j'ai des ordres à lui donner, j'y réfléchis préalablement. Je me dis : Peut-être la chose ne sera-t-elle pas de son goût ; il peut mal la prendre. Grâce à ces précautions, nous nous entendons très bien, beaucoup mieux même que je ne l'aurais espéré.

– Et le titre de sa tragédie, monsieur ? demanda Rosa.

– Tout à fait entre nous, répondit Mr. Grewgious, il a choisi un titre effroyablement bien approprié : *L'Épine d'anxiété*. Mr. Bazzard espère, et je l'espère moi aussi, qu'elle arrivera un jour à être représentée. »

Il n'était pas difficile de deviner que Mr. Grewgious était entré dans tous ces détails sur l'histoire de Mr. Bazzard autant pour occuper l'esprit de sa pupille et la distraire du sujet qui l'avait amenée chez lui que pour satisfaire sa tendance naturelle à se montrer sociable et communicatif.

« Et maintenant, ma chérie, reprit-il, si tu n'es pas trop fatiguée pour me mettre un peu mieux au courant de ce qui s'est passé aujourd'hui, et si tu en as le courage, je serais heureux de t'entendre. Je digérerai mieux ce que tu m'auras dit si je dors dessus cette nuit. »

Rosa, devenue plus calme, lui fit un compte rendu fidèle de son entrevue avec Jasper. Il arriva souvent à Mr. Grewgious de se lisser la tête pendant le cours de son récit, et il la pria de lui répéter une seconde fois les parties qui avaient trait à Helena et à Neville. Quand Rosa eut fini de parler, il resta un moment assis, grave, silencieux et pensif.

« Très clairement raconté, se contenta-t-il de dire enfin, et j'espère que je l'ai aussi clairement emmagasiné ici. »

Il lissa de nouveau son crâne.

« Regarde, ma chère, ajouta-t-il en la conduisant près d'une fenêtre ouverte, c'est là qu'ils habitent... Ces fenêtres non éclairées que tu vois là-bas.

– Je pourrai aller demain voir Helena ? demanda Rosa.

– J'aimerais dormir cette nuit sur cette question, répondit-il d'un air plus indécis. Mais laisse-moi te conduire prendre le repos dont tu dois avoir besoin. »

Sur ce, Mr. Grewgious aida la jeune fille à remettre son chapeau, il passa sous son bras le petit sac de nuit, inutile en ce monde, puis, la conduisant par la main (avec une sorte de majestueuse lourdeur, comme s'il s'apprêtait à danser un menuet), il lui fit traverser Holborn et l'introduisit dans l'hôtel Furnival. A la porte de l'hôtel, il s'arrêta, la confia aux soins de la première femme de chambre aux pouvoirs illimités, et lui dit qu'il attendrait tandis qu'elle monterait voir la chambre. Peut-être désirerait-elle que cette chambre fût changée pour une autre, peut-être allait-elle s'apercevoir qu'il lui manquait quelque chose.

Mais la chambre de Rosa était aérée, propre, confortable, et presque gaie. La femme de chambre aux pouvoirs illimités avait mis à la disposition de la jeune fille tout ce qui avait été oublié dans le petit sac de nuit (c'est-à-dire tout ce dont elle pouvait avoir besoin). Rosa redescendit vivement l'escalier pour remercier son tuteur de ses soins prévoyants et affectueux.

« Pas du tout, ma chère, dit Mr. Grewgious, tout à fait ravi, c'est à moi de te remercier de ta charmante confiance et de ta douce compagnie. Ton déjeuner sera préparé dans un joli et gracieux petit salon, approprié à ta jolie personne, et je viendrai te voir demain matin, à dix heures. J'espère que tu ne te trouveras pas trop dépaysée dans cette maison étrangère.

– Oh ! non, je me sens ici en sûreté.

– Oui, tu peux être sûre que les escaliers sont à l'épreuve du feu, dit Mr. Grewgious. Si cet élément dévorant se montrait, il serait à l'instant aperçu et maîtrisé par les gardiens.

– Ce n'est pas cela que j'entendais, répliqua Rosa, je voulais dire... je me sens en sûreté contre lui...

– Il y a une forte grille pour lui défendre l'entrée, dit Mr. Grewgious en souriant. L'hôtel Furnival est à l'abri du feu, bien gardé, bien éclairé, et *je* suis de l'autre côté de la rue. »

Dans sa bravoure de chevalier errant, il semblait penser que cette dernière protection était tout à fait suffisante. C'est animé de cet esprit qu'il dit au portier, en sortant :

« Si certaine personne résidant à l'hôtel désirait envoyer un message auprès de moi, pendant la nuit, il y a une couronne pour le messager. »

Dans le même état d'esprit, il se promena pourtant devant la grille de fer pendant une heure, gardant encore quelque inquiétude involontaire, examinant par moments les barreaux de la grille, comme s'il avait laissé là une colombe dans un nid perché au-dessus d'une cage de lions, et qu'il eût craint que la cage ne vînt à tomber.

Rien ne survint pendant la nuit qui pût mettre en émoi la colombe ; elle se leva toute reposée. La pendule sonnait dix heures du matin quand Mr. Grewgious entra, suivi de Mr. Crisparkle, qui s'était mis en route au sortir d'un plongeon dans la rivière de Cloisterham.

« Miss Twinkleton était si inquiète, miss Rosa ! lui dit-il. Elle est venue nous trouver, ma mère et moi, votre billet à la main, dans un tel état de stupéfaction, que, pour la calmer, je lui ai proposé de partir par le premier train du matin... J'aurais désiré tout d'abord que vous fussiez venue près de moi, mais maintenant je pense que vous avez mieux fait de vous rendre ici, chez votre tuteur.

– J'ai bien pensé à vous, lui dit Rosa, mais le Coin du chanoine est si près de lui...

– Je comprends, c'était tout naturel.

– J'ai raconté à Mr. Crisparkle, dit Mr. Grewgious, tout ce que tu m'as appris hier au soir, ma chère. Comme de raison, je lui aurais écrit immédiatement, mais son arrivée a été on ne peut plus opportune ; c'est tout particulièrement aimable à lui d'être venu, d'autant plus qu'il venait à peine de partir.

– Avez-vous arrêté, demanda Rosa en s'adressant aux deux hommes, ce qu'il convient de faire à l'égard d'Helena et de son frère ?

– En vérité, dit Mr. Crisparkle, je suis dans une grande perplexité. Si Mr. Grewgious, dont l'expérience est plus grande que la mienne et qui a toute une nuit de réflexion d'avance sur moi, est encore indécis, jugez ce qu'il doit en être pour moi ! »

A ce moment-là, la servante aux pouvoirs illimités passa la tête à la porte ; elle fut autorisée à entrer et annonça qu'un homme désirait dire un mot à un autre homme nommé Mr. Crisparkle, si ce dernier était à l'hôtel ; s'il ne s'y trouvait pas, il demandait qu'on lui pardonnât son erreur.

« L'homme dont vous parlez est ici, dit Mr. Crisparkle, mais il est très occupé pour le moment.

– Est-ce un homme qui a des cheveux noirs ? demanda Rosa, en se rapprochant de son tuteur.

– Non, mademoiselle. Ses cheveux sont plutôt brun clair.

– Vous êtes sûre qu'ils ne sont pas noirs ? demanda Rosa en reprenant courage.

– Parfaitement sûre, mademoiselle, les cheveux bruns et les yeux bleus.

– Peut-être, insinua Mr. Grewgious, avec sa prudence habituelle, serait-il bon de le voir, mon cher Mr. Crisparkle, si vous n'y trouvez pas d'inconvénient ?... Quand on est dans l'embarras, on ne sait jamais d'où peut venir une chance capable de vous ouvrir une voie de sortie. C'est un de mes principes en affaires : ne rien négliger, avoir l'œil ouvert dans toutes les directions, sur tout ce qui peut se présenter. Je pourrais vous raconter une anecdote à ce sujet, mais ce n'est pas le moment.

– Si miss Rosa veut bien le permettre, faites donc entrer ce gentleman », dit Mr. Crisparkle.

Le nouveau venu s'excusa, de façon désinvolte mais polie, lorsqu'il vit que Mr. Crisparkle n'était pas seul, puis se tournant vers ce dernier, il lui fit en souriant cette question inattendue :

« Qui suis-je ?

– Vous êtes l'homme que j'ai vu fumer sous les arbres dans Staple Inn, il y a quelques minutes.

– Exact. C'est bien en cet endroit que je vous ai vu. Mais cela ne vous dit point qui je suis. »

Mr. Crisparkle concentra son attention sur un beau visage fortement brûlé par le soleil. L'ombre d'un enfant depuis longtemps, bien longtemps parti sembla se dresser graduellement devant ses yeux comme à travers une sorte de brouillard. L'homme s'aperçut que les premières lueurs de souvenir éclairaient les traits de Mr. Crisparkle et, souriant encore, il ajouta :

« Que voulez-vous pour déjeuner ce matin ?... Il n'y a plus de confitures !

– Attendez ! s'écria Mr. Crisparkle en levant la main droite, accordez-moi un instant encore !... Tartar ! »

Tous deux se serrèrent les mains avec la plus grande cordialité, puis ils firent ce geste – surprenant chez des Anglais – de se poser mutuellement les mains sur les épaules et de se regarder joyeusement dans les yeux.

« Mon ancien élève ! dit Mr. Crisparkle.

– Mon ancien professeur ! dit Mr. Tartar.

– Vous m'avez repêché quand je me noyais, reprit Mr. Crisparkle.

– Après quoi, vous avez appris à nager, dit Mr. Tartar. Souvenez-vous-en !

– Bénédiction du ciel ! s'écria Mr. Crisparkle.

– Amen ! » dit Mr. Tartar.

Puis ils se serrèrent les mains avec une cordialité encore plus grande.

« Imaginez-vous, s'écria Mr. Crisparkle, les yeux brillants, miss Rosa, et vous, Mr. Grewgious, imaginez-vous Mr. Tartar, qui était alors le plus délicat de mes jeunes élèves, plongeant après moi, me saisissant, moi si gros et si fort, me saisissant, dis-je, par les cheveux et m'entraînant vers le rivage comme un géant des eaux !

– Je ne voulais pas le laisser couler au fond, dit Mr. Tartar, alors que j'étais à son service ! Mais la vérité est qu'il était aussi mon protecteur et mon meilleur ami, qu'il m'a fait plus de bien que tous les autres maîtres ensemble et qu'un sentiment irrationnel me poussa à le sauver ou à périr avec lui.

– Hum ! Permettez-moi, monsieur, d'avoir l'honneur..., dit Mr. Grewgious en s'avançant vers lui la main tendue. Je suis fier de faire votre connaissance. J'espère que vous n'avez pas pris froid dans la rivière. J'espère que vous n'avez pas avalé trop d'eau. Comment vous êtes-vous porté depuis ? »

Il était bien évident que Mr. Grewgious ne savait guère ce qu'il disait, quoiqu'il eût l'intention de se montrer aimable et flatteur.

« Si le ciel, pensa Rosa, avait seulement envoyé un garçon aussi courageux et aussi adroit au secours de ma pauvre mère !... Elle était si légère et si jeune alors...

– Je n'ai pas le désir de m'attirer un compliment pour ce que je vais vous dire, et si vous éprouviez le besoin de m'en faire, je vous en remercie d'avance, mais je pense qu'il m'est venu une idée », dit Mr. Grewgious après avoir parcouru la chambre à petits pas pressés, promenade si inattendue et si inexplicable que tout le monde le regardait avec étonnement, ne sachant s'il était pris d'un étouffement ou d'une crampe. « Je *pense*, répéta-t-il, que j'ai une idée. Je crois avoir eu le plaisir de voir le nom de Mr. Tartar comme locataire d'un appartement dans la partie supérieure de la maison qui fait le coin et qui est voisine de celle-ci.

– Oui, monsieur, répondit Mr. Tartar. Vous êtes dans le vrai.

– Je suis dans le vrai sur ce point. Un point à effacer ! dit Mr. Grewgious qui tira une ligne avec le pouce de sa main droite sur celui de sa main gauche. Ne connaîtriez-vous pas le nom de votre voisin dans la partie supérieure de la maison de l'autre côté du mur mitoyen ? »

Mr. Grewgious s'était rapproché de Mr. Tartar pour ne rien perdre de l'expression de son visage, malgré sa myopie.

« Landless, dit celui-ci.

– Un point à effacer ! » dit Mr. Grewgious.

Il fit un autre tour à pas pressés de la chambre et revint sur ses pas :

« Vous ne le connaissez pas personnellement, je suppose ?

– Si, un peu. Pas beaucoup.

– Un point à effacer ! » reprit Mr. Grewgious.

Troisième tour de chambre, troisième retour à son point de départ.

« Quelle nature de relations avez-vous eues avec lui, Mr. Tartar ?

– Ce jeune homme me paraissait être dans un triste état de santé, et je lui ai demandé la permission de faire monter mes fleurs jusqu'à lui afin qu'il en partageât la jouissance, c'est-à-dire d'étendre mon jardin jusqu'à ses fenêtres.

– Voudriez-vous avoir la bonté de vous asseoir ? s'écria Mr. Grewgious ; je vous dis que j'ai une idée. »

Tout le monde se rendit à son désir, et Mr. Tartar ne parut pas moins empressé, bien qu'il ne fût pas au courant de l'affaire. Mr. Grewgious prit place au centre du cercle et mit ses mains sur ses genoux. Après quoi, il exposa son idée, conformément à sa manière accoutumée, c'est-à-dire comme s'il avait appris son texte par cœur.

« Je ne puis encore me faire une opinion sur la question de savoir s'il est prudent, dans les circonstances présentes, d'établir ouvertement des communications entre la personne charmante qui est parmi nous, et Mr. Neville ou miss Helena. J'ai des raisons de croire que l'un de nos amis du dehors (sur lequel je demande à lancer en passant une cordiale malédiction, et cela avec la permission de mon révérend ami) rôde deci et de-là comme un loup. Quand il ne fait pas l'espion en personne, il peut avoir quelque émissaire chargé de tenir son rôle, quelque gardien par exemple, quelque portier ou tout autre individu de ce genre ayant l'habitude de circuler dans Staple Inn. D'un autre côté, miss Rosa, et c'est tout naturel, désire voir son amie, miss Helena, et il semble important que miss Helena, tout au moins, et Mr. Neville, par l'intermédiaire de sa sœur, puissent apprendre de la bouche même de miss Rosa, dans une conversation intime, ce qui est arrivé et les menaces qui ont été proférées. Suis-je d'accord avec l'ensemble des personnes présentes sur les vues que je viens d'exposer ?

– J'y donne mon assentiment complet, dit Mr. Crisparkle, qui s'était montré très attentif.

– Comme je le ferais moi-même, sans aucun doute, ajouta Mr. Tartar, en souriant, si je pouvais comprendre le pourquoi du comment.

– Très bien. C'est fort aimable à vous, monsieur, dit Mr. Grewgious. Dans un instant, nous allons donc nous confier entièrement à vous, si vous nous le permettez. Maintenant, si notre ami avait un émissaire sur les lieux, il est assez clair que cet espion ne pourrait être chargé que de surveiller l'appartement occupé par Mr. Neville. S'il rapporte à notre ami qui y entre ou en sort, notre dit ami devra déterminer lui-même l'identité des gens qui lui auront été signalés puisqu'il les connaissait précédemment.

– Je commence à comprendre vers quel but vous tendez, dit Mr. Crisparkle, et j'approuve hautement votre prudence.

– Je n'ai pas besoin de répéter que je ne sais encore rien sur les pourquoi ni les comment, dit Mr. Tartar. Mais, moi aussi, je comprends votre but, ainsi donc laissez-moi vous dire à l'instant que mon appartement est à votre disposition.

– Voilà ! s'écria Mr. Grewgious en se lissant le crâne d'un air triomphant. Maintenant, nous avons tous compris mon idée. Toi aussi, ma chère ?

– Je le pense, dit Rosa en rougissant un peu, alors que Mr. Tartar lançait un rapide regard de son côté.

– Tu traverses Staple Inn avec Mr. Crisparkle et Mr. Tartar, reprit Mr. Grewgious, tandis que, moi, j'entre et je sors comme je le fais d'habitude. Tu montes avec ces messieurs à l'appartement de Mr. Tartar, tu vas admirer les fleurs de son jardin, et tu attends là que miss Helena se montre, ou tu lui fais savoir que tu es là tout près ; tu communiques librement avec elle, et l'espion est confondu.

– J'ai fort grand peur d'être...

– D'être quoi, ma chère ? demanda Mr. Grewgious en la voyant hésiter. Tu n'es pas effrayée ?

– Non, ce n'est pas cela, dit Rosa timidement. J'ai peur d'être une cause de grand dérangement pour Mr. Tartar. Il me semble que nous prenons possession de son appartement de façon un peu cavalière.

– Je vous déclare, répondit ce dernier, que mon logis me semblera embelli pour toujours si votre voix s'y fait entendre seulement une fois. »

Rosa, ne sachant que répondre à cela, baissa les yeux et, se tournant vers Mr. Grewgious, lui demanda respectueusement si elle devait aller mettre son chapeau. Mr. Grewgious étant d'avis qu'elle ne pouvait rien faire de mieux, elle sortit dans cette intention. Mr. Crisparkle saisit l'occasion de faire à Mr. Tartar un exposé sommaire de la position pénible et difficile de Neville et de sa sœur. Le temps ne lui manqua point, car il se trouva que le chapeau de Rosa avait besoin de plus de soins que d'habitude.

Mr. Tartar donnait le bras à Rosa, et Mr. Crisparkle ouvrait la marche à une certaine distance, comme un éclaireur.

« Pauvre... pauvre Eddy !... », pensait Rosa en ce moment.

Mr. Tartar gesticulait de la main droite, se penchait vers sa belle compagne, et lui parlait d'un ton animé.

« Elle n'était ni si forte ni si brûlée par le soleil quand il sauva Mr. Crisparkle, pensa Rosa, en regardant sa main, mais elle devait déjà être courageuse et déterminée. »

Mr. Tartar lui apprit qu'il avait été marin et qu'il avait navigué par tout le monde pendant des années et des années...

« Quand comptez-vous reprendre la mer ? lui demanda Rosa.

– Jamais ! »

Rosa se demandait ce qu'auraient pensé les jeunes filles de la pension si elles l'avaient vue traverser les rues au bras d'un marin. Elle supposa que les passants devaient la trouver bien petite et bien faible, en la comparant à cet homme vigoureux qui aurait pu l'enlever dans ses bras et la porter pendant des miles ou la tirer de n'importe quel danger...

Elle pensait encore que les yeux bleus de Mr. Tartar, dont la vue portait si loin, semblaient précisément habitués à surveiller le danger, et qu'il était homme à courir au-devant pour l'affronter, tandis qu'il approchait. Mais, en levant ses propres yeux, elle découvrit qu'il avait bien l'air de penser quelque chose sur eux.

Cela rendit Rosebud un peu confuse. Aussi ne sut-elle jamais très bien comment elle était montée, avec l'aide de Mr. Tartar, jusqu'à son jardin aérien et comment elle crut alors se trouver dans un pays merveilleux où les fleurs s'épanouissaient soudain, tel le pays au sommet du haricot magique.

Puissent ces fleurs s'épanouir toujours !

QUATRIÈME PARTIE

Le dernier numéro

XIII

Nous devrions en être déjà au quatrième jour du congrès, lecteur, et nous préparer à discuter le dernier numéro. Mais, au contraire, nous en sommes encore à l'après-midi d'hier, installés dans un car de tourisme qui file sur la via Ostiense vers le centre de la ville. Nous dépassons en ce moment la **basilique San Paolo.** Pourquoi ce dérapage spatio-temporel ?

Pour l'expliquer, il nous faut rétrograder d'une autre vingtaine de minutes, jusqu'au moment où, ponctuellement, à 15 heures, tous les membres de notre groupe se sont retrouvés dans la Dickens Room. Voici les orateurs qui prennent place à leur table. Voici le modérateur qui ouvre les travaux. Mais voilà qu'intervient une hôtesse, très brune, avec de grandes lunettes qui lui donnent un air de mannequin passé à l'enseignement, pour nous annoncer que le car du *sight-seeing* nous attend dehors.

Quel car ? Quel *sight-seeing*?

Un rapide entretien entre Loredana et la nouvelle venue (prénommée Antonia) révèle que chaque groupe de travail a droit à une visite guidée dans la ville et que, cet après-midi, c'est justement le tour du groupe Drood.

LOREDANA *(indiquant les congressistes)* : Mais ils ont déjà eu l'*imprint*! Ils ont tout le numéro d'août dans la tête !

ANTONIA : A moi, on ne m'a rien dit au sujet de l'*imprint*! On m'a seulement dit de les emmener tous au

Forum romain, puis à Saint-Pierre. Allons, viens ! Tu ne vas pas les laisser moisir dans cette cave avec le temps splendide qu'il fait aujourd'hui !

Le latiniste de Juan-les-Pins, qui, dans son aversion pour son collègue de Halle, s'est joint de façon stable aux dickensiens, propose une solution intermédiaire : le débat pourrait se tenir à bord du car, où il doit bien y avoir un microphone, non ?

Il y en a même deux, confirme Antonia : un pour elle, à usage touristique, et l'autre à la disposition d'éventuels conférenciers.

C'est ainsi qu'avec la fastueuse basilique (qu'Antonia livre au mépris du groupe en raison des restaurations exécrables qu'elle subit à l'époque préjaponaise, après l'incendie de 1823) nous laissons aussi derrière nous le chapitre 17, appréciable certes pour ses pages sur Honeythunder, mais de faible intérêt du point de vue des indices.

« Il faut cependant noter, observe Cuff, que Dickens introduit là pour la première fois une certaine réserve quant à la confiance de Crisparkle dans le jeune Landless. Six mois plus tôt, en effet, le même Crisparkle avait assuré au doyen être tout à fait convaincu de sa parfaite innocence. Il dit maintenant en être certain, mais ajoute qu'il restera l'ami de Neville “tant que cette certitude durera”. »

Ne pourrait-on penser que l'auteur se ménage là une échappatoire ?

« Mais bien entendu ! intervient Loredana, avec une logique plus impulsive peut-être que rigoureuse. Parce que le révérend doit désormais s'être aperçu qu'Helena lui court après, et il pense à la scène terrible que lui ferait sa mère s'il se laissait prendre.

– Très juste, approuve le colonel des CC. Car nous ne devons pas oublier, et Mlle Loredana a très bien fait de nous le rappeler, que Mrs. Crisparkle ne partage pas du tout les sympathies et l'indulgence de son fils pour le prévenu. Elle en a même saisi le caractère dangereux au premier abord. Et il se pourrait bien que l'auteur, dès ce moment-là, ait voulu nous mettre en garde par son intermédiaire. D'ailleurs...

– Un instant, je vous prie », l'interrompt Mlle Antonia, car les doutes sur l'innocence de Neville et ses propres invectives contre la basilique, à gauche, l'ont empêchée de signaler l'intérêt du **Cimetière païen***, que le car vient de dépasser à droite. « C'est là, selon la pieuse légende, explique-t-elle, que l'apôtre Paul fut clandestinement inhumé dans la tombe de la matrone Lucine, après sa décollation non loin de l'U & O et plus précisément au lieudit Tre Fontane. »

Les excursionnistes prennent acte poliment, mais, par association naturelle avec la tombe de la matrone Sapsea, la conversation revient aussitôt sur le MED et notamment sur le chapitre 18.

« Le chapitre le plus discuté de toute la littérature moderne », dit le Dr Wilmot, selon l'opinion paradoxale mais significative du droodiste J. Y. Watt[1]. Rien de plus acharné, en effet, que les discussions des spécialistes sur l'identité de Datchery, le personnage mystérieux et de toute évidence travesti qui s'installe à Cloisterham pour enquêter sur Jasper.

« D'après moi, c'est ce... comment s'appelle-t-il déjà ?... ce clerc de Grewgious que l'on avait déjà vu dans le chapitre 11 et qui... ah, oui : Bazzard. D'après moi, Datchery est Bazzard », dit Antonia.

Cette déclaration provoque un silence stupéfait, et le chauffeur lui-même se tourne pour regarder, au risque de heurter le camion qu'il est en train de doubler.

« Mais toi... comment fais-tu... qu'en sais-tu de..., finit par articuler Loredana. Ne me dis pas que tu l'avais déjà lu, ce MED? Ou que tu es télépathe, toi aussi ? »

La vérité est plus simple, lecteur. Sachant qu'elle devait

1. John Y. Watt, *A Student's Study on Edwin Drood,* Londres, s.d., mais de 1913.

promener le groupe Drood, et désireuse d'en partager les intérêts, Antonia s'est préalablement soumise à l'écoute subliminale du roman. Et, comme l'en félicite maintenant le Dr Wilmot, son hypothèse n'a rien d'absurde. Tout au contraire !

« Datchery est Bazzard pour 33,7 % des commentateurs, précise en effet le directeur du *Dickensian*. Mais pour 20 % environ, ajoute-t-il, il s'agirait d'Helena travestie en homme, ou bien de Neville ; pour 17 %, de Tartar[1] ; et pour 15 %, de Drood lui-même, qui, en réalité, n'est pas mort et revient à Cloisterham pour démasquer l'oncle scélérat. Quant au reste des voix, il se répartit entre : a) Grewgious lui-même ; b) un détective mandaté par Grewgious, mais qui n'est pas Bazzard ; c) un détective sans mandat, qui a simplement entendu parler de l'affaire et vient enquêter pour son propre compte ; d) un inconnu destiné à rester tel en ce que la trame du MED serait, ici encore, trop décousue pour qu'on puisse en tirer des conclusions plausibles. Ce dernier point de vue, conclut Wilmot, est évidemment partagé par G. K. Chesterton, tandis que Cecil Chesterton (défenseur de Jasper au procès fictif de 1914) fait partie des "bazzardiens"[2]. »

LOREDANA : Antonia a raison. Ce doit être Bazzard. Comme détective, en tout cas, il a du flair, puisqu'il est déjà arrivé à Durdles et à la tombe de Mrs. Sapsea, avec son inscription grotesque et son contenu douteux.

ANTONIA : Tandis que nous, nous arrivons, ici à votre gauche, à la **pyramide de Caius Cestius***, avec ses 27 mètres de hauteur et sa chambre sépulcrale de 4 x 6 mètres, dans laquelle Belzoni n'aurait pas risqué de rester coincé. Quant à son inscription...

1. Les difficultés chronologiques de cette hypothèse s'expliqueraient par une inversion de chapitres (le 18 aurait dû être le 19, selon le plan original, et vice versa).

2. L'hypothèse des bazzardiens est renforcée par le fait que le clerc de Grewgious est en « congé temporaire » quand Rosa arrive à Londres.

LE LATINISTE *(anxieux de plaire à Antonia)* : Quant à son inscription en magnifiques caractères augustéens, elle nous apprend que C. Cestius (mort en 12 av. J.-C.) appartenait au collège des *Septemviri epulones* (ordonnateurs des banquets sacrés), et qu'il fallut 330 jours pour édifier ce monument.

WILMOT : J'ajouterai qu'au cours de son voyage à Rome, en 1845 (décrit dans *Pictures from Italy*, 1846), Dickens admira au clair de lune cette pyramide...

ANTONIA : ... qui, avec la voisine **porta San Paolo*** (l'antique *porta Ostiensis*) compose une des visions les plus suggestives de Rome...

WILMOT : ... et qui côtoie, d'autre part, comme le rappelle aussi Dickens, le Cimetière protestant où reposent les cendres de Shelley et la dépouille de Keats.

De son côté, le lecteur ne manquera pas d'admirer la fusion parfaite entre tourisme et culture, culture et restaurations en tout genre, atteinte grâce aux sponsors japonais. Moins heureuse, à notre avis, cette observation que Marlowe et Archer adressent à Antonia dans le seul dessein d'engager la conversation : « Touchons du bois, mademoiselle, mais entre tous ces tombeaux, nécropoles et cimetières, il nous semble difficilement imaginable que Drood soit resté vivant[1] ! »

Antonia elle-même trouve d'ailleurs la chose d'un goût douteux et ne répond pas, préférant se lancer dans un tête-à-tête animé avec le Latiniste sur la *Première Décade* de Tite-Live (qu'elle a aussi apprise subliminalement par cœur). Entre-temps, le car a tourné vers la piazza Albania, bloquée par un monstrueux encombrement, et les autres congressistes en profitent pour discuter le cha-

1. Le cynique Bucket a déjà exposé l'une des raisons pour lesquelles Drood, contrairement à ce que pense environ un tiers des droodistes, devrait être mort. Mais la raison décisive nous semble être représentée par cette bague de rubis et diamants que Dickens lui a fait soigneusement cacher dans la poche de son gilet : à quoi pourrait bien servir cette bague, si ce n'est à l'identification du cadavre à moitié détruit par la chaux vive ?

pitre 19 et le comportement insensé de Jasper envers son ex-élève.

LOREDANA : Un vilain monsieur, en tout cas !

DUPIN : Pas si l'on admet qu'il simule la folie avec Rosa, afin de passer pour inoffensif, en tant qu'enquêteur, aux yeux du ou des vrais coupables. L'analogie avec la scène entre Hamlet et Ophélie est assez frappante de ce point de vue. Et si l'on ajoute les concordances avec *Macbeth*, qui sembleraient désigner les deux Landless comme assassins...

POIROT : Mais, selon l'innocentiste dont il était question, les assassins ne seraient pas du tout les Landless, si j'ai bien compris.

WILMOT : Non, selon l'innocentiste en question... Mais autant l'appeler par son nom, au point où nous en sommes. Il s'agit de sir Felix Aylmer, acteur célèbre et historien du théâtre, dont le livre *The Drood Case* révolutionna les recherches sur le MED en 1964.

LE CRAPAUD *(à part)* : Bon, enfin nous y voilà. Mais j'ai de sombres pressentiments...

WILMOT : Selon Aylmer, donc, l'assassin ne serait aucun des personnages que nous connaissons. Il s'agirait d'un fanatique, d'une espèce de terroriste venu du Moyen-Orient pour faire expier à Drood fils, selon la coutume musulmane, une très grave offense que Drood père (qui avait vécu là-bas, comme nous le savons) avait faite à la religion islamique...

TOUS *(y compris Antonia et le Latiniste, qui ont interrompu leur discussion sur la* Première Décade*)* : L'affaire Rushdie !

WILMOT : N'allons pas trop vite. Aylmer envisage tout d'abord l'hypothèse religieuse, étant donné que les pierres de la fameuse bague en possession d'Edwin pourraient provenir du pillage sacrilège que subit La Mecque en 1813 et auquel prirent part des officiers européens au service de Méhémet-Ali...

TOUS *(sauf Antonia, qui ne connaît pas Collins, mais y compris, mystérieusement, le Latiniste)* : Mais alors, ce serait exactement le même cas que dans *La Pierre de lune* : avec opium, vol de bijoux sacrés, *et cætera* !

WILMOT : En effet. Et donc Aylmer, jugeant impossible un plagiat aussi éhonté de la part de Dickens, se replie sur la vendetta de famille ; la très grave offense aurait été faite par Drood père à un notable islamique dont les descendants auraient juré de se venger sur le fils un 24 décembre, jour anniversaire de l'offense en question. D'autre part, Jasper, qui connaissait la menace pesant sur Edwin et avait préparé tout un plan pour l'écarter, ne serait pas l'oncle mais le demi-frère (par sa mère) d'Edwin, tandis que la femme de la fumerie serait la grand-mère de Rosa, dont le père, comme nous le savons…

LE CRAPAUD : Assez, assez, de grâce ! Je le sentais que nous serions tombés de Charybde en Scylla ! D'abord, un coupable qui, à l'encontre de toute règle, était aussi le suspect numéro un ; et maintenant, un autre que personne, évidemment, ne pouvait soupçonner, puisqu'on ignorait jusqu'à son existence !… Non, mais où sommes-nous ? Poirot, dites quelque chose, de grâce !

POIROT : Mon Dieu, c'est vrai que, lorsque l'assassin est un inconnu total, le « meurtre commis par un ou des inconnus » perd beaucoup de son … euh … charme. Le cas classique est celui, déjà envisagé, du vagabond de passage. Mais dans notre cas à nous, si Aylmer avait raison…

LE CRAPAUD : Dans notre cas, ce serait pareil : un individu jamais vu ni entendu auparavant ! Un plus que parfait inconnu !

POIROT : Pas si parfait que ça. Et la preuve en est que le commissaire Maigret avait déjà prévu, en un certain sens, son entrée en scène.

MAIGRET : Mon Dieu, je me suis seulement demandé pourquoi Jasper, dans ses rêveries homicides, avait toujours prononcé le nom de son neveu alors que l'ennemi qu'il rêvait d'abattre était un autre. Et la raison, effectivement, pouvait être que l'oncle connaissait l'existence de cet ennemi et ses desseins meurtriers à l'égard d'Edwin, mais ignorait encore son identité.

POIROT : En d'autres mots, Jasper sait depuis longtemps que quelqu'un, la nuit du 24 décembre, tentera de tuer son neveu ; mais il ne sait pas *qui*; et même si plus tard, avec l'arrivée des deux jumeaux, il commence à soupçonner Neville d'être le sicaire inconnu, il ne peut pas en être sûr.

ANTONIA : Mais en ce cas, il y a une autre chose absolument inexplicable. Car si Jasper connaît la menace et a même préparé un plan pour la déjouer, pourquoi, justement la nuit du 24 décembre, laisse-t-il Edwin en compagnie du présumé sicaire et va-t-il, lui, tranquillement se mettre au lit ?

WILMOT : L'explication d'Aylmer est plutôt laborieuse, mais on ne peut nier qu'à sa façon elle tient debout. Et Dickens pourrait bien en avoir imaginé une plus ou moins semblable, étant donné le goût de son public pour les histoires de famille sur fond anglo-oriental. Donc, selon Aylmer...

L'explication est en effet laborieuse, lecteur. Aussi fournissons-nous le résumé télégraphique suivant :

Famille islamique, ayant rejeté sur fils faute père, a condamné à mort Edwin selon loi sacrée talion. Mais, selon autre loi sacrée, condamnation inexécutable tant qu'Edwin fiancé de Rosa. Père de celle-ci s'étant en effet comporté noblement avec famille susdite, en avait reçu garanties amitié et protection pour lui et ses descendants ainsi que pour conjoints ou futurs conjoints descendants en question.

Sicaire devra donc vérifier au préalable si Edwin toujours fiancé avec Rosa, et seulement en cas contraire procéder à exécution. Voilà pourquoi Jasper, outre attiser haine Neville pour l'induire à se découvrir au cas où sicaire serait lui, se soucie tant savoir si fiancés s'aiment toujours.

S'étant enfin convaincu (faussement) que oui, et sûr

que sicaire respectera loi sacrée, pousse soupir soulagement et va se coucher. Reste question : comment sicaire peut avoir appris rupture fiançailles ? Explication : sicaire écouté en cachette entière conversation Edwin/Rosa, tandis que Jasper, retenu cathédrale cause vêpres, a vu seulement baiser adieu et cru baiser amour.

LE CHAUFFEUR *(qui a pu écouter à son aise, le car étant toujours bloqué piazza Albania)* : Histoire géniale !

*

Dans un encombrement de l'après-midi romain, le lecteur qui, ayant enfin dépassé la piazza Albania, recommencerait à avancer péniblement le long du viale Aventino n'aurait pas intérêt à rester à droite. De ce côté en effet, s'il est de nouveau longuement bloqué près du **circus Maximus***, il ne pourra contempler que le moderne et rébarbatif **palais de la FAO**, flanqué du non moins repoussant **ministère des Postes et Télégraphes**.

S'il reste au contraire le plus à gauche possible, il pourra jouir de la vue inoubliable qu'offrent les **ruines du Palatin*** au soleil couchant, à condition bien entendu que ce dernier, entre-temps, ne se soit pas couché.

Dans notre cas, il est encore assez haut, mais le spectacle n'en est pas moins grandiose ; et ANTONIA, avec le concours du LATINISTE, s'emploie à le commenter savamment, des constructions de Domitien, vers l'ouest, aux arcades (hautes de 20 à 30 mètres) qui soutenaient les édifices de Septime Sévère, au sud-est, et à l'angle où s'élevait le fameux *Septizonium*. Mais LE CRAPAUD recommence déjà à agacer tout le monde avec ses récriminations : « *Questa e quella* [c'est-à-dire la solution jekyllienne ou celle du sicaire inconnu] *per me pari sono*[1] ! », chante-t-il, rauque et sarcastique. Et il ajoute

1. « Elle ou une autre, cela m'est indifférent ! » (*Rigoletto*, I, 1) *(N.d. T.)*.

que la réapparition de Lascar Sal dans le chapitre 22 ne laisse pas d'autre alternative.

Mais le chapitre 22 n'a pas encore été *imprinted*, dira-t-on.

Comment peut-il en être déjà question ? Nous avons oublié d'expliquer que, pendant la longue halte piazza Albania, le débat sur le numéro d'août avait fini par s'épuiser. THORNDYKE, en commentant la scène entre Jasper et Rosa près du cadran solaire, avait souligné la force hypnotique du maître du chœur, dont le regard suffit à paralyser la jeune fille et à lui arracher, à la fin, le signe d'assentiment demandé. DUPIN a ensuite insisté sur l'inspiration « hamlétienne » de la scène en question en observant que Jasper, par endroits, s'y exprime carrément en décasyllables[1]. Et le sergent CUFF a rappelé qu'il avait prévu (avec confirmation « partielle » de Wilmot) que l'auteur ne nous aurait plus fait assister à des conversations entre Helena et Rosa, et moins encore entre Helena et Neville.

« Maintenant, a ajouté le sergent, six mois se sont écoulés depuis la nuit fatale. Nous sommes aux dernières pages du cinquième numéro. *Et ces trois-là ne se sont toujours pas reparlé,* du moins pas en notre présence. Une situation qui pourrait difficilement se prolonger sans éveiller les soupçons du lecteur. »

LE COLONEL DES CC : Très juste !

CUFF : Eh bien, voilà que Dickens se met à couvert et, sous prétexte que les murs ont des oreilles, il nous explique avec désinvolture par l'intermédiaire de Grewgious : « Je ne sais pas s'il serait sage, dans les circonstances présentes, de laisser miss Rosa, d'une part, miss Helena et Mr. Neville, de l'autre, causer ouverte-

1. Le méticuleux POIROT confirmera plus tard en avoir compté neuf, dont trois d'affilée *(I endured it all in silence. So long as / you where his, or so long as I supposed / you to be his, I hid my secret loyally)*; et cet autre et demi, d'indéniable facture shakespearienne : *I shall not strike too soon, but give me a sign / that you attend to me.*

ment ensemble. D'un autre côté, il est normal que miss Rosa désire revoir son amie, et il conviendrait que cette dernière au moins puisse apprendre de sa bouche, dans une conversation intime, les derniers événements et la menace qui se profile. » Ce qui…

LE CRAPAUD : *Hear, hear*!

CUFF : Ce qui, à mon avis, revient à dire : « Je ne vois pas, en tant qu'auteur, comment je pourrais rapporter des conversations intimes entre ces trois-là sans découvrir mon jeu. D'ailleurs, si je continue comme ça, le lecteur va flairer quelque chose. Et donc, dans le prochain numéro, il faudrait au moins que je fasse parler Rosa avec Helena. Mais, grâce à l'une de mes trouvailles géniales, liée au manège de Jasper, la "conversation intime" que j'ai promise se déroulera tout autrement que dans l'intimité. »

Quelle sera cette trouvaille ? La curiosité des excursionnistes pour les prochains développements est devenue si forte que LOREDANA a fini par radiotéléphoner à l'U & O : ne pourrait-on procéder au télé-*imprinting* immédiat du dernier numéro, puisque le car est équipé pour la traduction simultanée ?

En moins de temps qu'il ne faut pour le dire, les impulsions subliminales demandées se sont déversées dans le car et, avant d'arriver au Palatin, le groupe Drood avait déjà subécouté tout le numéro de septembre : celui-là même que Dickens avait terminé à quelque six ou sept pages près le 8 juin 1870, et que le lecteur pourra lire ci-après.

LOREDANA : Mais…

Ah, oui, encore un moment, lecteur. Dans l'excitation du débat et du *sight-seeing,* nous avons oublié deux ou trois choses qu'il convient à présent d'expliquer :

1) Pourquoi le chapitre 20 s'intitule-t-il, en français, *Plusieurs fuites*? Où sont ces fuites ? Pièges de l'anglais, a expliqué LOREDANA, *flight* signifiant aussi bien « vol » que « fuite ». Les différents *flights* sont donc : la fuite de Rosa du collège de Cloisterham ; son arrivée à Londres

presque en vol (puisque le train passe « au-dessus des toits ») ; et son ascension jusqu'au « jardin aérien » du providentiel Mr. Tartar.

2) A propos de la conversation de fenêtre à fenêtre entre Tartar et le « pauvre étudiant » Neville, P. PETROVITCH a parlé en plaisantant de « plagiat kafkaïen ». Pourquoi ? Parce que Kafka, lecteur assidu de Dickens (dont il exalte l'« imagination effrénée, royalement prodigue »), s'inspira sûrement de cet épisode pour les conversations de balcon à balcon entre Karl et le « pauvre étudiant » d'*Amerika*.

3) LE LATINISTE, dans sa conversation de plus en plus animée avec ANTONIA, s'est révélé être un admirateur fervent de Wilkie Collins. Que c'est bizarre (a-t-elle remarqué) pour un jeune humaniste de Juan-les-Pins ! Le fait est (a-t-il répondu) que ce fut précisément un roman de Collins qui, par amour de l'héroïne, m'orienta vers l'étude du latin. Ah, et comment (a tout de suite voulu savoir Antonia) s'intitulait ce roman ? Comment s'appelait l'héroïne ? Mais lui a rougi et s'est tu, et nous devons donc remettre ces précisions à plus tard.

Chapitre 21. Le ciel s'assombrit

Les pièces composant l'appartement de Mr. Tartar étaient les plus nettes, les plus propres et les mieux ordonnées qu'on pût voir sous le soleil, la lune et les étoiles. Les planchers avaient été frottés avec une telle énergie qu'on aurait pu supposer que les fumées de Londres s'étaient évanouies et qu'elles avaient quitté le pays pour toujours. Chaque centimètre carré de cuivre que possédait Mr. Tartar avait été si bien frotté et poli qu'il avait le brillant d'un miroir de métal. Pas une tache, pas une moucheture, pas une éclaboussure, ni grande, ni petite, ni moyenne, ne souillait les dieux lares de Mr. Tartar. Son salon ressemblait à la cabine d'un amiral, sa salle de bains à une laiterie, sa chambre à coucher toute garnie d'armoires et de tiroirs rappelait la boutique d'un marchand de graines, et son hamac, suspendu au milieu de la chambre, se balançait comme un nuage blanc. Chacun des objets appartenant à Mr. Tartar avait sa place déterminée ; ses mappemondes et ses cartes, ses livres, ses brosses, ses habits, ses porte-bouteilles, ses télescopes et tous ses instruments de marine étaient rangés dans un ordre merveilleux, et tout cela était facilement accessible. Les étagères, les tablettes et les placards, les crochets et les tiroirs étaient également à portée de la main et avaient été également conçus en vue de ne pas gaspiller de place et de ménager un emplacement commode à des objets qui n'avaient trouvé place nulle part ailleurs. Son brillant petit service d'argenterie était si bien arrangé sur le buffet qu'une cuillère à sel mal rangée se fût immédiatement trahie. Ses affaires de toilette étaient si bien disposées sur leur table qu'un cure-dents vagabond aurait sauté immédiatement aux yeux. Il en était de même des objets de curiosité qu'il avait rapportés de ses voyages. Empaillés, séchés, nettoyés et préservés des vers par les moyens les plus ingénieux, les oiseaux, les poissons, les reptiles avaient leur place, ainsi que les coquillages, les plantes marines ou terrestres, et surtout de magnifiques coraux. Un pot de vernis devait être là, à portée de la main de Mr. Tartar, prêt à faire disparaître les taches laissées par les doigts des visiteurs. Jamais vaisseau de guerre n'avait été plus net et plus brillant. Par ce beau jour d'été, Mr. Tartar avait installé une petite tente pour protéger son jardin de fleurs. Il n'y a que les marins pour dresser des tentes. Tout autour de lui avait un air maritime. Les fleurs de ce jardin auraient pu orner les fenêtres de la poupe d'un navire à flot. Tout l'établissement semblait prêt à s'ébranler au son du porte-voix de Mr. Tartar donnant l'ordre de lever l'ancre :

« Tout le monde à son poste et toutes voiles dehors ! »

Mr. Tartar faisait à merveille les honneurs de son joli bâtiment. Quand un homme a son dada, qui ne fait de mal à personne, il est agréable de trouver en lui le sentiment du côté plaisant de la chose. Quand cet homme est cordial et sérieux par nature, qu'il est en outre franc et naturel, il ne peut être vu sous un meilleur jour que dans l'exercice de sa manie. Aussi Rosa, conduite autour du navire avec tous les honneurs dus à la première lady de l'amirauté, ou à la première Néréide, pensa qu'il était charmant de voir Mr. Tartar rire le premier de toutes ses diverses et bizarres installations. Mais le jeune marin brûlé par le soleil se montra surtout à son grand avantage, aux yeux de la jeune fille, quand, l'inspection finie, il sortit discrètement de sa cabine d'amiral, la priant de s'en considérer comme la reine et l'assurant qu'elle avait la libre disposition du jardin, par un geste de cette même main vigoureuse qui avait tenu en sa puissance la vie de Mr. Crisparkle.

« Helena !… Helena Landless !… Es-tu là ?

– Qui m'appelle ?… N'est-ce pas Rosa ? »

Et un autre charmant visage fit son apparition à la croisée.

« Oui, c'est moi, ma chérie !

– Mais, comment es-tu ici, ma chère bonne amie ?

– Je... je ne le sais pas vraiment, dit Rosa en rougissant, à moins que je ne rêve ! »

Pourquoi cette rougeur ? Les deux visages étaient pourtant seuls parmi les autres fleurs. La couleur écarlate était-elle un fruit naturel de ce pays magique ?

« *Moi*, je ne rêve pas, dit Helena en souriant, je t'en prie, dis-moi comment nous nous trouvons réunies, si proches l'une de l'autre, et d'une manière si inattendue ? »

Bien inattendue, en effet, au milieu des combles et des cheminées, dans la vieille maison qui portait les fameuses initiales P. J. T., et sous ce jardin aérien. Rosa, revenant à elle, exposa rapidement les faits et tous les tenants et aboutissants de cette rencontre.

« Et Mr. Crisparkle est ici ! dit Rosa arrivant tout à coup à une conclusion singulièrement brusque. Et le croirais-tu ? Jadis, il lui a sauvé la vie.

– Je puis tout croire, au sujet de Mr. Crisparkle », répondit Helena en rougissant.

On rougissait décidément beaucoup dans ce jardin aérien.

« Oui, mais ce n'est pas Mr. Crisparkle qui a sauvé l'autre, dit Rosa, s'empressant de faire une correction à son récit.

– Je ne comprends plus, mon amour.

– C'est bel et bien Mr. Crisparkle lui-même qui a été sauvé. Si vous l'aviez vu tout à l'heure exprimer la haute opinion qu'il a de Mr. Tartar. Car enfin, c'est à Mr. Tartar qu'il doit d'être encore en vie. »

Les yeux noirs d'Helena se fixèrent très attentivement sur le beau visage qui brillait au milieu des fleurs, et elle demanda d'un ton plus bas et d'un air pensif :

« Est-ce que Mr. Tartar est avec toi, en ce moment, ma chère ?

– Non, il m'a cédé la jouissance de ses appartements, je veux dire qu'il nous les a cédés. C'est charmant !

– En vérité ?

– C'est comme l'intérieur du plus beau des navires qui ait jamais pris la mer... c'est comme...

– Comme un rêve ? » suggéra Helena.

Rosa répondit par un petit signe de tête et respira le parfum des fleurs.

Helena reprit, après un court instant de silence, et d'un air bien plus triste encore :

« Mon pauvre Neville travaille dans sa chambre ; la force du soleil qui donne de ce côté en ce moment l'a chassé. Je pense qu'il vaut mieux lui laisser ignorer que tu es aussi près de lui.

– Oh ! je le pense aussi ! s'écria Rosa très vivement.

– Cependant, poursuivit Helena en hésitant un peu, ne faut-il pas qu'il sache tout ce que tu m'as dit ? Demande à ce sujet l'avis de Mr. Crisparkle, ma chérie. Dois-je dire à Neville tout ou partie de ce que tu m'as appris ? Mr. Crisparkle en jugera. »

Rosa passa dans le cabinet où se tenait le conseil d'État et posa la question. Le chanoine mineur fut d'avis de laisser à Helena une entière liberté de jugement.

« Je le remercie beaucoup », dit Helena, quand Rosa reparut pour lui rapporter cette réponse. « Demande-lui pourtant s'il ne vaut pas mieux attendre que les méchantes dispositions de ce misérable contre Neville se découvrent d'elles-mêmes plutôt que de l'en avertir ? Avant tout, ne devons-nous pas nous assurer qu'il ne se trame pas dans l'ombre quelque chose contre nous ? »

Le chanoine mineur trouva la difficulté trop effrayante pour vouloir donner son opinion : il proposa d'en référer à Mr. Grewgious. Helena y ayant consenti, il se transporta en feignant, sans y trop réussir, de se donner l'air d'un promeneur indifférent, de l'autre côté de la cour intérieure jusqu'à la maison portant les initiales P. J. T., et formula sa question. Mr. Grewgious s'en tint résolument au principe général selon lequel, si l'on a l'occasion de prendre de l'avance sur un brigand ou une bête féroce, c'est ce qu'on a de mieux à faire. Et il maintint, d'une manière non moins décidée, que, dans le cas spécial qui les occupait, John Jasper était un mélange de brigand et de bête féroce.

Ainsi conseillé, Mr. Crisparkle revint et rapporta à Rosa cette sage réponse que celle-ci transmit à son tour à Helena. Cette dernière sembla suivre un moment le cours de ses pensées ; elle réfléchissait très sérieusement à ce qui venait de lui être dit.

« Nous pouvons compter sur l'aide de Mr. Tartar ? » demanda-t-elle.

Rosa pensait timidement qu'on le pouvait. Oh ! oui, elle était timidement convaincue de pouvoir l'assurer. Mais devait-elle interroger Mr. Crisparkle ?

« Je crois que, sur ce point, ton autorité est aussi bonne que la sienne, ma chérie, dit Helena d'un ton plus calme, et tu n'as pas besoin de retourner le consulter. »

Étrange de la part d'Helena !

« Vois-tu, reprit-elle après un autre moment de réflexion, Neville ne connaît personne ici. Il n'a pas échangé un mot avec une âme vivante, si ce n'est Mr. Tartar. Si Mr. Tartar pouvait venir le voir ouvertement et souvent, lui consacrer quelques minutes en de fréquentes visites, s'il voulait même venir presque tous les jours, il pourrait en sortir quelque chose.

– Quelque chose, dis-tu, ma chérie ? répéta Rosa en regardant le beau visage de son amie d'un air perplexe. Et quoi donc, je te prie ?

– Si les mouvements de Neville sont réellement surveillés, si le but qu'on se propose est de l'isoler de tous ses amis et d'empoisonner lentement sa vie (ce qui me semble résulter de la menace qui t'a été faite), n'est-il pas probable, dit Helena, que son ennemi se mettra, d'une façon ou d'une autre, en communication avec Mr. Tartar pour le prévenir contre Neville et l'éloigner de lui ? En ce cas, nous aurions connaissance, par Mr. Tartar, non seulement de cette manœuvre, mais des termes dont se serait servi l'autre pour lui parler ?

– Je comprends ! » s'écria Rosa. Elle replongea immédiatement dans la cabine.

Peu de temps après, sa jolie tête reparut, animée de belles couleurs. Elle avait fait son rapport à Mr. Crisparkle, qui était allé quérir Mr. Tartar, et Mr. Tartar attendait là, dans le cas où l'on aurait besoin de lui. En prononçant ces derniers mots, Rosa tourna la tête, avec un peu de confusion, du côté de la cabine. Elle ajouta que Mr. Tartar était tout prêt à agir dans le sens qui lui était indiqué, et cela dès le jour même.

« Je le remercie du fond du cœur, dit Helena. Veux-tu, je te prie, le lui dire ? »

De nouveau, Rosa, qui se trouvait toujours un peu tiraillée entre le jardin aérien et la cabine, rentra avec son message, revint avec de nouvelles assurances des bonnes dispositions de Mr. Tartar, et resta indécise, divisée entre Helena et lui, ce qui prouve que la confusion n'est pas nécessairement maladroite et peut présenter au contraire un aspect très plaisant.

« Et maintenant, ma chérie, dit Helena, nous ne devons pas oublier la prudence qui doit abréger notre première entrevue : il faut nous séparer. J'entends Neville qui sort de sa chambre. Retournes-tu là-bas ?

– Chez miss Twinkleton ? demanda Rosa.

– Oui.

– Oh ! je ne pourrais plus y rester, je ne le pourrais plus après cette terrible conversation ! dit Rosa.

– Alors, où vas-tu, ma belle ?

– Maintenant que j'y réfléchis, je n'en sais rien, dit Rosa. Je n'ai encore rien décidé, mais mon tuteur prendra soin de moi. Sois sans inquiétude, ma chérie. Il est certain que je serai quelque part. »

Ce qui semblait assez probable.

« Et j'aurai des nouvelles de mon Bouton de Rose par Mr. Tartar ? demanda Helena.

– Oui, je le suppose, par... »

Rosa, encore une fois, tourna la tête en arrière, très agitée, au lieu de prononcer le nom du marin.

« Mais dis-moi quelque chose avant que nous nous séparions, ma chère Helena. Dis-moi qu'il ne dépend pas de moi d'empêcher cela.

– Empêcher quoi, mon amour ?

– Empêcher qu'il ne soit si méchant et si vindicatif. Ne pourrais-je pas arriver à quelques termes de conciliation avec lui ?

– Tu sais combien je t'aime, ma chérie, répondit Helena avec indignation. Eh bien ! j'aimerais mieux te voir étendue morte aux pieds de cet infâme.

– Cet entretien m'a fait grand bien !... Tu le diras à ton

pauvre frère ? Tu lui porteras mon souvenir et l'expression de ma sympathie ? Tu lui demanderas de ne pas me haïr ? »

Helena eut un mouvement de tête qui exprimait que cette dernière recommandation était bien superflue. Elle envoya des deux mains des baisers à son amie, et celle-ci l'imita. Helena vit alors une troisième main (brune comme du cuivre) apparaître au milieu des fleurs et aider Rosa à descendre dans l'appartement.

Il suffit à Mr. Tartar, à l'intérieur de la cabine d'amiral, de toucher simplement le bouton d'une armoire pour faire apparaître une collation enchantée. Des macarons merveilleux, des liqueurs étincelantes, des épices tropicales, des gelées de fruits tropicaux s'offrirent à profusion aux regards de Rosa. Mais Mr. Tartar ne pouvait arrêter la marche du temps, et le temps impitoyable avança si vite que Rosa fut obligée de quitter le pays des fleurs pour redescendre sur la terre et retourner chez Mr. Grewgious.

« Et maintenant, ma chère, dit Mr. Grewgious, qu'allons-nous faire ? Et pour poser la question sous une autre forme, qu'allons-nous faire de toi ?... »

Rosa ne put que lui lancer un regard par lequel elle semblait s'excuser d'être un si grand embarras pour lui et pour tous. L'idée de vivre, à l'abri du péril, tout en haut de l'hôtel Furnival, pour le reste de ses jours, fut le seul plan qui se présenta à son esprit.

« Il m'est venu à l'idée, dit Mr. Grewgious, que comme la respectable miss Twinkleton profite quelquefois de l'occasion des vacances pour venir à Londres, afin d'étendre ses relations, de voir les parents de ses élèves qui habitent en ville, nous pourrions, provisoirement, inviter miss Twinkleton à venir habiter avec toi pendant un mois.

– Habiter où, monsieur ?

– Mais, continua Mr. Grewgious, ne pourrions-nous pas louer un appartement meublé en ville, et la prier de s'occuper de toi pendant cette période ?

– Et ensuite ? demanda Rosa.

– Ensuite, dit Mr. Grewgious, notre situation ne pourra être pire qu'à présent.

– Je pense que ce projet pourrait en effet nous tirer d'embarras, reconnut Rosa.

– Alors, sortons, dit Mr. Grewgious en se levant, et mettons-nous à la recherche d'un appartement meublé. Rien ne saurait être plus agréable pour moi que la douce présence dont j'ai joui hier soir ; je voudrais en voir embellis tous les soirs de mon existence, mais tout ce qui m'entoure n'est guère convenable pour une jeune dame. Mettons-nous à la recherche d'aventures et d'appartements. Mr. Crisparkle, qui doit retourner chez lui, sera sans doute assez bon pour aller voir miss Twinkleton et inviter cette dame à prêter son concours à la réalisation de notre plan. »

Mr. Crisparkle accepta la charge avec empressement et partit ; Mr. Grewgious et sa pupille sortirent et commencèrent leur expédition.

L'idée que se faisait Mr. Grewgious du meilleur moyen de chercher des appartements meublés consistait à traverser la rue pour examiner une maison portant un écriteau à l'une de ses fenêtres, puis à se diriger quand il pouvait vers le derrière de la même maison, à en faire l'inspection à nouveau sous l'autre face, mais sans y entrer jamais. L'expédition promettait donc d'être longue. Enfin Mr. Grewgious se rappela une certaine veuve, lointaine cousine de Mr. Bazzard, qu'il avait lui-même introduite dans le monde des logeurs et qui demeurait dans Southampton Street, Bloomsbury Square. Le nom de cette dame gravé en lettres de grandes dimensions, sur une plaque de cuivre, sans aucune allusion au sexe et à la classe sociale était : BILLICKIN.

Les traits distinctifs de la personnalité de Mrs. Billickin étaient une éternelle faiblesse et un grand débordement de franchise. Elle sortit d'un air languissant du petit parloir sur le derrière de la maison ; elle semblait n'être arrivée jusque-là qu'après une série d'évanouissements successifs.

« J'espère que vous êtes en bonne santé, monsieur ? dit Mrs. Billickin en s'inclinant légèrement, montrant ainsi qu'elle reconnaissait son visiteur.

– Je vous remercie... je vais très bien. Et vous, madame ? répliqua Mr. Grewgious.

– Je vais aussi bien », répondit Mrs. Billickin, après avoir fortement repris sa respiration comme pour combattre une nouvelle faiblesse, « aussi bien que je puis l'être…

– Ma pupille et une dame d'âge respectable, dit Mr. Grewgious, désirent trouver un logement meublé, agréable, pour un mois ou deux. Avez-vous des appartements libres, madame ?

– Mr. Grewgious, répliqua Mrs. Billickin, je ne veux pas vous tromper, bien loin de là… J'ai des appartements libres. »

On voyait bien que la bonne dame ajoutait mentalement : « Menez-moi à l'échafaud si vous voulez, mais tant que je vivrai, je serai franche. »

« Quels appartements avez-vous, madame ? demanda Mr. Grewgious d'un air aimable, car il voulait dissiper l'air sévère qu'il avait remarqué chez Mrs. Billickin.

– Voici ce salon que vous pourrez, si cela vous plaît mieux, appeler le parloir. Vous voyez qu'il est situé sur le devant de la maison, mademoiselle, dit Mrs. Billickin, engageant ainsi Rosa dans la conversation. Le salon de derrière est celui que je me réserve, et j'entends ne le quitter jamais. Il y a deux chambres à coucher au sommet de la maison, elles sont éclairées au gaz. Je ne vous dirai pas que les planchers de ces chambres sont bien solides, car ils ne le sont pas, mais les réparer serait dépasser les dépenses que je peux faire pour un seul locataire à l'année. Les conduites d'eau passent donc au-dessous du plancher ; c'est une circonstance qu'il vaut mieux vous faire connaître. »

Mr. Grewgious et Rosa échangèrent des regards qui exprimaient bien quelque réticence, mais ils n'avaient pas la moindre idée des horreurs latentes que pouvaient comporter ces fameuses conduites. En même temps, Mrs. Billickin portait la main sur son cœur, comme pour témoigner qu'il était soulagé d'un grand poids.

« Bien ! La toiture du moins est en bon état, sans doute ? dit Mr. Grewgious, s'armant d'un peu de courage.

– Mr. Grewgious, répondit Mrs. Billickin, si je vous disais qu'il y a un étage au-dessus de vous alors qu'il n'y a rien, je vous préparerais une déception, ce que je ne veux pas faire. Non, monsieur. Les ardoises en haut se soulèvent toujours quand il y a du vent, quoi qu'on fasse. Je vous défie, monsieur, qui que vous soyez, de maintenir ces ardoises à leur place. »

A cet instant, Mrs. Billickin, qui avait montré un peu de précipitation en s'adressant à Mr. Grewgious, se ravisa et voulut essayer d'user de l'ascendant moral qu'elle croyait exercer sur lui.

« En conséquence, continua-t-elle avec plus de douceur, mais en demeurant inébranlable dans son incorruptible franchise, il serait plus qu'inutile de vous entraîner à ma suite jusqu'aux étages supérieurs de la maison pour vous entendre dire : “Mrs. Billickin, qu'est-ce que cette tache que je remarque au plafond ?” et pour me forcer de vous répondre : « “Je ne vous comprends pas, monsieur.” Je ne veux pas feindre ainsi ! Je vous entendrais avant même que vous ayez fait la remarque. C'est l'humidité, monsieur, elle pénètre et elle ne pénètre pas. Vous pouvez rester ici parfaitement au sec pendant la moitié de votre vie, mais il peut venir un moment, et il est préférable que vous le sachiez, où vous serez trempé comme une soupe. »

Mr. Grewgious ne parut nullement flatté de se voir promis à un pareil état.

« Avez-vous quelques autres appartements, madame ? demanda-t-il.

– Mr. Grewgious, répondit Mrs. Billickin d'un ton plus solennel, j'en ai. Vous me demandez si j'ai d'autres appartements, et mon honnête et franche réponse est : j'en ai. Ceux du premier et du second étage sont vacants et ils se composent de jolies chambres.

– Bien, bien. Il n'y a rien de désagréable dans ces appartements ? demanda Mr. Grewgious, reprenant confiance.

– Pardonnez-moi, Mr. Grewgious. Il y a les escaliers à monter. Si votre esprit n'est pas préparé à cette question des escaliers, vous serez exposé à un inévitable désappointement. Vous ne pouvez, mademoiselle, ajouta Mrs. Billickin en s'adressant à Rosa sur le ton du reproche, vous ne pouvez véritablement placer un premier et encore moins un second étage au niveau d'un rez-de-chaussée. Non, cela ne vous est pas possible, mademoiselle, vous ne sauriez le faire, et en ce cas pourquoi l'essayer ? »

Mrs. Billickin dit cela aussi sérieusement que si Rosa avait manifesté la ferme détermination de défendre cette thèse insoutenable.

« Pouvons-nous visiter ces chambres, madame ? demanda le tuteur.

– Mr. Grewgious, répondit Mrs. Billickin, vous le pouvez. Je ne veux pas vous le dissimuler, vous le pouvez. »

Mrs. Billickin envoya chercher son châle dans son parloir sur le derrière de la maison (il était établi depuis un temps immémorial que la bonne dame ne pouvait aller nulle part sans être drapée dans ce châle). Après que sa servante le lui eut placé sur les épaules, elle ouvrit la marche. Elle s'arrêta plusieurs fois en montant les escaliers pour reprendre son souffle ; arrivée au salon, elle appuya ses mains contre son cœur, comme si elle avait été sur le point de le perdre et qu'elle l'eût surpris au moment où il allait s'envoler.

« Et le second étage ? dit Mr. Grewgious, déjà satisfait du premier.

– Mr. Grewgious, répondit Mrs. Billickin, en se tournant de son côté d'un air cérémonieux, comme si le moment de se mettre d'accord sur un point délicat était arrivé et qu'il était nécessaire de le traiter en toute confiance, le second étage est au-dessus de celui-ci.

– Pourrons-nous le visiter également, madame ?

– Oui, monsieur, dit Mrs. Billickin, c'est clair comme le jour. »

Ce second appartement s'étant aussi trouvé à son gré, Mr. Grewgious se retira dans l'embrasure d'une croisée avec Rosa. Leur entretien fut bref ; puis, après avoir demandé une plume et de l'encre, l'homme d'affaires rédigea en quelques lignes les conditions d'un accord. Pendant ce temps, Mrs. Billickin avait pris un siège et exposait le résumé de la question.

« Quarante-cinq shillings par semaine, assurés pour le mois, dit Mrs. Billickin, me paraissent un prix acceptable pour les deux parties. Nous ne sommes ici ni dans Bond Street ni dans Saint James Palace, mais nous n'en avons pas la prétention.

Nous n'essaierons pas même de contester, pourquoi le contesterions-nous ? que la porte de derrière donne sur les écuries. Il faut qu'il y ait des écuries. En ce qui concerne le service, deux domestiques sont attachées à la maison, moyennant des gages libéralement fixés. Des difficultés se sont élevées relativement aux allées et venues des fournisseurs, mais le contact de chaussures boueuses sur des marches bien entretenues est un inconvénient inévitable, et je n'ai nul désir de prélever une commission sur vos commandes. Le charbon est fourni *par* feu ou *en* seaux. »

Mrs. Billickin appuya sur ces prépositions avec une emphase qui semblait marquer une subtile, mais immense, différence entre les deux modes de fourniture.

« Les chiens ne sont pas vus avec faveur, reprit-elle ; outre leur malpropreté, ils sont enclins au vol, et cela donne naissance à des soupçons et à des discussions désagréables. » Pendant ce temps, Mr. Grewgious avait rédigé son acte de location et préparé son porte-monnaie.

« J'ai signé cet engagement pour les deux dames, dit-il, voulez-vous avoir la bonté de le signer à votre tour de vos nom et prénom, s'il vous plaît ?

– Mr. Grewgious, dit Mrs. Billickin avec une nouvelle explosion de franchise, non, je ne le puis. Vous me dispenserez du prénom. »

Mr. Grewgious la regarda fixement.

« La plaque qui se trouve sur la porte me sert de protection, fit Mrs. Billickin, et elle remplit son rôle. Je ne veux pas en détruire l'effet. »

Mr. Grewgious regarda fixement Rosa.

« Non, Mr. Grewgious, il faut m'excuser. Tant que cette maison sera connue sous le nom indéfini de maison Billickin, et tant qu'il restera un doute dans l'esprit des mauvaises gens sur l'endroit où Billickin peut se cacher... près de la porte d'entrée ou au sommet de l'escalier... et sur ce que peuvent être sa taille, son poids et sa force, je me sentirai en sûreté. Mais déclarer ouvertement que je suis une femme seule et sans défense, non ! mille fois non !... Vous n'accepteriez certainement pas, mademoiselle, reprit Mrs. Billickin avec un vif sentiment du tort qu'on voulait lui faire, de revendiquer les avantages de votre sexe, si vous n'y étiez amenée par un exemple inconsidéré. »

Rosa rougit comme si elle avait honteusement tenté de prendre le meilleur sur la brave dame, et elle supplia son tuteur de se contenter d'une signature quelconque. En vertu de quoi la signature Billickin fut apposée au bas de l'acte, d'une manière seigneuriale.

Tous les détails furent alors réglés pour prendre possession le surlendemain, jour où miss Twinkleton pouvait être raisonnablement attendue, et Rosa retourna à l'hôtel Furnival, appuyée au bras de son tuteur.

Étrange coïncidence, Mr. Tartar se promenait de long en large devant l'hôtel Furnival ! Il s'arrêta à la vue de Rosa et de son compagnon et s'avança vers eux.

« Il m'est venu l'idée, dit Mr. Tartar, que nous pourrions remonter la rivière ; le temps est délicieux et la marée propice. J'ai un bateau, qui est ma propriété personnelle, aux escaliers du Temple.

– Je n'y suis jamais allée, sur la rivière, ajouta Rosa.

– Il y a bien longtemps que je n'ai pas été sur la rivière », fit Mr. Grewgious, tenté par la proposition.

Une demi-heure après, la question était tranchée ; ils remontaient la rivière ; la marée les portait, l'après-midi était charmante ; le canot de Mr. Tartar, commode et rapide. Mr. Tartar et Lobley, son matelot, manœuvraient à eux deux une paire de rames. Mr. Tartar possédait aussi un yacht amarré près de Greenhithe ; Lobley était chargé d'en prendre soin, mais, pour l'instant, il avait été requis pour cet autre service. C'était un garçon de joyeuse humeur, avec des cheveux et des favoris roux et une grosse face rouge. Il rappelait l'image du soleil dans les vieilles sculptures en bois peint ; ses cheveux et ses favoris, encadrant son visage, formaient les rayons. Il resplendissait à l'avant du canot, superbe à voir avec sa vareuse de la marine militaire, et sa poitrine et ses bras sillonnés de tatouages. Mr. Lobley semblait manœuvrer le canot facilement ; il en était de même de Mr. Tartar, et pourtant les avirons pliaient et le canot bondissait. Mr. Tartar parlait aussi librement que s'il ne faisait rien d'autre, avec Rosa qui, elle, ne faisait rien, et avec Mr. Grewgious qui, lui, tenait le gouvernail et le faisait mal ; mais il suffisait d'un tour de poignet de Mr. Tartar ou d'un simple effort de Lobley, se penchant à l'avant, pour tout remettre en ordre. Le flux les emporta de la manière la plus gaie et la plus charmante jusqu'au moment où ils s'arrêtèrent pour dîner dans un jardin orné d'arbustes toujours verts, qui n'avaient pas besoin d'être mieux identifiés. Après quoi, le reflux vint obligatoirement pour les ramener à Londres comme si, ce jour-là, il s'était uniquement consacré à ce groupe ; et pendant qu'ils glissaient paresseusement au milieu des pousses d'osier, Rosa essaya de manier la rame et s'en tira d'une façon brillante, grâce à l'aide que Mr. Tartar lui prêtait. Mr. Grewgious essaya sa puissance à son tour et tomba sur le dos, coincé sous un aviron qui lui passait sous le cou, car il n'avait pas reçu la même assistance. Alors on se reposa un instant sous les arbres (quel repos délicieux !) pendant que Mr. Lobley lavait le bateau, arrangeait les coussins, les banquettes et le reste, en faisant de la corde raide d'un bout à l'autre de l'embarcation, comme un homme pour qui les souliers étaient une superstition et les bas un indigne esclavage. Le retour se fit au milieu des délicieuses odeurs du rivage fleuri et du bruit musical des eaux. Trop tôt, hélas ! la grande et noire cité répandit sur la rivière l'ombre de ses ponts maussades… et les arbustes toujours verts semblèrent perdus pour toujours, trop loin pour qu'on puisse jamais les retrouver.

« Peut-on traverser la vie sans rencontrer de mauvais passages ? » songea Rosa, le lendemain, quand Londres eut repris son triste aspect ; tout autour d'elle lui semblait avoir l'air étrange et inquiétant d'attendre quelque chose qui ne venait pas. Elle commença à penser que le temps du séjour au pensionnat de Cloisterham était écoulé sans retour et que les moments difficiles s'annonçaient de plus en plus fréquents !

Mais que pouvait attendre Rosa ? Attendait-elle miss Twinkleton ? Miss Twinkleton arriva juste au moment où l'on pouvait espérer sa venue. La Billickin sortit de son parloir pour recevoir sa locataire, et déjà la guerre couvait dans ses yeux.

Miss Twinkleton apportait avec elle une quantité considérable de malles et de paquets comprenant ceux de Rosa et les siens. La Billickin prit très mal le fait que miss Twinkleton, l'esprit troublé par les tracas que lui donnaient tous ces bagages, ne répondît pas à ses questions sur son identité personnelle, avec cette netteté que méritaient de pareilles demandes. En conséquence, la majesté offensée établit son trône nébuleux sur le front de la Billickin. Et lorsque miss Twinkleton, très agitée, se mit à faire le compte de ses colis et de ses malles (il y en avait dix-sept), donnant à la Billickin elle-même le numéro onze, cette dernière trouva qu'il était temps de protester.

« Il vaut mieux mettre les choses au point tout de suite, dit-elle avec une franchise si démonstrative qu'elle en imposait. La maîtresse de maison n'est ni un colis, ni un paquet, ni un sac de voyage. Non, je vous remercie infiniment, miss Twinkleton, pas plus qu'une mendiante. »

Cette dernière remarque était provoquée par le fait que miss Twinkleton, distraite, avait voulu lui faire prendre deux shillings six pence, au lieu de les donner au cocher.

Ainsi repoussée, miss Twinkleton demanda d'un air égaré qui elle devait payer. Il y avait là deux cochers (miss Twinkleton avait amené deux cabs) ; chaque cocher ayant reçu son paiement gardait cependant la paume de la main ouverte et semblait en appeler au ciel et à la terre sur la question de savoir si, réellement, il était assez payé. Terrifiée par ce spectacle alarmant, miss Twinkleton déposa un autre shilling dans chacune de ces mains exigeantes tout en faisant elle-même appel à la loi qu'ils violaient et en recomptant ses bagages, cette fois en présence des deux cochers, ce qui provoqua de nouvelles complications dans l'établissement du total. Pendant ce temps, les deux cochers, après avoir bien regardé le shilling de supplément et marmotté entre leurs dents, descendirent les marches de la maison, remontèrent sur leurs sièges et s'éloignèrent, laissant miss Twinkleton en larmes, assise sur une boîte à chapeaux.

La Billickin vit cette manifestation de faiblesse sans aucune marque de sympathie et donna l'ordre à un homme d'entrer et de s'attaquer à tout ce bagage. Quand ce gladiateur eut disparu de l'arène, la tranquillité s'établit et les nouvelles locataires se mirent à dîner.

Mais la Billickin avait eu connaissance, Dieu sait comment, que miss Twinkleton dirigeait un pensionnat. De cette connaissance à la conséquence que miss Twinkleton se proposait de lui apprendre quelque chose, le saut était trop facile.

« Mais c'est ce que vous ne ferez pas, se dit la Billickin, se parlant à elle-même. Je ne suis pas votre élève, comme elle peut l'être » (cela se rapportait à Rosa), « pauvre petite ! »

De son côté, miss Twinkleton, ayant changé de toilette et recouvré son calme, était animée des dispositions les plus aimables et du désir de tout faire pour tirer, le plus agréablement possible, parti de l'occasion. Son panier à ouvrage devant elle, dans un heureux compromis entre les deux stades de son existence, elle était devenue soudain une dame de compagnie vive et enjouée, qui entendait bien laisser percer dans une judicieuse mesure la femme de savoir et d'expérience, quand Mrs. Billickin entra.

« Je ne veux pas vous cacher, dit la Billickin, enveloppée dans son châle de cérémonie, car il n'est pas dans mon caractère de cacher ni mes motifs ni mes actions, que j'ai pris la liberté de me présenter à vous pour vous exprimer l'espoir que vous avez trouvé le dîner à votre goût. Quoique ma servante ne soit pas professeur en art culinaire, mais simple cuisinière, ses gages sont néanmoins assez élevés pour la stimuler. Et, certes, elle est suffisamment habile à préparer une viande rôtie.

– Nous avons très bien dîné, en vérité, dit Rosa, je vous remercie.

– Accoutumées... », dit miss Twinkleton, d'un air condescendant qui fit croire à l'oreille hostile de la Billickin qu'elle sous-entendait « Ma bonne femme », « à un régime alimentaire libéral et nutritif quoique très simple, nous n'avons pas de motifs pour regretter l'absence de notre ancienne cité et les habitudes méthodiques de la maison dans laquelle notre vie s'est passée jusqu'ici, soumises aux règles d'une paisible routine...

– J'ai cru bon de faire observer à ma cuisinière, interrompit la Billickin dans un élan de franchise, et j'espère que vous approuverez cette juste précaution, miss Twinkleton, que la jeune dame, précédemment soumise à ce que nous considérons ici comme un régime pauvre, fût amenée par degrés à un régime meilleur. Car, pour passer tout à coup d'une alimentation parcimonieuse à une nourriture généreuse, et de ce que vous pouvez appeler le régime de la pension à un service de table plus largement entendu, il faut une force de constitution qui se rencontre rarement chez les jeunes personnes, surtout quand leur constitution a été minée par quelques années de pensionnat. »

La Billickin se déclarait donc ouvertement contre miss Twinkleton, qu'elle considérait comme son ennemie naturelle.

« Vos observations, répliqua miss Twinkleton avec un léger sentiment de supériorité, reposent sur de bonnes intentions, je n'en doute pas, mais permettez-moi de vous assurer qu'elles développent des idées erronées sur le régime des pensionnats, et qui ne peuvent être imputées qu'à un manque absolu d'informations précises.

– Bon ! reprit la Billickin, mes informations, miss Twinkleton, me viennent de mon expérience personnelle, que j'ai tout lieu de considérer comme bon guide. J'ai été mise, quand j'étais jeune, dans une pension très honorable dont la maîtresse était une dame tout aussi distinguée que vous l'êtes vous-même, à peu près de votre âge, ou peut-être de quelques années plus jeune, et un appauvrissement du sang, produit par la table de la maison, m'a fait souffrir tout au long de ma vie.

– Cela me paraît très vraisemblable », dit miss Twinkleton, avec la même réserve légèrement mêlée d'ironie, « et lamentable ! Rosa, ma chère, comment va votre ouvrage ?

– Miss Twinkleton », reprit la Billickin, avec une dignité de cour, « avant de me retirer devant cette invitation détournée, ainsi que doit le faire une personne sachant vivre, je désire vous demander, comme à une autre dame bien élevée, si vous n'avez pas mis en doute mes paroles de tout à l'heure ?

– Je ne vois pas sur quoi vous pouvez fonder une pareille supposition », répondit miss Twinkleton.

La Billickin l'arrêta brusquement.

« Ne me prêtez pas, je vous prie, des suppositions que je ne me serais pas permises. Vous parlez facilement, miss Twinkleton, et cette faculté, sans doute, a son prix pour vos élèves : mais moi je ne vous paie pas pour bien parler, et je vous renouvelle ma question.

– Si vous faites allusion à la pauvreté de votre sang... », commença à dire miss Twinkleton.

La Billickin l'arrêta de nouveau.

« Je ne me suis pas servie d'une pareille expression.

– Si vous faites allusion à l'appauvrissement de votre sang..., reprit imperturbablement miss Twinkleton.

– Appauvrissement produit en moi, souligna la Billickin, par la nourriture du pensionnat.

– Alors, reprit miss Twinkleton, tout ce que je peux vous répondre, c'est que je suis obligée de vous croire sur parole, ce qui est peu concluant en vérité. Je ne puis m'empêcher d'ajouter que si cette triste circonstance influe sur chacune de vos conversations, le malheur est double, et qu'il serait grandement désirable que votre sang fût plus riche. Rosa, ma chère, comment va votre ouvrage ?

– Hum ! avant de me retirer, mademoiselle, déclara la Billickin à Rosa, en tournant le dos fièrement à miss Twinkleton, je désirerais qu'il fût bien entendu entre vous et moi que les rapports que nous devrons avoir à l'avenir auront lieu de moi seule à vous seule. Je ne reconnais pas ici l'autorité d'une dame âgée ; je n'ai pas besoin de la protection des dames âgées.

– Cet arrangement est fort désirable, ma chère Rosa, fit observer miss Twinkleton.

– Cela ne signifie pas, reprit la Billickin avec un sourire sarcastique, que je possède ce fameux moulin dans lequel on peut moudre les vieilles filles pour en tirer de jeunes (quel magnifique don ce serait pour certaines d'entre nous !). Non, cela signifie seulement que je ne veux plus connaître que vous.

– Quand j'aurai besoin de transmettre une demande à la maîtresse de la maison, ma chère Rosa, continua miss Twinkleton, avec une gaieté majestueuse, je vous la ferai connaître et vous vous chargerez volontiers, j'en suis sûre, de la faire parvenir à sa destinataire.

– Bonsoir, mademoiselle, dit la Billickin, d'un ton tout à la fois affectueux et digne. En vérité, vous êtes seule ici à mes yeux ; aussi je vous souhaite le bonsoir du meilleur de mon cœur, et je me félicite, je suis heureuse de le dire, de n'être pas amenée à exprimer ouvertement mon mépris envers certaine personne qui, malheureusement pour vous, se trouve à vos côtés. »

La Billickin se retira gracieusement sur cette dernière impertinence et, à partir de ce moment, Rosa joua le rôle actif de volant entre ces deux raquettes. Rien ne se faisait sans que ne se joue une partie serrée. Chaque jour, quand arrivait la question du dîner, alors qu'elles étaient toutes trois réunies, miss Twinkleton disait :

« Peut-être, ma chérie, voudrez-vous demander à la maîtresse de la maison si elle peut nous procurer un gigot d'agneau, ou, à défaut d'agneau, une volaille rôtie ? »

A quoi la Billickin répliquait, Rosa n'ayant pas dit un mot :

« Si vous connaissiez mieux la viande de boucherie, mademoiselle, vous n'auriez pas l'idée de demander un gigot d'agneau. Premièrement, parce que les agneaux sont des moutons depuis longtemps ; secondement, il y a des jours où l'on tue et des jours où l'on ne tue pas. Quant aux volailles rôties, mademoiselle, oh ! vous devez avoir une idée très surfaite sur les volailles ! Les bonnes sont bien rares. Je ne vous parle point de ces vieilles volailles aux pattes galeuses, comme vous étiez habituée à en manger là-bas. Celles-là sont à bon marché. Essayez d'avoir un peu d'imagination, mademoiselle. Prenez l'habitude de tenir un ménage. Allons… cherchez quelque autre chose. »

A cet encouragement donné avec l'indulgente tolérance d'une personne sage et pleine d'expérience miss Twinkleton répondait en frémissant :

« Eh bien, ma chère, vous pourriez proposer à la maîtresse de la maison de nous servir un canard.

– Eh ! chère mademoiselle, s'écriait la Billickin, Rosa continuant à ne pas ajouter un mot, vous me surprenez quand vous me parlez de canard ! Sans compter que ce n'est plus la saison et qu'ils sont très chers, il est pénible à mon cœur de voir que vous vouliez avoir un canard. Le blanc en est la seule partie délicate, et le blanc ici n'est point pour vous. Je vois toujours votre assiette redescendre misérablement remplie de peaux et d'os. Cherchez encore, mademoiselle. Pensez davantage à vous et moins aux autres. Un plat de ris de veau, par exemple, ou quelque chose comme un morceau de mouton qui vous permette de commencer sans handicap. »

Quelquefois la partie devenait très chaude et se prolongeait avec une ardeur qui la rendait vraiment fatigante. Mais, presque invariablement, la Billickin s'arrangeait pour avoir l'avantage et se livrait aux coups de raquette les plus extraordinaires et les plus inattendus quand les choses semblaient tourner contre elle.

Tout cela ne contribuait pas à améliorer l'atmosphère maussade de Londres, ni cet air que la ville avait acquis aux yeux de Rosa, cet air d'attendre une chose qui n'arrivait jamais. Fatiguée de travailler et de faire la conversation avec miss Twinkleton, elle proposa de lire, ce qui fut bien accueilli par miss Twinkleton, laquelle était fort habile lectrice. Mais Rosa ne tarda pas à découvrir que miss Twinkleton ne lisait pas avec bonne foi. La vertueuse demoiselle coupait les scènes d'amour, ou bien altérait les passages qui louaient le célibat chez la femme et se rendait coupable d'un grand nombre d'autres pieuses fraudes. Comme exemple, prenons ce passage chaudement coloré :

Ma chérie, mon adorée, dit Édouard, en serrant la chère petite tête contre sa poitrine et en faisant glisser entre ses doigts caressants les cheveux soyeux qui ruisselaient comme une cascade dorée, ma chérie, mon adorée, fuyons ce monde qui ne nous comprend pas et la stérile froideur de ces cœurs de pierre, envolons-nous vers les chaudes régions du paradis de la confiance et de l'amour.

Voici la version frauduleuse qu'y substituait miss Twinkleton :

O vous qui m'êtes fiancée avec le consentement de nos parents et l'approbation du recteur du district, à la belle chevelure argentée, dit Édouard, en portant respectueusement à ses lèvres des doigts effilés habiles aux ouvrages de broderie, au tambour et à tous les travaux auxquels se livrent les femmes, permettez-moi de voir votre père demain dès la pointe du jour et de lui demander la permission de nous établir dans une habitation suburbaine, bien modeste, mais en rapport avec nos moyens, où il sera le bienvenu chaque soir, où tous les arrangements devront avoir l'économie pour règle, où nos conversations auront pour but constant la culture de notre esprit, le développement de nos connaissances et de nos talents, et où seront réunis tous les attributs de l'ange qui préside au bonheur des ménages.

Comme les jours se succédaient et que rien n'arrivait de nouveau, les voisins commençaient à dire que la jolie fille de la maison Billickin, qui regardait si souvent et avec tant d'attention par la terne fenêtre du salon, comme si elle attendait quelqu'un ou quelque chose, semblait perdre courage. Rosa serait arrivée en effet au découragement si le hasard ne l'avait pas fait tomber sur quelques livres de voyage et d'aventures maritimes. Pour compenser leur caractère romantique, miss Twinkleton lui en fit la lecture à haute voix, s'étendant avec complaisance sur les latitudes, les longitudes, les gisements des côtes, les vents, les courants, etc. Et Rosa, qui écoutait avec attention, tirait le meilleur parti de tout ce qui était le plus cher à son cœur. C'est ainsi qu'elles arrivèrent à mieux s'entendre qu'elles ne le faisaient auparavant.

Chapitre 22. De nouveau l'aurore

Bien que Mr. Crisparkle et John Jasper se rencontrassent chaque jour dans la cathédrale, aucun mot n'avait été échangé entre eux au sujet d'Edwin Drood depuis le jour, remontant à plus de six mois, où John Jasper avait montré silencieusement au chanoine mineur ses dernières résolutions inscrites dans son journal. Il est peu probable, pourtant, qu'ils pussent se voir aussi souvent sans que les pensées de chacun d'eux ne fussent ramenées à ce triste sujet. Il est peu probable qu'ils se fussent rencontrés quotidiennement sans que chacun d'eux eût le sentiment qu'ils étaient l'un pour l'autre un mystère incompréhensible. Jasper, l'accusateur et le persécuteur de Neville Landless, et Mr. Crisparkle, son avocat fidèle et son protecteur, devaient se savoir adversaires et essayer de deviner la nature et l'orientation des desseins de l'autre et les moyens qu'il méditait de mettre en œuvre. Mais aucun d'eux n'abordait jamais cette question.

La dissimulation n'étant pas dans la nature du chanoine mineur, sans doute avait-il clairement fait comprendre qu'il serait disposé et même désirait revenir sur le sujet à un moment quelconque, mais la réserve opiniâtre dans laquelle se renfermait Jasper ne lui en fournissait point l'occasion. Impassible, morose, solitaire, l'esprit concentré sur une seule idée et sur la poursuite du but qu'il s'était proposé d'atteindre, Jasper n'était pas prêt à communiquer ses secrets à l'un de ses semblables ; il vivait à l'écart des autres. Adepte d'un art qui repose sur l'harmonie avec les autres et qu'il n'aurait pu exercer si lui et les autres n'eussent atteint un accord technique parfait, il est curieux de remarquer que l'esprit de cet homme n'était en accord moral ou en communication avec rien de ce qui l'entourait. Il avait fait cette confidence à son neveu autrefois, avant l'événement qui l'avait conduit à son actuelle inflexibilité.

Sans aucun doute, il avait appris le départ précipité de Rosa et devait en avoir deviné la cause. Supposait-il qu'il l'avait tellement terrifiée qu'elle en avait été réduite au silence, ou peut-être qu'elle s'était confiée à quelqu'un... A Mr. Crisparkle, par exemple ?... Mr. Crisparkle ne pouvait arriver à se faire une opinion sur ce point. Dans l'esprit de justice qui l'animait, il devait reconnaître d'ailleurs que le fait de tomber amoureux de Rosa n'était pas un crime ; et ce n'était pas un crime non plus de sacrifier sa vengeance à son amour !...

L'effroyable soupçon contre Jasper, qui avait troublé l'esprit de Rosa, ne paraissait pas s'être insinué dans l'esprit de Mr. Crisparkle. S'il avait hanté l'esprit d'Helena ou de Neville, ni l'un ni l'autre ne lui en avait jamais dit un mot. Mr. Grewgious, quant à lui, ne prenait pas la peine de cacher son implacable aversion pour John Jasper, mais jamais il n'avait donné à entendre, même d'une façon détournée, que cette aversion pût avoir une pareille source. En fait, étant un homme aussi réservé qu'excentrique, il n'avait jamais fait mention d'une certaine soirée pendant laquelle, tout en se chauffant les mains au feu de la Porterie, il avait tenu son regard fixé sur un tas de vêtements boueux et déchirés gisant sur le plancher...

La somnolente Cloisterham, s'il arrivait qu'on y réveillât le souvenir passager d'une histoire déjà vieille de plus de six mois, et qui avait motivé un non-lieu de la part des magistrats, se trouvait à peu près également partagée entre ces deux opinions : ou le neveu bien-aimé de John Jasper avait été assassiné par son traître et passionné rival, suite à un traquenard ou à un combat loyal ; ou bien, pour des raisons personnelles, il avait pris volontairement le parti de disparaître. Et puis la ville levait la tête pour constater que le solitaire et morose Jasper continuait à vouer sa vie à la découverte du crime et à la vengeance. Puis elle se rendormait. Tel était l'état des choses à Cloisterham au point où nous en sommes de l'histoire.

Les portes de la cathédrale sont closes pour la nuit et le maître de chorale, qui a obtenu un congé pour deux ou trois offices, se dispose à partir pour Londres. Il voyage par la même voie que Rosa et arrive comme elle par une soirée chaude et poussiéreuse.

Son bagage est léger, et il se rend à pied à un hôtel hybride sur une petite place derrière Aldersgate Street, près de la poste centrale. C'est un hôtel, une pension, ou une maison meublée, suivant le choix de ses clients. Dans l'indicateur des chemins de fer, l'établissement se présente lui-même comme une nouvelle entreprise qui commence timidement à se faire connaître. Modestement, et presque en s'excusant, cette annonce fait savoir au voyageur qu'il ne doit pas s'attendre, selon les règles des vieux hôtels d'Angleterre, à trouver sous le nom de bière une boisson noirâtre qu'il sera obligé de jeter. Dans le petit hôtel hybride, on peut avoir ses bottes cirées, au lieu que ce soit son estomac ; on peut trouver aussi un lit, un déjeuner, des gens pour le service, et un portier debout toute la nuit, moyennant un certain prix fixé. De cela et d'autres énonciations semblables, bien des Britanniques à l'esprit morose tirent la conséquence que nous vivons à une époque qui tend à tout niveler, excepté les grand-routes, dont bientôt il n'existera plus une seule dans toute l'Angleterre.

Jasper mange sans appétit et ne tarde pas à sortir. Il se dirige vers l'est, toujours vers l'est, à travers de vieilles rues sordides jusqu'à ce qu'il arrive enfin à une misérable cour, plus misérable encore parmi tant d'autres.

Il monte un escalier branlant, ouvre une porte, regarde dans une pièce sombre, dont l'atmosphère est étouffante, et il demande :

« Tu es seule, ici ?

– Je suis seule, mon chéri, malheureusement pour moi et tant mieux pour toi, répond une voix éraillée. Entre, qui que tu sois… Je ne puis encore te voir, mais je vais frotter une allumette ; pourtant, il me semble reconnaître le son de ta voix… On s'est déjà rencontrés, n'est-ce pas ?

– Frotte ton allumette et tu verras !

– C'est ce que je vais faire… C'est ce que je vais faire… Mais ma main tremble. Et puis je tousse si fort que, dans quelque endroit que soient mes allumettes, je ne puis jamais mettre la main dessus. Elles sautent et changent de place à chaque accès de toux, comme si elles étaient vivantes. Tu arrives de voyage, mon chéri ?

– Non.

– Tu n'es pas marin ?

– Non.

– Bah ! il y a des clients de terre et des clients de mer… Je suis une mère pour les uns comme pour les autres. Ce n'est pas comme le Chinois, de l'autre côté de la cour. Il n'est un père pour personne. Ce n'est pas dans sa nature. Et il n'a pas le véritable secret du mélange, quoiqu'il fasse payer le même prix que moi, et souvent davantage. Ah ! voici une allumette…

Maintenant où est la chandelle ? Si ma toux me prend, je brûlerai vingt allumettes avant d'obtenir la lumière. »

Heureusement, elle trouve la chandelle et l'allume avant que la toux ne revienne. L'accès la prend au moment du succès ; elle s'assied, se balance en avant en arrière en murmurant à de courts intervalles :

« Oh ! mes pauvres poumons sont dans un misérable état... Mes poumons sont en morceaux... » Puis l'accès passe.

Tant qu'il a duré, elle n'a pas eu la faculté de voir, tant elle est tout entière dans cette terrible lutte. Mais, dès qu'elle commence à se servir de ses yeux et qu'elle peut parler, elle s'écrie les yeux écarquillés :

« Mais c'est toi ?

– Es-tu si surprise de me voir ?

– Je pensais que je ne te reverrais jamais, mon chéri, je croyais que tu étais mort et parti au ciel.

– Pourquoi ?

– Je ne supposais pas que tu pouvais être vivant et rester si longtemps sans venir voir la pauvre femme qui possède le véritable secret du mélange. Et tu es en deuil ! Pourquoi n'es-tu pas venu fumer une pipe ou deux pour chercher une consolation ! Peut-être les morts ont-ils laissé de l'argent et n'avais-tu pas besoin de consolation.

– Non.

– Qui as-tu perdu, mon chéri ?

– Un parent.

– De quoi est-il mort, cher bien-aimé ?

– Probablement de sa belle mort.

– Tu es bien avare de mots, ce soir, s'écrie la femme en riant d'un air conciliant. Tu es brusque et dur envers le pauvre monde. Tiens ! ce qui nous met hors de nous, c'est le besoin de fumer. On a une sorte de soucis, n'est-ce pas, mon chéri ? C'est ici le lieu où l'on se délivre... C'est ici le lieu où ils s'en vont en fumée.

– Alors prépare-m'en une », répond le visiteur.

Il ôte ses souliers, desserre sa cravate et s'étend en travers du lit sordide, la tête appuyée sur sa main gauche.

« Maintenant, te voilà redevenu toi-même, dit la femme d'un

air approbateur. Je commence à reconnaître mon vieux client. Tu as peut-être essayé de faire le mélange toi-même pendant ce long espace de temps, mon chou ?

– J'ai fumé de temps en temps, en préparant ma pipe à ma manière.

– Ne le fais jamais ! Cela ne vaut rien pour le commerce et rien pour vous. Où est mon encrier ? Où est mon dé ? Où est ma petite cuillère ?... Je vais tout arranger selon les règles de l'art, mon chéri. »

Elle commence les préparatifs et souffle sur la petite étincelle enfermée au creux de ses mains ; elle parle de temps en temps, d'un air satisfait, sans s'arrêter jamais. Quand c'est lui qui parle, il le fait sans la regarder comme si ses pensées voyageaient déjà dans les nuages.

« Je t'ai préparé plus d'une bonne pipe entre la première et la dernière fois que tu es venu, n'est-ce pas, mon chou ?

– Un assez bon nombre.

– La première fois, c'était tout nouveau, oh ! tout nouveau !

– Et j'ai été bien vite mis hors de combat.

– Mais tu as fait ton petit chemin dans le monde, et tu es devenu capable de tenir tête aux meilleurs fumeurs.

– Ou aux plus mauvais.

– Voici ta pipe prête. Quel joli chanteur tu étais les premiers temps ! Tu battais la mesure avec ta tête, tu gazouillais comme un oiseau. Ta pipe est prête, mon chéri. »

Il la lui prend des mains avec le plus grand soin et introduit le tuyau entre ses lèvres. Elle s'assied à côté de lui, se tenant prête à rebourrer le terrible fourneau. Après avoir aspiré quelques bouffées en silence, il lui dit d'un air de doute :

« Est-ce que le mélange est aussi fort que de coutume ?

– De quoi parles-tu ? mon chéri... Quel mélange ?

– De quoi puis-je parler, si ce n'est de la pipe que j'ai dans la bouche ?

– C'est toujours la même chose ; toujours, mon chéri.

– C'est étrange. Au goût, cela me paraît plus faible.

– Parce que tu es endurci à l'opium, vois-tu.

– Probablement. Écoute-moi. »

Il s'arrête, devient rêveur, et semble oublier qu'il a fait appel à l'attention de la femme. Elle se penche sur lui et lui parle à l'oreille.

« Je suis tout à toi. Tu disais tout à l'heure : Écoute-moi. Eh bien ! je t'écoute. Nous disions que tu t'étais habitué.

– Je sais ! dit Jasper, je réfléchissais. Oui... Écoute-moi : suppose que tu as quelque chose dans l'esprit... quelque chose que tu médites d'accomplir ?

– Oui, mon chéri, quelque chose que j'ai l'intention de faire.

– Mais tu n'es pas encore tout à fait décidée à...

– Non, mon chéri, je ne suis pas décidée.

– Quelque chose que tu peux faire ou ne pas faire. Tu comprends ?

– Oui, je comprends. »

Elle remue, avec la pointe de l'aiguille, le contenu du fourneau de la pipe.

« Imaginerais-tu de faire cette chose alors que tu es étendue en train de fumer ici ? »

Elle hoche la tête.

« Je n'arrêterais pas de la faire et de la refaire.

– Tout à fait comme moi. J'ai continué à la faire et à la refaire. Je l'ai faite des centaines de milliers de fois dans cette pièce !

– J'espère que c'était agréable, mon chéri ?

– *C'était* agréable. »

Il prononce ce dernier mot d'un air farouche, et comme obéissant à l'action d'un ressort, il se tourne du côté de la femme. Sans s'émouvoir, elle arrange toujours la pipe avec sa petite spatule. La voyant ainsi, il s'abandonne dans la position précédente.

« C'était un voyage, un dangereux voyage, que j'avais dans l'esprit. Un hasardeux et périlleux voyage à travers les abîmes, quand le pied glisse, c'est la mort. Regarde en bas, regarde en bas ! Tu vois ce qu'il y a au fond de l'abîme ? »

Il s'est brutalement penché en avant, et il montre le sol, vers quelque objet imaginaire beaucoup plus bas. La femme l'examine, tandis que son visage crispé se rapproche du sien, sans un regard pour ce qu'il montre. Elle semble savoir quelle sera l'influence de sa parfaite quiétude. Et elle ne se trompe pas, car il se laisse retomber sur sa couche.

« Eh bien, je te l'ai dit, je l'ai fait ici en imagination, ce voyage... Je l'ai fait ainsi des milliers de fois. Que dis-je ! Des milliers ! Des millions, des milliards de fois. Je l'ai fait si souvent et pendant si longtemps que lorsque je l'ai fait vraiment cela m'a semblé n'être rien... En un instant, tout a été fini.

– C'est ce voyage qui t'a tenu éloigné si longtemps ? » fait observer tranquillement la femme.

Il la regarde tout en fumant ; puis un brouillard passe sur ses yeux.

« C'est ce voyage... », murmure-t-il.

Un silence s'établit. Les yeux de Jasper sont mi-clos. La femme est assise près de lui, très attentive à la pipe, qui n'a pas quitté les lèvres du fumeur. Tout à coup, les yeux de Jasper se rouvrent ; ils semblent chercher un point dans l'espace.

« Je parie, dit la femme, que tu as fait ce voyage par un grand nombre de chemins différents pour l'avoir fait si souvent ?

– Non, toujours par le même chemin.

– Par le chemin que tu as suivi quand tu as accompli le voyage en réalité, mon chéri ?

– Oui.

– Et tu as pris toujours le même plaisir à ressasser la même chose ?

– Oui. »

Déjà il semble incapable de répondre autrement que par cette monosyllabe. Voulant s'assurer que cet assentiment n'est pas de pure forme, elle modifie sa question :

« N'en as-tu jamais eu assez, mon chéri, et n'as-tu pas essayé d'évoquer quelque autre rêve ? »

Il fait un effort pour se mettre sur son séant.

« Que veux-tu dire ? murmure-t-il. Que voulais-je ? Pourquoi venais-je ici, selon toi ? »

Elle le fait doucement se recoucher sur le dos et, avant de lui rendre la pipe qui a glissé de ses lèvres, elle en ranime les braises, puis elle lui dit d'un ton caressant :

« C'est sûr... bien sûr !... Oui !... Maintenant je te comprends... Tu es trop malin pour moi. Tu venais exprès pour faire ce voyage. Bah ! J'aurais dû le comprendre à t'écouter. »

Il répond d'abord par un éclat de rire qui se change en une sorte de hurlement.

« Oui, je suis venu pour cela. Quand je ne pouvais plus supporter la vie que je menais, je venais pour chercher un soulagement et je l'ai trouvé. C'était toujours le même, toujours le même. »

Il répète ces mots avec une véhémence extraordinaire ; on aurait dit le hurlement d'un loup. Elle l'observe en silence.

« Tu avais un compagnon de voyage, mon chéri ?

– Un compagnon de voyage. Ah ! ah ! ah !... Et penser, s'écrie-t-il, qu'il l'a été sans le savoir ! Il a accompli le voyage sans connaître la route ! Ah ! ah ! ah !... »

La femme s'agenouille sur le plancher, les bras croisés sur le couvre-pied, le menton appuyé sur le lit, près de lui. Ainsi accroupie, elle l'observe. La pipe retombe de la bouche de Jasper, elle la remet entre ses lèvres, pose sa main sur sa poitrine, et le berce doucement d'avant en arrière. Il parle alors comme s'il répondait à une question.

« Oui, je commençais toujours par faire ce voyage avant que les couleurs ne changent, que ne viennent les grands paysages et les brillants cortèges. Rien ne pouvait commencer tant que mon esprit ne s'était pas libéré de ce voyage. Jusqu'alors, il n'y avait place en moi pour rien d'autre. »

Il retombe dans un lourd silence. De nouveau, elle lui remet la main sur la poitrine et le berce doucement à la façon d'un chat qui stimule une souris à demi morte. De nouveau, il se remet à parler comme s'il répondait à une question.

« Je te l'ai dit. Quand le rêve s'est accompli, tout a été si court que, pour la première fois, j'ai cru que c'était un rêve. Écoute-moi !

– Oui, mon chéri, j'écoute.

– C'était le temps et le lieu d'agir. »

Jasper s'est mis debout et il parle dans un murmure, comme s'il se trouvait dans l'obscurité.

« Le temps, le lieu et ton compagnon de voyage, répète la

femme, parlant bas comme lui et en le soutenant doucement par le bras.

– Comment aurait-ce été le temps d'agir si mon compagnon de voyage n'avait pas été là ? Chut ! Le voyage est fini. Tout est fait et terminé.

– Si vite.

– Je te l'ai déjà dit. Trop vite ! Attends un instant. C'est une vision. Je dormirai jusqu'à ce que ça passe. Ça a été trop rapide et trop facile. Il me faut une meilleure vision que celle-là : c'est la plus pauvre de toutes. Il n'y a pas eu de lutte, pas de conscience du péril, pas de supplication. Et pourtant, je n'ai jamais rien vu de pareil. »

Il a un tressaillement.

« Pareil à quoi, mon chéri ?

– Regarde, regarde quelle pauvre, chétive, misérable chose. Et c'est ça, la réalité ! C'est fait et terminé ! »

Il accompagne ces paroles incohérentes de gestes farouches et saccadés. Puis il glisse dans une torpeur et s'écroule.

Mais la femme veut en savoir davantage. Reprenant ses mouvements de chat, elle le berce de nouveau doucement ; elle écoute, elle le secoue, écoute encore, puis reconnaissant qu'il n'y a plus à espérer de le réveiller pour le moment, elle se remet lentement sur ses pieds d'un air désappointé, lui frappe légèrement la joue du revers de la main et s'écarte du lit. Mais elle ne va pas plus loin que le fauteuil placé près de l'âtre. Elle s'y assied, le coude appuyé sur un des accoudoirs et son menton dans la main, elle le fixe attentivement.

« Je t'ai entendu dire une fois, murmure-t-elle d'une voix rauque s'exhalant péniblement de sa poitrine embarrassée, je t'ai entendu dire une fois, pendant que j'étais étendue là où tu es et que tu me scrutais de près : "Inintelligible." Et je te l'ai entendu dire deux autres fois. Mais il ne faut pas être trop sûr, non, pas trop sûr, ma beauté. »

Sans ciller, tendue comme un chat, elle ajoute au bout d'un instant :

« Elle n'était pas aussi forte qu'avant. Ah ! peut-être pas au début. Tu pourrais avoir raison. La pratique qui conduit à la perfection. Il se pourrait que j'aie trouvé le moyen de te faire parler, chéri. »

Vrai ou pas, Jasper est muet et, sauf de rapides contractions du visage et des membres, il est engourdi et comme pétrifié. La misérable chandelle brûle jusqu'au bout ; la femme prend entre ses doigts le lumignon près de s'éteindre et y allume une autre chandelle. Elle enfonce le morceau grésillant et presque fondu dans le chandelier et y fiche la nouvelle chandelle, comme si elle chargeait quelque sinistre et redoutable arme de sorcière. A son tour, la nouvelle chandelle se consume entièrement. Jasper est toujours plongé dans le même état d'insensibilité. A la fin, le dernier morceau de la dernière chandelle a brûlé jusqu'au bout et les premières lueurs du jour pénètrent dans la chambre.

Il ne fait pas clair depuis longtemps quand le dormeur se met sur son séant, il tremble et frissonne, puis lentement il reprend conscience et se prépare à partir. La femme accepte l'argent qu'il lui donne, avec un : « Dieu te bénisse ! »

« Dieu te bénisse, mon chéri ! » répète-t-elle avec une grande affectation de reconnaissance.

Elle semble brisée par la fatigue et s'apprête devant lui à se livrer au sommeil, dès qu'il aura quitté la chambre.

Mais les apparences peuvent être trompeuses. Et elles le sont dans ce cas-ci. A peine l'escalier a-t-il cessé de craquer sous ses pieds qu'elle se glisse derrière lui en murmurant d'un air de menace :

« Tu ne m'échapperas pas deux fois. »

Il n'y a qu'une issue à la cour. Elle jette un bref coup d'œil sous le porche, pour voir s'il ne regarde pas en arrière. Il n'y songe même pas et il disparaît d'un pas chancelant. Elle le suit ; elle le voit qui marche en titubant, sans regarder derrière lui, et elle avance sans le perdre de vue.

Il gagne Aldersgate Street. Une porte s'ouvre immédiatement sur son coup de marteau. La femme s'accroupit sous un autre porche, elle observe l'hôtel, et comprend sans difficulté que c'est la résidence provisoire de l'homme. Sa patience ne se lasse pas tandis que les heures s'écoulent : elle peut acheter du pain, sans faire plus d'une centaine de pas, et du lait, car un marchand passe devant elle.

Jasper sort vers midi ; il a changé de vêtements, il n'a pas de bagages et personne ne le suit tenant un sac de voyage. Il ne retourne donc pas encore dans sa province. Elle le suit un moment, hésite, puis retourne brusquement sur ses pas et se dirige audacieusement vers la maison qu'il vient de quitter.

« Le gentleman de Cloisterham est-il à l'hôtel ?

– Il vient de sortir à l'instant.

– Je n'ai pas de chance. Quand doit-il repartir pour Cloisterham ?

– A six heures, ce soir.

– Dieu vous bénisse et merci, monsieur. Puisse le Seigneur faire prospérer une maison où une question poliment faite, même par une pauvre créature, reçoit une réponse polie. »

« Je ne te manquerai pas deux fois ! » répète la pauvre créature en se retrouvant dans la rue. Le ton dont elle s'est servi, cette fois, n'est plus du tout aussi poli.

« Je t'ai perdu la dernière fois là où tu as pris cet omnibus vers la fin de ton voyage. Je t'ai perdu entre la gare et ton lieu de destination. Je n'étais pas certaine que c'était là que tu allais. Maintenant je le sais, mon gentleman de Cloisterham. Cette fois j'y serai avant toi et je guetterai ton arrivée. Oui, je me suis juré que je ne te manquerai pas une deuxième fois ! »

Le même soir, la pauvre créature est dans la grand-rue de Cloisterham, regardant les étranges pignons de la maison des Nonnes et s'arrangeant pour employer le temps du mieux qu'elle peut jusqu'à neuf heures, heure à laquelle elle a lieu de supposer que l'omnibus amènera des voyageurs de quelque intérêt pour elle. L'obscurité la sert à cette heure, et son attente n'est pas trompée. Voici le voyageur qu'elle a juré de ne pas manquer deux fois.

« Maintenant, voyons ce que tu vas devenir, marche ! »

Cette injonction adressée au nuage qui passe aurait pu l'être au voyageur lui-même tant il s'y conforme exactement en suivant la grand-rue, jusqu'au moment où il arrive à une arcade sous laquelle il disparaît tout à coup. La pauvre créature hâte le pas, elle est rapide et arrive sous le porche tout de suite après lui, mais elle ne voit que l'escalier de derrière sur l'un des côtés, et de l'autre côté une vieille chambre voûtée dans laquelle un monsieur à grosse tête blanche est en train d'écrire. La porte est ouverte et, bizarrement, l'homme observe tous ceux qui passent, comme s'il était collecteur d'un droit de péage, même si le passage sous le porche est gratuit.

« Holà ! dit-il à voix basse. Qui cherchez-vous ?

– Un homme est passé par ici, à l'instant, monsieur ?

– En effet. Que lui voulez-vous ?

– Je voudrais savoir où il demeure.

– Où il demeure ?... En haut de l'escalier.

– Dieu vous récompense !... Quel est son nom ?

– Son nom est Jasper... son prénom, John... John Jasper.

– A-t-il une profession ?

– Une profession ?... Oui, il chante dans le chœur.

– Vous dites ?

– Dans le chœur.

– Qu'est-ce que c'est que cela ? »

Mr. Datchery quitte ses papiers et s'avance sur le pas de sa porte.

« Savez-vous ce que c'est qu'une cathédrale ? » demande-t-il d'un air jovial.

La femme fait d'abord un signe de tête affirmatif, puis elle semble embarrassée et se creuse la tête pour trouver la définition qu'on lui demande. Heureusement, il lui vient à l'esprit qu'il est plus facile de montrer l'objet même à définir, et d'un geste elle indique la masse qui se détache sur un ciel bleu où brillent les premières étoiles.

« Voilà qui s'appelle répondre, dit Mr. Datchery. Rendez-vous donc à sept heures demain matin ; vous pourrez voir Mr. John Jasper et de plus vous l'entendrez.

– Je vous remercie !... Je vous remercie !... »

L'air triomphant qu'elle met à le remercier n'échappe pas à l'attention du simple célibataire d'humeur facile qui vit à Cloisterham paresseusement de ses revenus. Il la regarde, se croise les mains derrière le dos à la façon des vieux célibataires, et se met à marcher à côté d'elle dans l'enclos aux nombreux échos.

« Vous pouvez, suggère-t-il en tournant la tête en arrière, vous pouvez encore monter au logis de Mr. John Jasper. »

La femme le regarde et secoue la tête.

« Ah ! vous ne désirez pas lui parler ? »

Elle lui fait une autre réponse muette et ses lèvres articulent un non, qui en sort sans bruit.

« Vous pourrez l'admirer à distance, trois fois par jour, et même chaque fois que cela vous plaira. Mais vous me semblez avoir fait bien du chemin pour vous donner une si petite satisfaction. »

La vieille relève vivement les yeux. Si Mr. Datchery se figure ainsi lui faire dire d'où elle vient, il est par trop bonasse. Mais elle le reconnaît incapable de cette pensée subtile en le voyant se promener à côté d'elle, avec son air de raseur patenté de la ville, la tête nue, ses cheveux blancs au vent et faisant sonner la menue monnaie qu'il porte dans les poches de son pantalon.

Le bruit de l'argent exerce un effet d'attraction sur ses oreilles avides.

« Ne pourriez-vous pas m'aider à payer mon coucher à l'auberge des Deux-Sous, mon bon monsieur, et mes frais de voyage ? Je suis une pauvre misérable bien tourmentée par une méchante toux…

– Vous connaissez l'auberge des Deux-Sous, à ce que je vois, et vous vous y rendez directement, répondit Mr. Datchery de son air béat, tout en continuant à faire sonner son argent dans ses poches. Vous y êtes venue souvent, ma bonne dame ?

– Une seule fois dans toute ma vie.

– Vraiment… vraiment… »

Ils sont arrivés à l'entrée de la vigne des Moines. Un souvenir se présente soudain à l'esprit de la femme et lui rappelle une scène, bonne à imiter. La voilà qui s'arrête à la porte.

« C'est en cet endroit même, dit-elle avec véhémence, quoique vous puissiez ne pas me croire, qu'un jeune homme m'a donné trois shillings six pence alors qu'un accès de toux me faisait perdre la respiration. Oui, je lui ai demandé trois shillings six pence, et il me les a donnés.

– N'était-il pas un peu sans gêne de fixer vous-même la somme que vous désiriez ? fit observer Mr. Datchery tout en continuant à faire sonner sa monnaie. Ne vaut-il pas mieux laisser au moins à celui qui donne la liberté du chiffre ? Vous sembliez, ce n'était sans doute qu'une apparence, mettre ce jeune homme à contribution forcée.

– Écoutez-moi, mon cher monsieur, répondit-elle d'un ton confidentiel et persuasif, j'avais besoin de cet argent pour acheter un remède qui me fait du bien et dont je fais le commerce. Je l'ai dit au jeune homme, il m'a donné la somme, et je l'ai employée honnêtement, jusqu'à la dernière piécette de cuivre, pour l'objet indiqué. J'ai besoin de la même somme aujourd'hui pour le même motif et si vous me la donnez, sur mon âme, elle sera employée honnêtement, cette fois encore.

– Quel est ce remède ?

– Je serai franche avec vous, avant comme après. C'est de l'opium. »

Mr. Datchery, changeant tout à coup de physionomie, se met à la regarder encore plus attentivement.

« C'est de l'opium, mon chéri. Ni plus ni moins. Et c'est exactement comme pour les êtres humains, on entend toujours parler de ses défauts, mais on ne chante que trop rarement ses louanges. »

Mr. Datchery commence à compter lentement la somme qui lui a été demandée. La femme, tout en suivant d'un œil cupide le mouvement de ses mains, continue de lui parler du grand exemple qu'elle l'invite à suivre.

« C'était la veille de la dernière fête de Noël ; la nuit allait tomber quand je me trouvai ici, près du jeune homme qui me donna les trois shillings six pence. »

Mr. Datchery s'arrête de compter, s'aperçoit qu'il s'est trompé, remet toute sa monnaie ensemble et recommence.

« Et le nom du jeune homme, ajoute-t-elle, était Edwin. »

Mr. Datchery laisse tomber une pièce de monnaie, se baisse pour la ramasser et rougit sous l'effort ; il demande :

« Comment connaissez-vous le nom de cet homme ?

– Je le lui ai demandé et il me l'a dit. Je ne lui ai posé que ces deux questions : quel était son prénom et s'il avait une bonne amie. Il m'a répondu que son prénom était Edwin et qu'il n'avait pas de bonne amie. »

Mr. Datchery s'arrête, regardant les pièces blanches qu'il a dans la main, comme s'il étudiait leur valeur ou comme s'il ne pouvait se décider à s'en séparer. La femme le regarde d'un air méfiant. Déjà elle laisse gronder la colère qu'elle se prépare à faire éclater, dans le cas où Mr. Datchery reviendrait sur ses dispositions généreuses. Mais il lui remet la somme demandée, comme s'il avait enfin pris son parti du sacrifice. Après les remerciements les plus serviles, elle s'éloigne.

La lampe de John Jasper est allumée et le phare brille quand Mr. Datchery revient seul vers sa demeure. Comme des marins engagés dans un voyage dangereux en approchant d'une côte inaccessible scrutent la lumière qui leur annonce au loin le port qu'ils ne pourront peut-être jamais atteindre, de même l'œil attentif de Mr. Datchery se dirige vers le fanal de Jasper et au-delà.

Son but, en revenant vers son logis, est purement et simplement d'y prendre son chapeau, qui semble un article si superflu de sa garde-robe. L'horloge de la cathédrale marque dix heures et demie quand il s'avance dans l'enclos. Il ne se hâte pas et regarde tout autour de lui, comme si, l'heure enchantée à laquelle Mr. Durdles a l'habitude d'être reconduit à coups de pierre jusque chez lui ayant sonné, il s'attendait à voir le petit démon qui s'est donné pour mission de lapider l'artiste.

En effet, cette face du mal est en campagne. N'ayant rien de vivant à lapider pour le moment, il s'attaque aux morts à travers les barreaux de la grille du cimetière. Mr. Datchery le surprend au milieu de cette œuvre impie. Le petit démon trouve l'occupation piquante et charmante, en premier lieu parce que ce lieu du repos est considéré comme sacré ; en second lieu, parce que les grands bustes de pierre ressemblent assez à leurs modèles, quand il les frappe dans l'obscurité, pour justifier la délicieuse émotion qu'il éprouve à penser qu'il les blesse vraiment.

Mr. Datchery l'interpelle :

« Holà, Winks ! »

Il répond à cet appel, en s'écriant à son tour :

« Holà, Dick ! »

Leurs rapports semblent s'être établis sur un pied de grande familiarité.

« Mais, écoutez, ajoute-t-il, ne rendez jamais la connaissance de mon nom publique. Je ne manque jamais de dire que je n'ai pas de nom. Quand à la prison ils me demandent pour le coucher sur le livre : “Quel est ton nom?” Je leur réponds : “Devinez”... De même, quand ils me demandent quelle est ma religion, je leur réponds : “Devinez !”... Soit dit en passant, malgré son goût des statistiques, l'État doit avoir du mal à y arriver. D'ailleurs, ajoute le gamin, il n'existe pas, à Cloisterham, de famille Winks.

– Je pense qu'il pourrait en exister.

– Menteur !... Il n'y en a pas. Les voyageurs m'ont donné ce nom parce que je ne dors jamais que d'un œil et qu'on vient m'éveiller à toutes les heures de la nuit. De telle sorte que j'ai toujours un œil ouvert avant que l'autre ne soit fermé. Voilà pourquoi ils m'ont appelé Winks, ce qui signifie clin d'œil. Deputy est le nom le plus usité pour me désigner, mais je ne reconnais pas davantage celui-là ; vous ne me prendrez pas à le revendiquer plus qu'un autre.

– Va donc pour Deputy. Nous sommes bons amis, n'est-ce pas ?

– Très bons amis.

– Je t'ai fait remise de la dette que tu avais contractée envers moi lors de notre première rencontre, et, depuis, bien des pièces de six pence ont passé de ma poche dans la tienne, n'est-ce pas, Deputy ?

– Oui. Et il y a plus, vous n'êtes pas un ami de Jasper. Aussi, quelle idée a-t-il eue de me soulever par le cou ?

– Oui, quelle idée a-t-il eue ?... Mais ne pense pas à lui pour le moment. Un de mes shillings est sur le point de prendre, ce soir, le chemin de ta poche, Deputy. Il vient de t'arriver une locataire, à laquelle j'ai parlé, une pauvre femme malade affligée d'une forte toux.

– Une fumeuse ! » dit Deputy, clignant de l'œil d'un air entendu, et faisant le simulacre de fumer une pipe imaginaire la tête inclinée tout d'un côté et les yeux blancs, « une fumeuse d'opium.

– Quel est son nom ?

– Son Altesse Royale la Princesse Fumeuse.

– Elle doit avoir un autre nom, et où demeure-t-elle ?

– A Londres, parmi les Jacks.

– Les marins ?

– Je viens de te le dire, les Jacks, les loups de mer et autres joueurs de couteau.

– J'aurais besoin de savoir, par toi, exactement son adresse.

– Très bien. Donnez-le, ce vieux shilling. »

Mr. Datchery lui remet le shilling. Il règne entre eux l'esprit de confiance qui devrait se rencontrer dans toutes les transactions commerciales entre gens d'honneur ; l'affaire est considérée comme faite.

« Mais voici une drôle de chose ! s'écrie Deputy. Où pensez-vous que Son Altesse Royale doit aller demain matin ? Que le diable m'emporte si elle ne veut pas se rendre à la ca...thé...drale !... »

Dans son enthousiasme, il traîne sur le mot, frappe du pied et éclate d'un rire perçant.

« Comment le sais-tu, Deputy ?

– Parce qu'elle vient de me le dire. Elle m'a dit qu'elle doit se lever et sortir exprès. Elle m'a dit : "Deputy, je dois me lever tôt et me faire aussi belle que possible, car je vais aller faire un tour à la ca...thé...drale !" »

Il scande le mot avec la même satisfaction et, estimant que la bouffonnerie de la chose n'est pas encore assez soulignée par ses battements de pied, il se met à exécuter une danse lente et grave, qu'il suppose, peut-être, devoir figurer la marche du doyen.

M Datchery reçoit cette information d'un air satisfait, quoique son visage garde une expression pensive, et il met un terme à l'entretien. Il retourne vers son bizarre logis, et il reste assis longtemps devant son souper composé de pain, de fromage, de salade, et de bière, préparé pour lui, par les soins de Mrs. Tope. Il reste assis à table longtemps après que son souper est fini. Enfin, il se lève, ouvre la porte d'une encoignure et consulte certaines marques grossièrement faites à la craie sur la face interne de cette porte.

« J'aime, dit Mr. Datchery, cette vieille mode de tenir les comptes, usitée dans les tavernes. C'est incompréhensible pour tout le monde, sauf pour celui qui tient cette comptabilité. Celui-ci ne se compromet pas et le consommateur est débité de tout ce qui est écrit contre lui. Hum !... ah !... L'addition n'est pas très élevée, c'est une bien pauvre addition ! »

Il soupire, prend un morceau de craie sur une planche de l'armoire et s'arrête, la craie à la main, incertain sur ce qu'il convient d'ajouter à son compte.

« Je pense que je dois tracer un tout petit trait, se dit-il après avoir réfléchi. C'est tout ce que je suis autorisé à faire. »

Il conforme l'action aux paroles, referme l'armoire et gagne son lit.

Une brillante journée réjouit le lendemain la vieille ville, ses antiquités et ses ruines ; les pousses vigoureuses des lierres brillent au soleil, les grands arbres se balancent dans un air embaumé. Les jeux de lumière produits par les branches qui s'agitent, le chant des oiseaux, les senteurs qui s'exhalent des jardins, des bois et des champs (ou plutôt de cet unique grand jardin qu'est l'Angleterre en cette saison de récoltes) pénètrent dans la cathédrale, triomphent de l'odeur de terre sépulcrale qu'on y respire à l'ordinaire et précèdent la Résurrection et la vie. Les froides pierres tombales, vieilles de plusieurs siècles, semblent s'être elles-mêmes échauffées, et des éclats de lumière vont frapper les marbres dans les coins les plus obscurs et voltigent sous les voûtes sinistres.

Arrive Mr. Tope avec ses grosses clefs, qui fait jouer les serrures et gémir les portes ; arrivent Mrs. Tope et ses balayeuses ; arrivent, au moment voulu, l'organiste et l'enfant qui fait jouer le soufflet. Ils frappent les livres de musique pour en chasser la poussière et ils époussettent les pédales. De différents points du ciel arrivent aussi les corneilles, qui nichent dans la grande tour, appréciant peut-être les vibrations produites par les cloches. Arrive une petite congrégation de fidèles, venant du Coin du chanoine mineur et des autres parties de l'enclos. Arrivent Mr. Crisparkle, frais et brillant, et ses frères dans l'exercice du saint ministère, moins frais et moins brillants que lui. Arrivent les chantres à la hâte ; ils viennent toujours à la hâte et se précipitent dans leurs robes au dernier moment ; à leur tête marche Mr. John Jasper. Le dernier de tous, arrive

Mr. Datchery, qui prend place dans une des stalles vides parmi lesquelles il a la liberté de faire son choix et regarde autour de lui cherchant Son Altesse Royale la Princesse Fumeuse.

L'office est déjà bien avancé, et Mr. Datchery n'a pas encore aperçu Son Altesse Royale. Enfin, il la découvre dans l'ombre : elle est derrière un pilier, se dérobant soigneusement à la vue du maître de chœur, mais l'examinant avec la plus grande attention. Bien loin de soupçonner sa présence, Jasper est tout à son chant. Elle fait une étrange grimace quand il met plus de chaleur à son harmonieuse besogne et... oui, Mr. Datchery la voit faire ce geste... elle montre le poing au maître de chœur de l'abri protecteur qu'elle a cherché derrière son pilier.

Mr. Datchery l'observe pour être bien sûr ; oui, elle continue ses menaces muettes. Aussi laide, aussi ridée que les têtes fantastiques gravées sous les stalles, aussi méchante que l'esprit du mal lui-même, aussi dure que le grand aigle qui supporte les livres sacrés sur ses ailes (et qui, si l'on en juge par l'air féroce que lui a donné le sculpteur, n'a pas dû être converti par leurs enseignements), la femme étend ses maigres bras et montre bien ses deux poings au maître des chœurs.

Au même moment, derrière la porte grillagée du chœur, Deputy, ayant trompé la vigilance de Mr. Tope par quelque tour rusé dont il a le secret, regarde à travers les barreaux et son œil étonné va de la femme menaçante à l'homme qu'elle menace.

L'office arrive à sa fin, et ceux qui y ont concouru se dispersent pour aller déjeuner. Mr. Datchery aborde sa nouvelle connaissance au-dehors, tandis que s'éloignent les chantres aussi pressés de quitter leurs robes qu'ils l'ont été de les mettre une heure auparavant.

« Bonjour, madame ! Eh bien ! vous l'avez vu ?

– Je l'ai vu, monsieur, je l'ai vu !

– Et vous le connaissez ?

– Bien mieux que tous les révérends pères réunis peuvent le connaître. »

Mrs. Tope a eu le soin de disposer un appétissant déjeuner pour son locataire. Avant de se mettre à table, Mr. Datchery ouvre la porte de l'armoire, prend le morceau de craie sur la tablette et ajoute une ligne épaisse qui part du sommet de la porte et se prolonge jusqu'en bas. Puis il attaque son déjeuner avec un appétit inaccoutumé.

XIV

Nous étions donc arrivés au circus Maximus et à cette fumeuse scène de la fumerie qui a fait s'écrouler les derniers espoirs du Crapaud.

« De deux choses l'une, précise l'irréductible esthète du crime : ou Jasper, sous l'action de l'opium, revit l'assassinat de son neveu, si souvent rêvé et enfin réalisé pour de bon ; ou bien, si Aylmer a raison, il ne revit rien du tout et s'illusionne encore d'avoir tué le sicaire inconnu, qui au contraire s'est éclipsé après avoir étranglé Drood et en avoir caché ou détruit le cadavre[1]. Dans les deux cas, le prétendu mystère perd tout intérêt, pour moi du moins. »

Mais Dupin et Cuff n'en démordent pas.

« La seule chose claire, dit DUPIN, c'est que l'auteur a évité et continue d'éviter toute discussion de l'affaire par ses protagonistes. Jasper, le premier, a juré qu'il n'en discuterait plus "avec aucune créature humaine" tant qu'il n'aurait pas découvert lui-même l'assassin. Crisparkle refuse "par principe" de nourrir des soupçons contre qui que ce soit. Rosa ne peut s'empêcher de suspecter Jasper, mais elle se fait scrupule de l'admettre même dans son for intérieur. Grewgious ne cache pas son "aversion implacable" pour ce personnage louche, mais, quant à ses

1. En réalité, selon la reconstruction d'Aylmer, le sicaire inconnu est persuadé d'avoir tué Drood en l'étranglant avec l'écharpe de soie préalablement subtilisée à Jasper ; mais Drood a ensuite repris connaissance et, certain (à cause de l'écharpe nouée autour de son cou) que l'agresseur était son oncle, il s'est enfui en Égypte d'où il ne reviendra que pour l'heureux épilogue.

soupçons plus précis, il se garde “d'y faire la plus lointaine allusion”. Helena, de son côté, s'est engagée à ne plus parler avec son amie de “l'engouement” de son frère, et, avec cette excuse, l'auteur ne lui fait plus rien dire du tout. Enfin, en ce qui concerne le frère en question, il s'est mis à l'étude avec tant d'ardeur qu'il ne lève plus le nez de ses livres, sauf pour baiser les mains de Crisparkle et se déclarer “marqué et sali, mais innocent”. Or, poursuit Dupin, cet état de choses dure depuis plus de six mois. Puis, comme Cuff l'a justement fait remarquer, Dickens a dû s'apercevoir lui-même qu'il ne pouvait pas continuer ainsi sans que le lecteur ne se pose des questions. C'est pour cela qu'il nous a promis une conversation privée au moins entre Helena et Rosa. Mais Cuff avait aussi prévu… »

Un chœur de klaxons déchaînés interrompt l'orateur et fait sursauter les congressistes. Que se passe-t-il ? Il s'est passé que LE CHAUFFEUR, en suivant attentivement l'affaire Drood, a oublié d'en faire autant avec les voitures qui le précèdent et a suscité la juste impatience des automobilistes bloqués derrière lui pare-chocs contre pare-chocs. Mais le bref espace est vite comblé, et tout le monde est de nouveau immobilisé piazza di Porta Capena. Le car (informe ANTONIA) essaiera maintenant de tourner dans la via dei Cerchi, cette vallée du circus Maximus où, comme chacun sait, eut lieu le déloyal mais indispensable **Enlèvement des Sabines***.

« Oui, reprend CUFF, j'avais aussi prévu que l'auteur s'en serait tiré avec un nouveau tour de passe-passe, une nouvelle preuve de son extraordinaire talent d'illusionniste. Et en effet, qu'a-t-il combiné ? Sous prétexte qu'elle n'a lieu qu'entre Helena et Rosa, il réussit à faire passer pour privée une conversation qui est en fait publique puisqu'elle se déroule entre deux fenêtres derrière lesquelles tous les autres comparses sont à l'écoute[1].

1. Le « pauvre Neville » serait, au dire d'Helena, en train d'étudier dans sa chambre. Mais à qui fera-t-on croire qu'il n'écoute pas lui aussi ?

Résultat : une joyeuse scène d'opérette où l'on finit par parler de tout, sauf de la raison pour laquelle tout le monde est là. La disparition mystérieuse d'Edwin Drood ? Mais qui est donc Edwin Drood ? Son nom même est devenu tabou.

LE CHAUFFEUR : On dirait que ce Dickens ne veut pas se compromettre, *dottore*.

CUFF : Tout à fait. Les circonstances de la disparition sont restées jusque-là complètement dans l'ombre, et l'auteur évite soigneusement de revenir là-dessus. Tout ce dont nous disposons, c'est du premier interrogatoire de Neville, selon lequel celui-ci serait rentré à minuit dix après être resté quelques minutes au bord de la rivière avec Drood. Pour le reste, brouillard. L'enquête officielle elle-même s'est déroulée à notre insu : si nous savons qu'elle a eu lieu, c'est parce que, six mois après, Rosa rappelle incidemment avoir été convoquée elle aussi.

LE CHAUFFEUR : Selon moi, *dottore*, l'auteur s'est bien gardé de nous convoquer, pour ne pas avoir à répondre à nos questions.

DUPIN : Exactement. Pourquoi, aurions-nous par exemple pu demander, Crisparkle n'a-t-il pas attendu le retour de son protégé ? N'aurait-il pas été pris, par hasard, d'une invincible torpeur après avoir bu la tisane que sa mère (à ce qu'il croit) lui a laissée sur sa table de nuit ? Et l'anxieux Jasper, dont la fenêtre est restée éclairée jusqu'à l'aube : pourquoi a-t-il tant attendu pour courir à la recherche de son neveu ? N'aurait-il pas cédé lui aussi à un invincible sommeil ? Quant à Helena, nous savons que normalement elle et Rosa partageaient la même chambre ; si elle était sortie cette nuit-là, Rosa aurait donc dû s'en apercevoir. Mais le collège étant vide pour les vacances de Noël, qui nous dit qu'Helena n'a pas trouvé un prétexte pour changer justement de chambre cette nuit-là ? Ce sont des circonstances que n'importe quelle enquête, même menée par un imbécile comme Sapsea, aurait dû permettre d'éclaircir. Et au contraire...

Gare aux chauffeurs enclins à la conversation, lecteur,

qu'ils soient au volant d'un taxi ou d'un car de tourisme ! Voilà en effet que le nôtre s'est de nouveau retourné pour dire son mot au lieu d'avancer de trois mètres comme il aurait pu et dû le faire ! Quand les klaxons se calment, le surintendant BATTLE fait à son tour le point.

« Dans le dernier chapitre du dernier numéro, dit-il, Dickens a lui-même donné un bref résumé des événements et a conclu avec désinvolture : “Tel est l'état des choses, au point où nous en sommes de l'histoire.” En fait, “l'état des choses” n'existe pas et nous ne sommes arrivés nulle part. Cuff et Dupin ont très bien vu à quel genre de problème nous avons affaire : *trouver les preuves circonstanciées de la culpabilité de quelqu'un dans une affaire où toutes les circonstances nous ont été cachées et où, pratiquement, on a empêché tout le monde de parler.*

– Problème des plus curieux ! commente LE CHAUFFEUR en s'engageant dans la via dei Cerchi.

– Problème des plus ordinaires dans les cas de crime mafieux ! » rétorque vivement LE COLONEL DES CC.

*

L'hypothèse mafieuse a égayé les congressistes et l'atmosphère s'est détendue, d'autant plus que l'engagement dans la via dei Cerchi a parfaitement réussi. Le car avance maintenant assez vite entre les pentes du Palatin et celles de l'Aventin qui, de ce côté, n'offrent malheureusement à la vue que le grotesque **Monument à Giuseppe Mazzini assis en méditation** (1949) sur une vaste base de marbre avec statues et hauts-reliefs.

« Dickens, rappelle pourtant le DR WILMOT, était un fervent admirateur de ce grand Gênois, qu'il connut personnellement et auquel il adressa un don généreux pour l'**école de Clerkenwell** (fondée par Mazzini pour les enfants italiens joueurs d'orgue de Barbarie dans les rues de Londres). »

Mais nous arrivons au *forum Boarium* (le plus ancien marché de Rome, antérieur même à la fondation de la ville), et le problème qui se pose est de savoir quel est le meilleur chemin à suivre pour rejoindre le Forum romain. Vaut-il mieux traverser le susdit marché (aujourd'hui **piazza della Bocca della Verità***, un des centres monumentaux les plus pittoresques de la ville, mais aussi l'un des plus encombrés) et puis, en continuant par la via Teatro di Marcello, affronter les mille inconnues de la piazza Venezia ? Ou risquer le raccourci par via San Giovanni Decollato, via della Consolazione, via del Carcere Tulliano ?

La *Bocca della Verità* (ancien couvercle d'égout en forme de mascaron et dont la bouche, selon la tradition, mord la main des menteurs) attire beaucoup de nos congressistes, de même que LOREDANA, selon laquelle, si l'on pouvait persuader Jasper de mettre sa main là-dedans, l'affaire serait pratiquement résolue.

« Sauf que, selon les jekylliens, objecte WOLFE, il y a deux Jasper : l'un bon et sincère, l'autre menteur et méchant. Comment l'antique mascaron ferait-il pour les distinguer ? »

On décide donc de tourner dans la rue de **San Giovanni Decollato** qui est très étroite, mais dont l'église du XVIe siècle (ancienne propriété de la confrérie florentine qui assistait les condamnés à mort) a l'avantage de renfermer une chambre dite « historique », non dénuée d'intérêt pour le groupe Drood.

« Ladite chambre, explique ANTONIA, contient en effet des objets relatifs à diverses exécutions capitales, dont celles de Beatrice Cenci (dite "la belle parricide") et de son frère Giacomo. Et qui sait si cette sombre histoire de famille (d'où Shelley tira sa célèbre tragédie) ne pourrait pas inspirer à quelqu'un des vues nouvelles sur les deux Landless ? »

Mais l'église est fermée et, de la petite place où le car a pu se garer un peu plus haut, Antonia doit se contenter d'en signaler la sobre façade et de rappeler que le cloître comportait sept fosses communes pour les suppliciés indigents : six pour les hommes et une pour les femmes.

« Vive la joie ! » commentent MARLOWE et ARCHER, à qui le caractère funèbre du *sight-seeing* continue de taper sur les nerfs.

Pour sa part, le DR WILMOT montre, tout près du car, une ancienne fenêtre à barreaux derrière laquelle on entrevoit une cour en ruine.

« C'est probablement de là, explique-t-il, que le 8 mars 1845, Dickens, perché sur un tas de bois, a pu assister à la décapitation d'un voleur de grand chemin qui avait tué à coups de bâton une comtesse allemande.

– Bavaroise, précise LE COLONEL DES CC, qui se souvient très bien de cette affaire. La malheureuse se rendait en pèlerinage à Rome, bien imprudemment seule et à pied, et l'assassin, un jeune Viterbois sans antécédents judiciaires, l'assomma avec son bâton pour lui voler son argent et ses bijoux. Mais il commit l'erreur d'offrir l'un de ces bijoux à sa femme, qui, inquiète, en parla à son confesseur, qui à son tour ... euh ... je ne sais pas si Dickens le rapporte...

– Il y fait allusion, le rassure WILMOT.

– ... qui à son tour, donc, en parla à notre section de Viterbe. Après quoi, la justice dut évidemment suivre son cours.

– La décapitation eut lieu à l'endroit précis où nous sommes, reprend LE DIRECTEUR DU *DICKENSIAN*, et dans ses *Pictures* déjà citées, Dickens la décrit avec un luxe de détails macabres qui approche du sadisme. Il note, par exemple, que, malgré le fonctionnement parfait de la guillotine, le cou du robuste condamné avait disparu, rentré en partie dans sa tête et en partie dans son torse.

– Mais quelle horreur ! » crient, effarées, LOREDANA et ANTONIA, tandis que LE CHAUFFEUR, vivement impressionné lui aussi, se hâte de démarrer.

Suit un silence gêné qu'interrompt le juge P. PETROVITCH.

« Je connais bien *Pictures from Italy*, dit-il, et j'avoue

que les pages sur l'exécution de ce malheureux m'ont aussi laissé perplexe. Pas tant parce que Dickens, ex-adversaire de la peine capitale, en était devenu un partisan résolu ; ni même à cause de cette plaisanterie insipide, suggérée peut-être par son antipapisme, selon laquelle l'épithète *decollato*[1] constituerait un "compliment douteux à saint Jean-Baptiste". Non, ce que j'estime être vraiment douteux c'est son indignation moraliste à l'égard de la foule "venue là pour s'abandonner au plaisir du spectacle". Mais lui, alors, pourquoi y était-il venu, arrivant même trois heures à l'avance pour s'assurer une bonne place ? "Ah, mais moi je suis moi et les autres sont les autres !" dut-il se dire alors comme en tant – beaucoup trop – d'autres occasions dans sa vie. Ce qui n'enlève rien, bien entendu, à mon admiration inconditionnelle pour l'artiste.

– Ce sont des choses un peu difficiles à discuter ... euh ... en car... », commence WILMOT avec une gêne compréhensible.

Mais l'inspecteur BUCKET, qui a réfléchi à l'assassinat de la comtesse bavaroise, ramène opportunément l'attention sur l'affaire Drood.

« Après avoir tué Drood de son lourd bâton », observe-t-il, tout en portant de son geste caractéristique l'index à l'oreille comme pour en écouter les suggestions, « Neville pourrait l'avoir dépouillé de ses bijoux pour simuler un vol ; et, après avoir jeté l'épingle de cravate et la montre dans le barrage, il aurait offert la bague à Helena sachant bien que, contrairement à la paysanne de Viterbe, celle-ci se serait bien gardée d'aller confesser la chose au révérend Crisparkle. Mais qui sait si l'auteur ne se proposait pas en définitive de le lui faire avouer quand même ? »

Ce rapprochement ingénieux est aussitôt approuvé par LE CRAPAUD, selon lequel il n'y a pas le moindre doute. Il est clair, dit-il satisfait, que Dickens a copié le cas du

1. Décollé, au sens de décapité *(N.d. T.)*.

pseudo-jumeau cinghalais sur celui du guillotiné de Viterbe : à une différence près, puisque Helena, à la fin, montera elle aussi sur l'échafaud. Ce n'est pas pour rien, ajoute-t-il dans son perfectionnisme, que dans le cloître des suppliciés il y a une fosse réservée aux femmes.

LE COLONEL DES CC n'est pas tellement convaincu.

« Le bijou donné par le meurtrier de Viterbe à sa femme, objecte-t-il, était en effet une bague, mais de peu de valeur, d'après notre dossier, et en tout cas pas une bague de diamants et rubis. D'autre part, tout à l'heure, en disant "avec son bâton", je me suis peut-être mal exprimé : car, pour commettre son crime, l'assassin de la touriste allemande ne se servit pas d'une arme contondante lui appartenant, mais du bâton de pèlerin de sa victime. Les deux cas présentent donc des différences notables.

– Sinon que Neville lui-même, quand il montre son bâton à sa prétendue sœur, réplique promptement LE CRAPAUD, lui dit que c'est un bâton de pèlerin. L'allusion ne pourrait être plus claire ! »

Mais entre-temps, le car a débouché sur la piazza della Consolazione, au pied du versant méridional du Capitole, et ANTONIA attire l'attention du groupe sur une saillie rocheuse du pic ouest.

« C'est de là-haut, dit-elle, qu'étaient précipités les coupables de trahison ou d'autres délits infamants. De l'avis unanime[1] des historiens, il s'agit en effet de la fameuse **roche Tarpéienne***, d'où la fille du consul Sp. Tarpeius fut la première à être précipitée après suffocation sous les boucliers des Sabins.

– Mais nous, plaisante LOREDANA, qui verrions-nous s'écraser devant ce car si nous pouvions avoir la même vision que Jasper à la fumerie ? "Fait et terminé !" s'écrie-t-il en contemplant sans doute sa victime qui gît au pied de la tour.

1. Ou presque, précise LE LATINISTE.

– Il me semble, rappelle CUFF, qu'il dit aussi : "Si vite !" Ou est-ce la femme de la fumerie qui le dit ? Ce sont en tout cas les mêmes mots que ceux qu'emploie Helena avant le délit : "Pense comme ce sera vite fait et terminé." »

La remarque intéresse les dickensiens les plus engagés, tandis que MARLOWE et ARCHER protestent à haute voix : « Mais en somme, faisons-nous oui ou non une promenade touristique ? Est-il possible qu'on doive toujours en revenir à Dickens et au MED ? »

ANTONIA les rassure : « Si la circulation dans la via della Consolazione le permet, nous arriverons sous peu au fameux **carcere Tulliano*** (ou prison Mamertine), qui : primo, ne tire pas son nom de Servius Tullius comme on l'a cru faussement, mais d'un *tullus* (« source ») qui y jaillissait et y jaillit encore ; aussi servait-il de citerne, avant d'être transformé, à l'époque républicaine seulement, avec l'adjonction d'une petite salle supérieure, en cachot où périrent, entre autres, Vercingétorix (décapité), Jugurtha (étranglé) et les complices de Catilina ("ils ont vécu", commenta Cicéron) ; secundo, n'a rien à voir avec Dickens ni avec le MED.

– Jusqu'à un certain point, dit LE DIRECTEUR DU *DICKENSIAN* avec un léger sourire. Selon Fildes, son illustrateur[1], Dickens aurait en effet pensé situer la scène culminante du roman dans un cachot pour condamnés à mort et aurait été voir la prison de Maidstone pour se documenter justement là-dessus. En tout cas, il visita certainement la prison Mamertine, dont la cellule supérieure (convertie en **chapelle de Saint-Pierre-en-prison**) l'attira surtout pour ses "gourdins et massues ferrées, couteaux de cuisine et poignards, pistolets et autres instruments de violence", qui, ayant servi – comme il le rapporte – à des meurtres variés, y étaient accrochés "encore frais de leur emploi" dans un but expiatoire. »

1. Dont nous verrons plus loin la couverture qu'il dessina pour le MED, ainsi que la célèbre gravure *Le Fauteuil vide*.

L'erreur D'ANTONIA a fait rire tout le monde, elle la première, et laissant tomber la prison Mamertine, elle dit au chauffeur de tourner à droite dans la via delle Grazie. Nous voici donc à une entrée secondaire (habituellement fermée, mais qu'Antonia se fait ouvrir d'autorité) du **Forum romain****.

XV

Le visiteur du Forum romain qui descendrait en ce moment dans l'étroit souterrain identifié à tort comme « tombe de Romulus » – mais où, sous une dalle de marbre (le célèbre **Lapis Niger***), subsistent des restes importants et authentiques de l'époque royale – y surprendrait ANTONIA et LE LATINISTE en train de déchiffrer cette énigmatique *inscription sur stèle pyramidale tronquée* qui, mis à part la fibule dite « de Préneste » (sans doute un faux), est sûrement la plus ancienne inscription latine connue. Mais où sont donc les autres membres du groupe ?

En remontant à la surface, le visiteur pourrait reconnaître le commissaire MAIGRET dans cet homme qui allume sa pipe sous l'**arc de Septime Sévère***, et HOLMES avec son ami WATSON dans ces deux soi-disant touristes penchés sur le *Miliarium aureum* (voisin de l'*Umbilicus Urbis*) pour y contrôler les distances entre Rome et les principales villes de l'empire. Mais nous ignorons s'il reconnaîtrait THORNDYKE et le DR FELL, et d'autant moins l'obscur POPEAU, dans le trio qui vient d'entrer dans la **Curie*** (où se réunissait le Sénat) pour admirer ces solennels *Anaglypha Traiani* qui auraient décoré anciennement la tribune des **Rostres**.

Quant aux autres congressistes, las d'attendre ANTONIA, ils se sont dispersés çà et là : certains vers la **basilique Emilia*** et le **temple d'Antonin et Faustine***, d'autres vers la **maison des Vestales***, d'autres encore, plus loin, en direction de l'**arc de Titus***. Dans ces conditions, comment s'assurer que l'un d'entre eux, aidé, qui sait, par les suggestions du lieu, n'a pas abouti à des conclusions intéressantes sur le mystère du MED ?

« Le mystère d'un mystère, un mystère au carré ! » avons-nous entendu s'exclamer HASTINGS, tandis qu'il suivait POIROT parmi *les restes suggestifs des monuments de marbre* qui forment un petit labyrinthe autour de la **source de Juturne***. A quoi le détective belge a répondu ironiquement : « Pourquoi pas au cube ? » Et ce disant, il fixait le *sacellum* (autel), effectivement cubique, dédié au *Genius aquarium* (Génie des eaux).

Jusque-là, il faut le reconnaître, la contribution de Poirot a été des plus modestes. Sa phrase énigmatique nous a paru plus inspirée par l'embarras que par autre chose. Le dialogue avec le capitaine Hastings est de toute façon interrompu par DUPIN, qui arrive des *Rostres* en évoquant le discours qu'Antoine y prononça en anglais contre les meurtriers de César : *« Friends, Romans, countrymen... »*

« Sur ces mêmes Rostres, rappelle-t-il, fut exposée la tête de Cicéron, assassiné par des sicaires sur l'ordre dudit Antoine, qui n'était pas le monstre de cruauté que l'on prétend. Dans ce cas, comme dans *Macbeth*, la véritable instigatrice du crime fut son épouse, Fulvie, qui n'hésita pas à faire transpercer d'un clou la langue du grand orateur. »

Allusion à la vraie nature d'Helena ?

Nous traversons le *Vicus Tuscus* pour passer dans l'antique palais de justice, c'est-à-dire dans la **basilique Julienne***, où policiers et carabiniers (représentés par les trois enquêteurs de Scotland Yard et notre ami le colonel) sont en pourparlers avec la magistrature (en la personne du juge P. Petrovitch). Ce « sommet » improvisé n'est pourtant pas consacré au MED, mais au vieux problème des délinquants que les forces de l'ordre se fatiguent à mettre à l'ombre et que les juges, sous les prétextes les plus divers, ne se fatiguent pas de remettre au soleil.

Quelle était l'opinion de Dickens à ce sujet ? demande incidemment le colonel.

P. PETROVITCH : Dickens déplorait la « sympathie morbide » que la société victorienne avait, selon lui, commencé à nourrir pour les délinquants de toute espèce ; et il recommandait de considérer la « mentalité criminelle » comme une « horreur absolue, sans rien de commun avec l'intellect de l'homme moyen ». Son ... euh ... idéal judiciaire était donc très simple : pendaison immédiate pour les coupables d'homicide, et prison à vie pour tous les autres, du voleur de grand chemin au simple pickpocket, du moment qu'ils étaient considérés comme délinquants habituels.

WILMOT *(qui s'est approché avec Loredana)* : Quant aux vagabonds ordinaires, pour ne pas parler des faux, ils...

POIROT *(survenant avec Hastings du Vicus Tuscus)* : Des faux vagabonds ? Lesquels ?

WILMOT : Ceux qu'il décrit avec une verve incomparable dans ses notes sur la **place d'Espagne***, où (ayant le baroque en horreur) il ne s'intéresse ni à l'escalier scénographique du XVIIIe siècle ni à la *fontaine de la Barcaccia,* de P. Bernini, mais aux individus d'extraction sociale variée qui, travestis en bouviers, pèlerins, brigands, bergers de la campagne romaine, etc., stationnaient sur l'escalier en question pour se proposer comme modèles aux peintres étrangers. Il les appelle « les plus faux vagabonds du monde » parce que, dit-il, « il n'y a rien qui leur ressemble nulle part à Rome ni dans aucun autre endroit du globe terrestre ».

LOREDANA: Et les vrais vagabonds ? Il ne demandait pas la prison à vie pour ceux-là aussi ?

WILMOT: Non, dans certains de ses romans, il les traite même avec une certaine indulgence. Mais nous savons qu'il considérait comme une « peste maudite » ceux qui passaient devant sa maison de Gadshill, située sur la grand-route de Douvres. Leur simple vue lui portait sur les nerfs. Si bien que, comme sa propriété s'étendait des deux côtés de la route, il s'était fait construire un passage souterrain pour éviter d'être accosté par eux en traversant.

HASTINGS : Faiblesses humaines qui affectent parfois même des hommes de très grande valeur. Je me rappelle que, sur la Somme, le commandant de ma brigade, officier pourtant des plus courageux…

Les réminiscences militaires de Hastings manquent rarement de créer le vide autour de lui. En un éclair, chacun se rappelle de n'avoir pas encore vu qui le **temple de Vesta***, qui celui dit du **Divo Romolo**[1], qui les collections remarquables de l'**Antiquarium forense**, et tous s'éclipsent.

Quant à ANTONIA et au LATINISTE, qui ont enfin émergé de leur souterrain, ils sont allés s'arrêter un peu plus loin, devant un socle de pierre avec inscription dédicatoire. Pourquoi cet intérêt épigraphique constant ? Peut-être y a-t-il quelque rapport avec Sapsea, pensons-nous en nous approchant. Mais l'inscription a trait à une victoire remportée par quelqu'un (dont le nom a été rayé au scalpel) durant la guerre contre les Goths, et nous comprenons vite que l'affaire Drood n'a rien à voir là-dedans.

« Nous sommes vers la fin de l'Empire romain d'Occident, explique LE LATINISTE. Avec sa victoire sur Radagaise à Fiesole (405), le grand Stilicon parvient à contenir l'invasion des Barbares. Mais il tombe ensuite en disgrâce près d'Honorius et il est mis à mort (408). C'est par *damnatio memoriae* que son nom est effacé de l'inscription que nous avons sous les yeux. Alaric a alors la voie libre et, en 410, Rome tombe entre ses mains. C'est dans ce cadre tragique que Wilkie Collins…

– Oui ? l'encourage ANTONIA, pendue à ses lèvres.

– … que dans son roman de jeunesse, disais-je, Collins situe l'histoire d'Antonina, jeune fille romaine d'une extrême beauté qui…

– Antonina ! s'exclame, émue, ANTONIA, en se serrant

1. Fils de Maxence, mort enfant en 307 et divinisé.

contre le jeune érudit. Et tu hésitais à me le dire après ce qui s'est passé entre nous sous le *Lapis Niger* ? »

Après quoi, le dialogue devient si mièvre que nous nous hâtons, par discrétion[1] aussi, de revenir vers le centre du Forum et la section médiane de la **Voie sacrée***. Cette section, légèrement en pente pour qui arrive du Vicus Tuscus, était appelée le *clivus Sacer*; et c'est ici, lecteur, que les choses commencent à prendre une allure étrange.

Influence d'antiques prédictions, comme celle qui poussa le légendaire M. Curtius à se précipiter avec son cheval dans l'homonyme **lacus** contigu ? Ou des cultes magico-religieux liés au Figuier sacré voisin ? Ou peut-être même aux *matronae veneficae* mentionnées par Tite-Live, qui, convoquées au Forum par un *viator* (huissier), avouèrent avoir versé des potions équivoques dans les puits ? Quoi qu'il en soit, le comportement de MARLOWE et D'ARCHER ne paraît guère explicable par des raisons naturelles tandis qu'ils descendent le susdit *clivus*.

Jusqu'alors, leur conduite avait été normale, encore que criticable. Ils avaient, par exemple, cherché à aborder (sans succès) des touristes pas vraiment attirantes. Puis nous les avons entendus demander à un gardien, qui a répondu négativement, si l'on pouvait trouver au Forum autre chose que de l'orangeade ou de l'eau minérale. Et voilà que, tout à coup, nous les voyons tourner comme des mouches affolées parmi les *vestiges de constructions privées d'époque républicaine* qui flanquent le *clivus* en question : ils vont et viennent sans cesse, tantôt vers une surface rectangulaire avec restes de pavement en brique, tantôt vers les fondations d'un édifice plus vaste où de longs couloirs étaient flanqués de petites chambres.

1. Nous apprendrons plus tard, par d'autres congressistes qui s'étaient arrêtés au contraire pour écouter, que l'histoire citée ci-dessus s'intitulait *Antonina, ou la chute de Rome*, et que le Latiniste est si enthousiaste de Collins qu'il en connaît même les romans les moins lus, dont il raconte volontiers l'intrigue à quiconque veut bien l'écouter.

Que peuvent-ils bien chercher ? Interrogés par HOLMES qui survient à ce moment-là, ils semblent sortir d'une véritable transe et admettent n'en avoir pas la moindre idée. Nous voyons alors HOLMES s'assombrir, et comprenons bien pourquoi.

Le lecteur se souvient des phénomènes insolites provoqués par la première audition subliminale. Quelqu'un (la dame d'Arezzo ?) était tombé dans une sorte de sommeil hypnotique accompagné d'hallucinations ; et quelqu'un d'autre (Holmes, sans doute) avait pensé que « certaines choses », bien que sans rapport apparent avec l'affaire Drood, ne lui « plaisaient pas du tout ». Or, comme nous le savons, Holmes (par l'intermédiaire de Doyle) avait évoqué un jour l'esprit de Dickens pour savoir qui était l'assassin ; mais l'esprit lui avait dit ne pas vouloir que la vérité se sache. On comprend donc aisément que tout fait paranormal l'inquiète, au cours de ce congrès, et pis encore cette transe, ce véritable phénomène de voyance auquel nous venons d'assister.

Parce que, disons-le franchement : il est exclu que des détectives courageux certes, mais frustes comme Marlowe ou Archer aient une préparation archéologique suffisante pour distinguer le **temple de Saturne*** de la **basilique de Maxence***. Comment ont-ils alors été irrésistiblement attirés par cette salle pavée de brique, par cet édifice aux couloirs flanqués de chambrettes ? Qui a informé leur subconscient que la première avait été une taverne (identifiée en 1908 par Boni grâce aux vestiges de son comptoir) et le second (découvert plus tard par Bartoli) un vaste lupanar ?

De toute façon, maintenant qu'ils ont repris conscience, ils se hâtent de quitter le groupe et le Forum pour continuer leurs recherches en ville. Ils rentreront demain à l'U & O par leurs propres moyens.

Mais les phénomènes continuent de se succéder. ANTONIA, peut-être à cause de son attachement sentimental au *Lapis Niger,* a soudain l'intuition que les *bases moulurées* à l'entrée du souterrain supportaient non pas deux « lions accroupis », comme le supposa Boni, mais deux gros chiens. WOLFE, que nous retrouvons dans l'*Antiquarium*, contemple ahuri un petit *urceus* (carafe) retrouvé avec d'autres tessons dans la **Nécropole archaïque** et exposé dans une vitrine près d'une fenêtre. « La carafe ! » l'entendons-nous murmurer. L'inspecteur BUCKET et le surintendant BATTLE sont pris d'une envie brûlante de se rendre place d'Espagne pour contrôler la vraie nature des vagabonds qui y stationnent. Tandis que POPEAU, de sous l'arc de Titus, tend un doigt accusateur vers un individu barbu et presque en haillons, avec une vieille besace à son côté, assis près de la grille d'entrée sur une marche du **temple de Jupiter Stator**. « Assassin ! Assassin ! » l'entendons-nous répéter comme en rêve, mais avec une telle conviction que LE COLONEL DES CC commande à un brigadier de passage de contrôler l'identité du suspect.

Eh bien, le lecteur ne le croira pas : il s'agit effectivement d'un *faux vagabond*, un écrivain de profession et largement pourvu de moyens d'existence, venu chercher là l'inspiration pour son nouveau roman situé à l'époque d'Auguste.

LE LATINISTE, cependant, ne trouve rien d'extraordinaire à tout cela.

« Le jeune Collins aussi, observe-t-il, vint s'inspirer dans ces lieux, et rien ne dit que sa mise fût irréprochable. Surtout qu'il ne connaissait pas encore Antonina !

– Qui sait ? il avait peut-être une besace lui aussi », rit coquettement ANTONIA.

Mais comme Antonia et le Latiniste n'ont pas participé à la séance d'hier matin, ils ne savent rien du phénomène hallucinatoire relatif justement à des chiens, à une carafe près d'une fenêtre et à un faux vagabond qui aurait été en fait le vrai assassin. Quand LOREDANA les met au courant, ils se taisent, abasourdis eux aussi.

XVI

Il est neuf heures du matin, lecteur. Les congressistes se hâtent vers la Dickens Room. Mais nous, lecteur, nous allons faire un pas en arrière pour voir comment s'est terminée la promenade d'hier. Le *sight-seeing*, on s'en souviendra, devait s'achever par une visite à Saint-Pierre, puis à la *chapelle Sixtine* et à ses splendides restaurations sponsorisées par les Japonais.

Mais alors que le but était désormais assez proche, le chauffeur a été pris d'une violente crise de rejet. Mettait-il par hasard en doute – lui ont demandé sévèrement les hôtesses – la splendeur des restaurations en question ?

Non, ce n'est pas ça, a-t-il dit, c'est que les fresques michelangélesques, et en particulier la grande de la paroi du fond, il ne les digérait pas. Il ne pouvait vraiment pas les supporter.

« C'est donc surtout le **Jugement dernier*** qui te choque ? Tu le trouves trop... emphatique, disons ? » ont encore demandé les jeunes filles.

Lui n'en savait rien, car il ne ne l'avait jamais vu ; mais il l'exécrait – a-t-il expliqué d'une voix bizarre – « comme exemple caractéristique de prébaroque, annonciateur des monstruosités dont le Bernin et compagnie parsemèrent ensuite la Ville éternelle ». Et sur ces mots, il a viré dangereusement en U pour rejoindre le viale di Trastevere et rentrer directement à l'U & O.

ANTONIA et LOREDANA auraient voulu lui faire entendre raison, mais le DR WILMOT a recommandé à voix basse de ne pas le contrarier. Et ce n'est que plus tard, à l'hôtel, dans l'atmosphère plus détendue de l'après-dîner, qu'il est revenu sur le sujet.

« Il a dû s'agir, a-t-il dit, d'un autre de ces phénomènes paranormaux. Parce que je ne sais pas si quelqu'un l'a remarqué, mais…

– Oui, a approuvé PORPHYRE PETROVITCH, je ne sais s'il l'a fait médianiquement ou d'une autre façon, mais le chauffeur, dans son raptus antimichelangélesque et anti-baroque, n'a fait que nous retransmettre la pensée de Dickens. Celui-ci, en effet, dans ses *Pictures*…

– Et pas seulement dans ses *Pictures*, a précisé LE DIRECTEUR DU *DICKENSIAN*. Le même jugement (peu brillant à la vérité, comme toutes ses opinions en matière d'arts figuratifs) se retrouve dans une lettre qu'il a envoyée de Rome à son ami et biographe Forster. »

HOLMES, là-dessus, a donné un grand coup de poing sur la table, déclarant qu'il n'y avait plus aucun doute : c'était l'esprit de Dickens qui provoquait ces phénomènes pour avertir que la vérité sur l'affaire Drood devait rester cachée.

« Ce qui signifierait que nous sommes près de la découvrir », a observé à juste titre LE COLONEL DES CC.

Mais Gideon FELL, expert en cas spirites reconnus ensuite de toute autre nature, a avancé une autre hypothèse : le chauffeur, à la solde d'industriels rivaux des sponsors, aurait simulé son raptus pour dévier le cours de l'enquête.

« Bon, mais les autres phénomènes, alors ? » a demandé MAIGRET, qui lui non plus ne croit pas aux esprits, mais ne voit pas comment les supposés rivaux des sponsors auraient pu transformer MARLOWE et ARCHER en doctes archéologues, ou évoquer chiens, carafe et pseudo-vagabond, pour lancer les congressistes sur une fausse piste.

Une explication plus plausible a été envisagée par le Père BROWN, qui, après avoir rappelé que l'Église (comme Dickens, du reste) a toujours désapprouvé les croyances spirites et les pratiques s'y rapportant, a poursuivi ainsi :

« Rien, cependant, ne nous interdit d'admettre que l'esprit humain possède des facultés *naturelles*, mais encore peu connues, comme les pouvoirs dits "télépathiques". Nous personnellement, durant la séance d'hier, nous avons été les protagonistes d'un échange psychique aussi complexe que confus, grâce auquel certains fragments de la pensée de chacun se sont automatiquement transmis à d'autres. Or la même chose peut s'être répétée cet après-midi. »

LE CRAPAUD : Mais le chauffeur...

P. BROWN : Le chauffeur, j'en conviens tout à fait, ne pouvait pas connaître le piètre jugement de Dickens sur le baroque et sur l'œuvre tardive de Michel-Ange. Mais le Dr Wilmot et le juge Petrovitch, eux, le connaissaient ! Il n'est donc point besoin de déranger l'esprit de Dickens pour...

P. PETROVITCH : Moi, pourtant, je n'y pensais pas du tout à ce moment-là.

WILMOT : Et moi non plus. Je l'avais même complètement oublié, étant donné le ... euh ... faible intérêt des opinions de Dickens sur la question.

P. BROWN : Raison de plus. Je n'exclurais pas que, dans des circonstances déterminées, ce soient justement certains détails oubliés ou « refoulés » qui tendent à devenir l'objet d'une transmission inconsciente.

LE COLONEL DES CC : Très juste.

P. BROWN : Prenons le cas de ces... lieux publics, si je puis dire, qui, bien que réduits à quelques pierres, ont tant attiré deux de nos collègues. Est-ce que je me trompe à penser que l'un d'entre nous, notre ami Latiniste peut-être, en connaissait parfaitement l'affectation ? Et qu'il peut en avoir informé inconsciemment...

LE LATINISTE *(avec force, sous le regard soupçonneux d'Antonia)* : Tout à fait inconsciemment ! Ce sont des lieux où, à part l'intérêt pour les graffiti que l'on y découvre parfois, je ne...

P. BROWN : Je le crois les yeux fermés. Mais venons-en aux chiens, à la carafe et au prétendu vagabond. Ceux-ci sembleraient aussi de provenance télépathique inconsciente. Mais à quelques différences près : premièrement, ils sembleraient liés au MED, bien que, dans le MED, il n'en soit jamais question ; deuxièmement, ils se sont répétés ; et enfin, nous ne savons pas d'où ils viennent, c'est-à-dire *qui les a transmis*, bien que le suspect numéro un, si je peux m'exprimer ainsi, soit naturellement le Dr Wilmot.

WILMOT *(regardé aussitôt avec soupçon par tout le monde, sauf par Loredana, qui se serre confiante à son bras)* : Mais moi...

P. BROWN : Je sais ce que vous voudriez me dire. Vous n'avez pas participé à l'échange télépathique d'hier, n'ayant pas eu l'*imprint*. Mais quelqu'un d'autre, dans la salle, peut avoir capté ces fragments de votre pensée et les avoir retransmis.

LE COLONEL DES CC : On m'a rapporté qu'au cours dudit échange, une dame sans insigne d'identité aurait quitté la salle avec une précipitation suspecte. Je pourrais la faire rechercher et la convoquer à la caserne pour des vérifications. On pourrait aussi procéder à une confrontation avec le prév... avec le Dr Wilmot, voulais-je dire.

P. BROWN : A mon avis, le Dr Wilmot devrait avant tout fouiller sa propre mémoire. Car ces chiens, cette carafe, *et cætera*, l'auteur se proposait peut-être de s'en servir dans la solution finale : et qui sait si cela ne résulterait pas, au besoin indirectement, de quelque témoignage ? ou de quelque allusion de Dickens lui-même que le Dr Wilmot a pu juger sans importance et oublier ?

P. PETROVITCH : Mais il pourrait s'agir d'éléments qu'un droodiste quelconque aurait introduit dans sa solution *personnelle* sans aucun fondement objectif ; comme le sicaire imaginé par Aylmer, ou comme le parapluie dont l'Américain Kerr s'est servi pour sa fameuse solution burlesque[1].

1. O. C. Kerr (pseudonyme de R. H. Newell), *The Cloven Foot*, New

C'est sur cette note pragmatique, lecteur, qu'a pris fin le débat d'hier soir. WILMOT, à vrai dire, aurait voulu commencer aussitôt à fouiller sa mémoire, mais nous avons vu clairement LOREDANA le tirer par la manche, tandis qu'ANTONIA en faisait autant avec LE LATINISTE en train d'exposer à HASTINGS le sujet de *L'Hôtel hanté*[1], un roman de Collins de 1878. Sauf quelques-uns restés là à bavarder autour d'un dernier verre, tous sont alors partis se coucher.

*

Pour ce qui est de la séance de ce matin, préparons-nous à une déception. Aucune lumière sur l'énigme télépathique. Bien qu'il ait prolongé ses recherches jusqu'à l'aube (comme le confirme son piteux état), le directeur du *Dickensian* n'a pas réussi à se souvenir de quoi que ce soit qui puisse servir de lien entre les mystérieux phénomènes et le MED ou la vaste littérature sur cette œuvre. Il doute donc d'être lui-même à l'origine des phénomènes en question : car, dit-il, « je peux avoir oublié chiens ou carafe, mais je crois qu'un faux vagabond, je m'en souviendrais ».

En tout cas, ajoute-t-il, maintenant que nous avons terminé l'analyse des six fascicules disponibles, il convient d'examiner la documentation complémentaire, qui comprend principalement :

a) les notes de Dickens déjà mentionnées sur la structure et la division en chapitres des six premiers numéros ;
b) les coupures, les corrections et les additions apportées par l'auteur au manuscrit et sur les épreuves ;
c) le fragment dit « Sapsea », c'est-à-dire quelques

York, 1870. Jasper, selon Kerr, avait perdu non seulement toute mémoire de son crime, mais aussi son parapluie ; de sorte qu'en le retrouvant...

1. *The Haunted Hotel, or A Mystery of Modern Venice*, Londres, 1878.

pages de datation incertaine, où il est question de la venue à Cloisterham d'un certain Poker qui cherche à se lier avec Sapsea pour lui demander des détails sur la disparition de Drood. Il s'agit d'une première ébauche, tout à fait rudimentaire, du personnage de Datchery, que Dickens refit ensuite complètement et qui n'offre aucun indice supplémentaire quant à l'identité du mystérieux détective.

« Il va de soi, précise WILMOT, que les plus grands droodistes se sont acharnés sur ce matériel, dans l'espoir d'y trouver la confirmation de telle ou telle hypothèse. Mais sans rien en tirer, à mon avis, qui vaille la peine d'être discuté. »

Le pointilleux POPEAU voudrait que l'on procède quand même à l'audition dudit matériel, mais tous les autres se fient au modérateur et demandent de passer outre.

« D'autant plus que le temps presse ! s'écrie LE CRAPAUD[1].

– Le reste de la documentation, poursuit donc le DR WILMOT, comprend les diverses "révélations confidentielles" que Dickens aurait faites à tel ou tel de ses proches ou amis, et que nous avons déjà examinées en partie. Il y a, par exemple, celle relative au "suspens jusqu'à la fin". Il y a la déclaration de Fildes sur l'idée de situer la dernière scène dans la cellule des condamnés à mort. Il y a les "sérieuses difficultés" qu'aurait rencontrées Dickens dans le développement de son intrigue vers la moitié du sixième numéro : difficultés qui – selon W. H. Wills[2] – "aggravèrent la fatigue de l'écrivain et contribuèrent peut-être à hâter sa fin". Et il y a le témoignage (très discuté, il faut dire) de Forster, à qui Dickens aurait confié dans le plus grand secret que : a) le cou-

1. Demain, lecteur, sera en effet le cinquième et dernier jour des travaux ; car, pour samedi, diverses fêtes et cérémonies sont au programme, et dimanche chacun rentrera chez soi.

2. Rédacteur en chef de *All the Year Round,* la revue qui, à partir de 1859, remplaça *Household Words.*

pable était Jasper ; b) la surprise devait consister dans le fait que ce dernier, à la fin, aurait décrit le crime dans ses moindres détails « mais comme si le meurtrier avait été un autre », car il n'avait pas du tout conscience d'être l'assassin. »

LE CRAPAUD : Forster était un fieffé menteur ! Un âne envahissant et pompeux qui prétendait tout savoir sur le grand écrivain et ne se faisait aucun scrupule d'inventer ce qu'il ne savait pas : au point qu'un jour Dickens le mit carrément à la porte de chez lui. Je propose que son témoignage soit supprimé.

WILMOT : J'ai déjà dit que ce témoignage était très discuté. Et cela pour des raisons ... euh ... pas très différentes de celles que l'on vient d'indiquer. Mais il en va de même pour les « confidences » variées et contradictoires rapportées par d'autres personnes sur le sort véritable de Drood ou la vraie identité de Datchery. Tout ce que l'on peut en tirer, c'est que, assailli par les curieux et ne pouvant se fier à personne, Dickens choisit de « révéler » à chacun la première chose qui lui passait par la tête.

POIROT : A la reine aussi ?

La question de Poirot surprend tout le monde, y compris nous. Qu'en sait-il, l'enquêteur belge, des relations de Dickens avec la reine Victoria ? Un sourire en coin du juge Petrovitch, le seul dickensien chevronné de notre groupe en dehors du directeur du *Dickensian*, nous donne la solution de la petite énigme. Notre « pas en arrière », au début de ce chapitre, n'a pas été suffisant. Hier soir, alors que tous les autres étaient partis se coucher, nous avions bien remarqué et relaté que quelques-uns étaient restés à bavarder de choses et d'autres. Mais ayant sommeil nous aussi, nous avions renoncé à suivre la conversation, la jugeant sans importance aux fins de l'enquête. Maintenant, au contraire, on comprend que Poirot (ne se fiant pas à Wilmot trop absorbé par Loredana ? ou voulant de toute façon accélérer le mouvement ?) a soumis Porphyre Petrovitch à un interrogatoire serré.

Mais il est trop tard pour savoir ce qu'il lui a demandé exactement. Petrovitch, en tout cas, doit lui avoir raconté l'histoire que le Dr Wilmot se charge maintenant de résumer.

WILMOT : En mars 1870, alors que la sortie du premier numéro était attendue par tout le monde avec une vive impatience, la reine Victoria reçut l'auteur à Buckingham Palace. Et Dickens, à ce qu'il semble, promit en plaisantant de lui faire parvenir chaque numéro « avec une certaine avance sur le commun des mortels ». Mais le bruit courut aussi (répandu exprès, peut-être, pour faire augmenter les ventes) qu'il lui avait même promis la clef de l'énigme « en priorité absolue[1] ». Ce qui est certain, c'est qu'en cette occasion l'écrivain lui dédia une édition reliée de ses œuvres ; et qu'au début juin, alors qu'il terminait le sixième numéro, Sa Majesté lui écrivit de Balmoral Castle pour lui dire le « très bel effet » que ces volumes faisaient dans une étagère de son boudoir. Une manière peut-être de lui rappeler sa promesse ?

LOREDANA *(à Wilmot, emportée par sa vénération pour la famille royale d'Angleterre)* : *Her Majesty*!... Mais c'est merveilleux ! Qu'attendais-tu... qu'attendiez-vous pour nous le dire ?

ANTONIA[2] *(au Latiniste de Juan-les-Pins, dont elle s'est mise à partager les sentiments républicains)* : Je ne vois pas la différence avec le commun des mortels. Tu la vois, toi ?

Le directeur du *Dickensian* ignore l'interruption et, ayant fait signe à un assistant en blouse grise, il se tourne vers l'écran qui aujourd'hui remplace le tableau noir à côté de l'estrade.

« Mais la lettre de Balmoral Castle, reprend-il, n'arriva

1. Cela peut avoir son importance. Si quelqu'un avait en effet voulu que la vérité sur l'affaire Drood ne vît jamais le jour, il ne lui fallait pas attendre le dernier moment pour l'en empêcher.

2. Il va de soi qu'Antonia, à la suite de son implication dans les phénomènes d'hier, a été autorisée par les sponsors à se joindre définitivement au groupe Drood.

à Gadshill que le 9 juin, le lendemain de... Figure 1, s'il vous plaît. »

La lumière s'éteint et sur l'écran apparaît *Le Fauteuil vide*, la célèbre gravure tirée d'un dessin de Luke Fildes, qui orne encore aujourd'hui l'entrée ou le salon de quelques vieilles pensions anglaises.

Figura 1.

Bien que claire et, comme toujours, un peu professorale, la voix du Dr Wilmot n'est pas dépourvue d'émotion tandis qu'elle évoque, dans la salle obscurcie et le silence général, les derniers jours de Dickens :

« Durant le mois de mai qu'il avait passé à Londres, les troubles circulatoires dont il souffrait s'étaient aggravés. Le sixième numéro, qu'il aurait dû remettre à l'imprimeur le 10 juin, était peu avancé. Mais, dans le calme de Gadshill, son état s'améliore. Tous les matins, il s'en va travailler au petit chalet de la Wilderness, le bois qu'il possède de l'autre côté de la grand-route de Douvres, et il n'en revient que dans l'après-midi, après avoir noirci un bon nombre de pages.

» Peut-être les difficultés dont il avait parlé à Wills quelques jours avant étaient-elles résolues. En tout cas, son génie inventif, son "imagination effrénée, royalement prodigue" n'étaient pas diminués. Que l'on considère seulement, dans les toutes dernières pages, l'incomparable vivacité de la scène entre Deputy et Datchery devant les vieux tombeaux ! C'est par pur aveuglement, par incompréhension totale que Shaw a pu voir dans le MED "le geste à peine esquissé d'un homme aux trois quarts mort". Et quant à Collins, ce furent certainement ses rancœurs posthumes, justifiées ou non, qui lui dictèrent cette définition venimeuse : "L'ultime, le laborieux et pitoyable effort d'un cerveau désormais usé."

» Le 7 juin, il ne manque plus qu'une quinzaine de pages à la conclusion du sixième numéro. L'écrivain s'accorde une demi-journée de repos. Il emmène Mamie et Georgina[1] se promener, va en calèche à Rochester pour poster des lettres, en revient avec des lanternes chinoises que, tout en boitillant (il souffrait aussi d'œdèmes au pied et à la main gauches), il s'amuse à suspendre lui-même dans le jardin.

» Et le lendemain, il est de nouveau au travail dans son chalet, où il écrit et corrige une autre demi-douzaine de pages. Demain, j'aurai fini, dit-il à sa belle-sœur en rentrant. Puis il s'assoit comme d'habitude dans son bureau, à la table que nous avons sous les yeux, pour expédier sa correspondance. Il est cinq heures de l'après-midi. Vers six heures et demie, il passe dans la salle à manger. Mais sa belle-sœur (Mamie n'est pas là, elle est

1. Sa fille aînée et sa belle-sœur, avec qui il vivait depuis qu'il était séparé de sa femme. L'autre fille, Kate, avait épousé le frère de Wilkie Collins et vivait à Londres.

chez sa sœur à Londres) le voit entrer en vacillant, le visage contracté par une grimace de douleur. Depuis déjà une heure, il ne se sent pas bien, dit-il en s'affaissant sur une chaise. Puis il prononce des phrases incohérentes, se relève en disant qu'il doit aller immédiatement à Londres et, pris de nouveaux vertiges, il tombe évanoui.

» Malgré la prompte intervention du médecin de l'endroit, le Dr Steele, et les soins de deux éminents spécialistes accourus de Londres, il ne reprit plus connaissance. Hémorragie cérébrale, tel fut le diagnostic. Il mourut le 9 juin dans l'après-midi. Sur le dessin de son ami et illustrateur Luke Fildes, gravé ensuite par Kitton, nous venons de voir son bureau tel qu'il l'avait laissé la veille : avec les lettres non encore postées et le "fauteuil vide" écarté de la table… Lumière, s'il vous plaît. »

XVII

« *En attendant Poirot*[1] *!* » badine Loredana, tandis que le modérateur consulte d'un air significatif sa montre de poche, qui indique trois heures et quart.

Contrairement à ses habitudes, en effet, Poirot se fait attendre à la séance de l'après-midi. Chose d'autant plus regrettable que, comme le rappelle encore une fois le Crapaud :

« Le temps presse ! Nous devons présenter nos conclusions demain soir au plus tard. A moins que, bien entendu, le coupable ne se révèle être Jasper ou le sicaire inconnu, auquel cas je me garderai d'y souscrire ! »

D'ailleurs, il n'y a pas que Poirot (dont Hastings dit ne pas savoir ce qu'il est devenu) qui soit en retard. Le Dr Thorndyke et le colonel des CC, toujours ponctuels eux aussi, manquent également à l'appel. Et il manque... non, le voici qui arrive avec Antonia, notre Latiniste passionné de Collins.

A trois heures vingt le modérateur ouvre malgré tout la séance après avoir fait signe à l'assistant de ce matin de reprendre sa place au projecteur.

« Le dernier document qu'il nous reste à examiner, dit-il, est la couverture que Fildes dessina pour le MED d'après des instructions détaillées de Dickens. Cette couverture est la même pour tous les numéros, comme je crois l'avoir déjà dit. Mais en revanche, ainsi que

1. En français dans le texte *(N.d. T.)*.

No. I.] APRIL, 1870. [Price One Shilling.

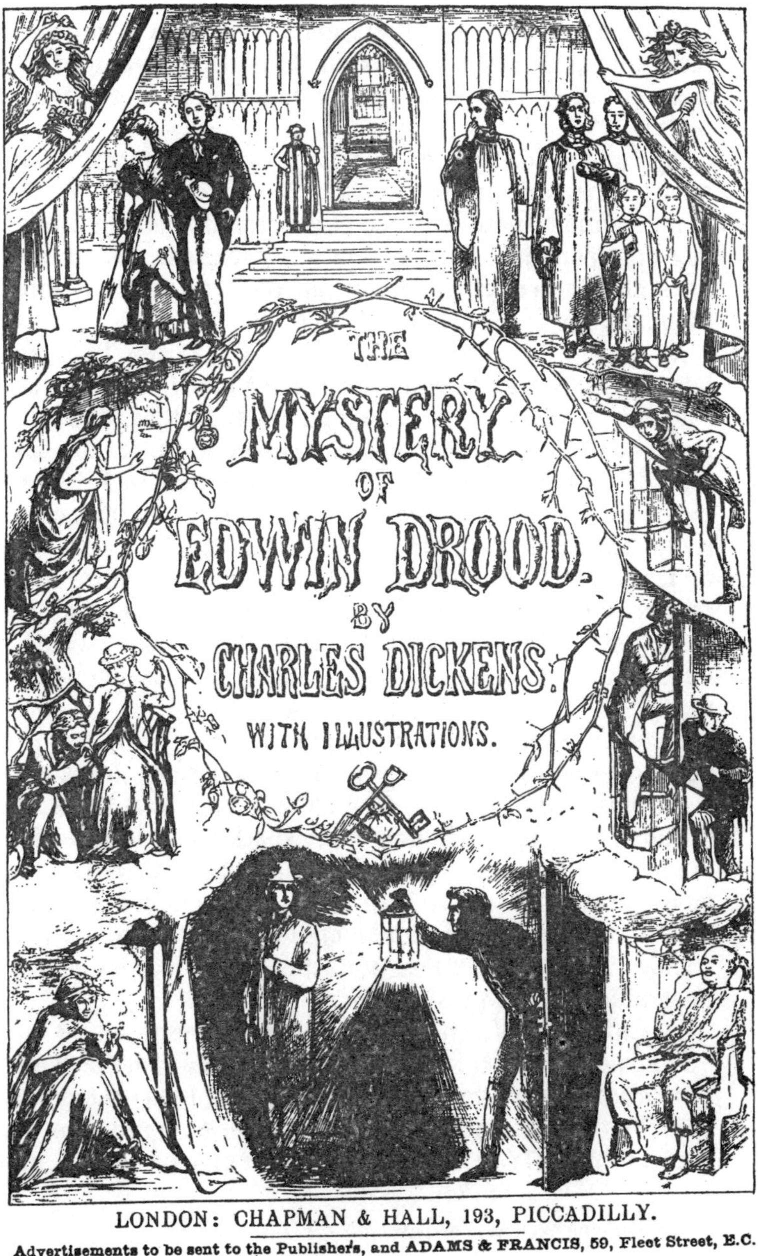

LONDON: CHAPMAN & HALL, 193, PICCADILLY.

Advertisements to be sent to the Publishers, and ADAMS & FRANCIS, 59, Fleet Street, E.C.

[The right of Translation is reserved.]

Figura 2.

l'observe J. Cuming Walters dans une étude désormais classique[1], “il n'y a jamais eu deux droodistes qui en aient donné la même interprétation”. Figure 2, s'il vous plaît. »

Après le sentiment de mélancolie que *Le Fauteuil vide* a laissé chez tous les participants, la couverture du MED, si ingénument mouvementée et aventureuse, incite plutôt aux commentaires humoristiques. Cependant, les remarques de Maigret et de Dupin qui ouvrent le débat sont moins futiles qu'elles n'en ont l'air.

MAIGRET : Le jeune couple qui sort de la cathédrale, en haut à gauche, paraît garantir aux acheteurs victoriens que l'histoire aura un heureux épilogue nuptial. Mais qui sont les époux ? A en juger par l'expression de Jasper qui les regarde en se mordant les doigts (si c'est bien lui à droite, à côté du doyen), il devrait s'agir de Rosa qui a déjà couronné son rêve d'amour avec Mr. Tartar. Cependant, le mariage, traditionnellement, n'aurait dû avoir lieu qu'*après* le dénouement de l'affaire. Et alors que ferait là Jasper, si c'est lui l'assassin ? Il devrait avoir été exécuté, ou être tout au moins dans le cachot des condamnés à mort.

DUPIN : D'autre part, pour être vraiment heureux, au point où nous sommes arrivés avec le dernier fascicule, l'épilogue devrait être doublement nuptial : Rosa et Tartar, d'une part, Helena et Crisparkle, de l'autre. Et vous vous imaginez que l'illustrateur aurait perdu une aussi belle occasion ! On pourrait en conclure que les choses ont pris une tournure bien différente et que dans la cellule de la mort, au lieu de Jasper, il y a Helena et son misérable frère ou présumé tel.

LE CRAPAUD : Veuille le Seigneur qu'il en soit ainsi !

P. PETROVITCH : Il faut cependant noter que les épisodes illustrés sur la couverture, sauf celui du milieu en bas, se déroulent littéralement dans les fumées de l'opium, encadrés comme ils le sont de nuages émis par les deux

1. J. Cuming Walters, *The Complete MED*, Boston, 1913.

fumeurs, aux angles inférieurs. Ces deux-là sont évidemment la femme de la fumerie et, par symétrie, le Chinois de la fumerie rivale. La scène en haut, par conséquent…

WILMOT : Oui, presque tous les jekylliens insistent sur ce point, au moins en ce qui concerne la scène du haut. C'est-à-dire qu'il ne s'agirait pas de l'épilogue, mais du cauchemar de Jasper qui voit approcher le jour des noces de Rosa et Edwin et qui, sous l'influence de l'opium, ébauche le projet de son crime. Quant aux deux petites scènes de gauche, peu importe qu'elles soient rêvées ou pas : dans la première une jeune fille, Rosa sans doute, regarde l'avis « Qui l'a vu ? »[1] placardé à Cloisterham et dans les environs après la disparition de Drood ; dans la seconde, Jasper, aux pieds de Rosa, lui déclare son amour.

LE LIEUTENANT DES CC : Mais la scène de droite ?

Les lampes qui se rallument, lecteur, nous permettent de découvrir au premier rang le susdit lieutenant qui, entré pendant la projection, s'est assis à la place habituellement occupée par son supérieur. (« Lieutenant Mattei », se présente-t-il en se levant. Et avant de se rasseoir, il ajoute : « Le colonel s'excuse, mais il est retenu à la caserne pour des raisons de service ; je suis chargé de le tenir au courant des recherches. ») Par la même occasion, nous jetons un coup d'œil dans la salle, mais ni Poirot ni Thorndyke n'ont réapparu. La lumière baisse de nouveau.

WILMOT : La scène de droite ne peut pas représenter Jasper qui, en rêve (ou dans la réalité), emmène son neveu sur la tour pour l'étrangler et le jeter dans le vide. Qui serait alors le troisième homme ? Il doit donc s'agir d'une scène réelle ayant trait à la fin de l'enquête, bien que Datchery n'y soit pas reconnaissable. Selon Wilson, déjà cité, les trois hommes sur l'escalier à vis seraient Neville, Crisparkle et Grewgious qui suivent Datchery vers le sommet de la tour pour y surprendre Jasper, revenu irrésistiblement sur le lieu de son crime.

BUCKET : Ces jekylliens se souviennent de l'opium

1. Sur l'avis original : « LOST ».

chaque fois qu'il leur sert, mais quand ils n'en ont plus besoin, ils l'oublient.

BATTLE : Exactement. Wilson n'expliquait-il pas déjà par l'opium le dédoublement de Jasper, mais tout en disant qu'Helena aurait dû lui arracher l'aveu final par l'hypnose, sans quoi le plagiat de Collins aurait été trop évident ? Et ici, c'est la même chose : il explique la scène du haut par les fumées d'opium venant d'en bas ; mais la scène de droite, non, parce que alors, elle contredirait son interprétation. C'est trop facile !

LIEUTENANT MATTEI *(s'attirant sur-le-champ la sympathie du Crapaud)* : Trop facile vraiment, oui, si c'est ainsi que ce Wilson mène son enquête.

WILMOT : Je ne dis pas non. Mais venons-en au dessin en bas, au milieu. C'est le préféré des partisans de la culpabilité de Jasper : des « anti-jaspériens » si l'on veut, qui du reste ne sont pas tous jekylliens ou, toujours si l'on veut, « bipersonnalistes ». Pour beaucoup, Jasper est une parfaite canaille, un « méchant » sans circonstances atténuantes, dont la toxicodépendance n'est qu'un vice supplémentaire.

LIEUTENANT MATTEI *(reperdant la sympathie du Crapaud)* : Très juste.

SERGENT CUFF : Quant au dessin, j'imagine quelle peut être l'interprétation des anti-jaspériens, et jusqu'à un certain point, je la partage. L'homme à la lanterne serait Jasper, qui entre dans le tombeau de Mrs. Sapsea pour déclouer le cercueil et vérifier son contenu.

WILMOT : Exact. Ayant fini par comprendre que Datchery est un enquêteur mis sur ses traces par Grewgious ; ayant même (avec sa manie d'épier partout et d'écouter en cachette) appris l'histoire de la bague ; et craignant avec raison que celle-ci ne soit encore identifiable parmi les restes calcinés de sa victime, il s'introduit dans la tombe pour la récupérer.

DUPIN : Mais ce n'est pas par mégarde que Datchery, c'est-à-dire Bazzard, a laissé échapper le secret décisif ? C'est lui-même, au contraire, qui, en discutant ostensiblement avec Grewgious près de la cathédrale, a induit Jasper à s'approcher furtivement et à écouter. Voilà pourquoi ce dernier, quand il mord à l'hameçon et descend avec sa lanterne dans la sépulture, se trouve nez à nez avec son fantomatique accusateur.

WILMOT : Oui, alors que les « innocentistes » s'en sortent avec des explications fantaisistes[1], l'interprétation des « culpabilistes » les plus accrédités est justement celle-là. Mais, comme je le répète, ils ne sont pas tous d'accord sur l'identité de l'enquêteur. Pour certains, Datchery est Helena *travestie en Drood*, ou mieux en *fantôme de Drood*, qui, en redoublant la surprise de ses pouvoirs hypnotiques, provoquera la confession.

P. PETROVITCH *(il toussote)* : Hum, je ne sais pas quelle valeur pourrait avoir un aveu obtenu en de telles circonstances. Mais quelle que soit l'identité du prétendu fantôme, et si nous nous trouvons effectivement dans la tombe de Mrs. Sapsea, il est certain que l'arrivée de Jasper fait décidément pencher la balance au détriment de ce dernier.

CUFF : Pourquoi donc ?

Au ton de sa question, tous comprennent que le haut fonctionnaire de Scotland Yard a une explication personnelle et précise à opposer. Et cette explication (sourit aimablement le modérateur) sera certainement moins fantaisiste que celles qu'ont données jusqu'ici les innocentistes. Mais aussi plus élaborée, sans doute ; dommage que Thorndyke et Poirot ne soient pas là pour l'entendre.

« C'est pourquoi, reprend WILMOT tandis que le retour de la lumière confirme que les deux places sont toujours vides, je proposerais d'ajourner les travaux à demain : quand, comme je l'espère…

– Certainement, répond CUFF non moins aimable. Mais je n'avais rien de trop élaboré à expliquer. Je voulais sim-

1. Selon Aylmer, la scène n'aurait pas lieu dans la tombe Sapsea mais dans un autre endroit non précisé, où Jasper rencontrerait Neville ou un autre individu, non identifié, qu'il soupçonne d'être le sicaire inconnu.

plement faire observer que les innocentistes eux-mêmes ont oublié une chose : c'est que Jasper, comme il ne se lasse pas de le répéter, *enquête lui aussi*. Pourquoi donc la balance devrait-elle "pencher décidément à son détriment" quand il se retrouve avec l'autre enquêteur dans la tombe de Mrs. Sapsea ? Mon idée est plutôt que Datchery, justement à la suite de cette rencontre, entrevoit lui aussi la vérité et commence à collaborer secrètement avec Jasper pour démasquer les vrais assassins. »

LE CRAPAUD *(au comble de l'excitation)* : Je propose de présenter immédiatement cette conclusion irréfutable aux sponsors ! Les assassins sont les deux Cinghalais ! John Jasper est aussi innocent qu'un *new born babe*[1] !

HOLMES *(lugubre)* : C'est possible, et cela me conviendrait même très bien... Mais je ne vois pas alors pourquoi, dans son message de l'au-delà, l'auteur aurait dit désirer que la vérité ne vît jamais le jour... Non, sous la disparition de Drood il doit y avoir quelque chose de bien plus terrible ! Et d'autre part, je ne vois toujours pas comment diable...

Il s'interrompt. On comprend que son instinct d'enquêteur lutte contre la promesse faite à l'esprit de Dickens. Puis il hoche la tête et renonce à poursuivre. Tous accueillent la suggestion du Dr Wilmot et se préparent à quitter la salle.

Mais Loredana, qui semble assaillie par un doute professionnel, ne bouge pas du podium.

« Je ne comprends pas, finit-elle par dire. Il me semble impossible que des gens aussi corrects que Mr. Poirot et Mr. Thorndyke se soient absentés comme ça, sans même prévenir. »

ANTONIA *(de sa place, à Loredana)* : Je ne comprends pas non plus. Ou je comprends peut-être trop bien. Tu ne penses pas que...

1. Littéralement : « innocent comme un nouveau-né ». Expression typique de la langue anglaise contrastant d'ailleurs (comme l'observe le père Brown) avec l'opinion pessimiste de saint Augustin, selon qui l'enfant à peine né est déjà « inique » à de nombreux points de vue.

LOREDANA : Et comment que je le pense !

ANTONIA : Alors attends, je vais voir.

Habitués aux grands hôtels internationaux, tous flairent la vérité avant même qu'Antonia ne revienne avec plusieurs de ces feuillets bleu pâle où l'on note les messages reçus par téléphone. Il y a aussi un télex.

« Tous sont urgents, et soigneusement adressés au Dr Frederick Wilmot de la Dickens Room, dit LOREDANA en les parcourant et en les passant au modérateur dans l'ordre de leur arrivée. Mais ils étaient restés purement et simplement à la réception.

– *O tempora !* » commente pour tous LE LATINISTE.

Le Dr Wilmot procède à la lecture :

« 14 h 15, message de MM. Poirot et Thorndyke téléphoné de Rome : *Engagés dans recherches extérieures sur affaire D., arriverons probablement en retard. Prions nous excuser et continuer débat en notre absence.* » « 14 h 45, idem de Spolète (PG)[1] : *Impossible rentrer avant ce soir.* » « 15 h 30, idem de Monte S. Savino (AR)[1] (de la part de Mr. Poirot : *Rentrerai demain matin.* » « 16 h 00, télex de Pise : *Espère rentrer demain après-midi. Thorndyke.* »

Après l'arrivée des messages, la curiosité et les demandes d'explications se sont naturellement concentrées sur Hastings et sur l'avocat Astley, le terne compagnon de Thorndyke.

Que voulait dire « recherches extérieures » ? Et pourquoi à Spolète ? Pourquoi à Monte S. Savino ? Et Pise ? Peut-être y avait-il un rapport entre sa tour célèbre, extraordinairement décrite par Dickens dans ses *Pictures*, et celle de Cloisterham ? Et pourquoi, d'autre part, Poirot annonçait-il son retour pour demain matin, tandis que Thorndyke « espérait » rentrer demain après-midi ?

Mais Hastings a répété, non sans quelque embarras et sans doute en mentant, qu'il n'avait même pas su que

1. PG et AR sont respectivement les abréviations postales des provinces de Perugia (Pérouse) et d'Arezzo *(N.d. T.)*.

Poirot envisageait de s'éloigner de l'U & O; et Astley s'est retranché dans un formel *« no comment »*.

Les soupçons de certains se sont alors portés sur le Latiniste, qui, après la séance de ce matin, aurait été vu s'entretenir longuement avec Poirot; Antonia elle-même a paru suspecte. (Ils avaient tous les deux un « air fuyant », selon Popeau, quand ils sont arrivés en retard à la séance de l'après-midi.) D'autres, au contraire, ayant réfléchi à la disparition simultanée du colonel des carabiniers, ont tenté de circonvenir le lieutenant Mattei. Mais celui-ci a dit devoir rentrer immédiatement à la caserne et s'est congédié avec un salut strictement militaire, accompagné cependant d'un regard admirateur pour Loredana et Antonia (qui ont répondu par un sourire flatté).

Le reste de la soirée s'est donc passé en conjectures plus ou moins fantaisistes ou facétieuses : comme celle de Maigret sur la ville de Spolète, qui, en raison de son festival, pourrait éclairer quelques-unes des nombreuses allusions du MED à des œuvres théâtrales. Mais chacun a dû garder pour soi certaines conclusions plus évidentes. Il semble en effet difficile que personne, même un étranger, n'ait rien remarqué en ce qui concerne Monte San Savino. Ou qu'ait échappé à tous la rapidité exceptionnelle, impliquant un moyen de transport non moins exceptionnel, des déplacements des deux enquêteurs. Quant à Pise, son sens est bien clair, au moins pour nous, si nous la relions aux mouvements de Thorndyke et à son « espoir » de rentrer demain après-midi.

Pour le reste, nous n'avons qu'à attendre demain.

XVIII

« L'affaire D. peut exiger des recherches extérieures, mais elle demanderait aussi une certaine ponctualité, dit un peu sec le directeur du *Dickensian*, en reparcourant les feuillets bleus d'hier. Et d'autre part, ajoute-t-il, Poirot lui-même nous demandait de poursuivre sans lui si besoin est. Je pense donc qu'en l'absence d'autres messages[1] ...

– Très juste, approuve LE COLONEL DES CC, qui, à son habitude, est arrivé ponctuel et affecte de ne pas apercevoir les regards intrigués dont il est l'objet.

– On pourrait entre-temps procéder à une récapitulation, suggère LE JUGE PORPHYRE, et confronter les thèses principales. Qui sont au nombre de trois, à ce qu'il me semble.

– Quatre, rectifie MAIGRET. Souvenons-nous du faux vagabond.

– Mon Dieu, pourquoi pas ? sourit l'accusateur de Raskolnikof. Nous savons que dans la Cloisterham du roman, comme à Rochester dans la réalité, il y avait un va-et-vient continu de vagabonds, en transit de Gravesend à Douvres et *vice versa*. Or nous avons exclu en tant que... littérairement absurde, disons ainsi, l'idée que

1. Aucun autre message n'est parvenu jusqu'à présent, lecteur. Et, s'il en parvenait, Antonia est de garde à la réception pour nous les apporter immédiatement. Il nous paraît donc opportun à nous aussi de poursuivre.

Drood ait été tué par un vrai vagabond, comme la pauvre comtesse pèlerine sur la route de Rome. Mais si l'assassin était le sicaire oriental travesti en vagabond occidental ? Je sais que la chose déplairait tout autant à l'ami Crapaud, mais elle n'aurait rien d'impossible. Il ne s'agirait que d'une simple variation sur le thème du sicaire inconnu, et les thèses principales seraient toujours trois.

– Il me semble qu'elles pourraient même se réduire à deux, dit DUPIN, en ce que…

– Un moment ! un moment ! intervient le modérateur. Voyons d'abord quelles sont les trois ! Sinon, nous finirons par tout confondre.

– Très juste », approuve LE COLONEL D'ATTILIO (dont nous avons fini par savoir le nom). Et d'un commun accord, l'exposition des trois thèses est confiée au Dr Wilmot.

THÈSE A

C'est la thèse proposée par Wilson et perfectionnée plus tard par Forsyte : selon eux, non seulement l'assassin est Jasper, mais son mobile et son *modus operandi* sont précisément ceux auxquels nous nous attendions. Jaloux de son neveu à cause de Rosa, Jasper le hait au point de projeter de l'étrangler et, par-dessus le marché, de le précipiter du haut de la tour ; après quoi, il en détruira le cadavre dans la chaux vive et cachera ses restes dans la tombe Sapsea. Mais Datchery/Bazzard identifiera ces restes grâce à la bague, et l'oncle homicide finira par avouer.

L'objection évidente à cette thèse est que le mystère n'était donc pas un mystère, du moment que l'on savait déjà tout. La réponse est : le mystère réside dans la double personnalité de Jasper, qui à la fin seulement sera dramatiquement dévoilée au lecteur.

Quant aux objections à cette réponse, la principale, soulevée par les partisans de la thèse B, est que : pour aussi dramatique que puisse être la révélation de la double personnalité en question, le public, désormais initié par

Wilkie Collins aux délits vraiment mystérieux, en serait resté terriblement déçu ; et Dickens n'était pas ingénu au point de ne pas le prévoir.

Si d'ailleurs il m'est permis de présenter mon objection personnelle (ajoute le modérateur), je dirai que le mobile de la jalousie, lié ou non à la double personnalité, n'est absolument pas proportionnel à la sauvagerie du *modus operandi*. Pourquoi, avant de l'étrangler, aurait-il voulu voir son neveu *terrorisé et suppliant à ses pieds*[1]*?* Le traître, c'est lui, après tout, et ce n'est pas comme si Drood lui avait ravi perfidement la jeune fille !

Et donc à mon avis, si l'assassin est vraiment Jasper, il doit y avoir autre chose là-dessous. C'est là que serait alors le vrai mystère. Mais à ce sujet, il faut rappeler une question subtile posée dès le début par le colonel D'Attilio : « L'opiomane, sorti de la fumerie à l'aube, n'arrive essoufflé à la cathédrale que pour l'office de l'après-midi. Il ne doit donc pas être parti de Londres avant 13 heures. Où a-t-il été et qu'a-t-il fait pendant tout ce temps ? » L'auteur ne nous en dit rien et, pour une fois, passe. C'est peut-être un hasard. Mais la chose se répète dans le dernier chapitre : de nouveau Jasper sort de la fumerie à l'aube et (l'auteur le souligne expressément mais sans un mot d'explication) il ne repart pour Cloisterham qu'à 18 heures. Il est donc clair que Jasper a des occupations mystérieuses à Londres n'ayant rien à voir avec l'opium. Mais qu'ont-elles à voir avec Drood ? C'est un problème que les partisans de la thèse A devraient, je crois, se poser.

THÈSE B

C'est la thèse du « sicaire inconnu », développée par Aylmer, et qui, selon le même auteur, offre deux possibilités : a) la vendetta musulmane de famille ; b) l'action terroriste provoquée par une grave offense faite par le

1. C'est ce que dit Jasper à la femme de la fumerie, en se référant à son « compagnon de voyage » sur la tour.

père de Drood à la religion islamique. Aylmer préfère toutefois la vendetta de famille, car, dans l'autre cas, le plagiat de *La Pierre de lune* serait par trop évident.

Quoi qu'il en soit, comme nous l'avons déjà vu hier, le plan conçu par Jasper selon la thèse B ne vise pas à la suppression de Drood, mais bien au contraire à son salut. L'explication du « cri fantomatique » qu'a entendu Durdles la nuit de Noël de *l'année précédente* est particulièrement suggestive. Cette nuit-là aussi (anniversaire de la grave offense familiale), un sicaire inconnu se trouvait à Cloisterham ; mais s'étant assuré que Drood était toujours fiancé avec Rosa, il avait sursis à l'exécution. Il avait cependant escaladé la tour de la cathédrale, pour mieux explorer le terrain, et en était incidemment tombé en émettant le fameux cri. Jasper, qui avait entendu non seulement le cri mais le coup sourd de la chute, avait retrouvé le cadavre, et comprenant qu'il s'agissait du sicaire, il s'était empressé de le jeter dans le fleuve. Et c'est justement cet incident qui lui avait suggéré le terrible *modus operandi* à adopter, éventuellement, contre le sicaire de l'année suivante. Quant à ses mystérieuses occupations à Londres, l'explication d'Aylmer est tout à fait cohérente avec sa thèse : égyptien du côté de sa mère, Jasper parle parfaitement l'arabe et a de plus un teint basané : il s'est donc infiltré dans les milieux islamiques du port de Londres dans l'espoir d'obtenir des informations quant à l'identité du nouveau sicaire.

THÈSE C

WILMOT : C'est la thèse que nous pourrions appeler « de Scotland Yard », puisqu'elle a été exposée par le sergent Cuff, en collaboration avec ses collègues l'inspecteur Bucket et le surintendant Battle. Mais il me semble que cette thèse, où pour la première fois dans l'histoire du MED on accuse d'assassinat les deux Landless, ait aussi l'approbation de Dupin, du commissaire Maigret, et bien entendu de notre ami Crapaud.

LE CRAPAUD : Ou les prétendus jumeaux ou le faux

vagabond ! Je repousse par contre la thèse B aussi fermement que la thèse A. Et je ne vois pas comment, selon l'ami Dupin, les trois thèses pourraient se réduire à deux.

MAIGRET : Elles pourraient même se réduire à une seule, en un certain sens.

DUPIN : C'est possible, mais avant de synthétiser, analysons : la thèse B et notre thèse C comportent l'une et l'autre un sicaire. Mais, dans la première, ce sicaire est un inconnu pour tout le monde, lecteur compris, puisqu'il ne s'agit d'aucun des personnages qui nous ont été présentés. Et en ce sens, la thèse est absolument indéfendable. Il n'est pas permis de résoudre une affaire si mystérieuse en faisant surgir au dernier moment un inconnu tout frais débarqué d'un autre continent. Avec notre thèse, en revanche, le sicaire est certes inconnu dans le sens que Jasper ignore qui il sera : mais à la fin, on découvrira que le sinistre personnage, ou mieux, les deux sinistres personnages, nous les connaissions dès le début. On peut dire en somme que les thèses B et C se complètent l'une l'autre, bien que naturellement beaucoup de choses restent à expliquer. Pour Aylmer par exemple, Drood, comme nous le savons, n'est pas mort; il s'est enfui, croyant que c'était Jasper qui avait tenté de l'assassiner. A notre avis, par contre, il est bien mort et ses restes sont, ainsi que la bague, dans la tombe Sapsea. Mais comment y sont-ils parvenus ? C'est ce que nous cherchons à découvrir. Entre-temps, je vous ferai remarquer que nous avons affaire, dans les deux cas, à un sicaire inepte et brouillon. Celui d'Aylmer, qui devrait être un étrangleur émérite, laisse Drood à demi étouffé. Et le nôtre, au lieu de procéder rituellement selon les instructions de la sœur fanatique et perfectionniste, l'assomme gauchement et sans conviction avec son bâton de chemineau.

LE CRAPAUD : Très bien !

DUPIN : Quant au mobile du crime – vengeance de famille ou fanatisme religieux –, il n'y a aucune raison d'exclure le second. A la différence d'Aylmer et de certains partisans de la thèse A, nous ne pensons pas que, pour éviter le plagiat, Dickens se serait abstenu de choisir l'alternative qui lui convenait le mieux. Après le demi-insuccès de son dernier roman et, surtout, après le succès retentissant de *La Pierre de lune*, ses sentiments de jalousie à l'égard de son ex-protégé, ex-collaborateur et désormais ex-ami Collins s'étaient transformés en condescendance et mépris déclaré : « Un artisan habile, et encore, pas si habile que ça », comme il le dit à son rédacteur en chef, Wills. En écrivant alors son premier *mystery*, il voulait sans doute prouver sa supériorité sur son rival, et justement dans le domaine favori de celui-ci.

P. BROWN : Je crains qu'il n'en soit effectivement ainsi. Il ne connaît pas le cœur de l'homme, et surtout de l'homme artiste, celui qui de la phrase rapportée par Wills ne parvient pas à déduire le monologue intérieur de Dickens : « Ah, oui ? je suis en décadence ? Je suis épuisé, vidé, fini ? Ils vont bien voir, cette baudruche gonflée et tous les autres. Ils veulent le *mystery* ? Eh bien, je le leur apprendrai, moi, comment on écrit un grand *mystery* ! Et je le ferai en me servant des mêmes ingrédients que cet écrivailleur, que ce piètre, misérable, soi-disant romancier ! Mais en les exaltant et en les revigorant tous, en créant de vrais personnages, de vrais paysages, de vraies atmosphères, un vrai drame, un vrai suspens, et *by Jove*... en vraie prose ! » Oui, on ne peut pas exclure qu'à l'origine du MED il y ait cette rancœur et l'intention d'humilier l'« artisan » Collins, d'envoyer promener d'un coup de patte léonin le *parvenu*, le risible apprenti qui osait se poser en rival. L'honneur, la vieille amitié, les scrupules, tout est balayé. Et si, en raison de l'opium ou du meurtre rituel, *Le Mystère d'Edwin Drood* apparaît comme un plagiat de *La Pierre de lune*, tant mieux : il s'agira d'un plagiat délibéré et railleur.

P. PETROVITCH : J'avais commencé par soutenir la thèse A. Le dédoublement d'un Jasper précurseur de Jekyll et symbolisant la lutte entre le Bien et le Mal me semblait (et me semble encore) plus digne de la plume de Dickens. Mais de Jasper, jusqu'ici, l'auteur ne nous a montré que le Mal. Le Bien, où est-il ? Il me semble que la lutte tarde un peu à commencer. J'accepterais donc de me rallier à la thèse C si l'on pouvait renoncer à cette grand-guignolesque vendetta de famille. Quelque chose comme le cas Rushdie me paraîtrait plus plausible, et plus conforme aussi au caractère des Landless. Il n'est d'ailleurs pas besoin de se limiter au terrorisme rituel islamique ou hindou (ce dernier représenté par la fameuse *Vama çara*, ou « Voie de la Main Gauche »). C'est en mars 1869 qu'arrive à Genève le jeune Netchaïev, apôtre à vingt ans de cet explosif *Catéchisme révolutionnaire* qui plut à Bakounine et poussa aux formes de terrorisme les plus absurdes de jeunes exaltés de tous les pays. Ne se pourrait-il pas que Dickens s'en soit inspiré ? C'est en août de cette même année qu'il écrivait à Forster : « J'ai une idée neuve et curieuse pour mon nouveau roman : une idée que je ne peux pas dire (pour ne pas enlever au livre son intérêt), mais une idée très forte encore que difficile à élaborer. »

LE CRAPAUD : *Hear ! Hear !*

P. BROWN, N. WOLFE, G. FELL *(ils ne se prononcent pas explicitement, mais, d'après leur attitude, on devine que leurs préférences commencent à s'orienter vers la thèse C).*

SERGENT CUFF : Nous aussi de Scotland Yard, l'histoire de la « vendetta », nous aimerions mieux la laisser tomber. Une action terroriste du type Netchaïev-Bakounine, ou comme celle qui a été projetée contre Rushdie, serait en effet plus conforme au personnage d'Helena (la fanatique classique, prête à tout) et à celui de Neville (le classique repenti). Que l'on pense au sens qu'acquiert, sous ce jour, la « voix calomnieuse » insinuée par l'auteur au chapitre 16, selon qui Neville serait capable de Dieu sait quoi « si ce n'était pour sa pauvre sœur, qui seule a de l'influence sur lui et ne devrait jamais le perdre de vue ». Et il y a, de plus, ces papiers que Neville détruit avant de partir pour son « excursion ». Quels papiers, s'il s'agit d'une vengeance de famille ? En admettant même qu'ils aient existé, le vengeur n'avait nul besoin de les emporter de Ceylan. Par contre, le fait d'avoir avec soi des tracts, opuscules ou autre matériel de propagande subversive (sinon le *Catéchisme révolutionnaire* de Netchaïev qui, en 1842, n'existait pas encore) est un trait typique du terroriste novice, imprudent. Qu'on note enfin que, dans la thèse B, bien que le sicaire ne soit pas Neville, Jasper soupçonne qu'il le soit. Ce qui explique tant son comportement à l'égard du jeune homme que cette espèce d'entente (à cause des fiançailles avec Rosa) qui semblerait exister entre les deux hommes et que moi aussi j'avais supposée. Mais si la vengeance de famille disparaît, il nous faudra trouver une autre raison qui relie l'exécution d'Edwin à la rupture des fiançailles.

LE CRAPAUD : Nous la trouverons !

WILMOT : Ou, si elle existe, le computer pourra la trouver. Ce à quoi nous devons arriver, c'est à la solution dans ses grandes lignes.

*

C'est navrant, lecteur. La séance du matin est terminée, celle de l'après-midi est ouverte, et ni Poirot ni Thorndyke n'ont reparu.

Du reste, les congressistes commencent à se demander ce qu'ils pourraient leur apporter ? Désormais, la thèse C a la faveur de la majorité, bien que son exposition ne soit pas tout à fait terminée.

« A mon avis, explique DUPIN, le point principal qui reste à résoudre est celui qui a déjà été mentionné ce matin. Si Drood ne s'est pas sauvé, comme le prétend Aylmer, et si ses restes sont bien dans la tombe Sapsea, comment y sont-ils arrivés ? On pourrait penser que les Landless les y ont déposés exprès pour faire retomber la faute sur Jasper, dont ils connaissaient le plan contre le sicaire. Mais ce plan, comment le connaissaient-ils ? L'explication est peut-être plus simple qu'il ne semble et résout aussi cette invraisemblance qu'aucun de nos prédécesseurs n'avait relevée. On se rappellera que la nuit du crime, après avoir été tellement en peine pour leurs protégés, ni Jasper ni le révérend ne se sont souciés d'attendre leur retour. Le fait est que Neville, selon mon hypothèse, a réussi à les droguer tous les deux, grâce au laudanum trouvé parmi les médicaments de Mrs. Crisparkle. Et voilà maintenant Helena qui (ayant au préalable changé de chambre, comme je l'avais supposé, pour pouvoir quitter le collège inaperçue) s'introduit chez Jasper pour s'assurer que la drogue a bien agi. Mais ledit Jasper, justement sous l'effet de cette drogue, s'abandonne à son habituel monologue et lui révèle inconsciemment son fameux plan ! Il ne reste donc plus à Helena qu'à s'emparer de la clef de la tombe et à courir vers le fleuve, où elle trouve Neville qui a bien tué Drood, mais pas rituellement. De toute façon, ce qui est fait est fait. Helena empoche la montre et l'épingle de cravate (qu'elle jettera dans le barrage le lendemain), mais laisse exprès la bague qui devra servir à l'identification. Puis les deux complices (la jeune fille est forte comme un homme) transportent le cadavre dans la cour de Durdles, l'enfouissent dans la chaux vive et, après en avoir récupéré les restes, vont les cacher dans le cercueil décloué d'avance par Jasper[1].

CUFF : Quant à l'enquête de Datchery/Bazzard, j'avais dit qu'après la rencontre avec Jasper dans la tombe elle aurait pris une autre tournure, et j'en reste persuadé. A la différence non seulement de Rosa, Crisparkle, Grewgious et compagnie, mais aussi de tous les analystes de l'affaire Drood qui nous ont précédés, Bazzard n'est pas sous l'influence perverse d'Helena. Une fois convaincu par l'explication franche de Jasper, il collaborera avec lui pour obtenir l'aveu des Landless, et à eux deux ils

1. Ces opérations de calcination, récupération et transport des restes pourront sembler très difficiles au lecteur. Mais, comme l'explique Netchaïev : « Le terroriste ne doit avoir qu'une science, celle de la destruction ; et, dans ce dessein, il devra étudier la mécanique, la physique, la chimie et même la médecine, pour arriver à détruire le mieux possible. »

l'obtiendront. Mais je crois que le commissaire Maigret a son mot à dire là-dessus.

MAIGRET : A première vue, le plus facile à faire passer aux aveux semblerait être Neville, étant donné sa faiblesse de caractère et son goût pour le repentir. Mais, dans l'Angleterre victorienne, le repentir et les aveux ne constituaient pas des circonstances atténuantes. Neville sait bien que l'échafaud (dont Jasper, au chapitre 19, avait prophétiquement fait peser l'ombre sur Helena[1]) l'attendrait de toute façon. Sa faiblesse même se traduit en un silence irréductible. Reste la sœur (ou prétendue sœur), irréductible à un autre point de vue. Mais souvenons-nous de la thèse A, qui expliquait la confession de l'oncle assassin par les pouvoirs hypnotiques de la Cinghalaise. Celle-ci, comme elle le confie à Rosa, ne craint pas les pouvoirs analogues de Jasper parce qu'elle se considère plus forte. Mais qui nous dit que Jasper ne réussira pas à avoir raison d'elle, dans une espèce de bras de fer final ? Ce sera alors Helena qui avouera sous hypnose, et elle avouera justement comme Jasper aurait dû le faire selon la thèse A : c'est-à-dire en racontant tout par le menu, mais comme si le crime avait été commis par quelqu'un d'autre. C'est pourquoi je disais que les trois thèses, en se complétant, se seraient dans le fond réduites à une seule.

POIROT : Mais vous parliez aussi d'une quatrième thèse, commissaire, que nous pourrions très à propos baptiser la thèse D.

THÈSE D

Eh oui, lecteur. Aucun des congressistes, pris par les conclusions passionnantes de la thèse C, ne s'était aperçu du retour de Poirot qui, arrivé depuis un bon moment, se tenait discrètement près de la porte. Mais aucun ne se montre surpris et personne ne se hasarde à lui poser des

1. « Si Miss Landless vous est chère, dit-il à Rosa, *éloignez d'elle l'ombre que projette l'échafaud* ! »

questions prématurées. Tous savent qu'avec lui, ce serait inutile.

« La thèse D, se borne à souligner le colonel D'Attilio. Très juste. »

MAIGRET *(à Poirot, tandis que celui-ci regagne sa place)* : J'en déduis que vous nous avez subécoutés, cher ami[1]. Vous savez donc que je me référais au faux vagabond. Je déduis d'autre part de vos messages que vous vous êtes rendu avec Thorndyke dans la province d'Arezzo, après quoi Thorndyke a rejoint l'aéroport de Pise, d'où il est probablement parti pour Londres.

DUPIN : J'en déduirais en outre la complicité du colonel D'Attilio qui, non par hasard, était lui aussi absent hier après-midi. Car je ne vois pas comment vous auriez pu être à Rome à 14 h 15, à Spolète à 14 h 45, près d'Arezzo à 15 h 30 et à 16 heures à Pise, si vous n'aviez pas disposé d'un hélicoptère de la police ou des carabiniers.

D'ATTILIO : On ne peut rien vous cacher, Dupin. Je reconnais avoir fourni l'hélicoptère après avoir entendu, à la demande de Poirot, la déposition des parents de la dame qui, de son propre aveu, a un frère médecin-chef à Arezzo.

Le lecteur en déduira, pour sa part, l'importance qu'ont dû avoir pour Poirot les hallucinations ou réceptions télépathiques de la dame en question. Mais à quel moment ? Qu'est-ce qui l'a décidé à déranger un hélicoptère des carabiniers pour mener, avec Thorndyke, des « recherches extérieures » dans cette direction ?

POIROT *(comme s'il avait prévu notre question)* : Dans les enquêtes criminelles, comme nous le savons tous, ce sont presque toujours les mensonges, les réticences, les silences, plus que les franches admissions, qui nous mettent sur la bonne voie. Notre enquête sur l'affaire Drood ne fait pas exception. J'ai soupçonné presque tout de suite

1. Poirot, en rentrant de son expédition, s'est en effet rendu au Bureau technique pour subécouter les procès-verbaux des deux dernières séances.

que l'un de nous, ici, nous cachait la vérité, et plus tard mes soupçons se sont portés aussi sur quelqu'un d'autre. Mais je n'en ai eu la preuve indiscutable qu'hier matin. J'ai donc pourvu à…

POPEAU *(dominant de sa voix malveillante les exclamations de surprise des autres)* : Mais quelle preuve ? Où voulez-vous en venir ? Êtes-vous devenu fou ?

POIROT : Merci. Quand on me pose cette question, cela veut dire en général que l'affaire est résolue. Quant à la preuve, c'est vraiment le cas de le dire : *« Videntes non vident. »*

LE LATINISTE *(s'empressant de traduire)* : Ils ont des yeux pour voir et ne voient pas.

POIROT : Oui, la preuve vous l'avez tous eue sous les yeux et vous ne l'avez pas vue. Quelqu'un, et je me réfère à Porphyre Petrovitch, a eu aussi des oreilles pour entendre et n'a pas entendu. Mais remettons cela à plus tard. Je disais qu'une fois obtenue la preuve en question j'ai dûment informé les carabiniers. Et ceux-ci, en la personne de notre ami le colonel D'Attilio…

D'ATTILIO : Oui, nous avons procédé à notre tour à des vérifications qui ont porté presque tout de suite à l'identification de la personne recherchée. Celle-ci appartient à une très bonne famille arétine et, à ce qu'il paraît, participait à notre congrès simplement à titre de curiosité. De la déposition téléphonique des parents il ressort que, mardi après-midi, elle est rentrée à Monte San Savino, résidence de la famille, dans un état confusionnel grave, et parlant de chiens, de carafes, de fenêtres, de pseudo-vagabonds assassins. Le soir même, trompant la surveillance des siens, elle s'est rendue à Spolète où, tard dans la nuit, on l'a retrouvée délirante parmi les ruines du théâtre antique. Au dire de plusieurs témoins, elle parlait entre autres d'un fatal hibou écossais et d'un piège à rats italien.

DUPIN *(énigmatique)* : Cela, à mon avis, s'accorde avec la thèse C.

POIROT : Exact. Avant de rejoindre Monte San Savino,

nous sommes donc descendus à Spolète, où les susdits témoins nous ont confirmé les faits. L'un d'eux a même précisé que hibou et piège semblaient être en rapport avec un meurtre, car la démente ne cessait de répéter : « C'est comme cela qu'il s'y est pris ! Voilà comment il l'a tué ! »

DUPIN : Tout cela pourtant n'a rien à voir avec la thèse C !

POIROT : Mais a beaucoup à voir avec la thèse D. Ayant en effet rejoint la patiente, ou pour mieux dire la télépathe, et bien que son frère, le médecin-chef, se soit opposé à un interrogatoire en règle, nous avons pu obtenir une description à tout le moins sommaire de l'assassin. Or, chose étrange pour un vagabond, vrai ou faux qu'il fût, ce dernier *portait des lunettes*. Et ce sont celles-ci, évidemment, qui m'ont enfin ouvert les yeux.

HOLMES *(pâle comme un mort)* : Non, Poirot !... Pour l'amour de Dieu, non !...

POIROT : Je regrette, Holmes. Vous savez bien que lorsqu'on me demande de découvrir la vérité, moi je vais jusqu'au bout.

WILMOT *(sec)* : Je me permets de vous rappeler qu'il nous reste très peu de temps. Et je doute que ce congrès soit le lieu le plus adéquat pour des déductions fondées sur le spiritisme ou la télépathie.

POIROT : Très juste, docteur Wilmot. Nous aurions tous préféré nous fonder uniquement sur les faits, si vous ne nous les aviez pas délibérément cachés.

LOREDANA *(effarée)* : Mais c'est inouï! C'est monstrueux ! Dément !

POIROT : Même réponse qu'à Mr. Popeau, chère amie. Du reste, en fait de spiritisme, c'est justement mon scepticisme absolu qui m'a fait suspecter Holmes avant tout. Les esprits, j'en étais sûr, n'avaient rien à faire dans son histoire. Mais si un détective de sa trempe était persuadé que Dickens *n'aurait pas voulu* que la vérité sur l'affaire Drood soit révélée, il devait bien y avoir quelque raison valide. Holmes, comme nous le savons, avait étudié le cas bien avant nous. Et, me suis-je dit, il devait être arrivé à des conclusions si effarantes qu'il avait préféré les oublier, les refouler, en y substituant l'histoire de la séance spirite. Mais maintenant, la mémoire a dû lui revenir, à en juger par son intervention de tout à l'heure.

HOLMES *(silencieux, la tête baissée, il ignore les regards de ses collègues et les questions à mi-voix de Watson).*

WILMOT *(le visage sombre, et lui aussi enfermé dans un silence impénétrable, il ignore les questions anxieuses de Loredana).*

POIROT : Mais revenons à Monte San Savino. Ou mieux, repartons-en : Thorndyke pour Londres via Pise, et moi pour Rome, où je suis resté jusqu'à présent pour des recherches biographiques et bibliographiques… hum, *directes.*

LE CRAPAUD : Sage précaution, puisqu'ici nous ne pouvons nous fier… hum, à personne.

POIROT : D'autre part, les pistes que j'ai dû suivre étaient nombreuses, et il nous faudra une certaine patience pour les reparcourir. Commençons par le théâtre. Il est clair que le « fatal hibou écossais » entré dans l'esprit de la dame arétine et provenant, sans aucun doute, de celui de Holmes ou de Wilmot, est le fameux *« owl, the fatal bellman »* qu'entend lady Macbeth tandis que son époux, à son instigation, assassine le malheureux Duncan.

DUPIN : Là-dessus, il n'y a pas le moindre doute.

POIROT : Et il n'y a pas plus de doute que le « piège à rats italien » soit *The Mouse-Trap*: titre anglais de la présumée tragédie italienne que Hamlet, dans *Hamlet*, fait représenter par les comédiens ambulants devant sa mère dénaturée et son parâtre assassin. Or Dupin avait bien remarqué les allusions persistantes du MED tant à *Hamlet* qu'à *Macbeth*. Et il avait noté que, dans les deux tragédies (ou plutôt dans les trois, en comptant cet original présumé où l'assassin se serait nommé Luciano), nous avons un couple homicide qui, en fait de férocité, de la femme surtout, correspond au couple Helena-Neville.

Mais il n'avait pas, je crois, prêté assez d'attention à l'idée du *théâtre dans le théâtre.*

COL. D'ATTILLO, P. BROWN, P.PETROVITCH, LE LATINISTE ET AUTRES : Peut-être à cause de l'abus écœurant qui en est fait aujourd'hui.

POIROT : Parfaitement d'accord. Il reste cependant que le MED déborde d'allusions au théâtre, à commencer par la macabre et grotesque pantomime *Comment vas-tu... demain*? du soi-disant clown italien Signor Jacksonini. Et le néo-enquêteur Bazzard (Datchery, au fait, ne peut-être que lui) n'est-il pas lui-même auteur dramatique, chose insolite au moins à cette époque pour un clerc de notaire. Il me semble difficilement imaginable que tout cela n'ait pas dû conduire à quelque chose de décidément « théâtral » dans la dernière partie du MED.

DUPIN : Vous pensez que Bazzard, pour démasquer les assassins, aurait fait du théâtre dans le théâtre ?

POIROT : Pas exactement. Je pense qu'un autre personnage, au moment décisif, aurait fait du *théâtre dans le roman.* Et que c'était là l'« idée nouvelle », la trouvaille originale, la vraie surprise que Dickens, passionné de théâtre depuis toujours, préparait à ses lecteurs.

POPEAU *(sarcastique)* : Ça aussi, vous l'avez su par la dame d'Arezzo ?

POIROT : Non, ça c'est notre ami latiniste qui me l'a dit. Mais, dans un certain sens, le commissaire Maigret y était déjà arrivé quand il a observé que l'aveu final du coupable, quelle que soit son identité, prendrait cette forme spéciale dont Dickens avait parlé à Forster : une histoire que l'assassin raconterait ou écrirait comme si l'action et les personnages avaient été purement imaginaires ; une espèce de scénario pour un drame haut en couleurs. Mais je crois que notre ami de Juan-les-Pins pourra vous exposer la chose mieux que moi.

ANTONIA *(très fière)* : Il l'exposera de façon impeccable !

LE LATINISTE *(fier aussi, mais très cool)* : Deux étrangers de nationalité incertaine, bohémiens peut-être, et qui se font passer pour frère et sœur, préméditent d'assassiner un Anglais. Mais le frère, ou prétendu frère, à un certain moment perd courage et voudrait se dérober, tandis que l'autre insiste impitoyablement. C'est même elle qui perfectionne le plan homicide : le cadavre sera détruit chimiquement et ses restes cachés dans un endroit secret et inaccessible. Il en va ainsi et personne, pendant des mois, ne saura s'il s'est agi d'une disparition volontaire ou d'un crime. Mais l'endroit n'était pas si secret et inaccessible ! Et les restes sont identifiés grâce à un objet que l'agent chimique n'a pas détruit.

ANTONIA : Bien !

LE LATINISTE : Mais qui est le coupable ? C'est là qu'intervient un enquêteur ayant la manie du théâtre. Celui-ci suggère à la prétendue sœur, qui paraît douée de pouvoirs mesmériques et en proie à de sinistres imaginations, d'écrire pour lui le scénario d'un sombre drame de style élisabéthain. La néo-dramaturge accepte, et le résultat est une parfaite reconstruction théâtrale du crime confiée, comme dans *Hamlet*, à des personnages ne différant que par leurs noms des vrais protagonistes de l'histoire.

ANTONIA *(tandis que le Latiniste se rassoit, satisfait)* : Voilà ! N'est-ce pas génial ?

LOREDANA *(négligeant, pour le moment, de harceler Wilmot de ses questions)* : Je ne comprends rien. Qu'est-ce qu'il y a d'extraordinaire ? François *(c'est le nom du Latiniste)* n'a fait que nous résumer l'intrigue complète du MED selon la thèse C !

POIROT : C'est ce qu'il semblerait. Mais en réalité, comme j'ai pu le contrôler moi-même dans un volume rare, il nous a aussi résumé très fidèlement la trame de *The Haunted Hotel*, un roman de Wilkie Collins paru en 1878.

*

Poirot, cher lecteur, n'est pas doué de facultés divinatoires. S'il a été chercher ce roman médiocre et pratiquement inconnu de Collins, dont aucun spécialiste du MED ne s'était jamais occupé[1], c'est pour avoir entendu le Latiniste en discuter l'autre soir avec Hastings. Voilà aussi pourquoi, avant de partir, il s'était entretenu assez longtemps avec ce collinsien chevronné.

Mais on imagine aisément le problème qu'il a eu à résoudre après sa découverte. En excluant la coïncidence pure et simple, il ne restait en fait que trois possibilités. La première était que Collins, ayant réussi à reconstruire l'intrigue du MED, trouvaille théâtrale comprise, l'ait utilisée pour son propre roman (dans un cadre d'ailleurs très différent[2]) ; mais pourquoi l'aurait-il fait, s'il considérait le MED comme « l'ultime, laborieux et pitoyable effort d'un cerveau usé » ? La seconde possibilité était que Dickens lui-même ait confié son idée à son ex-ami et collaborateur. Mais encore une fois : pourquoi la lui aurait-il confiée si, tout en traitant Collins d'écrivassier, il le craignait comme rival ? Quant à la troisième possibilité...

POIROT : La troisième possibilité est la suivante : que l'idée originale ait été de Collins ; que Collins en ait parlé lui-même à Dickens avant que leurs rapports ne se gâtent ; et que Dickens, dans son égocentrisme incurable, se la soit cavalièrement appropriée.

Le lecteur imagine sans doute qu'à ce point la salle a retenti de nouvelles protestations, de nouveaux cris d'horreur. Mais il n'en est rien. Un silence atterré pèse désormais sur la Dickens Room. Et c'est dans ce silence que Poirot poursuit d'une voix neutre, sur un ton de pure constatation.

1. Peut-être aussi à cause du titre fourvoyant. Mais, en réalité, les fantômes n'ont rien à voir là-dedans : il ne s'agit que de phénomènes hallucinatoires liés aux pouvoirs magnétiques de l'héroïne. Curieusement, divers droodistes ont en revanche insisté sur de vagues et insignifiantes ressemblances du MED avec *Miss or Mrs.?*, un récit que le même Collins publia en 1871 dans *The Graphic*.

2. Dans le roman de Collins, notamment, la coupable a un penchant pour le théâtre et écrit son drame-confession sans y être forcée. Helena par contre, selon la thèse C, l'écrit sous la contrainte hypnotique de Jasper. Mais elle aussi couvait peut-être des ambitions littéraires, comme il n'est pas rare d'en voir chez les terroristes.

Poirot : Cela explique encore d'autres choses. *Beaucoup* d'autres choses. Mais ce qui a surtout attiré mon attention a été une seconde et très singulière espèce de parallélisme entre le roman de Collins et le MED, tel que Dickens nous l'a laissé. Dans *L'Hôtel hanté*, en effet, le scénario que la néo-dramaturge aurait dû remettre à son « client » *s'interrompt au milieu*, c'est-à-dire après que le crime a été raconté dans ses moindres détails, mais avant les développements de l'enquête. Or la cause de cette interruption est le décès de la narratrice, qui est retrouvée par terre, *morte d'hémorragie cérébrale*, à côté de son manuscrit. Et le manuscrit en question, dont l'écriture se brouille de plus en plus jusqu'à devenir illisible, révèle les « signes d'un cerveau usé ». Voyons maintenant la Figure 3, qui est extraite du livre de Forster et reproduite dans la plupart des ouvrages sur le MED, mais que le Dr Wilmot n'a pas jugé bon de nous présenter.

L'assistant d'hier, dont nous n'avions pas noté le retour, projette la Figure 3 ; et Loredana, telle une somnambule, se charge de réduire l'éclairage de la salle.

Poirot : Voilà. Nous avons ici, en bas, un fragment bien clair du manuscrit d'*Oliver Twist* (1838), et en haut la dernière page du MED, avec sa composition tourmentée et confuse, ses innombrables corrections et ajouts, son écriture presque illisible. Mais avec cela, nous avons aussi l'histoire qui *s'interrompt au milieu*; nous avons les prétendus *« signes d'un cerveau usé »* ; et nous avons, le jour même, la mort *par hémorragie cérébrale*. Je ne doute pas que dans le fantomatique roman collinsien (où les fantômes ne hantaient pas les lieux, mais devaient sûrement hanter l'esprit de l'auteur), cette triple et atroce allusion ait été inspirée justement par cette Figure 3 et par la haine obsédante, inextinguible, que Collins couvait encore contre Dickens : l'homme qui, après l'avoir humilié et offensé, lui avait volé son intrigue et sa précieuse idée du « théâtre dans le roman ». Mes doutes concernent plutôt l'« hémorragie cérébrale ». Revoyons un moment la Figure 1, s'il vous plaît.

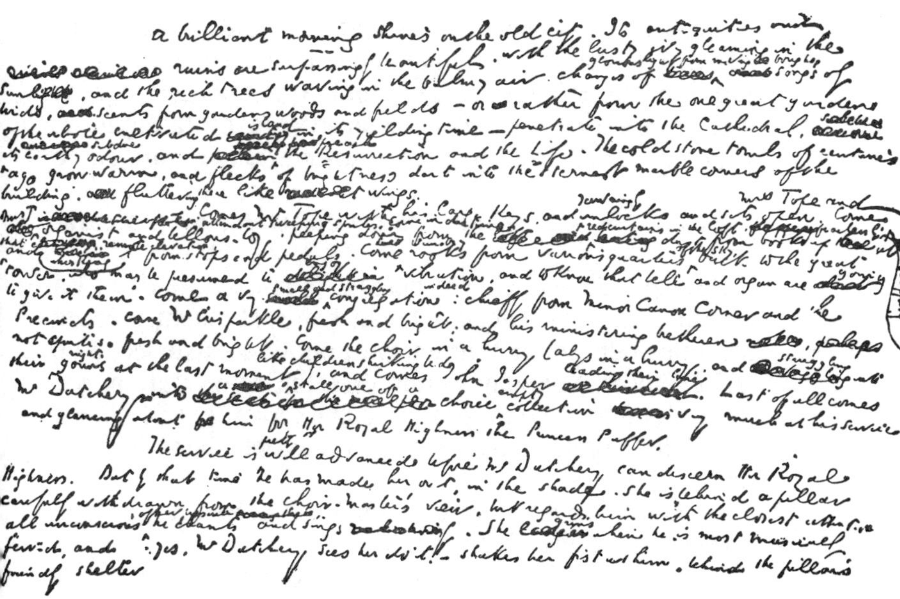

A brilliant morning shines on the old city. Its antiquities and ruins are surpassingly beautiful, with the lusty ivy gleaming in the sun, and the rich trees waving in the balmy air. Changes of glorious light from moving boughs, songs of birds, scents from gardens, woods and fields – or rather from the one great garden of the whole cultivated island in its yielding time – penetrate into the Cathedral, subdue its earthy odour, and preach the Resurrection and the Life. The cold stone tombs of centuries ago grow warm, and flecks of brightness dart into the sternest marble corners of the building, fluttering there like wings.

Comes Mr Tope with his large keys, and yawningly unlocks and sets open. Come Mrs Tope and attendant sweeping sprites. Come in due time organist and bellows-boy, peeping down from the red curtains in the loft, fearlessly flapping dust from books up at that remote elevation, and whisking it from stops and pedals. Come sundry rooks from various quarters of the sky, back to the great tower, who may be presumed to enjoy vibration, and to know that bell and organ are going to give it them. Come a very small and straggling congregation indeed: chiefly from Minor Canon Corner and the Precincts. Come Mr Crisparkle, fresh and bright, and his ministering brethren, not quite so fresh and bright. Come the Choir in a hurry (always in a hurry), and struggling into their nightgowns at the last moment, like children shirking bed; and comes John Jasper leading their line. Last of all comes Mr Datchery into a stall, one of a choice empty collection very much at his service and glancing about him for Her Royal Highness the Princess Puffer.

The service is pretty well advanced before Mr Datchery can discern Her Royal Highness. But by that time he has made her out, in the shade. She is behind a pillar, carefully withdrawn from the Choir-master's view, but regards him with the closest attention. All unconscious of her presence, he chants and sings. She grins when he is most musically fervid, and – yes, Mr Datchery sees her do it! – shakes her fist at him behind the pillar's friendly shelter.

Figura 3.

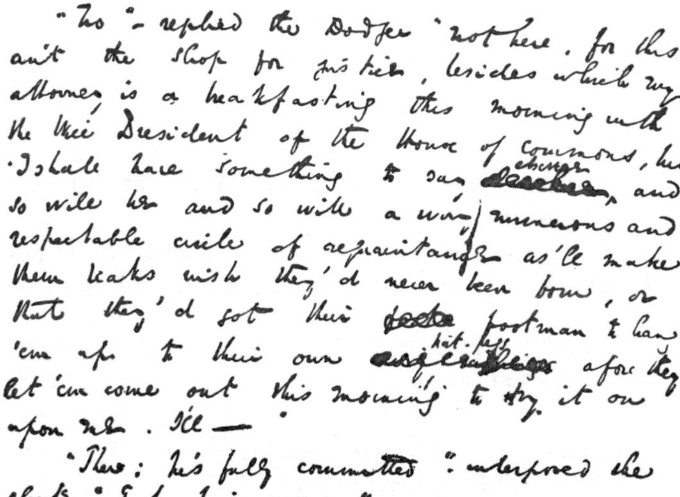

"No" – replied the Dodger "not here, for this ain't the shop for justice, besides which my attorney is a breakfasting this morning with the Vice President of the House of Commons, but I shall have something to say elsewhere, and so will he and so will a wery numerous and respectable circle of acquaintance as'll make them beaks wish they'd never been born, or that they'd got their footman to hang 'em up to their own hat-pegs afore they let 'em come out this morning to try it on upon me. I'll –"

"There: he's fully committed" – interposed the clerk: "Take him away."

Dans la salle, lecteur, le silence devient presque palpable. On sent que quelque chose de décisif va se produire. Mais en attendant, et tandis que tous les regards sont fixés sur l'écran, allons nous aussi revoir la Figure 1, page 435. Vu ? Et alors, préparons-nous au cri suraigu de Loredana.

LOREDANA *(en émettant le cri en question)* : La carafe !!!...

POIROT : Eh oui. Sur le bureau, près de la fenêtre. La carafe d'eau que Dickens tenait habituellement près de lui, mais dont le Dr Wilmot avait oublié l'existence, à ce qu'il semble. Rappelons-nous, en effet, ce qu'il a fini par nous répondre à ce propos : « Je peux avoir oublié chiens et carafes, mais je crois que d'un faux vagabond je m'en souviendrais. »

LE CRAPAUD : Manière classique d'admettre quelque chose pour mieux nier le reste !

POIROT : Tout à fait. Il savait bien, d'autre part, que, tôt ou tard, il aurait dû nous montrer la célèbre Figure 1, mais il se disait que cette petite carafe, près de la grande fenêtre, personne ne l'aurait remarquée[1]. Et il aurait eu raison s'il n'avait pas eu à faire à ... euh ... Hercule Poirot, qui, une fois en possession de cet indice capital...

POPEAU : Mais capital comment ? Par rapport à quoi ? Qu'est-ce que tout cela vient faire dans l'affaire Drood ?

POIROT : Rien, du moins pas directement. Les assassins d'Edwin Drood ont déjà été démasqués par Scotland Yard. Ce dont il est question à présent, c'est de la thèse D., qui ne concerne pas l'affaire Drood, mais le délit du faux vagabond.

WILMOT *(d'un air tout à coup décidé)* : D'accord, Poirot. Mais pourrions-nous en parler seul à seul, un instant ?

POIROT : Certainement, *cher ami*[2]. Mais peut-être Holmes voudrait-il...

1. Sauf bien entendu, lecteur, le lecteur !
2. En français dans le texte *(N.d. T.)*.

HOLMES *(se levant)* : Oui, je préférerais être là moi aussi.

Les trois hommes sortent dans le couloir, où nous ne tardons pas à les suivre. Ils parlent à voix basse, calmement. Holmes hoche plusieurs fois la tête en signe d'approbation, tandis que l'expression du modérateur se détend. Puis le Dr Wilmot s'éloigne vers une cabine téléphonique, en revient deux minutes plus tard, et tous trois retournent à la Dickens Room, où Poirot reprend son rapport.

POIROT : En disant que le Dr Wilmot nous avait caché délibérément les faits, je n'entendais pas l'accuser de nous avoir trompés dès le début. Lui aussi, comme Holmes, avait deviné depuis longtemps la vérité sur l'affaire D. Mais il l'avait aussitôt refoulée et chassée de sa mémoire. Celle-ci, toutefois, a commencé à lui revenir, qui sait ? justement en revoyant la carafe agrandie sur l'écran. Voilà pourquoi tout de suite après, aussi délibérément que gauchement, il a cherché à nous égarer au sujet des chiens.

WILMOT : Pourquoi gauchement ? Moi, au sujet des chiens, je me suis limité à me taire.

POIROT : Trop tard, cependant. Quand vous nous avez décrit l'après-midi de repos que Dickens s'était accordée le 7 juin, veille du jour fatal, vous étiez sur le point de nous en parler. Mais les noms *Don* et *Linda* vous ont irrésistiblement retenu. Ainsi, vous nous avez dit que Dickens, l'après-midi en question, avait emmené se promener… *Mamie* et *Georgina*, c'est-à-dire sa fille aînée et sa belle-sœur. Mais votre hésitation, encore que très brève, ne pouvait pas échapper à Hercule Poirot ! Qui ne pouvait pas non plus laisser passer l'incongruité de l'expression « emmener se promener » dans un tel contexte, c'est-à-dire à propos d'un écrivain âgé, mal en point et claudiquant, qui allait faire une petite promenade avec des femmes en parfaite santé. En fait, Dickens « emmena se promener » Don et Linda, les deux gros chiens de garde (un terre-neuve et un saint-bernard) qui restaient généralement enchaînés dans le jardin. Sa fille Mamie, du reste, n'était même pas là, elle était partie chez sa sœur Kate, à Londres.

P. PETROVITCH : Absolument ! C'est curieux que je n'y aie pas fait attention, car je connais le livre de Forster et je me souviens très bien de la description de cet après-midi.

POIROT : Cela veut dire que vous avez vous aussi reculé devant la terrible vérité. Il est clair, en effet, que la télépathe arétine faisait allusion à ces deux chiens de garde quand elle s'est écriée mentalement : VOILÀ POURQUOI LES CHIENS N'ONT PAS. Mais « n'ont pas » quoi ? Pour des « compléteurs » comme nous, il ne devrait pas être difficile d'achever ce fragment de pensée : « Voilà pourquoi les chiens n'ont pas... ? »

LOREDANA *(dans un souffle)* : « Voilà pourquoi les chiens n'ont pas aboyé ! »

POIROT : Et pourquoi au contraire auraient-ils dû le faire ?

LOREDANA *(comme ci-dessus)* : A cause du faux vagabond, qui, entré dans le jardin avec sa fiole de poison, s'approchait de la fenêtre.

POIROT : Et pourquoi ne l'ont-ils pas fait ?

LOREDANA *(elle couvre son visage de ses mains et ne répond pas)*.

ANTONIA *(prenant son courage à deux mains)* : Parce que non seulement le vagabond était faux, mais les deux chiens le connaissaient très bien, encore que dernièrement ils l'aient très peu vu.

POIROT : Exact. Collins, avant que...

POPEAU *(abasourdi)* : Collins ? Vous n'allez pas nous dire que Dickens a été tué ? Et justement par Collins, si je comprends bien ?

POIROT : Mais naturellement, *cher ami*[1].

POPEAU *(se révélant, du même coup, comme l'un de ces policiers qui commencent à peine à comprendre alors*

1. En français dans le texte *(N.d. T.)*.

que tous les autres y sont arrivés depuis longtemps) : Ça alors !

POIROT : Collins, avant que ses rapports avec Dickens ne se gâtent, avait été l'un des hôtes les plus assidus de la maison de Gadshill. Non seulement, donc, les chiens le connaissaient très bien, mais lui connaissait très bien les habitudes de son ex-ami. Il savait que, l'été, celui-ci allait travailler dans son chalet de la Wilderness et n'en revenait qu'en fin d'après-midi pour faire son courrier, dans son bureau au rez-de-chaussée. Il savait aussi qu'à côté de lui, sur la table, près de la fenêtre, il y avait toujours une carafe d'eau, en raison des nombreux médicaments qu'il devait prendre dans la journée. Il savait enfin par Kate Dickens, femme de son frère Charles, que l'état de santé du vieil écrivain avait empiré et qu'il était menacé d'hémorragie cérébrale. Son *modus operandi* fut donc des plus faciles, si l'on excepte les lunettes. Il était en effet très myope et il fut bien obligé de les garder, au risque d'être reconnu, alors que sur la grand-route de Gadshill, déguisé en vagabond, il épiait la maison en attendant le moment propice. Celui-ci arriva quand Georgina, après avoir mis sur le bureau le courrier de l'après-midi et changé l'eau de la carafe, se retira dans sa chambre à l'étage du dessus. Mamie n'était pas là, comme nous le savons et comme il le savait lui aussi. Le seul risque était un éventuel retour de Dickens avant qu'il n'ait eu le temps de verser le flacon dans la carafe et de s'esquiver. Mais Dickens, absorbé par la rédaction de la page que nous avons vue, et dont il ignorait qu'elle serait la dernière, ne revint que plus tard.

MARLOWE *(profitant de la pause dramatique que Poirot n'a pas manqué de faire suivre à ses dernières paroles)* : Très ingénieux, Poirot. Mais les preuves, où sont-elles ? On ne sait même pas de quel poison il se serait agi ! Tandis que les symptômes décrits par le Dr Steele, tout comme les constatations des deux spécialistes accourus de Londres, concordent parfaitement avec le diagnostic d'hémorragie cérébrale.

POIROT : Mais Dickens mourut *réellement* d'une hémorragie cérébrale, si le poison employé fut la digitaline. Comme chacun sait, les glucosides de la digitale ont la propriété spécifique de provoquer une élévation aussi forte que rapide de la tension artérielle. Et donc, dans l'état où Dickens se trouvait déjà, une dose même très faible put suffire à déterminer la rupture d'un anévrisme.

ARCHER : Mais les indices, eux, ne suffisent pas ! Aucun jury n'aurait condamné Collins sur la base de votre reconstruction hypothétique. Il faudrait la preuve matérielle !

POIROT : Je le sais très bien. C'est pour l'obtenir que le Dr Thorndyke est allé à Londres. Mais nous n'avons pas besoin d'attendre son retour, retardé sans doute par quelque grève terrestre ou aérienne. Le message qu'il m'a envoyé par télex ce matin tient en un mot, mais il est suffisamment clair pour quiconque aurait deviné le but de son voyage[1]. (*Il tire de sa poche le télex et le tend au directeur du* Dickensian.) C'est pour votre information strictement personnelle, Dr Wilmot : dès que vous l'aurez lu, vous pourrez le détruire.

1. Il est évident que Thorndyke, de Londres, est allé tout droit à Gadshill, où, déguisé en vagabond, il a pu s'approcher de la fenêtre du bureau de Dickens (resté tel quel dans la maison transformée en musée) pour s'emparer un instant de la carafe et en prélever le « résidu sec », qu'il a ensuite analysé dans son laboratoire. Quant au mot unique de son télex, c'est bien évidemment : « Digitaline ».

ÉPILOGUE

L'affaire D., lecteur, était donc l'affaire Dickens. Les précisions ultérieures de Poirot sur des points de détail n'ont plus qu'un intérêt relatif. Il y a pourtant une triste réflexion du même Poirot qu'il nous faut bien mentionner. Qui sait si les sérieuses difficultés où Dickens se serait trouvé à propos de son intrigue ne venaient pas du fait que, pris de remords, il avait décidé de tout changer et de renoncer à l'idée du théâtre dans le roman ? Mais Collins, que le numéro de juin et l'entrée en scène du clerc dramaturge avaient confirmé dans ses soupçons[1], ne pouvait pas le savoir. Et donc, tout comme Jasper selon la thèse A, il aurait tué son rival en ignorant que celui-ci s'était désormais retiré de la compétition.

Pour ce qui est des circonstances atténuantes, nous ne pouvons pas rapporter *in extenso* la péroraison passionnée du Latiniste qui, après avoir évoqué la gentillesse innée et le caractère soumis de l'accusé, sa longue dévotion à Dickens, ses infirmités douloureuses que l'opium n'arrivait plus à soulager, et ayant d'autre part dénoncé le comportement « de plus en plus indigne » de Dickens à son

1. Il se pourrait aussi que Dickens l'ait informé directement de son projet mi-romanesque, mi-théâtral, mais en prétendant (ayant fini par le croire lui-même, égocentrique comme il l'était) en avoir eu, lui, la première idée. Ce ne serait d'ailleurs pas le seul exemple de sa désinvolture en ce domaine. Vers le milieu de 1869, un autre collaborateur de *All the Year Round*, R. Lytton, lui avait remis la première partie d'un long récit fâcheusement semblable à l'affaire Drood – alors en gestation – du point de vue des relations entre un oncle méchant et un neveu ingénu. Dickens la lui renvoya sous prétexte qu'elle rappelait de trop près un autre récit qu'il avait lu récemment quelque part. Mais aucun analyste du MED n'a jamais trouvé trace de cet autre récit.

égard, a conclu carrément : « Si Wilkie l'a vraiment tué, il a bien fait ! »

Revenons plutôt, maintenant, au conciliabule tenu dans le couloir par Wilmot, Holmes et Poirot. Ou mieux : laissons à ce dernier le soin d'y revenir, dans l'une de ses argumentations finales typiques et pressantes.

Dès le début *(dit donc Poirot)*, ce congrès s'est déroulé à l'enseigne du plagiat, si je peux m'exprimer ainsi. Il y a eu le plagiat que Dickens paraissait avoir commis aux dépens de *La Pierre de lune* et qui, loin de mettre nos prédécesseurs sur la bonne piste, les a complètement fourvoyés. Il y a eu la prétendue et non moins fourvoyante dérivation du personnage de Jekyll de celui de Jasper, avec la complication des deux autres plagiats mineurs commis par le même Stevenson ; l'histoire de l'oncle qui prémédite de faire tomber son neveu du haut d'une vieille tour, dans *Kidnapped*, et la dérivation du personnage d'Utterson de celui de Grewgious ; lequel Grewgious avait du reste été emprunté par Dickens à Sterne. De plus, nous avons vu Dickens calquer délibérément certains passages du MED sur des scènes de *Macbeth* et de *Hamlet* : tant pour nous fournir subrepticement des indices à charge des Landless que pour préparer la surprise finale du théâtre dans le roman.

Mais jusqu'ici *(poursuit Poirot)*, nous sommes dans le domaine de l'imagination et de la pure imitation littéraire. Le plagiat devient sérieux et la coïncidence plus qu'étrange, quand nous voyons la réalité imiter la fiction. Voici en effet que le plus réel des détectives, moi-même, l'inimitable Poirot, découvre être l'imitation d'un détective ... euh ... fantomatique comme Popeau ! Et voici apparaître, sur la route de Gadshill, ces imaginaires et même doublement imaginaires « hommes en bougran », comme une sorte de prélude aux vagabonds réels (dont un non moins réel, mais faux) qui y passeront le fatal 8 juin 1870.

Est-ce par hasard *(se demande ici Poirot)* qu'il me souvint de ces fantômes quand le Dr Wilmot nous parla de la maison et du jardin de Dickens dans ce village ? Moi, comme vous le savez, je ne crois pas aux pressentiments[1], mais il est certain que j'ai eu aussitôt une impression inexplicablement sinistre. C'est ainsi que j'ai commencé à réfléchir aux craintes surnaturelles de Holmes et à me demander si, après tout, elles n'avaient pas un fondement réel.

Mais de la maison de Gadshill *(reprend Poirot après une pause à effet)* passons au château d'Elseneur, pour assister à cette fiction « au second degré » qu'est la scène du théâtre dans le théâtre au milieu de l'acte III. Ici, nous voyons l'acteur qui joue le rôle de l'assassin dans l'hypothétique pièce italienne (où l'assassiné s'appelle Gonzague) entrer furtivement dans le jardin de la victime : « pensée noire, main prompte, drogue sûre, convenance de l'heure, absence de témoins », et le voilà qui verse sa fiole. Mais pour d'autres détails, nous pouvons nous reporter à la scène « réelle » de l'acte I, où le fantôme de la victime, après avoir précisé que le meurtrier connaissait son « habitude constante de l'après-midi », précise que le poison était l'*hebona* « cette essence lépreuse dont l'effet est à tel point hostile au sang de l'homme ».

Les spécialistes *(ajoute Poirot après une nouvelle pause)* ne sont jamais arrivés à identifier la plante que Shakespeare appelle l'*hebona*. D'autre part, je ne sais pas si la *Digitalis purpurea*, administrée par voie auriculaire, aurait un effet quelconque. Et pourtant, dans cette histoire doublement fictive, la préfiguration de la réalité est à ce point impressionnante qu'elle me fait penser que *Hamlet* a inspiré à Collins non seulement l'idée de son roman, mais celle de son crime. A moins que...

1. Il n'y croit pas en tant que prémonitions surnaturelles, mais il n'exclut pas leur bien-fondé dans certains cas. Il pourrait s'agir en effet de déductions inconscientes que le sujet tire de faits dont il avait déjà la connaissance. Cela s'appliquerait aussi à l'exclamation *O, my prophetic soul !* (« Oh, mon âme prophétique ! »), qui implique, de la part de Hamlet, la conviction d'avoir « pressenti » la vérité bien avant que le Spectre ne la lui révèle.

*

La pause de Poirot a été si longue, cette fois, que tous sursautent quand il crie tout à coup comme le Spectre :

O, HORRIBLE ! O, HORRIBLE ! MOST HORRIBLE !

Et il y a encore une note d'épouvante dans sa voix quand il conclut :

« A moins que Holmes et Hamlet n'aient raison, disais-je, de penser que, dans le ciel et sur la terre, il y a plus de choses qu'il n'y en aurait ... euh ... dans la philosophie d'Hercule Poirot. »

WILMOT *(au public)* : En considérant cette possibilité, sans parler de l'horreur que provoquerait chez les sponsors eux-mêmes la thèse D, j'ai demandé aux techniciens de supprimer de nos comptes rendus électroniques toute référence à la thèse en question. De plus, Poirot, Holmes et moi, nous nous sommes jurés de garder le secret à jamais. Puis-je vous demander votre parole aussi ?

LE CRAPAUD *(de la voix la plus rauque jamais entendue)* : Je suis le premier à la donner. Contentons-nous des conclusions de la thèse C, auxquelles personne n'était arrivé avant nous !

Inutile de dire, lecteur, que tous les congressistes, du premier au dernier, y compris naturellement Loredana, Antonia, le Latiniste, ainsi que Thorndyke arrivé en ce moment, s'empressent d'imiter le Crapaud. Inutile aussi d'ajouter, lectrice, que la couverture du MED était erronée et que les mariages, en fait, seront deux. Mais entre qui et qui ? Libre à chacun de le deviner.

Table

Première partie.
Le numéro d'avril

Deuxième partie.
Les numéros de mai et de juin

Troisième partie.
Les numéros de juillet et d'août

Quatrième partie.
Le dernier numéro

RÉALISATION : ATELIER PAO ÉDITIONS DU SEUIL
REPRODUIT ET ACHEVÉ D'IMPRIMER
SUR ROTO-PAGE PAR L'IMPRIMERIE FLOCH À MAYENNE (7-91)
DÉPÔT LÉGAL : MAI 1991. N° 12338-5 (31031)